Die deutsche Literatur 1945 – 1960

Die deutsche Literatur 1945 – 1960
Herausgegeben von Heinz Ludwig Arnold

»Draußen vor der Tür«
1945 – 1948

»Doppelleben«
1949 – 1952

Im Treibhaus
1953 – 1956

Die Wunderkinder
1957 – 1960

Die deutsche Literatur 1945 – 1960

Die Wunderkinder
1957 – 1960

Herausgegeben von Heinz Ludwig Arnold

Deutscher
Taschenbuch
Verlag

dtv

Für Christiane, die damals geboren wurde

Oktober 1995
Deutscher Taschenbuch Verlag GmbH & Co. KG, München
Der Deutsche Taschenbuch Verlag dankt den Autoren und Verlagen für die freundlich gewährten Abdruckgenehmigungen.
Die Copyright-Vermerke sind im Anhang des Bandes zu finden.

Gestaltungskonzept: Max Bartholl, Christoph Krämer
Umschlagbild: ›Komposition‹ (1954) von Werner Heldt
(© VG Bild-Kunst, Bonn 1995)
Satz: Wallstein Verlag, Göttingen
Druck und Bindung: C. H. Beck'sche Buchdruckerei, Nördlingen
Printed in Germany ISBN 3-423-12084-3

Inhalt

Vorbemerkung 11

1957
HUGO HARTUNG: Wir Wunderkinder 13
ULRICH BECHER: Kurz nach 4 19
MARTIN WALSER: Ehen in Philippsburg 24
HERBERT EISENREICH: Am Ziel 29
SIEGFRIED LENZ: Der Mann im Strom 33
HEINRICH BÖLL: Irisches Tagebuch 39
MAX FRISCH: Homo faber 41
ERNST JÜNGER: Gläserne Bienen 47
KARL JASPERS: Die Atombombe
  und die Zukunft des Menschen 54
BERTOLT BRECHT: Der aufhaltsame Aufstieg des Arturo Ui . 61
ALFRED ANDERSCH: Sansibar oder der letzte Grund 67
ERWIN SYLVANUS: Korczak und die Kinder 76
NELLY SACHS
  Wer weiß, wo die Sterne stehn 80
  Haar, mein Haar 81
ERWIN STRITTMATTER: Der Wundertäter 82
FRANZ FÜHMANN: Das Gottesgericht 86
HANS ARP: Auf verschleierten Schaukeln 104
HEINZ PIONTEK
  Höhe 108
  Windsbraut 108
  Mit dreißig Jahren 109
  Die Verstreuten 110
GÜNTER BRUNO FUCHS
  Nach der Haussuchung 112
  Legitimation 112
CHRISTOPH MECKEL: Als ich nach Hause kam 113
ILSE AICHINGER: Die Auktion 113
GÜNTER GRASS: Die Grippe 118
ERNST JANDL
  Das Sprechgedicht 128
  schtzngrmm 129
  boooooooooooooooooooooooo 130
  wo bleibb da 130

HELMUT HEISSENBÜTTEL: Der Wassermaler 130
ARNO SCHMIDT: Die Gelehrtenrepublik 132
HERMANN LENZ: Die Muse 138
WOLFDIETRICH SCHNURRE: Eine Rechnung, die nicht aufgeht 144
HORST BIENEK: Traumbuch eines Gefangenen 150
HORST BIENEK: Der Toten Gebet ist kein Gebet 156
HANS BENDER: Gemeinsam 157
CHRISTINE LAVANT
Neunzig Monde den Tod entlang 157
Wind weht vorbei, der Mond schaut fort 158
HILDE DOMIN
Herbstzeitlosen 159
Wo steht unser Mandelbaum 160
GEORG VON DER VRING
Das Entzücken 160
Mondalter 161
MARIE LUISE KASCHNITZ: Obertöne 161
ERNST MEISTER: Fermate 162
HEINZ PIONTEK
Die Tochter des Schmieds 162
Schlittenromanze 163
JOHANNES BOBROWSKI: Die sarmatische Ebene 164
BERTOLT BRECHT
Der Radwechsel 165
Lob des Zweifels 166
HANS MAGNUS ENZENSBERGER
befragung zur mitternacht 166
tod eines dichters (für rainer m. gerhardt) 167
geburtsanzeige 168
ins lesebuch für die oberstufe 169
verteidigung der wölfe gegen die lämmer 169

1958
GÜNTER GRASS: Kinderlied 171
GUSTAV REGLER: Das Ohr des Malchus 171
WOLFDIETRICH SCHNURRE: Und Richard lebt auch nicht mehr 185
ALFRED ANDERSCH: Phasen 189
BRUNO APITZ: Nackt unter Wölfen 194
MANFRED GREGOR: Die Brücke 204
KLAUS ROEHLER: Der Held 217
ERNST SCHNABEL: Anne Frank. Spur eines Kindes 222

Ingeborg Bachmann: Der gute Gott von Manhattan 227
Heiner Müller: Klettwitzer Bericht 1958 234
Gerd Gaiser: Schlußball 245
Siegfried Lenz: Der große Wildenberg 249
Wolfgang Hildesheimer: Pastorale oder
Die Zeit für Kakao 253
V. O. Stomps: Fabel vom Maximus,
Maximin, Minimax, Minimus 256
Herbert Heckmann: Abwechslung in einem Haus 258
Paul Celan: Ansprache anläßlich der Entgegennahme
des Literaturpreises der Freien Hansestadt Bremen . . . 260
Ernst Meister: Rissiges Eden 261
Johannes Poethen: Stille im trockenen Dorn 262
Thomas Bernhard
Unter dem Eisen des Mondes 264
Unter dem Baum und unter dem Fluß bist du mir fremd 265
Cyrus Atabay: Ikarus 265
Günter Bruno Fuchs: Untergang 266
Peter Rühmkorf
Dies in meinem Besitze 266
Wo die Götter die Daumen drehen 267
Hans Carl Artmann
blauboad 267
noch ana sindflud 269
Christoph Meckel
Mein Rabe 270
Schlechte Zeiten 270
Peter Härtling
weil tage 271
eine barke grün 271
wandlung 272
Walter Helmut Fritz
An diesem Tag 273
Es geschieht alles erst jetzt 273
Geh weiter 274
Erich Fried
Rückkehr 274
Die Maßnahmen 275
Louis Fürnberg/Kuba: Weltliche Hymne 275
Wolfgang Koeppen: Nach Rußland und anderswohin . . . 278

1959
HERMANN KESTEN: Dichter im Café 282
KARL KROLOW
Das Schweigen 289
Der Baum 290
Spätsommer 290
HILDE DOMIN
Ziehende Landschaft 291
Nur eine Rose als Stütze 291
ERICH ARENDT: Flug-Oden 292
Ode VIII 292
Elegie I 294
PETER HUCHEL
Münze aus Bir el Abbas 296
Die Spindel 298
AUGUST SCHOLTIS: Ein Herr aus Bolatitz 299
PETER HÄRTLING: Im Schein des Kometen 304
PAUL SCHALLÜCK: Engelbert Reineke 311
GÜNTER GRASS: Die Blechtrommel 319
NELLY SACHS: Wer zuletzt 329
HANS BENDER: Wunschkost 329
HORST BIENEK: Der Verurteilte 336
INGEBORG BACHMANN: Die Wahrheit
ist dem Menschen zumutbar 342
PAUL CELAN
Stimmen, ins Grün 344
Sprachgitter 346
HEINRICH BÖLL: Billard um halb zehn 347
HANS WERNER RICHTER: Linus Fleck
oder Der Verlust der Würde 362
GERHARD ZWERENZ: Die Liebe der toten Männer 367
UWE JOHNSON: Mutmassungen über Jakob 371
MANFRED PETER HEIN: Gobelin 376
JÜRGEN RAUSCH: In der Marsch 377
RUDOLF HARTUNG: Ohr der Morgenröte 378
KARL ALFRED WOLKEN: Unterm halben Mond 378
GÜNTER SEUREN: Rehe 379
HELMUT MADER: Spätere Landschaft 379
WOLFGANG MAIER: Auswärts 380
ILSE AICHINGER
Die trüben Stunden nutzend 381

Jüngste Nacht 382
Gebirgsrand 382
Ingrid Bachér: Schöner Vogel Quetzal 382
Otto F. Walter: Der Stumme 384
Rainer Brambach
Altersheim 391
Alfred Andersch
Der Tod in London 392
Reiner Kunze
Rudern zwei 392
Ein Gezwitscher vor dem Fenster 393
Peter Rühmkorf
Lied der Benn-Epigonen 393
Selbstporträt 1958 394
Im Vollbesitz seiner Zweifel 395
Hymne 397
Franz Mon
artikulationen 399
aber 400
aus was du wirst 401
Ruth Rehmann: Illusionen 401
Friedrich Dürrenmatt: Frank der Fünfte 407
Martin Gregor-Dellin: Der Nullpunkt 415
Ernst Jünger: An der Zeitmauer 420
Bertolt Brecht: Gleichermaßen gefährlich und nützlich . . 428
Albrecht Fabri: Drei Etüden 428
Ernst Bloch: Das Prinzip Hoffnung 431

1960
Ludwig Marcuse: Bewunderung und Abscheu.
Über Ernst Bloch 432
Elias Canetti: Masse und Macht 441
Manès Sperber: *Über die Linke* 450
Erich Fried: Ein Soldat und ein Mädchen 452
Dieter Noll: Die Abenteuer des Werner Holt 454
Josef W. Janker: Zwischen zwei Feuern 463
Ernst Meister
Ein Lärm 468
Schatten 468
Christa Reinig
Am Geländer 469

Wo ist Mutter . . . 469
Ausweg . . . 470
JOHANNES BOBROWSKI
Gedächtnis für einen Flußfischer . . . 470
Lettische Lieder . . . 471
Der Habicht . . . 472
ILSE LANGNER: Die Zyklopen . . . 473
ARNO SCHMIDT: Kaff auch Mare Crisium . . . 481
PETER WEISS: Der Schatten des Körpers des Kutschers . . . 487
GABRIELE WOHMANN: Ein ganz uraltes Vorhaben . . . 493
WOLFGANG HILDESHEIMER: Herrn Walsers Raben . . . 498
JÜRGEN BECKER
material 1 . . . 508
material 2 . . . 508
FERDINAND KRIWET
montage . . . 509
slang . . . 509
EUGEN GOMRINGER: *Konstellationen* . . . 510
movens: Carlfriedrich Claus, Claus Bremer, Franz Mon,
Bazon Brock, Konrad Bayer / Gerhard Rühm, diter rot . 512
JOSEF REDING: Produktions-Korrekturen . . . 522
STEFAN HEYM: Ein sehr guter zweiter Mann . . . 524
ERNST GLAESER: Glanz und Elend der Deutschen . . . 538
SIEGFRIED LENZ: Ein Freund der Regierung . . . 543
CHRISTIAN GEISSLER: Anfrage . . . 548
MARTIN WALSER: Halbzeit . . . 555
GÜNTER GRASS: Gleisdreieck . . . 562
HANS MAGNUS ENZENSBERGER: gedicht für
die gedichte nicht lesen . . . 563

Editorische Notiz . . . 565
Nachweise . . . 567

Vorbemerkung

Als ich die Arbeit an dieser Dokumentation begann, war ein Band zur westdeutschen Literatur 1945 bis 1985 geplant, mit Texten auch aus Österreich, der Schweiz, später der DDR, sofern sie für den literarischen Entwicklungsprozeß in der alten Bundesrepublik wesentlich waren. Chronologisch wollte ich diesen Prozeß in der Spannung seiner Texte, in Spruch und Widerspruch, und mit ihrem Zeitgeist dokumentieren: Ein Zeitroman sollte entstehen, in wachsenden Bezügen und Verflechtungen.

Entstanden ist ein opulentes Lesewerk bereits für die Jahre 1945 bis 1960: eine Mischung, gewonnen aus subjektiver Einschätzung und objektivem Anspruch, ein Querschnitt, der keinen literarischen Kanon vorstellen, aber doch auch bis in kleinere Verästelungen des literarischen Entwicklungsprozesses hinein repräsentativ sein will. Es könnte das literarische Gedächtnis dieser Zeit sein.

Neben der traditionellen entwickelte sich seit Ende der vierziger Jahre eine neue Literatur, die sich bis tief in die fünfziger Jahre fast obsessiv abarbeitete an den Verbrechen im »Dritten Reich«, am Krieg und an den darin wurzelnden Problemen der Nachkriegszeit. Diese Literatur gewann zunehmend Welthaltigkeit und entfaltete ab Mitte der fünfziger Jahre immer reichere Formen. Sie schloß damit wieder an jene Moderne an, die 1933 so abrupt zuschanden gemacht worden war.

Nach 1989 wurde die Dokumentation, indem sie nun als gesamtdeutsche möglich wurde, als nur noch westdeutsche unmöglich. Da ich nur den geringen, zwischen 1949 und 1960 in der Bundesrepublik verbreiteten Anteil der DDR-Literatur berücksichtigt hatte, besorgte Eckhard Thiele 1991 noch die Auswahl der Texte aus der DDR – dafür danke ich ihm.

Ich habe die Literatur der DDR freilich nicht als gesonderten Teil ausgewiesen, sondern ihre Texte in die Sammlung integriert. Das macht Spannungen sichtbar, die nun einmal zum historischen Bild des gesamten geteilten Deutschland gehören.

Göttingen, im März 1995 — Heinz Ludwig Arnold

Hugo Hartung
Wir Wunderkinder

Der letzte Hammelsprung

Bei den meisten von den wenigen unter uns, die noch ein Tagebuch führen, kommt wohl in vorgeschrittenen Jahren der Zeitpunkt, an dem sie diese kleine zusätzliche Tätigkeit aufgeben. Tagebücher der Kindheit und der frühen Jugend, so unbeholfen sie geschrieben sein mögen, bergen oft noch glühende Geständnisse, die man weder dem angebeteten Objekt noch dem vertrauenswürdigsten Freund zu bekennen wagt. In den ersten Mannesjahrzehnten macht man sich vielleicht noch eitle Hoffnungen, man könne mit ›großen Konfessionen‹ künftigen Biographen eine gewisse Hilfestellung geben.

Um die Fünfzig herum läßt man aber auch diese Hoffnung fahren, und die unvollendeten Tagebücher enden ruhmlos in einem Schreibtischwinkel, wenn nicht gar der Hausfrau die Erlaubnis erteilt wird, sie einem im Hinterhof klingelnden, tutenden oder ausrufenden Hausierer anzuvertrauen, der sie alsbald, in Idealkonkurrenz mit Flicken, Lumpen und durchgetanzten Karnevalsschuhen, den Reißwölfen der Papiermühlen zuführt, wo die Grundlagen für neue Tagebücher einer neuen Generation geschaffen werden.

Solche späte Skepsis war indes wohl nicht der Anlaß, daß mein ehemaliger Klassenkamerad Bruno Tiches kurz nach der Währungsreform das Tagebuchschreiben ganz einstellte. Es ist vielmehr so gekommen, wie die drei Frauen, die in Brunos Leben zuletzt eine entscheidende Rolle spielten, übereinstimmend ausgesagt haben: Der Tiches aus den Jahren 1948 bis 1955, die man als seine sieben fettesten Jahre bezeichnen kann, wurde zum Typ jener wirtschaftlichen und politischen Manager, die keine Bücher schreiben können, als die von Finanzbehörden geforderten, und jene anderen, die über die wahre Vermögenslage Auskunft geben. Eine solche ›doppelte Buchführung‹ mochte auch dem ehemaligen Klassenkameraden hinreichend zu schaffen machen. Dazu kam noch der Briefwechsel mit drei Frauen, der für den an einem vierten Ort Wohnenden recht zeitraubend gewesen sein muß.

Ich habe die drei Damen, die sich mit gleichem Recht als seine Verlobten oder, wenn man so will, als seine Witwen fühlen – Frau Müller-Gegginger, Frau Kückeley und Frau Ottmar –, im Auftrag und auf Spesenkonto der Illustrierten-Redaktion nacheinander aufgesucht und sie mit dem gebotenen Zartgefühl über Brunos letzte Lebensjahre befragt.

Es handelte sich um drei nicht mehr ganz junge Damen, welche mit Tiches auf Grund von Inseraten – die erste sogar noch auf eine sogenannte Baumanzeige hin – in Beziehung getreten waren, die der vitale Mann nach allen möglichen Richtungen hin, aber in erster Linie auf geschäftlicher Grundlage erfolgreich ausbaute. Ich hatte den Eindruck, daß die Frauen, die erst nach dem Tode ihres Teilhabers von dessen Doppel- beziehungsweise Tripelleben erfuhren, sehr einhellig einen Nachlaßprozeß anstrebten. In gewissen anderen, persönlicheren Dingen fand ich sie weit weniger einmütig. Doch wird es mir, nach ihren Aussagen, nicht schwer, auch ohne Tagebuchaufzeichnungen Brunos Bild abzurunden.

Sein körperliches Bild aus jener Zeit vertrüge freilich keine Abrundung mehr. Frau Ottmar hat mir eins seiner letzten Bilder gezeigt. Bruno lehnt dabei vor dem Hintergrund eines Rivieraküstenstrichs an seinem schweren Wagen, dessen Kühlerstern er mit der rechten Hand umfaßt. Man sieht ihn als einen mächtigen, wohlbeleibten Mann von etwas auffälliger Eleganz, mit feisten Hängebacken, die seine ohnehin nie sonderlich geprägte Gesichtslandschaft völlig zerfließen lassen. Bei seinem Tode betrug sein Lebendgewicht zweihundertfünfzehn Pfund ›ohne‹.

Teils neben-, teils nacheinander hat Tiches mit den von seinen drei Bräuten hergestellten und vertriebenen Industrie- und Handelsprodukten so gute Geschäfte gemacht und kam durch sie auch in einige derart ansehnliche Aufsichtsratspositionen, daß er zweifellos mit mehreren großformatigen Todesanzeigen seine im Banklehrlingsfach begonnene kommerzielle Laufbahn beendigt haben würde. Aber sein immer virulenter politischer Ehrgeiz verschaffte ihm darüber hinaus sogar eine Art von Staatsbegräbnis, und es erscheint mir durchaus berichtenswert, wie es dazu gekommen ist.

Zunächst hatte Bruno, wie ja noch aus seinen eigenen Aufzeichnungen hervorgeht, heimlich Verbindung zu einigen Parteigängern seiner Münchner Zeit aufgenommen. Diese muß er aber bald wieder aufgegeben haben, als er die Männer teils einflußlos, teils auch von politischem Machtstreben kuriert fand.

Kurz nach Errichtung der Bundesrepublik reiste er in ihre provisorische Hauptstadt, um sich, wie er Frau Müller-Gegginger bekannte, »die Leute dort mal anzusehen«. Wieder einmal stand er nicht ganz zufällig am Wege des Exponenten der Macht, aber zum erstenmal kam es nicht dazu, daß er ewige Treue und Gefolgschaft schwur. Sicher brach der reife Mann nicht mehr in ›Hurra‹- und ›Heil‹-Rufe aus, wie einst in Leipzig oder München, doch mag sein Hutlüften immerhin so bedeutungsvoll ausgefallen sein, daß es einen gefolgschaftsheischenden Blick verlangt hätte.

Zu diesem Blick kam es nicht. Bruno Tiches wurde von seinem Kanzler nicht erkannt, wie vorher von seinem Kaiser und seinem Führer. Oder wurde er gerade erkannt? In einem erhalten gebliebenen Brief an seine damalige Hauptverlobte, der noch am gleichen Tag im Hotel geschrieben wurde, heißt es sehr kurz:

»Ich stand am Wege, auf dem A.[1] manchmal zu Fuß von seiner Wohnung in R.[1] kommt. Er sprach mit seinem Staatssekretär H.[1]. Ich habe die Herren gegrüßt, aber sie haben mich nur eben so obenhin wiedergegrüßt. Ich bezweifle überhaupt nach meinen Eindrücken stark, daß man hier auf dem richtigen demokratischen Wege ist.«

Damals hat nun Tiches – und davon wußte vor allem seine zweite Braut, Frau Kückeley, zu erzählen – einen seiner kühnen Entschlüsse gefaßt. Er gründete eine eigene Partei. Er habe, bekannte er, herausgefunden, was man an den beiden untergegangenen, ihm anfangs jeweils sympathischen Staatsformen doch als gut anerkennen konnte und was teils durch die Schwäche ihrer obersten Repräsentanten, teils durch die ›Intrigien‹ verdorben und verwässert worden sei. Er faßte die ›guten Komponenten‹, wie er das nannte, zusammen, tat einiges Finanzkapital von seinen drei Bräuten, einiges an eigenem, verworrenem Gedankengut dazu, und, siehe da, er gebar ein Parteilein, das sich zu gleichen Teilen nationalistisch und sozialistisch gebärdete und das aus den Reihen der ewig Unbelehrbaren und Mißgünstigen oder von den Ausgeschalteten des vorigen Regimes bescheidenen Zulauf erhielt.

Es langte zwar noch nicht zu einem Bundestagssitz für den Spitzenkandidaten Tiches, aber in einem Länderparlament, das keine Fünfprozentklausel kannte, zog er bei einer späteren Landtagswahl doch als Abgeordneter ein, und eine unerforschliche Parteienarithmetik machte ihn, machte ausgerechnet meinen ehemaligen, in vielen Berufen und Positionen nachhaltig und überzeugend gescheiterten Klassenkameraden zum Zünglein an der politischen Waage. Als solches konnte er, je nachdem, bei wichtigen Abstimmungen

1 Die Namen zeitgenössischer Persönlichkeiten sollen auch an dieser Stelle nicht genannt werden.

die rechte oder linke Schale steigen oder fallen lassen. Nimmt man es genau, so war Bruno Tiches in seinem Ländchen im Besitz der absoluten Macht. Nie vorher in seinem Leben ist er so umworben worden. Kam er gestern von einem Sektfrühstück bei den Industriellen, so wurde er heute von einer Gewerkschaft zu einem Bierabend mit Steinhäger und echtem Pilsner eingeladen. Und da er Bier und starke Sachen den vornehmeren Getränken vorzog, mußte sich morgen wieder die bürgerliche Parlamentshälfte um eine neue Attraktion für Bruno bemühen. Keines der in seinen Kreisen üblichen Leiden – Managerkrankheit, Kreislauf und Bandscheibe – fehlte infolge dieses bankett- und opferreichen Lebenswandels dem Abgeordneten Tiches.

Die letzte seiner Bräute, Frau Ottmar, hat ihn mir sehr plastisch, ich möchte in diesem Falle sogar sagen: ›vollplastisch‹ geschildert: Wie er als Zweizentnermann zwischen den Machtblöcken von Regierung und Opposition saß, selbst in jeder Beziehung ein Machtblock! Er hielt keine Reden, dazu war er zu faul und zu unbegabt. Aber sein »Hört! Hört!« am rechten Ort ließ die Linke erzittern, und ein gemurmeltes »Sehr richtig!« bei der Rede eines oppositionellen Abgeordneten beschwor eine Regierungskrise herauf.

Am Ende achteten Reporter und Tribünenbesucher fast nur noch darauf, wie der dicke Mann in der Mitte des Saales reagiert, um seine Mienen zum politischen Stimmungsbarometer zu machen. Linke und rechte Abgeordnete bemühten sich auffällig und mit unterschiedlichem Gelingen darum, durch gewagte kleine Scherze, die seine Fettschichten noch immer am leichtesten durchdrangen, den Mann mit dem Zünglein heiter und gnädig zu stimmen.

Vielleicht wäre es soweit gekommen, daß, aus äußerster Verzweiflung heraus, Regierung und Opposition sich vereinigt und gemeinsam die Regierung gebildet hätten, wenn nicht der sehr dicke Mann zwischen ihnen noch vorher von einem sehr mageren in ein Reich abberufen worden wäre, das zeitlos und deshalb über alle ersten, zweiten, dritten oder nachfolgenden Reiche erhaben ist.

Noch vor seinem Tode aber – oder richtiger mit ihm – umgab ihn jene höchste Glorie, die ihm am Grabe zu einem Fahnenwald, den er immer gern gemocht hatte, und zu Gebeten, um die er sich nie sonderlich kümmerte, verholfen hat.

Es ging um ein Gesetz der Bildung und Erziehung, das nicht nur die beiden extremen Parteien, sondern das ganze Land in Erregung brachte, da es voraussichtlich Rückwirkungen bis an den Rhein, möglicherweise sogar bis über die Alpen haben konnte. In kulturellen Dingen aber besaß Tiches von jeher eine dezidierte Meinung: er lehnte sie rundweg ab – und noch immer waren die, welche sie professionell ausübten, für ihn ›komische Figuren‹ oder ›ulkige Kruken‹. So ließ er auch diesmal durch seine Gesichtszüge und kurze Ausrufe erkennen, daß er gegen die Parteien Partei ergreifen würde, die diese mißliebige Sache mit Nachdruck und heiligem Eifer verfochten.

Mehr denn je bemühten sich Interessenverbände, Vereine und karitative Organisationen, auch die Leiter von Hoch-, Mittel- und Volksschulen um die Gunst des Bruno Tiches. Sein Posteinlauf – einschließlich der Paketpost – schwoll von Tag zu Tag an, und man sah ihn von Einladung zu Einladung eilen. Heimliche Gegner von ihm – offen wagte sich keiner zu bekennen – witzelten, er sei damals von den vielen schwarzen und roten Einladungen ständig blau gewesen.

So rückte der große Tag der Abstimmung heran. Im Landtagssaal summte es – Parlamentsberichterstatter pflegen dies so auszudrücken – ›wie in einem Bienenkorb‹. Inmitten des Bienenkorbs saß, schwer auf die Ellbogen gestützt, aber noch von keiner Ahnung eines nahen Endes überschattet – der Abgeordnete Tiches. Mit so gelassener Ruhe sah er der Entscheidung entgegen, die ja allein von ihm abhing, daß er das Plenum nervös machte und verwirrte und bei der Abstimmung ein ganz unglaubwürdiges Ergebnis entstand. Oppositionelle mußten mit der Regierung und kulturtreue Abgeordnete mit der Opposition gestimmt haben. Am Ende gab es ein solches Durcheinander, daß man sich zu dem in diesen Fällen üblichen Hammelsprung entschloß, d.h. die Befürworter des neuen Gesetzes sollten durch die rechte Saaltür, seine Gegner durch die linke in den Plenarsaal eintreten.

Niemand hatte beachtet – Frau Ottmar berichtete das Folgende geradezu dramatisch –, wie sich Bruno Tiches schon vorher aus einer gewissen kleinen Leibesnot heraus durch die rechte Tür zu einem nur dort zu findenden, den männlichen Oppositionellen und regierungstreuen Abgeordneten gemeinsamen Ort begab. Er verweilte da gemächlich seine Zeit und wunderte sich, seinem Temperament gemäß, nicht, als viele Abgeordnete vor ihm durch die gleiche Tür in den Saal zurückströmten.

Als er ihn betrat, hörte er die Stimme eines Schriftführers eine Zahl nennen, und sogleich brach ein ungeheurer Jubel los. Man schloß Tiches in die Arme, der herbeieilende Ministerpräsident klopfte ihm persönlich auf den Rücken, Fotoblitze blitzten,

Wochenschaukameras surrten. Die Partei des Bruno Tiches hatte die Regierung, das Gesetz und – wenn man seinen Verfechtern glauben darf – die abendländische Kultur gerettet.

Es mag sein, daß diesmal Tiches – Parteiführer und Partei in einer Person – sich wirklich zu einer heroischen Geste aufgeschwungen und den schrecklichen Irrtum durch einige Sätze der Erklärung berichtigt haben würde, aber dazu blieb ihm keine Zeit mehr. Der Hitze der auf ihn gerichteten Scheinwerfer, dem aufgeregten Gedränge, das um ihn entstand, war sein apoplektischer Zustand nicht gewachsen. Im Augenblick seines zweitgrößten Triumphes raffte ihn ein Schlaganfall hinweg, so daß er den größten nicht mehr erleben durfte: das beflissene Gewimmel an seinem Grabe, an das nicht nur alle regierungstreuen Länder ihre Abordnungen mit überdimensionalen Kränzen und Blumenangebinden entsandten, sondern sogar die Hauptstadt am Rhein, die ihn einst durch ihren markantesten Vertreter vielleicht allzu gleichgültig behandelt hatte.

Erwägt man freilich die Tatsache, daß sich bei seiner Beerdigung erstmalig und unvermutet auch seine drei Bräute trafen, so möchte man ihm dieses Erlebnis auch wieder nicht gewünscht haben. Zwar wurde die Abfertigung der zahllosen Kondolierenden dadurch erleichtert und beschleunigt, daß drei schwarz verschleierte Damen an getrennten Plätzen die Beileidskundgebungen entgegennahmen, aber nur ein beherzter, mit seiner Schaufel bewaffneter Totengräber konnte verhindern, daß nach dem letzten tränenden Blick in die Tiefe drei Witwen allzu munter aneinandergerieten.

Doch wird gerade diese Begebenheit von Frau Müller-Gegginger, Frau Kückeley und Frau Ottmar so verschieden dargestellt, daß ich sie für meinen vorgesehenen Bericht außer acht lassen muß. Auch will ich alles vermeiden, was etwa zu nachträglichen Beleidigungsprozessen Anlaß geben könnte.

Dagegen möchte ich dem Klassenkameraden Tiches – so viel Schlimmes er mir angetan haben mag – ein Schäufelchen Sand der Erinnerung in die dunkle Gruft nachsenden. Nicht umsonst haben wir als Knaben einmal zusammen Sand geschaufelt, der fröhlich in die hellen Lüfte stieg …

ULRICH BECHER
Kurz nach 4

Kurz nach halb 3 starteten die Vespas und Lambrettas endgültig.

So schien's; der Romfahrer lag auf der Pritsche, ungläubig vor der Tatsache. Besser, man beließ in Zweifel, ob das in Fernen ersterbende Tocketocketocke nicht wiederkehren würde, den nachtschlafnen Borgo neuerdings erfüllend mit blechernem Geröhr. Derart kupierte man ohnmächtigen Ärger, nicht abreagierbaren. Denn wenn sie wiederkamen, ein Zuruf, wie schon vorhin erwogen, würde nichts ausrichten. Vermittels eines Maschinengewehrs Ruhe und Frieden zu fordern, wie schon vorhin erwogen: solche Forderungsmethode gehörte zum Kapitel wüster Reminiszenzen, abgesehn davon, daß ein MG nicht zur Hand war (ein Fehlen, an das man sich in der ersten Nachkriegszeit nicht ohne weiteres hatte gewöhnen können).

Zur Hand allerdings war eine 9,085-Millimeter-Lugerpistole. Griffbereit, wenn auch gesetzeswidrig im Necessaire-Koffer verstaut. Zborowsky hatte deren zwei besessen.

– – Zwei; aber die andre haben sie konfisziert nach deinem ›Anschlag‹ auf Scherhack. Und das, nicht allzu listenreicher Odysseus-Borrón-Borić-Zborowsky, blieb zuletzt:

Nachdem die Rote Armee vorgerückt war durch den Balkan, Kontakt genommen hatte mit des Zagreber Schlossers Volksbefreiungsarmee; nachdem du eine ungeahnte Fülle von Formularen ausgefüllt und sie hattest stempeln lassen bei Dutzenden von Amtsstellen, Stempel, die das Ende ›Heiligen Räuberlebens‹ etwas allzu prosaisch besiegelten in den provisorisch gezimmerten Kanzleien einer vorerst noch nomadisierenden Militärbürokratie, durftest du heim. Als du frühsommers 45 – noch war die erste Atombombe der Geschichte nicht krepiert – die Grenze der wiedererstandenen Austria überschrittst, bei Radkersburg, unterm verdutzten Blick jugoslawischer, russischer, britischer Soldaten und österreichischer Zöllner, unternahmst du im Gedenken an Kostja Kuropatkin – ob der noch leben mochte? –, seiner ›practical jokes‹ (praktizierten Scherze), seines umständlichen Requisitenhumors dies. Deine mit Vorbedacht angelegten, unverschnürt belassenen Alpargatas, spanischen Hanfschuhe, die du als letztes von einst Verbliebenem mitgeschleppt hattest bis an die Pforte zur Heimat – im Hindurchtappen unterm gelüpften, frisch rotweißrotlackierten Grenzschlagbaum schleudertest du sie von den Füßen hoch in die Luft, einen um den andern, wobei du aus vollem Hals krähtest: »Es lebe unser Kaiser Franz Josef! Es lebe unsre Kaiserin Elisabeth!«

Nach neunjähriger Verschollenheit wieder in Wien sein. Dich mit dem buschigen Schnauzbart, der angeschlagenen Nase, dem Auge, das sein verträumtes Prüfen eingetauscht hatte gegen ein visierendes, dich erkannten die gealterten, die alten Eltern auf den ersten Blick kaum wieder. Aber dann kam die selig betäubende Gewißheit, daß du es seist, du, zu ihnen, und ihr Begrüßungslamento, alles Freudengeschrei und -geflüster und -geschluchz wurde – sie hatten seit Monaten ausschließlich Löffelerbsen verzehrt – begleitet von ihren spasmodischen Furzen, was dem Moment nichts nahm von seiner erschütternden Feierlichkeit.

»Oh du mein Franzl!« (Furz.)

»Bist du's denn wirklich und wahrhaftig?« (Furz.)

»Unser einziger Herzensbub ist wieder da!« (Furz.)

Der Vater, erfuhrst du, war nach deiner Flucht aus Kragujevac in ›Sippenhaft‹ genommen worden, später hatte er sich, als gemeiner Sanitäter hinunterverschickt auf die Dodekanes-Inseln, eine Malaria geholt. Wie du nach deinen Platten und Mappen fragtest, stockte er, dein Vater, in einer Verlegenheitspause, sie diesmal wie absichtlich ausfüllend mit einer Kadenz flacher Knaller, derentwegen er sich sonderbar umständlich entschuldigte: Erbsen, wie gesagt, das einzige Nahrungsmittel, mit dem die sowjetische Kommandantur den Wienern übers Frühjahr zu helfen vermochte –

»Und die Platten und Mappen?« beharrtest du, um endlich zu erfahren, daß des Himmler Geheime Staatspolizei sie konfisziert hatte samt und sonders, eingeschmolzen, eingestampft. Mitte deiner Dreißiger standst du, der so früh begonnen, mit leeren Händen, da existierte kein Radiernadelkritzer von dir, kein Blatt, kein Kupferblech, keine Kalkschieferscherbe, aber *du existiertest*, Franz Zborowsky. Totalen Krieg überlebt hattest du und warst da (Bewußtsein, das von der jugendlichen Intelligentia Frankreichs alsbald zu einem Credo erhoben wurde), da in der letzten Stunde eines globalen Massakers und der zugleich ersten eines neuen Zeitalters, in der die Menschenerde ihren ersten künstlichen Leibwind hinausknallen ließ in den Kosmos. Ja, wie der Historie erster Atombombenpilz im Himmel sich blähte über japanischer Hafenstadt, gedachtest du, die drei Ringe scheppern hörend um dein Wasserzeichenherz, Moritz Schlands und seiner Prophezeiung – –

Wiederholung der Prozedur: Aufschnupfen von etwas Leitungswasser mit Eau de Cologne, matt degoutiert vom grunzerhaften Beigeräusch. Das Handtuch neu anfeuchten, es sich auf die Stirn kleben. Wieder reglos auf der Pritsche liegen. Auf der Pritsche. Warten. Wenngleich die Vespas bislang nicht zurückgekehrt waren, belehrt vom Krieg, traute er dem Frieden nicht.

– – Auf der Pritsche. Im Untersuchungsgefängnis Elisabethpromenade, ›die Liesl‹ genannt. Daß du für kurz auf sie zu liegen kamst, hattst du allein deiner letzten Initiative gegen das Leiden zu danken. Deinem eignen Feuer – im Wortsinn: Feuer allein, deinem letzten Schuß gegen das Leiden.

Denn die Behörden des neuerstandnen Kleinstaats kamen dir, wie drei der vier Besatzungsmächte, mit Achtung entgegen, zum Professor wurdest du ernannt und Leiter der Meisterklasse ›Graphik‹ der Wiener Akademie der Bildenden Künste. Dein altes Atelier nebst Kleinwohnung in der Böcklinstraße, am Eingang zum Prater, fandst du unversehrt vom Krieg und bezogst es wieder, und weil sich derzeit, da Nachkriegselend regierte und Schleichhandel, viel Gelichter dort draußen umhertrieb, beließen dir im Einvernehmen mit dem Rayonsinspektor die Dienststellen der Roten Armee, zu deren Besatzungssektor der Stadtbezirk gehörte, zum Selbstschutz eine der beiden deutschen Lugerpistolen, die du mitheimgebracht hattest aus dem südslawischen Krieg. Die andre bewahrtest du ohne Lizenz.

Noch vor deinem ›Attentat‹ auf Scherhack erstanden dir neue Freunde und Feinde.

Ein Teil deiner Schüler, besonders die jüngsten, vergötterten dich. Die Kulturoffiziere der Sowjets, wenngleich sie deinen ›kosmopolitischen Formalismus‹ bekrittelten, deinen ›zeitweilig bis ins Mystische ausartenden Pessimismus‹, begegneten deinem Wirken mit etwas wie mißbilligendem Wohlwollen. Die Kulturinstanzen der französischen und britischen Besatzungsmacht förderten dich mit Maß. Voll Schaffensbesessenheit dem Zerstampften nicht nachtrauernd, Neues stampfend aus dem alten Boden Wiens, Scheide zwischen Okzident und Orient – dein Wahlspruch: ›Im Prater fängt der Orient an‹ –, warst du neben Wotruba und Kokoschka, die beide im Exil gelebt hatten, der erste Austriak, dem Nachkriegsausstellungen blühten in Paris, London.

Aber die ›Amerikaner‹ boykottierten Zborowsky. Denn es begab sich, bevor er den Schwarzhändler Scherhack niederschoß am Kohlmarkt, dies.

Unter den Fittichen der amerikanischen Besatzungsmacht zurück kehrte eine Handvoll jüngerer mediokerer, vorwiegend jüdisch-bürgerlicher Wiener Intellektueller, die vorm Zweiten Krieg in die Staaten emigriert waren und dort nicht reüssiert hatten, verkrachte Literaten, in New York modehalber zum Katholizismus konvertiert, Theater- und Filmleute, die den Broadway und Hollywood mitnichten erobert, Journalisten, die als Redakteure kleiner Emigrantenblätter dahinvegetiert hatten, sie alle nun, den toten Präsidenten Roosevelt verlästernd, gar des Jahrhunderts größten jüdischen Geist, Einstein, diffamierend wegen seiner ›neutralistischen Haltung im kalten Kriege‹ (eins aus der Reihe törichter Zeitschlagwörter: wann und wo in der bisherigen Geschichte wäre sogenannter Frieden andres gewesen als ›Kalter Krieg‹?) – sie alle, wenn auch bloß eine Handvoll, nun, ausgehungert nach billiger Macht und ramschbarem Erfolg, remigrierend ausgerichtet nach dem Exerzierreglement und Katechismus des ›Komitees Für Unamerikanische Machenschaften‹, darin das Hauptwort führte jener Senator Joseph McCarthy, der sich unter Ausnützung der allgemeinen Atomschizophrenie (Atomspaltungsirresein) als Großinquisitor alles ›Roten‹ zu etablieren gedachte. Auftretend teils in nagelneuen Uniformen, an denen nie ein Stäubchen des Kriegs geklebt hatte, als ›Umerzieher‹, ›Theater- und Presseoffiziere‹, üppige Armeekonserven konsumierend, indes die Wiener mit kaltem Kartoffelbrei belegte Brote verzehrten, fraternisierte die Handvoll – für dich zunächst schwerfaßliche Tatsache – mit den Nutznießern des Gestern, den Unzufriednen von heute, den ›ehemaligen Nationalsozialisten‹. Beiderseits absolviert ward eine große Ablaßerteilung und Gesundbeterei: Ex-Emigranten und Ex-Nazis machten einander hoffähig auf der Hatz nach Wiederergatterung verlustig gegangener Pfründe. Jäger und Schassierte von gestern hockten in schauerlicher Spießgesellenschaft an einem Stammtisch, den sie in einem Kaffeehaus der Jasomirgottgasse als billiges Blutgericht drapiert hatten, vom Schandmäulergeifer befleckten, an dem ›Leichen fabriziert‹ wurden, und wen der Bannstrahl der Korona traf, der hatte mit eins gegen seine Ächtung zu kämpfen. (Denn die biegsamen – preußisch geschnarrt: die schlappen – Wiener haben sich allzeit ohne Umstände jeweiligen neuen Herren gebeugt, augenzwinkernd, ohne je zu brechen, und es ist fast, als müsse ihnen derlei traditionelle Charakterlosigkeit als Charakterstärke verbucht werden, weil ihnen dergestalt ein im Geschichtsablauf von je zu je Schwierigeres gelang, nämlich mit einer gewissen Anmut zu *überleben*. Als barock-existentialistisches Sinnbild für dies Talent ging der aus der Pestgrube wiedererstandene Bettelsänger und liebliche Saufbold Marx Augustin in die Fama ein.)

An jenem Kaffeehaustisch der Jasomirgottgasse wurde dir der Prozeß gemacht, noch ehe der amtliche gegen dich eingeleitet ward wegen des Schusses auf Scherhack.

Und da du an dem frühdunkel-naßkalten Novembernachmittag vom Praterstern der Innern Stadt zustrebtest, als dich dein einsamer Weg führte durch die erstorbene Leopoldstadt, wo Wiens jüdisches Kleinbürgertum und Proletariat beheimatet gewesen samt zahllosen Anekdoten und Witzen und wo nun kein Name mehr, kein Firmenschild davon zeugte, denn die Faschisten hatten einen ganzen Stadtteil in die Auschwitzer Gaskammern verschleppt, rührte dich Ekel, ja Grauen an im Gedenken an die Jasomirgottbande: an die Instinktarmut und Phantasielosigkeit jener, die dem Massenmord rechtzeitig entwischt waren und nun, verkleidet als Hyperamerikaner, an einem Lästertisch hockten mit ihrer Brüder Henkern, schwelgend in Atomkreuzzugsstimmungen. Doch dann vergaß deine eisige Verachtung die Jasomirgottbande.

Befeuert von mehreren Gläsern Sliwowitz, die du stehend gestürzt hattest in ein paar armselig-verödeten Leopoldstädter Pinten, darin dich die Manen vergaster Juden anrührten, flackerte dein heißer Zorn empor wider die alten Peiniger und Vernichter, jäh und überdimensional auf zuckte das Bild Lolitas – *war sie denn wirklich vernichtet?* –, in deinen Ohren hallten die hellen Schreie der Kragujevacer Gymnasiasten – deren Vernichtung hattest du mitansehn, -hören müssen! –, und wie du, über den zerschossenen Donaukai in die Innere Stadt gelangt, vom frühabendlichen Gewimmel des Grabens zum Kohlmarkt abbogst, schrittst du hin mit dem gewalttätigen Ins-Nichts-Lächeln deines ›Streitsüchtigen Engels‹ (eine der erfolgreichsten Zborowsky-Lithographien aus den ersten Nachkriegsjahren).

Da entdecktest du ihn von ungefähr.

Er hockte, breitärschig, schmerbäuchig geworden, hinterm solenn erleuchteten Schaufenster der ehemaligen Hofkonditorei. Wiewohl er sich, zweifellos zur Unkenntlichmachung seiner früheren Person, hatte einen strohigen Vollbart wachsen lassen, einen schweineborstenfarbenen, der seinem rosigen Teint wohlanstand, erkanntest du ihn sofort.

Du betratst die Nobelkonditorei, die während jener magren Jahre markenfrei kostspieliges Naschwerk anzubieten hatte, erschwinglich nur für Verschwender, echte und unechte Amerikaner,

Neureiche und Schieber. Einen Verschwender, aus dem New Yorker Exil heimgekehrten Verleger, der indes keineswegs zur Jasomirgottbande gehörte, einen Neffen des impressionistischen Dichters Peter Altenberg, sprachst du gedämpft an:

»Servus, Toni; sag, kennst du den Dicken da drüben mit der Schweinsphysiognomie?«

»Servus, Franz«, erwiderte der Angeredete, ein Zborowsky-Sammler, erfreut. »Den? Freilich kenn ich ihn. Das ist der Scherhack.«

»Scherhack?«

»Ein Schwarzhändler«, tuschelte Toni Altenberg, »der momentan Riesengeschäfte macht.«

Du griffst mechanisch in die Manteltasche, tratst zu dem Schwarzhändler ans Tischchen, dran er allein eine ›Sachertorte mit Schlag‹ löffelte.

»Na? Wie geht's, Hauptsturmführer Mehlgruber, Rapportführer vom Kazet Mauthausen? Erinnerst dich an mich? Wenn's auch schon ein paar Jahr her ist, daß du mir die Nase angeknackt hast ...«

Du, der soviel Erschrecken geschaut, selten sahst du einen, der sich so rapid entfärbte. Das Rosige seines verfetteten Gesichts, darin sich die straffe Gemeinheit von einst biedermännisch-arglos tarnte, verblich im Weißlichgelb des stachligen Vollbarts, und seine manikürten Fingernägel stupften fahrig in die Schokoladentorte.

»Ein – ein Irr-, ein Irrtum Ihrerseits, mein Herr«, stammelte er, deine Nase anstarrend. »I–ich kenn Ihnen nicht. Mein Name ist Scherhack, Leopold Scher- ...«

»›Kusch! Mit dir werd ich nicht lang tabula rasa machen‹«, äfftest du, zogst aus der Manteltasche eine deiner Lugerpistolen – –

MARTIN WALSER
Ehen in Philippsburg

Hans war froh, diese erste Begegnung mit der Praxis hinter sich zu haben, als er zum Presse-Tee fuhr. Der Redakteur der »programmpress« mußte seinen Kollegen von der Tagespresse doch wenigstens ein bißchen praktische Einsicht voraushaben.

Der Pförtner im Funkhaus hatte von allen Lächeln, die er bis jetzt in Philippsburg gesehen hatte, das freundlichste. Er saß hinter seiner Glasscheibe wie in der Badewanne. Hans sagte nur: »Presse-Tee«, da sagte der Pförtner sofort: »Dritter Stock, Empfangssaal.«

Der Messeraum einer Weltraumstation. Gewellte Wände, die Decke eine große S-Bewegung, mehrfarbig, das Licht wuchs überall heraus. Die Formen der Tische schienen ihre Entstehung der Explosion eines Onyxfelsens zu verdanken, lediglich in der Dicke der Tischplatten hatte man sich phantasielos mit einem einzigen Maß begnügt. Die Beine dagegen waren verschieden dick und gleißten auch in den krassesten Mustern und Farben. Die Aschenbecher schienen erstarrte Tiefseetierchen zu sein. Die Sessel mußten teils von Gynäkologen, teils von Karosseriebauern, bestimmt aber von Exhibitionisten entworfen worden sein. Die Bezüge waren in den ernsten Farben alter Kirchenfenster gehalten. Der Bodenbelag war so, daß man versucht war, die Schuhe auszuziehen. Die anderen Pressekollegen waren wahrscheinlich schon so oft hier empfangen worden, daß sie nicht mehr erschreckt werden konnten. Ob sie einander alle kannten? Ob außer ihm vielleicht noch ein Neuer dabei war? Er hätte sich vorstellen sollen. War Dr. Abuse nicht da, der Pressechef? Doch, da stand er, natürlich ein Glas in der Hand. Wenn der ihn vorgestellt hätte! Aber sich, seinen Namen und seine Hand zwanzig bis dreißig Herren anzubieten, die herumstanden, in der einen Hand das Glas, in der anderen die Zigarre oder Zigarette, wie hätten sie ihm die Hand geben sollen? Der Eintritt des Intendanten enthob ihn dieser Sorgen. Ein lilafarbener Anzug flatterte heute um seine hagere Gestalt. Hinter seinen ausgreifenden Schritten trippelten zwei winzige Sekretärinnen her; sie schleppten Papier und ganze Bündel neuer Bleistifte mit sich. Der Intendant selbst war flankiert von zwei jungen Herren, deren Haare auf die Kopfhaut gemalt zu sein schienen, so glatt lagen sie an. Als sich alles gesetzt hatte, stellte sich heraus, daß der Intendant, seine zwei Herren, der fröhliche Pressechef und Programmdirektor Relow, der heute einen gletscherfarbenen Anzug trug, am größten Tisch an der Stirnseite des Saales Platz genommen hatten. Schräg hinter ihnen die Sekretärinnen, die jetzt ihre Bleistiftspitzen in Millimeterhöhe über dem Papier hielten und mit gesenkten Köpfen wie Hundertmeterläuferinnen auf den Startschuß warteten.

Früher, dachte Hans, wäre der Intendant bestimmt Erzbischof geworden.

Der Intendant begann: er hätte es vor seinem Gewissen nicht verantworten können, wenn er nicht regelmäßig den Herrn von der Presse, die gleichzeitig Vertreter und Bildner der öffentlichen Meinung seien, Einblick gegeben hätte in seine Pläne; er messe dieser heutigen Sitzung, was sage er, Sitzung, davon habe er sonst mehr als genung, Sitzung, das sei der Tod der künstlerischen und publizistischen Arbeit, nein dies sei für ihn keine Sitzung, sondern ein freundschaftliches Treffen mit den Herren, die ihn in der Zeit seiner Tätigkeit, in all diesen schweren und schönen Jahren begleitet und gefördert, ja, gefördert hätten, und da sei er wieder beim Anfang: dieser heutigen Zusammenkunft messe er eine besondere Bedeutung bei, weil es gelte, Bilanz zu ziehen, Abrechnung zu halten über Verlust und Gewinn; ob er nun wieder einziehe in dieses Haus nach der Wahl oder nicht, darauf komme es am wenigsten an, aber die Rechnung müsse gemacht werden, Ordnung müsse sein in einem so großen Haus, und die Öffentlichkeit, deren Gelder hier verbraucht würden, habe ein Recht darauf, Einblick zu erhalten in alles.

Es war eine bewegende Rede. Und das nasale Filter gab die melancholisch-seriöse Färbung, die heute mehr am Platze war denn je. Alles wurde für die Öffentlichkeit getan, auf alles hatte die Öffentlichkeit Anspruch, die Öffentlichkeit war es, für die die Geschäfte geführt worden waren, das Interesse der Öffentlichkeit war sein Leitstern gewesen und würde sein Leitstern sein ... Die Öffentlichkeit? Wer ist das bloß, dachte Hans, spricht er von ihr nicht wie von einer teuren Toten, deren Nachlaß er zu verwalten hat, zu verteidigen auch gegen allerlei Erbschleicher?! Ja, die Öffentlichkeit mußte gestorben sein, es mußte Streit gegeben haben unter ihren Erben, Streit schon darüber, was ihr Interesse sei, was ihr eigentlicher letzter Wille, Streit auch darüber, wer von sich behaupten dürfe, ihr Sachwalter zu sein und ein ganz waghalsiger Streit darüber, ob man ihren Äußerungen wirklich trauen dürfe, ob man wirklich alle ihre Wünsche zu erfüllen habe, da sie ja, gestehen wir's uns doch ein, manchmal recht belächelnswerte Wünsche geäußert habe. Um so wichtiger sei es aber, das echte Interesse der Öffentlichkeit zu erkennen und zu wahren, ihr wohlverstandenes Interesse! So ist es immer, dachte Hans, wenn reiche, aber recht schrullige oder simple alte Damen sterben. Wer weiß, was sie eigentlich wollten? Und haben sie denn überhaupt etwas gewollt?

Der Intendant hatte seinen Statistiker mitgebracht, es war einer der glatten jungen Herren, der hatte die schwerdurchschaubare Dame Öffentlichkeit auf Herz und Nieren und auf noch viel mehr geprüft und konnte Kolonnen von Zahlen aufmarschieren lassen, mit denen man alles beweisen konnte, was der Intendant für beweisenswert hielt. Der zweite junge Herr, sein persönlicher Referent, ein Soziologe, trug nach dieser statistischen Diagnose vor, was der Herr Intendant als Therapeut geleistet hatte.

Darauf las der Statistiker wieder Zahlen vor, die bewiesen, daß der Intendant den wahren Willen der Dame Öffentlichkeit tatsächlich erkannt hatte, daß er ihre Klagen gehört und richtig eingeschätzt hatte und daß er dann auch die einzig wirksamen Besserungsmethoden angewandt hatte. Die Öffentlichkeit selbst – das machten die Zahlen deutlich – hatte es ihm dankbar bestätigt. Aber nicht als ihr Sklave habe er gehandelt, sondern nach eigenster Einsicht und Verantwortung.

Wunderbar, dachte Hans. Ein unangreifbarer Bericht. Eine Diskussion erhob sich. Hans dachte, was gibt es denn da noch zu reden? Der Intendant ist ein kluger Mann. Viel klüger als ich. Er hat die alte Dame Öffentlichkeit, die nie recht wußte, was sie wollte, mit List und Klugheit behandelt, also gebt ihm doch euren Segen. Aber der Saal war voller Zweifler und Nörgler. Ob das Funkhaus nicht doch im Leeren treibe! Ob die Herren hier nicht doch allmählich spürten, daß sie von ihren Hörern nichts wüßten? ...

Der Intendant gab alles zu und widerlegte alles. Ein prachtvoller Mann. Sobald einer etwas gegen seine Ansichten sagte, rief er: »D'accord! Völlig d'accord, aber ...« und dann sagte er das Gegenteil.

Die Presseleute hörten offensichtlich nicht gerne zu. Sie waren allem Anschein nach nicht hergekommen, um etwas zu erfahren, sondern um ihren bis an den Rand vollen Redekropf auszuleeren. Es gab bedächtige Herren unter ihnen, die die Sätze langsam aus dem Mund streichen ließen, endlose Sätze, die im Raum herumhingen wie Rauchfahnen bei Windstille; diese Redner wurden wahrscheinlich nur deswegen nicht unterbrochen, weil ihnen schon lange keiner mehr zuhörte. Endeten sie dann, so dauerte es einige Zeit, bis man bemerkte, daß die Stimme endgültig versiegt war. Allein der Intendant hörte diesen Reden noch aufmerksam zu, aufmerksam und geduldig und geradezu aufmunternd dem Redner zulächelnd; wenn der dann vielleicht bemerkte, daß alle anderen nicht mehr zuhörten, daß nur noch der ihn mit Aufmerksamkeit honorierte, den er gerade anzugreifen im Begriffe war, dann wurde er wahrscheinlich milder und milder. Der Intendant faßte schließlich das zähe Gewoge von Sätzen rasch zusammen. Bei seinen Entgegnungen benützte er Wendungen aus dem Wortschatz seines Vorredners, mischte überraschende Fremdworte wie Blumen dazwischen, bog alles ein bißchen zurecht, tat aber so, als zitiere er: man hatte den Eindruck, als umarmten sich zwei Reden, während die Redner selbst ganz ruhig sitzen bleiben konnten.

Programmdirektor Knut Relow sagte während all dieser Diskussionen nicht ein einziges Wort. Er saß bewegungslos wie eine Schaufensterpuppe, die einen Anzug zur Geltung zu bringen hat. Sein Kopf war fast immer von Rauchwolken eingehüllt, und wenn die sich lichteten, sah man ein Gesicht, das deutlich zeigte, wie schnell alle Probleme gelöst gewesen wären, wenn sich dieser Mund auch nur ein einziges Mal geöffnet hätte. Wenn er sich aber öffnete, dann nicht zum Sprechen, sondern um Rauch zu entlassen; manchmal stieß er diesen Rauch aus dem fischartig starr aufgeklappten Mund mit der Zunge so jäh heraus, daß sich Rauchringe bildeten, die langsam durch den Raum schlingerten und schwebten, sich endlich auf einen der Tische niederließen und dort zähe auf der Platte hin und her wogten (einem sterbenden Reptil gleich, das sich von der Erde wegkrümmt), bis sie sich schließlich doch auflösen mußten. Herr Relow sah diesen Agonien interessiert zu. Es gelang ihm auch einige Male, mit seinen kunstvollen Rauchringen die Augen fast aller Anwesenden von dem unentwegt weitersprechenden Intendanten abzuziehen.

Hans schrieb über diesen Presse-Tee einen Bericht, der von Herrn Volkmann um die Hälfte gekürzt wurde. Alles, was Hans zugunsten des Intendanten eingefallen war, wurde gestrichen. Zu seinem Erstaunen las Hans auch in der Tagespresse, deren Vertreter er bei dem Presse-Tee noch kennengelernt hatte, fast nur negative Kommentare über die Tätigkeit dieses Intendanten. War am Ende des Empfangs nicht der Intendant Sieger geblieben? Hatten nicht seine Argumente das Feld behauptet? Alle Fragen hatte er beantwortet, alle Einwände widerlegt, die Journalisten hatten es selbst zugegeben, und dann waren sie heimgegangen und hatten ihre Einwände, als wäre nicht darüber gesprochen worden, zu Artikeln gegen Dr. ten Bergen ausgewalzt. Dieser Intendant schien wirklich verloren zu sein. Hans sah ihn reden, sah ihn Besuche machen, reden und reden, Zahlenkolonnen marschierten aus seinem Mund heraus und direkt in die freundlichen oder gelangweilten Gesichter seiner Zuhörer hinein; er konnte alles auswendig, was für ihn sprach, er hatte Belege, er meinte es gut, er appellierte, versprach, bog seinen Graukopf tief auf seine Brust, er schmeichelte, beschwor die Vergangenheit und die Zukunft herauf, wurde wahrscheinlich allmählich unruhiger, die Termine häuften sich, das winzige Kalenderchen wurde strapaziert wie noch nie, sein Chauffeur kam nicht mehr zum Schlafen, die Bleistifte seiner Sekretärinnen zitterten, und die glatten Gesichter seiner zwei jungen Ordonnanzen mußten in diesen Tagen zusehends verfallen, vielleicht mußte sogar Dr. Abuse auf seinen halbstündlich notwendigen Drink verzichten in der wachsenden Erregung vor dem Tag der Wahl. Und dann war es soweit: die Räte wählten – und Dr. ten Bergen fiel durch. Mit einer großen Mehrheit von Stimmen wurde Professor Mirkenreuth von der Technischen Hochschule zum Intendanten gewählt.

»Sehen Sie«, sagte Herr Volkmann, »wir hätten uns blamiert, wenn wir ten Bergen gelobt hätten. Und jetzt müssen Sie als erster ein Interview mit Professor Mirkenreuth machen.«

HERBERT EISENREICH
Am Ziel

Das also war der Abend zuvor, der Abend vor der Nacht zu dem Tag, der ihm den Triumph bringen sollte! Nun war es so weit, kein Zweifel! Seit Tagen schon hatte sich Doktor Stiasny, ohne daß Gründe zu erfahren gewesen wären, in den Büros der Firma nicht mehr blicken lassen, und an diesem Nachmittag hatte ein Schreiben der Direktion ihn, den »S. g. Herrn Hans Leisiger, Oberinspektor der Vereinigte Zuckerfabriken A. G.«, für den nächsten Vormittag um halb neun Uhr in den kleinen Konferenzsaal gebeten: man habe ihm eine für ihn höchst bedeutsame Eröffnung zu machen.

Ja, dachte Leisiger, in den kleinen Konferenzsaal! Holzgetäfelt, dunkler Parkettboden ohne Teppich, ein Eichentisch und acht geschnitzte Armsessel, ein bauchiger Kachelofen in der Ecke, ein Gemälde der größten, der Inglhofer Fabrik zwischen zwei Hirschgeweihen an der Längsseite gegenüber den beiden Fenstern mit den handgewebten Vorhängen; und unsichtbar in dem Raume sich wölkend der Rauch von Zigarren, vermischt mit Spuren von Gerüchen, die seltsamerweise an erdige Schuhe und an schweißfeuchtes Pferdeleder denken ließen. Dahin hatte man ihn auch geladen, als er Inspektor in der Inglhofer Fabrik wurde, und wenig später wiederum, als er aufrückte in den Rang eines Oberinspektors und hierher zurückversetzt wurde, in die Zentrale. Und so lud man ihn auch diesmal in den kleinen Konferenzsaal – und er wußte, warum! Seit er, vor nunmehr zehn Jahren, in die Firma gekommen war, hatte er nie sein hochgestecktes Ziel aus dem wie anvisierend halb zugekniffenen Auge gelassen, das Ziel, Prokurist und damit Geschäftsführer zu werden – oder, mit einer Deutlichkeit gesagt, die jetzt, am Vorabend seines Triumphes, endlich wohl verstattet sein mußte: den

Platz einzunehmen, den der Doktor Stiasny innehatte. Und nun war es so weit, nur noch dieser Abend und diese eine Nacht trennten ihn von der festgesetzten Stunde des Tages, der ihn triumphieren sehen sollte, triumphieren nicht mehr bloß über diesen armseligen, über diesen blaß-zerbrechlichen, teetassenhäutigen Doktor Stiasny, sondern viel mehr über die Mühsal seines bisherigen Lebens vom zweiundvierzigsten bis zum eben vollendeten zweiundfünfzigsten Lebensjahr; denn seit er eingetreten war in die Firma, hatte er hingearbeitet auf diesen Tag des Triumphes, nicht nur seine vorgeschriebenen acht Stunden täglich und die Überstunden während der Rübenkampagne dazu, o nein! Sondern dreimal acht Stunden eines jeden Tages zehn Jahre lang hatte er dafür gelebt: dafür nicht nur gearbeitet, sondern dafür auch geschlafen, gegessen, sich rasiert, sich [wenn auch immer nur flüchtig] mit Frauen eingelassen, gelesen, Besuche gemacht und empfangen, geraucht, sich geschneuzt, Medizinen geschluckt, Luft eingeatmet und ausgeatmet ... gelebt nur für diesen einen Tag, für dieses eine Ziel; mit eiskalter Sachlichkeit, von sich selber kontrolliert bis in die Reflexe der Augenlider und bis in die Träume hinab, so hatte er darauf zugelebt, worüber er allmählich die angestrebten Vorteile, als da sind die finanzielle Besserstellung, das erhöhte Ansehen, die vermehrte Macht, vergessen hatte [genau wie jener Obmann der Rübenbauern in Neustadl, der damals, als durch den großen Streik in der Eisenindustrie auch die Bahn aus den Gleisen kam und die Waggons nicht mehr pünktlich bereitstellen konnte, der damals also partout die von den Bauern der Gemeinde herangefahrenen Rüben einmieten wollte, was ihm, da dies auf seinem Grund und Boden hätte geschehen müssen, eine kleine Summe Geldes eingebracht hätte, und der, um es gegen Leisiger durchzusetzen, was ihm endlich dann aber doch nicht gelang, die doppelte Summe in Gesprächen mit der Direktion vertelephonierte, bis dann doch die Waggons noch kamen und in pausenloser Tag- und Nachtarbeit beladen wurden; aber daran, und wie bis zur Siedehitze jener Bauer ihn damals geärgert hatte, daran dachte Leisiger schon längst nicht mehr]. Er dachte nur an den Triumph seiner Diplomatie. Seit er in der Firma war, hatte er mit allem, was er tat, gar nichts anderes getan, als den Ruf, das Ansehen, die Position des Doktor Stiasny – ›seines Vorgängers‹, dachte er fiebrig-trunken – unterhöhlt, untergraben, unterminiert, und mit welch lautlosen Spatenstichen, mit welch diffiziler Wühlarbeit, mit welcher Spannung zwischen äußerer Nonchalance und innerer Vibration: gleichwie ein lebenslänglich Gefangener just unter den Ohren seiner hellhörigen Bewacher sich mit den bloßen Fingernägeln einen Gang in die Freiheit kratzt! Auf vielfach verschlungenen Umwegen, geschleust durch alle Kanäle von Sympathien und Antipathien innerhalb der Belegschaft, hatte er die Direktion in Kenntnis gesetzt von jedem Mißgeschick, von jeder Nachlässigkeit, von jeder auch nur mikroskopisch kleinen Abweichung, von jeder wirklichen oder scheinbaren Verfehlung des Doktor Stiasny; hatte zahllose Mittelsmänner, von den Boten bis zum Oberbuchhalter, für den Transport dieser Nachrichten und Gerüchte eingespannt so unmerklich, daß keiner sich als sein Werkzeug fühlen konnte. Und hatte anderseits in den Sitzungen ausdrücklich für Stiasny plädiert; natürlich nicht etwa, indem er offenbare Verfehlungen oder Unregelmäßigkeiten Stiasnys bestritt, sondern so, daß er sie entweder bagatellisierte oder daß er im Charakter des Prokuristen oder in der jeweiligen geschäftlichen Situation entschuldigende Gründe suchte, immer aber so fadenscheinig argumentierend, daß die Entkräftung der Argumente gar nicht ausbleiben konnte.

Und nun war es so weit, nun stand er am Ziel! Mit zitternden Fingern die erloschene Zigarette aus dem Mundwinkel klaubend, wandte er sich von dem Fenster, aus dem er in die föhnig-vielfärbige Abenddämmerung gestarrt hatte, zurück in das dunkelnde Zimmer. Nun, dachte er, würde es auch notwendig werden, eine größere Wohnung zu mieten; hier, in Untermiete, wohnte er viel zu provisorisch, gleichsam seit Jahren nur auf Abruf. Und nun war es so weit! Dieser eine Abend und die Nacht nur noch trennten ihn, nach zehn randvoll mit Energie erfüllten Jahren, von dem Moment des Triumphes! Und da spürte er plötzlich die Stille und die Leere dieses Abends, in den er aus der Höhe seiner Anspannung unvorbereitet hineingestürzt war, eine Stille und Leere, die auch schon den morgigen Tag mit dem großen Ereignis, wie um es ihm vorzuenthalten, in sich aufsaugte, nichts ihm belassend als die Last all der Jahre, die er auf den morgigen Tag zugelebt hatte; spürte plötzlich, indes die kurze Spanne Zeit bis zum nächsten Vormittag ihm ins Endlose zu entgleiten schien, die summierte Last dieser Jahre überschwer auf seinen Schultern, spürte sie einsinken in die Brust und Jahresringe der Angst um sein Herz legen, spürte sie sein inneres Wesen zerdrücken, zerquetschen, zermalmen, es beseitigen, indes sein mächtiger Leib noch aufrecht stand, aber schon mit einem ungekannten Gefühl der Haltlosigkeit darin: grad als stünde, wo eben er selber noch gestanden, nur seine Haut noch da, zwar noch der Gewohnheit gehorchend, aber alsbald zusammensackend und liegenbleibend als ein erbärmliches Häuflein, so wie man sich vorstellt, daß die Kleider eines Ertrunkenen noch tagelang an dem Strande liegenbleiben, von dem aus er sich zu weit, als daß eine Rückkehr noch möglich gewesen wäre, aufs offene Meer hinausgewagt hat. Und so, so fand ihn am nächsten Morgen seine Haushälterin liegen, ein kleines Häuflein wie die Kleider eines Ertrunkenen am Strand. Um etwa die gleiche Zeit geschah das, als die Herren in dem kleinen Konferenzsaal bereits an die zehn Minuten gewartet hatten, der Minister a.D. Dr.h.c., klein, ausgetrocknet, zigarrenrauchend, Bauernbündler und jetzt Generaldirektor, und der kommerzielle Direktor, Statur eines Fußballspielers, Nichtraucher, Gesicht wie eine Uhr, und der technische Direktor, ein breithüftiger, wie von dauerndem Sitzen geformter Mann, Zigarrenraucher auch er, und als sie haargenau zehn Minuten gewartet hatten, sagte der kommerzielle Direktor: »Scheint, er hat den Braten gerochen!« Der technische Direktor wälzte seine Zigarre zwischen den Lippen, er mochte den kommerziellen Direktor nicht leiden, weil der immer auch in den Fabriken herumschnüffelte, und er dachte, daß Leisiger eben doch ein Dummkopf war, wenn er glaubte, der erste und einzige zu sein, der auf solche Weise sich emporzuschrauben gedachte; er hätte wissen müssen, daß diese Methode bekannt ist und daß man durch nichts sich so verdächtig macht wie durch ein Verhalten, das sich zusammensetzt aus Objektivität und Kollegialität! Doch weil ihm ein passendes Wort dafür nicht einfiel, dachte er mit einer plötzlichen Wendung, als ließe sein Denken sich schalten wie eine seiner Maschinen, an andere Dinge. »Der Stiasny ist doch«, ließ sich nun der Minister a.D. hinter einer Rauchwolke vernehmen, »der Stiasny ist doch wirklich ein zuverlässiger Mann?« Die beiden Direktoren nickten. »Ein Starrkopf«, sagte dann der kommerzielle Direktor, »und immer gleich mit irgend einer vertrackten Theorie bei der Hand, die er in der schlaflosen Nacht vorher erfunden hat. Aber wenn man ihm – in aller Freundschaft, versteht sich! – das Messer an die Brust setzt, dann ist er tüchtig für zwei!« Hinter seinem Rauchschleier nickte der Minister a.D., murmelte dann etwas von einer Gehaltserhöhung für Stiasny, und der technische Direktor dachte, daß sich durch das Fernbleiben Leisigers alles auf die bequemste Weise geregelt habe. Und dann diskutierten sie, was an diesem Tage sonst noch zur Debatte stand.

Siegfried Lenz
Der Mann im Strom

Er lag ruhig im Sand, er lag allein in der Dunkelheit vor dem Strom, sein Kopf ruhte in den aufgestützten Händen, und sein Blick lief über das Wasser, ernst und genau. Es war trübes, drängendes Wasser, das der Strom heranbrachte, es floß glatt vorbei und schnell, es floß vorüber ohne Strudel und Behinderung, und der Junge blickte darüber hin zum anderen Ufer. Er beobachtete die Lichter unterhalb der Böschung, er verfolgte ihre Bewegungen, die Lichter kreuzten und schnitten sich, sie wanderten starr und sanft durch die Dunkelheit, grüne und gelbe Lichter. Und dann sah er, wie ein Dreieck aus Lichtern sich von der Böschung löste, es löste sich von den anderen Lichtern, es löste sich von der Stadt und ihrer hohen Helligkeit, die hinaufzureichen schien bis in den Himmel, und drehte in den Strom.

Das Lichterdreieck der alten Fähre kam schräg auf ihn zu, lautlos und langsam, es bewegte sich mit feierlicher Starrheit durch den Abend über dem Strom, und der Junge sah der Fähre entgegen und blieb liegen im feinen, kalten Sand.

Er wartete, bis die Fähre festmachte am Holzsteg, er verfolgte ruhig, wie sie die schweren Manila-Trossen von Bord aus über die Poller warfen; die letzte Bewegung der Fähre fing sich jetzt in den Leinen, sie kam zur Ruhe, sie lag knarrend und scheuernd am hölzernen Landungssteg.

Es stieg nur ein Mann aus, ein hochgewachsener, magerer Mann, er trug eine alte Lederjoppe, Baumwollhosen, genagelte Stiefel, er ging über die Laufplanke und den Steg hinab, er ging den Uferpfad entlang und bog dann ab zu dem alten Haus auf dem Sandhügel. Der Junge sah ihn den Pfad heraufkommen, er erkannte ihn sofort; er erhob sich und lief die Rückseite des Sandhügels hinauf, und als der Mann den kleinen Schuppen erreicht hatte, stand der Junge in der dunklen Stube am Fenster und sah hinaus. Er sah, wie der Mann am Schuppen stehen blieb, nur sein Oberkörper ragte aus dem Schatten heraus, er stand einsam und unbeweglich da und blickte zur Fähre zurück, die losgemacht hatte und schräg gegen die Strömung mahlend davonfuhr.

Das Haus war klein, es war niedrig und zeitgeschwärzt, und es lag allein auf einem Sandhügel, von einem schäbigen Zaun bewacht, der an der Rückseite aufhörte. Auf der Rückseite war ein offener Platz, zugig und sandüberweht, mit wenigen Schritten zu überqueren, und da stand der Schuppen, da lagen Holz und alte Bootsteile, und auf der Rückseite war auch der Eingang.

Der Junge wartete, bis der Mann aus dem Schatten hervortrat und auf das Haus zuging, und als er die genagelten Stiefel auf dem Steinflur hörte, lief er nach hinten und schlüpfte unter die Bettdecke. Er rollte sich zusammen, nur sein junges, ernstes Gesicht und das sonngebleichte Haar sahen unter der Decke hervor, seine Hände waren zu Fäusten geballt und gegen den Leib gepreßt. Als das Licht aufflammte, warf er sich auf die Seite und zog die Decke nach. Er zog sie ganz über den Kopf und beobachtete durch einen schmalen Spalt den Mann, und er sah, wie der Mann die Joppe auszog und sie an einen Haken hängte, und wie er in eine Tasche der Joppe griff und einen Packen Papiere herausholte. Der Mann ließ die Papiere durch seine Hände gleiten, er betrachtete und prüfte sie der Reihe nach, weiße, blaue Papiere, dann stopfte er sie, bis auf ein blaues Heft, wieder in die Tasche zurück und ging langsam zum Fenster. Er hob eine Fußbank auf, stellte sie vor eine Kiste, die mit bedrucktem Wachstuch bedeckt war, und setzte sich hin. Er legte sein blaues Taucherbuch auf die Kiste und begann zu blättern, er las mit ausdruckslosem Gesicht alle Eintragungen, und es war sehr still in der Stube. Und nachdem er alles gelesen hatte, blätterte er zur ersten Seite zurück, preßte das Buch mit der Hand auseinander und ließ es aufgeschlagen vor sich liegen. Dann stand er auf und zog eine Rasierklinge aus dem Spiegelrand, er holte Tinte vom Küchentisch, er holte ein Messer und ein Stück Holz und legte alles auf die Kiste.

Der Junge vergrößerte den Spalt zwischen Decke und Bett, und jetzt sah er, wie der Mann die Rasierklinge mit dem Messer in ein Holzstück klemmte und sie vorsichtig auf das Papier setzte, seine Finger bewegten sich, ein dünnes, kratzendes Geräusch entstand, und während er von Zeit zu Zeit die Papierkrümel auf die Erde blies, blitzte die Rasierklinge schnell und scharf auf.

Das Gesicht des Mannes war weit nach vorn gebeugt, er sah sehr alt aus mit seinem mageren Nacken, mit dem dünnen Haar und den großen, rissigen Händen, die das Holzstück mit der Rasierklinge führten; er hat in seinem ganzen Leben noch nie so alt ausgesehen, dachte der Junge, sein Hals ist alt, sein Rücken ist alt, alles an ihm.

Die Rasierklinge fuhr fein und energisch über das Papier, es war gutes Papier, glattes Vorkriegspapier, das kaum faserte, und die Ecke der Klinge biß sauber an einer Zahl herum, folgte sorgfältig ihrem Bogen, tilgte sie aus, und dann setzte die Klinge bei einer anderen Zahl an, ein kleiner Druck zwang sie ins Papier, sie bewegte sich, scharf und blitzend, sie kratzte sich mit all ihrer wunderbaren Schärfe durch die zweite Zahl hindurch und löschte sie aus. Von den vier Zahlen waren jetzt nur noch zwei übriggeblieben, sie allein standen noch für das Geburtsjahr, und der Mann blies über die leere Stelle und säuberte mit dem Handrücken nach. Er schob das Taucherbuch dicht unter die Lampe, hob es hoch, hob es nah vor die Augen und begutachtete die leere Stelle: sie war nicht makellos, sie hatte ein paar rauhe Kratzer, aber die beunruhigten den Mann nicht. Er legte das Taucherbuch wieder auf die Kiste und nahm das Messer in die Hand, es war ein großes Messer mit breiter, starker Klinge, und er umschloß es fest mit seinen Fingern und drückte die flache Klinge auf die leere Stelle. Das tat er mehrmals, dann ließ er die flache Klinge über die Kratzer gleiten, immer nach einer Seite, und schließlich erhob er sich und preßte die Klinge mit aller Kraft auf das Buch: jetzt waren die Rauheiten und Kratzer verschwunden. Er ließ das Buch aufgeschlagen liegen. Er holte sich eine halbe Zigarette aus der Joppe und zündete sie an, setzte sich wieder auf die Fußbank und rauchte und blickte unverwandt auf die unvollständige Zahl.

Plötzlich kniff er die Zigarette aus und warf die Kippe auf das Fensterbrett, er zog sich die Tinte heran, einen Federhalter, ein Blatt Papier, und während er in das Taucherbuch starrte, begann er zu schreiben. Er schrieb Zahlen, er schrieb sie unter- und nebeneinander, verglich sie mit angestrengtem Gesicht, und auf einmal schob er das Übungsblatt zur Seite und schrieb zwei neue Zahlen in das Taucherbuch. Er war wieder geboren.

Er wartete, bis die Tinte eingezogen war, wischte sich die Hände an den Hosen ab, legte Messer, Rasierklinge und Tinte weg, und dann schwenkte er das Buch hin und her und drückte es zuletzt behutsam gegen die Fensterscheibe.

Der Junge bewegte sich unter der Decke und versuchte, den Spalt nach oben zu vergrößern; er fingerte vorsichtig herum, aber da wurde die Decke jäh von ihm fortgerissen, so daß er bloß da lag. Der Mann ließ die Decke auf den Boden fallen und stand groß neben dem Lager des Jungen und blickte auf ihn herab, blickte auf die angezogenen Beine, auf den Leib, auf die zur Abwehr erhobenen Hände, und er bückte sich und bog die Hände des Jungen auseinander und setzte sich neben ihn. Er hielt die dünnen Handgelenke umschlossen und sagte:

»Warum schläfst du nicht?«

Der Junge schwieg und sah ihn unentwegt an.

»Antworte«, sagte der Mann.

»Ich war unten am Steg«, sagte der Junge. »Ich habe auf dich gewartet.«

Der Mann ließ die Handgelenke des Jungen los, er erhob sich, er nahm die Decke auf und breitete sie über den Jungen aus, und dann sagte er:

»Du bist noch jung, Timm. Du mußt viel schlafen.«

Sie blickten einander an, sie sahen sich ruhig und abwartend in die Augen, der Mann hielt das blaue Taucherbuch in der Hand, und plötzlich änderte sich sein Blick, er wurde mißtrauisch und prüfend, er entdeckte den Mitwisser.

»Du hast es gesehen, Timm.«

»Ja, Vater«, sagte der Junge. »Ja.«

»Du verstehst nichts davon«, sagte der Mann, »das sind keine Sachen für dich.«

»Ja.«

»Du wirst mit keinem Menschen darüber reden, Timm. Du wirst auch deiner Schwester nichts sagen. Lena braucht das nicht zu wissen. Das mußt du mir schwören.«

»Ich werde es keinem erzählen«, sagte der Junge. »Das schwöre ich.«

»Da«, sagte der Mann, »nimm das Buch.«

Timm zögerte.

»Nimm das Buch«, befahl der Mann.

Der Junge gehorchte und nahm das Taucherbuch in die Hand. Seine Finger zitterten, er sah ratlos aus, er wollte das Buch auf das Kopfkissen legen, aber der Mann befahl ihm, es zu öffnen.

»Schlag es auf«, sagte er.

Timm schlug das Buch auf, ohne es anzusehen.

»Siehst du was?«

Der Junge warf einen schnellen, scheuen Blick auf das Buch und sah sofort wieder zu dem Mann auf und schüttelte den Kopf.

»Du sollst genau hinsehen«, sagte der Mann. »Du sollst es untersuchen. Laß dir Zeit dabei.«

»Dein Bild«, sagte der Junge. Er zeigte rasch auf die alte, eingestanzte Photographie, die einen jüngeren Mann zeigte, forsch lächelnd, gesund und wohlgenährt.

»Ja«, sagte der Mann. »Das ist mein Bild, du kennst es. Ein feines Bild, was? Das ist achtzehn Jahre her. Aber sieh dir nicht das Bild an, Junge, halt dich nicht damit auf. Du weißt genau, was wichtig ist, worauf es uns beiden ankommt.«

»Du hast radiert«, sagte der Junge, »mit einer Rasierklinge.«

»Wo?«

»Ich weiß nicht«, sagte Timm.

»Dann such es, Junge; komm, zeig mir die Stelle, wo ich radiert habe. Sieh dir alles genau an, so wie die andern es sich ansehen werden. Sag mir, ob man die Stelle erkennt.«

Timm hielt das Buch so, daß das Licht der elektrischen Birne auf das Papier fiel, er sah die neue Zahl im Geburtsdatum, er entdeckte, daß die Rasierklinge hier gearbeitet hatte, aber er tat, als mache es ihm Mühe, die Stelle herauszufinden. Schließlich deutete er mit dem Finger auf die neue Zahl und sagte:

»Hier.«

»Ja«, sagte der Mann, »da ist es. Glaubst du, daß sie es finden werden?«

»Es ist schwer zu erkennen«, sagte der Junge. »Wer es nicht weiß, findet es nicht so leicht.«

»Gott sei Dank«, sagte der Mann. »Ich habe die Geburtszahl geändert, Timm, ich habe mich ein paar Jahre jünger gemacht, und vielleicht werden sie mir jetzt Arbeit geben.«

»Warst du wieder umsonst da?«

»Ja, Junge, es war wieder nichts. Sie brauchen überall Leute heutzutage, sie können nicht genug bekommen, aber sie wollen alle nur jüngere haben. Den Jüngeren brauchen sie weniger zu zahlen, das ist das Entscheidende. Wenn sie einen Alten einstellen, dann müssen sie ihm mehr geben, dann können sie ihm weniger sagen, und vor allem wissen sie nicht, wie lange ein Alter noch bei ihnen bleibt. Bei einem Alten ist zuviel Risiko, der rentiert sich nicht genug. Du kannst dir nicht vorstellen, wie das ist, wenn man zum alten Eisen geworfen wird. Sie sind alle sehr höflich zu dir. Sie behandeln dich, wenn du hinkommst, sehr eilig, und sie sagen auch nicht gleich, was los ist. Zuerst schicken sie dich von einer Personalstelle zur andern, und sie sind alle sehr anständig und bieten dir einen Platz an, und sie meinen alle, daß sie sehr viel tun wollen für dich, und sie reichen dich mit sehr großen Hoffnungen weiter. Du darfst auf den verschiedensten Stühlen sitzen, und du kannst nichts sagen, weil sie heutzutage sehr höflich sind, und wenn du endlich etwas sagen willst, dann merkst du, daß du schon draußen stehst in der Sonne und daß ein höflicher Portier dir nachsieht. Und bei allem hast du nicht einmal gespürt, daß sie dich unentwegt taxiert haben und daß sie dir nicht mehr zugestehen konnten als den Wert für altes Eisen. Das Wrack steckt zu tief im Schlick, eine Bergung ist nicht rentabel.

Du gehst sogar weg mit dem Gedanken, daß sie nur dein Bestes wollen, wenn sie dir keine Arbeit geben, sie schicken dich weg aus lauter Güte und Rücksicht, weil sie dir die Arbeit nicht zumuten möchten; denn gerade die Arbeit eines Tauchers verlangt viel und macht einen Mann fertig, und sie wissen aus sehr zuverlässigen Gutachten, daß ein Taucher mit fünfzig eine Menge Stickstoff im Blut hat und ein Risiko ist.

Aber ich gebe es nicht auf, ich kann es noch nicht aufgeben, weil wir noch allerhand brauchen, Lena und du, und darum werde ich noch einmal hingehen, Junge, zu einer anderen Firma. An der Ostküste kannten sie mich, aber hier, in der Stadt, weiß kaum einer, wer ich bin. Ich werde es schaffen, Timm.«

»Sie werden es nicht merken, Vater«, sagte der Junge. »Wer es nicht weiß, findet es nicht.«

Sie schwiegen, denn sie hörten einen leichten Schritt; sie blickten zur Tür, und die Tür öffnete sich nach einer Weile, und Lena kam herein. Sie war sehr jung und blaß, sie hatte schwarzes, kräftiges Haar und hochliegende Backenknochen. Lena war neunzehn und erwartete ein Kind. Sie blieb neben der Tür stehen und sah zu dem Mann und dem Jungen hinüber, sie sah sie erwartungsvoll an aus ihren schwarzen Augen, und als keiner von ihnen sprach, sagte sie:

»Ich schlief schon. Ich träumte, es sei jemand gekommen. Dann wachte ich auf und hörte euch sprechen. Soll ich Tee kochen, Vater?«

»Nein«, sagte der Mann, »nein, Kind. Wir gehen jetzt alle schlafen. Ich bin zufrieden heute, oh Gott, seitdem wir hier sind, bin ich zum erstenmal zufrieden.«

»Ich habe dein Bett schon gemacht«, sagte das Mädchen.

»Gut«, sagte er, »ich gehe hinauf.«

Der Mann stand neben dem Bett des Jungen, er stand unschlüssig da für einen Augenblick, aber plötzlich streckte er seine Hand aus, die große, braune, zitternde Hand, er streckte sie dem Jungen hin in lächelndem Komplizentum, und der Junge ergriff sie und begrub darin sein Gesicht. Dann ging der Mann zu Lena und legte ihr die Hand auf die Schulter, er spürte, wie das Mädchen zitterte, er spürte alle Angst und Erwartung aus ihr heraus, und er lächelte in unerwarteter Zuversicht, und beide gingen hinauf.

HEINRICH BÖLL
Irisches Tagebuch

17. Redensarten

Passiert einem in Deutschland etwas, versäumt man den Zug, bricht man ein Bein, macht man Pleite, so sagen wir: Schlimmer hätte es nicht kommen können; immer ist das, was passiert, gleich das Schlimmste – bei den Iren ist es fast umgekehrt: bricht man hier ein Bein, versäumt man den Zug, macht man Pleite, so sagen sie: *It could be worse* – es könnte schlimmer sein: man hätte statt des Beines den Hals brechen, statt des Zuges den Himmel versäumen und statt Pleite zu machen, hätte man seinen Seelenfrieden verlieren können, wozu bei einer Pleite durchaus kein Anlaß ist. Was passiert, ist nie *das Schlimmste*, sondern das Schlimmere ist nie passiert: stirbt einem die geliebte und hochverehrte Großmutter, so hätte ja auch noch der geliebte und verehrte Großvater sterben können; brennt der Hof ab, die Hühner aber werden gerettet, so hätten ja auch noch die Hühner verbrennen können, und verbrennen sie gar: nun – das Schlimmere: daß man selbst gestorben wäre, ist ja nicht passiert. Stirbt man gar, nun, so ist man aller Sorgen ledig, denn jedem reuigen Sünder steht der Himmel offen, das Ziel mühseliger irdischer Pilgerschaft – nach gebrochenen Beinen, versäumten Zügen, lebend überstandenen Pleiten verschiedener Art. Bei uns – so scheint mir – versagen, wenn etwas passiert, Humor und Phantasie; in Irland werden sie gerade dann in Bewegung gesetzt. Jemandem, der das Bein gebrochen hat, mit Schmerzen daliegt oder im Gipsverband herumhumpelt, klarzumachen, daß es schlimmer hätte sein können, ist nicht nur tröstlich, sondern auch eine Beschäftigung, die poetische Begabung voraussetzt, leichten Sadismus nicht immer ausschließt: die Qualen eines Halswirbelbruchs auszumalen, vorzuführen, wie eine verrenkte Schulter sich ausmachen würde, zerschmetterte Schädel – der Beinbrüchige humpelt getröstet von dannen, sich selig preisend ob solch geringfügiger Mißbill.

So hat das Schicksal unbegrenzten Kredit, und die Zinsen zahlt man willig und ergeben; liegen die Kinder da, keuchhustend und jämmerlich, der hingebenden Pflege bedürftig, so soll man sich glücklich preisen, daß man selbst noch auf den Beinen ist, die Kinder pflegen, für sie arbeiten kann. Hier ist der Phantasie keine Grenze gesetzt. *It could be worse* ist eine der am meisten gebrauchten

Redensarten wohl deshalb, weil es oft genug recht schlimm kommt und das Schlimmere dem Trost die Relation bietet.

Die Zwillingsschwester von *Es könnte schlimmer sein* ist die Redensart, ebenso häufig gebraucht: *I shouldn't worry* – ich würde mir keine Sorgen machen, und das bei einem Volk, das allen Grund hätte, weder bei Tag noch bei Nacht auch nur eine Minute *ohne* Sorge zu sein: vor hundert Jahren, als die große Hungersnot kam, Mißernten einige Jahre hindurch, diese große nationale Katastrophe, die nicht nur unmittelbar verheerend wirkte, sondern deren Schock sich durch die Generationen bis auf heute vererbt hat: vor hundert Jahren hatte Irland wohl sieben Millionen Einwohner; so wenig Einwohner mag auch Polen damals gehabt haben, aber heute hat Polen mehr als zwanzig Millionen Einwohner und Irland deren knapp vier, und Polen – Gott weiß es – ist wahrhaftig von seinen großen Nachbarn nicht geschont worden. Dieser Rückgang von sieben auf vier Millionen bei einem Volk, das Geburtenüberschuß hat: das bedeutet Ströme von Auswanderern.

Eltern, die ihre sechs (nicht selten sind es acht oder zehn) Kinder heranwachsen sehen, hätten Grund genug, sich Tag und Nacht zu sorgen, und sicher tun sie es, aber auch sie sprechen den Spruch, mit jenem Lächeln der Ergebenheit: *Ich würde mir keine Sorgen machen*. Noch wissen sie nicht, und nie werden sie es genau wissen, wie viele von ihren Kindern die Slums von Liverpool, London, New York oder Sidney bevölkern – oder ob sie Glück haben werden. Eines Tages jedenfalls wird die Abschiedsstunde kommen, für zwei von sechs, für drei von acht: Sheila oder Sean werden mit ihrem Pappkarton zur Bushaltestelle ziehen, der Bus wird sie zum Zug, der Zug sie zum Schiff bringen: Ströme von Tränen an Bushaltestellen, auf Bahnhöfen, am Kai in Dublin oder Cork in den regnerischen, trostlosen Herbsttagen: durch Moor an verlassenen Häusern vorbei, und niemand von denen, die weinend zurückbleiben, weiß sicher, ob man Sean oder Sheila noch einmal wiedersehen wird: weit ist der Weg von Sidney nach Dublin, weit der von New York hierher zurück, und manche kehren nicht einmal von London wieder heim: heiraten werden sie, Kinder haben, Geld nach Hause schicken; wer weiß.

Während fast alle europäischen Völker sich fürchten vor einem Mangel an Arbeitskräften, manche ihn schon verspüren, wissen hier zwei von sechs, drei von acht Geschwistern, daß sie werden auswandern müssen, so tief sitzt der Schock der Hungersnot; von Geschlecht zu Geschlecht erweist das Gespenst seine schreckliche

Wirkung; manchmal möchte man glauben, dieses Auswandern sei etwas wie eine Angewohnheit, wie eine selbstverständliche Pflicht, die man einfach erfüllt – die ökonomischen Gegebenheiten machen es wirklich notwendig: Als es Freistaat wurde, im Jahre 1923, hatte Irland nicht nur fast ein Jahrhundert industrieller Entwicklung nachzuholen, es hatte auch mit allem, was sich an Entwicklung ergab, noch Schritt zu halten; fast keine Städte gibt es, kaum Industrie, keinen Markt für die Fische. Nein, Sean und Sheila werden auswandern müssen.

Max Frisch
Homo faber

Unser Aufenthalt in der Wüste von Tamaulipas, Mexico, dauerte vier Tage und drei Nächte, total 85 Stunden, worüber es wenig zu berichten gibt – ein grandioses Erlebnis (wie jedermann zu erwarten scheint, wenn ich davon spreche) war es nicht. Dazu viel zu heiß! Natürlich dachte ich auch sofort an den Disney-Film, der ja grandios war, und nahm sofort meine Kamera; aber von Sensation nicht die Spur, ab und zu eine Eidechse, die mich erschreckte, eine Art von Sandspinnen, das war alles.

Es blieb uns nichts als Warten.

Das erste, was ich in der Wüste von Tamaulipas tat: ich stellte mich dem Düsseldorfer vor, denn er interessierte sich für meine Kamera, ich erläuterte ihm meine Optik.

Andere lasen.

Zum Glück, wie sich bald herausstellte, spielte er auch Schach, und da ich stets mit meinem Steck-Schach reise, waren wir gerettet; er organisierte sofort zwei leere Coca-Cola-Kistchen, wir setzten uns abseits, um das allgemeine Gerede nicht hören zu müssen, in den Schatten unter dem Schwanzsteuer – kleiderlos, bloß in Schuhen (wegen der Hitze des Sandes) und in Jockey-Unterhosen.

Unser Nachmittag verging im Nu.

Kurz vor Einbruch der Dämmerung erschien ein Flugzeug, Militär, es kreiste lange über uns, ohne etwas abzuwerfen, und verschwand (was ich gefilmt habe) gegen Norden, Richtung Monterrey.

Abendessen: ein Käse-Sandwich, eine halbe Banane.

Ich schätze das Schach, weil man Stunden lang nichts zu reden braucht. Man braucht nicht einmal zu hören, wenn der andere redet. Man blickt auf das Brett, und es ist keineswegs unhöflich, wenn man kein Bedürfnis nach persönlicher Bekanntschaft zeigt, sondern mit ganzem Ernst bei der Sache ist –

»Sie sind am Zug!« sagte er –

Die Entdeckung, daß er Joachim, meinen Freund, der seit mindestens zwanzig Jahren einfach verstummt war, nicht nur kennt, sondern daß er geradezu sein Bruder ist, ergab sich durch Zufall … Als der Mond aufging (was ich ebenfalls gefilmt habe) zwischen schwarzen Agaven am Horizont, hätte man noch immer Schach spielen können, so hell war es, aber plötzlich zu kalt; wir waren hinausgestapft, um eine Zigarette zu rauchen, hinaus in den Sand, wo ich gestand, daß ich mir aus Landschaften nichts mache, geschweige denn aus einer Wüste.

»Das ist nicht Ihr Ernst!« sagte er.

Er fand es ein Erlebnis.

»Gehen wir schlafen!« sagte ich, »– Hotel Super-Constellation, Holiday In Desert With All Accomodations!«

Ich fand es kalt.

Ich habe mich schon oft gefragt, was die Leute eigentlich meinen, wenn sie von Erlebnis reden. Ich bin Techniker und gewohnt, die Dinge zu sehen, wie sie sind. Ich sehe alles, wovon sie reden, sehr genau; ich bin ja nicht blind. Ich sehe den Mond über der Wüste von Tamaulipas – klarer als je, mag sein, aber eine errechenbare Masse, die um unseren Planeten kreist, eine Sache der Gravitation, interessant, aber wieso ein Erlebnis? Ich sehe die gezackten Felsen, schwarz vor dem Schein des Mondes; sie sehen aus, mag sein, wie die gezackten Rücken von urweltlichen Tieren, aber ich weiß: Es sind Felsen, Gestein, wahrscheinlich vulkanisch, das müßte man nachsehen und feststellen. Wozu soll ich mich fürchten? Es gibt keine urweltlichen Tiere mehr. Wozu sollte ich sie mir einbilden? Ich sehe auch keine versteinerten Engel, es tut mir leid; auch keine Dämonen, ich sehe, was ich sehe: die üblichen Formen der Erosion, dazu meinen langen Schatten auf dem Sand, aber keine Gespenster. Wozu weibisch werden? Ich sehe auch keine Sintflut, sondern Sand, vom Mond beschienen, vom Wind gewellt wie Wasser, was mich nicht überrascht; ich finde es nicht fantastisch, sondern erklärlich. Ich weiß nicht, wie verdammte Seelen aussehen; vielleicht wie schwarze Agaven in der nächtlichen Wüste. Was ich sehe, das sind Agaven, eine Pflanze, die ein einziges Mal blüht und dann abstirbt. Ferner weiß ich, daß ich nicht (wenn es im Augenblick auch so aussieht) der erste oder letzte Mensch auf der Erde bin; und ich kann mich von der bloßen Vorstellung, der letzte Mensch zu sein, nicht erschüttern lassen, denn es ist nicht so. Wozu hysterisch sein? Gebirge sind Gebirge, auch wenn sie in gewisser Beleuchtung, mag sein, wie irgendetwas anderes aussehen, es ist aber die Sierra Madre Oriental, und wir stehen nicht in einem Totenreich, sondern in der Wüste von Tamaulipas, Mexico, ungefähr sechzig Meilen von der nächsten Straße entfernt, was peinlich ist, aber wieso ein Erlebnis? Ein Flugzeug ist für mich ein Flugzeug, ich sehe keinen ausgestorbenen Vogel dabei, sondern eine Super-Constellation mit Motor-Defekt, nichts weiter, und da kann der Mond sie bescheinen, wie er will. Warum soll ich erleben, was gar nicht ist? Ich kann mich auch nicht entschließen, etwas wie die Ewigkeit zu hören; ich höre gar nichts, ausgenommen das Rieseln von Sand nach jedem Schritt. Ich schlottere, aber ich weiß: in sieben bis acht Stunden kommt wieder die Sonne. Ende der Welt, wieso? Ich kann mir keinen Unsinn einbilden, bloß um etwas zu erleben. Ich sehe den Sand-Horizont, weißlich in der grünen Nacht, schätzungsweise zwanzig Meilen von hier, und ich sehe nicht ein, wieso dort, Richtung Tampico, das Jenseits beginnen soll. Ich kenne Tampico. Ich weigere mich, Angst zu haben aus bloßer Fantasie, beziehungsweise fantastisch zu werden aus bloßer Angst, geradezu mystisch.

»Kommen Sie!« sagte ich.

Herbert stand und erlebte noch immer.

»Übrigens«, sagte ich, »sind Sie irgendwie verwandt mit einem Joachim Hencke, der einmal in Zürich studiert hat?«

Es kam mir ganz plötzlich, als wir so standen, die Hände in den Hosentaschen, den Rockkragen heraufgestülpt; wir wollten gerade in die Kabine steigen.

»Joachim?« sagte er, »das ist mein Bruder.«

»Nein!« sagte ich –

»Ja«, sagte er, »natürlich – ich erzählte Ihnen doch, daß ich meinen Bruder in Guatemala besuche.«

Wir mußten lachen.

»Wie klein die Welt ist!«

Die Nächte verbrachte man in der Kabine, schlotternd in Mantel und Wolldecken; die Besatzung kochte Tee, solange Wasser vorhanden.

»Wie geht's ihm denn?« fragte ich, »seit zwanzig Jahren habe ich nichts mehr von ihm gehört.«

»Danke«, sagte er, »danke –«

»Damals«, sagte ich, »waren wir sehr befreundet –«

Was ich erfuhr, war so das Übliche: Heirat, ein Kind (was ich offenbar überhört habe; sonst hätte ich mich nicht später danach erkundigt), dann Krieg, Gefangenschaft, Heimkehr nach Düsseldorf und so fort, ich staunte, wie die Zeit vergeht, wie man älter wird.

»Wir sind besorgt«, sagte er –

»Wieso?«

»Er ist der einzige Weiße da unten«, sagte er, »seit zwei Monaten keinerlei Nachrichten –«

Er berichtete.

Die meisten Passagiere schliefen schon, man mußte flüstern, das große Licht in der Kabine war lange schon gelöscht, und um die Batterie zu schonen, war man gebeten, auch das kleine Lämpchen über dem Sitz auszuknipsen; es war dunkel, nur draußen die Helligkeit des Sandes, die Tragflächen im Mondlicht, glänzend, kalt.

»Wieso Revolte?« fragte ich.

Ich beruhigte ihn.

»Wieso Revolte?« sagte ich, »vielleicht sind seine Briefe einfach verlorengegangen –«

Jemand bat uns, endlich zu schweigen.

Zweiundvierzig Passagiere in einer Super-Constellation, die nicht fliegt, sondern in der Wüste steht, ein Flugzeug mit Wolldecken um die Motoren (um sie vor Sand zu schützen) und mit Wolldecken um jeden Pneu, die Passagiere genau so, wie wenn man fliegt, in ihren Sesseln schlafend mit schrägen Köpfen und meistens offenen Mündern, aber dazu Totenstille, draußen die vier blanken Propeller-Kreuze, der weißliche Mondglanz auch auf den Tragflächen, alles reglos – es war ein komischer Anblick.

Jemand redete im Traum –

Beim Erwachen am Morgen, als ich zum Fensterchen hinausschaute und den Sand sah, die Nähe des Sandes, erschrak ich eine Sekunde lang, unnötigerweise.

Herbert las wieder ein rororo.

Ich nahm mein Kalenderchen:

3. IV. Montage in Caracas!

Zum Frühstück gab es Juice, dazu zwei Biscuits, dazu Versicherungen, daß Lebensmittel unterwegs sind, Getränke auch, kein Grund zu Besorgnis – sie hätten besser nichts gesagt; denn so wartete man natürlich den ganzen Tag auf Motorengeräusch.

Wieder eine Irrsinnshitze!

In der Kabine war's noch heißer –

Was man hörte: Wind, dann und wann Pfiffe von Sandmäusen, die man allerdings nicht sah, das Rascheln einer Eidechse, vor allem ein steter Wind, der den Sand nicht aufwirbelte, wie gesagt, aber rieseln ließ, so daß unsere Trittspuren immer wieder gelöscht waren; immer wieder sah es aus, als wäre niemand hier gewesen, keine Gesellschaft von zweiundvierzig Passagieren und fünf Leuten der Besatzung.

Ich wollte mich rasieren –

Zu filmen gab es überhaupt nichts.

Ich fühle mich nicht wohl, wenn unrasiert; nicht wegen der Leute, sondern meinetwegen. Ich habe dann das Gefühl, ich werde etwas wie eine Pflanze, wenn ich nicht rasiert bin, und ich greife unwillkürlich an mein Kinn. Ich holte meinen Apparat und versuchte alles mögliche, beziehungsweise unmögliche, denn ohne elektrischen Strom ist mit diesem Apparat ja nichts zu machen, das weiß ich – das war es ja, was mich nervös machte: daß es in der Wüste keinen Strom gibt, kein Telefon, keinen Stecker, nichts.

Einmal, mittags, hörte man Motoren.

Alle, außer Herbert und mir, standen draußen in der brütenden Sonne, um Ausschau zu halten in dem violetten Himmel über dem gelblichen Sand und den grauen Disteln und den rötlichen Gebirgen, es war nur ein dünnes Summen, eine gewöhnliche DC-7, die da in großer Höhe glänzte, im Widerschein weiß wie Schnee, Kurs auf Mexico-City, wo wir gestern um diese Zeit hätten landen sollen.

Die Stimmung war miserabler als je.

Wir hatten unser Schach, zum Glück.

Viele Passagiere folgten unserem Vorbild, indem sie sich mit Schuhen und Unterhosen begnügten; die Damen hatten es schwieriger, einige saßen in aufgekrempelten Röcken und in Büstenhaltern, blau oder weiß oder rosa, ihre Bluse um den Kopf gewickelt wie einen Turban.

Viele klagten über Kopfschmerz.

Jemand mußte sich erbrechen –

Wir hockten wieder abseits, Herbert und ich, im Schatten unter dem Schwanzsteuer, das, wie die Tragflächen auch, im Widerschein des besonnten Sandes blendete, so daß man sogar im Schatten wie unter einem Scheinwerfer saß, und wir redeten wie üblich wenig beim Schach. Einmal fragte ich:

»Ist Joachim denn nicht mehr verheiratet?«

»Nein«, sagte er.

»Geschieden?«

»Ja«, sagte er.

»Wir haben viel Schach gespielt – damals.«

»So«, sagte er.

Seine Einsilbigkeit reizte mich.

»Wen hat er denn geheiratet?«

Ich fragte zum Zeitvertreib, es machte mich nervös, daß man nicht rauchen durfte, ich hatte eine Zigarette im Mund, feuerlos, weil Herbert sich so lange besann, obschon er sehen mußte, daß es nichts mehr zu retten gibt; ich lag mit einem Pferdchen-Gewinn im sicheren Vorteil, als er nach langem Schweigen, dann so beiläufig, wie ich meinerseits gefragt hatte, den Namen von Hanna erwähnte.

»– Hanna Landsberg, Münchnerin, Halbjüdin.«

Ich sagte nichts.

»Sie sind am Zug!« sagte er.

Ich ließ nichts merken, glaube ich. Ich zündete versehentlich meine Zigarette an, was strengstens verboten war, und löschte sofort aus. Ich tat, als überlegte ich meine Züge, und verlor Figur um Figur –

»Was ist los?« lachte er, »was ist los?«

Wir spielten die Partie nicht zu Ende, ich gab auf und drehte das Brettchen, um die Figuren neuerdings aufzustellen. Ich wagte nicht einmal zu fragen, ob Hanna noch am Leben sei. Stundenlang spielten wir ohne ein Wort, von Zeit zu Zeit genötigt, unsere Coca-Cola-Kiste zu verrutschen, um im Schatten zu bleiben, das heißt: genötigt, immer wieder auf Sand zu sitzen, der gerade noch in der Sonne geglüht hatte. Wir schwitzten wie in der Sauna, wortlos über mein ledernes Steckschach gebeugt, das sich von unseren Schweißtropfen leider verfärbte.

Zu trinken gab es nichts mehr.

Warum ich nicht fragte, ob Hanna noch lebt, weiß ich nicht – vielleicht aus Angst, er würde mir sagen, Hanna sei nach Theresienstadt gekommen.

Ich errechnete ihr heutiges Alter.

Ich konnte sie mir nicht vorstellen.

Gegen Abend, kurz vor Dämmerung, kam endlich das versprochene Flugzeug, eine Sportmaschine, die lange kreiste, bis sie endlich den Fallschirmabwurf wagte: drei Säcke, zwei Kisten, die es im Umkreis von dreihundert Metern zu holen galt – wir waren gerettet: CARTA BLANCA, CERVEZA MEXICANA, ein gutes Bier, das sogar Herbert, der Deutsche, anerkennen mußte, als man mit Bierdosen in der Wüste stand, Gesellschaft in Büstenhaltern und Unterhosen, dazu wieder Sonnenuntergang, den ich auf Farbfilm nahm.

Ich träumte von Hanna.

Hanna als Krankenschwester zu Pferd!

Am dritten Tag endlich ein erster Helikopter, um wenigstens die argentinische Mama mit ihren zwei Kindern zu holen, Gott sei Dank, und um Post mitzunehmen; er wartete eine Stunde auf Post.

Herbert schrieb sofort nach Düsseldorf.

Jedermann saß und schrieb.

Man mußte fast schreiben, bloß damit die lieben Leute nicht fragten, ob man denn keine Frau habe, keine Mutter, keine Kinder – ich holte meine Hermes-Baby (sie ist heute noch voll Sand) und spannte einen Bogen ein, Bogen mit Durchschlag, da ich annahm, ich würde an Williams schreiben, tippte das Datum und schob – Platz für Anrede:

»My Dear!«

Ich schrieb also an Ivy. Lange schon hatte ich das Bedürfnis, einmal sauberen Tisch zu machen. Endlich einmal hatte ich die Ruhe und Zeit, die Ruhe einer ganzen Wüste.

Ernst Jünger
Gläserne Bienen

12

Die Vögel schwiegen. Ich hörte wieder das Murmeln des Baches im schwülen Grund. Dann fuhr ich auf. Ich war seit dem frühesten auf den Beinen gewesen in der Unruhe eines Menschen, der hinter dem Brot herläuft. In solcher Stimmung überrascht uns der Schlaf wie ein Dieb.

Ich konnte nur genickt haben, denn die Sonne hatte sich kaum bewegt. Der Schlaf im prallen Lichte hatte mich verwirrt. Ich orientierte mich mühsam; der Ort war unfreundlich.

Auch die Bienen schienen nun ihren Mittagsschlaf beendet zu haben; die Luft war von ihrem Summen erfüllt. Sie weideten auf der Wiese, indem sie in Wolken den weißen Schaum abstreiften, der sie überhöhte, oder sie tauchten in ihre bunte Tiefe ein. Sie hingen in Trauben am hellen Jasmin, der den Weg säumte, und aus dem blühenden Ahorn neben der Laube klang ihr Schwärmen wie aus dem Inneren einer großen Glocke, die lange nachschwingt, wenn es Mittag geläutet hat. An Blüten war kein Mangel; es war eines von den Jahren, von denen die Imker sagen, daß die Zaunpfähle honigen.

Dennoch war etwas Fremdes an diesem friedlichen Geschäft. Wenn ich von den Pferden und vom jagdbaren Wild absehe, kenne ich wenig Tiere, denn ich fand nie einen Lehrer, der mich dafür begeisterte. Mit den Pflanzen ist es anders, denn wir hatten einen passionierten Botaniker, mit dem wir auf Exkursion gingen. Wieviel in unserem Werdegange hängt von solchen Begegnungen ab. Wenn ich ein Verzeichnis der Tiere aufstellen sollte, die ich kenne, würde ich mit einem Blättchen auskommen. Das gilt besonders für das Ungeziefer, das zu Legionen die Natur erfüllt.

Immerhin weiß ich, wie eine Biene, eine Wespe oder auch eine Hornisse ungefähr beschaffen ist. Wie ich nun so saß und dem Schwärmen zusah, schienen mir auch einige Male Wesen vorbeizustreichen, die sich fremdartig abhoben. Auf meine Augen kann ich mich verlassen; ich habe sie nicht nur auf der Hühnerjagd erprobt. Es machte mir keine Mühe, einem dieser Wesen mit dem Blick zu folgen, bis es sich auf einer Blüte niederließ. Dann nahm ich das Glas zu Hilfe und sah, daß ich mich nicht getäuscht hatte.

Obwohl ich, wie gesagt, wenig Insekten kenne, hatte ich hier sogleich den Eindruck des Ungeahnten, des höchst Bizarren, etwa den Eindruck: ein Insekt vom Mond. An diesem Wesen konnte ein Demiurg in fremden Reichen geschaffen haben, der einmal von Bienen gehört hatte.

Das Wesen ließ mir vollauf Zeit, es zu betrachten, und außerdem tauchten jetzt überall seinesgleichen auf wie Arbeiter am Werktor, wenn die Sirene gerufen hat. An diesen Bienen fiel zunächst die Größe auf. Sie waren zwar nicht so groß wie jene, denen Gulliver in Brobdingnag begegnete und gegen die er sich mit dem Degen verteidigte, jedoch bedeutend größer, als eine Biene oder auch eine Hornisse ist. Sie hatten etwa den Umfang einer Walnuß, die noch in der grünen Schale steckt. Die Flügel waren nicht beweglich wie Vogel- oder Insektenflügel, sondern sie waren als starrer Saum um den Körper herumgeführt, also eher Stabilisierungs- und Tragflächen.

Die Größe fiel weniger auf, als man denken sollte, da das Tier vollkommen durchsichtig war. Die Vorstellung, die ich von ihm gewann, verdankte ich im wesentlichen den Reflexen, die seine Bewegungen im Sonnenlicht hervorriefen. Wenn es, wie eben jetzt, vor einer Windenblüte stand, deren Kelch es mit einem wie eine gläserne Sonde geformten Rüssel anstach, war es fast unsichtbar.

Der Anblick fesselte mich in einer Weise, die mich Ort und Stunde vergessen ließ. Ein ähnliches Erstaunen ergreift uns bei der Vorführung einer Maschine, in deren Form und Gangart sich ein neuer Einfall offenbart. Wenn ein Mann aus dem Biedermeier auf einen unserer Kreuzwege gezaubert würde, so würde ihm das Getriebe das Gefühl einer monotonen Verwirrung mitteilen. Nach einer Spanne der Verblüffung würde sich ein gewisses Verständnis, eine Ahnung der Kategorien einstellen. Er unterschiede die Motorräder von den Personen- und den Lastwagen.

So ging es mir, nachdem ich begriffen hatte, daß es sich hier nicht um eine neue Tierart, sondern um Mechanismen handelte. Zapparoni, dieser Teufelskerl, hatte wieder einmal der Natur ins Handwerk gepfuscht oder vielmehr Anstalten getroffen, ihre Unvollkommenheiten zu verbessern, indem er die Arbeitsgänge abkürzte und beschleunigte. Ich schwenkte emsig das Glas, um seine Wesen zu verfolgen, die wie von starken Schleudern abgeschossene Diamanten durch den Raum fuhren. Ich hörte nun auch ihr zartes Pfeifen, das sich kurz überschlug, wenn sie hart vor den Blüten abbremsten. Und hinten, vor den Körben, die jetzt im Lichte standen, summierte es sich zu einem hellen und pausenlosen Pfiff. Es mußte subtile Überlegungen gekostet haben, um Zusammenstöße zu vermeiden, wo sich die Automatenschwärme massierten, ehe sie sich in die Fluglöcher einschleusten.

Der Vorgang erfüllte mich, ich muß es bekennen, mit dem Vergnügen, das technische Lösungen in uns hervorrufen. Dieses Vergnügen ist zugleich Anerkennung unter Eingeweihten – es triumphierte hier Geist von unserem Geist. Und es erhöhte sich, als ich bemerkte, daß Zapparoni mit mehreren Systemen arbeitete. Ich erfaßte verschiedene Modelle, verschiedene Automatenvölker, die Feld und Büsche abweideten. Besonders stark gebaute Tiere trugen eine ganze Garnitur von Rüsseln, die sie in Dolden und Blütentrauben eintauchten. Andere waren mit Greifarmen ausgerüstet, die sich als zarte Zangen um die Blütenbüschel legten und den Nektar herauspreßten. Wiederum andere Apparate blieben mir rätselhaft. Offenbar diente der Winkel Zapparoni als Versuchsfeld für glänzende Einfälle.

Die Zeit verflog, indem ich mich an diesem Anblick weidete. Allmählich drang ich auch in den Aufbau, in das System der Anlage ein. Die Bienenstände waren in langer Reihe vor der Mauer aufgestellt. Sie zeigten zum Teil die herkömmliche Form, zum Teil waren sie durchsichtig und schienen aus demselben Stoff wie die künstlichen Bienen zu bestehen. Die alten Stöcke waren von natürlichen Bienen bewohnt. Wahrscheinlich sollten diese Völker nur den Maßstab für die Größe des Triumphes über die Natur abgeben.

Zapparoni hatte gewiß berechnen lassen, wieviel Nektar ein Volk am Tage, in der Stunde, in der Sekunde bringt. Nun setzte er es auf dem Versuchsfeld neben den Automaten ein.

Ich hatte den Eindruck, daß er die Tierchen mit ihrer vorsintflutlichen Ökonomie in Verlegenheit brachte, denn öfters sah ich eines von ihnen sich einer Blüte nähern, die vor ihm ein gläserner Konkurrent berührt hatte, und sogleich wieder abfliegen. Hatte dagegen eine leibhaftige Biene zuvor am Kelch gesogen, so stand noch immer ein Nachtisch bereit. Ich schloß daraus, daß Zapparonis Geschöpfe ökonomischer verfuhren, das heißt, gründlicher aussaugten. Oder versiegte, wenn sie durch die gläserne Sonde berührt waren, die spendende Kraft der Blumen, schlossen sie ihre Kelche zu?

Wie dem auch sei, der Augenschein lehrte, daß Zapparoni hier wieder eine seiner tollen Erfindungen gemacht hatte. Ich beobachtete nun das Treiben an den gläsernen Ständen, das ein hohes Maß von Methodik verriet. Es hat, glaube ich, durch die Jahrhunderte hindurch bis in unsere Tage gedauert, ehe man das Geheimnis der Bienen erriet. Von Zapparonis Erfindung gewann ich, nachdem ich sie aus meinem Stuhle etwa eine Stunde lang betrachtet hatte, bereits eine Vorstellung.

Die gläsernen Stöcke unterschieden sich von den alten Formaten auf den ersten Blick durch eine große Zahl von Fluglöchern. Sie erinnerten weniger an einen Bienenkorb als an ein automatisches Fernsprechamt. Es waren auch nicht eigentliche Fluglöcher, denn die Bienen traten nicht in die Anlage ein. Ich sah nicht, wo sie ausruhten oder abgestellt wurden oder ihre Garage hatten, denn sie waren ja wohl nicht immer am Werk. Jedenfalls hatten sie im Stock nichts zu tun.

Die Fluglöcher hatten eher die Funktion von Automatenschlitzen oder von Löchern in einem Steckkontakt. Die Bienen näherten sich ihnen, magnetisch angezogen, steckten ihre Rüssel hinein und entleerten ihr gläsernes Bäuchlein von dem Nektar, mit dem es angefüllt war. Dann wurden sie abgestoßen mit einer Kraft, die einem Abschuß glich. Daß es bei diesem Hin und Her trotz den hohen Fluggeschwindigkeiten ohne Karambolagen abging, war ein besonderes Meisterstück. Obwohl es sich um einen Vorgang mit einer großen Menge von Einheiten handelte, vollzog er sich in vollkommener Exaktheit; es mußte eine Zentrale oder ein zentrales Prinzip geben, das ihn steuerte.

Eine Reihe von Vereinfachungen, Abkürzungen und Normungen des natürlichen Vorganges war offenbar. So war zum Beispiel alles ausgespart, was mit der Wachsgewinnung zu tun hatte. Es gab weder kleine noch große Zellen noch irgendwelche Anlagen, die mit der Verschiedenheit der Geschlechter zu tun hatten, wie denn überhaupt der ganze Betrieb in einem perfekten, aber völlig unerotischen Glanz strahlte. Es gab da weder Eier noch Puppenwiegen, weder Drohnen noch eine Königin. Wenn man durchaus an einer Analogie festhalten wollte, so hatte Zapparoni nur den Stand geschlechtsloser Arbeitswesen gebilligt und zur Brillanz gebracht. Auch in dieser Hinsicht hatte er die Natur vereinfacht, die ja bereits im Drohnenmord einen ökonomischen Ansatz wagt. Er hatte von vornherein weder Männchen noch Weibchen, weder Weisel noch Ammen auf den Plan gesetzt.

Wenn ich mich recht entsinne, wird der Nektar, den die Bienen aus den Blüten saugen, in ihrem Magen zubereitet und macht verschiedene Veränderungen durch. Auch diese Mühe hatte Zapparoni seinen Geschöpfen abgenommen und durch einen zentralen Chemismus ersetzt. Ich sah, wie der farblose Nektar, der in die Anschlüsse gespritzt wurde, sich in einem System von gläsernen Röhren sammelte, in denen er allmählich die Farbe änderte. Nachdem er sich zunächst durch einen Gelbstich getrübt hatte, wurde er strohfarben und erreichte den Boden in einem prächtigen Honiggelb.

Die untere Hälfte des Standes diente offenbar als Tank oder Speicherraum, der sich zusehends mit leuchtendem Honig anfüllte. Ich konnte die Zunahme an den Maßstäben verfolgen, die in das Glas geritzt waren. Während ich mit dem Feldstecher hier und dort die Büsche und den Wiesengrund bestrich und dann den Blick auf die Stände zurücklenkte, wuchs der Vorrat um mehrere Teilstriche.

Vermutlich wurde die Zunahme und überhaupt der Betrieb nicht von mir allein beobachtet. Ich unterschied eine weitere Art von Automaten, die vor den Ständen pendelten oder auch verharrten, wie es Vorarbeiter oder Ingenieure in einer Werkstatt oder auf einem Bauplatz tun. Sie hoben sich von den Schwärmen durch ihre rauchgraue Färbung ab.

13

Ich hatte bei der Teilnahme an dem Getriebe ganz und gar vergessen, daß ich auf Zapparoni wartete. Doch war er gegenwärtig als unsichtbarer Chef. Ich fühlte die Macht, auf die sich das Schauspiel gründete.

Im tieferen Bereich der Technik, dort, wo sie Bann wird, fesselt weniger das Ökonomische, ja nicht einmal der Machtcharakter, sondern ein spielerischer Zug. Es wird dann deutlich, daß wir in einem Spiel befangen sind, in einem Tanz des Geistes, den keine Rechenkunst erfaßt. Das Letzte an unserer Wissenschaft ist Ahnung, ist schicksalhafter Ruf, ist reine Figuration.

Der spielerische Zug wird deutlicher in den Miniaturen als im Gigantenwesen unserer Welt. Den groben Augen können nur Massen imponieren, vor allem, wenn sie in Bewegung sind. Und doch verbergen sich in einer Mücke nicht weniger Organe als im Leviathan.

Das war es, was mich an Zapparonis Versuchsfeld fesselte, so daß ich, wie ein Kind die Schule, Zeit und Ort vergaß. Ich dachte auch nicht daran, daß es vielleicht gefährlich war, denn öfters pfiffen die Gebilde wie Geschosse an mir vorbei. Wie sie in Büscheln von den Ständen ausstrahlten, um sich als blitzende Gewebe über den bunten Flor zu werfen, und dann zurückschossen, bremsten, im dichten Schwarm verharrten, aus dem durch unhörbare Rufe, durch unsichtbare Zeichen im schnellen Gleichtakt eine der Sammlerinnen nach der anderen zitiert wurde, um ihre Ernte abzuliefern – das war ein Schauspiel, das sowohl faszinierte wie hypnotisierte, den Geist einwiegte. Ich wußte nicht, was mich mehr erstaunte – die kunstreiche Erfindung der Einzelkörper oder ihr Zusammenspiel. Vielleicht war es im tiefsten Grunde die tänzerische Kraft des Anblicks, die mich entzückte, in hoher Ordnung konzentrierte zwecklose Macht.

Nachdem ich die Evolutionen eine Stunde lang mit großer Spannung betrachtet hatte, glaubte ich zwar nicht das technische Geheimnis zu verstehen, wohl aber das System der Anlage. Kaum war das geschehen, als ich auch schon Kritik ansetzte und auf Verbesserungen sann. Diese Unruhe, diese Unzufriedenheit ist seltsam, obwohl sie zu unseren Charakterzügen zählt. Angenommen, wir würden, etwa in Australien, einer Tierart begegnen, die wir nie gesehen hätten, so würde uns zwar auch Erstaunen übermannen, aber wir würden nicht sogleich darüber nachgrübeln, wie sie zu verbessern sei. Das deutet auf einen Unterschied der schöpferischen Autorität.

Technische Kritik hat heute schon jeder Junge, dem man ein Fahrrad schenkt. Was mich betrifft, so war ich während der Jahre, in denen ich Panzer abzunehmen hatte, darauf dressiert worden. Da gab es immer etwas auszuhandeln, und ich war in den Werken berüchtigt als einer, der Unmögliches verlangt. Die Grundrechnung bei solchen Konstruktionen ist einfach – ihre Aufgabe ist die günstigste Verteilung des Potentials auf Feuer, Bewegung und Sicherheit. Jeder dieser Faktoren kann nur auf Rechnung der anderen erhöht werden. Die Sicherheit steht an letzter Stelle; die Kosten spielen keine Rolle, und ebenso wenig der Komfort. Bei den Verkehrsmaschinen ist das anders; hier stehen die Kosten, die Sicherheit und der Komfort im ersten Rang. Nur in der Geschwindigkeit begegnen sich die Ansprüche. Sie zählt zu den Prinzipien der Zeit. Daher werden ihr nicht nur im Kriege, sondern auch im Frieden Opfer gebracht.

Was Zapparonis Anlage betraf, so drängte sich nach dem ersten Erstaunen sogleich die Kostenfrage auf. Die gläsernen Geschöpfe machten den Eindruck von Luxusautomaten – ich hielt es für möglich, daß jedes einzelne soviel wie ein guter Wagen oder gar wie ein Flugzeug kostete. Gewiß würde Zapparoni sie nach ihrer Erprobung in Serie herstellen, wie das mit allen seinen Erfindungen geschah. Offensichtlich konnte er auch mit einem solchen Volk, ja vielleicht mit einer einzigen gläsernen Biene an einem Frühlingstage mehr Honig gewinnen als ein Naturschwarm in einem Jahr. Sie konnten wohl auch bei Regen und in der Nacht arbeiten. Aber was bedeuteten solche Gewinne gegenüber den immensen Unkosten?

Gut, Honig war eine köstliche Speise, doch wollte man die Erträge steigern, so war das nicht Sache der Automatenindustrie, sondern eher der Chemie. Ich dachte an Laboratorien, wie ich sie in der Provence gesehen hatte, etwa in Grasse, wo man aus Millionen Blüten den Duftstoff zieht. Dort hat man Wälder von bitteren Orangen, Felder voll Veilchen und Tuberosen und blaue Lavendelhänge in der Macchia. Durch ähnliche Verfahren würde auch Honig zu gewinnen sein. Man konnte die Wiesen ausbeuten wie unsere Kohlenflöze, aus denen man nicht nur Brennstoff, sondern zahllose Chemikalien zieht, Essenzen, Farben, Arzeneien aller Art, auch Spinnfasern. Mich wunderte, daß man nicht bereits darauf verfallen war.

Natürlich hatte Zapparoni die Kostenfrage längst erwogen, oder er wäre der erste Milliardär gewesen, der nicht auf das schärfste zu kalkulieren verstand. Es ist schon manchem zu seinem Schaden aufgefallen, wie gut sehr reiche Leute sich auf den Wert von Pfennigen verstehen. Sie wären nie so reich geworden, wenn ihnen diese Gabe mangelte.

KARL JASPERS
Die Atombombe und die Zukunft des Menschen

1. Der neue Tatbestand

Seit jeher hat man neue Zerstörungswaffen zunächst für verbrecherisch erklärt, einst die Kanonen, zuletzt die U-Boote im ersten Weltkrieg. Doch bald gewöhnte man sich an ihr Dasein. Heute aber ist die Atombombe (Wasserstoffbombe, Kobaltbombe) ein grundsätzlich neues Ereignis. Denn sie führt die Menschheit an die Möglichkeit ihrer eigenen totalen Vernichtung.

Die Technik verstehen nur die Fachleute, jeder von uns aber kann die Tatsache verstehen, daß Amerika und Rußland (und im Abstand England) unter Aufwendung ungeheurer Mittel ständig ihren Vorrat an solchen Bomben vermehren und deren Zerstörungskraft steigern. Die Bombe auf Hiroshima 6. 8. 1945 war die erste (160 000 Tote, drei Tage später auf Nagasaki die zweite). Vor solcher Zerstörungsgewalt kapitulierte Japan. Aber diese ersten schon so erschreckenden Bomben waren geringfügig gegen die inzwischen in menschenleeren Gebieten versuchsweise abgeworfenen, deren Energieentfaltung die der Bombe auf Hiroshima um das 600fache übertrifft. Trotz des Entsetzens konnte die Welt sich auch jetzt noch beruhigen, bis es klar wurde, daß das Ausmaß und die Art der nachfolgenden Lebenszerstörungen der sicheren Berechnung entglitten war. Wir hören, daß zunächst Überlebende, aber von der radioaktiven Luft Getroffene durch Jahre hindurch dahinsiechen und sterben. Wir hören von den Sachkundigen mit völliger Bestimmtheit, daß es heute möglich ist, durch die Tat von Menschen die totale Zerstörung des Lebens auf der Erde herbeizuführen. Ob die vorhandenen Bomben, wenn sie in kurzer Zeitspanne abgeworfen würden, schon ausreichen, um die Erdatmosphäre in solchem Maße radioaktiv zu verseuchen, daß alles Leben aufhört, ist öffentlich nicht bekannt.

Die großen Physiker, die mit ihren Köpfen den neuen Tatbestand selber in die Welt gesetzt hatten, haben uns gesagt, was ist. Einstein unterschrieb 1955 kurz vor seinem Tode mit anderen eine beschwörende Erklärung, in der es heißt: »Für den Fall einer massenhaften Verwendung von Hydrogenwaffen ist mit dem plötzlichen Tod eines kleineren Teils der Menschheit und mit qualvollen Krankheiten und schließlichem Absterben aller Lebewesen zu rechnen.«

Dies ist heute der erregendste Tatbestand für die Zukunft der Menschheit, drohender als alles sonst. Bisher gab es wohl irreale Vorstellungen des Weltendes. Die Naherwartung dieses Endes noch für die damals lebende Generation war der sittlich-religiös wirksame Irrtum Johannes' des Täufers, Jesu und der ersten Christen. Jetzt aber stehen wir vor der realen Möglichkeit eines solchen Endes, zwar nicht der Welt, nicht einmal des Planeten Erde, sondern des menschlichen Lebens.

2. *Was soll politisch geschehen?*

Alle Denkenden wollen, daß die Atomwaffen abgeschafft werden. Alle Staaten erklären sich bereit. Aber die Abschaffung ist nur zuverlässig, wenn zugleich die gegenseitige Kontrolle stattfindet.

Der zweite Gedanke ist: Auch wenn die Atombomben nicht abgeschafft sind, wird niemand es wagen, sie anzuwenden. Hitler hat trotz massenhafter Herstellung der Giftgase diese auch in seiner Katastrophe nicht eingesetzt. Wenn eine Waffe notwendig beide Gegner vernichtend trifft, ist sie unanwendbar geworden.

Der dritte Gedanke ist: Weil der Atomkrieg unmöglich geworden ist, ist jeder Krieg unmöglich geworden. Denn da in einem Weltkrieg um den Sinn der Staatsordnung auf Leben und Tod irgendwann doch der Einsatz der Atombombe droht, wird keine Großmacht mehr wagen, überhaupt den Krieg zu beginnen. Weil er für alle der Vernichtungskrieg würde, kann er nicht mehr entstehen. Die totale Bedrohung erzeugt die totale Rettung. Die äußerste Notsituation erzwingt die Formen politischer Daseinsgestaltung, die mit der Atombombe auch den Krieg überhaupt unmöglich machen. Es wäre die glücklichste Entwicklung. Das Zeitalter der Kriege läge hinter uns. Neue, ganz andere schwere Probleme, die durch das Ausbleiben der Kriege entstehen, würden uns bewegen.

3. *Was aber geschieht wirklich?*

Weil die gegenseitige Kontrolle nicht zugestanden wird, findet eine fortlaufende Produktion der Atombomben statt.

Und trotz der Atombombe gibt es ständig Kriege. Gemessen am Weltkrieg sind es zwar kleine lokale, hier jedoch furchtbar verwüstende Kriege. Statt des Satzes: es wird keine Kriege geben, weil es Atombomben gibt, muß es vielmehr heißen: es kann heute Kriege geben ohne Atombombe. Sollte es ein schreckliches Vorrecht der Kleinen werden, Krieg zu führen? Sie vollziehen Gewaltakte, um ihren Zustand zu ändern. Sie bedrohen ihre kleinen Gegner, um nach alten Verfahren mit Gewalt obzusiegen. Sie bedrohen die Großen durch die Gefahr des Weltkrieges. Diese Gefahr wirkt einschüchternd. Wenn die Kleinen gewaltsam Verträge brechen, wagen die Großen nicht, dem durch Gewalt gebrochenen Recht durch Gewalt Achtung zu verschaffen. Aber dies Vorrecht der souveränen Kleinen ist nur möglich, weil die Großen nicht einig sind in der Verteidigung des Rechts und der Verträge. Sie nutzen vielmehr die Akte der Kleinen aus, um die eigenen Machtpositionen gegeneinander zu erweitern oder zu behaupten. So wird die Atombombengefahr hineingezogen in die alte Politik der Schläue, der Drohung, der Düpierung. Man spricht es aus: gute Politik bestehe darin, die Dinge bis an den Rand des Krieges zu treiben, ohne in ihn hineinzugeraten. Man appelliert propagandistisch an moralische Motive und versteckt in der Fülle ablenkender Argumentationen den einfachen Machtwillen, der so als nichtexistent behandelt wird. Kurz: Man will zwar die Atombombe nicht einsetzen, aber man hält sie als Drohung in der Hand. So ist das wunderliche Ergebnis: Je mächtiger die Staaten durch die Bombe sind, desto mehr scheinen sie vorläufig gelähmt, während die Kleinen ihre Gewaltakte vollziehen.

Was ist nun weiter möglich? Die Großen bemühen sich, die kämpfenden Kleinen zum Frieden zu bringen, aber nicht ohne Hintergedanken. Sie ergreifen Partei und sind fast immer Partei gegeneinander. So geraten sie, während die Kleinen unter ihrer Duldung und unter ihrem teilweisen Schutz kämpfen, ständig selber in die Gefahr des zwischen ihnen auszutragenden Weltkriegs. Es ist, da kein Bewußtsein gemeinsamer Ordnung zusammenhält, immer nur wie ein Hinausschieben des Weltkriegs. Da jeder kleine Krieg verschleiert schon ein Krieg zwischen den Großmächten ist, birgt jeder in sich die Gefahr des Weltbrandes.

4. *Der politisch entscheidende Ansatzpunkt: die gegenseitige Kontrolle der Staaten*

Die Rettung scheint in greifbarer Nähe. Da alle Staaten die Atombombe abschaffen möchten, müßten die drei die Bombe besitzenden Mächte nur einen Vertrag schließen und ihn verwirklichen. Alle vorhandenen Bomben würden vernichtet, neue nicht mehr hergestellt. Aber die gegenseitige Kontrolle, ohne die eine Garantie der Verwirklichung unerreichbar wäre, will Rußland bisher nicht zugestehen.

Dies wäre der rettende Akt. Mit ihm aber würde sogleich mehr geschehen als die Abschaffung der Atomgefahr. Denn unfehlbar wäre mit der gegenseitigen Kontrolle eine Umformung des politischen Daseins auf der ganzen Erde verbunden, nämlich der Übergang von dem Zustand der Staaten, die sich wie Bestien im Naturzustand gegenüberstehen, zu einer Staatengemeinschaft, die auf das Recht von Verträgen gegründet ist, deren Einhaltung durch Institutionen gemeinsamen Ursprungs gesichert wird. Es wäre der Übergang von dem Zustand bloßer Koexistenz, die jeden Augenblick durch den Gewaltakt einer Seite in Krieg sich verwandeln kann, zum Zustand der Kooperation, die die Freiheit aller bedingt sein läßt durch die Überordnung gemeinsam beschlossener und wirksam gemachter Verträge. Es wäre der Anfang des Weltfriedens.

Denn die Folge solcher Kontrolle wäre erstens ein gegenseitiger Einblick in alle Verhältnisse, der als solcher schon eine gegenseitige Offenheit verwirklichen würde, die schließlich den für den Frieden unerläßlichen gemeinsamen Geist zur Folge hätte. Zweitens wäre Folge der Kontrolle die freiwillige Einschränkung der Souveränität aller durch die faktische Anerkennung der der Staatssouveränität übergeordneten Geltung von Verträgen, die, wie alle Verträge, nicht allein auf Vertrauen beruhen dürfen, sondern auf eine wirksame Kontrollinstanz angewiesen sind. Diese wäre von den vertragsschließenden Staaten über sich selbst zu errichten. Nur so wird die Freiheit der Willkür zum Vertragsbruch aufgehoben.

Mit der Errichtung dieser gegenseitigen Kontrolle wäre der erste, wahrscheinlich schon entscheidende Schritt getan zu dem Weltzustand hin, in dem die Atombombe mit annähernder Sicherheit ausgeschlossen wäre. Denn sie ist mit Sicherheit nur abzuschaffen, wenn der Krieg überhaupt unmöglich wird.

(...)

10. Die politischen und moralischen Erörterungen genügen nicht

Politisch wurde klar: Nur der Weltfriede schließt die Atombombe aus. Zu meinen, auf die Dauer Kriege führen zu können ohne Atombombe, aber mit Einschüchterung durch die Atombombe, ist ein Wahn.

Da aber der Weltfriedenszustand schwerlich allein auf politischem Wege verwirklicht werden kann, war der Gedanke unumgänglich: Der Mensch scheint verloren, wenn er nicht durch seine Freiheit eine Wandlung erfährt. Diese Umkehr aber kann nicht Gegenstand, sondern nur Voraussetzung einer neuen Politik sein.

So schien der politische Weg zwar sinnvoll, aber für sich allein vergeblich. Der moralische Weg aber liegt nicht im Bereich unseres Planens. Daher ist er für den politischen Realisten irreal. Der Realist weist auf die Natur des Menschen, wie sie immer war und sein wird. Er ist auf längere Frist (die schnell eine kurze werden kann) absolut pessimistisch. Er macht seine Politik für den Augenblick. Der Moralist dagegen erhebt aus der Idee eines wiedergeborenen künftigen Menschentums unerfüllbare Forderungen. Er bleibt, weil er an der gegenwärtigen Realität vorbeidenkt, ungehört.

Unser Fragen ist weiterzutreiben: Gibt es etwas, das über Realismus und Moralismus hinausliegend, beiden erst Wirkungskraft gibt? Ihre Richtigkeit liegt im Vordergrunde. Sie wird Wahrheit erst durch Orientierung an etwas, das weder dem Realismus noch dem Moralismus untergeordnet ist. Wollen sie sich auf sich selbst beschränken, dann wird der Realismus die Dinge nur für den Augenblick weitertreiben, abwarten und zusehen, der Idealismus mit seinen Forderungen die Ereignisse nur verurteilen. Beide bezeugen so, daß sie nicht wagen, vor das Äußerste zu treten.

In den politischen und moralischen Gedanken wird vergessen, was Einsatz des Lebens, Sterben und Opfer bedeuten. Die Aufgabe der Politik ist Lebenssicherung. Diese Aufgabe verlangt Opfer. Dabei aber bleibt die Frage unbeantwortet, was Opfer und Tod an sich selbst bedeuten. Denn durch den Zweck in der Welt sind sie keineswegs genügend zu begründen.

Das Etwas, ohne das der Realismus und der Moralismus substanzlos bleiben, entzieht sich bestimmter Fassung. Auf die Frage nach ihm sind Antworten die Religionen oder die Ersatzreligionen. Sie sind in den öffentlichen Redeweisen als sogenannte Überzeugungen wie selbstverständlich da. »Realisten« operieren mit einem notwendigen Geschichtsverlauf (wenn sie diesen auch höchst verschieden, hegelisch, marxistisch, spenglerisch und anders denken). »Moralisten« setzen voraus, daß alles schließlich nach Recht und Wahrheit gehen werde (wenn sie beide auch ständig uneingestanden verletzen). Solche Grundüberzeugungen, zu Konventionen geworden, bewirken eine Stimmung undurchdachten Vertrauens. Aber ihr Dasein bezeugt, daß über realistische Politik und idealistische

Moral hinaus an das andere, den Grund von allem zu denken ist. Unser Thema, die Atombombe, führt uns an diese Grenze durch die für das Gewissen unheimliche Frage: Ist die Tat des Menschen, wenn sie zur totalen Vernichtung der Menschen führen kann, absolut böse? Hat das Wagnis des Lebens eine Grenze? Ist schon *vor* einem Weltfriedenszustand und *vor* einer gegenseitigen Kontrolle der Atomenergieproduktion auf die Atombombe bedingungslos zu verzichten? Kann der Sinn der Entscheidung Einsteins, der in der Bedrohung der Welt durch den Hitlerischen Totalitarismus zur Herstellung der Atombombe riet, wiederkehren? Kann, was damals im Grundsätzlichen noch ahnungslos geschah, in neuer, bewußter Gestalt zur Entscheidung kommen?

11. Eine mögliche Alternative

Diese Frage kann nicht mehr mit der Erörterung möglichen Geschehens, sondern nur mit dem Gewissen dessen, der die Tat vollzieht oder im entscheidenden Augenblick unterläßt, beantwortet werden. Es ist die Frage: Gibt es keine Situation, in der Menschen sich aus einem Willen, der weder aus einem politisch konstruktiven Sinn zu rechtfertigen noch moralisch zu begründen ist, zur Atombombe entschließen könnten?

Tatsächlich wird heute die Antwort nur allzu deutlich gegeben, nämlich, daß sie unter Umständen zur Wirkung kommen soll. Denn ihre Herstellung wird nicht bedingungslos, sondern nur unter der Bedingung gegenseitiger Kontrolle verworfen. Man würde sich aber täuschen in der Meinung, es handle sich um eine bloße Drohung und um das Gleichgewicht der Drohungen. Eine nicht ernst gemeinte Drohung ist keine Drohung.

Wollen wir diese tatsächliche Antwort uns zu eigen machen, wollen wir auch einseitig, auch ohne Kontrolle die Atombombe an sich verwerfen, weil es sich nicht mehr nur um Krieg, sondern um die Menschheitsvernichtung handelt?

Bevor wir antworten, ist die politische Situation zu kennzeichnen. Im Schatten der Atombombe wächst die Gefahr, daß die Macht des Totalitären die Welt der Freiheit beraubt. Solange der Krieg mit Menschenmassen und alten Waffen, mit aller Technik, aber ohne Atombombe geführt würde, wären die Totalitären heute überlegen. In solchem Kriege würden daher die Ereignisse an einen Punkt führen, wo für die freien Staaten die Frage ist: Anwendung der Atombombe oder Hinnahme des Totalitarismus? Wagnis der Menschheitsvernichtung oder Preisgabe der Freiheit? Nachdem alles versäumt wurde: die Abschaffung der Atombombe unter gegenseitiger Kontrolle, der Schutz der freien Welt durch die alten Waffen, das heißt das ständige Opfer der Bevölkerung in militärischer Ausbildung und wirtschaftlicher Leistung für die Kriegsvorbereitung; nachdem weiter versäumt wurde die politisch zuverlässig organisierte absolute Solidarität der freien Staaten – da kann der Augenblick eintreten, wahrscheinlich plötzlich, wo die Anwendung der Atombombe entschieden werden muß von den Männern, die dann vermöge der Bedingungen und des Mechanismus des politischen Aufstiegs am Steuer stehen. Zu spät ist es für andere Möglichkeiten.

Einmütig sind zwar alle: die Atombombe muß verschwinden. Nicht einmütig ist man, wenn diese selten erörterte Frage gestellt wird: Was sollten wir tun, wenn es um Leben oder Tod der Freiheit geht? Die Atombombe, wenn einmal ihr Einsatz beginnt, würde durch die Masse der Abwürfe wahrscheinlich, wenn auch nicht sicher, alles Leben zerstören. Die Beraubung der Freiheit durch den Totalitarismus würde das Leben lebensunwert machen, wenn auch nicht sicher für alle Zeiten. Der Bedrohung allen Lebens durch die Atombombe stände gegenüber die Bedrohung aller Freiheit durch den Totalitarismus. Ein Augenblick ungeheuerlicher Entscheidung kann eintreten. Niemand kann ihn vorwegnehmen. Aber die Erörterung der Gewissensfrage ist sinnvoll, um nicht blind in die Situation zu geraten. Das Möglichkeiten vorwegnehmende Denken hat Folgen für die Entscheidung selber. Man kann wissen, worum es sich handelt. Unredliche Vorstellungen einer täuschenden Beruhigung sind entlarvt. Die Grenzsituation wird in ihrer ganzen Härte, in der für endliches Denken unlösbaren Wirklichkeit offenbar. Die Impulse schon für die gegenwärtige Politik werden geweckt.

BERTOLT BRECHT
Der aufhaltsame Aufstieg des Arturo Ui

16
City. Versammlung der Grünzeughändler von Chicago. Sie sind kalkweiß.

1. GRÜNZEUGHÄNDLER
Mord! Schlächterei! Erpressung! Willkür! Raub!
2. GRÜNZEUGHÄNDLER
Und Schlimmres: Duldung! Unterwerfung! Feigheit!
3. GRÜNZEUGHÄNDLER
Was Duldung! Als die ersten zwei im Januar
in meinen Laden traten: Hände hoch!
sah ich sie kalt von oben bis unten an
und sagte ruhig: Meine Herrn, ich weiche
nur der Gewalt! Ich ließ sie deutlich merken
daß ich mit ihnen nichts zu schaffen hatte
und ihr Benehmen keineswegs billigte.
Ich war zu ihnen eisig. Schon mein Blick
sagt' ihnen: Schön, hier ist die Ladenkasse,
doch nur des Brownings wegen!
4. GRÜNZEUGHÄNDLER
Richtig! Ich
wasch meine Händ in Unschuld! Unbedingt.
Sagt' ich zu meiner Frau.
1. GRÜNZEUGHÄNDLER *heftig.*
Was heißt da Feigheit?
Es war gesundes Denken. Wenn man stillhielt
und knirschend zahlte, konnte man erwarten
daß diese Unmenschen mit den Schießereien
aufhören würden. Aber nichts davon.
Mord! Schlächterei! Erpressung! Willkür! Raub!
2. GRÜNZEUGHÄNDLER
Möglich ist so was nur mit uns. Kein Rückgrat!
5. GRÜNZEUGHÄNDLER
Sag lieber: Kein Browning! Ich verkauf Karfiol
und bin kein Gangster.
3. GRÜNZEUGHÄNDLER
Meine einzige Hoffnung
ist, daß der Hund einmal auf solche trifft

die ihm die Zähne zeigen. Laß ihn erst
einmal woanders dieses Spiel probieren!

4. GRÜNZEUGHÄNDLER
Zum Beispiel in Cicero!

Auftreten die Grünzeughändler von Cicero. Sie sind kalkweiß.

DIE CICEROER
Hallo, Chicago!

DIE CHICAGOER
Hallo, Cicero! Und was wollt *ihr* hier?

DIE CICEROER
Wir
sind herbestellt.

DIE CHICAGOER
Von wem?

DIE CICEROER
Von ihm.

1. CHICAGOER
Wie kann er
euch herbestellen? Wie euch etwas vorschreiben?
Wie kommandiern in Cicero?

1. CICEROER
Mit dem Browning.

2. CICEROER
Wir weichen der Gewalt.

1. CHICAGOER
Verdammte Feigheit!
Seid ihr keine Männer? Gibt's in Cicero
keine Richter?

1. CICEROER
Nein.

3. CICEROER
Nicht mehr.

3. CHICAGOER
Hört ihr, ihr müßt
euch wehren, Leute! Diese schwarze Pest
muß aufgehalten werden! Soll das Land
von dieser Seuche aufgefressen werden?

1. CHICAGOER
Zuerst die eine Stadt und dann die andre!
Ihr seid dem Land den Kampf aufs Messer schuldig!

2. CICEROER
Wieso grad wir? Wir waschen unsere Hände
in Unschuld.

4. CHICAGOER
Und wir hoffen, daß der Hund
Gott geb's, doch einmal noch auf solche trifft
die ihm die Zähne zeigen.

Auftreten unter Fanfarenstößen Arturo Ui und Betty Dullfeet (in Trauer), gefolgt von Clark, Giri, Givola und Leibwächtern. Ui schreitet zwischen ihnen hindurch. Die Leibwächter nehmen im Hintergrund Stellung.

GIRI
Hallo, Kinder!
Sind alle da aus Cicero?

1. CICEROER
Jawohl.

GIRI
Und aus Chicago?

1. CHICAGOER
Alle.

GIRI *zu Ui.*
Alles da.

GIVOLA
Willkommen, Grünzeughändler! Der Karfioltrust
begrüßt euch herzlich. *Zu Clark.* Bitte sehr, Herr Clark.

CLARK
Ich tret mit einer Neuigkeit vor Sie.
Nach wochenlangen und nicht immer glatten
Verhandlungen – ich plaudre aus der Schule –
hat sich die örtliche Großhandlung Betty Dullfeet
dem Karfioltrust angeschlossen. So
erhalten Sie in Zukunft Ihr Gemüse
vom Karfioltrust. Der Gewinn für Sie
liegt auf der Hand: Erhöhte Sicherheit
der Lieferung. Die neuen Preise, leicht
erhöht, sind schon fixiert. Frau Betty Dullfeet
ich schüttle Ihnen, als dem neuen Mitglied
des Trusts, die Hand.

Clark und Betty Dullfeet schütteln sich die Hände.

GIVOLA
Es spricht Arturo Ui.

Ui tritt vor das Mikrophon.

UI

Chicagoer und Ciceroer! Freunde!
Mitbürger! Als der alte Dogsborough
ein ehrlicher Mann, Gott hab ihn selig, mich
vor einem Jahr ersuchte, Tränen im Aug
Chicagos Grünzeughandel zu beschützen
war ich, obgleich gerührt, doch etwas skeptisch
ob ich dies freudige Vertraun rechtfertigen könnt.
Nun, Dogsborough ist tot. Sein Testament
liegt jedermann zur Einsicht vor. Er nennt
in schlichten Worten mich seinen Sohn. Und dankt
mir tiefbewegt für alles, was ich getan hab
seit diesem Tag, wo ich seinem Rufe folgte.
Der Handel mit Grünzeug, sei es nun Karfiol,
sei's Schnittlauch, Zwiebeln oder was weiß ich, ist
heut in Chicago ausgiebig beschützt.
Ich darf wohl sagen: Durch entschlossenes Handeln
von meiner Seite. Als dann unerwartet
ein andrer Mann, Ignatius Dullfeet, mir
den gleichen Antrag stellte, nun für Cicero
war ich nicht abgeneigt, auch Cicero
in meinen Schutz zu nehmen. Nur eine Bedingung
stellt' ich sofort: Es muß auf Wunsch der Laden-
besitzer sein! Durch freiwilligen Entschluß
muß ich gerufen werden. Meinen Leuten
schärfte ich ein: Kein Zwang auf Cicero!
Die Stadt hat völlige Freiheit, mich zu wählen!
Ich will kein mürrisches »Schön!«, kein knirschendes »Bitte«.
Halbherziges Zustimmen ist mir widerlich.
Was ich verlange, ist ein freudiges »Ja!«
ciceroischer Männer, knapp und ausdrucksvoll.
Und weil ich das will und, was ich will, ganz will
stell ich die Frage auch an euch noch einmal
Leute aus Chicago, da ihr mich besser kennt
und, wie ich annehmen darf, auch wirklich schätzt.
Wer ist für mich? Und wie ich nebenbei
erwähnen will: Wer da nicht für mich ist
ist gegen mich und wird für diese Haltung
die Folgen selbst sich zuzuschreiben haben.
Jetzt könnt ihr wählen!

GIVOLA

Doch bevor ihr wählt
hört noch Frau Dullfeet, allen euch bekannt
und Witwe eines Manns, euch allen teuer!

BETTY

Freunde! Da nunmehr euer aller Freund
mein lieber Mann Ignatius Dullfeet, nicht mehr
weilt unter uns ...

GIVOLA

Er ruh in Frieden!

BETTY

Und
euch nicht mehr Stütze sein kann, rat ich euch
nun euer Vertraun zu setzen in Herrn Ui
wie ich es selbst tu, seit ich ihn in dieser
für mich so schweren Zeit näher und besser
kennengelernt.

GIVOLA

Zur Wahl!

GIRI

Wer für Arturo Ui ist
die Hände hoch!

Einige erheben sofort die Hand.

EIN CICEROER

Ist's auch erlaubt zu gehn?

GIVOLA

Jedem steht frei zu machen, was er will.

Der Ciceroer geht zögernd hinaus. Zwei Leibwächter folgen ihm. Dann ertönt ein Schuß.

GIRI

Und nun zu euch! Was ist euer freier Entschluß?

Alle heben die Hände hoch, jeder beide Hände.

GIVOLA

Die Wahl ist aus, Chef, Ciceros Grünzeughändler
und die Chicagos danken tiefbewegt
und freudeschlotternd dir für deinen Schutz.

UI

Ich nehme euren Dank mit Stolz entgegen.
Als ich vor nunmehr fünfzehn Jahren als
einfacher Sohn der Bronx und Arbeitsloser
dem Ruf der Vorsehung folgend, mit nur sieben

erprobten Männern auszog, in Chicago
meinen Weg zu machen, war's mein fester Wille
dem Grünzeughandel Frieden zu verschaffen.
's war eine kleine Schar damals, die schlicht
jedoch fanatisch diesen Frieden wünschte!
Nun sind es viele. Und der Friede in
Chicagos Grünzeughandel ist kein Traum mehr
sondern rauhe Wirklichkeit. Und um den Frieden
zu sichern, habe ich heute angeordnet
daß unverzüglich neue Thompsonkanonen
und Panzerautos und natürlich was
an Brownings, Gummiknüppeln und so weiter noch
hinzukommt, angeschafft werden, denn nach Schutz
schrein nicht nur Cicero und Chicago, sondern
auch andre Städte: Washington und Milwaukee!
Detroit! Toledo! Pittsburg! Cincinnati!
Wo's auch Gemüsehandel gibt. Flint! Boston!
Philadelphia! Baltimore! St. Louis! Little Rock!
Minneapolis! Columbus! Charleston! Und New York!
Das alles will geschützt sein! Und kein »Pfui!«
und kein »Das ist nicht fein!« hält auf den Ui!

Trommeln und Fanfarenstöße.

Während der Rede des Ui ist eine Schrift aufgetaucht:

Am 11. März 1938 marschierte Hitler in Österreich ein. Eine Wahl unter dem Terror der Nazis ergab 98% Stimmen für Hitler.

17

Cicero. Aus einem zerschossenen Lastkraftwagen klettert eine blutüberströmte Frau und taumelt nach vorn.

DIE FRAU

Hilfe! Ihr! Lauft nicht weg! Ihr müßt's bezeugen!
Mein Mann im Wagen dort ist hin! Helft! Helft!
Mein Arm ist auch kaputt ... und auch der Wagen!
Ich bräucht 'nen Lappen für den Arm ... Sie schlachten uns
als wischten sie von ihrem Bierglas Fliegen!
O Gott! So helft doch! Niemand da ... Mein Mann!
Ihr Mörder! Aber ich weiß, wer's ist! Es ist
der Ui. *Rasend.* Untier! Du Abschaum allen Abschaums!

Du Dreck, vor dem's dem Dreck graust, daß er sagt:
Wo wasch ich mich? Du Laus der letzten Laus!
Und alle dulden's! Und wir gehen hin!
Ihr! 's ist der Ui! Der Ui!

In unmittelbarer Nähe knattert ein Maschinengewehr, und sie bricht zusammen.

Ui und der Rest!
Wo seid ihr? Helft! Stoppt keiner diese Pest?

Epilog

Ihr aber lernet, wie man sieht statt stiert
und handelt, statt zu reden noch und noch.
So was hätt einmal fast die Welt regiert!
Die Völker wurden seiner Herr, jedoch
daß keiner uns zu früh da triumphiert –
der Schoß ist fruchtbar noch, aus dem das kroch.

Alfred Andersch
Sansibar oder der letzte Grund

Der Junge

Er öffnete den Einfüllstutzen des Tanks und ließ das Treiböl hineinlaufen, zäh und gelb floß es hinein, und der Junge dachte: ich rieche Dieselöl gern. Er stand gebückt in dem niedrigen Raum, in dem sich der Motor befand, und er dachte: der Treibstoff würde reichen zu einer Fahrt über die Ostsee, bis nach Kopenhagen rüber oder Malmö. Aber Knudsen kommt nie auf die Idee, mal 'nen kleinen Ausflug zu machen, keiner von ihnen kommt auf solche Ideen, nur Vater hat es nicht genügt, immer bloß in der kleinen Küstenfischerei herumzuschippern. Vielleicht hat Vater getrunken, aber er hatte auch Ideen, dachte er, und wahrscheinlich haben sie ihn deswegen nicht leiden können. Ich glaube, nicht einmal Mutter konnte ihn leiden. Wenn mal von ihm die Rede ist, fängt sie zu nölen an. Er ließ die letzten Tropfen aus der Kanne rinnen und wischte den Einfüllstutzen mit einem Lappen sauber, ehe er ihn zuschraubte. Wenn Knudsen wüßte, wie gut ich mich mit den Seekarten auskenne, dachte er; ich hab' die See zwischen Rerik und Fehmarn und Falster und östlich bis zum Darß und rüber nach Moen im Kopf. Spielend würd' ich den Kutter über die Ostsee bringen. Wohin? Ach, dachte er, irgendwohin.

Helander · Knudsen

Pfarrer Helander erschrak zuerst, als er den leeren Hafen erblickte. Aber dann sah er den einen Kutter und auf ihm Knudsen. Ein glücklicher Zufall! Es war besser, Knudsen im Freien anzusprechen, als zu ihm ins Haus zu gehen. Es wäre in Rerik sehr aufgefallen, wenn Pfarrer Helander Knudsens Haus betreten hätte. Dagegen ihn, wenn man ihn im Freien traf, mit ein paar Worten festzuhalten, das war ganz in Ordnung.

Knudsen beobachtete ihn aus den Augenwinkeln, das konnte er sehen. Helander näherte sich ihm langsam, auf seinen Stock gestützt; er hinkte heute stärker als sonst. Der Hafenkai war ziemlich breit, mit runden Kopfsteinen gepflastert. Ein Lastauto rumpelte darüber hin, an den niedrigen roten Treppengiebelhäusern entlang; nur das »Wappen von Wismar« war weiß gestrichen, mit grünen Fensterumrandungen und einem goldenen Messingknauf an der Türe. Endlich stand Helander an der Kaimauer, dort, wo die »Pauline« festgemacht hatte. Durch das Takelwerk des kleinen Küstenkutters hindurch konnte der Pfarrer ein Stück der offenen See erkennen, weit draußen, rechts von dem Leuchtturm auf der Lotseninsel, der von hier aus ganz klein aussah. Knudsen saß neben dem Steuerhaus und putzte Lampen, die kalte Pfeife zwischen den Zähnen. Von drunten, aus dem Motorenraum drang Rumoren, das mußte der Junge sein. Schicken Sie den Jungen weg, Knudsen! sagte der Pfarrer. Ich habe mit Ihnen zu sprechen.

Das war stark, dachte Knudsen. Immer sehr direkt, der Herr Pfarrer. Der Pfaffe. Ein Pfaffe mit einem geraden Maul.

Der Junge wird gleich fertig sein, sagte er. Er füllt nur noch die Tanks auf.

Warum sind Sie nicht mit den anderen draußen? fragte der Pfarrer, während sie warteten.

Die Galle, antwortete Knudsen. Ein Gallenanfall.

Helander hörte, daß Knudsen log. Knudsen war so gesund wie immer.

Die Galle, sagte er. So, die Galle! Haben Sie sich geärgert, Knudsen, oder haben Sie nur fett gegessen?

Knudsen sah ihn an. Geärgert, erwiderte er.

Der Pfarrer nickte. Von der kleinen Werft im Osten des Hafenbeckens her drang der kreischende Klang eines Hammers. Danach die Stimmen der Glocken aller Kirchen der Stadt. Zwei Schläge. Halb vier.

Knudsen erinnerte sich, daß er das letzte Mal mit dem Pfarrer gesprochen hatte, als die Anderen ans Ruder gekommen waren, vor vier Jahren. Sie waren sich auf der Straße begegnet. Der Pfarrer war stehengeblieben und hatte ihn angesprochen.

Sie roter Hund, hatte er gesagt, jetzt geht's Ihnen an den Kragen! Er hatte gelacht dabei. Damals lachte man noch bei sowas. Nur Knudsen hatte schon damals nicht mehr gelacht, sondern den Pfarrer angesehen und zu ihm gesagt: Auch Ihnen wird Ihr Verdun-Bein eines Tages nichts mehr nützen.

Der Pfarrer hatte sofort aufgehört zu lachen. Ehe er weiterging, damals, vor vier Jahren, hatte er gesagt: Wenn Sie mal meine Hilfe brauchen sollten, Knudsen, Sie wissen, wo ich wohne.

Aber es schien so, dachte Knudsen, als ob der Pfarrer jetzt seine Hilfe brauchte.

Nach einer Weile kam der Junge mit den leeren Treibölkannen auf Deck. Er blickte scheu zu Pfarrer Helander hin, bei dem er konfirmiert worden war, und grüßte. Geh nach Hause, sagte Knudsen zu ihm, und mach dein Zeug fertig. Wir fahren um fünf.

Der Junge verdrückte sich. Wollen Sie nicht auf Deck kommen und sich setzen, fragte Knudsen.

Nein, das wäre zu auffällig, erwiderte Helander.

Aha, dachte Knudsen, offenbar war die Stunde gekommen, in der dem stolzen Pfarrer Helander sein Verdun-Bein nichts mehr nützte. Das Bein, das man ihm bei Verdun abgeschossen hatte.

Knudsen, sagte der Pfarrer, Sie werden heute erst in der Nacht fahren. Er setzte hinzu: Ich bitte Sie darum.

Knudsen sah fragend zu dem Pfarrer hoch, der ein wenig über ihm auf dem Kai stand, ein großer schlanker Mann mit einem heftigen, geröteten Gesicht, mit einem schmalen schwarzen Bart über dem Mund, einem schwarzen Bart, in den sich graue Fäden mischten, mit den blitzenden Gläsern einer randlosen Brille vor den Augen, kristallisch blitzend in dem leidenschaftlichen, eine Neigung zum Jähzorn verratenden Gesicht über einem schwarz gekleideten Körper, der sich ein wenig über den Stock krümmte.

Ich muß Sie bitten, für mich nach Skillinge zu fahren und etwas mitzunehmen, sagte Helander.

Nach Schweden? Knudsen nahm die Pfeife aus dem Mund. Ich soll für Sie etwas nach Schweden bringen?

Ja, sagte Helander. Zum Propst von Skillinge. Er ist mein Freund.

Von der Werft her sang ein Flaschenzug gellend auf. Vor dem »Wappen von Wismar« standen zwei Frauen mit Einkaufstaschen im Gespräch. Knudsen stellte die Lampe weg, an der er gerade gearbeitet hatte. Er war auf der Hut. Jetzt nicht einmal mehr fragen, dachte er. Wenn ich auch nur frage, bin ich schon drin. Er blickte an dem Pfarrer vorbei, auf den leeren Kai.

Nur eine kleine Figur, hörte er Helander sagen. Eine kleine Holzfigur aus der Kirche.

Knudsen wunderte sich so, daß es ihn zum Sprechen hinriß. Eine kleine Holzfigur? fragte er.

Ja. Nur einen halben Meter groß. Ich soll sie den Anderen abliefern. Sie wollen sie mir aus der Kirche nehmen. Sie muß nach Schweden in Sicherheit gebracht werden. Helander unterbrach sich und fügte hinzu: Ich bezahle natürlich die Fahrt. Und auch, wenn Sie dadurch Verluste beim Fischfang haben, Knudsen.

Der Pfaffe, dachte Knudsen. Der verrückte Pfaffe. Ich soll ihm seinen Götzen retten.

Sie können sich darauf verlassen, Herr Pfarrer, daß die Figur bei uns sorgfältig magaziniert wird, hatte der junge Mann aus Rostock gesagt. Helander geriet in Zorn, wenn er an den Besuch des jungen Herrn Doktor gestern abend dachte. Keiner von den Anderen, sondern ein Geschickter, Wendiger, ein Karrierist, der sich durchschlängelte, einer, für den es nur Taktik gab und der im übrigen »das Beste wollte«. – Sie wollen den »Klosterschüler« wohl konservieren, Herr Konservator, hatte Helander höhnisch geantwortet, es ist aber unnötig, ihn einzuwecken, er bleibt auch so frisch. – Wir wollen ihn schützen, Herr Pfarrer. – Sie wollen ihn einsperren, Herr Doktor. – Er steht nun einmal auf der Liste, und wir haben den Auftrag ... – Auf welcher Liste? – Auf der Liste der Kunstwerke, die nicht mehr in der Öffentlichkeit gezeigt werden sollen. Und da ist es besser ... – Der »Klosterschüler« ist kein Kunstwerk, Herr Doktor, er ist ein Gebrauchsgegenstand. Er wird gebraucht, verstehen Sie, gebraucht! Und zwar in meiner Kirche. – Aber begreifen Sie doch, hatte der alte junge Mann, der geduldig war wie ein Greis, erklärt, wenn Sie ihn nicht uns geben, holen ihn die Anderen übermorgen früh einfach aus der Kirche heraus. Und was dann mit ihm geschieht? – Vielleicht müßte man ihn vernichten? Vielleicht ist es besser, der »Klosterschüler« stirbt, als daß er – wie sagten Sie vorhin? – ach ja, als daß er magaziniert wird. Glauben Sie an das ewige Leben, Herr Doktor? Auch an das ewige Leben einer Figur, die gestorben ist, weil sie nicht ausgeliefert wurde? – Aber es war hoffnungslos gewesen. – Es wird sehr unangenehme Folgen für Sie haben, Herr Pfarrer, Folgen, vor denen *wir* Sie dann nicht mehr schützen können. – Der junge Mann, der Taktiker, war unfähig, an etwas anderes zu denken als an das, was er »die Folgen« nannte. – Sagen Sie in Rostock, ich würde dafür sorgen, daß der »Klosterschüler« in der Kirche bleibt! – Der junge Mann hatte die Achseln gehoben.

Während der Pfarrer mit Knudsen sprach, in der kalten klaren Luft, die von der See herkam, wurde er sich endgültig darüber klar, daß der »Lesende Klosterschüler«, der jetzt noch unberührt, einen halben Meter hoch und aus Holz geschnitzt am Fuß des nordöstlichen Pfeilers der Vierung saß, das innerste Heiligtum seiner Kirche war. Er hatte ihn vor ein paar Jahren von einem Bildhauer erworben, dem kurz darauf die Anderen verboten hatten, sein Handwerk auszuüben. Weil die Anderen den »Klosterschüler« angreifen, dachte Helander, ist er das große Heiligtum. Den mächtigen Christus auf dem Altar lassen sie in Ruhe, sein kleiner Schüler ist es, der sie stört. Das Mönchlein, das liest. Der ganze Riesenbau der Kirche wird um dieses stillen Mönchleins willen auf die Probe gestellt, dachte Helander. Und: die Kirche, das bin leider nur ich. Was hatte der Amtsbruder von der Nikolai-Kirche gesagt? Diese modernen Dinge gehören sowieso nicht in die Kirche, hatte er abgewehrt. Der »Klosterschüler« ist nicht modern, er ist uralt, hatte Helander eingewendet. Aber es war vergeblich gewesen. Und zu dem von der Marienkirche war Helander gar nicht erst gegangen; der gehörte zu den Anderen. So ist es gekommen, daß ich einen, der nicht an Gott glaubt, anbetteln muß, den kleinen Mönch für die Kirche zu retten, dachte der Pfarrer. Ich muß den Mönch zum Propst von Skillinge schicken. Oder ihn zerstören. Ausgeliefert darf er nicht werden.

Tut mir leid, sagte Knudsen, das kommt für mich nicht in Frage.

Der Pfarrer schrak aus seinen Gedanken hoch. Was haben Sie gesagt, fragte er.

Daß ich es nicht machen kann, erwiderte Knudsen. Er zog seinen Tabaksbeutel hervor und begann sich umständlich seine Pfeife zu stopfen.

Und warum nicht, fragte Helander. Fürchten Sie sich?

Klar! sagte Knudsen.

Das ist nicht der einzige Grund.

Knudsen zündete sich seine Pfeife an. Er sah dem Pfarrer direkt in die Augen, als er sagte: Glauben Sie, ich riskiere mein Leben für eines Ihrer Götterbilder, Herr Pfarrer?

Es handelt sich um kein Götterbild.

Na, es wird schon irgendso eine heilige Figur sein, sagte Knudsen grob.

Ja, sagte Helander, es ist eine heilige Figur.

Der Spinner, dachte Knudsen. Heilige Figuren, das gab's gar nicht.

So heilig wie für Sie ein Bild von Lenin, sagte Helander.

Lenin war kein Heiliger, erwiderte Knudsen. Lenin war ein Führer der Revolution.

Und die Revolution? Ist sie für Sie nicht etwas Heiliges, Knudsen?

Hören Sie auf! sagte Knudsen. Ich kann es nicht hören, wenn ein Bürger von der Revolution redet. Sie haben keine Ahnung, wie falsch das klingt.

Ich bin kein Bürger, sagte Helander wütend. Ich bin ein Pfarrer.

Ein Pfarrer für die Bürger, Herr Pfarrer! Und das ist der Grund, warum ich nicht für Sie nach Skillinge fahre.

Es war nicht der ganze Grund, Helander spürte es. Er blickte auf das Stück offene See hinaus, auf das Stück kaltes Blau, in dem ein mennigroter und weißer Fleck unter einer Rauchfahne erschienen war, ein kleiner Dampfer, der Kurs auf Rerik nahm. Knudsen verschanzt sich hinter seinen Sprüchen, dachte der Pfarrer. Es muß noch einen anderen Grund geben, warum er mir meine Bitte abschlägt.

Für die Partei würden Sie also rüberfahren, Knudsen, fragte er.

Knudsen stieß eine Rauchwolke aus seinem Mund. Er blickte über den Kai. Die beiden Frauen waren gerade dabei auseinanderzugehen. Der Wirt des »Wappens von Wismar« hatte vor einer Weile begonnen, Kästen mit leeren Bierflaschen auf die Straße zu stellen, und Knudsen beobachtete, daß er jedesmal, wenn er herauskam, einen schnellen Blick auf das Gespräch an der Kaimauer warf. Knudsen hatte für so etwas ein Auge.

Wir fallen auf, Herr Pfarrer, sagte er.

Sie tauschten einen Blick des Einvernehmens.

Ich habe Sie gefragt, ob Sie für die Partei rüberfahren würden, sagte Helander. Geben Sie mir noch eine Antwort darauf!

Scheißpartei, dachte Knudsen. Der Pfarrer sah etwas Merkwürdiges in Knudsens Augen: einen Ausdruck der Qual.

Seit Jahren tue ich nichts mehr für die Partei, brach Knudsen aus. Das ist es doch! Es gibt sie gar nicht mehr, die Partei. Und da verlangen Sie, ich soll etwas für Ihre Kirche tun? Er hieb mit der Faust gegen die Wand des Steuerhauses. Gehen Sie weg, Herr Pfarrer! Lassen Sie mich allein!

Das war es also. Helander begriff plötzlich Knudsens Weigerung. Seinen Haß gegen die Partei, weil sie versagt hatte. Sein schlechtes Gewissen, weil er nun die Partei haßte. Es ist so ähnlich wie mit mir und der Kirche, dachte er.

Er wandte sich ohne einen Gruß um und ging weg. Knudsen sah ihm nach, wie er mühsam den Kai überquerte. Der Kai war noch immer leer und der Pfarrer ging schwarz und allein, und mühsam sein Verdun-Bein schleppend, über das Pflaster, an den roten Giebelhäusern entlang und bog an der Nikolaigasse um die Ecke.

Dann schlugen die Glocken vier. Herrgott, dachte Knudsen, ich komme zu spät.

Der Junge

Ich hab' mein Zeug längst fertig an Bord, dachte der Junge, warum hat Knudsen mich fortgeschickt? Es gäbe noch 'ne Menge zu tun, bis das Boot klar ist. Aber Erwachsene gaben ja nie Erklärungen ab, sie sagten nur »Komm um fünf!« oder »Geh nach Hause!«. Er ging die Treene entlang und wunderte sich darüber, daß der Pfarrer mit Schiffer Knudsen gesprochen hatte, aber dann vergaß er es wieder: Erwachsene interessierten ihn nicht, nicht als Einzelpersonen. Höchstens so im allgemeinen. Ich werde anders sein wie sie, dachte er, wenn ich einmal erwachsen bin. Es muß doch möglich sein, anders zu werden als Knudsen und alle die, die er kannte. Es konnte doch nicht immer so weitergehen, daß man nur noch ein paar Redensarten hatte, wenn man älter wurde, daß man auf keine Ideen mehr kam, wenn man älter wurde, daß man immer das gleiche Leben in kleinen roten Ziegelhäusern führte und ein wenig langweilige Küstenfischerei betrieb, wenn man älter wurde. Man mußte sich etwas Neues ausdenken, damit man nicht so wurde. Aber um es ausdenken zu können, mußte man erst einmal weg von ihnen.

Judith

Sie setzte sich an einen Tisch in der zu dieser Stunde leeren Gaststube und bestellte Tee und ein Wurstbrot. Dann blickte sie zum Fenster hinaus, auf den leeren Hafen. An der Kaimauer sah sie einen Geistlichen stehen, der sich mit einem Fischer unterhielt. Mit dem Fischer des einzigen Kutters, auf dem sich Leben regte.

Der Wirt brachte den Tee und das belegte Brot. Judith zog den Baedeker aus ihrer Handtasche und tat so, als ob sie darin läse, während sie begann, das Brot zu essen. Übrigens war das eine ihrer Lieblingsgewohnheiten – beim Essen lesen. Zuhause hatte Mama immer ein wenig geschimpft, wenn sie Judith fand: auf dem Bauch liegend, in ein Buch vertieft, die eine Hand den Kopf stützend, in der anderen ein Marmeladebrot. Heute konnte sie nicht lesen. Sie blickte nur auf die Seiten.

Die Kirchen schließen um fünf, sagte der Wirt.

So früh schon? fragte Judith.

Um halb sechs ist es jetzt ja schon dunkel, erwiderte der Wirt.

Ach ja, richtig, sagte Judith. Vielleicht werde ich sie mir erst morgen ansehen. Ich bin ziemlich müde. Ich werde nur noch ein bißchen am Hafen herumlaufen.

Eine, die es mal nicht eilig hat, dachte der Wirt. Solche Mädchen hatten es meistens eilig, zu den Kirchen zu kommen. Die hier schien nicht so eifrig zu sein. Mal eine Ausnahme. Eine hübsche und ziemlich junge Ausnahme übrigens.

Nichts zu sehen heute im Hafen, Fräulein, sagte er.

Ja, warum ist der Hafen eigentlich so leer, fragte Judith. Nicht mal Fischerboote sind da.

Sie sind alle draußen. Wir haben jetzt Dorschsaison. Heute nacht werden die ersten zurückkommen. Morgen mittag können Sie bei mir prima frischen Dorsch essen. Judith spürte seinen Blick. Ein scheußlicher Kerl, dachte sie, so fett und weiß. Ein fetter Dorsch.

Herrlich, sagte sie. Ich esse Seefisch gern. Sie dachte: morgen mittag bin ich weg, wenn es von hier kein Schiff ins Ausland gibt.

Kommen manchmal auch größere Schiffe nach Rerik? fragte sie. Sie versuchte, ihre Stimme so gleichgültig wie möglich zu machen.

Nur noch selten, sagte der Wirt. Nur noch gelegentlich so kleine Pötte. Es wird nichts getan für Rerik, begann er zu räsonieren. Die Fahrrinne müßte ausgebaggert werden. Und die Verladeanlagen sind nur noch Klüterkram. Ja, Rostock! Und Stettin! Da tun sie alles für. Von den großen Skandinaviern kommt keiner mehr nach Rerik.

Er wurde so wütend, daß er Judith vergaß und mit großem Krach begann, leere Bierkästen auf die Straße zu tragen. Die innere Türe zur Gaststube war eine Schwingtüre, die knarrend vor und zurück schwang, während er die Kästen hinauswuchtete. Ein Chinese, dachte Judith, ein großer, weißer, fetter Chinese. Nur nicht so leise wie ein Chinese.

Sie sah wieder zum Fenster hinaus. Der Geistliche, der mit dem Fischer gesprochen hatte, kam jetzt über den Platz. Er ging an einem

Stock. Judith sah, daß er Schmerzen haben mußte, denn in seiner Haltung war etwas Angestrengtes, so, als müsse er sich beherrschen, um sich nicht völlig über seinen Stock zu krümmen.

Der Wirt kam wieder herein. Er sagte: Sie müssen mir noch Ihren Paß geben. Die Polizei will jetzt immer die Pässe sehen, wenn sie abends das Gästebuch kontrolliert. Judiths Finger schlossen sich um ihre Handtasche.

Ich hab' ihn oben in meinem Koffer, sagte sie. Ich bring' ihn nachher herunter.

Vergessen Sie es nicht! sagte der Wirt. Holen Sie ihn lieber gleich!

Aus, dachte Judith. Es hat nicht geklappt. Ich kann den Paß nicht zeigen, sonst bin ich geliefert. Der Chinese läßt nicht mit sich reden. Jetzt muß ich hinaufgehen und dann muß ich runterkommen und sagen, ich müsse gleich wieder abreisen. Ich muß sagen, ich fühlte mich plötzlich krank oder irgend so etwas ganz Dummes. Er wird es mir niemals abnehmen. Und wenn dann nicht gleich ein Zug geht, komme ich vielleicht gar nicht mehr aus Rerik heraus.

In ihre Panik hinein hörte sie den Wirt sagen: Sie sehen so ausländisch aus, Fräulein. So was wie Sie kommt selten nach Rerik.

Hatte er schon etwas gemerkt? Auf einmal fühlte Judith, daß sie in der Gaststube eingesperrt war. Rerik war eine Falle. Eine Falle für Seltenes. Ach Mama, dachte sie. Mama war immer zu romantisch gewesen. Sie war auf eine von Mamas romantischen Ideen hereingefallen, als sie nach Rerik gereist war.

Meine Mutter war halb italienisch, sagte sie. Beinahe hätte sie gelacht. Vielleicht ein bißchen hysterisch, aber jedenfalls gelacht. Mama war eine liebe kleine und sehr hamburgische Dame gewesen.

Ach so, deswegen, sagte der Wirt. Sein Lampiongesicht blühte wieder hinter der Theke. Bringen Sie mir nur Ihren Paß, sagte er mit einer Stimme, die so weiß war wie sein Gesicht, sonst muß ich heute nacht klopfen und Sie aus dem Bett holen!

Judith war sehr jung, aber sie begriff plötzlich, für welchen Preis sie es vergessen durfte, dem Wirt ihren Paß zu geben. Abscheulich, dachte sie. Mit einem scheuen Seitenblick streifte sie das Gesicht des Wirts. Es war weiß und fett, aber nicht nur fett, sondern auch felsig. Ein weißer Block, mit einer Gelatine von Fett überzogen. Sie mußte Zeit gewinnen. In diesem Augenblick sah sie den Dampfer.

Ein Schiff, rief sie.

Der Wirt kam näher und sah zum Fenster hinaus. Ein Schwede, sagte er gleichgültig.

Ich will hinausgehen und mir ansehen, wie er anlegt, sagte Judith aufgeregt.

Haben Sie noch nie ein Schiff ankommen sehen? fragte der Wirt. Sie kommen doch aus Hamburg!

Ach, in den kleinen Häfen ist das viel schöner, widersprach Judith. Es gelang ihr, soviel Begeisterung in ihre Stimme zu legen, daß der Wirt nur den Kopf schüttelte. Die kindliche Tour, dachte Judith, ich muß die kindliche Tour schieben.

Sie fühlte seinen falschen Vaterblick, als sie hinausging. Im Knarren der Schwingtüre schüttelte sie sich.

Die Luft draußen war kalt und klar. Sie sah den Dampfer aus Schweden, der am Eingang des Hafenbeckens angelangt war und von der Spitze der Mole aus zu einem großen Bogen ansetzte, einen müden, kleinen, grauen Dampfer, mit roten Mennigflecken beschmiert, tief im Wasser liegend und keuchend unter seiner Holzlast. Sogar das Deck war mit Stämmen beladen, hellen Bündeln von Bäumen, die gelb in der kalten Sonne leuchteten. Die blaue Flagge mit dem gelben Kreuz hing schlapp am Heck.

ERWIN SYLVANUS
Korczak und die Kinder

ERSTER SCHAUSPIELER Sie haben sich entschieden, Doktor Korczak? Auf der Treppe finde ich die Bündel der Kinder. *Schaut auf den eingepackten Baukasten des Kindes.* Gut. Aber warum wehren Sie ab?

ZWEITER SCHAUSPIELER Herr Offizier. Ich begleite die Kinder. Sie werden nicht weinen, und sie werden auch nicht schreien. Ich werde mit ihnen gehen und ich werde bei ihnen sein. Bis zuletzt. Bis ganz zuletzt.

ERSTER SCHAUSPIELER Haben Sie sich das auch richtig überlegt?

ZWEITER SCHAUSPIELER Niemandem wird es gelingen, daß diese Kinder ruhig bleiben und nicht schreien und nicht weinen – niemandem außer mir. Und darum werde ich bei ihnen bleiben und sie nicht verlassen. Ich werde mit ihnen ziehen durch allen Tod hinaus. Ich werde daran denken, wie sich das Rote Meer teilte. Es teilte sich für die Kinder Israels. Und das Rote Meer war zum Wege der Rettung geworden. Ich werde daran denken, und ich werde die Kinder nicht verlassen, so wie Moses nicht sein Volk verließ. Ich werde an die Verheißungen des Herrn denken. Bis zuletzt werde ich daran denken. Ich werde lügen – und doch nicht lügen. Sie, Herr Offizier, können mich freilich nicht verstehen.

Erster Schauspieler Nein. Ich verstehe Sie nicht. Sie verzichten auf Ihr Leben?! *Nachdenkend.* Umso besser!

Zweiter Schauspieler So einfach ist es nicht. Ich biete mich.

Erster Schauspieler Wofür?

Zweiter Schauspieler Ich biete mein Leben – für das der Schwestern.

Erster Schauspieler Das ist gegen meinen Befehl.

Zweiter Schauspieler Wenn ich die Kinder begleite – bis zuletzt begleite –, so ist das auch gegen den Befehl. Meinen vier Schwestern habe ich bereits gesagt, daß sie hier bleiben müssen. Hier in Warschau. Im Ghetto.

Erster Schauspieler Ich bin kein Händler. Ich feilsche nicht. Ein Leben darf ich freigeben. Wählen Sie eine Schwester aus!

Zweiter Schauspieler *Mit unheimlicher Ruhe.* Ich habe nichts mehr zu sagen.

Erster Schauspieler *Wischt sich nochmals die Stirn.* Los! Die Schwestern bleiben hier! *Betont schneidig.* Los denn!

Zweiter Schauspieler Nur einen Augenblick noch, Herr Offizier.

Erster Schauspieler Keinen Augenblick mehr! Keinen einzigen mehr!

Zweiter Schauspieler Die Päckchen liegen draußen fertig. Die sechsundsechzig Päckchen der Kinder.

Erster Schauspieler *Ungeduldig.* Ich sagte bereits, daß ich es gesehen habe.

Zweiter Schauspieler Sie enthalten die Kleidungsstücke und das Spielzeug.

Erster Schauspieler Wie befohlen.

Zweiter Schauspieler Mein Päckchen hier ist das siebenundsechzigste. Nur das wollte ich noch sagen.

Erster Schauspieler *Kurz, unwillig.* Was soll das?

Zweiter Schauspieler Es muß alles seine Ordnung haben, Herr Offizier. Ich habe das gelernt, als ich in der deutschen Armee diente.

Erster Schauspieler *Erstaunt.* Sie haben in der deutschen Armee gedient?

Zweiter Schauspieler *Ruhig.* Das wußten Sie nicht? Wahrscheinlich wurden Sie damals erst geboren. Es war im Ersten Weltkrieg. Ich war Sanitätsoffizier auf deutscher Seite, weil ich vorher im westlichen Polen …

ERSTER SCHAUSPIELER *Schneidend.* Es gibt kein westliches und kein östliches Polen, es gibt überhaupt kein Polen mehr. Diese Provinzen sind wieder Bestandteil des Reiches. Unseres Reiches. Als Generalgouvernement. Das ist die Wirklichkeit.

ZWEITER SCHAUSPIELER *Mit gleicher Ruhe.* Die sechsundsechzig Päckchen meiner Kinder enthalten das Spielzeug und die Kleidung. Mein Päckchen enthält meine Kleidung – und meine Auszeichnungen. Es muß alles seine Ordnung haben.

ERSTER SCHAUSPIELER *Blickt angestrengt und überrascht zu Boden auf das markierte Päckchen.* Das Eiserne Kreuz ...

ZWEITER SCHAUSPIELER Erster Klasse. Ja, es befindet sich auch unter den Auszeichnungen.

ERSTER SCHAUSPIELER Das ist nicht möglich! Sie haben es sich ergaunert!

ZWEITER SCHAUSPIELER Herr Offizier! Es ist natürlich leichter für Sie, an eine Gaunerei zu denken. Es ist überhaupt immer leichter, andere Menschen für schlecht zu halten.

ERSTER SCHAUSPIELER *Aufbrausend.* Doktor Korczak! *In resignierendem Trotz.* Befehl ist Befehl, und Gehorsam ist Gehorsam.

ZWEITER SCHAUSPIELER *Unheimlich ruhig.* Und was ist Wirklichkeit?

ERSTER SCHAUSPIELER Mein Befehl! Und der wird jetzt unverzüglich durchgeführt.

ZWEITER SCHAUSPIELER Ich wollte ja auch nur darauf hingewiesen haben, daß meine Auszeichnungen hier zurückbleiben – meine deutschen Orden. Ich habe sie eigentlich nie getragen. Und wenn – dann nicht mit sonderlichem Stolz.

ERSTER SCHAUSPIELER *Gespielt schneidig.* Beleidigen Sie gefälligst nicht das Eiserne Kreuz!

ZWEITER SCHAUSPIELER *Aufblickend.* Ich?

ERSTER SCHAUSPIELER *Bückt sich hastig.* Niemand wird es erfahren. *Nimmt markierend die Auszeichnungen an sich.* Ich werde diese Orden an mich nehmen.

ZWEITER SCHAUSPIELER Die polnischen habe ich vorher selbst vernichtet. Es hat mich nie gereizt, Orden zu hinterlassen. Ich hinterlasse meine Schriften, die niemand vernichten kann.

ERSTER SCHAUSPIELER *Fast gönnerhaft zur Seite.* Das überlaß nur uns!

ZWEITER SCHAUSPIELER Und ich hinterlasse die Erinnerung an einen Kinderarzt, der ein Pole und ein Jude war – und es gern und in Treue war – und der die ihm anvertrauten Kinder liebte bis zuletzt ...

ERSTER SCHAUSPIELER *Rigoros.* Ich habe einfach keine Zeit mehr zu verlieren. Ich erwarte Sie vor dem Heim. Sie und die Kinder. *Geht zur Seite.* Will es mich denn nie freigeben, das Schämen! Es war wie damals, als ich immer Hemden tragen mußte, die nicht paßten, weil sie aus den abgelegten Hemden meines Vaters geschneidert waren. Dieser Saujude, dieser dreimal verfluchte ...!

ZWEITER SCHAUSPIELER Schwester Ruth, haben Sie Ihre Sachen gepackt?

SCHAUSPIELERIN Ja.

ZWEITER SCHAUSPIELER Auf Wiedersehen, Schwester.

SCHAUSPIELERIN Ja, ich gehe, Doktor Korczak. Ich habe lange gesessen und überlegt. Ich wollte mit Ihnen gehen. Ich wollte bei Ihnen bleiben und mich Ihrer würdig erweisen. Aber jetzt gehe ich. Ich kann Sie nicht ansehen, ich kann nicht! Sie sind ja schon gar nicht mehr hier! Aber ich muß leben, ich kann leben, und ich will leben! *Verläßt hastig die Bühne.*

Der zweite Schauspieler nimmt den Baukasten des Kindes unter den linken Arm, mit der rechten Hand faßt er die Hand des Kindes.

SPRECHER Und als Janusz Korczak den Kindern ein Zeichen gab aufzubrechen, da sagte der Offizier, daß niemand es hören konnte:

ERSTER SCHAUSPIELER *Spricht gegen den Himmel.* Du Prophet und du Narr, du Narr und du Prophet! Was gilt schon ein Versprechen, das wir dir geben! Dann werden die Schwestern eben mit dem nächsten Transport nachgeliefert! Oder ob ich sie laufen lasse, einfach laufen lasse? Durch eine Hintertür laufen lasse? Früher oder später ereilt sie ihr Schicksal doch. Ich bin es dann freilich nicht gewesen. Ich bin es überhaupt nicht gewesen. Der Himmel ist Zeuge: ich bin es nicht gewesen. *Er wendet sich ab, tritt ganz vorn an die Rampe und blickt in den Zuschauerraum.*

SPRECHER Janusz Korczak aber sagte zu den Kindern:

ZWEITER SCHAUSPIELER Wir wollen durch das Rote Meer ziehen – durch das Rote Meer, von dem ich euch schon so viel erzählt habe – *belehrend zu dem Kinde hin* – in das Gelobte Land.

SPRECHER Und als die Kinder das hörten, begannen sie zu singen und stiegen auf die Lastwagen. Denn sie waren heute satt geworden. Und sie fuhren bis in das Lager Maidanek, bis vor die Tür der Brauseanlage.

Der erste Schauspieler zündet sich eine Zigarette an.
Der zweite Schauspieler geht ganz langsam mit dem Kind im Kreis durch das Bühnenrund. Hinter der Bühne leises Singen: »Eine kleine Mi-Maus.«

Da stiegen sie von den Lastwagen. Niemand hat gesehen, daß Janusz Korczak weinte. Er hieß seine Kinder sich ausziehen und zog sich selber aus, und er brauchte sich nicht zu schämen deshalb. Es waren sechsundsechzig Kinder, Knaben und Mädchen, jüdische Waisenkinder. Sie waren sechzehn Jahre alt, fünfzehn, vierzehn, dreizehn, zwölf und elf und zehn Jahre alt. Neun, acht, sieben, sechs, fünf und vier Jahre alt. Drei und zwei Jahre alt. Die jüngsten mußten noch auf dem Arm getragen werden. Nun waren sie alle miteinander nackt, und die älteren Kinder hatten es nicht gern und waren verlegen. Aber sie nahmen die jüngeren an die Hand, und sie gingen hinter Janusz Korczak her. Sie begannen abermals zu singen. Und das Tor schloß sich hinter ihnen.
Das Singen bricht ab.

NELLY SACHS
Wer weiß, wo die Sterne stehn

Wer weiß, wo die Sterne stehn
in des Schöpfers Herrlichkeitsordnung
und wo der Friede beginnt
und ob in der Tragödie der Erde
die blutig gerissene Kieme des Fisches
bestimmt ist,
das Sternbild »Marter«
mit seinem Rubinrot zu ergänzen,
den ersten Buchstaben
der wortlosen Sprache zu schreiben –

Wohl besitzt Liebe den Blick,
der durch Gebeine fährt wie ein Blitz
und begleitet die Toten
über den Atemzug hinaus –

aber wo die Abgelösten
ihren Reichtum hinlegen,
ist unbekannt.

Himbeeren verraten sich im schwärzesten Wald
durch ihren Duft,
aber der Toten abgelegte Seelenlast
verrät sich keinem Suchen –

und kann doch beflügelt
zwischen Beton oder Atomen zittern

oder immer da,
wo eine Stelle für Herzklopfen
ausgelassen war.

Haar, mein Haar

Haar, mein Haar,
ausschlagend in knisternden Funken –
einer Wüste Ginsterstrauch,
erinnerungsentzündet.

Haar, mein Haar,
welcher Sonnenglutball
ist in deine Nacht
zur Ruhe gelegt worden?

In deinen Spitzen stirbt eine Welt!
Gott hat sie leise gebettet,
auslöschend
in einem tränendurchströmten Leib.

Aber auch
in einer Kindersehnsucht
reißendem Verlangen
nach seiner Feuerbälle
ewig wachsendem Beginn.

Erwin Strittmatter
Der Wundertäter

28

Stanislaus hält sich für einen Kadaver, der auf Umwegen zu Grabe getragen wird. Der Geist der Dichtkunst übermannt ihn unerwartet, und sein Leben lichtet sich.

Die Tage vergingen. Die Insel lag weiß im blauen Meer. Der Himmel war hoch. Die Sonne stieg am Morgen aus dem Wasser, durchreiste das blaublaue Himmelsfeld und sank am Abend wieder ins Wasser. Der Krieg war weitab. Stanislaus und seine Kameraden hätten nicht gewußt, daß es ihn noch gab, wenn da nicht Hauptmann Beetz aus Bamberg, Leutnant Krell aus Halle und der graue Kasten bei den Funkern gewesen wären. Diese drei Dinge führten ihnen den Krieg immer wieder vor Augen, und sie hämmerten ihnen ein, daß sie auf Wacht für Deutschland säßen.

Wenn Stanislaus keine Wache im Hafen oder auf irgendeinem Wachtpunkt der Insel hatte, nahm er ein Fischerboot und ruderte hinaus. Er fing Fische, ließ sich von der Sonne bescheinen oder brütete und dachte über sein Leben nach. Er hatte Zeit, viel Zeit. Einmal war sein Leben von Wünschen getrieben worden. Nicht selten hatte sich auch die Liebe, jene geheimnisvolle Kraft, seiner bemächtigt, seine Wünsche verwirrt und seinen Lebensfaden zerzaust. Alles das gab es jetzt nicht mehr. Er war wohl nur noch eine leere Kiste, die hin und her geschickt wurde, ein Kadaver, den man auf Umwegen zu Grabe fuhr.

Es kam ein Schiff aus Piräus. Es brachte Proviant und Post. Keine Post für Stanislaus. Er war mit niemand mehr in Deutschland verbunden. Für wen stand er also hier auf Wacht? Für das Großdeutsche Reich, bitte. – Das Schiff fuhr wieder ab.

Weißblatt erhielt eine große Schachtel »Amarillas«. Die Schachtel »Amarillas« hatte Weißblatts Mutter auf Schleichwegen beschafft. »Amarillas«, Schokolade und die guten Dinge Deutschlands waren nur noch für Flieger vorhanden. Die Flieger, diese Helden! Sie kämpften und kämpften, und trotzdem fielen die Bomben der Feinde lorenweis aufs Vaterland. Jeden Tag hieß ein gewisser Herr Generalfeldmarschall Göring ein bißchen mehr Meier.

Weißblatts Mutter sorgte sich. Johannis habe heimkommen, ein Buch über bestimmte Erlebnisse in Frankreich schreiben wollen, die ihn krank gemacht hätten. Er sei nicht gekommen. Er sei an der Heimat vorbeigereist. Schlechte Zeiten für Dichter!

Weißblatt wischte sich über die Stirn, die auch hier im Süden nicht bräunte, sondern nur krebsrot wurde. Die alte Dame! Wie sie sich den Krieg dachte. Sie hatte fast soviel überflüssige Sorge um sein ungeschriebenes Buch wie sein Kamerad Büdner. Weißblatt hatte vor Jahren einmal bei Goethe gelesen, daß es nicht dienlich sei, allzuviel über ein werdendes Werk zu sprechen. Weißblatt gab Goethe recht. Jedes klassische Land strahlte aus, schlug den Reisenden in seinen Bann. Das eine war Frankreich, und alles, was damit zusammenhing, würde sich finden, wenn die Zeit dazu reif war. Das hier war Griechenland und wollte erlebt und durchkostet sein.

Wenn Weißblatt nicht für Großdeutschland zu wachen hatte, war er Abendgast im Hause eines Priesters. Der Priester hatte eine Nichte, eine Brudertochter. Den Bruder des Priesters hatte die Regierung Metaxas ins Zuchthaus gesetzt. Man sagte, er sei Kommunist. Als die Italiener Metaxas vertrieben hatten, blieb der Bruder des Priesters im Zuchthaus, und als die Deutschen kamen, ließen auch sie ihn nicht heraus. Hatten denn Mussolini und Hitler die gleichen Ansichten über Kommunisten wie ihr Feind Metaxas, den sie besiegt und niedergekämpft hatten? Darauf wußte Weißblatt nicht zu antworten. Die Sache war die: Weißblatt war ein Dichter und hatte die gemeine Arena der Politik sein Leben lang nicht betreten.

»Poet«, sagte Weißblatt. Er formte das Wort wohl und voll mit den Lippen. Er und der Priester unterhielten sich auf französisch, und Weißblatt war im Priesterhause ein gehobener, ein anderer Mensch; ein Mensch, der sich in der Welt des Geistes bewegte wie in einer Heimat.

Der Dichter Johannis Weißblatt war auf dem besten Wege, einen gewissen Stanislaus Büdner, der ihm einmal in den dunklen Wäldern unter dem Pol das Leben gerettet hatte, zu vergessen. Was gab ihm diese Freundschaft mit dem mürrischen Einzelgänger? Büdner war nahezu nihilistisch. Das konnte man in einer deutschen Kaserne oder im karelischen Urwald sein, nicht aber im klassischen Griechenland. Alles zu seiner Zeit!

Aber eines Tages brauchte der Dichter Weißblatt den Nihilisten Büdner doch wieder. Es ging um die Nichte des Priesters. Weißblatt und Sosso waren sich nähergekommen. Den Weltmann Weißblatt störte es nicht, daß Sosso die Tochter eines Mannes war, den man des Kommunismus bezichtigte. Sosso war ein Mensch für sich allein, reif und süßer Rohstoff, der nach Weißblatts Vorstellungen geformt werden konnte. Sie hatten in Gegenwart des Onkels charmant mitsammen französisch geplaudert. Sie hatten miteinander das Feuer in der Küche angeblasen, um Erdnußkaffee zu kochen. Ihre Hände hatten sich beim Zureichen der Bergflechten, beim Feuerfachen berührt, und ihre Münder waren beim Anblasen des Feuers nicht mehr als zwei Zentimeter voneinander entfernt gewesen.

Eines Abends kam ein Hirt in die Küche. Er wollte den Onkel, den Priester, sprechen. Der Priester sprang auf, ganz ohne Würde auf und eilte in die Küche. Er blieb lange bei dem Hirten, gab sich ungewöhnlich lange mit dem ungebildeten Mann ab. Der Hirt schien den Priester auf neugriechisch, das Weißblatt schlecht verstand, von etwas Notwendigem zu überzeugen. Weißblatt blieb mit Sosso allein und bat sie, mit ihm spazierenzugehn.

»Ooh«, sagte Sosso, und das klang wie das verschreckte Erstaunen einer gewissen Hélène in Paris. Dieses Mädchens erinnerte sich Weißblatt wohl nicht mehr recht, denn er sprach unbeeindruckt weiter: »Spazieren, Strand. Sonnenuntergang. Erhabenheit! Pallas Athene.«

»Pallas Athene«, wiederholte Sosso und lächelte. Sie wollte spazierengehn, aber es wäre nicht üblich, mit einem Manne allein … Kurz und gut: Sie wollte eine Freundin, er sollte einen Freund bringen.

Stanislaus verbrachte den späten Nachmittag in den verzackten Bergen bei einem Hirten. Sie saßen stumm beieinander: Stanislaus auf einem Stein, der Hirt auf einem Stein. Der Hirt schaute von Zeit zu Zeit Stanislaus, und Stanislaus von Zeit zu Zeit den Hirten an; dann sahen sie wieder auf die Herde, auf Lämmermäuler, die Flechten rupften, oder auf die Hörner des Widders, der wachend stand. In Stanislaus wurde ein Wort wach. Das Wort hieß: Abraham. Trugen es die Schafe in ihrem Gewölle? Saß es im Zausbart des alten Hirten?

Abraham – Schafe – Hirt. Wort kam zu Wort. Freudiger Schreck in Stanislaus: War doch nicht alles aus? Hatte der Krieg nicht zertötet, was einmal in ihm war? Er schüttelte sich. Der Hirt betrachtete ihn.

Sie verließen die Herde und unterhielten sich mit Zeichen. Es braucht nicht viel, sich zu verstehn, wenn die alten, verläßlichen Dinge da sind: die Berge, der Himmel, die Quelle, das Feuer, das Tier und die Frucht; wenn die verwirrende Vielfalt der Welt die Menschen nicht bestürmt.

»Es wird Abend«, zeigte der Hirt.

Stanislaus zeigte auf die sinkende Sonne.

»Ich hab eine Hütte«, zeigte der Hirt.

»Hütte«, sagte Stanislaus.

»Die Nächte sind kühl. – Feuer – Essen – Trinken. – Den Himmel anschaun.«

Alles war klar. Alles war einfach. Alles war zu verstehn.

Sie saßen vor der Hirtenhütte. Ein Feuer flackerte. Die Sterne traten zurück. Eine schweigende Frau ging hin und her, brachte Lammfleisch, brachte Wein. Sie trug ein schwarzes Tuch vor dem Gesicht. In der Hütte auf dem Fellager leierte sich ein Kind in den Schlaf. Es sang halb, es sprach halb: »Vater ist da. Da ist der Vater. Vater ist da.«

Sie aßen. Sie tranken. Sie waren satt. Sie waren zufrieden miteinander, lauschten dem Chor der Zikaden auf den Höhen. Der Mond machte sich auf seine Reise über das Meer. Das Feuer fiel zusammen. Die Sterne kamen wieder näher. Sie sprachen mit den Händen vom Licht, und sie sprachen mit den Händen von der Nacht. Sie lauschten dem grellen Ruf einer Eule im Gefels. Der Hirt erwiderte den Ruf und erhob sich langsam. Er sprach nicht mehr von der Nacht. Er sprach vom Morgen. »Morgen wird ein guter Tag sein.«

»Morgen wird ein guter Tag sein«, wiederholte Stanislaus aus Höflichkeit. Ein guter Tag für ihn?

Der Hirt brach auf. Stanislaus sollte bleiben. Stanislaus konnte nicht bleiben. Auch er ging. Er verbeugte sich tief vor dem Hirten. Er verbeugte sich, wie er sich niemals verbeugt hatte, weder vor dem Grafen im Heimatdorf noch vor dem Lehrer, vor keinem Meister und vor keinem Offizier. Er war tief dankbar und wußte nicht weshalb. Sie gingen auseinander: der eine den Berg hinauf, der andere den Berg hinunter.

»Abraham hütet die Herde:
Lämmer und wilde Pferde.
Abraham hinter dem Barte
Hütet das Wilde und Zarte.
Hält die Funken für Flammen
Für den Morgen zusammen.
Abraham unter dem Hute
Hütet den Haß und das Gute.
Abraham hinter dem Bart.«

Vor dem Quartier seiner Gruppe lauerte Weißblatt. Er hatte nicht nötig, seinen Freund Büdner lange zu bitten. Weshalb sollte Stanislaus nicht mitgehn und sich ein griechisches Mädchen anschaun? Sie würden sich mit Zeichen verständigen. Er hatte das gelernt. Wenn es nichts Schlimmeres zu bestellen gab! Stanislaus war fröhlich. Es war vielleicht mehr möglich auf der Welt, als er in seinen trübsten Tagen vermutete. Er hatte wieder gedichtet. Er war wie berauscht. Das Gedicht war lange unterwegs gewesen und hatte viele Leidstunden durchmessen müssen. Nun war es da und sollte ein wenig gefeiert werden. Zu Weißblatt sprach er darüber nicht. Er hatte das Gedicht für sich gemacht, und es war vielleicht nicht so wohlgeformt, daß es vor den Augen eines gelernten Dichters bestehen konnte.

FRANZ FÜHMANN
Das Gottesgericht

Die Besatzung der Relaisstation W., eine Nachrichtenkompanie, lag, es war im Mai 1943, schon das dritte Jahr in ihrem Stützpunkt an der Südküste des Golfes von Korinth, ohne in dieser Zeit mit den Partisanen in Gefechtsberührung gekommen zu sein. Das Gebiet von der Südküste des Golfes von Korinth südabwärts war Partisanengebiet, und immer wieder wurden Kabel, die zur Station führten, zerstört oder Transportboote, die zur Station steuerten, beschossen, ohne daß es der Besatzung der Station je gelungen wäre, auch nur eines Partisanen habhaft zu werden. Endlich glaubte eines Tages der Kommandant der Station, ein Oberleutnant Goltz, sichere Anzeichen dafür zu haben, daß die Partisanen an einer bestimmten, nahen, jedoch außerhalb des Sichtbereiches der Station gelegenen Stelle am Strande einen Signalplatz hätten, und er befahl einem Kommando, zu dem Feldwebel D., Unteroffizier C., Obergefreiter B. und Funker A. gehörten, sich eine bestimmte Zeit lang in der Nähe dieses Platzes verborgen zu halten. Dieses Kommando lag, ohne daß sich in dieser Zeit das geringste ereignet hätte, zwei Tage und drei Nächte in einer Höhle, die von den Wurzeln eines uralten Ölbaumes in den Karstfels gesprengt war. Schließlich, am frühen Morgen des dritten Tages, als ihre Zeit abgelaufen war, gab Feldwebel D. das Zeichen zum Aufbruch, und die durchfrorenen klammen Soldaten wollten gerade aus der Höhle kriechen, da war, fern, etwas wie Knirschen von Schritten im Rollsand zu hören. Die

Soldaten erstarrten sofort: reglose Klötze, aus denen Stahlrohre ragten. Einen Augenblick lang setzte das Knirschen aus, und die Soldaten hielten den Atem an, dann aber wurde es kräftiger, Steine polterten leise, und dann trat, aus einem Feigenwäldchen, eine Gestalt heraus, und die ging langsam zum Meer hinunter, schwarz, im frühen Sonnenlicht, mit dem Rücken zu den Soldaten.

Leise, scharf und leise, den Zeigefinger am Abzug der entsicherten Waffen, so spähten die Soldaten nach der Gestalt, die etwa fünfzig Meter von der Ölbaumhöhle entfernt am Strand stand und auf das Wasser hinaussah. Die Herzen der Soldaten schlugen schneller, und ihre Augen glänzten.

›Endlich‹, dachte Funker A., ›jetzt haben wir einen, und wenn wir erst einen haben –‹

»Der Oberleutnant wird mit uns zufrieden sein!« flüsterte Unteroffizier C., »jetzt packen wir sie!«

»So hat sich die Mühe, Gott sei Dank, doch noch gelohnt!« flüsterte Obergefreiter B.

»Ruhe!« zischte Feldwebel D. und schraubte an seinem gewaltigen Fernrohr. Sie spähten, Kopf an Kopf durch die Wurzeln gesteckt, zu der schwarzen Gestalt hinüber, die noch immer unbeweglich stand und aufs Meer sah. Dann, langsam, drehte sich die Gestalt herum, daß man ihr Profil sah, und sie zog sich den Rock aus, das Hemd, bückte sich, packte die Sachen zum Bündel, legte sie auf einen Stein am Strand und knotete sich die Schuhe auf.

»Der will wegschwimmen«, sagte der Unteroffizier C.

»Aber da ist doch kein Boot zu sehen!« sagte Funker A.

»Aber da ist doch –«, sagte Feldwebel D., und er stutzte, und er schaute wieder durchs Fernrohr.

»Aber das ist doch Agamemnon!« sagte er.

»Jawohl, Herr Feldwebel, das ist wirklich Agamemnon!« sagte Funker A.

»Aber das Schwein wäscht sich ja nur«, sagte Unteroffizier C. und spuckte aus.

»So sind wir also doch beschissen!« sagte traurig der Obergefreite B.

In der Tat, es war Agamemnon, der da im Meer stand, die Hose hochgekrempelt, bis zu den Knien im Wasser, sich den Oberkörper waschend. Es war ihm zwar verboten, sich hier zu waschen, aber er wusch sich dennoch hier, weil er sich oben, auf der Station, nicht waschen konnte. Agamemnon war Koch auf der Station, und die

Station hatte wenig Wasser, es reichte kaum für die fremden Soldaten, und schon zum Kochen bekam Agamemnon zuwenig Wasser. Aber Agamemnon brauchte Wasser nicht nur zum Kochen; der Stationskommandant, Oberleutnant Goltz, verlangte von ihm peinlichste Sauberkeit, und so war Agamemnon gezwungen, sich am Strand zu waschen, entgegen dem für alle griechischen Hilfskräfte der Station gültigen Verbot, einen gewissen Umkreis um die Station, der den Strand nicht einschloß, zu überschreiten. Agamemnon hatte diesen Umkreis schon oft, fast täglich, überschreiten müssen, und er hatte ihn anfangs mit Angst überschritten, aber es war ihm bisher nie etwas dabei passiert. ›Was sollte mir auch passieren?‹ dachte er, ›ich muß doch wirklich unverdächtig sein!‹

Er spähte, mit halbem Auge, nach dem Berg, hinter dem die Station lag, und er stellte befriedigt fest, daß auch diesmal nichts Ungewöhnliches zu sehen war, nur der nackte rostrote Berg vor dem morgenblauen Himmel.

›Was soll mir denn passieren!‹ dachte er nochmals, ›ich bin Koch. Ich kann von mir sagen, daß ich ein guter Koch bin. Herr Oberleutnant Goltz schätzt mich sehr, und alle Soldaten loben meine Kunst!‹ Dies dachte er, wie immer, wenn er den Sperrkreis überschritten hatte, und er seifte sich, während er dies dachte, den Nacken ein. Er rieb wohlig die Höhlung hinten am Hals zwischen den Muskelsträngen, dann warf er die Seife in den Sand, bückte sich tief, grätschte die Beine und tunkte den Kopf ins Wasser. Er hielt die Augen auf, er liebte diese Blicke unter dem Wasser. Diesmal sah er, im welligen, stumpf glänzenden Meersand, drei Steine, rund und goldfarben, Eckpunkte eines gleichseitigen Dreiecks. Er sah sie, und er dachte daran, daß es morgen Löhnung geben würde und daß er sich eine Flasche Wein würde kaufen können, und er lachte, unter Wasser, befriedigt in sich hinein. Und plötzlich kam ihm der General in den Sinn, den er einmal in Korinth, wenige Tage, nachdem die Deutschen eingezogen waren, gesehen hatte; ein Mann in Gold wie ein Gott, und ein Hof von Silberträgern schwärmend um ihn. Agamemnon hatte, er erinnerte sich, damals kleine heiße Maiskuchen auf dem Markte verkauft, und der Gott war ihm gnädig gewesen, er hatte gelacht, und er hatte Agamemnon gewinkt, und Agamemnon war hingeeilt, dem Befehl des Generals nachzukommen, so schnell er konnte, aber da hatte ihn einer der Silberträger heftig vor die Brust gestoßen und ihm bedeutet, nicht zu nah in die Nähe des großen Gottes zu kommen. ›Die Deutschen sind doch ein seltsames Volk‹, dachte er, während er prustend hochkam. ›Einer befiehlt immer etwas, und ein zweiter befiehlt zur gleichen Zeit das Gegenteil, es ist schon verflucht schwer, es ihnen recht zu machen!‹ Er seifte sich die Brust ein, und während er dabei stolz dachte: ›Aber ich verstehe es, ihnen alles recht zu machen!‹, spürte er plötzlich im Rücken ein seltsames Gefühl, wie wenn etwas über seine Nerven rönne, und ein Schauer überlief ihn. Er drehte sich schnell um, aber er sah, daß der Strand leer war. Er schaute nochmals den ganzen Strand entlang und sah ihn abermals leer, und dann sah er übers Land, und dort, über den Bergen, wehte Rauch. Dreimal stieg eine Wolke auf und verlief am Himmel. ›Sie telegraphieren schon wieder‹, dachte er, ›aber sie telegraphieren doch alle Tage, was erregt mich denn heute so?‹ Eine unangenehme Kälte durchdrang ihn, er sprang aus dem Wasser, schüttelte sich, hüpfte auf einem Bein und schlug mit den Armen um sich, um warm zu werden.

»Ich glaube, der Kerl gibt jemandem Zeichen«, sagte Unteroffizier C.

»Jawoll, Herr Unteroffizier«, sagte Obergefreiter B.

›Aber dem ist doch nur kalt!‹ dachte Funker A.

»Auf alle Fälle hat der Kerl hier nichts zu suchen!« sagte Feldwebel D., »das Betreten des Strandes ist allen Griechen, auch den Hilfskräften der Station, verboten!«

»Man sollte das Schwein einfach abknallen, Herr Feldwebel!« sagte der Obergefreite B.

›Was, unsern Koch einfach abknallen?‹ dachte der Funker, ›aber das geht doch nicht!‹

»Auf alle Fälle muß ich es Herrn Oberleutnant Goltz melden!« sagte der Feldwebel.

»Aber es springt doch kein normaler Mensch ’rum, wie der hier ’rumspringt, der will doch was, Herr Feldwebel!« sagte der Unteroffizier.

Der Feldwebel schwieg und dachte, lange, nach. Dann leuchteten plötzlich seine Augen auf, und er sagte: »Herrschaften, ich habe eine Idee!«

Alle sahen ihn erwartungsvoll an. Der Feldwebel entwickelte ihnen seinen Plan. Es sei nicht ausgeschlossen, so sagte er, daß der Koch zu den Partisanen gehöre; andererseits könne man es sich wirklich schwer vorstellen, daß er ein derartiger Bandit sei. Sie hätten daher einerseits das unbestrittene Recht, den Koch hier im Sperrgebiet einfach abzuknallen, aber andererseits wollten sie die Möglichkeit der Unschuld des Kochs nicht außer acht lassen. Er schlage deshalb eine Art Gottesgericht nach altem Brauche vor. Sie wollten aus der Höhle treten und schnell auf den Koch zugehen. Bliebe er, wie es sich gehörte, stehen, dann sollte er straflos, sogar ohne Meldung, davonkommen; liefe er hingegen weg, so sollte er als partisanenverdächtiger Flüchtling abgeknallt werden. Mit diesem Plan wäre, so schloß der Feldwebel, der Pflicht, dem Recht und der Großherzigkeit Genüge getan.

Der Funker und der Obergefreite, beide nickten übereinstimmend, aber der Unteroffizier erhob Einspruch. Es erstaunte weder die beiden Mannschaftsdienstgrade noch den Feldwebel, daß der Unteroffizier es wagte, gegen den Plan eines Feldwebels Einspruch zu erheben, denn der Unteroffizier saß in der Schreibstube. Es war sonst nicht üblich, daß Unteroffiziere, die in der Schreibstube saßen, auf solche Kommandos geschickt wurden, aber Oberleutnant Goltz vertrat den Standpunkt, daß auch ein Schreibstubenunteroffizier von Zeit zu Zeit an die Front müsse, und so hatte Unteroffizier C. mit hinausgemußt. Er hatte sich allerdings mit dieser Kommandierung schnell abgefunden, denn er versprach sich von ihr ein willkommenes Abenteuer. So sagte er denn auch zum Feldwebel, er gehe davon aus, daß sie, nach dem dreitägigen Stilliegen in Glut und Kälte, einen Anspruch auf Entschädigung hätten, und eine wirkliche Entschädigung könne nur eine nasse Sache sein, bei der ein bißchen Blut flösse. Schließlich, so meinte er, lägen sie ja schon das dritte Jahr auf dieser verdammten langweiligen Station, wo nichts geschähe, wo es nicht einmal Weiber gäbe, so daß endlich einmal etwas geschehen müsse, damit sie nicht noch völlig verkämen. Der Plan des Herrn Feldwebel aber, der, so sagte Unteroffizier C., gewiß im einzelnen vorzüglich sei, wäre gerade so abgefaßt, daß es unter gar keinen Umständen zu einer Knallerei kommen könne, und damit könne es sich auch um gar kein richtiges Gottesgericht handeln. Natürlich, so fuhr Unteroffizier C. fort, würde der Koch auf der Stelle stehenbleiben, so lange, bis sie ihm erlaubten wegzutreten. Daher sollte man die Bedingungen für das Gottesurteil umdrehen: Der Herr Feldwebel solle, so leise, daß der Koch es nicht hören könne, dem Koch den Befehl geben, zur Station zu gehen; bliebe der Koch stehen, so sollte man wegen Befehlsverweigerung auf ihn schießen, liefe er hingegen fort, so wäre offenbar wirklich ein Wunder geschehen, und man sollte ihn laufen lassen.

»Was denn«, sagte der Feldwebel, »und wenn er nun zu den Partisanen läuft?«

»Dann natürlich abschießen!« sagte der Unteroffizier.

»Und wenn er flieht?«

»Abschießen.«

»Aber dann schießen wir ihn ja auf jeden Fall ab!« sagte der Feldwebel, »das geht doch nicht, das ist nicht korrekt!«

»Gerechtigkeit muß sein, das ist klar!« sagte der Obergefreite.

»Es gäbe ja auch die Möglichkeit, daß er auf uns zuläuft!« sagte der Unteroffizier.

»Dann greift er uns doch an, das ist doch klar!« sagte der Obergefreite, »dann muß es doch erst recht knallen!«

»Aber«, so sagte, durch die freundschaftliche Diskussion zwischen den Dienstgraden ermutigt, der Funker, »aber wenn wir ihn erschießen, wer wird uns denn dann kochen?«

»Diesen Saufraß kann ja jeder Putzer brutzeln, wir brauchen sowieso endlich einen vernünftigen Koch!« sagte der Unteroffizier, und hier mußte der Feldwebel zugestehen: »Das ist wahr!« Mit dieser Bestätigung aber hatte er sich, so schien ihm, endgültig zuviel vergeben. Er hakte sich das Fernrohr ans Koppel und flüsterte fast laut: »Was erlauben Sie sich, hier herumzuquatschen!« Er schrie leise: »Das verbitte ich mir, verstanden!« Er sah dabei den Unteroffizier strafend an, und er sagte, die Lage sei völlig klar. Sie würden jetzt heraustreten und vorgehen. Wenn der Kerl stehenbliebe oder – in Teufels Namen – nach der Station zurückginge, so sollte er geschont werden; liefe er aber fort oder liefe er auf das Kommando zu, so solle sofort geschossen werden, da es sich dann um den Versuch einer Flucht oder um den eines Angriffs handelte. Der Unteroffizier knurrte deutlich, aber der Feldwebel stoppte mit einer heftigen Handbewegung jede weitere Debatte und stand auf. »Er dreht sich schon herum«, sagte er, »auf, marsch, in Schützenreihe vorwärts!«

Agamemnon hatte wieder, diesmal noch zerrender, das Überrinnen der Nerven gespürt. Es war ihm, als ob ihn Blicke hart in den Rücken träfen, und aus dem Hüpfen fuhr er herum, seine Fersen malmten im Sand, und die Füße schräg voran, fiel er hin. Er sah, noch im Fallen, die vier aus der Höhle steigen, und sofort sprang er wieder hoch. ›Nun ist es soweit‹, dachte er, ›nun schnappen sie mich.‹ Er hatte schon manchmal überlegt, was wohl geschehen würde, wenn sie ihn einmal schnappten, und er hatte immer gedacht, daß er dann ganz ruhig stehenbleiben würde und warten, was die anderen täten. Er hatte gedacht, daß die anderen ihm viererlei tun könnten: ihn heimschicken, ihn beschimpfen und heimschicken, ihn verprügeln und heimschicken oder – die Deutschen waren dazu fähig – ihm plötzlich auf die Schulter hauen und sagen:

»Komm, Agamemnon, altes Schwein, jetzt gehen wir zu dir in die Kantine, einen trinken!« Etwas anderes hatte er sich nie vorstellen können, sooft er sich auch vorzustellen versucht hatte, was geschehen würde, wenn sie ihn schnappten. Nun hatten sie ihn also geschnappt. Er blieb reglos stehen. ›Sie werden schimpfen‹, dachte er, aber er verbesserte sich rasch und dachte: ›Sie werden mich verprügeln!‹ Aber als die Soldaten Gewehr an der Hüfte oder Pistole in der Faust und da wie dort Finger am Abzug drohend heranrückten, weder Schimpf noch Scherz auf den Lippen, da wurde ihm doch angst, und plötzlich fühlte er alle seine Vorstellungen und Gedanken vergehen und fortwirbeln, wie wenn ein Sturm sein Gehirn zause, als wäre es ein Baum im späten Herbst. Er sah die Soldaten heranstampfen, und er dachte verzweifelt: ›Du mußt doch etwas tun, du mußt es ihnen erklären, daß kein Wasser auf der Station ist!‹, aber er war wie gelähmt, die Zunge versagte ihm den Dienst, und er stand da wie ein Stein, und zehn Meter von ihm hielten die Soldaten, und sie standen wie Steine.

›Da haben wir's!‹ dachte der Unteroffizier, ›es ist nun genauso gekommen, wie ich es mir vorgestellt hatte! Nun stehen wir wie dämlich einander gegenüber, und alle Mühe war vergebens!‹ Er blickte mit einem Blick, der spöttisch nach dem Feldwebel schielte, den Obergefreiten an, und der Obergefreite wiederum erwiderte stramm den Blick des Unteroffiziers. ›Jetzt hätte ich eine Chance beim Unteroffizier‹, dachte der Obergefreite, ›jetzt hätte ich eine Chance, wenn ich etwas finden könnte, das diesen Hund bewegte wegzulaufen!‹ Er dachte fieberhaft nach, aber es fiel ihm nichts ein. Einmal dachte er daran, langsam das Gewehr zu heben und auf Agamemnon zu zielen, aber dann dachte er, daß dies den Feldwebel verärgern würde, und das durfte natürlich auch nicht sein. Er war wütend auf den Feldwebel. Er dachte: ›Der mit seiner blödsinnigen Humanitätsduselei verpatzt uns wirklich alles!‹ Er dachte daran, daß dieser Feldwebel einer von jenen dummen Intelligenzlern war und auf seiner Stube Bücher liegen hatte, ›Von deutscher Mystik‹, so hatte B. einmal einen Titel gelesen. ›Nun glaubt der Trottel tatsächlich, daß er das wunderbar hingekriegt hat!‹ dachte er. Der Feldwebel dachte das nicht. Er hatte, als er den Vorschlag des Gottesurteils gemacht hatte, einem seltsamen Drange nachgegeben. Der Feldwebel war Oberschullehrer, er lehrte Geschichte; sein Spezialfach war das frühe Mittelalter, ein Zeitabschnitt, dessen gesellschaftlichen Bau und dessen Brauchtum er als vorbildlich für ein erneuertes Deutschland ansah.

Er, der sich schon oft überlegt hatte, wie die alten Bräuche zu neuem Leben zu erwecken wären, er hatte, als er den Griechen gesehen und als die Frage nach dessen Schuld oder Unschuld aufgeworfen war, jäh die Gelegenheit zu dem einzigartigen Experiment eines modernen Gottesgerichtes erkannt, eines Experimentes, das – so schien ihm – den Anstoß zu einer Umwälzung der gesamten Justiz geben könnte. Gerade darum hatte er dieses Experiment unter den einfachsten Bedingungen ablaufen lassen wollen, in klassischer Beschränkung, in der Urform gewissermaßen, und er hatte es rein gewollt, völlig rein, unberührt von allen persönlichen Wünschen und Erwägungen oder gar von privaten Interessen. ›Es hätte eine große Sache für unser deutsches Rechtsleben werden können‹, dachte der Feldwebel wütend, ›aber nun hat dieser Unteroffizier alles verpatzt und mit seiner Abenteuersucht die Reinheit des Rituals gestört! Wie peinlich ist das nun, wie läppisch, wie blöde!‹ Er dachte, täppisch in seiner Wut, wie man dieses Gottesgericht abbrechen könne, ohne die Autorität der Soldaten vor dem Griechen aufs Spiel zu setzen; aber er dachte auch daran, daß der Unteroffizier sein Abenteuer wolle; und er dachte daran, daß der Unteroffizier im Schreibzimmer Dienst tat, und er dachte daran, daß er dem Oberleutnant Goltz seinen Einfall, das Gottesgericht, melden wollte und daß er dies nicht tun könne, wenn sich die Affäre ins Lächerliche zöge, und plötzlich hatte er Angst, daß Oberleutnant Goltz von dieser dummen Affäre erfahren könnte, und diese Angst machte ihn vollends ratlos.

So standen sie da, die drei, verdrossen, abwartend, wütend; allein der junge Funker hingegen ging ganz in seiner ihm anbefohlenen Aufgabe auf, und er empfand, je länger er vor dem Koch stand, desto betörender, ein eigenartiges Gefühl, ganz eigenartig, glückhaft, berauschend; ein Gefühl, wie er es in dieser Wucht noch nicht erfahren hatte. Er entsann sich, ein ähnliches Gefühl empfunden zu haben, als er zum erstenmal ein richtiges Gewehr in der Hand gehalten und dessen stählerne Last in der Handfläche gefühlt und dessen Lauf in der Sonne blitzen gesehen hatte. Es war ein herrliches Gefühl gewesen, herrlich, herrisch, ein wahrhaftes Herrngefühl, und er hatte, wie unter einem Zwang, das Schloß aus dem Gewehr genommen und war ans Kasernenfenster getreten, und dann hatte er durch den gedrehten blinkenden Lauf auf die Straße hinabgesehen, und er hatte unter den vielen schlendernden Spaziergängern ein Mädchen gesehen, und das Mädchen hatte heraufgesehen, und A. hatte sein Gewehr abgesetzt, und sie hatte ihn gesehen, wie er das Gewehr hielt, und sie hatte gelächelt, da sie ihn angesehen, und er hatte gedacht, wie er von nun an in ihrer Phantasie fortleben würde. Als Held, mit Waffen behangen, ein Krieger, der in die großen Schlachten eilt! Da hatte er das Gefühl gehabt, erst in diesem Augenblick wahrhaft zum Manne geworden zu sein, und nun entsann er sich dieses Bildes wieder und dieses ihres Blickes, und er empfand dies Gefühl wie damals, nur stärker, brennender und zwingender. ›Wenn sie mich jetzt hier sehen könnte‹, dachte er, ›wenn sie mich jetzt hier sehen könnte, wie ich hier stehe, mit meiner Waffe vor dem Besiegten!‹, und er faßte das Gewehr fester.

Agamemnon hatte wie betäubt gewartet, daß sie schießen würden, und er hatte im Fleisch der linken Brust ein Brennen verspürt, als ob die Kugel schon in ihrem Bett sich wälze. Während er diesen Schuß erwartete, hatte er in den Heranstampfenden nur eine marschierende graue Mauer gesehen, ohne Hände und ohne Gesichter, eine steinerne stumme Mauer, und plötzlich drückte ihm die Angst die Luft ab, und da hatte er wieder das Gold unter Wasser gesehen, und es war ein goldener Kreis, wie ein Heiligenschein, um jede Waffenmündung geschlagen, ein Schein mit einem Glanz, der die Augen versehrte. So standen sie ganz in Gold, es war das frühe Sonnenlicht, das von den Gewehren schoß, und der Koch war geblendet. Er sah gar nichts mehr, in seinen Augen stach es, seine Brust brannte, und sein Herz setzte zögernd aus. Da dachte er, wie zum Abschied: ›Und wer soll ihnen Mittag kochen, wenn sie mich erschießen?‹ Da er dies dachte, war er mit einem Male sicher, daß ihm gar nichts geschehen könnte und daß alles auf einen großen Spaß hinauslaufen würde. Da löste sich auch vor seinen Augen der tödliche Block in einzelne Gestalten auf, und er sah mit Freude, daß diese Gestalten gerade jene Soldaten waren, die er am meisten liebte und von denen er annahm, daß auch sie ihm besonders gewogen wären. Nun sah er das Gold der Sonne, das funkelnd an den betauten Käppis zersprang, und ein jeder von ihnen sah aus wie der große General. ›Wahrlich, es sind Götter‹, dachte er fast entzückt, und nach der Todesangst war sein wieder schlagendes Herz prall vor Freude, daß von diesen Hohen, die von den fernen Bergen, vom grauen nordischen Himmel heruntergekommen waren, hier nicht die Furchtbaren, die Zürnenden und Strafenden vor ihm standen, sondern die Wohlmeinenden, die Schutzgötter. Da war der Feldwebel D., der jedesmal, wenn Agamemnon ihn gegrüßt, zum Dank nicht nur wie üblich beiläufig mit dem Kopfe genickt oder an den Mützenschirm getippt, sondern höflich salutiert hatte; da war der

Unteroffizier C., der zwar gern herumschrie und strafte, der aber dennoch immer dafür sorgte, daß für den Küchendienst genügend Hilfskräfte aus den Reihen der deutschen Soldaten zur Verfügung standen, da war der Obergefreite B., der so großzügig Bier ausgab und der sich nicht scheute, auch einmal zuzupacken, wenn etwa eine Kiste zu verladen war; und da war vor allem der Funker A., der Schöne, Lächelnde, Gelockte: er, den Agamemnon nicht ansehen konnte, ohne gerührt zu sein. Jetzt wieder: Wie stand er vor ihm! Die hohe Gestalt gelockert, sonnenvergoldet das Haar, und aus der grauen Uniform wuchs das gesunde gebräunte Fleisch wie strotzendes Leben aus dem tauben Felsen! Die Finger, die schmalen, wie schön sie um den metallenen Bügel lagen, über dem braunen Hals auf dem grauen Stoff! Dieser kühne harte Mund unter diesen träumenden Augen! Agamemnon dachte, daß alle diese deutschen Soldaten so seltsam waren, so hart und träumerisch zugleich; hart am Tag, wenn sie brüllten: »He, Mensch, Grieche, komm her!«, und träumerisch, wenn sie dasaßen, in den Nächten, wenn Mond schien, und lauschten, wie das Meer schlug, und sangen. Ach, es war ein seltsamer, dunkler Gesang, und Agamemnon liebte ihn, wie er diese kräftigen, gesunden, sauberen Jünglinge liebte. Er dachte, während er auf die Hand des Funkers sah, wie sie an die Hüfte gepreßt lag, daß er einmal, im Kantinengedränge, es gewagt hatte, mit seiner Hand diese Stelle an der Hüfte des blonden Gottes zu berühren. Er spürte in seiner Handhöhle wieder wie damals dies erregende Gefühl, als stieße eine stahlfedernde harte Halbkugel aus Luft gegen seine Haut; in seine Knie kam eine Schwäche, und seine Hand zitterte. Er wollte jetzt, diesen Augenblick, das Auge des Jünglings sehen, und wenn er bisher aus eigenem Entschluß nie gewagt hatte, den Göttern ins Auge zu sehen, und immer sein Auge gesenkt hatte vor ihnen, so hob er jetzt den Kopf und sah dem Funker ins Auge und lächelte. ›Wie dieser Kerl mich feige anfleht!‹ dachte A. ›Wie der mich anstiert, der stinkt ja vor Angst!‹ Er sah, wie der Grieche in den Knien schwankte und wie ihm die Hände zitterten, und er sah den Blick, wie er schnell aus seinen Augen huschte, und er hörte den Koch sagen, heiser, mit brüchiger Stimme: »Nu – Kameraden, guten Tag –«, und er hörte diese Stimme, ratlos vor dem Schweigen verstummen, und plötzlich dachte er, daß er ja nur ein Glied seines Fingers zu rühren brauche und dieser Mensch da läge, ausgelöscht, vor ihm. ›Ich brauche es ja nur zu wollen!‹ dachte er, ›ein Blitz meines Willens nur, und sein Leben ist hin!‹ Er bewegte, ein wenig, ein klein wenig nur, den Finger am

Hahn, und er spürte den stählernen Widerstand des Hahnes, und er mußte plötzlich denken, daß sein Finger bewegt würde von gestreiften Muskeln, die unter dem Einfluß des Bewußtseins standen, im Unterschied zu den glatten Muskeln, die sich den Bemühungen des Bewußtseins entzogen, und er sann einen Augenblick nach dem lateinischen Namen dieser verschiedenen Muskeltypen, aber er kam nicht auf diese Namen. Während sein Gehirn schon mechanisch weitersuchte, dachte er: ›Es ist ja nicht nur einfach sein Leben, das in meiner Hand ist! Ich kann ihn ja nicht nur umlegen, ich kann alles aus ihm machen, ich brauche nur ein bißchen tiefer oder höher zu halten! Ich kann ihm das Geschlecht wegnehmen, ich kann ihn lahm machen oder blind oder taub oder zu einem Wrack, das sich in seinem Kot wälzt, oder ich kann ihn auch begnadigen, daß er mir diene. Ich könnte ihm das Leben lassen, und er müßte mir, sagen wir, täglich die Stiefel wichsen oder meine Wäsche waschen, oder wenn ich auf Wache stehe, so müßte er herumhüpfen auf einem Bein, wie eben, um mich zu unterhalten, und mit den Armen schlagen, und ich werde ihn hüpfen lassen, bis er umfällt!‹

Da stieg ihm aus der Registratur seines Gehirns ein lateinischer Name auf; aber es war nicht der Name des Muskelsystems, den er gesucht hatte, es war ein anderer, ein tönenderer: Deus, dei, dröhnte es: Der Gott, die Götter! Der junge Soldat erschauerte. ›Was ist denn das überhaupt für ein Gottesgericht?‹ dachte er, ›welcher Gott soll denn da richten?‹ Er hob und senkte das Gewehr ein wenig. ›Wir sind die Götter!‹ dachte er.

›Wir!‹ – Da sah er auf einmal das Meer, ganz grün, wie Stein, und er sah weit über das Meer hinaus, und hinten, wo der Horizont hell war, sah er Land heraufkommen, es eilte herauf, immer höher, schräg, eine riesige Fläche: dies Europa, auf dem sie standen, dies Europa mit seinen Bergen und Wäldern und Inseln und Küsten, und überall, so sah er, standen sie da, Menschen wie er, Söhne seines Volkes, und hatten das Gewehr angelegt auf die anderen Völker, die vor ihnen im Staub lagen, und überall waren sie die Herren über Leben und Tod. ›Der Führer hat uns zu Göttern gemacht!‹ dachte er, und er dachte, wie sein Leben wohl verlaufen würde, wenn der Führer nicht da wäre. Er würde, so dachte er, jetzt studieren, Rechtswissenschaft, wie sein Vater, und er würde Richter werden oder Staatsanwalt und zu den Honoratioren seiner kleinen sächsischen Heimatstadt gehören, und er würde am Stammtisch sitzen und Bier trinken und fachsimpeln, nachdem er tagsüber hinter den Schranken des Gerichts seine Pflicht getan hätte, und wen würde er schon vor seinen Schranken gehabt haben: zänkische, kleine Betrüger, Schwindler, Streithälse, Klatschbasen, Erbschleicher, Baumfrevler, Bettler und Hausierer, was für läppische Fälle! Einmal würde er dann auf dem Rhein fahren, zur Hochzeitsreise, und er würde eine Frau haben, brav, und Kinder, brave, von ihr, und vielleicht würden sie auch einmal nach Norwegen fahren oder nach Italien mit der KdF, aber dann dachte er, daß, wenn es keinen Führer geben würde, es auch keine KdF geben und er doch nicht nach Norwegen oder Italien kommen würde. Aber es gab ja einen Führer, Gott sei Dank, und so stand er jetzt hier, er, der Neunzehnjährige, auf griechischem Boden, ein Waffenträger, ein Held in den Träumen der Mädchen, und er war noch nicht ein Jahr Soldat, und er hatte schon Ragusa gesehen und Split, das zauberhafte Split, und die Rosentäler Bulgariens hatte er gesehen und den Olymp, die Thermopylen und die Akropolis, und nun stand er in Pelops Land, er, Euphorion, und vor seinem Gewehrlauf hatte er einen Menschen, über dessen Leben und Tod er die Würfel warf. ›Jetzt erst geht mir der Sinn dieses Krieges auf!‹ dachte er, und sein Finger zuckte wieder am Abzug.

Agamemnon hatte auf eine Antwort nach seinen Begrüßungsworten gewartet, aber er sah als Antwort nur, daß unter den Schweigenden der Funker nach dem Abzug tastete, und jäh erkannte er, daß da kein Spaß war und daß die Wohlmeinenden offenbar gekommen waren, um zu strafen, und daß der Niedrigste von ihnen, der Funker, ihm diesen Willen andeuten sollte. Er ahnte, daß sie etwas von ihm wollten und daß sie auf das lauerten, was er tun würde, und daß davon sein Schicksal abhinge, und er mühte sich verzweifelt ab, den unerforschlichen Willen der Götter zu ergründen. Er fühlte, daß ihm da eine Art Probe gestellt wurde, aber welche nur war es, welche! Reden durfte er offenbar nicht, und auch näher treten durfte er nicht, er wußte, daß das die Götter nicht liebten, und weglaufen, das durfte er schon gar nicht. ›Was sollst du aber sonst nur tun?‹ dachte er verzweifelt. Er sah wieder, mit halbem Auge, Rauch auf den Bergen, einen steigenden weißen Baum mit wallender Krone, und da dachte er, daß die Soldaten von den Partisanen wüßten und daß sie in ihm doch, so absurd es auch war, einen Partisanenhelfer vermuteten. Er wollte schnell erklären, daß er kein Partisan sei, aber im letzten Augenblick fuhr es ihm durch den Kopf, daß er sich dadurch erst recht verdächtig machen würde, und zugleich sah er, daß die Soldaten die Partisanen gar nicht sehen konnten, weil sie mit dem Rücken zum Berg standen. So blieb er stehen, stramm, mit schon halboffenem Munde, da sah er, wie der

Feldwebel die Lippen bewegte, um den Mund zu öffnen. Da dachte er entsetzt, der Feldwebel wolle das Kommando zum Schießen geben, und er wußte, daß jetzt etwas geschehen mußte, das Verhängnis aufzuhalten, und plötzlich wußte er, was geschehen mußte: Ein Spaß mußte sein, ein großer Spaß für die großen Götter, ein Spaß, ein Spaß! Er schrie: »Ich baden, Kameraden, ich viel waschen, ganz sauber!«, und er sprang ins Meer und fiel länglang platschend hin, und da pfiff schon eine Kugel über seinen Kopf und klatschte dicht hinter ihm ins Wasser.

»Feuer einstellen!« brüllte der Feldwebel. Er hatte eben die verfahrene Situation beenden und den Rückmarsch zur Station mit Agamemnon befehlen wollen, da war der verrückte Koch ins Wasser gesprungen, und der Obergefreite B. hatte geschossen. A., der Funker, hatte nicht geschossen. A. ärgerte sich maßlos, daß er nicht geschossen hatte. Agamemnons Sprung ins Wasser hatte ihn verblüfft, denn eine Bewegung in dieser Richtung war im Kalkül ihres Gottesgerichtes nicht vorgesehen gewesen. ›Dieser B. war wieder einmal eher auf Draht als ich!‹ dachte er ein wenig neidisch, aber doch sehr böse auf sich selbst – und er dachte: ›Aber ich hätte sicher getroffen, todsicher!‹

Agamemnon lag im flachen Wasser. Sein Mund war auch im Wasser, er konnte gerade durch die Nase atmen, aber die Nase war verstopft, er bekam zu wenig Luft, sein Herz raste, aber er wagte nicht, den Kopf zu heben. ›Was soll ich denn tun?‹ dachte er unaufhörlich. ›Was soll ich denn tun?‹, und dieser Satz klapperte in seinem Kopf wie eine Gebetmühle, und diesen klappernden Refrain im Hirn, entschlußlos im Wasser, fast irr vor Todesangst, sah er sein Leben an seinem Auge vorüberjagen. Es war ihm, als hätte er immer unter Wasser gelebt, von unsichtbaren Lasten gedrückt, die ihm den Atem abwürgten und ihm Dunkel vor die Augen schoben, und die Tage waren über ihn hinweggefahren wie bittere Wellen. Er sah das Hafenviertel von Korinth, darin er aufgewachsen war in all dem Elend und der schwarzen Not, aus der er immer herausgewollt, aber nie herausgefunden, bis sie gekommen waren, diese Deutschen, mit ihrem großen, goldenen General, der ihn herausgehoben aus der Masse am Markte und der seine Kuchen gekostet und befohlen, ihn, Agamemnon, als Bäcker und Koch einzustellen. O ihr Tage in der Nähe der Götter! Sie jagten an Agamemnon vorbei, diese Tage auf der Station, von dem Augenblick, da er das erstemal die weiße Schürze des Kochs um den Leib hatte, bis zu dem Augenblick, da die Soldaten aus der Ölbaumhöhle getreten, und Agamemnon dachte einen Augenblick, es sei alles ein Traum und die Soldaten ständen weiß gekleidet als Köche da, traumhaft, auf den goldenen Steinen; da sah er die Steine nicht mehr, da rann ihm Wasser ins Ohr, da würgte ihn bitteres Wasser im Mund, da trommelte ihm die schlechte Luft im Blut, und sein Kopf drohte zu platzen. Er mußte den Kopf ein wenig heben, er konnte nicht mehr, er hob den Kopf höher, ein Stückchen, und die Augen blinzelten im Licht, und sie sahen, ungeheuer und blendend die schwarzen Schäfte der schweren Soldatenstiefel, viermal dies Paar blendende Stiefel, unterschiedlos, und da dachte Agamemnon noch, wer von diesen Göttern auf ihn geschossen hatte und wer noch auf ihn schießen würde, aber er sah nur die gleichen Stiefel, und er wußte keine Antwort, und die Gebetmühle klapperte weiter, verzweifelt und hohl: »Was soll ich nur tun?«

›Was soll ich tun?‹ hatte auch der Obergefreite B. gedacht, nachdem er geschossen hatte; und er hatte automatisch das Schloß des Gewehres herausgerissen, und er hatte die ausgeschossene Patronenhülse herausspringen und aufklappern gehört; er hatte mechanisch neu geladen und ebenso mechanisch gedacht, ob er ein zweites Mal schießen sollte. Da hatte er das »Feuer einstellen!« gehört. Er hatte da noch nicht gewußt, ob er den Koch getroffen hatte oder nicht, aber als der Feldwebel kommandiert hatte, da hatte der Gedanke ihn angefallen: ›Mein Gott, und was ist, wenn ich jetzt getroffen habe?‹ Es war dies sein erster Schuß gewesen, den er auf einen Menschen abgefeuert hatte, und er erkannte plötzlich das, was er bislang nicht gewußt hatte: daß er mit dem Krümmen seines Zeigefingers über Leben und Tod eines Menschen entschied. Da er dies begriff, tauchten, ihm noch nicht bewußt, frühe Bilder herauf, rote, von Menschen, blutenden, wie sie auf Bahren geschleppt wurden, und von Menschen, wie sie verblutend auf dem Straßenpflaster gelegen und wie sie vor der Wohnung seines Vaters, einem Keller im ärmsten Arbeiterviertel von Barmen, gelegen hatten; Tote, über die ihn der Vater hatte hinwegheben müssen, als Uniformierte ihn mit dem Kind aus dem Keller trieben, und er hatte, aus Vaters Armen herab, ein zerschmettertes Gesicht gesehen, und Vater hatte, gehetzt, Worte gesagt, die das Kind nicht verstanden, und Schüsse waren, unaufhörlich, die durch die Gassen knallten, und von denen hatte er verstanden, daß sie den Tod brachten und Gesichter so zerschmetterten wie das, das er gesehen hatte. Dann hatten sie den Vater auf einen Lastwagen getrieben, und viele andere hatten sie auf Lastwagen getrieben, und die Lastwagen waren weggefahren, und der Junge war allein geblieben, in der kalten Gasse mit den Toten auf dem Straßenpflaster und den Schüssen, die gegen die Mauern klatschten, und dann waren Unbekannte gekommen und hatten das Kind mit sich genommen in ein Waisenhaus. Das alles wurde dem Obergefreiten nicht bewußt, aber es war da, tief in der Seele, eine Ahnung daran war lebendig, und sein Schuß hatte den Obergefreiten bis in die Tiefen der Seele aufgewühlt: ›Mein Gott, hoffentlich habe ich ihn nicht getroffen!‹ dachte er zu seinem Erstaunen. Er wandte mit Angst, die rasend wuchs, die Augen dem Wasser zu, und als er den Koch liegen sah, lebendig, atmete er tief auf. Er wußte nicht, wie ihm geschah, aber er mußte unter einem unentrinnbaren Zwang daran denken, wie das aussähe, wenn der Koch vor seinen Füßen läge mit einem Loch in der Stirn, im roten Wasser, und graue Lider über den erloschenen Augen. ›Nein, das wäre kein ehrlicher Kampf gewesen‹, dachte er, von Ekel gepackt, mit sich selbst hadernd, ›ich hätte keine Ehre damit eingelegt!‹ Er sah gerührt das sauber gefaltete Kleiderbündel und die Schuhe, wie sie korrekt danebenstanden, die Spitzen in einer graden Linie, und er dachte, daß die Partisanen doch nie solche Zucht und Ordnung beweisen könnten, wie er sie vor Augen sah, und wie schade es gewesen wäre, wenn er einen Menschen, der schon so viel vom preußischen Geist gelernt hatte, erschossen hätte. Nun war er froh, nicht getroffen zu haben, ja er schämte sich insgeheim seines Schusses, aber er dachte doch zugleich, wenn auch nur flüchtig, daran, daß der Unteroffizier seinen Schuß als einen Beweis entschlossenen Handelns werten würde. Das stimmte ihn froh, denn er brauchte die Gunst des Unteroffiziers, denn er wollte vorankommen in seiner militärischen Laufbahn, und der Unteroffizier, der in der Schreibstube saß, spielte eine nicht unbeträchtliche Rolle bei seinem Vorwärtskommen. Zugleich aber dachte er auch daran, daß der Unteroffizier gekränkt sein könnte darüber, daß ein Obergefreiter entschlossener als er, der Unteroffizier selbst, gehandelt hatte und daß, schrecklich zu denken, der Unteroffizier ihn bei Oberleutnant Goltz anschwärzen könnte. In der Tat war der Unteroffizier gekränkt, daß der Obergefreite sich als der Entschlossenste von den vieren erwiesen hatte, und er nahm sich vor, es ihn einmal bei Oberleutnant Goltz empfindlich entgelten zu lassen. Doch das Gekränktsein wurde überspielt von dem Vergnügen, nun mit dem Griechen da im Wasser einen großen Spaß zu machen, und der Unteroffizier bereitete sich auf diesen Spaß vor. Dieser Spaß hier war besonders schön, weil es ein Spaß war, den er sich in Deutschland nicht einmal mit den jüngsten Rekruten erlauben konnte.

›Jetzt werden wir aber einmal ein richtiges Gottesgericht mit dir durchführen, mein Freundchen!‹ dachte er entzückt, und er überlegte schon, welche Befehle er geben sollte, um den Griechen, wie er sich auszudrücken pflegte, ›fertigzumachen‹. ›Jetzt wirst du ein richtiges preußisches Gottesgericht kennenlernen, Freundchen‹, dachte er, und er kam zu dem Entschluß, Agamemnon eine Viertelstunde lang, nur ein Viertelstündchen, durchs Wasser robben zu lassen, ins Meer hinein und wieder heraus mit zwei Atempausen, und er dachte, daß er neben Agamemnon hergehen werde, solange der robbte, eine Viertelstunde lang, mit zwei Atempausen, und er dachte weiter, daß, falls Agamemnon diese Viertelstunde wirklich durchstünde, er dem Koch in Zukunft ein guter Freund sein würde. ›Wenn der das aushält, dann zahl' ich dem alten Säufer so viel Wein, wie er schlucken kann, aber erst soll er mal Wasser schlucken!‹ dachte er. Er lachte vergnügt; es war das erstemal in den drei Jahren seines Stationsdienstes, daß er aus voller Seele vergnügt war; und wenn er, der vom flachen Land kam, das Meer bisher nicht geliebt hatte, so war er nun bereit, sich mit dem Meer auszusöhnen, wenn es derartige herrliche Späße gestattet. »Kopf unters Wasser, Kerl«, schrie er, da er sah, daß Agamemnon den Kopf ein Stückchen hob, aber gleichzeitig befahl der Feldwebel dem Griechen: »Stehen Sie auf!« Der Grieche, dem beide Kommandos gleichzeitig in die Ohren knallten, blieb liegen. »Stehen Sie auf!« wiederholte der Feldwebel, und er befahl schreiend zum drittenmal: »Steh auf, Mensch«, und er stampfte in höchster Ungeduld mit dem Stiefel.

Agamemnon stand auf. Er stand im Wasser. Seine Hosen troffen vor Wasser, und Wasser lief ihm aus den strähnigen Haaren über den nackten Rücken in die nassen Kleiderbäusche um den Bauch. Ihm war kalt. Er klapperte. Er atmete keuchend. Das Wasser im Ohr drückte, und in seinem Mund schmeckte er das bittere Wasser, das zum Brechen reizte. Die Soldaten standen wenige Schritte vor ihm, und sie schwiegen noch, und die Gewehrträger hielten ihr Gewehr hüfthoch, und die Pistolenträger hielten die Pistolen in ihren Fäusten. Das Gewehr des Obergefreiten rauchte. ›Also der hat geschossen‹, dachte etwas in Agamemnon. Er sah auf den Faden Rauch, der aus der Mündung stieg. Er sah nur diesen Faden Rauch.

»Was machen Sie hier?« fragte der Feldwebel.

»Ich hier gebadet«, sagte Agamemnon, und er sah den Faden Rauch aus dem Gewehr wachsen wie einen weißen Baum.

»Sie wissen, daß das Betreten des Strandes allen Griechen verboten ist?«

»Jawoll«, sagte Agamemnon, »aber auf Station kein Wasser!«

»Das ist ja scheißegal!« brüllte der Unteroffizier. »Du bist ein Partisan, was?«

»Nein, nein, nein«, wimmerte Agamemnon. Die Landschaft vor seinen Augen war ein einziges Rot, Blutrot: die Berge, auf denen die Sonne brannte. Die Berge verbrannten, der Rauch trieb zum Himmel. Da sah er, was sie nicht sahen: Die Partisanen kamen vom Gebirge herunter. Er hörte den Unteroffizier wieder brüllen: »Du Hund, gesteh, du bist mit den Partisanen, gesteh!«, und er dachte, der Unteroffizier würde jetzt schlagen, mit der Maschinenpistole, und er duckte sich. Für einen Augenblick durchzuckte ihn die Hoffnung, daß die Partisanen die Station überwältigen und vernichten und ihn retten würden, aber kaum gedacht, war die Hoffnung schon verworfen: Wer wollte diese Götter schon besiegen? Etwa die schmutzigen Ziegenhirten und Zwiebelbauern, die nach dem verdorbenen Mais stanken, den sie fraßen; diese Elenden, aus deren Schar er aufgestiegen war bis in die Hüftnähe der Götter! Nein, er glaubte daran, da war keine Rettung, die Götter waren stärker, er glaubte an die Götter, er gehörte auf ihre Seite, und da begriff er, wie wahnsinnig er gewesen war, mit diesen Göttern spaßen zu wollen, und er begriff, was endlich, endlich seine Pflicht war, die Pflicht, die sie von ihm erwarteten und die einzig ihm das Leben retten würde! Vielleicht auch, so erkannte er, hatten die Götter alles nur inszeniert, um seine Treue zu prüfen, und sie gaben ihm jetzt eine letzte Frist; nach dem Warnschuß gaben sie ihm noch eine Frist als Chance, denn sicher war dies ein Warnschuß gewesen; undenkbar, daß die Götter nicht trafen, wenn sie nur wollten! ›Gott, warum habe ich ihnen denn nicht schon längst gesagt, was ich auf den Bergen sehe‹, dachte er, und er sah schon einen Wald von Rauch. Er schrie: »Kameraden – die Partisanen –«, und er trat schnell vor sie hin, mit ausgestreckter Hand in die Berge weisend, und da sah er noch, wie ein Gewehr hochflog und auf ihn zu, und er hob die Hände vor die entsetzten Augen und sprang zurück und brüllte: »Nein!«, aber er hörte sich nicht mehr, er hörte nur mehr einen brüllenden Donner, wie der ihn mit Dunkel begrub.

A. setzte das Gewehr ab. Eine heiße Woge rollte durch sein Blut. ›Jetzt war ich der erste!‹ dachte er und dachte immerzu: ›Ich war der erste, ich!‹ Vor ihm, in den Schaumflocken am Strand, lag auf dem Bauch, zusammengekrümmt, blutverströmend der stöhnende Koch. »Idiot!« hörte A. den Feldwebel schreien, »verfluchter Idiot, war das nötig?« ›Wieso‹, dachte A., ›ich habe doch nur seinen

Befehl ausgeführt?‹ »Verfluchter Idiot!« schrie der Feldwebel ein drittes Mal. ›Das ist ja ein glatter Mord!‹ dachte er im Schreien, aber da sagte eine Stimme in ihm ganz laut und ruhig: ›Aber so war es ja befohlen, Funker A. hat pflichtmäßig gehandelt!‹ Da trat dem Feldwebel Schweiß auf die Stirn, und seine Lippen zuckten. Es war die Stimme des Oberleutnants Goltz, die er gehört hatte, und er wußte, daß er den Funker niemals hätte anschreien dürfen, sondern ihn hätte belobigen müssen, ihn, den einzigen, der sich befehlsgemäß verhalten hatte. Verstört blickte der Feldwebel in das verkniffene Gesicht des Unteroffiziers, und er dachte hastig: ›Großer Gott, der meldet das doch alles dem Oberleutnant Goltz, und dann sitze ich in der Tinte. Oberleutnant Goltz spaßt nicht mit Vorgesetzten, die weich werden.‹ Er schaute schnell auf den Obergefreiten; der hatte sich gebückt und mühte sich um den Koch. ›Auch er handelt richtig, und ich tue nichts‹, dachte der Feldwebel, und er verwünschte diese seine Idee des Gottesgerichts; er verwünschte sie und seinen Beruf und seine Neigungen, und er hätte alles hingegeben, um nicht den furchtbaren Gang, den Gang zum Oberleutnant Goltz, der ihm bevorstand, machen zu müssen. ›In dieser Kompanie bin ich erledigt!‹ dachte er. Und was, so dachte er, wenn Oberleutnant Goltz ihn vor ein Militärgericht stellte wegen Versagens vor dem Feind? ›Was soll ich tun?‹ dachte der Feldwebel verzweifelt, und der Blick des Unteroffiziers wich nicht von seinem Gesicht, und da wußte der Feldwebel, daß der Unteroffizier als Sieger aus dieser Sache herausgehen würde. Da plötzlich, zu dieser Angst, packte den Feldwebel das Grauen.

Der Koch hatte aufgehört zu röcheln, und es war, einen Pulsschlag lang, völlige Stille. Alle fuhren sie auf, und da hörten sie schon seltsame Geräusche in der Luft wie Platzen und Tacken, und sie lauschten, stumm, und da hörten sie in das Platzen und Tacken hinein nun auch ein gleichmäßiges Rattern, und sie sahen, fern auf den Bergen, Rauch und Bewegung, und da war das Rattern schon nah.

»Sofort zurück zur Station!« befahl der Feldwebel aufgeregt, »sofort zurück!«

»Und der Koch?« fragte der Obergefreite B.

»Was ist mit ihm?« fragte der Feldwebel.

Der Obergefreite schwieg.

»Ist der tot?« fragte A.

»Ja«, sagte der Obergefreite, »er ist tot.« Er stand auf. Er hatte blutige Hände.

»Die Station brennt!« brüllte der Unteroffizier.

Sie sahen Flammen und Rauch über den Berg wallen, hinter dessen Kuppe die Station lag. Sie sahen sich entsetzt um, und sie sahen nur den öden Strand und das Meer mit dem flockigen Schaum, darin der Tote lag.

»Zur Station zurück!« schrie der Feldwebel, »das ist die einzige Rettung!« Sie rannten den Berg hinauf, aber da schlug ihnen von der Kuppe herunter schon die Salve eines unsichtbaren Maschinengewehres entgegen, und sie fielen, der Feldwebel D. zuerst, und über ihn stürzte mit seinen blutigen Händen der Obergefreite B., und dann fiel der Unteroffizier C., und dann der Funker A., der noch gesehen hatte, wie der Feldwebel hintenüber gefallen war, und dem seitdem nur noch die eine Frage im Hirn sich brüllend gedreht: ›Um Gottes willen, was ist denn das, was ist denn, was ist – – –.‹

Hans Arp
Auf verschleierten Schaukeln
1955

Aus einer fernen fremden Welt
widerhallt es.
Seltsam gleisnerisch verwandelt
widerhallt was wir träumten
und duftet süß.
Befiederte Blitze.
Echoblumen.
Seht wie hoch oben
Schwingen im Spiel sich kreuzen.

•

•

Eine Wolke zieht klagend
auf einer klagenden Woge fort.
Die Träume haben weder Lust
zu beißen
noch zu küssen
und sind dämmernde Schlangen.
Große abgestandene Tränen
werden stumm gereicht

und lange schwarze Fäden
schnell durch die Luft gezogen
so als würde mit eiligen Stichen
Unsichtbares festgeheftet.

•

•

Tage regungslose Meere
von lauen Auen umstellt.
Tage tief tief schlafende Knospen
tief tiefblaue Knospen tief …
Schau wie blau.

Augen regungslose Meere
von lauernden Küssen umstellt.
Augen tief tief schlafende Knospen
tief tiefblaue Knospen tief …
Schau wie blau.

•

•

Aus welchem schwebenden Sein
sind diese lichten Flügel
zu uns herniedergesunken?
Welche überirdischen Flügelbäume
mögen sie dort
träumend abgestreift haben?

•

•

Ein Himmel in dem man ohne fliegen zu lernen fliegt
wie man ohne dichten zu lernen dichtet.
Ein Himmel in dem man spielend fliegt
in dem man spielt und nie verspielt.
Ein Himmel in dem man von himmlischem Munde
zu himmlischem Munde fliegt.

•

•

Wer hätte annehmen können
daß jene Seele
die sich nur notdürftig in Sichtbares hüllte
einer irdischen Schwäche erliegen könnte.
Von unserem Frühlingswind
wie er so süß und so verwirrend
nur in unserem Heimattal wehen kann
ließ sie sich den Faden aus den Händen nehmen
warf das wenige Sichtbare an sich fort
und verschwand während eines Kuckucksrufes.

•

•

Sie sieben Luftgedanken
säen Geisterkeime
hegen Krallenketten.
Sie spiegeln sich in glatten runden Wasserflächen
um sich zu vergewissern
daß sie nicht dem toten Hündchen gleichen.
Sie beratschlagen sich flüsternd
ob sie Monumente aus Keimköpfen errichten
oder auf fahlen verschleierten Schaukeln
schaukeln sollen.

•

•

Ach wie lange schon
hatten sich die Bemähnten und Beschweiften
mit ihren Mähnen und Schweifen
aus Schnee Regen Feuer Blumen
nicht mehr eingestellt.
Rosse und Reiter waren abgelaufen
und niemand wollte sie mehr aufziehen.
Die Zeit war viereckig
und reimte sich auf Ungereimtes.
Es wurde grauer und grauer.
Was führte das Graue im Schild?
Schlaflose Ruten?
Mit blitzspitzen Sprüngen

verwegenen Fiedeln
und einem erbeuteten Tag
begann aber das Spiel von neuem.

•

•

Sie duften wie flockige Wolkenrinde.
Sie sind von aufgeräumtem Wesen.
Sie sprechen die Flügelsprache
und sind dazu noch geräumig.
Bevor wir zu denken begannen
lebten wir zufrieden in solchen Blumen.

•

•

Nichts kann sie verführen
aus ihren Träumen zu erwachen.
Sie spielen manchmal im Traume
tausend Jahre lächelnd schlafen.
Und wenn sie zum Spaße sterben
so stehen sie immer schöner auf
als sie vor ihrem Tode waren.

•

•

Die veilchenblaue Nacht
trägt eine große Schattenmuschel vorüber
aus der nackte fahle Menschenblumen
mit Duftgliedern Lebewohl winken.
Die nackten fahlen Menschenblumen
schauen aus altklugen Forellenaugen
in die ungewisse Welt.

•

•

Beseelte Blumen duften
daß selbst die Unbeseelten

den Himmel spüren.
Die Unbeseelten stehen da wie verzaubert
und fangen an zu lächeln
und zu blühen.

•

HEINZ PIONTEK
Höhe

Wie über den Scheitel
geliebte Luft sich hebt,
von Vögeln beflogen,
in die du verzaubert bist,
länger als du es weißt:

Element für Geschosse,
Plagen und Fabeln,
aus Augenlicht geschaffen,
aus reißender Anmut,
weissagenden Männern
untertan –

Komm zur Ruhe!
Lagere dich
mit gebogenem Nacken:

Unser Frieden ist kurz.

Windsbraut

Die Glieder scheu,
Hals und Rücken
eine Rute.

Betäubend
bist du.

Eine Bö
der Anmut.
Ein Rauchzeichen
der Schönheit.

Verfangen
im eigenen Haar.

Verhüllt
in einen Wirbel
von Amseln.

Mit dreißig Jahren

Keine sichtbaren Narben,
keine Medaillen,
keine Titel –
aber das Auge scharf, unbezähmbar
wie Zorn und Entzücken,
dicht die Erinnerung
und leicht der Schlaf.

Fahrten, Märsche vor zwanzig.
Nachher genügten vier Wände:
Wir werden nicht
überschaubarer unterwegs.
Oft reichen drei Schritte.
Und immer genügt
weniger, als wir vermuten.

Zum Beispiel die Stadt.
Man kann sie umwandern
in einer einzigen Stunde.
Ihre Steige bröckeln,
in den Türmen haust
die blinde Geschichte.
Helle von Silberkörnern,
wenn die Flußnebel fallen …

Mühsal ist wirklich:
Last und Hitze,
das Glück der Todmüden.
Wirklich der überwundene Tod –
und was vergeblich war, wird
fest unter den Sohlen.
Mehr wissen wir nicht.

Erwachet früh –
wenn der Morgen
mit halben Farben erscheint
und satt das Holz leuchtet,
das geteert ist –:
denn der Wind steht gegen euch!
Doch sputet euch nicht.
Wir leben gezählte Tage.

für Gisela

Die Verstreuten

Wir haben Wind unter den Sohlen.
Wir haben Wind im Nacken.

Des Nachbarn Stimme fing sich in Netzen Schnees.
Da stopften wir Silber und Brot in die Säcke, entriegelten die Tür.
Als die Nacht anhub zu flackern, liefen wir waffenlos zu den Ställen
und hinaus auf Straßen von wandernden Ratten.

Zerstoßenes Blech und Kälte: das Land der Geschlagenen.
Wir fuhren im Schritt. Ein Mädchen kam nieder
zwischen den Speichen. Ein Blinder stolperte hinter Leuten
an einem Strick, und er schrie durch den Schneefall: Wo sind wir?

Wir müssen vor den Kreuzungen warten.
Wir besitzen keine Dokumente.

Mancher starb kauernd – im Hader über seine verendeten Pferde,
mancher streckte sich unter Planen, schweigsam für immer.
Und als wir einzeln eine getroffene Brücke passierten,
waren viele im Eis zu sehen, grün und wie schwebend.

Der Himmel ein Sieb, und hinter den Karawanen
aus Leiterwagen und Kutschen wurde es still,
ein zugiger Horizont blieb zurück, auf dem wir biwakiert,
der Schläfer, froststarr, der die Verfolgung nicht mehr fürchtete.

Wir dürfen kein Feuer machen.
Wir dürfen den Zug ohne Erlaubnis nicht verlassen.

Man rief mich: »Erzähle! Wir wissen zu wenig von jenen,
die im April eines frommen Jahrhunderts sich aufgemacht hatten,
um ihre Reiche – zwölfhundert Ruten Wildnis – zu roden,
vom Mehl der Gebeine auf unseren Friedhöfen erzähle!«

Ich sagte zu ihnen: Es war ein Volk, das auszog
nach dem gelobten Land und es nicht fand und verdarb. –
»Narr, sie erreichten es – süß und barbarisch zwischen
Wasserbächen!
Wir aber müssen nun unsre frühere Heimat erkunden.«

Wir beugen die Rücken unter leichte Lasten.
Wir nähren uns von Schnee und Vögeln.

Unsere Scharen lichteten sich und warfen nur dünne Schatten.
Einer verlor den andern. Der Osten – wie eine feurige Sage –
ging hinter Armeen zugrunde. Jammer war er
und Aschenflug über der Öde und dunkel wie einst.

Doch holte uns ein, der einen Knaben führte: ein übermüdeter
Mann,
sein Waffenrock war von Sommern versengt,
und er trug einen Alten, den schlaffen Vater, auf beiden Schultern.
Da wurde es Tag vor unseren Augen mit rosenblättrigem Licht.

Wir werden zu einer festen Stadt kommen im Wind.
Wir werden Frieden finden auf Felsen.

GÜNTER BRUNO FUCHS
Nach der Haussuchung

Gut, sie haben nicht alles zerschlagen.
Sie werden abermals kommen,
das wird vergeblich sein.

Sie lärmen schon lange vor Mitternacht.
Sie haben die Blumen entwurzelt,
sie finden es nicht.

Sie haben die Rotte nur abgelöst,
die lebenslänglich
mein Haus umstellt.

Ich höre den kreisenden Stiefelschritt:
Stein, Blasrohr, Hellebarde,
Patronengürtel, Bombenwurf.

Sie suchen immer nur die eignen Waffen.
Sie finden nimmermehr das Spiel,
das jenen Namen trägt, der unaussprechbar ist.

Legitimation

Ich wohne hinter den Schritten
des Polizisten, der meinen Paß kontrolliert.
Ich wohne im Keller einer mittelgroßen
Ruine, im Altersheim
für den pensionierten Wind.

Ich wohne im pendelnden Käfig
eines Papageis, der alle Gesetzbücher
auswendig lernt.

Meine Behausung
am Platz für öffentliche Unordnung
ist der brennende Zirkus –
meine Grüße
gehen auf Händen zu dir hinüber,

meine Grüße
sind die letzten Akrobaten
unter der brennenden Kuppel.

Christoph Meckel
Als ich nach Hause kam

Als ich nach Hause kam
Traf ich einen Matrosen in meinem Zimmer,
Der mit einem Kahn auf dem Schrank gelandet war
Und sich bemühte, herunterzukommen –
Den Grund seines Hierseins konnte er nicht erklären.

Gestern überraschte ich eine Ziegenherde,
Die die Zotteln meiner Teppiche anfraß,
Vorgestern einen Chinesen,
Der meine Garderoben anprobierte und vorgab,
Die Treppe nicht gefunden zu haben.

Wenn morgen ein Kranichzug ins Fenster fliegt,
Dann ist das nicht seltsamer, als wenn übermorgen
Ein Elefant kommt und mich bittet, ihn abzuwaschen.
Ähnliches wiederholt sich in den Nächten.
Ich werde das Zimmer aufgeben.

Ilse Aichinger
Die Auktion

Auktionator Zu versteigern sind ein Stück Himmelsblau und eine Kommode.
Zwischenrufer Vom heutigen Tag?
Auktionator Die Kommode vom heutigen Tag, das Himmelsblau von vorgestern gegen elf, als in der Nähe des alten Krankenhauses zwei Straßenbahnen zusammenstießen.
Schweigen.
Auktionator Ferner ein Waldstück aus dem Jahre sechzehnhundertundvier, da gelegen, wo heute ein Teil der neuen Gefängnisse –
Frau *in armseligem Pelz.* Ich biete ein Kaninchen.

AUKTIONATOR Tot oder lebendig?
FRAU Lebendig.
AUKTIONATOR Wofür?
FRAU Für das Himmelsblau von vorgestern gegen elf, als in der Nähe des Krankenhauses –
AUKTIONATOR Des alten Krankenhauses –
FRAU Des alten Krankenhauses –
AUKTIONATOR *unterbricht sie.* Kaninchen wird für Himmelsblau geboten. Zum ersten – *unterbricht sich.* Bedenken Sie, daß alles Himmelsblau von vorgestern gegen elf in die Hände der Frau übergeht, wenn niemand –
ZWISCHENRUFER Zwischenrufe sind nicht gestattet!
AUKTIONATOR Zum zweiten!
MANN *in schwarzem, glänzendem Mantel.* Ich biete das alte Theater.
FRAU *beginnt zu weinen.*
AUKTIONATOR Offen oder geschlossen?
MANN Geschlossen.
AUKTIONATOR Wofür?
FRAU *weint jetzt lauter.*
MANN *mit einem mitleidigen Blick auf sie.* Für das Waldstück aus dem Jahre sechzehnhundertundvier.
AUKTIONATOR *streng.* Das Himmelsblau ist zur Rede!
MANN Verzeihung.
AUKTIONATOR *milder.* Aber Sie wollten es doch?
MANN Nein.
AUKTIONATOR Wußten Sie nicht –
MANN Ich habe den Schulhof des Mädchengymnasiums vom Jahr zweitausend ab in Erbpacht gegeben gegen das alte Theater. Jetzt will ich für das alte Theater das Waldstück aus dem Jahre sechzehnhundertundvier. Ich habe die berechtigte Hoffnung auf Kaninchen.
ZWISCHENRUFER Ich an Ihrer Stelle –
AUKTIONATOR Ich muß um Ruhe bitten. Es ist immer noch das Himmelsblau zur Rede.
FRAU *flüsternd zu ihrer Nachbarin.* Mein Sohn wurde nämlich bei dem Zusammenstoß verletzt, er war auf der Plattform der hinteren Straßenbahn!
AUKTIONATOR *eintönig.* Bedenken Sie, das alles Himmelsblau von vorgestern gegen elf, das Blau über der Pfandleihanstalt und das Blau über dem Ozean in die Hände der Frau übergeht, wenn niemand –

Zwischenrufer *leise zu dem Mann.* Ich an Ihrer Stelle würde sie das Blau nehmen lassen und dann das Kaninchen ersteigern!

Mann Ich dachte eben daran.

Auktionator Zum ersten. Bedenken Sie noch einmal!

Frau *zur Nachbarin.* Die Ärzte geben mir Hoffnung. Aber ich dachte, für alle Fälle!

Auktionator Zum zweiten. Bedenken Sie gut!

Nachbarin Lassen Sies rahmen?

Frau *nickt eifrig.*

Auktionator Zum dritten. *Mißmutig zu der Frau.* Sie könnens holen.

Frau *verschwindet in einem dunklen Nebenraum, gibt zuvor das Kaninchen beim Auktionator ab.*

Auktionator *traurig, das Kaninchen am Wickel.* Der Himmel kommt jetzt in die falschen Hände.

Zwischenrufer *eifrig.* Alle Wälder!

Nachbarin *gekränkt.* Ihr Sohn ist bei der Steuer.

Auktionator Zu versteigern bleiben: Eine Kommode und ein Waldstück aus dem Jahre sechzehnhundertundvier –

Zwischenrufer Und das Kaninchen?

Auktionator Ist noch ungeschätzt.

Mann *im glänzenden, schwarzen Mantel.* Ich biete: die Aufführung des alten Theaters vom elften November achtzehnhundertundsiebenundneunzig!

Auktionator Welcher Art?

Mann Operette.

Auktionator Welcher Operette?

Mann Mir nicht mehr erinnerlich.

Auktionator Wofür?

Mann Für das Kaninchen.

Auktionator Das Waldstück ist zur Rede.

Mann Ach so.

Auktionator Sie wußtens!

Mann Ich bin Maler und wohne auf einem stillen Platz. Mir geht es um Kaninchen.

Auktionator *schüttelt den Kopf.*

Mann Ich könnte auch noch die Freikarte zu einer Schüleraufführung im September zweitausendunddrei bieten. Das bringt alles mein Beruf mit sich.

Auktionator Welcher – *unterbricht sich.* Für das Kaninchen?

Mann *nickt.*

AUKTIONATOR *abweisend.* Zu versteigern bleiben: eine Kommode, ein Waldstück aus dem Jahre sechzehnhundertundvier –

ZWISCHENRUFER *stößt einen Ruf der Verachtung aus.* Und?

AUKTIONATOR *holt tief Atem.* Die Gitter dreier Kinderbetten aus der Infektionsabteilung.

ZWISCHENRUFER Ich wußte, daß er noch etwas im Rückhalt hat.

AUKTIONATOR *ohne sich stören zu lassen.* Früher im privaten Haushalt in Gebrauch, später an das Kinderkrankenhaus abgegeben.

MANN *im glänzenden Mantel.* Nehme ich.

AUKTIONATOR Sie bieten?

MANN Ein Treppengeländer. Stark glänzend.

ZWISCHENRUFER Einen Korb Orangen. Neue Ernte!

AUKTIONATOR *schüttelt den Kopf.*

MANN *unmutig.* Was Sie wollen.

AUKTIONATOR Das reicht nicht.

MANN *atmet auch tief.* Die Einladung zu einer Kinderjause; Mädchen. Frühherbst neunzehnhundertundelf. Fand ganz nahe von hier nicht statt, weil eines der Mädchen zwei Tage vorher an Scharlach starb.

AUKTIONATOR *streng.* Das Mädchen – gings zur Schule?

MANN Es ging.

AUKTIONATOR Das Laub?

MANN Es spielte.

AUKTIONATOR Die Hutbänder?

MANN Sie flogen.

AUKTIONATOR Und waren hell?

MANN Genug!

AUKTIONATOR Den Ort will ich noch wissen.

MANN In der Nähe des alten Theaters, vielleicht nordwestlich. Die Tafel, die das Stockwerk bezeichnete, befand sich oberhalb der Tür. Zur rechten Hand, sie glänzte.

AUKTIONATOR *nachdenklich, mit dem Notizblock in der Hand.* Nordwestlich – oberhalb der Tür –

MANN Es ging auf drei.

AUKTIONATOR Ich gebe zu bedenken, daß die Gitter, die hier zur Rede sind, vier Jahre lang im Freien lehnten, nach West-Nordwesten schauend und zugleich nach Osten –

MANN Das trifft sich.

AUKTIONATOR Oberhalb eines Platanenwipfels.

Schweigen.

AUKTIONATOR Bietet niemand mehr? *Erregt, unsicher.* Ich kenne meine Werte. Ich rettete einmal mit Mühe ein Schirmgeschäft davor – ich rettete es –

ZWISCHENRUFER Wozu?

AUKTIONATOR Einen Laden mit Musikinstrumenten!

MANN *vor sich hin.* Das Sonnenspiel.

AUKTIONATOR Ein ganz besonderes von hohem Wert. Sie kennen es?

MANN *nickt.*

AUKTIONATOR *streng.* Der Geruch nach Lysol?

MANN Verging mit dem Rauschen der Röcke.

AUKTIONATOR Wo rauschten die Röcke?

MANN Die Straße nach Süden hinab, an drei Gärten vorbei.

AUKTIONATOR Schlug da nicht die Uhr? *Eindringlicher.* Schlug die Uhr?

MANN *schüttelt den Kopf, zögernd.* Es fehlte ihr ein Herzschlag auf drei.

AUKTIONATOR Sie könnens holen. *Läßt die Arme sinken und gibt das Kaninchen frei, das auf das Fensterbrett springt.* Wenn Sie es statt der weißen Gitter jetzt noch haben wollen?

KANINCHEN *springt drei Stockwerke tief in den Hof.*

MANN *beugt sich aus dem Fenster und sieht hinab.* In Gottes Namen.

AUKTIONATOR So schließe ich die Auktion.

ZWISCHENRUFER *schluchzt.*

Es schlägt drei.

GÜNTER GRASS
Die Grippe

Die Personen:
Bollin ... ein junger Mann
Sophie ... ein junges Mädchen
Frau Domke ... Sophies Mutter

Im Krankenzimmer: Sophie liegt zu Bett. Ein Schal schützt ihren Hals, sie trägt eine Brille, liest, kritzelt in einer Zeitung. Neben dem Bett steht ein Nachttischchen mit Medikamenten und ein Stuhl. Unter dem Bett liegt Bollin in gespannter Haltung.

SOPHIE Vierunddreißig waagerecht fünf Buchstaben: Niederschlag. – Hm, Regen wahrscheinlich oder Hagel. Neununddreissig: Holländische Käsegegend, – sieben Buchstaben? – Limburg, stimmt. L-im-be-u-rg. Und jetzt senkrecht. Aufbewahrungsort für kriminelle Elemente. Nr. 12, neun Buchstaben. *Bollin springt geschickt unter dem Bett hervor und postiert sich drohend. Sophie nimmt die Brille ab und betrachtet ihn ruhig und aufmerksam.*

BOLLIN Was, das ging fix. Mal schnell umsehen. Schrank gibt's nicht, Vorhang auch nicht, Fußboden normal, Lichtschalter, Doppelstecker, einfaches Fenster, Läden geschlossen, sechziger Birne. – Ist sonst wer hier? *Sophie setzt die Brille auf.*

SOPHIE Jetzt hab ich es, neun Buchstaben: Zet, u, ch, te, haus.

BOLLIN Hör zu Mädchen, ich habe gefragt, ob wer hier ist.

SOPHIE Sie dürfen nicht so nahe an mein Bett kommen. Außerdem sagt man guten Abend. *Sie nimmt die Brille wieder ab.*

BOLLIN Schön, also guten Abend und nun will ich ganz fix wissen, wer hier sonst noch gemeldet ist, in dem Laden. Bruder oder Tante.

SOPHIE Mein Bruder hat Dienst.

BOLLIN Wann kommt er zurück?

SOPHIE Also wenn Sie nicht wenigstens drei Schritte zurücktreten, antworte ich nicht mehr. Sie sind sehr leichtsinnig.

BOLLIN Quatsch. Ich will wissen, wann der Bruder hier aufkreuzt.

SOPHIE Ich bitt' Sie. Wenigstens hinter den Stuhl. *Bollin tritt zurück.*

BOLLIN Wird's bald?

SOPHIE Wann mein Bruder kommt? Was haben wir heute? Mittwoch?

Bollin Gestern war Dienstag.

Sophie So wird er wahrscheinlich gar nicht kommen. Da muß er hinterher noch immer aufs Revier und Berichte schreiben.

Bollin Revier, Revier? Ich hör' immer so'n Wort, das wie Revier klingt. Ist er Förster?

Sophie *Sie lacht.* Addi soll Förster sein. Dabei kann er gewiß kein Wildschwein von einem Fliegenpilz unterscheiden. Bei der Polizei ist er. *Bollin zuckt zusammen.*

Bollin Verdammt. – Kripo?

Sophie Ach was. Sie haben ihn bestimmt schon gesehen. Er steht immer auf der Kreuzung Wollweberstraße – Magdeburger. Da müssen Sie mal zugucken, wenn Sie Zeit haben. Da klappt es immer. Keine Stockungen oder gar Unfälle.

Bollin *Er lacht verlegen.* Da hat er also sozusagen nur mit dem Verkehr zu tun.

Sophie Nur?

Bollin *Er reißt sich zusammen.* Ja, nur. Und jetzt wollen wir mal. Wie alt bist du denn mein Engel? Vierzehn, vierzehn ein halb oder?

Sophie Sie kommen schon wieder näher. Hier, da liegt meine Wanderkarte, wenn Sie nicht glauben wollen, fast sechzehn bin ich.

Bollin Hm, so grad an der Grenze. *Er reißt ihre Bettdecke zurück.*

Sophie Ich friere.

Bollin Sechzehn, Schlafanzug, aha, was ist das? *Er zeigt einen Stoffhund.*

Sophie Ich friere, bitte. *Er läßt die Decke fallen.*

Bollin Ein Stoffhund, so so. Warm, bettwarm. Hast du den immer unter der Decke?

Sophie Das ist Pinkie. Der heißt so, weil er ganz rosa ist. Bitte geben Sie ihn mir wieder.

Bollin *Er stellt Pinkie auf den Nachttisch.* Hm, Pinkie, Schlafanzug, fast sechzehn.

Sophie Hoffentlich haben Sie sich nicht angesteckt. Sie stehen immer noch viel zu dicht dran. *Bollin lacht laut, dann leise.*

Bollin Vorsichtig, vorsichtig. Anstecken ist gut. Bollin soll krank werden.

Sophie Wie war der Name? Bollin?

Bollin Genau. Und den will die Göre krank machen. Noch nie gehört, gelesen Bollin? – Zieh den Schlafanzug aus. Na wird's bald?

SOPHIE Aber das geht nicht. Heute mittag hatte ich noch 38,9.

BOLLIN Mädchen, die Plünnen 'runter, ich spaße nicht oder ganz selten.

SOPHIE Nein.

BOLLIN Was, du wagst zu widersprechen?

SOPHIE Seien Sie mir nicht böse. Heut früh war der Doktor noch da und hat gesagt …

BOLLIN Das ist mir gleich, was der quasselt. Los jetzt, dalli dalli, will auch mal ein bißchen Klein Pinkie sein.

SOPHIE Aber der Doktor …

BOLLIN Vollkommen gleichgültig.

SOPHIE Aber mir nicht. Sie können sich nicht vorstellen, wieviel ich schon in der Schule versäumt habe. Und es sind nur noch fünf Wochen bis Ostern. – Würden Sie mir das Glas reichen? –

BOLLIN Stimmt nicht. Noch sechs Wochen genau.

SOPHIE Gewiß, bis zum Fest, aber die Zeugnisse bekommen wir eine Woche vorher. Zwar bringt meine Freundin mir immer die Aufgaben.

BOLLIN Wie alt?

SOPHIE Ella? Ein halbes Jahr jünger als ich, doch sieht sie viel älter aus.

BOLLIN Hm. – Wann kommt das Mädchen, die Ella, so heißt sie doch?

SOPHIE Jeden Nachmittag. Doch dürfen die Aufgaben nur in den Briefkasten geworfen werden. Ihre Mutter hat Angst.

BOLLIN Unsinn, 'reinkommen soll sie. Wovor denn Angst?

SOPHIE Fragen sind das! Weil ich die Grippe habe, jawohl. Wann wird Ihnen das klarwerden. – Reichen Sie mir nun das Glas?

BOLLIN Was ist das für'n Zeugs? *Er reicht ihr das Glas.*

SOPHIE Zitronenwasser. *Sie trinkt.* Danke Herr … wie war doch gleich Ihr Name?

BOLLIN Bollin. *Er setzt sich erschöpft auf den Stuhl.*

SOPHIE Richtig. Also nochmals, vielen Dank. *Sie trinkt abermals.* Ich würde Ihnen ja gerne etwas abgeben, aber leider … *Sie setzt wieder die Brille auf und liest.*

BOLLIN Macht nichts, Fräulein, bin sowieso kein Safttrinker. – Sechzehn Jahre. – Wer weiß, ob das stimmt mit der Grippe.

SOPHIE Sie können ja wiederkommen und den Doktor fragen. – Nebenfluß der Weser. Fünf Buchstaben, e ist der letzte.

BOLLIN Keine Ahnung. Noch nie in der Gegend gewesen. – Das ist wohl sehr ansteckend, Grippe?

Sophie Und wie! Bazillen spaßen nicht. Aber der Herr wollte ja nicht hören. Es würde mich kaum überraschen, wenn ich Sie infiziert habe. – Oder hier. Siebenunddreißig senkrecht, da hab ich noch gar nichts. Acht Buchstaben, katholischer Orden?

Bollin Wieviel?

Sophie Acht.

Bollin *Er zählt an den Fingern.* Monstranz, das geht.

Sophie Unsinn, das ist doch kein Orden. Sie sind wohl nicht katholisch?

Bollin *Er greift nach dem Stoffhund.* Doch, doch. Ist bloß schon lange her. – Komischer Hund ist das. – Und immer unter der Decke. *Er springt auf.* Kommt er noch mal heute?

Sophie Nicht so nah. Wer soll noch mal?

Bollin Der Doktor, verdammt.

Sophie Sie reden recht ungehörig.

Bollin Ob er kommt, will ich wissen.

Sophie Wie Sie sich das vorstellen! Meinen Sie, ich bin die einzige? Man spricht von einer wahren Epidemie in der Stadt.

Bollin Hab ich nix von gehört. – Na ja, wenn es so ist. – Also dann kommt er nicht? Und es ist wirklich so ansteckend, daß man …

Sophie Sie sind wie mein kleiner Bruder. Immerzu muß er Fragen stellen.

Bollin Kein Wunder, wenn man bei der Polizei ist.

Sophie Den mein' ich ja gar nicht. Mein kleiner Bruder.

Bollin Was, noch einer?

Sophie Drei Jahre wird er nächsten Sonntag, aber alles muß er wissen. Mam, warum läuft der Mann? Wovon leben die Autos? *Sie nimmt die Brille ab.* Stellen Sie sich vor. Neulich wollte er wissen, ob Räuber auch krank werden können. Ist das nicht komisch? *Sie kichert.*

Bollin Still. *Er springt auf und lauscht zur Tür hin.* Da klappert doch was?

Sophie Nein, nein. Ich bin ja so ängstlich. Wo denn, wo?

Bollin Vor der Tür verflucht, da ist doch wer.

Sophie Ach so, jetzt hör' ich es auch. Herrje, bekam ich einen Schreck. Das ist Mama, sie war einkaufen.

Bollin Was. Na nu wird's riskiert. *Er zieht einen Revolver und mustert gespannt die Tür.*

Sophie *Lachend.* Sie sind wirklich drollig. Die tut Ihnen doch nichts. Vor Mamsli braucht man ganz gewiß keine Angst haben. – Mama, Mama, komm doch bitte.

BOLLIN Verflixte Göre. Ist mir höchst peinlich. Wird mir noch Scherereien machen.

FRAU DOMKE *Aus der Kulisse.* Sofort, Kindchen, ich komme ja schon.

SOPHIE Und bring mir das neue Rätselheft mit.

FRAU DOMKE Hast du das alte denn schon fertig?

SOPHIE Ist mir zu leicht, Mama. Richtig langweilig. In einer halben Stunde bin ich durch. Ohne Atlas. – Nun komm doch.

FRAU DOMKE *Sie blickt durch einen Türspalt und mustert Bollin freundlich.* Was ist denn, Sophie? – *Sie spricht nach hinten.* Nein, nein du darfst nicht. Auch nicht gucken. *Sie schließt die Tür.* Diese Kinder. Nun?

SOPHIE *Kichernd.* Der Mann hat Angst.

FRAU DOMKE Guten Abend.

BOLLIN Abend. *Er legt den Revolver verlegen auf den Nachttisch.*

FRAU DOMKE Meine Tochter sagt, daß Sie sich fürchten. Warum denn?

SOPHIE Ich glaube vor dir.

FRAU DOMKE Wie?

SOPHIE Stellt euch das vor, vor Mamsli hat er Angst.

FRAU DOMKE Im Ernst, junger Mann? Vor der Frau Domke fürchten Sie sich?

BOLLIN Hermann, mein Name.

FRAU DOMKE Angenehm.

SOPHIE Ich denke, Sie heißen Bollin oder so ähnlich?

BOLLIN Ja, ganz richtig. Hermann mit Vornamen.

FRAU DOMKE Aber wo waren Sie denn vorhin? Vor einer halben Stunde etwa, bevor ich einkaufen ging?

BOLLIN Vorhin? Ach so, vorhin. Tja, wo war ich denn da nur? Schwer zu sagen, gute Frau. Kann man kaum erklären so schnell.

SOPHIE Umstände macht er. – Unter dem Bett, mucksmäuschenstill, und ich hab nichts gemerkt.

FRAU DOMKE Du meine Güte, die ganze Zeit, ohne sich zu rühren.

SOPHIE Manchmal hörte ich was, aber dachte mir, was kann das schon sein.

FRAU DOMKE Natürlich. Wer denkt denn auch gleich so etwas. Geschieht Ihnen nur recht, wenn Sie jetzt ein bißchen Angst haben. Sie sind sehr leichtsinnig. Hoffentlich haben Sie sich nicht angesteckt. Das Kind hat eine schwere Grippe. Zwar sagt der Doktor, es sei schon im Abklingen, aber trotzdem. – Ich darf das nicht so laut sagen. *Sie zieht Bollin vom Bett weg und spricht leise mit ihm.* Man spricht in der Stadt davon, daß die Schulen geschlossen werden, auch sollen mehrere ernsthafte Fälle bekannt sein. Schrecklich, nicht wahr? *Laut.* Doch was seh' ich: Sie stehen. Wie unhöflich man ist, wenn einem das Kind krank wird. Warten Sie, ich hole noch.

BOLLIN Nun bloß keine Umstände machen. Geh' ja gleich wieder. Hab Ihnen sicher schon Scherereien genug gemacht.

FRAU DOMKE Aber gewiß nicht, ich bitt' Sie, es sind ja Stühle genug da. *Sie geht ab.*

SOPHIE Und bring das Heft mit, Mamsli. Ich möchte die Lösungen vergleichen. – Wie gefällt Ihnen Mama? Redet ein bißchen viel, die Gute.

BOLLIN Wird sie dichthalten? Angenommen, wird sie mit Ihrem Herrn Bruder, der bei der Polente ist ...

SOPHIE Ich weiß gar nicht, was Sie wollen? War sie nicht nett zu Ihnen?

BOLLIN Man kann nicht klagen. Aber wenn man einmal mißtrauisch veranlagt ist, dann, dann ...

SOPHIE Man darf schließlich nicht vergessen, Mama hat Sie zum erstenmal gesehen.

BOLLIN Genau das meine ich. *Er läuft auf und ab.* Schön wär's ja. – Schon möglich, daß ihr das entgangen ist. – Ist ja auch schon 'ne gewisse Zeit her. – Aber der Grüne. – Die pennen zwar auch meistens. –

SOPHIE *Sie nimmt ihre Brille ab.* Hören Sie Herr Bollin, ich will bestimmt nicht indiskret sein. Haben Sie ein schlechtes Gewissen?

BOLLIN Ich?

SOPHIE Sie kommen mir so unruhig vor. Man weiß nie genau, woran man ist bei Ihnen. Einmal sind Sie offen und lachen sogar ein bißchen, dann wieder brummig und bis oben zugeknöpft. – Nun laufen Sie doch nicht immer hin und her.

BOLLIN Das ist so meine Art, Fräulein. Ich hab mal als Kind Schlimmes erlebt. Ist davon übriggeblieben, die Lauferei.

SOPHIE Davon konnte ich natürlich nichts ahnen. Sie Ärmster!

BOLLIN Tja, wenn man so zurückdenkt. Da mußte ich damals in den Keller gehen und Kohlen holen. Nun hatte der Keller 'ne eigentümliche Angewohnheit ...

SOPHIE Bitte, erzählen Sie nicht. Es ist sicher eine schreckliche Geschichte.

BOLLIN Gemütlich ging es gerade nicht zu ...

SOPHIE Da haben wir's. Vielleicht ein anderes Mal. Doch glauben Sie bitte meiner aufrichtigen Anteilnahme. Ich kann mir gut vorstellen, wie solch ein schlimmes Ereignis in frühester Jugend das ganze Leben beeinflußt.

BOLLIN Kann man nur bestätigen Ihre Meinung. Wenn das nicht passiert wäre, wer weiß, was aus mir alles geworden wäre. Aber so? – Dabei war es nicht mal meine Schuld. Ich kannte die Jungs zwar, aber hatte keine blasse Ahnung, warum und weshalb die die Mauern so isoliert hatten und auch die Bandsäge wollte mir gar nicht in den Kopf. – Passen Sie auf. Ich kam da also nun die Treppe runter …

SOPHIE Oh, ich bat Sie doch schon. Ich darf jetzt keine Aufregung haben. –

BOLLIN Na ja, wenn es so ist.

SOPHIE Doch, – nein, das ist sicher zuviel verlangt.

BOLLIN Was solls denn sein?

SOPHIE Es geht wirklich nicht. Sie sind das erste Mal hier und …

BOLLIN Nun lassen Sie sich nicht drängen. Tu Ihnen gerne nen kleinen Gefallen. Bin ja eigentlich gar nicht so. Wolln Sie wieder das Glas haben?

SOPHIE Das auch. – Danke. *Sie trinkt und setzt sich die Brille auf.* Sie können ruhig nein sagen, wenn es Ihnen zuviel ist oder unangenehm. *Sie reicht ihm ein Buch.*

BOLLIN Vorlesen?

SOPHIE Sie wollen nicht, ich merk es schon.

BOLLIN Doch, doch, doch. Von nicht wollen kann kaum die Rede sein. Ich lese nur einigermaßen schlecht. Habe da keine besondere Praxis drin.

SOPHIE O bitte. Gerade das hab ich gerne, wenn jemand so unbekümmert drauflos liest. Wenn es mich nicht so anstrengen würde, könnt ich ja selbst. Aber der Herr Doktor hat gesagt …

BOLLIN Schon gut, will ich gar nicht wissen. – Was solls denn sein? Hier die Geschichte vom wahren Jakob oder diese hier? Scheint mir'n Märchen zu sein, das kenn' ich. Von einem der auszog, das Gruseln zu lernen.

SOPHIE Lieber vom Jakob. Ich fürchte, die andere könnte zu aufregend sein. *Frau Domke in der Tür.*

FRAU DOMKE Aber Kind, neinneinnein, das geht nicht. Jetzt muß ich wirklich streng werden mit Ihnen, junger Mann. Du hättest aufpassen sollen, Sophie. Erst die ganze Zeit da unten und nun ganz nah dran. Sie brauchen gar nicht so stark zu tun. Über uns der Herr Wanka, ein gelernter Straßenbaufachmann, also ein Mensch, der täglich allen Wettern ausgesetzt ist und abgehärtet sein sollte, liegt schon vierzehn Tage. Und was hat er? – Grippe. – Sie sehen, auch die kräftigsten Männer sind anfällig. – Hier, Kind, dein Rätselheft.

Bollin Nichts für ungut, Frau …

Frau Domke Domke. Mein Mann war bei Schichau. Nicht auf der Werft, mehr in der Verwaltung. Er hatte sein 25jähriges gerade hinter sich.

Bollin Es tut mir aufrichtig leid.

Frau Domke Im Dezember waren es drei Jahre. Unser kleiner Konny war das letzte, was er für uns getan hat. Jaja, so geht es manchmal. – Doch passen Sie auf, ich muß die Wolle aufnehmen. Unser Besuch könnte uns fünf Minütchen helfen.

Sophie Aber Mama.

Bollin Tu' ich doch gerne. Hätte Ihnen auch was vorgelesen, aber man darf ja nicht. *Frau Domke stellt die Stühle.*

Frau Domke Werdet ihr wohl vernünftig sein. *Bollin hält die Wolle, Frau Domke wickelt.* Schön locker halten, so ist's richtig. Wo haben Sie das nur gelernt? Sicher bei Ihrer Frau Mutter.

Bollin Och, das konnt' ich schon immer. Mir liegen so monotone Sachen. Klebarbeiten und ähnliches.

Frau Domke Würden Sie sich vielleicht noch eine Idee drehen. Ja, so. Man muß sich direkt gegenübersitzen. – Komisch.

Bollin Bißchen warm ist es hier.

Frau Domke Muß es, muß es. Gut durchheizen, hat der Herr Doktor gesagt. – Findest du es nicht auch merkwürdig, Sophiekind? Der Herr Bollin kommt mir so bekannt vor.

Sophie Ich kann jetzt nicht aufpassen Mama. Neunzehn senkrecht: Unentschieden im Schachspiel. Fünf Buchstaben. R, -e, -mis. Es geht Mama, es geht.

Frau Domke Wie klug das Kind ist. In der kürzesten Zeit löst es die kniffligsten Kreuzworträtsel. – Doch was wollte ich sagen? Richtig. Irgendwo muß ich Sie schon mal gesehen haben.

Bollin Ist mir unverständlich. Bin ja gar nicht von hier.

Frau Domke Haben Sie etwa mit dem Film zu tun?

Bollin So auf der Leinwand? Nee, kann ich nicht sagen.

Frau Domke Moment mal. Jetzt kommt es mir wieder.

Bollin Sie müssen sich da keine Gedanken machen. So wie ich sehen viele aus.

FRAU DOMKE Jetzt hab ich's. Sie sind Sportler. Nun aber heraus mit der Wahrheit.

BOLLIN Gott, wenn sich Gelegenheit bietet. Warum nicht.

FRAU DOMKE Und ich hab Sie in der Zeitung gesehen.

BOLLIN Mich?

FRAU DOMKE Nun sei'n Sie nicht so bescheiden.

BOLLIN Aber nur einmal.

FRAU DOMKE Immerhin. – Kannst du dich noch erinnern, Kindchen? Es war, glaub' ich, eine Sonntagsausgabe.

BOLLIN Mittwoch.

FRAU DOMKE Sind Sie sicher? – Nun ja, Sie werden es am besten wissen. Also an einem Mittwoch. Sieh mal einer an. *Sophie nimmt die Brille ab.*

SOPHIE Mama. Ich komm' nicht weiter.

FRAU DOMKE Nicht so ungeduldig sein, Kindchen. Was fehlt denn? Vielleicht kann Herr Bollin mit seinem Wissen aushelfen.

BOLLIN Lieber nicht. Unsereins blamiert sich ungern.

FRAU DOMKE Schon wieder diese Bescheidenheit. Also, Sophie?

SOPHIE Ihr werdet es auch nicht wissen. Vierzehn senkrecht: Polizeiliche Bekanntmachung. Meistens mit Foto und größerer Geldsumme versehen.

FRAU DOMKE Hm. Wieviel Buchstaben?

SOPHIE Zehn.

FRAU DOMKE Nun Herr Bollin? Was sagen Sie?

BOLLIN Tja, schwierig. Ich würde da warten, bis es sich von selbst ergibt.

FRAU DOMKE Da kennen Sie unsere Sophie schlecht. Keine Ruhe hat das Kind, bis alles gelöst ist.

SOPHIE Wenn Addi hier wäre, der wüßte es sofort.

BOLLIN Der Verkehrs-Schupo. *Er will aufspringen.*

FRAU DOMKE Vorsichtig, junger Mann, die Wolle. *Bollin setzt sich.* Soll ich ihn anrufen? Vielleicht ist er schon auf dem Revier.

BOLLIN Moment mal. – Nur 'ne Sekunde.

SOPHIE So ist es richtig. O Mama, wunderbar finde ich das, wenn alle mitmachen. Und wenn Herr Bollin es nicht weiß, dann rufen wir Addi an.

BOLLIN Zehn Buchstaben?

SOPHIE Genau. – Spannend ist das. Mit Telefon und ...

BOLLIN Steckbrief. Nun schreiben Sie schon. Ich habe Steckbrief gesagt. Und dann das nächste. Man darf sich nicht so lange bei einer Sache aufhalten.

Sophie Es geht wirklich, Mama. So etwas Komisches. Da wäre ich nie drauf gekommen. Es, te, eck, birrr, ief.

Frau Domke Mir schwebte ähnliches vor. Aber trotzdem. Eigentlich sollten solch spezielle Begriffe nicht in einem Kreuzworträtsel enthalten sein. Glücklicherweise konnten Sie einspringen. Der Herr Bollin hat ein umfassendes Wissen. Bedank dich bei ihm, Kindchen! Nie hätte ich geglaubt, daß Sportler so nett und auch so klug sein können.

Sophie Aber Mama. – Sie dürfen ihr das nicht übelnehmen, sie redet manchmal so. In Wirklichkeit ist Mamsli das Liebste und Netteste auf der Welt. – Doch nun muß ich mich wieder legen. – *Sie legt sich.*

Bollin Die hat es gut, die Kleine. Wünscht' mir, ich hätte auch so'ne Mutter gehabt.

Frau Domke Sind Sie Waise?

Bollin Vollkommen. – Einen Onkel gibt es noch irgendwo. Von dem hab ich die Uhr hier und den Füller.

Frau Domke Sicher ein kostbares Stück. Das müssen Sie gut aufbewahren. Und außer dem Onkel? Ich meine, Sie sind jung, stattlich ...

Bollin Gott, was soll man da sagen?

Frau Domke Also doch.

Bollin Nicht was Sie denken. Von wegen versprochen und so. Meistens bin ich alleine.

Frau Domke Man bekommt schlecht Anschluß, wenn man nicht von hier ist. Und wenn ich richtig verstand, sind Sie nicht hiesig.

Bollin *Er schüttelt den Kopf.* Das ist alles sehr schwer für mich. Ein ausgesprochen menschliches Verhältnis – Sie müssen mich nicht falsch verstehen –, ich meine, was ich brauche, ist 'ne mütterliche Freundin. So eine, die weiß, wie das Leben ist, und nicht irgend so'n junges Ding, das heute dies will und morgen das. – Mit Kindern versteh' ich mich auch gut. – Nun ist Schluß mit der Wolle. Schade.

Frau Domke Stimmt. Stundenlang hätte es so weitergehen können. – Wissen Sie was, kommen Sie wieder! Am Sonntag, ja? Da hat unser Konny Geburtstag, und dem Kind wird es hoffentlich auch besser gehen. – Sie schläft. Das Rätselraten wird sie ermüdet haben. Wir wollen ein bißchen leise sein. – So um vier, zum Kaffee. Ist es recht so? Ich würde mich aufrichtig freuen.

Bollin Na gut, wenn Sie meinen.

FRAU DOMKE Sicherlich. Und keine großen Umstände gemacht. Hier, da gebe ich Ihnen etwas mit. Das nehmen Sie ein vor dem Schlafengehen. Besser ist besser. Wir wollen doch nicht noch einen Kranken haben. *Sie gehen auf Zehenspitzen zur Tür. Frau Domke dreht sich noch einmal um.* Sie haben Ihr Dings da liegenlassen. Auf dem Nachttischchen.

BOLLIN Junge, vergeßlich macht einen diese Wollwickelei.

FRAU DOMKE Jaja, so fängt es immer an. *Sie lachen gedämpft und geben sich kleine vertrauliche Stöße.* Auf jeden Fall hätten Sie es am Sonntag wiedergefunden. *Bollin geht auf Zehenspitzen zurück, steckt den Revolver ein und hinterher hastig Pinkie, Sophies Stoffhund. Auf Zehenspitzen zurück.* Da wären wir wieder.

FRAU DOMKE Haben Sie das immer bei sich?

BOLLIN Manchmal schon.

FRAU DOMKE Gott, warum auch nicht. Mein Mann pflegte immer ein kleines Blechauto in der Tasche zu tragen. So hat jeder seine Gewohnheiten. *Sie verlassen das Zimmer. Sophie richtet sich auf und greift zur Brille.*

SOPHIE Wie leise er gehen kann. Erst als er neben dem Bett stand, hörte ich etwas. – Wenn er sich nur nicht angesteckt hat. *Sie setzt die Brille auf und sucht nach dem Stoffhund.* Wo ist es denn nur? Vorhin lag es noch hier. – *Leise.* Pinkie, Pinkie. – *Laut.* Warum hat er mir meinen Pinkie genommen?

ERNST JANDL
Das Sprechgedicht

Das Sprechgedicht wird erst durch lautes Lesen wirksam. Länge und Intensität der Laute sind durch die Schreibung fixiert. Spannung entsteht durch das Aufeinanderfolgen kurzer und langgezogener Laute (»boooooooooooooooooooooorrrrannn«), Verhärtung des Wortes durch Entzug der Vokale (»schtzngrmm«), Zerlegung des Wortes und Zusammenfügung seiner Elemente zu neuen, ausdrucksstarken Lautgruppen (»schtzngrmm«, »ode auf N«), variierte Wortwiederholungen mit thematisch begründeter Zufuhr neuer Worte bis zur explosiven Schlußpointe (»kneipp sebastian«). Bestandteile eines einzelnen Wortes sind die Worte eines ironischen Spiels um dieses Wort, das aus diesem Prozeß erschöpft auftaucht (»philosophie«), aus dem Grundwort gewonnene Laute des Überdrusses, der Gleichgültigkeit, heftiger Ablehnung und stärksten

Lebenswillens schlagen um in Marktgeschrei als Heldenkult (»ode auf N«), und aller Ingrimm rollender rrr gilt der Humorlosigkeit, dieser deutschen Krankheit, die auch Österreicher mitunter befällt.

schtzngrmm

schtzngrmm
schtzngrmm
t–t–t–t
t–t–t–t
grrrmmmmm
t–t–t–t
s ——— c ——— h
tzngrmm
tzngrmm
tzngrmm
grrrmmmmm
schtzn
schtzn
t–t–t–t
t–t–t–t
schtzngrmm
schtzngrmm
tssssssssssssss
grrt
grrrrrt
grrrrrrrrrt
scht
scht
t–t–t–t–t–t–t–t–t–t
scht
tzngrmm
tzngrmm
t–t–t–t–t–t–t–t–t–t
scht
scht
scht
scht
scht
grrrrrrrrrrrrrrrrrrrrrrrrrrr
t–tt

boooooooooooooooooooooooo

boooooooooooooooooooooooo
rrrrrannn
sse
mirrr
dda
ppu
plllllllllllllllllllllllllllllllllllllllllllllllllllllll
eaussss
mmi
ttirrrn
boooooooooooooooooooooooo
rrrrra
hrrrrrrr
zzznnnrrtzt

wo bleibb da

wo bleibb da
hummoooa
wo bleibb da
hummmoooooa
wo bleibb darrr
hummmmmoooooooooa
darrr kööönich vonn
hummmmmmmmoooooooooooooooooa
rrrrr

Helmut Heissenbüttel
Der Wassermaler

Er malte auf Wasser. Dies war seine Entdeckung. Eine plötzliche überraschende Entdeckung. Eine Entdeckung, zu der er sich lange schon auf dem Wege gefühlt hatte. Eine Entdeckung wie das plötzlich scharf gewordene Bild im Okular eines Fernrohrs.

Er malte auf Wasser. Das heißt, er ließ nicht, wie frühere Maler, Wasser über eine Papierfläche oder Farben ineinander laufen. Er malte keine Bilder zum Aufhängen. Er malte überhaupt keine Bilder. Das heißt, Bilder, wie man sie bis zu dieser Entdeckung verstand.

Er malte auf Wasser. Auf alle Arten von Wasser. Auf Regenpfützen. Auf Seeflächen. Auf die Wasserspiegel vollgelaufener Töpfe und Teller. Auf übergelaufenes Wasser rund um eine Blumenvase. Auf Meerwasser. Auf das seifige Wasser einer Badewanne.

Er malte auf glattes Wasser. Er malte auf bewegtes Wasser. Auf durchsichtiges Wasser und auf gefärbtes Wasser. Auf trübes Wasser voller Algen und Sinkstoffe. Auf Wasser mit Sonnenreflexen. Auf Wasser mit Schatten. Auf begrenztes und unbegrenztes Wasser.

Manchmal befriedigte ihn das, was er zur Hand hatte, nicht, und er reiste lange, bis er das richtige Wasser fand. Manchmal begnügte er sich mit dem nächsten besten. Es konnte sein, daß eine fleckig überschwemmte Schreibtischplatte ihn bezauberte. Es konnte sein, daß er gerade diesen einen Bergsee zwischen dunkel bewaldeten Hängen benötigte. Manchmal, an Seen oder am Meer, beschränkte er sich darauf, vom Ufer aus, im Kies knieend oder auf einem Landesteg liegend, zu malen. Manchmal ruderte er stundenlang hinaus, ehe er die richtige Beleuchtung, die richtige Abgeschiedenheit fand. Eine zeitlang benutzte er ein Floß, das in der Mitte rechteckig ausgeschnitten war.

Die Methoden, nach denen er malte, waren verschieden. Meist benutzte er mehrere Arten von Stöcken. Daneben hatte er Pinsel, Bretter, Gummischeiben, Bürsten, Kämme, Fliegenklatschen. Manchmal benutzte er Zirkel und Lineal. Dies hatte eine Weile einen besonderen Reiz für ihn. In Brandungswellen oder auf Seeflächen, die von einem Gewittersturm aufgeregt waren, konnte er stundenlang sauber gezogene gerade Linien oder weit ausgeschwungene Zirkelbögen anlegen. Er malte mit dem Finger oder mit der gespreizten Hand. Mit den Füßen, mit den Beinen oder mit dem ganzen Körper.

Manchmal malte er mit Farben. Er tropfte die Farbe. Er spritzte die Farbe. Er zog sie mit Stöcken oder mit Pinseln durchs Wasser. Er schüttete einen ganzen Topf Farbe ins Wasser. Zeitweilig benutzte er einen Füllfederhalter. Doch der Reiz verbrauchte sich schnell. Er benutzte den Füllfederhalter danach nie wieder.

Seine Bilder. Wie gesagt, es waren keine Bilder. Einbildungen von Bildern vielleicht. Spiele aus Reflex und Schatten. Brechungen Stauungen Verfließendes. Spuren von Bildern.

Einmal, als er von der Wassermalerei zur Schattenmalerei übergewechselt war, erlebte er so etwas wie einen Rückfall. Nachdem er von einfachen Schatten zu komplizierteren Schattenkombinationen, farbigen Schatten und Schattenkreuzungen fortgeschritten war, spürte er eines Tages das Verlangen, eines dieser Schattenbilder zu photographieren. Bewahren überliefern vorzeigen mitteilen können, das war der Rückfall. Das war das Vergebliche.

Nachdem er sich dieses Rückfalls bewußt geworden war, tat er eine Weile gar nichts. Vielleicht, soweit man das sagen kann, wollte er sich kasteien. Allerdings ist das unwahrscheinlich. Vielleicht auch strebte etwas in ihm aus dem Rückfall heraus zu einer noch reineren Imagination. Wenn es dies war, so erreichte er sein Ziel nicht.

Sondern nach einer Pause voll scheinbarer Apathie begann er wieder auf Wasser zu malen. Nur ein sehr genauer Beobachter (den es nicht gab) hätte vielleicht eine geringfügige Änderung an ihm wahrgenommen, ein leichtes Zögern mitten im Zug, ein schnelleres Aufbrechen von Wasser zu Wasser, ein Einhalten im kaum Begonnenen.

ARNO SCHMIDT
Die Gelehrtenrepublik
Kurzroman aus den Roßbreiten

Vorwort des Übersetzers

Wenn der Kommission diese Schrift zur Fixierung und Aufbewahrung durch den Druck würdig geschienen hat, so liegt dies wohl vor allem am Material, das dadurch einmal – ich wage nicht zu sagen ›zugänglich‹ wird. Seit Audubon 1982 seine ›Andeutungen über Hominiden‹ veröffentlichte (*wie* behutsam verklausuliert, brauche ich dem Kenner nicht ins Gedächtnis zurückzurufen. Und es bestand damals noch kein beschränkendes Interworld-Gesetz; er hätte ganz anders berichten können.) leben wir praktisch in Unkenntnis über die biologischen Entwicklungen im zerstrahlten Europa einer-, sowie im amerikanischen Korridor andererseits. Hier ist jeder Beitrag wertvoll; zumal da in der Tat eine beachtliche Stabilisierung in Hinsicht auf Hexapodie eingetreten zu sein scheint.

Was die eigentliche ›Gelehrtenrepublik‹ anbelangt, so wird in der zweiten Hälfte der vorliegenden Beschreibung wohl bei jedem unbefangenen Leser der Eindruck entstehen, daß wir auch hier – sei es durch Rundfunk, sei es durch Fernsehen – nur selektiv unterrichtet worden sind. Was man uns seit nunmehr 30 Jahren als ›Schwimmenden Parnaß‹ suggerieren will, als ›Helikon im Sargassomeer‹, ist ja inzwischen schon Manchem – zumindest seit dem, gewissen Stellen peinlichen, offenen Brief des algerischen Friedensnobelpreisträgers Abd el Fadl – dubios geworden. Hier werden, wenn auch in tendenziöser Form und frivolem Ton, weitere Daten zugänglich. –

Eine persönliche Schwierigkeit bitte ich nicht zu unterschätzen: die Übertragung erfolgte aus dem Amerikanischen in eine *tote* Sprache. Seit der so früh erfolgten Zerstrahlung des Mutterlandes hat Deutsch nicht mehr lebendigen Schritt halten können mit der technischen oder sozialen Entwicklung – demzufolge konnten gewisse Geräte, Apparaturen, Handgriffe, auch Absichten und Gedankengänge, nur umschrieben wiedergegeben werden. Ganz abgesehen von dem, gelinde formuliert, sehr freimütig und überflüssig weitläufig dargestellten ›sexual intercourse‹ des Verfassers – die deutsche Sprache hat in dieser Hinsicht glücklicherweise keine Ausdrücke mehr entwickeln können, die gleichzeitig gebräuchlich und unverfroren genug wären, um Prozesse, wie etwa den der ›Urtikation‹ mit allen Konsequenzen wiedergeben zu können. – Fußnoten werden vorkommendenfalls solche Lücken auszufüllen suchen.

Was die immer wieder durchschlagende Abneigung des – in letzter Konsequenz deutschstämmigen – Verfassers gegen alles Deutsche angeht, sowie seine, milde ausgedrückt, exzentrische Mentalität, so kann ich nur versichern, daß ich mich auch an solchen Stellen einer korrekten Übertragung befleißigt habe. –

Das Original der vorliegenden ›Gelehrtenrepublik‹ befindet sich in der Handschriftenabteilung der Stadtbibliothek Douglas/Kalamazoo; die danach hergestellten 8 Mikrofilme an den international dafür vorgesehenen Orten. Die deutsche Übersetzung wurde nach dem Exemplar Nr. 5 (Valparaiso) hergestellt.

Chubut, Argentinien, den 24. 12. 2008
Chr. M. Stadion

(…)

»*Ist es jetzt noch möglich, die Bibliothek* zu besichtigen?«. Es war immerhin schon 19 Uhr geworden, und die Sonne stand dicht überm Meer. (Aber sie hatten bis 20 Uhr geöffnet. »Jeden Tag?«: »Montag bis Freitag. Sonnabend nur am Vormittag. Sonntags auf Wunsch.«). / Zurück durch den Hain. Im Friedhof maß der Gärtner immer noch die Beete nach. Dann im offenen Kabriolett wieder heckwärts ; mir wurde ganz ›Unter den Linden‹ (waren auch vorschriftsmäßig viele ›Schöne Kinder‹ da !). Rum ums Rathaus. / »Und *welche* Bibliothek ?« : »Iss egal – : sagen wir in die linke hier !« (Was eigentlich die ›Rechte‹ war – nach Inselkoordinaten gerechnet.)

Türen & Treppen wie gehabt : Kommtkommt ! (Man geht im Leben durch vielzuviel Türen.)

Und hinein, geräuschlos, in den Lesesaal – wahrscheinlich überfüllt : ich hatte keine Lust, mich den vorwurfsvoll=gestörten Blicken von 811 Genien auszusetzen. (Oder nein : durch 2 : es gab ja 2 Bibliotheken. – Aber trotzdem : die kriegen's ja fertig, und lassen Einen im nächsten Buch als trampelnden Störenfried figurieren ! Also immer schön auf den Zehenspitzen !) …

… : ? … (und die Hand ans Kinn) :

der war leer ! ! Wie ausgekehrt ! ! – (Naja ; 's war schon zu spät. Essensstunde vielleicht.) / Und angekündigt war ich garantiert auch : dennoch : ich werde Euch schon erproben !

Hin zur Ausleihe : »Könnten Sie mir …« (ältlich ; aber mit machtvollsten Reizen, grauseiden überspannten, vinum pro sapientibus ; gar keine kleine Portion, trotz ihrer 55. Und ich begann unwillkürlich kokett zu lächeln : ? – Lächelte sie unverzüglich zurück : ! : »Oh, *da* muß ich Herrn Bibliotheksrat selbst holen !«. (Ein Schenkelpaar : rechts Thusnelda, links Messalina. Und dann gar noch von hinten ! !).).

Der Herr Bibliotheksrat ; und war ehrlich ergriffen : »Daß ich *das* noch erlebe ! : Daß sich Jemand Happel's ›Insulanischen Mandorell‹ herauslegen läßt ? ! – : *Einen* Augenblick bitte …« / Auf's Uhrröllchen sehen : 20 Sekunden (das interessiert Zeitungsleser immer, wenn es heißt : »In 2 Minuten 20 Sekunden lag's vor mir !«. Und warum eigentlich auch nicht : sehen sie wenigstens, daß – zumindest ein Teil – ihrer Steuergelder nicht unnütz ausgegeben wird !). / Wunderbare Einrichtung der Lesesaal : polierte Pulte aus Schönholz ; bequeme Sessel davor : 40 Sekunden. Um die Wände tausende von Nachschlagewerken ; oben noch eine Galerie ; also doppelt so viel, mindestens 20 000 ! : 60. (Eben erschien der Herr Rat wieder durch eine Tür : »Sofort : Moment !«. / Inzwischen ebbes aushorchen : »Wird wohl enorm benützt ? Sie haben gewiß viel Arbeit ?«. Er erhob nur 2 abwehrende Hände : »Aber nicht doch !« (Sehr höflich, der Mann ; dabei wartet er bestimmt auch auf den Feierabend). Aber er stockte ; er hatte noch etwas auf dem Herzen : »Sie sind seit Tagen der Erste, der ...« / »Der Erste ? Seit Tagen ?« fragte ich stirnrunzelnd. Und er sah verlegen herum : schon nickte ihm der Araberscheich kohlfinster zu : Los ! Zieh ihm den Zahn !

»Die Bibliothek wird=ä – relativ wenig benützt. – Von den Wissenschaftlern ja. Aber die Herren Dichter ... wir haben zur Zeit eigentlich nur 4 feste Benützer : 2 davon lassen sich ab und zu mittelalterliche Drucke herauslegen – mit Zauberzeichen und solchen Sachen – und starren dann eine halbe Stunde lang wie hypnotisiert darauf : zur Stärkung der Bildkraft vielleicht ; ich weiß es nicht. / Der Dritte versucht=ä kleinformatige Elzevire zu stehlen. / Aber der Vierte – nein, also das muß man sagen ! – der arbeitet wirklich sehr redlich ! Das macht Spaaß, dem einen ›Annuaire du Républicain‹ von 1793 rauszulegen ; oder ihn zu beraten : hat eine schöne Lektur, der Herr !«

»Ah, hier kommt der ›Happel‹ : Bitte sehr !« : 2 Minuten 20 Sekunden ! / Nahm ich also das alte Pergamentbändchen in beide Hände ... (auf dem Vorsatzblatt stand : ›Mister Richard Odoardo Grimer (1921 – 84) hat auf seine Kosten dies Exemplar antiquarisch erworben, und der IRAS zur Verfügung gestellt.‹ : auch 'ne Inselart, Geld zu schneiden ; geschickt. Oder zumindest nicht ungeschickt.) / Blätterte ich also in dem raren (?) Stück – (»Dochdoch ! : Es existieren, meines Wissens, nur noch fünf Exemplare davon. – Vielleicht in Privatbibliotheken noch einige.« versicherte der Bibliothekar) – über das mein Ur=Nebenahn mal'ne einstündige Rundfunksendung verfaßt hatte : was der auch so für Brotarbeiten fabriziert hat ! (»Sie sprechen Deutsch ?« : »Ja« ; ich nämlich.) / Cimelia von unschätzbarem Wert. / Und Kirchenbuchauszüge waren in zirka 10 Stunden da (tippende Funker ; rennende Pastorenfrauen : »Du, Mann : die IRAS hat angerufen : Schreibt, Herre, schreibt, damit Ihr bei der Pfarre bleibt !«).

Frage (und das war allerdings eine schwerwiegende ; es ging ja fast um den Sinn der Insel !) : »Demnach benützen die Dichter diese einmalige Chance : alle Bücher der Welt zur Verfügung zu haben ! – : nicht ? ?«

: Nichts : Gar nichts ! : »Die Kerls sind überhaupt keine ernsthafte Arbeit gewöhnt !« / Ich, wieder stirnrunzelnd : »Die *Kerls* ? !«. (Aber schon griff Ali Muhammed Ben Jussuf, Bensoundso, Ben=Zin, Ben=zol, ein : »*Wir* nennen sie, im gewöhnlichen Sprachgebrauch, nur ›Die Kerls‹.«)

»Die Dichter ?« : »Die Dichter !« – »Die Maler & Musiker ?« : »Die Maler und Musiker !« / Und – nach einem raschen Rundumblick im Lesesaal : nur wir waren noch anwesend ; dazu eine Tieck=Büste und die Sekretärin (also ein Chassis hatte die Frau : wie von den Römern erbaut !). – :

»Sie verlottern meist total ! Und sind am Ende ihrer ersten 2 Probejahre restlos fertig – nur mit einem Buch freilich nicht ! – Haben nichts gearbeitet ; nur genial gefaulenzt …« (der Kopte zählte erbarmungslos das ganze Alfabet her : ge=a, =b, =c, =det : eff vor allem !) … »und dann gehen sie weg, und machen *uns* schlecht !«. / Benützen also die unvergleichlichen Hilfsmittel hier nicht ? : »Gar nicht ! : Wer einen Fuß zu uns hereinsetzt, gilt ihnen nicht als ›echter Dichter‹ ; wird wohl auch verleumdet : daß er nur abschreibe. : Wegen Denen würde unsre Buchhandlung bankrott machen !« / Körperlich schlaff (hier nickte die Sekretärin walküren) : »Saufen wie die Reichsunmittelbaren ! Verludern ihr sämtliches Taschengeld in Alchozens …«*) / »Nein : nur die sogeschmähten ›Kalten Köpfe‹ fahren gut bei uns : lesen, produzieren die feinsten Sachen ; sind fleißig ; leben still für sich …« ; er nickte, und war schon mit dem erwähnten Einen zufrieden. / »Aber das ist doch furchtbar ? ! Da wäre ja der Zweck der Insel …«. Pause. Bis der Wüstensohn, Secret of the Sahara, meinen Satz festen Mundes abschloß : »Völlig verfehlt.« –

(*Dabei diese Geräte & Hilfsmittel ! : Mikrofilme* mit Projektionsapparaten in Pultform : man las mühelos auf der DIN A 4 Milchglasscheibe den vergrößerten Text ! Bücherbestellungen wurden per Funk innerhalb weniger Stunden getätigt. Alle Antiquare der Erde lieferten ihre Kataloge zuerst hierher, damit sich die Parnassiens nach Behagen aussuchen konnten : »Sinnlos : Niemand ! (immer außer dem erwähnten Einen, und der Bibliotheksverwaltung) kauft je etwas !«

»Wir werden immer mehr Depot.« – : »Na, das wäre ja auch schon äußerst wichtig.« sagte ich trübe. : »Jazweifellos !« bestätigte er freudig ; und, vertraulicher, der Happel hatte gewirkt like magic) : »Unter Uns : *ich* sehe darin seit *langem* unsere eigent-

* Arabisch für ›Überzieher‹. Dabei ist ja – meines geringen Erachtens – nichts begreiflicher, als daß ein armer Künstler die Gelegenheit wahrnimmt, sich schicklich neu einzukleiden: wie tief muß Der gesunken sein, der dem genialen Mitbürger den schützenden Mantel neidet !

liche Aufgabe !«. / Das muß man sich mal überlegen : jedes Buch, was man sich nur ausdenken kann – darunter viele, auf der übrigen Erde überhaupt nicht mehr erreichbare ! – ist binnen 2 Minuten 20 Sekunden da : *und die Kerls benutzen die Gelegenheit nicht !* (ich sagte selbst schon ›Die Kerls‹ !).

»Wie ist das denn in den Galerieen ? : Kopieren die Maler denn da nicht fleißig ? Studieren die Techniken der alten Meister ?« – Es lächelte nur wehmütig ; von links, von rechts, von vorn. Von hinten kam's wie knoblauchiger Samum : »Nur, falls Einer ein Motiv stehlen will.« (So eine verfluchte Unke !).

»Also Bücherdiebstähle kommen vor.« : er nickte sachlich : »Wie überall. Aber wir wissen ja, wer sie hat. Und Pakete müssen erst zollamtlich geprüft werden ; unter Kontrolle gepackt : sonst hätten wir die Gutenbergbibel oder kleinformatige Rembrandts allerdings am längsten hier gehabt.« / Und die unerläßliche Neo=Destur=Formulierung : »Die Kerls sind ja alle irgendwie ›kriminell‹.«

»Nein ; die Handschriftenabteilung hat leider schon geschlossen. – Übrigens : ›Gottfried Bennet‹ ! ? : Meinen Sie *Gordon* Bennet ; oder Gottfried *Benn* ?« (Da war ich ja schön reingefallen ! : Nee, Samuel Beckett auch nicht : »Lassen Sie nur, wenn schon zu ist. Ich komm' bei Gelegenheit nochmal vorbei.«).

Hier, das mußte ich noch sehen ! : »Das partiell – ä=zum größten Teil – ungedruckte Manuskript Ihres Vorfahren.« / »Aber ohne jede Frage : wo es doch heute Abend, extra Ihnen zu Ehren, im Schauspielhaus uraufgeführt wird : Nanú !« (Also muß ich nachher weißgott noch ins Theater. Und die Keilschriftkrakeleien des Alten konnte ich auch nicht entziffern ; den Titel allenfalls noch : ›Massenbach kämpft um Europa‹. – Ich hatte keine Ahnung gehabt, daß so etwas überhaupt existierte. – Aber denken können hätte ich mir's : daß mich um meiner *eigenen* schönen blauen Augen willen Niemand hierher geladen hätte !).

»Also aufrichtigsten Dank : Wirklich : You have given me much to think.« (Das kann man wohl sagen : hier hätte *ich* mal ein Jahr sorglos arbeiten mögen ! – Oder logen diese Bibliothekare nur ? Übertrieben, und waren gekränkt, weil nicht Jeder jeden Tag nach einem alten bankerotten Schmäucher angekrochen kam ? Also erst noch mal die andere Seite hören.). / Sie brachten mich, am Theater vorbei, hinein in die Verwaltungsstadt ; zu meinem Hotel.

HERMANN LENZ
Die Muse

Der Musiker Mathias Mandelsloh wohnte in Stettenheim, einem Dorf, nicht weit von der Ditzenburger Landstraße, die, glatt asphaltiert, der Stadt zueilt. Unterhalb einer in den letzten Kriegstagen gesprengten, nun aber aus Eisenbeton neu erbauten Brücke weist ein schiefer Wegzeiger unter Obstbäumen nach Stettenheim. Die Straße, die dort beginnt, kennen nur wenige, denn sie ist weißsandig und schlaglochholperig, wie früher alle Straßen hier gewesen sind.

Wer noch im vorigen Jahr dort weiterging, konnte einem Mann begegnen, der mit kurzen Fingern in sein struppiges, fuchsrot und grau meliertes Haar fuhr, im Gehen schnaubte, baßdröhnend sang und mit sich selber sprach. Er kam eingezogenen Genicks daher, aus aufgerissenen Augen glotzend, den Mund verschlossen, daß sich die Lippen überm Kinn wulstig vorwölbten. Ein Pferdegespann nahm hier einmal mit hochgeworfenen Schwänzen vor ihm Reißaus.

Dieser Mann war Mandelsloh.

Er wohnte in einem baufälligen Gartenhaus, das zum Flohbergerschen Anwesen gehörte. Flohberger, ein Raufbold und liederlicher Bauer, hatte es teuer an Mandelsloh vermietet, und der Musiker ließ jeden Herbst, bevor er in die Stadt zog, neue Fensterläden am Gartenhaus anbringen und schenkte die alten Flohbergers Tochter, die sich Anita nannte. Sie lenkte, eine Zigarette in geschminkten Lippen, den Bulldog oder – wie man heute sagt – den Traktor ihres Vaters. Nacktbeinig, den Rock über den Schenkeln gespannt, fuhr sie in der Früh an Mandelslohs Behausung vorbei und ließ den Motor knallen. Der Musiker stieß den Fensterladen auf, erschien im Nachthemd mit seinem Gnomenkopf und lächelte. Anita nahm die Zigarette aus den Lippen, rief: »Heut abend bin ich beim Polgreen!« und Mandelsloh ballte die Faust, zornrot, als wolle er mit dem Kopf die Mauer sprengen oder herunterspringen, die spöttische Anita vom Bock des fauchenden Bulldogs reißen und ins Gartenhaus schleppen. Aber dann kamen ihm immer Tränen in die Augen.

Anita fuhr ratternd weiter, und Mandelsloh rasierte sich am offenen Fenster. Zuweilen warf er Pinsel und Rasierapparat fort, durchwühlte seinen Tisch nach einem Bleistift und kritzelte krause Notenschrift auf den Fensterladen. Dieser Kritzeleien wegen schenkte er im Herbst, bevor er mit Sack und Pack in die Stadt zog, Anita die Fensterläden. Sie verschacherte sie in der Stadt an ihre Freunde, snobistische Jünglinge aus dem Funkhaus zumeist, gewann einen Batzen Geld dafür und erhielt sich mit diesen Fensterladen-Autographen des bekannten Komponisten Mathias Mandelsloh die Freundschaft ihrer Gönner, die – obwohl fast unempfindlich für die Reize einer Frau – Anita versprachen, sie würden sie noch einmal »beim Funk ganz groß herausbringen« und ihre Karriere als Fernsehstar sei eine klare Sache, nur müsse sie sich noch eine Weile gedulden, weil der Wind im Funkhaus augenblicklich noch etwas ungünstig stehe; aber wenn die rotblonde Programmdirektorin des Fernsehstudios, die Jo von Rappen hieß, endlich gestürzt sei, komme Anita obenauf, das sei schon lange abgemacht.

Polgreen war ein Mulatte und Jazztrompeter, der Mandelslohs Kompositionen spielte, ein von allen Seiten Geld scheffelnder Mann, der einen schwarzen Cadillac mit nickelblitzender Führergondel und grünen Scheiben fuhr, ein Straßenschiff, das, sobald es am Rand von Stettenheim auftauchte, das Dorf in fiebernde Erregung brachte. Und der Mann selbst, groß und braun, den Würde umgab, war Anita gegenüber von nachsichtiger Milde und versäumte nie, Mandelsloh, vor dem er sich jedesmal tief verneigte, wenn er ihn im Flohbergerschen Gartenhaus besuchte, zu versichern, daß er niemals mit Anita –. »Oh, du es doch solltest allmählich wissen. Ich dir nie wegnehme, Fräulein Flohberger!« Und er lachte leise, Mandelsloh schnaubte, stieß mit den Fäusten in die Luft, faßte den Tisch an, auf dem zwischen Notenbündeln und Papierfahnen Geschirr stand, und ließ ihn krachend in die Ecke sausen. Kaffee floß in die Manuskripte, die Polgreen hervorzog, mit seinem Taschentuch abwischte und zum Trocknen aufs Fensterbrett legte. Grimmig lachte Mandelsloh, zerriß die Noten und warf sie in den Garten.

»Unsere Sonate! Hinaus auf Flohbergers Misthaufen, daß die Ratten sich drin paaren! O du, du –«

Mandelsloh verstummte, stellte sich in die Ecke neben dem zerwühlten Bett und kaute, ein beschämtes Kind, an den Nägeln seiner Fingerstummeln. Dann ließ er sich von Polgreen in den Garten führen, wo beide die Papiere einsammelten und Polgreen sagte, er werde sie zusammenkleben, denn für das Konzert morgen abend im Funkhaus, wo die Sonate gespielt werden sollte, mußte die Partitur fertig sein. »Willst du?« fragte Mandelsloh, die Blätter über dem Kopf schwenkend. »Dieses Krötengeunk willst du spielen,

Polgreen? Oh, ihr, die ihr nichts ahnt von der Woge, mit der ich euch überschwemmen werde! Nein!« Und er zerriß die Noten in winzige Fetzen und warf sie in die Senkgrube.

Polgreen lächelte: »Good ... very good. So es ist recht. Du wirst schreiben bessere Musik.« Mandelsloh sah ihn entsetzt an und stürzte davon, die Hände an die Schläfen gepreßt.

Der Mulatte ging zu seinem Wagen, schloß ihn auf und setzte sich ans Steuer. In ein Heft, das Notenpapier enthielt, schrieb er Notizen über den letzten Satz der Sonate auf, den Mandelsloh heute zerrissen und als »Krötengeunk« bezeichnet hatte. Heut war sie abgeschlossen worden, Mandelsloh würde sie neu schreiben, und er, Polgreen, würde ihn morgen abend im Auto zur Premiere ins Funkhaus fahren.

Polgreen steckte sein Heft ein, zündete sich eine Zigarette an und ließ den Motor anlaufen, als Anita in den Wagen schlüpfte und »Hällou« sagte. Er nickte ihr zu, gab ihr sein Zigarettenpäckchen, und so, rauchend und bequem in die Sitzpolster gelehnt, fuhren sie der Stadt entgegen.

»Hat er wieder getobt?« fragte Anita.

»Ja, er hat.«

Anita lachte über Mandelsloh, während Polgreen unbewegten Gesichts den Wagen lenkte. Das Mädchen schien den Musiker zu verachten. Polgreen sagte zu ihr: »Von uns wird übrigbleiben nur ein Grabstein, er aber lebt schon hier in einem andern Reich.« Er fügte das Wort »Unsterblichkeit« hinzu und sagte: »Du lebst nur in deinem Fleisch und Blut, Anita. Das ist nicht viel.«

Sie schwieg. Er dachte, daß sie den Mund halte, sei ein gutes Zeichen. Wenn im großen Sendesaal des Funkhauses, wo er vor Mandelsloh, der ihn auf dem Flügel begleitete, die Trompete emporhielt, schreiende Rhythmen die Zuhörer aufpeitschten, die mit den Schultern zuckten und Hände und Beine schlenkernd rührten, als würden sie an unsichtbaren Marionettenfäden emporgerissen, die Ekstase der Rhythmen befreie sie von ihrem Fleisch und Blut und ihre Leiber spüle eine unsichtbare Woge hinweg, dann brach Mandelsloh plötzlich ab, drehte sich auf seinem Stuhl um und schrie, die Fäuste schüttelnd: »Oh, ihr verführten Kinder!« Später, wenn er schweißtriefend im Künstlerzimmer stand, viele Gläser mit Wasser hinunterstürzte, während draußen die Menge tobte, flossen ihm Tränen über die Backen und er sagte zu Polgreen, seine Musik könne die Menschen nicht erlösen und darum müsse sie bald ins Feuerflüssige hinunterfahren, aus dem sie aufgestiegen sei. »Ich, der

Knecht des Feuers!« rief er mit gedunsenem Gesicht. »Mein Urteil heißt: Verdammnis!« –

»Wenn es morgen gut geht, haben wir Glück gehabt«, sagte Anita.

»Ich möchte nicht stecken in deiner Haut. Du bist schuld, daß er sich zerstört.«

»Besäß' er mich, so schrieb' er nichts mehr.«

Der Mulatte hob die Hand vom Steuer: »Ob er keine Erfüllung haben soll im Fleisch? Niemand weiß es.«

Es hieß, Künstler dürften im Irdischen nichts erreichen, sie müßten ihr Leben opfern, um Großes zu vollbringen wie gewisse Vögel, die am schönsten sangen, wenn sie in dunkle Kästen gesperrt wurden. Es gab Beispiele, die eine solche grausame Ansicht bestätigten, aber niemand wußte, wie viele eine unerbittliche Lebens-Sonne ausgedörrt hatte. Die Feuchtigkeit der Liebe war ihnen versagt geblieben. Es nützte nichts, darüber nachzugrübeln, und vielleicht vermochte er, Polgreen, der sich aufgerichtet hatte aus dem Menschenschlamm der Neuen Welt, seinem Freund durch Güte die scharfe Hitze seiner Besessenheit zu mildern. Und dann: diese Anita, die lebenshungrig und begierig schien, der heimatlichen Dumpfheit zu entrinnen, die glaubte, es sei ihrer Karriere schädlich, Mitgefühl zu zeigen, und es komme darauf an, unbeteiligt zu erscheinen und jeden Schritt zum Erfolg kühlen Sinnes zu berechnen – wie sah es wirklich in ihr aus? »Man muß sich in der Hand haben«, war eine ihrer Redewendungen, und Polgreen wußte, wie froh sie war, daß ihre Kollegen im Fernsehstudio für eine Frau meistens nur kameradschaftliches Wohlwollen empfanden. »Ihr seid meine besten Freunde: ihr riecht gut und wollt nichts von mir haben«, pflegte sie zu sagen, wenn sie spät in der Nacht nach anstrengendem Schauspielunterricht im Fernsehstudio auftauchte, um »den Kontakt nicht zu verlieren.« Tagsüber trieb sie das verlotterte Anwesen ihres Vaters um. Man dachte, sie sei haltlos und leichtsinnig, obwohl ihr eine seltene moralische Härte eigentümlich war, aber sie gab sich zynisch, und Polgreen wußte, daß es notwendig war, ihr glauben zu machen, man hielte sie gewissermaßen für verworfen.

Polgreen war verheiratet und hatte ein Kind, ein Mädchen.

»Du lebst unangefochten, Polgreen. Du bist zu beneiden«, sagte Anita.

»Ja, ich immer gewesen bin ein Bürger. Deshalb mich anziehen so hintergründige Frauen wie Anita.« Er lächelte.

»Mandelsloh ist ein armer Hund«, sagte sie.

»Endlich du es einsiehst, Anita. Du ihm mußt helfen.«

Sie schwieg. Ihr Gesicht wurde ernst und hart. Er dachte: Wenn sie mit achtzig im Betstuhl der Stettenheimer Kirche sitzt, wird ihr Gesicht wie aus Holz geschnitzt aussehen.

Sie sagte: »Es soll geschehen wie du es wünschst, Polgreen.«

Sie sprachen dann noch über Bauernarbeit, und Anita sagte, bei solchem Wetter, feuchtwarm mit Regengüssen, sei es im Frühling schwierig, den richtigen Tag fürs Pflügen zu erraten, damit die Erde am Pflugeisen nicht schmiere.

Man kam in die Stadt, über die der Abend herabsank, ein Feuervorhang mit dunkeln Wolkenfransen, die die Türme zu berühren schienen; über den Hügeln dehnte sich die Aura eines rosigen Dunstschleiers. Im Funkhaus brannten Neonlichtröhren, und das Gebäude glich einem mächtigen Bienenstock mit lilafarben erleuchteten Waben. Anita suchte ihr Fernsehreich auf, das Studio, das erfüllt war von fünfundvierziggradiger Trockenluft, eine hohe Halle, wo sich Kabelschnüre am Boden ringelten und im hitzeziehenden Scheinwerferlicht die Kamera an einem Eisenarm wie eine Schildkrötenfaust einschwenkte. Mit grell bemalten Kulissen war der Platz eines italienischen Dorfs aufgebaut, rot und grün gestreifte Markisen hingen vor einer Trattoria, und an Marmortischen mit geschweiften Eisenfüßen saß eine bunte Sommerfrischen-Gesellschaft. Weinranken aus bemaltem Blech wanden sich um die Fenster, hinter denen ein Lattengerüst die Kulissen stützte. Alles sah abgenützt und schäbig aus. Jemand spielte träg auf einem Klavier, Chopin. Ameisengeschäftig eilten Techniker vorbei, und in einem Nebenraum, einer Koje, wo ein Büro aufgebaut war, unterhielten sich durch zwei Telephone ein Knabe und ein Mädchen, sonnenbraun geschminkt und in Sommerkleidern. In einem Ledersessel schlief, steif ausgestreckt und mit bleich erstarrtem Gesicht, ein junger Mann, der eine anthrazitschwarze Haartolle trug. Anita faßte ihn an der Schulter. Er zuckte zusammen, riß die Augen auf und sagte:

»Oh, du bist es ... Endlich ist ihr gekündigt worden.«

»Jo von Rappen?« Der junge Mann nickte. »Das haut hin. Wie habt ihr's gemanaget?«

Sie erhielt keine eindeutige Auskunft, weil es gefährlich für den jungen Mann war, Einzelheiten über eine sorgfältig gesponnene Intrige zu erzählen, in der sich die rotblonde Programmdirektorin des Fernsehstudios nun doch verfangen hatte, nachdem ihr viele fähige Mitarbeiter Netze, Schlingen und Fußangeln gelegt hatten. Endlich war es geglückt, und der Mann mit den Kohle-Haaren, der sich vor ihr in einem schwarzen Hemd und engen Samthosen gähnend aufrichtete, tief eingegrabene Augenschatten im gipsernen Gesicht, war an die Stelle der verhaßten Rotblonden getreten. Ihm hatte Anita zwei Fensterläden des Flohbergerschen Gartenhauses mit Bleistiftentwürfen der berühmten Mandelslohschen C-Dur-Symphonie geschenkt, und er hatte sie in seinem Atelier – denn er bewohnte ein Atelier, wo entzückende Feste mit befreundeten Kollegen (Damen verkehrten nicht bei ihm) gestartet wurden – als Wandschmuck aufgehängt.

»Du glaubst, ich kann bald bei euch einsteigen, Kai?«

»Übermorgen, Anita.« Und er erzählte von seinem Freund, dem Frauenarzt, der übermorgen eine Plauderei über Schaufenster-Dekorationen à la Chagall im Abendprogramm leiten werde, und bei der Anita ihm witzig assistieren solle. Man lachte zusammen. Anita ließ sich das Rollenheft geben. Bevor sie ging, stieß sie mit Kai, der aus dem Starmix seinen berühmten »Heure-bleue-Coctail« hervorzauberte, auf ein gutes Gelingen ihrer künftigen Arbeit an.

Wußte Kai, daß sie eine andere war als die sie ihm vorspielte? Bestimmt, obwohl er nie mit ihr darüber sprach. In der Bruthitze des Studios verbrachte er seine Jugend. »Anita hält uns alle für sympathische Schemen«, hatte er einmal gesagt. Mehr nicht. Und wie war es zwischen ihr und Mandelsloh? Da gab es nichts, was der Überlegung wert gewesen wäre. Morgen abend, nach seinem Konzert mit Polgreen, ging sie zu ihm ins Gartenhaus.

Die Augen zusammengezogen, die schweren Lippen fest aufeinandergepreßt, verließ sie das Fernsehstudio. Was sie empfand und dachte, wußte nur einer: Mandelsloh.

Anita ging in ihre Schauspielschule und fuhr in der Nacht nach Stettenheim zurück.

Am Morgen sah sie den Musiker nicht. Sie fuhr wie jeden Tag mit dem Traktor am Gartenhaus vorbei und ließ den Motor knallen, aber die Läden blieben fest verschlossen. Kein Gnom erschien im Nachthemd, das zerwühlte Haar wie eine schlechtsitzende Perücke gesträubt, denn Mandelsloh saß am Tisch und schrieb. Die Lampe brannte. Er dirigierte mit wildem Armwerfen, prustete und brummte, riß die Augen auf und schrieb grimmig verbissenen Mundes. Viele Seiten waren mit Noten-Saaten bedeckt. Manchmal lachte der Musiker, weil er an Polgreen dachte, der dieses Hagelwetter spielen sollte, das er nun auf das Papier niedergehen ließ. Aber es sollte heute abend alles zugrund geblasen werden. Die Fischblasen in den Brüsten der Zuhörer mußten platzen. Fischblasen statt der Herzen hatten sie. Ein Exempel der Verdammnis war zu statuieren, Statuen mußten umgeschlagen werden und Staub mußte staunende Münder stopfen. Gehirne gerannen zu Gips. Die Sonne gebar einen schwarzen Widder. Nur eine wußte es. Eine wußte alles. Eine.

Schluß.

In Flügelbuchstaben schrieb er FINIS unter das Blatt und lachte. Zu Ende. Aus. Für immer. Sein Vermächtnis. Keine gute Hinterlassenschaft, kein besänftigender Abschluß. Aber heutzutage besänftigte nichts.

Er stand auf, tunkte den Kopf ins Waschbecken und trottete mit triefenden Haaren zum Bett. Dort ließ er sich fallen und schlief ein.

Im späten Nachmittag ging er, nachdem er sich rasiert und im Wirtshaus gegessen hatte, den weißen Weg zwischen Obstbäumen nach der Ditzenburger Landstraße zu, sang und gestikulierte wie es seine Art war. Er redete laut mit sich selbst, rief Worte wie »Krötengeunk«, drohte mit geballter Faust und bemerkte nicht das Pferdegespann, das sich näherte und nun stillstand, obwohl der Bauer auf dem Bock die Peitsche knallen ließ. Mandelsloh ging weiter, schäumte und tobte, das Gesicht rot überlaufen, als plötzlich die Pferde ihre Köpfe lang vorstreckten, die Ohren zurücklegten und, den Wagen durch die regenpfützigen Schlaglöcher werfend, heranstampften. Ein weit aufgerissenes Auge und über langen Zähnen emporgerissene Pferdelefzen huschten wie Traumfetzen vorbei, dann traf ihn ein Hufschlag und er sah nichts mehr.

Abends fuhr Polgreen in seinem Wagen am Gartenhaus vor. Er ging hinein und fand den Toten, auf das Bett gelegt. Anita war bei ihm und erzählte, er sei zu sich gekommen, habe gelächelt und etwas geflüstert, von dem sie nur die Worte: »Meine … Muse« verstanden habe. Dann sei er gestorben.

WOLFDIETRICH SCHNURRE
Eine Rechnung, die nicht aufgeht

Nicht, daß Lohse ein Mensch ohne Mitleid gewesen wäre; Lohse gab, wenn er Kleingeld hatte, jedem Bettler etwas, und er gab auch, wenn es schon dämmerte und es niemand mehr sah. Aber mit Herriegel das, fand er, ging zu weit. Gewiß, Herriegel war sein Schulkamerad, Herriegel war ein aufmerksamer Geburtstagsbehalter und im Grunde, trotz dieser Urkundenfälschung, ein Mann, dem Lohse immer vertraut haben würde. Aber ihn deshalb im Gefängnis besuchen? Wie diese Madam Herriegel sich das vorstellte. »Er freut sich, Herr Lohse, was meinen Sie, wie er sich freut!« Einen Dreck würde er; Herriegel war ein Charakter. Verlegen werden würde er, wenn Lohse ihn besuchen käme, das war alles. Nein, Lohse würde warten, bis Herriegel seine fünf Jahre herum hatte und dann tun, als wäre nichts weiter geschehen: *so* verhielt sich ein Gentleman. Frau Lohse war jedoch anderer Meinung, und da sie sie sehr pointiert vorzutragen verstand, setzte sich Lohse eines Sonntags, obwohl es trübe war, eine Sonnenbrille auf, zog sich die Hutkrempe ins Gesicht und fuhr hinaus.

»Hinaus« fand er, war der richtige Ausdruck, noch mehr hinaus ging es eigentlich kaum noch; die Straßenbahn hielt vor einem Prellbock, dessen Erdaufwurf mit Kamille und Hederich bewachsen war, etwas weiter wurde die Straße von einem ölfleckigen Flüßchen durchschnitten, aus dem, wie das Gerippe eines gestrandeten Wals, die Überreste einer gesprengten Brücke heraussahen; ringsum war Feld und rechts ragte, hinter einem Gebirge aus verrosteten Konservenbüchsen, das Backsteingeviert des Gefängnisses auf.

Lohse wartete, etwas nervös geworden über den engen Kontakt, den die übrigen Gefängnisbesucher miteinander hatten, bis der letzte in den holprigen Fußpfad eingebogen war, dann sah er sich um und schloß sich zögernd dem Besucherstrom an. Er versuchte aus sich klug zu werden. An sich gehörte er zu jener Kategorie Menschen, denen das immer gelang. Heute jedoch bereitete es ihm Schwierigkeiten. Ihm war unbehaglich zumute. Aber merkwürdigerweise ging dieses Unbehaglichkeitsgefühl irgendwo auch in ein angenehm-aufregendes Prickeln über. Das Unbehagen, glaubte er, rührte von der Vorstellung her, als zufällig unbescholtener Mensch vor einen zufällig bescholtenen hintreten zu müssen; er hatte es schon zuhause gehabt und deshalb auch extra seinen abgetragensten Anzug gewählt. Jenes Prickeln jedoch hatte sich eben erst eingestellt, und er hatte nicht die mindeste Vorstellung, worauf man es hätte zurückführen können. Nun, er würde jedenfalls auf der Hut sein; denn Lohse haßte nichts so sehr wie ein unkontrolliertes Gefühlsleben.

Vor dem Hauptportal des Gefängnisses erwartete ihn eine Zeremonie, die ihn um ein Haar zur Umkehr bewogen hätte. Der talggesichtige Wärter wollte (was Lohse noch einsah) nicht nur den Namen des zu Besuchenden, er wollte (und das sah Lohse nicht ein) auch den des Besuchers wissen, und da er schlecht hörte oder Lohse nicht leiden konnte, sah der sich gezwungen, seinen Namen so laut zu sagen, daß glücklich alle ihn hörten. Immerhin konnte Lohse nun wenigstens seine Sonnenbrille abnehmen und sich den Hut wieder normal aufsetzen; was auch etwas wert war, denn es hatte ihn schon in der Straßenbahn unsicher gemacht.

Nun schloß der Wärter das Portal auf, und Lohse sah auf den pfützenbedeckten Wirtschaftshof. Vom Hauptgebäude herüber kam eine Schar schlüsselbundklappernder Wärter; sie hatten dieselbe ungesunde Gesichtsfarbe wie der Pförtner, und Lohse haßte sie vom ersten Augenblick an, gestand sich jedoch im selben Atemzug ein, seine Abscheu richtete sich nicht gegen die Wärter, sondern gegen eine Gesellschaft, die solche Wärternaturen heranzog.

Lohse wurde einem sehr jungen Wärter zugeteilt, er hatte die Mütze schief auf dem linken Ohr und trug spiegelnde Schäfter. Ein graubärtiger Alter hatte in Lohse den Novizen erkannt und erklärte ihm, indes sie den Hof überquerten, was sich dort hinter der rechten Mauer erhöbe, sei die Frauenabteilung, und was hinter der linken Mauer dort aufrage, sei die Schwere Abteilung. Bei dieser Bezeichnung spürte Lohse wieder jenes merkwürdige Prickeln, das ihn vorhin schon befallen hatte; ärgerlich verbat er sich des Alten Belehrung, doch da er wußte, sein Ärger galt nicht dem Alten, sondern sich selbst, wuchs sein Zorn nur noch mehr an, und er vergaß ihn erst wieder, als sie drüben im Hauptgebäude die zwielichtige Eisentreppe hinaufstiegen. Auf halbem Wege kam ihnen ein Trupp Gefangener entgegen. Lohse war sehr enttäuscht, in ihren Gesichtern weder etwas von schwelender Rebellion noch von versklavtem Freiheitsdrang zu entdecken, es waren biedere Durchschnittsgesichter, ihre Träger hätten hinter jedem Postschalter sitzen können.

Der junge Wärter brachte seine Besuchergruppe in einen dürftig erhellten Raum, der durch ein engmaschiges Gitter in zwei Hälften getrennt war. Lohse hatte plötzlich einen Geschmack auf der Zunge, als hätte er an einer Messingstange geleckt, und etwas erstaunt stellte er fest, daß sich sein Pulsschlag zu erhöhen begann. Es schien jedoch weniger die bevorstehende Konfrontierung mit Herriegel zu sein, die das bewirkte, als die unmenschliche Sachlichkeit des Raums, der nichts aufwies als auf jeder Seite zwei Spucknäpfe und eine Reihe unsauberer Hocker. Auch der Geruch war unmenschlich. Am unmenschlichsten aber, fand Lohse, war das von der Decke bis auf den Fußboden reichende Gitter. Ein merkwürdiges, mit heftigem Kopfjucken verbundenes Schamgefühl übermannte ihn plötzlich bei der Vorstellung, dieses Gitter, sonst zur Einzäunung von Grundstücken gebraucht, diene hier dazu, sogenannte ehrliche

Menschen von sogenannten unehrlichen zu trennen. Er spürte, er mußte sich abzulenken versuchen, wenn er nicht Gefahr laufen wollte, aus der Rolle zu fallen.

Die übrigen Besucher schienen weniger empfindlich zu sein. Ein paar gingen summend oder leise vor sich hinpfeifend auf und ab, andere standen in kleinen diskutierenden Gruppen beieinander, und einer hatte sich einen Hocker unter die Glühbirne gezogen und las Zeitung. Jetzt klapperte drüben ein Schlüsselbund, eine Tür wurde aufgestoßen, und einer nach dem andern traten die Gefangenen ein. Lohse wurden die Handflächen feucht, er hatte die Lippen zusammengepreßt und starrte mit dem Gesichtsausdruck eines bockigen Kindes bewegungslos auf einen rostigen Nagel, der hinter dem Gitter aus der gegenüberliegenden Wand ragte.

Lärmen und Lachen füllte plötzlich den Raum, dicht drängten sich Besucher und Besuchte ans Gitter, und während diese eine Saloppheit zur Schau trugen, die Lohse ins Herz schnitt, versuchten jene ihre Befangenheit hinter einem krampfhaften Aufgekratztsein zu verbergen. Lohse hatte sich vorhin bei dem Wunsch ertappt, Herriegel möge krank oder doch wenigstens nicht empfangsfähig sein, und allem Anschein nach schien dieser Wunsch auch in Erfüllung gegangen zu sein, denn eben schloß der Wärter die Tür wieder ab und kam herüber. Er sagte, Herriegel liege im Revier, und Lohse möge sich einen Augenblick gedulden, man werde ihn zu ihm führen. Lohse brachte der wegwerfende Ton auf, in dem der Mann über Herriegel sprach. Nur mühsam bezwang er sich, nichts Ausfallendes zu sagen, und als jetzt ein anderer Wärter in einem hellgrauen Drillichanzug laut Lohses Namen rief, vergaß er ganz, sich über diese neuerliche Inkognitolüpfung zu ärgern, so angestrengt versuchte er, den ersten Wärter seine Verachtung spüren zu lassen. Aber der Wärter achtete nicht mehr auf ihn, und so blieb Lohse nichts weiter übrig, als seinem neuen Führer zu folgen.

Während sie durch die dämmrigen Gänge schritten, die Treppe hinabstiegen und schließlich wieder auf dem Hof ankamen und zu dem etwas abseits liegenden Reviergebäude hinübergingen, fragte Lohse, den das etwas unbeteiligte Gesicht des Wärters zu ärgern begann, was Herriegel denn fehle. Was ihm schon fehlen solle, antwortete der Wärter. Lohses Handflächen kribbelten, er kniff die Lippen zusammen und griff sich an die Krawatte. Doch sein Zorn schlug im Nu in Bestürzung um, als der Wärter jetzt, nachdem sie in den chlorstinkenden Flur des Reviergebäudes getreten waren, eine Tür aufschloß, und Lohse in dem einzigen belegten Bett des

Raums einen Herriegel erkannte, wie er ihn sich noch nicht einmal vorgestellt haben würde, wenn man gefragt hätte, wie er glaube, daß Herriegel, der jetzt fünfzig war, mit siebzig aussehen würde. Seine Wangen waren eingefallen, ein schmutzig-grauer Bart überzog die kantigen Kiefer, die fahle Stirn wirkte zerbrechlich wie eine japanische Teetasse, und wäre nicht das unstete Zucken der Augenlider gewesen, Lohse hätte geglaubt, am Bett eines Toten zu stehen.

Er hakte seinen Spazierstock in die Eisenrosette am Fußende der Bettstelle ein und beugte sich zu dem Kranken: »Menschenskind, Herriegel!« Herriegel lächelte schwach und lud ihn mit einer kraftlosen Geste seines abgemagerten Arms – das Handgelenk wies einen Verband auf, registrierte Lohse mechanisch – zum Sitzen ein. Was denn um alles in der Welt geschehen sei, fragte er heiser und setzte sich auf die äußerste Kante der Bettstelle. Herriegel hob matt seine Arme. Auch das andere Handgelenk, sah Lohse jetzt, war bandagiert. »Sie kamen zwei Minuten zu früh«, sagte Herriegel, und da der Anflug eines Lächelns dabei über sein Gesicht geisterte, verstand Lohse ihn nicht gleich. Er räusperte sich: »Wer kam zwei Minuten zu früh.«

In diesem Augenblick drehte sich der Wärter um und sagte, sie müßten ein Ende finden, die übrigen Besucher würden eben wieder über den Hof zum Ausgang geführt. Aber er sei doch noch nicht mal fünf Minuten hier! sagte Lohse, der nun doch die Beherrschung verlor. Das interessiere ihn nicht, antwortete der Wärter; er ging zur Tür und sperrte sie auf: er habe sich an die Bestimmungen zu halten. Lohse war weiß geworden, das Herz schlug ihm im Hals mit einer Resonanz, als sei es in einen Brunnen gefallen. Steif stand er auf und griff nach seinem Spazierstock. Die Krücke hatte sich in den Arabesken der Eisenrosette verfangen, Lohse brauchte fast eine halbe Minute, ehe er sie herausgelöst hatte. Er wagte nicht, eine von Herriegels zerbrechlichen Händen zu berühren; so beugte er sich, die Ellenbogen eng an den Leib gepreßt, nur unbeholfen zu ihm herab und sagte heiser, er werde am nächsten Sonntag wiederkommen. Herriegel schien ihn nicht verstanden zu haben, er sah an ihm vorbei und bedankte sich murmelnd, daß Lohse gekommen sei. Lohse wollte noch etwas antworten, aber das ungeduldige Räuspern des Wärters verschlug ihm die Stimme. Er richtete sich auf und ging mit summenden Schläfen zur Tür.

Er war nicht der Letzte; als er sich etwas abseits von der Besucherschar an die Wand lehnte und sich den Schweiß von der Stirn tupfte, sah er noch eine weitere Gruppe, von einigen Wärtern eskortiert, über den Hof kommen. Diese schien nun allerdings die letzte zu sein, denn der Pförtner klapperte bereits unfreundlich mit dem Schlüsselbund. In der Mitte des Hofs blieben die Wärter stehen und warteten, bis sich die Gruppe mit der am Haupttor vereinigt hatte, dann verschwanden sie hinter dem Hauptgebäude, der Wärter schloß das Tor auf, und die Besucher drängten hinaus.

Lohse wollte die andern erst vorlassen und starrte mit brennenden Augen über den Hof. Da sah er plötzlich: über die scherbengespickte Innenmauer, die die Schwere Abteilung vom Wirtschaftshof trennte, griffen zwei Hände hinweg, ein kahlgeschorener Kopf wurde sichtbar, ein drillichbekleideter Oberkörper, ein Bein, und dann stieß der Sträfling sich ab und landete in Hockstellung auf dem rissigen Pflaster des Wirtschaftshofes. Sekundenlang verharrte der Mann wie ein Sprinter am Startloch; dann schoß er heran: zwei, drei rudernde Armschläge, und er hatte den Schwarm der Hinausdrängenden durchbrochen. Unmittelbar darauf begannen die Alarmsirenen zu heulen, und Lohse sah, wie in die Besucher draußen Bewegung kam, es war, als höbe sie eine Welle auf und spüle sie dem Fliehenden nach; eine Bewegung, die auch auf Lohse eine magische Anziehungskraft ausübte; und ehe er sich noch hätte Rechenschaft geben können, was in ihm vorging, hatte der Sog ihn erfaßt und durch das Tor auf die Straße geschwemmt, wo er sich blindlings in den Strom der Verfolger warf und, getragen vom keuchenden Atem der Masse, gestoßen von ihren Schreien, gejagt vom Trappeln der Schritte, bis zur Besinnungslosigkeit angefeuert vom Lärm der Sirenen, immer mehr Verfolger überholte, immer mehr abhängte und schließlich hechelnd, aber einen irren Triumph in der Kehle, bis in die Spitzengruppe hinein vorstieß.

Lohse hatte nie gewußt, daß er mit seinen vierundvierzig Jahren noch ein so guter Läufer war, er hatte sich immer für einen unsportlichen Typ gehalten; aber nun stellte es sich heraus, daß er selbst den Läufern der Spitzengruppe noch überlegen war. Schon führte er sie an, jetzt hängte er sie ab, und nun mischte sich immer deutlicher in das dumpfer werdende Getrappel im Rücken ein neues, weitaus erregenderes Geräusch: das stoßweise Keuchen des Fliehenden. Immer näher kommt Lohse ihm, immer härter arbeitet er sich an ihn heran. Sein Gesicht glüht, sein Atem pfeift, die Kravatte knattert ihm um die Ohren, er schwingt seinen Stock, jetzt stößt er einen heiseren, unartikulierten Laut aus, der Griff des Spazierstocks fährt dem Fliehenden zwischen die Beine, Lohse spürt einen Riß in der Schulter, der Fliehende stürzt, Lohse mit, Lohses Kopf schlägt auf einen Stein, einen Augenblick wird es dunkel um ihn, dann kommen Schritte, ein Motor heult auf, Stimmen sind da, Lohse spürt, man hebt ihn auf, er blinzelt: er sieht sich um.

Er stand auf dem Feld. Vor ihm hob sich träge ein Krähenschwarm auf. Zum Gefängnis hin wimmelte es von Menschen, auch die Straße war voll von ihnen: Wärter, Polizisten, Gefängnisbesucher. Die Straße, sah Lohse jetzt, war mit abgestorbenen Ulmen bestanden. Dort, wo der Fliehende von ihr abgebogen war, lag ein Motorrad in den Brennesseln, sein Vorderrad drehte sich noch. Der Gefängnisarzt und der Direktor mußten mit ihm gekommen sein; sie waren die einzigen unter den Umstehenden, die nicht außer Atem waren. Der Gefängnisarzt hatte sein Stethoskop in den Ohren, er kniete neben dem Sträfling und hatte ruheheischend die Hand erhoben.

Der Sträfling lag auf dem Bauch; seine Arme waren blutig, er mußte sie sich beim Überklettern der Mauer verletzt haben. Neben den beiden stand der Direktor. Lohse, der alles um sich her mit fotografischer Genauigkeit aufnahm, glaubte jedenfalls, daß es der Direktor sein müsse. Es war ein kleiner, grauhaariger Mann mit nervös zuckenden Brauen und einem empfindsamen Mund, er rieb seine Brille blank und sah dabei blinzelnd auf den Gefängnisarzt nieder. Lohse merkte erst jetzt, daß zwei Wärter ihn stützten; er machte sich los; aber er fühlte sich so ausgehöhlt, daß er zu schwanken begann. Darauf griffen ihm die Wärter abermals unter die Arme. Diesmal ließ Lohse es zu; er hielt den Atem an und sah starr auf den Rücken des Arztes. Es war ein breiter, verläßlicher Rücken; Lohse dachte, daß man Vertrauen zu ihm haben könne. Da hob der Arzt seinen Kopf. »Herzschlag«, sagte er achselzuckend.

HORST BIENEK

Traumbuch eines Gefangenen

La réalité n'existe que dans le rêve
MARCEL PROUST

An einem Tag im Jahre 1951

Du bist jung, einundzwanzig erst, und du gehst friedlich deinen Weg zum Kolleg; plötzlich wirst du von Pistolen bedroht und in einen nassen, muffig riechenden Kerker geworfen, der Staat steht vor dir, breitbeinig und ein wenig fett, mit dem roten Stern an der

Uniformmütze und sagt: Du bist mein Feind und mußt vernichtet werden. Du denkst, *mein Gott, warum das alles, ich habe doch nichts Böses getan;* an den Wänden deiner Zelle findest du Namen eingekratzt, unter den meisten von ihnen steht *Todesurteil* und ein Datum, das so erschreckend nah zurückliegt, daß dir das Blut in den Adern erstarrt, und du stellst dir vor, mußt dir vorstellen, daß diese Menschen vielleicht in dieser Stunde erschossen werden oder irgendwo in einem lichtlosen Keller auf die Schritte des Exekutionskommandos warten, und du denkst: *Das ist die Hölle.*

Das erscheint dir noch schlimmer als der Tod, und du fragst mit zuckenden Lippen: wenn ich wirklich tot wäre, bliebe noch die Aussicht, ins Fegefeuer zu kommen oder sogar in den Himmel (so hat man es dich früher gelehrt, aber heute erst glaubst du daran), du wärest die Hölle los, denn die hast du, und du nimmst fest an, daß Gott dein abendliches Gebet vernommen hat, sicher nicht verdient. So gibt es Situationen und vornehmlich dann, wenn du den Tag in stundenlangen Wachträumen verbringst, in einem Zwischenreich des Diesseits und Jenseits schwimmend, wo dich der Wunsch des finis-du-tout so stark und begehrlich überkommt, daß du dich gleichsam in einem Verströmen, in einem Verbluten, in einem Entwesen fühlst, aber nur ein Blick auf das drohende schwarze Gitter, nur ein bewußter Atemzug in der Stickluft deiner Exkremente belehrt dich, daß die Hölle noch da ist ... und du kannst aus dieser Hölle nicht heraus, man hat dir den Gürtel genommen, man hat dir die Schnürsenkel genommen, den Schal ... es ist nichts da, nicht einmal ein Scherben, denn auch der Eßnapf ist aus Blech, und in der Monotonie eines regelmäßig ablaufenden Uhrwerks klappt von Zeit zu Zeit der Spion an der Tür, und ein blödes Auge betrachtet dich für Sekunden forschend, musternd, mißtrauisch.

Man hat dich in eine Einzelzelle gesperrt, und du bist allein mit deinen Zweifeln, deiner Angst, deinem Zorn und deiner Trauer, der Trost ist aus diesen Winkeln verbannt, du suchst ihn überall, aber du kannst ihn nicht finden, und du durchmißt mit raschen Schritten die schmale Zelle, unermüdlich, als könntest du dich damit von der Stätte deiner Qual entfernen, als könntest du entfliehen, aber wenn du einige tausend oder zehntausend oder hunderttausend Schritte gegangen bist, entdeckst du plötzlich (und das geschieht schon wieder im Zwischenreich und wird dir nie ganz bewußt), daß noch immer die Gitter da sind, die nackte Glühbirne, die Wände mit den Zeichen darin ... und du lehnst erschöpft und zerquält deine fiebrige Stirn an die eisenbeschlagene Tür, spürst eine magische Kühle, wie sie von Kathedralen ausgeht, spürst sie klopfend mit dem Blut deinen Körper durchdringen, bis plötzlich der Spion klappt, ein Auge starrt dich an, fremd, böse, verwundert, und du taumelst erschrocken zurück.

Aber auch diese Hölle verliert ihren Schrecken, wenn man sich erst an sie gewöhnt. Du hörst es durch die Wand klopfen, und du weißt, daß du nicht allein bist. Das rettet dich vielleicht; es ist das Bewußtsein, neben dir ist ebenfalls einer, der weint, und auf der anderen Seite ist einer, der betet, und über dir ist einer, der flucht. Und du bist nicht allein. Bald erfährst du, daß es mehr als tausend sind, die man in diese steinernen Käfige gesperrt hat, da wirst du sogar ein wenig stolz. Noch fühlst du dich unschuldig, nach zehn Verhören ist es anders, da haben sie es dir bewiesen, ganz deutlich an deinem Körper demonstriert, daß du es nicht bist, aber das weißt du heute noch nicht; du fühlst dich noch unschuldig, und man sagt, daß jene, die ohne Schuld sind, nur fünfundzwanzig Jahre bekommen.

Ich gehe zur Tür und öffne. Draußen steht ein Mann in dunklem unauffälligem Zivil. Er hält eine mattschimmernde schwarze Pistole in der Hand und sagt: *Nehmen Sie die Hände nach vorn.* Er trägt ein trauriges Hundegesicht, und ich bin erschrocken. Ein anderer taucht aus dem Dunkel auf und schließt blitzschnell meine Hände mit Stahlfesseln zusammen. Ich stehe starr und unbewegt. Nicht einmal die Augenlider zucken. Ich fühle nichts mehr. Weder das Klopfen des Blutes noch das Vibrieren in meinen Ganglien. Der Speichel auf meinen Lippen gefriert. Wenn mich jemand mit dem Finger anstieße, ich würde umstürzen und zerbrechen wie eine Tonplastik. Das Hundegesicht lächelt verzerrt und sagt: *Nur ein kleines Verhör ...*, und ich sehe, daß eine wildrote Narbe sein Gesicht teilt.

Nur langsam löse ich mich aus der Erstarrung. Ich fühle meine Hände schwer nach unten sinken, sehe die blitzenden Armreife um meine schmalen Gelenke, sehe die stählerne, feingliedrige Kette. Ich setze zögernd einen Fuß vor den andern, und eine heiße Welle durchflutet mich, als ob das Leben wieder zurückkehre. Die andern folgen mir, und ich spüre den Geruch von fünf Menschen.

Hundert Meter vom Haus entfernt parkt ein Personenwagen. Wir gehen darauf zu. Sie nehmen mich in die Mitte und zerren mich rascher fort. Ein Mädchen mit einem schönen und blassen Gesicht geht vorüber. Ich stehe vor dem Auto, hebe schwach die gefesselten

Hände und flüstere in die Nachtbläue: *Leb wohl.* Ihr Fuß stockt. Sie strauchelt. Im Fallen sieht sie mich mit großen ertrinkenden Augen an. Ihr Mund ist in lautlosem Schrei leicht geöffnet. Ich höre es dumpf und schwer auf das Pflaster der Straße aufschlagen, als mich ein heftiger Stoß in die Rippen trifft, daß ich in die Knie breche. Der mit dem Hundegesicht flucht und stößt mich ins Auto. Ich reiße mir eine Wunde im Gesicht und spüre tickend das Blut die Wange herunterrinnen. Meine Stimme ist ruhig und gelassen, ich höre mich sagen: *Verzeihen Sie, es war meine Braut …*

Überall um mich sind Gitter, aber ich sehe, daß diese Gitter nur Schatten sind und daß sie ausweichen, wenn ich hindurchgehe. Ich höre die Blätter rauschen, doch nirgendwo ist ein Baum, nirgendwo ist ein Wind. Am Himmel sitzt der Mond, grau und einsam wie ein Bettler. Ich möchte mich ausruhen, denn ich bin sehr müde. Der Mond rollt sanft vor meine Füße. Er ist jetzt ganz schwarz, und um mich ist es dunkel. Ich setze mich auf einen Stein, der vorhin noch nicht da war. Ich habe das Gefühl, daß es hier kein Entrinnen mehr gibt. Nicht deshalb, weil es immer finsterer wird. Das ist Täuschung, denn schon jetzt kann ich nichts mehr sehen. Weil ich mich schuldig fühle. Ich bin gefangen. Ich kann nicht mehr heraus. Hinter jedem Gitter wächst ein anderes. Ich wußte, daß es verboten war. Ich habe es trotzdem getan. Ich höre die Blätter rauschen.

Alles kannst du tun, nur nicht das, hat der eine gesagt. Du richtest nichts aus, du bist allein zu schwach, der andere. Du bringst dich in Gefahr, sagte der eine. Sie haben die Macht und kennen keine Skrupel, der andere. Bevor du richtig anfängst, haben sie dich in der Falle, sagte der eine. Du bist eine Wanze, juckst du die Macht am Körper, dann drückt sie dich zwischen ihren Fingern tot, sagte der andere. So werfen sie sich gegenseitig die Sätze zu, und ich bin unter ihnen allein. Ich fühle mich unter ihnen schuldig, und wenn jetzt irgendwo aus der Finsternis die Kugeln heranpfeifen, werde ich nicht weinen. *Ich bin schuldig, weil ich unterlegen bin*, denke ich. Nicht weil ich es getan habe. Ich würde es heute wieder tun. Aber anders. Nicht mehr unterliegen. Nicht die Tat macht meine Schuld aus. Sie war gerecht und notwendig. Aber das Wissen um die Vergeblichkeit.

Ich höre dumpf die Blätter rauschen. Jetzt merke ich, daß es nicht Blätter sind, sondern daß irgendwo in der Nähe ein Fluß sein muß. Ich stolpere durch die Finsternis. Stoße mit dem Fuß gegen den Mond, der vor mir herrollt und sich wieder auf den Himmel setzt, alt und einsam. Ich stapfe durch das Gras, das feucht und rot ist von Blut. Ich spüre einen leichten Druck in der Blase, aber es ist kalt, und ich gehe weiter. Ich komme auf eine schmale Brücke. Das hölzerne Geländer ist klebrig und riecht nach abgestandenem Wein. Unter mir schäumt der Fluß. Greisenköpfe tanzen auf den Wellen. Sie halten den Mund geöffnet, und es scheint, daß sie schlafen. Ein kalter Wind weht mich von unten an.

Sie fragen mich, ob ich auch wirklich so heiße und ob ich der sei, der 1930 in Gleiwitz geboren wurde. (Warum soll ich der nicht sein?) Sie legen sich über ihre großen roten Schreibtische und fragen mich, ob ich schon einmal gestohlen hätte? (Nein, natürlich nicht ... oder doch?) Ja, als ich noch ein Kind war. (Ja, ich erinnere mich, es ist schon lange her. Es war nach dem Kirchgang, und die Buden auf dem Platz waren von Kauflustigen dicht umlagert. Ich wollte gern den großen Lebkuchen mit dem Glanzbildchen drauf, aber Mutter sagte, sie hätte dafür kein Geld. Ich bin dann später noch einmal zurückgegangen. Ich stellte mich an die Kuchenbude und tat so, ganz wie die Großen, als ob ich kaufen wollte. Als niemand herguckte, nahm ich schnell den Lebkuchen mit dem Glanzbildchen drauf und rannte davon. Ich hörte es noch hinter mir schreien, aber ich sah mich nicht um und entwischte in eine Seitenstraße ...) Aber warum fragen sie danach?

Sie sehen mich alle groß und fremd an, und sie fragen mich, ob ich schon einmal gelogen hätte? Ja. (Natürlich habe ich schon gelogen.) Wie oft? Das kann ich nicht sagen. (Eigentlich immer nur dann, wenn ich glaubte, ohne Notlüge nicht auszukommen. Als ich zum Kommunionunterricht ging, hatte ich mir fest vorgenommen, überhaupt nicht mehr zu lügen. Aber dafür, daß ich immer die Wahrheit sagte, bekam ich häufig Schläge. Ich habe damals ernsthaft an dem, was ich in meinem Katechismus lernte, gezweifelt. Später fing ich wieder zu schwindeln an, und es ging alles besser ...) Aber warum fragen sie danach?

Sie kommen alle auf mich zu, und ihre Gesichter sind große und blasse Monde, und was sich darinnen bewegt, sieht aus wie Küchenschaben. Sie strecken ihre metallenen Hände nach mir aus und fragen mich, ob ich schon einmal getötet hätte? Nein! (Natürlich nicht, ich bin doch kein Mörder. Ich habe niemanden getötet. – Ein Tier vielleicht. Als ich noch Kind war, habe ich Frösche getötet, aber nur die großen grauen Kröten, die so abscheulich waren, daß es mir kalt den Rücken herunterlief, wenn ich sie sah. Und Schmetterlinge, ja viele Schmetterlinge habe ich totgemacht ... aber nur die weißen, von denen gab es so viele, und es hieß, sie seien schädlich ...) Aber warum fragen sie danach?

Sie stehen alle vor mir, und sie sind wie Spinnen, die auf ihre Opfer lauern; sie rücken ihre Köpfe ganz nahe heran, ihr Atem ist um mich wie vergiftete Luft, einer berührt sogar mit seiner Stirn meine Wange, daß ich die Augen schließen muß, weil es mir sonst übel würde. Und ihre Stimmen verwunden mein Ohr, dringen als Pfeile in mein Hirn; sie fragen mich, ob ich jemals in einem Wartesaal geschlafen hätte, sie fragen mich, ob ich schon einmal Ameise gewesen sei, sie fragen mich, ob ich schon gebetet hätte, sie fragen mich, ob ich Soldat gewesen sei, sie fragen mich, ob ich schon Coca-Cola getrunken hätte, sie fragen mich, ob ich schon mit einer Frau geschlafen hätte, sie fragen mich, ob ich schon Wanzen in meiner Zelle gefangen hätte, sie fragen mich, ob ich schon alle Sterne auf einmal gesehen hätte, sie fragen mich, ob ich wüßte, wer Bernstein gewesen sei, sie fragen mich, ob ich wüßte, daß man im Wasserkarzer Ratten ertränken könne, sie fragen mich, wer die Arbeiterklasse befreit hätte ... sie fragen, sie fragen, sie fragen ... Nichts als Fragen. *Aber warum fragen sie danach?*

Ich bin in einem Käfig eingesperrt. Draußen im Freien. Der Himmel ist über mir, der Regen, der Wind, der Frost. Manchmal flattert ein einsames Blatt durch die Gitterstäbe. Es ist schon gelb, und *ich lese darin vom Leid kommender Zeiten.* Dann kaue ich es, und es schmeckt bitter. Ich weiß nicht mehr, wie lange ich mich schon in diesem Gefängnis befinde, aber ich weiß, *daß ich nicht mehr Mensch bin.* Ich bin ein Tier. Ein Hund vielleicht. Noch eine Zeit und ich werde ein Reh sein, und noch eine Zeit und ich werde eine Ratte sein. Vielleicht auch eine Ameise oder eine Assel. Aber schon als Ratte könnte ich dem Käfig entfliehen. Ich lege mich auf den mit meinen Exkrementen bedeckten Boden und weine, denn es wird lange dauern, bis ich eine Ratte geworden bin. Meine Tränen rinnen auf meine Zunge, die warm ist und voller Speichel und die lang zum Mund heraushängt. Ich schäme mich dieser Zunge, aber ich erinnere mich, daß das bei Hunden so üblich ist.

Drüben kommt eine grüne Uniform. Ich spüre Hunger und springe auf, zwänge mich an die Gitterstäbe heran, daß sich das rostige Eisen an meinem Körper abzeichnet. Ich spüre einen kalten Gegenstand im Genick, und dann zuckt mein Körper zusammen ... Im gleichen Augenblick weiß ich wieder, *daß ich ein Mensch bin* und daß ich jetzt sterben muß. Ich weiß auch, daß es eine Kugel war, die mich in den Hals getroffen hat, eine Kugel aus einer schwarzen, mattschimmernden Armeepistole.

Ich sinke langsam zur Erde. Von irgendwo höre ich es dumpf rauschen. Wasser fließen auf mich zu, berühren erst scheu mein Gesicht, dann überschwemmen sie mich. Meine Augen sehen nichts mehr, nur Wasser; meine Ohren hören nichts mehr, nur Wasser; meine Zunge fühlt nichts mehr, nur Wasser. Und ich sinke immer noch. Ein echoschweres Rauschen ist um mich, und mein Körper wird immer leichter, obgleich ich doch sinke. Ich bin ein Fluß, ich zerfließe. Ich bin ein Strom, ich entströme. Es ist ein großes Rauschen, und das ist mein Sterben. Keine Erinnerung ist mehr. Nur wenn ich mich umblicke, sehe ich meine Fußspuren blutigrot im Sand am Grunde aller Ströme.

HORST BIENEK
Der Toten Gebet ist kein Gebet

In Workuta wandelt kein Jünger des Herrn
Über die grünschäumende Tundra.
Hier gibt es keine Speisung der Zehntausend.
Hier stirbt an jedem Tag ein Traum
In noch ungewisser Frühe.

In Workuta rosten keine Maschinengewehre.
Wer müde ist, lauscht der Kantate
Des Schneesturms im Stacheldraht
Und stickt mit dem eigenen Blut
Mäander ins schwarze Katorgahemd.

Aber auch in Workuta
Ist der Toten Gebet kein Gebet
Und die Lippen der Lebenden
Sind rostende Lippen, Gitterstäbe,
Hinter denen die Zunge eitrig verwest.

In Workuta steckt sich keine Witwe
Einen Schleier ins Haar.
Ihre Brüste erzittern noch,
Wenn sie an die Einsamkeit
Unter dem hohlen Leib eines Mannes denkt.

In Workuta gräbt keiner ein Grab
Den verwitterten Hoffnungen.
Und keiner ist da, der weint,
Wenn die ausgesetzten Toten
Mit der Schneeschmelze zu den Flüssen treiben.

Hans Bender
Gemeinsam

Das Messer teilt unser Brot
in gleiche Stücke.
Wo deine Lippen am Glas lagen,
trink ich den zweiten Schluck.
Geh in meinen Schuhen!
Wenn der Winter kommt,
wärmt mich dein Mantel.
Wir weinen aus einem Auge,
schließen am Abend die Tür,
allein zu sein. Im Schlaf
greifen deine Träume in meine.

Christine Lavant
Neunzig Monde den Tod entlang

Neunzig Monde den Tod entlang!
Wann hab ich mein sanftes Gedächtnis verloren?
Ich weiß, daß ein Vogel im Hopfenseil sang
und der Südwind hat Distelsamen geschoren,
die Sonne – vom Scharf-Schilf zerschnitten –
ist rot durch das Wasser geritten.
Da hab ich bestimmt noch ganz sanft gedacht,
doch die Taube hat damals schon hohl gelacht,
auch schrie ein Häher vom Fichtenbaum her,
dann weiß ich nicht weiter – ein kantiger Speer
geht quer durch mein Hirn bis zum Herzen.
Jetzt zünde ich täglich drei Kerzen
am Abend in meiner Dachstube an
und bete und bete, auch wenn schon der Hahn
herüberkräht über das Holzhüttendach;

aber nie bin ich sanft, ich bin nur so schwach
und was ich bete, das treibt den Speer
noch tiefer ins Herz – und das Wachs tropft so schwer
und unnütz herab auf die Tassen.
Ich kann es noch immer nicht fassen,
warum mich mein sanftes Gedächtnis verließ
und wer mir den Speer in die Herzgrube stieß.
Ich ging doch so mutig den Tod entlang,
trotzdem der Vogel im Hopfenseil sang!

Wind weht vorbei, der Mond schaut fort

Wind weht vorbei, der Mond schaut fort,
die Sterne reden nicht ein Wort,
soviel ich sie auch frage.
Hochwürdig gehn die Tage
um mich herum als fremde Zeit,
der Abend bleibt voll Widerstreit
ein wenig vor dem Fenster.
Nicht einmal mehr Gespenster
besuchen mich um Mitternacht.
Soweit hast du es schon gebracht,
mein Herz, daß rund um mein Gemüt
nichts mehr als stumme Feindsal blüht
und Angst vor deinen Klagen.
Wohin soll ich dich tragen?
Wer nimmt mich auf mit solcher Last?
Ich bin ein unerwünschter Gast
sogar im Krötenteiche.
Nur dieses plumpe, bleiche
verregnete Madonnenbild
schaut uns noch an und bleibt gleich mild
und scheint es gut zu meinen.
Jetzt, Herz, sei endlich einmal still,
weil ich ein wenig beten will
und selbst ein wenig weinen.

Hilde Domin
Herbstzeitlosen

Für uns denen der Pfosten der Tür verbrannt ist
an dem die Jahre der Kindheit
Zentimeter für Zentimeter
eingetragen waren.

Die wir keinen Baum
in unseren Garten pflanzten
um den Stuhl
in seinen wachsenden Schatten zu stellen.

Die wir am Hügel niedersitzen
als seien wir zu Hirten bestellt
der Wolkenschafe die auf der blauen
Weide über den Ulmen dahinziehn.

Für uns die stets unterwegs sind
– lebenslängliche Reise
wie zwischen Planeten –
nach einem neuen Beginn.

Für uns
stehen die Herbstzeitlosen auf
in den braunen Wiesen des Sommers
und der Wald füllt sich
mit Brombeeren und Hagebutten –

Damit wir in den Spiegel sehen
und es lernen
unser Gesicht
zu lesen.

Wo steht unser Mandelbaum

Ich liege
in deinen Armen, Liebster,
wie der Mandelkern in der Mandel.
Sag mir: wo steht
unser Mandelbaum?

Ich liege in deinen Armen
wie in einem Schiff
ohne Route noch Hafen
aber mit Delphinen
am Bug.

Unter unserem Rücken
ein Band von Betten,
unsere Betten
in den vielen Ländern
wenn rings das fremde Zimmer versinkt.

Wohin wir kamen
– wohin wir kommen, Liebster,
alles ist anders,
alles ist gleich.
Überall wird das Heu
auf andere Weise geschichtet
zum Trocknen
unter der gleichen
Sonne.

Georg von der Vring
Das Entzücken

Weißt du noch den tiefen Wald,
Seinen Rand, den wir erreichten,
Weiße Wolken und den leichten
Wind der Ebene, märzlich kalt,

Reste Schnees und Ackergrün
Auf der kahlen Hügelschwelle –

Wo ein Glanz, wie Kronenhelle
Schimmernd, dir im Aug erschien?

Jäh Entzücken, schön und schlicht,
Weil sich eins am andern freute!
Dann, als ob es dich schon reute,
Schwand es hin – was blieb es nicht?

Doch mir blieb es ja – ich seh's –
Glaub's zu sehn beim Augenschließen;
Und der März weiß auch um diesen
Schimmer beim Vergehn des Schnees.

Mondalter

Du hinter Schleiern
Ruhender kranker Mond
Wirst dich erneuern?

Ich, vom Bitterwein trunken
Ins Gras gesunken,
Will's belauern

Ungläubig, Mond,
Daß dein schier prunkendes Trauern
Werde belohnt.

Marie Luise Kaschnitz
Obertöne

Die Rechte weiß nicht
Was die Linke tut
Der Tag nichts von der Nacht.
Aber der Zorn
Der mir das Auge verdunkelt
Schlägt alles mit an
Auch die zartesten Glöckchen
Auch die vergessensten
Töne der Liebe.

Ernst Meister
Fermate

Zwinkernd mit Dornengebüsch:
Augen
hin über Hagebutten und
atmendes Meer.
In den Äther speit Gold
ein raubender Fisch.

Fermate: Braue,
aufgerichteter Horizont.
Sonne als Perle am Grund
und die Wracks
der untersten Tiefe besonnt.
Früheste Zeit und die fernste
gleichen sich sehr.

Komm, was sich Tod heißt,
über den funkelnden Strand!
Komm, hagebuttenrot,
komm, dornenbraun,
zeige dich, komm!
Scherzend mit dir,
bin ich den ältesten
Engeln verwandt.

Heinz Piontek
Die Tochter des Schmieds

Ich hatte einen Vater,
mächtig wie der Pfosten des Ziehbrunnens
in Kobniza,
mit Augen aus blauem Eisen und Funken im Bart,
der hinkte und konnte in den Legenden lesen.

Er hatte eine Tochter,
schön wie der Fluß in den Wiesen
bei Kobniza.
Winters trug sie die zierlichen Stiefel,
sommers eine Fahne Kattun um die Hüften.

Ihm träumte, er lebe als Köhler
und verstünde die Vögel.
Aber Schmied war er auf einem verlotterten Vorwerk
und bückte sich vor dem Vogt.

Und sie, seine Tochter, wäre am liebsten
mit einem zwanzigjährigen Fähnrich geritten,
aber ein Posthalter nahm sie,
kaufte ihr Zwieback und eine Brille.

Ein Apfelschimmel schlug meinen Vater lahm.
Mein Vater kam nie in die Wälder.
Er schüttete Kohlengrus auf:
sein Herz war eine ausgeblasene Esse.
Er trank vom schärfsten Korn einen Krug voll,
um nicht wieder zu sich zu kommen.

Ich lernte, daß man vor seinem Gedächtnis
nie sicher ist.
Ich sehe des Morgens unseren kleinen Horizont,
und unter der Funzel schreib ich Adressen
für die Leute.

Schlittenromanze

Auf schnelleren Schlitten
werden sie dich einholen,

für einen Wolf dich halten
in deinem Schafpelz

und mit dem Daumen dir
eine neue Richtung empfehlen:

Mit lärmenden Schellen
wirst du in die Verbannung reisen.

Johannes Bobrowski
Die sarmatische Ebene

Seele,
voll Dunkel, spät –
der Tag mit geöffneten
Pulsen, Bläue –
die Ebene singt.

Wer,
ihr wogendes Lied,
spricht es nach, an die Küste
gebannt, ihr Lied:
Meer, nach den Stürmen,
ihr Lied – –

Aber
sie hören dich ja,
lauschen hinaus, die Städte,
weiß und von altem Getön
leise, an Ufern. Deine
Lüfte, ein schwerer Geruch,
wie Sand
auf sie zu.

Und
die Dörfer sind dein.
Dir am Grunde grünend,
mit Wegen,
schmal, zerstoßenes Glas
aus Tränen, an die Brandstatt
gelegt deiner Sommer:
die Aschenspur,

da das Vieh geht
weich, vor dem Dunkel,
atmend. Und ein Kind
folgt ihm
pfeifend, es ruft
von den Zäunen
die Greisin ihm nach.

Ebene,
riesiger Schlaf,
riesig von Träumen, dein Himmel
weit, ein Glockentor,
in der Wölbung die Lerchen,
hoch –

Ströme an deinen Hüften
hin, die feuchten
Schatten der Wälder, unzählig
das helle Gefild,

da die Völker geschritten
auf Straßen der Vögel
im frühen
Jahr ihre endlose Zeit,

die du bewahrst
aus Dunkel. Ich seh dich:
die schwere Schönheit
des ungesichtigen Tonhaupts
– Ischtar oder anderen Namens –,
gefunden im Schlamm.

BERTOLT BRECHT
Der Radwechsel

Ich sitze am Straßenhang.
Der Fahrer wechselt das Rad.
Ich bin nicht gern, wo ich herkomme.
Ich bin nicht gern, wo ich hinfahre.
Warum sehe ich den Radwechsel
Mit Ungeduld?

Lob des Zweifels

Gelobt sei der Zweifel! Ich rate euch, begrüßt mir
Heiter und mit Achtung den
Der euer Wort wie einen schlechten Pfennig prüft!
Ich wollte, ihr wäret weise und gäbt
Euer Wort nicht allzu zuversichtlich.

Lest die Geschichte und seht
In wilder Flucht die unbesieglichen Heere.
Allenthalben
Stürzen unzerstörbare Festungen ein, und
Wenn die auslaufende Armada unzählbar war
Die zurückkehrenden Schiffe
Waren zählbar.

So stand eines Tages ein Mann auf dem unbesteigbaren Berg
Und ein Schiff erreichte das Ende des
Unendlichen Meers.

Oh schönes Kopfschütteln
Über der unbestreitbaren Wahrheit!
Oh tapfere Kur des Arztes
An dem rettungslos verlorenen Kranken!

Schönster aller Zweifel aber
Wenn die verzagten Geschwächten den Kopf heben und
An die Stärke ihrer Unterdrücker
Nicht mehr glauben!

HANS MAGNUS ENZENSBERGER
befragung zur mitternacht

wo, die meine hand hält, gefährtin,
verweilst du, durch welche gewölbe
geht, wenn in den türmen die glocken
träumen daß sie zerbrochen sind,
dein herz?

wo, welchen kahlschlag durcheilst du,
die ich berühre wangenzart, welch ein
betäubendes nachtkraut streift dich,
träumerin, welch eine furt benetzt
deinen fuß?

wo, wenn der hohle himmel graut, liebste,
rauschst du durch traumschilf, streichelst
türen und grüfte, mit wessen boten
tauscht küsse, der leise bebt,
dein mund?

wo ist die flöte, der du dein ohr neigst,
wo das geheul das lautlos dein haar
bauscht, und ich liege wie ein gelähmter
und horch und wach und wohin
dein gefieder?

wo, in was für wälder verstrickt dich,
die meine hand hält, gefährtin,
dein traum?

tod eines dichters *(für rainer m. gerhardt)*

jeder tag ein geriesel von fahlen papieren,
ein spinnweb von einflüsterungen,
ohren voll kot deinem mund nah,
ein dunst von pfandleihen und spitälern,
von treppenhäusern, fleckig wie
das bett eines geilen flusses,
ein grauer schnee von paragraphen auf dem pflaster
der welt, und blutige schuhe, und streptokokken.

jede nacht die umarmung der neun wilden schwestern,
der vampire, schönzüngig,
ein beischlaf mit neun feuern, eine
verschwendung zum tode.
o eingeäscherter phönix!
zeugung unbezeugt! verkohltes gedicht!
zerbrochener flug! nichts, was bliebe,

nichts als ein brief, von den blauen tinten-
tränen eines gewitters bedeckt,
als ein tauber zorn über den dächern,
als blinde trauer, lahm in den lenden,
und dein name, auf blanker platte
sich langsam läuternd
zum oxyd der vergessenheit,

vergessen von deinen neun schönen geliebten,
die deines blutes satt
jubelnd auffahren in ihre unsterbliche wohnung.

geburtsanzeige

wenn dieses bündel auf die welt geworfen wird
die windeln sind noch nicht einmal gesäumt
der pfarrer nimmt das trinkgeld eh ers tauft
doch seine träume sind längst ausgeträumt
es ist verraten und verkauft

wenn es die zange noch am schädel packt
verzehrt der arzt bereits das huhn das es bezahlt
der händler zieht die tratte und es trieft
von tinte und von blut der stempel prahlt
es ist verzettelt und verbrieft

wenn es im süßlichen gestank der klinik plärrt
beziffern die strategen schon den tag
der musterung des mords der scharlatan
drückt seinen daumen unter den vertrag
es ist versichert und vertan

noch wiegt es wenig häßlich rot und zart
wieviel es netto abwirft welcher richtsatz gilt
was man es lehrt und was man ihm verbirgt
die zukunft ist vergriffen und gedrillt
es ist verworfen und verwirkt

wenn es mit krummer hand die luft noch fremd begreift
steht fest was es bezahlt für milch und telefon

der gastarif wenn es im grauen bett erstickt
und für das weib das es dann wäscht der lohn
es ist verbucht verhängt verstrickt

wenn nicht das bündel das da jault und greint
die grube überhäuft den groll vertreibt
was wir ihm zugerichtet kalt zerrauft
mit unerhörter schrift die schiere zeit beschreibt
ist es verraten und verkauft.

ins lesebuch für die oberstufe

lies keine oden, mein sohn, lies die fahrpläne:
sie sind genauer. roll die seekarten auf,
eh es zu spät ist. sei wachsam, sing nicht.
der tag kommt, wo sie wieder listen ans tor
schlagen und malen den neinsagern auf die brust
zinken. lern unerkannt gehn, lern mehr als ich:
das viertel wechseln, den paß, das gesicht.
versteh dich auf den kleinen verrat,
die tägliche schmutzige rettung. nützlich
sind die enzykliken zum feueranzünden,
die manifeste: butter einzuwickeln und salz
für die wehrlosen. wut und geduld sind nötig,
in die lungen der macht zu blasen
den feinen tödlichen staub, gemahlen
von denen, die viel gelernt haben,
die genau sind, von dir.

verteidigung der wölfe gegen die lämmer

soll der geier vergißmeinnicht fressen?
was verlangt ihr vom schakal,
daß er sich häute, vom wolf? soll
er sich selber ziehen die zähne?
was gefällt euch nicht
an politruks und an päpsten,
was guckt ihr blöd aus der wäsche
auf den verlogenen bildschirm?

wer näht denn dem general
den blutstreif an seine hose? wer
zerlegt vor dem wucherer den kapaun?
wer hängt sich stolz das blechkreuz
vor den knurrenden nabel? wer
nimmt das trinkgeld, den silberling,
den schweigepfennig? es gibt
viel bestohlene, wenig diebe; wer
applaudiert ihnen denn, wer
steckt die abzeichen an, wer
lechzt nach der lüge?

seht in den spiegel: feig,
scheuend die mühsal der wahrheit,
dem lernen abgeneigt, das denken
überantwortend den wölfen,
der nasenring euer teuerster schmuck,
keine täuschung zu dumm, kein trost
zu billig, jede erpressung
ist für euch noch zu milde.

ihr lämmer, schwestern sind,
mit euch verglichen, die krähen:
ihr blendet einer den andern.
brüderlichkeit herrscht
unter den wölfen:
sie gehn in rudeln.

gelobt sein die räuber: ihr,
einladend zur vergewaltigung,
werft euch aufs faule bett
des gehorsams. winselnd noch
lügt ihr. zerrissen
wollt ihr werden. ihr
ändert die welt nicht.

Günter Grass
Kinderlied

Wer lacht hier, hat gelacht?
Hier hat sich's ausgelacht.
Wer hier lacht, macht Verdacht,
daß er aus Gründen lacht.

Wer weint hier, hat geweint?
Hier wird nicht mehr geweint.
Wer hier weint, der auch meint,
daß er aus Gründen weint.

Wer spricht hier, spricht und schweigt?
Wer schweigt, wird angezeigt.
Wer hier spricht, hat verschwiegen,
wo seine Gründe liegen.

Wer spielt hier, spielt im Sand?
Wer spielt, muß an die Wand,
hat sich beim Spiel die Hand
gründlich verspielt, verbrannt.

Wer stirbt hier, ist gestorben?
Wer stirbt, ist abgeworben.
Wer hier stirbt, unverdorben
ist ohne Grund verstorben.

Gustav Regler
Das Ohr des Malchus

Die Reichshauptstadt fieberte. Jede Nacht wurden bei der Polizei Leichen abgeliefert. Einmal trugen sie an ihren blutigen Röcken das Abzeichen des republikanischen Reichsbanners, einmal den kommunistischen Sowjetstern, einmal das Hakenkreuz, einmal einfach die Nummer der staatlichen Polizei. Öfter aber trugen sie nur die Zeichen der Verzweiflung in den Gesichtern, jenes leichte Grün, die Farbe, die ihnen das Gas gegeben, das sie geschluckt hatten.

Wir wohnten in einem Block, der mit Hilfe von Subventionen gebaut und nur für Künstler bestimmt war. Es waren billige Wohnungen, und doch bezahlte kaum einer seine Miete; weder die Gehälter noch die sogenannten Einkünfte der freien Berufe reichten aus. In den meisten Behausungen lag nur eine Matratze am Boden. Die Künstler aßen von Seifenkisten, über die sie Zeitungen gebreitet hatten; keiner verhungerte, man half sich gegenseitig und wanderte von Wohnung zu Wohnung, man roch, wo einer Arbeit gehabt hatte und etwas Speck und Käse zu finden war.

Wir »schwammen oben«, wie ein besonders charmanter Schmarotzer und Schauspieler es ausdrückte, als er sich bei uns einquartierte. Es gab damals noch Verleger, die an ein Talent glaubten und auf jedes Risiko hin erst einmal eine Monatsrente auswarfen, um dem jungen Schriftsteller eine friedliche Entfaltung zu gewährleisten. Ich hatte eine solche Rente, außerdem bezog ich mein Lektorengehalt; in Aussicht stand die erste Abrechnung meines Bestsellers ›Wasser, Brot und blaue Bohnen‹. Man mußte das allgemeine Elend so nah gesehen haben, um nur zu leicht einer revolutionären Idee zu verfallen. Es gibt keine komplizierte, etwa ideologische Erklärung meines Beitritts zur Kommunistischen Partei. Alle Sicht wurde vereinfacht zu dem einen Satz: So kann es nicht weitergehen!

Die Gastfreundlichkeit war keine Form der Bohème, sondern das stillschweigende Gesetz von Landsknechten, die einen Krieg erwarteten. Vielleicht sollte ich ein letztes Mal an jenen Papst Johannes den Zweiundzwanzigsten erinnern. Privatleben und Sonderfreuden waren unanständig, solange in der Republik Zehntausende hungerten; die Künstler Berlins erfaßten es schneller als alle anderen, vielleicht weil sie nicht viel an irdischen Gütern besaßen, mehr aber, weil sie Phantasie hatten, weil sie in den Augen eines Kindes den Hunger lesen konnten, weil sie zum Mitleid fähig waren.

Das Wohlfahrtsamt gab bekannt, daß im Reich sieben Millionen Bedürftige von der Winterhilfe erfaßt seien. Das Reich half, aber das Reich war arm. Aus den Hungernächten wuchs der Traum des Erlösers. Die Kirchen versagten, die Blicke wandten sich zu denen, die am lautesten das Heil versprachen, es waren die Kommunisten und die Anhänger Hitlers. Sie unterschieden sich nur durch die Höhe ihrer Propagandafonds, aber sie moralisierten beide, so zogen sie beide Idealisten an, die sich bald in Hasser verwandelten, denn nur eine Seite konnte siegen, eine Verständigung gab es nicht und wurde auch nie erstrebt.

Die Zelle *Künstlerblock* wußte, wo im benachbarten Stadtviertel Schöneberg die Nazigruppe tagte, von wo aus sie Straßenpatrouillen unternehmen, welche Saalschlachten sie inszenieren würde. Was in all diesen Monaten getan wurde, änderte nichts am Elend, nichts am Schwergewicht der Politik, aber die Stellungen waren bezogen und schufen den gewünschten Kriegszustand. Das war Absicht von beiden Seiten, und beide Seiten waren, soweit es sich um die unteren Formationen – Rotfrontkämpferbund und Sturmtrupps – handelte, aufopfernd von ihrem Recht überzeugt.

Daß die Sturmtrupps mit dem steigenden Einfluß Hitlers eine größere und bequemere Ausgangsstellung hatten, vermindert in heutiger Betrachtung ihren Kredit, was ihren Mut angeht; die Richter, die aus vielen Gründen mit Hitler sympathisierten, lange ehe er zur Macht kam, machten es den Sturmtrupps leichter, die Pistole zu ziehen. Die Rotfrontkämpfer konnten gewiß sein, ins Zuchthaus zu kommen, wenn sie einen Gegner töteten. Den Sturmtrupps standen Villen in reichen Vierteln zur Verfügung, um sich in ihnen zu verbergen; auch moderne Cäsaren haben patronale Gefühle für ihre Leibgarden; ein Kommunist hatte als Trost nur das Märtyrertum; dieses war historisch bedingt, da die sozialistische Heilslehre, zwar nicht mehr erkennbar, aber zweifellos, auf Christus zurückging.

Ich war Organisationsleiter der Künstlerzelle und hatte die Befolgung der Losungen zu überwachen. Ich nahm unseren Helfern immer wieder die Pistolen ab, die sie sich mühsam und auf Schleichwegen erstanden oder in einem Strauß erbeutet hatten. Die Losung der Partei lautete, daß kein individueller Terror geübt werden dürfe. Das Wort *individuell* wies darauf hin, daß die Partei im gegebenen Augenblick nichts gegen Massenterror und die öffentlich aufgestellte Guillotine einwenden würde, ein kindlicher, aber auch peinlicher Selbstverrat, doch stellten die Leiter der Partei keine so subtilen Betrachtungen an. Sie meinten es auch nicht ehrlich mit dem Verbot der Gewalttat; ihre internen Losungen waren verschieden von denen der ›Roten Fahne‹; das offizielle Verbot aber verminderte den Elan ihrer Truppen, trieb die kühnsten Totschläger auf die Seite von Hitler.

Als in die römischen Villen um die Zeit von Petrus und Paulus der Zweifel einbrach, daß Gewalt nicht die einzige Lösung sei, gingen die Leibgarden in die Katakomben und starben lieber, als eine alte Welt mit stumpfen Waffen zu verteidigen. Man entmannt mit Ideologie. Es bekommt Soldaten nicht, wenn sie erst nach einer Vorschrift schauen müssen, eh sie ihren Graben verteidigen. Die Führer der Partei setzten sich auf zwei Stühle und saßen zuletzt mit dem blanken Gesäß auf dem Boden. Sie wußten, daß Stalin schon als Knabe eine Bank gestürmt hatte, um Geld für die Partei herbeizuschaffen, aber sie plapperten die Losung gegen den individuellen Terror nach, ohne zu denken. Für schwache Augenblicke half ihnen die zweite Losung, daß die *Massen* die Revolution machen müßten und würden. Sie übersahen, daß die Massen genausogut zu einem anderen Verein laufen konnten – was sie 1933 denn auch in Millionenscharen taten.

Da ich die kommunistischen Führer nie persönlich sah, bestand für mich kein Grund, ihnen von vornherein zu mißtrauen. Ich hatte inzwischen Hitler in Versammlungen gehört, auch Goebbels, der vom stillen Gundolf-Schüler zum lauten Propagandisten geworden war. Sie überzeugten mich nicht, aber sie beeindruckten mich; sie nutzten jedes Mittel, sie glaubten an das Recht zur Lüge, ihr Benehmen war hysterisch, aber geschickt, ihr Auftreten dramatisch, es hatte einen religiosoiden Ton, es schien, daß sie die dubiosen Elemente der Intelligenz um sich sammelten – in der Tat ist kein Schriftsteller von Format und Geschmack zu ihnen gestoßen, wenn man von Gottfried Benn und von Hans Carossa absieht.

Sie nannten uns jüdisch, was für uns kein Schimpfwort sein konnte, da wir alle dem besonderen Geist der deutschen Juden, wie Freud, Tucholsky, Gundolf, Gustav Landauer und Theodor Lessing, so viel verdankten, daß wir uns ein Berlin ohne Juden gar nicht vorstellen konnten.

Sie nannten uns Literaten, was früher immer ein Lob gewesen war. Dem von Minderwertigkeitsgefühlen gequälten, sprachbegabten Goebbels war es vorbehalten, dieses Wort zu einem Schimpfwort zu machen. Andere hatten ihm geholfen. »Mit allem, was ebensogut in Stockholm wie in Paris oder Berlin geschrieben sein könnte, lohnt es nicht, sich zu beschäftigen«, schrieb Ernst Jünger. Später emigrierten die so geschmähten Literaten. Noch gab es allerdings anderen Boden.

Da war die ›Frankfurter Zeitung‹ und die Ullstein-Presse, die Weltbühne und das Tagebuch, da gab es die ›Volksbühne‹ und meinen Verlag, der auch Brecht brachte und Heinrich Mann.

Um die Zeit meiner Rückkehr Ende 1932 aber ließen sie alle den Kopf hängen. Es war die Zeit des Cincinnatus, der eines Tages Brände am Horizont sah und die Pflugschar losließ; es schien ihm, er müsse erst etwas Ordnung in Rom schaffen, ehe er wieder zu seinem erträglichen und friedlichen Beruf zurückkehren konnte.

Keiner der Intellektuellen glaubte an diese Mission des Prokonsuls. Sie wollten am Abend auf einer Bühne stehen dürfen, sie wollten ihre Bilder verkaufen können, sie wollten im Café sitzen und ihre Artikel schreiben, sie wollten mit ihren Mädchen oder Frauen schlafen und wollten, daß man sie allein lasse und ihnen nicht vorschreibe, mit wem sie umgehen dürften.

So paradox es klingt: Es war bei allen der Wunsch, allein zu sein, der sie schließlich ins Kollektiv trieb. Eines Tages wollten sie wieder allein sein, Privatmenschen in einer geordneten Gemeinde. Im Massenelend von Hamburg, Berlin, München und wie all die mit Hungernden vollgestopften Städte hießen, war es nicht möglich, sich zu isolieren. Wenn eine ganze Stadt zum Scheunenquartier zu werden drohte, wurden alle elfenbeinernen Türmchen zu schiefen Türmen von Pisa. Jeder Selbstmörder, der aus seiner süßlich nach Gas riechenden Wohnung herausgetragen wurde, schien sich noch ein letztes Mal von der Bahre zu erheben und mit dem Finger auf die Herumstehenden zu deuten.

Es war feige, sich einfach umzudrehen, wenn aus dem Mund des Nachbarn der säuerliche Geruch des Hungers einen anhauchte. Marieluise stimmte überein mit mir. Sie verlor alle Scheu, wenn Not sich herandrängte, sie wertete nicht politisch, sie war gelangweilt von meinen sozialistischen Erklärungen; vielleicht verdächtigte sie insgeheim uns Schreiber, Denker und Erklärer, an dem ganzen Elend mitschuldig zu sein. »Die Hose ist zu kurz!« sagte sie dann mit gar nicht milder Ironie. (Diesen Satz hörte ich damals mit Unwillen, später ging er mir ein als das treffendste Bild für alle Ideologien, wenn man von denen absieht, die man noch besser als »Zwangsjacke« bezeichnet.)

Wenn sie merkte, daß die Umwelt aus den Fugen geriet, rührten sich ihre Hände. Sie haßte es, recht gehabt zu haben. Vor bettelnden Kinderhänden wußte sie nur: Alle haben unrecht! Die einzige Sprache, die dann gesprochen werden durfte, war das Helfen. Sie wurde erregt, als wenn es Gott zu verbessern gälte, blieb dabei aber sachlich wie ein Steuermann, wenn die ersten Sturmböen in die Segel klatschen.

Ich blieb keineswegs sachlich. Da alles zur Entscheidung drängte, mußte man wissen, wer auf einen schießen würde. Hitler hatte die moderne Literatur als das Geschreibsel von Halbirren, die moderne Kunst als den Inhalt von Mülleimern bezeichnet. Dort war der Feind, ich hatte nichts von ihm zu erwarten.

In Nürnberg hatte ich 1928 Julius Streicher beim Friseur getroffen, er roch nach Reitpeitsche und Schweiß, sein Lachen kam aus überfülltem Magen. Er wußte nicht, daß ich der Redakteur war, der geholfen hatte, ihn ins Gefängnis zu bringen; er schenkte mir eine Ausgabe des ›Stürmer‹ und zeigte mir von Stuhl zu Stuhl Photos nackter Mädchen, die ihm alle gestanden hatten, daß sie mit Juden geschlafen hätten, die aber »noch rechtzeitig« sich besonnen hätten und nun seine Mätressen seien.

»Was heißt rechtzeitig?« hatte ich gefragt. Er antwortete prompt: »Eh' wir allen Juden und Literaten die Hälse abschneiden!« Er hatte mich dabei an die Brust getippt und gelacht: »Sie sehen auch so aus – aber haben Sie keine Angst, nicht jeder mit dunklen Haaren muß dran glauben. Wir machen schon Unterschiede!«

An dem Tag, als ich in einem kleinen Lokal von Südwestberlin um Aufnahme in die Kommunistische Partei bat – ein mir bekannter Maler schrieb mich ein und bedeutete mir, daß ich fürs erste nur ein Kandidat sein könne, denn aus Bürgerkreisen wolle man nur Qualität –, mußte ich an Streicher denken. Jetzt würde er keinen Unterschied mehr machen. Jetzt war ich eindeutig auf seiner Liste für die Nacht der langen Messer. Ich stellte mir seine kleine feiste Figur vor und genoß es, aus meiner Neutralität herausgegangen zu sein.

Wir klebten Plakate an die Wände Berliner Vorstädte. Wir luden verarmte Arbeiter, die aus einer Mietskaserne im Norden Berlins exmittiert worden waren, in unseren Künstlerblock zu einer Riesenversammlung ein, wir nahmen dann einzelne der Verarmten in unsere kleinen Wohnungen mit, um ihnen wenigstens für einen Nachmittag das Gefühl zu geben, daß sich jemand um sie und ihr Schicksal kümmere. Wir füllten die Höfe am Sonntag mit unserem Gesang und unseren aufpeitschenden Reden. Wir halfen den Rotfrontburschen, die zu uns gestoßen waren, ihre Zeitungen zu verkaufen und die Nazitruppen zu verprügeln, die uns die Straße streitig machten.

Die Schale schwebte; zu wem sie sich neigen würde, wußte damals niemand. Noch war der müde und alt gewordene Marschall auf dem Präsidentensitz. Kanzler war ein General, der die Not sah und ahnte, daß er mit sozialen Reformen eingreifen mußte. Wir hielten auch Schleicher für einen »Knecht des Kapitalismus«, wie die vereinfachende Form hieß, aber er ließ uns in Frieden die Revolution vorbereiten, die allein die Erwerbslosen von den Straßen in die Fabriken bringen würde. Wir setzten auf Kampf. Am Ende liebten alle den Kriegszustand. Er brachte das Fieber, das alle normale Tagesordnung verbrannte wie Zunder.

Wir arbeiteten Tag und Nacht, enthüllten Skandale, stellten Forderungen, provozierten Zeitungspolemiken, demonstrierten für die Freilassung von Verhafteten; unsere Lichter waren angezündet bis zum frühen Morgen.

Es ging das Gerücht, daß unser Block als Festung organisiert sei. In Wirklichkeit hätte ein Unteroffizier mit vier Mann jede Wohnung ausheben können. Er hätte dabei in unserem »Hauptquartier«, bei dem eifrigen Alfred Kantorowicz, sogar eine umfangreiche Bibliothek nationaler Bücher vorfinden können und gegen Ende der Republik auch immer wieder Vertreter der Rechten wie Salomon, Hielscher, Otto Strasser. Sie suchten Verbindung mit dem Osten, betrachteten uns (in schmeichelhafter Überschätzung) als geeignete Mittelsmänner; der Westen schien ihnen dekadent, den würde man »einfach überschlucken«, aber Moskau besaß, was Jünger das Barbarische nannte. (»Leider besitzen wir viel weniger barbarischen Fonds, als die Welt von uns glauben möchte«, hatte Jünger allzu bescheiden von seinesgleichen gesagt.) Moskau würde verstehen, daß Deutschland ein Heer brauchte, und zwar eines, das Missionscharakter hatte. Hielscher und Strasser nannten es »Sendung«. Ich mißtraute ihnen; sie waren gestiefelte Mystiker des Blutes, Sexualisten mit undefinierbarem Jagdtrieb, unklare Halbdenker. Sie abstrahierten, wo Dinge beim Namen genannt werden mußten, sie retteten sich jedesmal, wenn »es« mal wieder schiefgegangen war, in eine billige Götterdämmerung; diejenigen, die ihr unglückseliges Erbe übernehmen mußten, wurden dann angeklagt, blutleere Gesellen zu sein, die es verlernt hätten, dem Wotan zu opfern. Sie selbst aber behielten ihren Einfluß auf wandernde Gitarrenspieler, die so lange vom Tod des Landsknechts sangen, bis das Volk wieder marschieren mußte. Mein Freund Kantorowicz, einer der Zellenleiter, liebte sie aus einem besonderen Reiz heraus: sie erinnerten ihn an seine Soldatenzeit von 1918, die bei Chateau Tierry in einer Niederlage endete. Ich verstand nie, warum es ihm nicht genügt hatte, vor dem Tunnel einer fremden Eisenbahn zu stehen, machtlos, ein verfolgter Windhund, und endlich einzusehen, daß er da nichts zu suchen hatte. Er suchte nun wieder. Die Idee eines sozialistischen Weltreichs von Wladiwostok bis zum Rhein mußte auch ihm vorgeschwebt haben. Ähnlich aber dachten die Teutonen selber. Er lud sie ein; am Ende kamen sie von selbst.

Es war schon der 18. Januar 1933. Wir hatten eine Zellensitzung – der Nationalist Hielscher war Gast des Tages. Man sprach von Hindenburg. Es hing an dem alten Marschall, ob er Hitler zum

Reichskanzler ernennen würde oder einen anderen. Schon war Gleichgültigkeit in vielen Gemütern; die Spannung war schwer erträglich. Hielscher werde alles erklären, sagte Kantorowicz. Hielscher stand an den Bücherbrettern, sah sich die Titel an; plötzlich sagte er: »Der Alte wird ihn *nicht* berufen!« Er meinte Hindenburg mit dem »Alten«.

Es war soviel kindliche Gläubigkeit in dieser Feststellung, daß ich erstaunt war, wie eng in kritischen Momenten das Denken eines Politikers werden kann. Spürte er nicht, welche Kräfte entfesselt waren? Was erwartete er von der Entscheidung eines alten Mannes, der schon längst ein Instrument geworden war?

»Ihr ahnt nicht, wie zäh solch ein preußischer Marschall sein kann«, sagte Hielscher mit Zärtlichkeit. »Außerdem hat er auf die Verfassung geschworen und sich bisher treu daran gehalten.«

Der Polleiter der Zelle war ein hochaufgeschossener Adliger, der die Verbrüderung mit den deutschen Adelsherren für eine unwürdige Kriecherei hielt. Er erhob sich jetzt mit einem Zettel in der Hand. »Ich möchte ein Dokument zum Fall Hindenburg vorlesen«, sagte er und begann, als Kantorowicz ihm das Wort gab:

Deutschland liegt schwer darnieder. Die herrlichen Zeiten des Kaisers und seiner Helden sind dahin. Aber die Kinder, die hier »Deutschland über alles« singen, diese Kinder werden das alte Reich erneuern. Sie werden das Furchtbare, die Revolution, überwinden. Sie werden wiederkommen sehen die herrliche Zeit der großen, siegreichen Kriege.

Und Sie, meine Herren Lehrer, Sie haben die Aufgabe, die Jugend in diesem Sinne zu erziehen. Ich werde es nicht mehr erleben. Ich werde dann bei Gott sein. Aber vom Himmel werde ich auf euch niederblicken und mich an euren Taten freuen und euch segnen.

Hielscher hatte ungeduldig zugehört, jetzt trat er einen Schritt vor, und fast gleichzeitig mit Kantorowicz fragte er: »Woher ist das? Was soll dieser Unsinn?«

Der junge Polleiter hob hochmütig den Kopf: »Das hat ›der Alte‹ 1925 in Hannover gesagt, kurze Zeit, eh' er zum Reichspräsidenten gemacht wurde!« Er höhnte jetzt: »Glaubt einer hier, daß sich dieser Bernhardinerhund inzwischen geändert hat? Er wird recht behalten: wir werden wieder in Kriege ziehen! Aber daß wir diesem blutbefleckten Großvater noch einen Augenblick Vertrauen schenken, das ist Schande und Schmach! Wann werft ihr denn endlich die Götzen um? Und du, Kantorowicz, wann hast du endlich den Mut, den letzten Rest von militärischer Disziplin auszuspukken? Ein Feldmarschall ist ein Popanz und kein Mensch. Und der uns dies alles schon 1925 gesagt hat, Professor Theodor Lessing, ist wie ein räudiger Hund aus Hannover verjagt worden. So, wie wir morgen aus Berlin verjagt werden. Sie, Hielscher, werden bleiben und in einem Krieg untergehen, und der ›Alte‹ wird Sie vom Himmel herab segnen – mit Gott für König und Vaterland, Amen!«

Am nächsten Tag hörten wir von einem »Panama der Osthilfe«. Die Reichsgelder, die notleidenden Gütern im Osten Deutschlands helfen sollten, waren einseitig und ohne Kontrolle verschleudert worden; auch dem Sohn Hindenburgs sollten Gelder zugeflossen sein. Über Nacht entdeckten die Nazis den Skandal.

Wieviel davon würde man dem »Alten« sagen können? Würde er weich werden, um seinen Sohn und die Ehre seines Namens zu retten?

Keiner von uns Intellektuellen ahnte, daß diese Dynamitpatrone den Wall sprengen würde. Wir verteilten Flugblätter, die die kommunistische Version des Skandals in alle Häuser bringen sollten. Der geschickte Erpresser Hitler aber rieb sich die »Fliege« unter seiner Nase und zog in den *Kaiserhof*, nah dem Kanzlerpalais, um bereit zu sein. Noch saß Schleicher in der Wilhelmstraße, Schleicher, die »andere Hoffnung«. Die Einberufung des Reichstages wurde auf den 31. Januar verschoben.

Gerüchte durchzogen die Redaktionen. Niemand wußte, was wirklich vorging. Wir rechneten damit, daß wir plötzlich auf die Straße gerufen würden, diesmal aber würden die Türen der Ministerien eingedrückt werden wie Pappe. Im ›Kleinen Theater‹ Unter den Linden spielte eine Gruppe von Kommunisten jeden Abend das Stück ›Die Mausefalle‹; es war ein violenter Anruf an die Angestellten, sich zu den Arbeitern zu schlagen und die Lösung der Probleme gemeinsam zu finden. Niemand verbot das Stück. Die Schauspieler glaubten zu wissen warum: Morgen würden sie die Sieger sein, morgen würde ›Die Mausefalle‹ im Staatstheater gespielt werden!

Betrunken waren alle Aktivisten, die ich damals traf. Erschreckt und der Gefahr hell bewußt waren nur die Schriftsteller, die nicht im Tageskampf standen. Ich erinnere mich, daß ich im Verlag von Kiepenheuer Hermann Kesten anschrie, der mir von der Flucht

Bert Brechts sprach: »Flucht! Warum Flucht?« Kesten lachte bedrückt und hielt mich für einen Geistesgestörten, obwohl er die Tragik der Millionen hätte sehen sollen, die da im Reich und in Berlin auf ein Wort des Aufstandes warteten und es nie hören sollten. Kiepenheuer kam in den Korridor, um mir zu erzählen, daß er die Druckfahnen meines Avignon-Buches zu einem befreundeten holländischen Verlag verschifft habe. Zum ersten Mal fiel das Wort »Exil«. Ich fand alle von abschreckender Feigheit und beeilte mich, wieder in meine Kolonie zu kommen, wo man sich wenigstens eins wußte mit den Millionen Leidender, deren Stunde nun gekommen war.

»Sie sprechen von Exil!« rief ich Marieluise zu, die ihre Wäsche in der großen Stube aufhängte. Sie verstand ohne Erklärung.

»Paris ist niemals Exil«, sagte sie. »Soll ich packen?«

»Eher gehe ich in die Spree!«

»Es ist eiskalt!«

»Erinnert mich an Zille: ›Die Fische leben auch darin‹.«

»Ich bleibe, was immer du tust«, sagte sie.

»Ich will dich nicht gefährden, ich weiß Bescheid mit solchen Situationen.«

Sie überhörte mein Protzen. »Es ist jedesmal anders«, sagte sie. Woher sie nur diese Ruhe hat, dachte ich. Da hämmerten Fäuste an die Tür. »Geh nicht!« rief ich und schämte mich. »Es ist noch nicht so weit«, sagte sie und ging hinaus.

Einer unserer Rotfrontkämpfer stand im Türrahmen. Er hatte eine Hakenkreuzbinde am Arm. Ich sah sie nicht, aber Marieluise bemerkte sie sofort.

»Ich wollte euch nur warnen«, sagte der Bursche. »Ihr seid zuerst dran und ohne Pardon. Deshalb – na, nichts für ungut. Wir haben halt verloren ...«

»Danke. Danke sehr«, sagte Marieluise und schloß schnell die Tür.

Ich begriff erst später, daß er schon übergelaufen war.

Am Nachmittag wurde bekannt, daß der Führer der Braunhemden, Röhm, vor dem Hause der Kommunistischen Partei eine Demonstration abhalten wollte. Es war eine Herausforderung, und jede Regierung, die etwas auf sich hielt, würde schon aus Gründen der Selbstachtung diesen Machtbeweis von Parteitruppen unmöglich gemacht haben. Aber dieser Apfel war überreif. Und es war nur noch jener zweideutige Schleicher aus dem Kanzlerpalais zu verjagen und der »Alte« unter Druck zu setzen. Zwei winzige Hindernisse, dann konnte die angestaute Flut alles überschwemmen. Vorher aber einmal aufgestampft mit 15000 Stiefeln, vielleicht nahm der Gegner die Provokation an, schob seine Maschinengewehre aus dem Fenster des Karl-Liebknecht-Hauses heraus, metzelte ein paar Hundert nieder, dann würde der Rest der 15000 über die Leichen vorrücken, und dann wäre das sogar eine richtiggehende, waschechte Revolution, wie sie im Buche stand.

Ich bin heute überzeugt, daß Röhm, der führte, so gedacht hat. Die Art der Homosexuellen, die er vertrat, bezieht aus der Spannung der Gefahr ihren Drüsenreiz.

Ich sah ihn auf seiner Tribüne am Bülowplatz stehen und mit vibrierenden Nüstern gierig einmal den abmarschierenden strammen Gesäßen nachsehen (er sah immer erst hin, wenn sie vorbei waren), dann wieder hinüber zu den ruhig blinkenden Fenstern des feindlichen Parteihauses, hinter denen nichts sich rührte.

Die KP-Leitung hatte das Haus geräumt. Unfähig, die Arbeitermillionen wie eine Schutzmauer um sich zu legen, im tiefsten von ihrer Niederlage schon überzeugt, hatten Thälmann und sein Zentralkomitee, hatten Redakteur Johannes R. Becher und seine Unterschreiber die Rouleaus ihrer Schreibtische heruntergerollt, abgeschlossen und »sich nach Haus gemacht«. Einige waren sogar gleich in illegale Quartiere gegangen.

Die Parteiflugblätter, die am nächsten Tag gedruckt wurden, sprachen von dem »kläglichen Scheitern der Naziprovokation« und riefen wieder zur revolutionären Tat auf, dabei jeden »terroristischen Akt« verdammend. Nie hat eine dramatische soziale Lage dümmere Häuptlinge auf der Seite der Unterdrückten gesehen.

Durch Geheimbefehl waren wir, das »Volk«, in die Richtung des Liebknecht-Hauses dirigiert worden. Wenn genug kamen – hunderttausend nämlich –, dann war die absperrende Polizei leicht weggedrückt, und wir konnten unsern Platz selbst füllen, und Röhm mußte beschämt abziehen.

Wir waren vielleicht fünfhundert Leute aus fünfzig verschiedenen Zellen, verstärkt durch einige dreihundert Erwerbslose, die sowieso auf der Straße lagen und, verbissen und verhungert wie sie waren, gern etwas gegen die guternährten braunen Truppen unternahmen. Als wir das erstemal von heranstürmenden Polizisten aus einer Straße gejagt wurden, hatte ich das Pech, einen Gummiknüppel auf das rechte Schulterblatt zu bekommen.

Ich behaupte heute noch, daß der Schlag dazu bestimmt war, mich zu wecken. Ich taumelte in ein Haus, schlug die Tür ins Schloß und stand lange da mit meiner brennenden Schulter und dem Gefühl, daß ich betrogen worden war, aber diesmal in weit umfassenderem Maße als vor Liebknechts Tod und in Münchens hektischen Tagen.

Nach etwa zwanzig Minuten verließ ich das Haus; ich begegnete Polizisten, die mich frei passieren ließen; ich war allein, ich war nichts mehr. Die ›Volksbühne‹, in der sie in diesen Tagen mein Stück hatten aufführen wollen, erhob sich vor meinen Augen.

Ich ging zur Wilhelmstraße, wo mein Verlag seine Büros hatte; sie waren schon geschlossen. Ich kam ans Spreeufer, sah das Gewerkschaftshaus, wo auch die Freidenker tagten. Drei Millionen Mitglieder hatte der Bund, für den ich einmal durch Frankreich gezogen war. Wieviel Millionen hat der Gewerkschaftsbund? Er hatte einmal gegen Ludendorff gesiegt, gegen Kapp, gegen Cuno. Ich las die Inschrift auf einem Plakat: *Alle Räder stehen still, wenn dein starker Arm es will.* Wo war der starke Arm? Alle Büros waren geschlossen, wie an einem Feiertag. Ich besuchte einen der Sekretäre: »Lassen wir ihn ruhig zur Macht kommen«, sagte er und meinte Hitler, »in acht Monaten hat er abgewirtschaftet.«

Der 28. Januar 1933 war ein letzter grotesker Tag in Berlin. Kantorowicz kochte seinen steifen Haferschleim, als ich ihn aufsuchte, um nach der Post zu sehen, die während meiner Reise an seine Adresse gegangen war.

Ich fand eine Einladung zur ›Grünen Woche‹, der Ausstellung der Landwirte. »Frag Dewald«, sagte Kantorowicz, »der war gestern da.«

Dewald, ein unbeschäftigter Schauspieler, trat aus der Küche, pustete die Backen auf, streckte den Bauch vor und klemmte sich ein Monokel ins Auge. »Ganz vortreffliche Schau!« äffte er. »Tausend Ehrengäste. Auch Herr Ernährungsminister. Na, wird sein letztes Auftreten gewesen sein. ›Kleintier dominiert‹, sagte er. Stimmt. Stimmt überall. Dank den Sozis. Aber das wird ja jetzt bald anders werden. General ohne Rückgrat dulden wir nicht mehr lange. Minister sprach auch von der Sehnsucht der Massen: Zurück zur Natur! Er meinte die Schrebergärten. Soll 'ne ganze Million mehr geben. Wenn's mal nützt, die Leute abzulenken; wird aber zu viel ›Rote Fahne‹ in den Lauben gelesen. Bestie wird frech. Produziert auch zuviel Gemüse, ißt weniger Brot. Wird bald alles anders werden.

Na, ich dachte, nun spricht er auch noch über die Osthilfe, aber da kam schon das Deutschlandlied und der Rundgang. Presse immer daneben. Noch reichlich viel Judenlümmel darunter. Sollten schon im Ausland sein. Vierzehn Jahre Marxismus sind um, nicht wahr?«

Dewald sprach nun nicht mehr wie ein Junker aus Ostpreußen, er ahmte Hitlers Stimme nach. Kantorowicz rührte in seinem Brei, von dem er sich jeden Morgen eine Heilwirkung gegen das Gift der nächtlichen Zigaretten versprach. Dewald schob sich eine Haarsträhne in die Stirn. »Ich habe lange genug gewartet!« schrie er. »Ich werde der Kanzler mit der Fliege unter der Nase sein. Meine Haarsträhne soll alle Deutschen bezaubern. Meine Tränensäcke sollen das neue Schönheitsideal werden. Mein vierschrötiges Kinn wird ein Wahrzeichen der Willenskraft sein, mit der ich Europa und die Welt verändere. Der kleine General, der mir da noch im Wege steht, wird weggeblasen! Die SPD wird ins Mauseloch kriechen. Die KPD wird einen gedruckten Protest von Haus zu Haus verteilen ...«

»He!« sagte Kantorowicz und sah ein wenig besorgt auf den Lästerer, der in all seinem Spott etwas Visionäres bekam.

»Ich dulde keinen Widerspruch!« schrie Dewald im monotonen und doch hysterischen Ton des »Führers«. »Es gibt kein Proletariat, das schicke ich nach Moskau, es gibt das deutsche Volk, und das wird mir nachfolgen ins tiefste Elend, da es treu ist und seinen Führer erkennt und gern in den Hintern getreten wird. Dieser Schleicher ist jetzt schon einen Monat und 24 Tage an dem Ruder, das mir gehört. Was bildet sich dieser Mann denn ein! Will wohl mit der Kommune einen Rebbach machen? Aber ich werde ihm das Mauscheln schon abdrosseln, und eh' die Woche vergeht, gibt's einen General weniger und einen großen Führer in der Wilhelmstraße, so wahr mir meine Fliege helfe und meine Haarsträhne ...«

Das Telefon klingelte. Kantorowicz hob den Hörer ab, hörte mit seinem Rabengesicht erst wie verschlafen zu, plitzte mit den Fingern, dann spannte sich seine Stirn, er verneigte sich mehrere Male und hängte ein. Sein Gesicht schien noch älter geworden, als er zu Dewald hinaufschielend sagte: »Schleicher ist zurückgetreten. Hitler wird Kanzler.«

Dewald strich sich hastig die Strähne aus der Stirn. Er sah aus, als hätte er Angst, wir schlügen ihn tot.

Der Wetterbericht sagte: »Die Schrumpfung des mitteleuropäischen Hochdruckgebiets macht weitere Fortschritte. Bereits am

Freitag stieg in Ostpreußen die Temperatur auf plus ein Grad Celsius.«

»Das paßt«, grinste Dewald. »Mitteleuropa schrumpft, die eingefrorenen Junker der Osthilfe tauen auf.«

Der Leitartikel des ›Berliner Tageblatts‹ klagte: »Noch niemals war die Gefahr für den Bestand des Reiches so groß wie heute ...«

Um sieben Uhr abends stand ich mit einer jungen kommunistischen Redakteurin unter den Massen vor dem Reichskanzlerpalais. Ich hatte meinen Wintermantel an und eine kleine Pistole in der Tasche; ich sah zu dem Balkon der Kanzlei hinauf. Ein lebensgefährlicher Gedanke kam mir. »In Paris 1928 habe ich mir wochenlang mein Essen als Preis erschossen – was könnte ich mir hier erschießen? Den Tod und historischen Ruhm.« Ich steckte die Pistole unter dem Mantel in die sichere Gesäßtasche.

Görings wanstige Figur erschien drüben an einem der offenen Fenster. Vom Baum über uns schrie ein Mann: »Es lebe der Reichsluftwaffen-Minister!« Auf der Straße zogen mit schwelenden Fackeln die Sturmtruppen und der Stahlhelm vorbei.

Wir waren eingeklemmt in die Zuschauer und sahen uns gelegentlich an. Marianne hatte eine große Zeitung für Arbeiterinnen redigiert. Hunderttausende liebten ihre Ratschläge, ihr Verständnis, ihre Menschlichkeit. Aber wenn man sie jetzt hier erschlüge, würde durch die Hunderttausende ihrer Freunde nur ein Zucken gehen. »So schlimm steht es also!« würden sie sagen, und die Frauen würden die letzte Nummer von Mariannes Blatt schnell und verstohlen hinunter in den Mülleimer tragen und sich dem Gesetz der Geschichte beugen.

Das Geschrei schwoll plötzlich an. Am Fenster quer oben erschien Adolf Hitler. Er hob die Hand. Mit raschen, abfertigenden Bewegungen verbeugte er sich. Rings um uns gingen die Arme hoch. Einer schrie verächtlich, da wir nicht grüßten: »Schau, die Kommune ist auch da!« Aber keiner packte uns. Sie waren im Siegestaumel; mochten die zwei Persönchen da ruhig mit ansehen, welch herrliche Zeiten jetzt anbrachen! Oben verzog sich Hitler wieder in das beleuchtete Innere des Hauses. »Wo sind denn eigentlich *unsere Führer*?« fragte Marianne leise an meinem Ohr. Es war eine unsägliche Verlassenheit in ihren Augen, obschon sie den Mund ironisch geschürzt hatte.

Wolfdietrich Schnurre
Und Richard lebt auch nicht mehr

Wir haben selten so viel Taschengeld verdient wie in der Woche vor den Wahlen. Die waren froh, wenn ihnen jemand die Flugblätter verteilte. Wir lungerten dann immer vor der großen Druckerei in der Karl-Liebknecht-Straße herum; da druckten sie alle: die Roten und die Sozis, die vom Düsterberg und die Nazis. Manchmal fingen die Prügeleien bereits auf dem Hof an; eine Menge Flugblätter sind auf die Art schon versaut worden. Uns war es egal, für wen wir sie austrugen; der Preis: ein Groschen pro hundert, war bei allen der gleiche.

Mit der Zeit wurden wir dann allerdings auch gewitzter. Hatten wir zum Beispiel einen Stoß von den Sozis gekriegt, holten wir uns jetzt auch noch einen von den Roten oder den Nazis dazu und steckten den Leuten so jedesmal gleich zwei Blätter in den Kasten.

Heini sagte, das wäre reeller, dann hätte man doch eine Vergleichsmöglichkeit. Am besten wäre ja, sagte Heini, man steckte den Leuten von allen Sorten eins in den Briefschlitz. Aber das ging nicht, mehr als hundert unter jedem Arm waren nicht zu schaffen auf einen Schwung.

Heinis Gegenspieler war Richard. Richard hatte abstehende Ohren und einen sehr dicken Kopf; doch das täuschte. Richard sagte, das ginge nicht; man könnte nicht für alle arbeiten, so was wäre stuppig. Richard arbeitete nur für die Roten. Natürlich hatte er dann hinterher oft nicht mal halb so viel kassiert wie wir. Aber das machte ihm nichts aus. »Ich kann wenigstens ruhig schlafen«, sagte er.

Aber wir schliefen *auch* ruhig, und Heini sagte, Richard redete bloß so, weil er zu unbegabt wäre, um unter jedem Arm hundert zu tragen.

Richards Vater war auch ein Roter. Sie wohnten Wörth-, Ecke Straßburgstraße, gegenüber dem Haus, wo oben die Büste vom Kaiser drauf war mit dem Loch in der Brust, aus dem die Strohhalme von dem Spatzennest raushingen. Die Wohnung ging halb auf die Wörth- und halb auf die Straßburgstraße raus, und am Montag der Wahlwoche ließ Richards Vater aus jedem der beiden Fenster eine Schnur auf die Straße runter, und unten stand Richard und knotete die Schnurenden zusammen und band eine Kartoffel dran fest.

Dann zog sein Vater von der Wohnküche aus erst die Wörthstraßenschnur und dann vom Schlafzimmer aus die Straßburgstraßenschnur rauf und unten, einen großen Kreis von Kindern um sich herum, stand Richard und winkte und schrie so lange zu seinem Vater hinauf, bis die Kartoffel, so im zweiten Stock jetzt vielleicht, in der Mitte unter den beiden Fenstern hing.

Jetzt machte Richards Vater in jedes Schnurende oben einen Knoten, zog die Kartoffel herauf und band das Bild von Teddy Thälmann fest an der Schnur. Das ließ er dann wieder runter; und es hing jedesmal genau in der Mitte.

Vater hat meistens vergessen, daß Wahlsonntag war. Weil er unter Ebert manchmal Arbeit gehabt hatte, wollte er immer die Sozis wählen. »Die sind noch am anständigsten«, sagte er.

Aber sonntags war er oft müde und hat sich hingelegt und ist abends erst aufgewacht, und dann war er zu kaputt, um sich noch anzuziehen.

Richards Vater sagte, ich sollte ihn früher wecken; ihm wäre es egal, Vater könne ruhig die Sozis wählen, aber wenn er gar nicht wählte, dann kriegten die Nazis die Stimme.

Vater sagte, das wäre Unsinn. »Die Nazis sind Sauigel«, sagte er; »die wählt sowieso keiner. Im übrigen sollen die ihre blöden Wahlen doch werktags machen und einem nicht auch noch den einzigen Tag vermasseln, an dem man mal richtig ausspannen kann.«

Richard sagte, er hätte nichts gegen Vater, aber wenn alle so dächten, das wäre schlimm.

»Wieso«, sagte ich, »er ist doch prima.«

»Prima«, sagte Richard, »nützt gar nischt; auf 'm Kien muß er sein.«

Richard war genau so alt wie ich, doch er wußte in so was besser Bescheid. Aber bald wußte ich auch Bescheid; und abends gingen wir jetzt immer auf Tour und kratzten die Naziplakate ab von den Zäunen.

Wir haben oft die Hucke vollgekriegt damals, allerdings auch von der Polente sehr häufig.

Vater sagte, die Polizei wäre gut; »das sind noch die einzigen«, sagte er, »die ein bißchen für Ordnung sorgen.«

Aber Richards Vater sagte, die Polizisten wären gekauft. »Worauf«, sagte er, »sollen die bei uns denn schon aufpassen? Beklaut werden können doch bloß die, die was haben.«

Trotzdem haben sie immer sehr achtgegeben auf uns, und als damals der große Straßenbahnerstreik war, und wir die Berliner Allee runter hinter unseren Steinhaufen standen und auf die Streikbrecher warteten, da mußten wir die besten Klamotten oft schon lange vorher vergeuden; alles nur wegen der blöden Polente. Und wenn die Bahnen dann endlich kamen, dann konnten die Schubiaks mit ihnen oft die ganze Berliner Allee runterjagen, ohne daß auch nur eine einzige Scheibe kaputtging.

Vater sagte, ich sollte mich raushalten aus so was. Aber Richards Vater hatte ein Sprichwort, und das hieß: »Brot wird auf der Straße gebacken.«

Ich sagte es Vater; aber Vater fand, das wäre ein albernes Sprichwort.

Mit der Zeit kriegten wir immer häufiger die Hucke voll. Wir hatten jetzt Schlagringe, mit denen konnte man auch allerhand machen. Richard war besser dran als ich; ich hatte immer Angst, was abzukriegen. Richard hatte nie Angst, allerdings war er auch breiter als ich.

Unsere Schule in Weißensee war damals ganz neu; die Kommunisten und die Sozis hatten sie zusammen gebaut, und unsere Eltern hatten alle was dazugegeben. Wir hatten Lebenskunde statt Religion und ein Schülerparlament, das Lehrer absetzen konnte. Jede Klasse hatte ihren Abgeordneten. Unserer ist Richard gewesen.

Viele wollten, daß Heini Abgeordneter würde. Aber Heini war zu klug, er redete zuviel. Richard redete längst nicht so viel. Das kam daher, weil sein Vater auch nicht viel redete. Aber er hatte eine gute Nase, er wußte genau, wenn ein Lehrer nicht koscher war; und daß unser Turnlehrer in der SA war, das roch er schon, als alle noch darauf geschworen hätten, Herr Franke wäre ein Sozi.

Richard holte mich früh immer ab; und eines Morgens standen alle Kinder aufgeregt vor der Schule, und niemand ging rein; und als wir rankamen, da war auf dem Dach eine Nazifahne gehißt.

Die Lehrer sagten, wir sollten nachhause gehen, und sie gingen auch selber nachhause. Aber wir gingen nicht, wir standen alle vorm Tor, und Richard ballte die Fäuste, und auf einmal fing er an, ganz laut und hoch die Internationale zu singen; und wir sangen auch alle mit. Es klang wunderbar, wir waren über vierhundert Kinder, viele hatten Tränen in den Augen, weil es so schön klang, und die Leute, die dazukamen und mitsangen, hatten auch Tränen in den Augen; aber vor Wut.

Dann kam unser Rektor. Er stellte sein Fahrrad an die Mauer und fragte, wer mit raufkäme, die Fahne vom Dach runterholen. Wir wollten alle mit rauf; aber er nahm nur die Klassenvertreter.

Wir anderen blieben draußen vorm Tor und sahen zu, wie sie reingingen, und durch das große Fenster im Flur konnte man sehen, wie sie die Treppe raufstiegen.

Auf einmal sah man eine Menge Schaftstiefel die Treppe runtergerannt kommen, und ein paar von Unseren fielen die Stufen runter. Aber dann fielen auch ein paar von den SA-Leuten die Stufen runter, und auf einmal ging die Dachluke auf, und Richard kam raus; man konnte seinen dicken Kopf mit den abstehenden Ohren deutlich erkennen.

Wir fingen jetzt wieder an, die Internationale zu singen, und während wir sangen, balancierte Richard zum Fahnenmast hin.

Gerade als er ihn erreicht hatte und die Schnur aufknoten wollte, tauchte der Kopf eines SA-Mannes in der Dachluke auf.

Wir hörten gleich auf zu singen und schrien so laut, wie wir konnten.

Aber Richard dachte, wir wollten ihn anfeuern; er winkte uns zu, und dann priemte er weiter an dem Fahnenmast rum.

Da war der SA-Mann aus der Luke heraus. Wir erkannten ihn alle, es war Herr Franke, der Turnlehrer. Er balancierte jetzt auch zu dem Fahnenmast hin.

Aber nun hatte Richard die Schnur endlich los, und der Lappen kam runter. Richard riß ihn ab und drehte sich um; da sah er Herrn Franke.

Herr Franke ging langsam und mit hochgezogenen Schultern auf Richard zu.

Richard konnte nicht an Herrn Franke vorbei, aber er hatte keine Angst, man sah es. Er hielt mit beiden Händen den Lappen fest, und plötzlich duckte er sich und rammte Herrn Franke den Kopf in den Bauch.

Sie fielen beide hin und hielten sich an der Planke fest, die zum Fahnenmast führte. Herr Franke kam zuerst wieder hoch. Richard hielt noch immer den Lappen fest, mit der anderen Hand versuchte er jetzt, Herrn Franke an die Beine zu kommen.

Da trat Herr Franke ihm auf die Hand, Richard schrie auf, er rutschte ab, er verwickelte sich in der Fahne, jetzt blähte auch noch ein Wind diesen Fetzen auf, Richard griff um sich, er überschlug sich, jetzt noch mal, jetzt kullerte er die Dachschräge runter, jetzt kam die Kante, und dann schoß Richard, in die Fahne gewickelt, wie eine knatternde rote Fackel runter und in den Hof.

Wir schrien wie die Wahnsinnigen; wir rannten hin und wickelten ihn aus; wir bespuckten die Fahne und heulten und traten auf ihr herum; aber Richard war tot.

Da wollten wir reinrennen und Herrn Franke und die anderen SA-Männer auch totmachen. Aber gerade da fuhren draußen die Polizeiautos vor; die Schupos sprangen ab, sie hatten die Sturmriemen runter und kamen alle zu uns in den Hof reingerannt.

Zum Glück lagen von der Baustelle her noch Steine herum. Die schnappten wir uns; wir warfen eine Bresche in die Schutzleute rein und rannten weg.

Viele haben sie dann aber doch noch gekriegt. Den Rektor und unsere Obleute haben die SA-Männer gleich mitgenommen. Wir anderen blieben noch eine Weile weg von der Schule; aber dann kam eine Karte, auf der stand, Schulstreik wäre ungesetzlich, und da mußten wir doch gehen.

Richards Vater haben sie dann auch abgeholt.

»Ich wußte, daß es kein gutes Ende mit ihm nehmen würde«, sagte Vater; »so radikal darf man nicht sein.«

Ich schwieg.

ALFRED ANDERSCH
Phasen

Etwas Bier war verschüttet worden; es bildete einen Flecken auf der dunkelbraunen Tischplatte. Ich paßte auf, daß die ›Rote Fahne‹, die ich las, nicht feucht wurde. ›Paulanerbräu‹ stand an den Wänden. / Die zweite Stacheldrahtpalisade war nun auch bald fertig, und morgen sollten die gestreiften Sträflingsanzüge ausgegeben werden. / Manche arbeiteten schon vierzehn Tage auf dem Soldatenfriedhof; sie hatten kein Glück gehabt und waren nicht zu Transporten in andere Lager eingeteilt worden. / Die Genossen saßen auf den Wirtshausstühlen und unterhielten sich nur halblaut. Sie lauschten auf die Geräusche von der Straße. / Während des Abendappells war die Aufstellung einer Strafkompanie verkündet worden; auch mein Name war unter denen, die man dazu eingeteilt hatte. / Den ganzen Tag lang, an dem ich verhört wurde, hoffte ich, daß morgen ein Transport gehen würde, damit mir der Friedhof erspart bliebe. / Die Bierflecken gefielen mir nicht; sie hatten gar nichts mit den sauberen Lenin- und Upton-Sinclair-Bänden zu tun, die ich mir jeden Monat kaufte, wenn ich etwas Geld verdient hatte. Es war bedrükkend, hier zu sitzen und zu warten. / Der SS-Mann Waldbauer kam nach dem Appell in die Baracke. Er meinte, es würde wohl nicht so schlimm werden, und sammelte wieder die Briefe ein, die er heimlich für uns aufgab. / Wir sollten nach Neapel gebracht werden. Auf dem in der Hitze flimmernden Meer sahen wir Schiffe liegen, aber es waren nicht die für uns bestimmten Transporter. / Heini Sauerland, der in jenen Tagen Pol-Leiter der KPD in Neuhausen war und zum Bezirkskomitee gehörte, hatte aufgehört, auf dem Klavier den ›Roten Wedding‹ zu spielen. Mit seinen halbblinden Augen las er ein Schriftstück; er hielt es ganz nahe an sein Gesicht. Das Licht im Gasthaus ›Volkartshof‹ war trüb. / Willi Franz hatte sich damals noch nicht in seiner Zelle erhängt, aber er spielte bereits so schlecht Schach, daß ich ihn mit Leichtigkeit schlug. Wir legten das Brett immer auf einen Baumstumpf vor der Baracke. / Wenn man auf dem Friedhof arbeitete, wurde man von Negern bewacht, erzählten die, die dort gewesen waren. / Die meisten Genossen trugen schlechte Kleider, aber sie hatten gute Köpfe, und jeder von ihnen war ein Charakter für sich. Ich hatte Lenins ›Materialismus und Empiriokritizismus‹ gerade durch; alles war ganz klar: Bewegung war auch bloß Materie, und es gab keinen Gott. Nur die Bierflekken und das trübe Warten paßten nicht dazu. / Vor zwei Stunden war ein Transport von hundert Juden aus Nürnberg ins Lager gekommen; sie richteten sich gerade in ihrer Baracke ein. / In der Nacht vorher hatten deutsche Maschinen einen Angriff auf Anzio geflogen. Die Lampen um das Lager waren erloschen; wir hatten flach auf der Erde gelegen und Decken um den Kopf gewickelt, als Splitterschutz. Es war aber nichts passiert. / Wenn die Türe aufging, kam ein Stoß kalte Luft in die Gasthausstube herein. Wir waren damals, im Beginn des Winters 1932/33, schon fast illegal.

Vormittags hatte man uns die Haare abgeschnitten. Das gab den Pessimisten Auftrieb, die behaupteten, wir würden lange Zeit im Lager zubringen. Einem jungen Juden hatte man die Haare nicht völlig abgeschnitten, sondern ihm drei Streifen von der Stirn zum Hinterhaupt durch sein dichtes schwarzes Haar rasiert. Wir sahen unsere kahlgeschorenen Köpfe an und zogen uns gegenseitig auf. Wir hatten die Situation noch immer nicht ganz begriffen. / Am nächsten Morgen setzten sich tatsächlich die Kolonnen in Bewegung. Wir verließen die Cages und bestiegen Lastautos, die vor dem Lager auf uns warteten. Die Fahrer der Lastautos waren Neger. Sie ließen die hinteren Planken der Autos herunter und riefen »Come on«. Wir stiegen widerwillig hinauf und stellten uns eng zusammen. Zwei Negerposten kletterten zu uns herauf, setzten sich auf die wieder geschlossenen Planken und legten die Karabiner vor sich auf die Knie. Dann fuhren die Trucks los. / An jenem Abend warteten wir auf einen Aufmarsch, den die SA angekündigt hatte. Wir selbst wagten schon lange keine Demonstrationen mehr. Die kurzen, illegalen Stoßdemonstrationen des Jugendverbandes waren vom ZK verboten worden, weil sie ›sektiererisch‹ waren. Das waren Aktionen gewesen, bei denen sich die Genossen der Jugend nach geheimer Order in einem Parteilokal trafen. Auf ein Signal hin bildeten wir eine Marschformation und zogen durch einige Arbeiterstraßen. / Nachdem man uns die Haare abgeschnitten hatte, ließ uns der SS-Mann Steinbrenner im Stechschritt an einer Gruppe seiner Vorgesetzten vorbeimarschieren. Mittags, in den Baracken, kam das Gerücht auf, Hans Beimler sei in das Lager eingeliefert worden und sogleich in den Dunkelarrest gekommen. Er war der Führer der KPD in Bayern. Wir waren voller Spannung. / Die Sonne war schon am Morgen stechend und grell. Die Straßen, auf denen die Lastautos fuhren, waren holperig, und das Gelände war ganz verwüstet. Am Eingang des Friedhofs warteten viele Negersoldaten auf uns. Ein weißer Offizier überwachte die Ausgabe der Spaten, Schaufeln und Pickel. / Wir trugen die rote Fahne mit uns und riefen Parolen wie: »Arbeiter, kämpft gegen die Notverordnungen!« »Hinein in die KPD, die Partei der Arbeiterklasse!« und »Nieder mit den Hitler-Faschisten!« Nach ungefähr zehn Minuten hörten wir in der Ferne das Heulen des Überfallkommandos und stoben auseinander. Von solchen Aktionen war im ›Volkartshof‹ keine Rede mehr. Wir saßen nur herum und hatten Bier bestellt, damit der Wirt auf seine Rechnung kam. Wenn die SA uns angriff, würden wir kämpfen. Aber nur ganz wenige von uns hatten wirklich gekämpft, ich meine: physisch. Ich unterhielt mich mit Schmeller, einem Musikstudenten, über die Hegelsche Dialektik. Die Formel These-Antithese-Synthese war ganz einfach zu begreifen. Man brauchte nur das Beispiel mit dem Ei heranzuziehen. Die Sprengung der Eierschalen war der bewaffnete Aufstand. Aber ich hatte das unklare Gefühl, daß alles zu einfach war. / Unter dem Wort ›Strafkompanie‹ konnte sich niemand etwas Genaues vorstellen. Wir sollten am nächsten Morgen in die Baracke kommen, in der es keine Holzpritschen gab, so daß wir mit den Strohsäcken auf dem Betonboden liegen würden. Und das im April. Aber damit würden wir fertig werden. Jeder, der zur Strafkompanie gehörte, war rasch von einem Nimbus umgeben. Wir fühlten, daß wir eine Elite bildeten. Der Himmel über dem Lager war noch hell. Wo die Sonne unterging, mußte Dachau liegen. / Wir wurden in Arbeitskommandos eingeteilt und verstreuten uns truppweise im Gelände. Über dem

Friedhof hing süßlicher Leichengeruch. Wir begannen, Gräber auszuheben. Die Kalkerde war trocken und hart. Sie träufelte in Schollen von den silbern glänzenden Spaten. / Plötzlich war es mir ziemlich klar, daß wir nie wieder so ruhig zusammensitzen würden in der Gaststube des ›Volkartshof‹ mit ihren Paulanerbräu-Plakaten an den Wänden. Nie wieder würde Sauerland die letzten Beschlüsse des Zentralkomitees erläutern und die Funktionäre, die reden konnten, aufstehen und das Wort ergreifen, einer nach dem anderen. Am Straßenausschank holten Kinder das Bier in Krügen für das Abendessen. Während draußen der kalte, trockene Winterwind um die Ecken der Arbeiterhäuser fuhr, las ich in den verschütteten Bierlachen die Nachricht von Tod und Einsamkeit. Aber ich wartete immer noch auf einen Boten, der laut verkündete, daß nun Ernst gemacht würde. / Die Juden würden nicht lange bleiben, dachten wir. Es waren lauter Kaufleute und Ärzte und Rechtsanwälte. Sie konnten unmöglich unter uns bleiben. Bis jetzt waren nur wir Kommunisten im Lager gewesen. Die Juden sahen aus den Fenstern ihrer Baracke. Sie waren still und hatten gute Anzüge an. Um sechs Uhr holte man zwei von ihnen zum Wassertragen. Steinbrenner kam ins Lager und schrie: »Goldstein! Binswanger!« Sie mußten eine Wassertonne ergreifen und gingen mit Steinbrenner vors Tor. / In der schrecklichen Hitze wurden Wasserkanister herumgereicht, aber das Wasser schmeckte nach dem Chlor, mit dem es desinfiziert worden war, dem Chlor, mit dem man auch die Leichen bestreut hatte, und angewidert setzte man den Becher nach wenigen Schlucken wieder ab. Wenn wir die Arbeit unterbrachen und aufblickten, sahen wir die hölzernen Kreuze rings um uns, in riesigen quadratischen Feldern. Als wir eine Reihe Gruben ausgehoben hatten, wurden wir zum Füllen der Säcke geführt.

In diesem Augenblick hörten wir draußen das Getrappel eiliger Schritte, und dann flog die Türe auf, und Bertsch erschien in ihrem Rahmen. Wir fuhren hoch, denn das Gesicht des langen Hans Bertsch war völlig von Blut überströmt, und er schrie: »Die SA!« Er hatte eine Kopfwunde, und das Blut floß ihm über seinen abgeschabten grauen Wintermantel. Bischoff, der schon viel Bier getrunken hatte – es hieß, er sei der Leiter des verbotenen Roten Frontkämpferbundes –, brüllte: »Mir nach!« Einige zogen Stahlruten und Schlagringe aus ihren Jacken und drängten mit ihm zusammen auf die Straße. Bertsch indessen stützte sich mühsam auf die Theke. Er war kalkweiß und blutrot im Gesicht, ein Metallarbeiter, der seit zwei Jahren stempelte, und das Gasthaus war dunkel, trüb, eine Münchener Arbeiterwirtschaft, Zellenlokal der KPD, mit Bierflecken auf den Tischen. Ehe wir Bertsch beisprangen, ging sein Blick durch uns hindurch und brach sich an den Fenstern, hinter denen sich die Dämmerung durch die Straßen der Jahre wand.

An diesem Abend hörten wir zum erstenmal den Laut von Schüssen, die uns galten. Wir alle standen an der Mauer, an der Goldstein und Binswanger erschossen wurden. Der peitschende Knall überfiel uns, als wir zwischen den Baracken auf Brettern saßen und unsere Abendsuppe löffelten. Er ließ unsere Gespräche verstummen, aber die Suppe aßen wir zu Ende. Nur die Juden aßen nicht weiter; sie waren noch nicht so ausgehungert wie wir. Goldstein und Binswanger kamen nicht zurück, obgleich wir warteten und manchmal flüsternd nach ihnen fragten. Am nächsten Morgen standen wir im Karree. Die SS-Männer trugen lange, graue Statuenmäntel im dunklen Nebel-April, und eine Stimme sagte über uns hinweg: »Auf der Flucht erschossen!«

Wir bekamen Gummihandschuhe und hohe Gummistiefel, damit wir uns nicht infizierten. Von einem Sackstapel nahmen wir lange, weiße Leinensäcke und warfen sie uns über die Schultern. Die Leichen lagen in langen Reihen auf einer Fläche in der Mitte des Friedhofes. Von ferne waren es nur unförmige, klumpige, mit Chlor bestreute Massen. Auf diesem Friedhof sammelte man die Toten, die man auf dem Schlachtfeld von Nettuno fand. Viele von ihnen hatten schon wochenlang herumgelegen. Sie waren blauschwarz geworden und in den Zustand der Gärung übergegangen. Sie stanken. Einige, die noch nicht so lange tot waren, zeigten noch hellere Haut in den Gesichtern und unter den Fetzen ihrer Kleidung. Manchen fehlten die Arme oder die Beine oder auch die Köpfe, denn sie hatten im Feuer der Land- und Schiffsartillerie gelegen. Die Fliegen sammelten sich um sie in schwärzlichen Trauben. Die steigende Sonne löste die Leichenstarre immer mehr und machte die Körper weich und gallertartig. Schwarzer Saft rann aus ihnen. Wir stopften die schwammigen Massen in die Säcke. Den Draht am Ende verlöteten wir. Dann trugen wir die Säcke auf Bahren zu den Gräbern und warfen sie in die Gruben. Sie schlugen klatschend unten auf.

BRUNO APITZ
Nackt unter Wölfen

Als sich die frühe Dunkelheit des Abends über das Lager senkte, vollzog sich, was am Mittag im Operationsraum des Reviers beschlossen worden war. Schnell und huschend spielte der Apparat. Die Verbindungsleute benachrichtigten in den Blocks die Führer der Widerstandsgruppen. Unauffällig geschah es – ein paar Worte, die jeder hören konnte, doch zwischendurch wurden die Weisungen des ILK gegeben.

Alarmstufe zwei! Kein Angehöriger der Widerstandsgruppen durfte nunmehr den Block verlassen, alle mußten sich in Bereitschaft halten. Sie wußten, worum es ging. –

Blockälteste in den Pferdeställen des Kleinen Lagers waren vorbereitet worden. Unter ihren sich in der Enge der Überfüllung drängenden Insassen tauchten neue auf. Sie kamen vom Revier. Köhn und seine Sanitäter hatten sie mit Kopfverbänden unkenntlich gemacht. In ihren zerschlissenen Klamotten unterschieden sie sich in nichts von den übrigen. Andere der 46 Todeskandidaten hatten sich auf eigene Faust Verstecke ausfindig gemacht. Pröll war bereits am Nachmittag im Kleinen Lager gewesen, hatte sich umgesehen. Jetzt verabschiedete er sich von Krämer. »Geh, Junge«, sagte dieser, »es dauert bestimmt nicht lange, dann holen wir euch heraus ...«

Ein deutscher Blockschreiber und zwei polnische Stubendienste aus einem der Pferdeställe des Kleinen Lagers warteten auf Pröll. Auf einer freien Stelle im Gelände, abseits der Baracken, hatte Pröll unter dem aufgeworfenen Schotter einen Kanalschacht entdeckt. Ein aufgerissener Strohsack, von Exkrementenunrat verschmutzt, lag in der Nähe, irgendwann einmal aus einem der Ställe herausgeworfen und vergessen. Sofort hatte Pröll hier das geeignete Versteck erkannt. Der Blockschreiber wollte nichts davon wissen, doch Pröll hatte darauf bestanden, hier unterzutauchen, und nun warteten seine Helfer in der Dunkelheit auf ihn. Sie hatten den Deckel vom Schacht schon abgehoben, und als Pröll erschien, war sein Verschwinden das Werk weniger Minuten. Der Schacht, in den Pröll stieg, war eine senkrechte, eineinhalb Meter tiefe Öffnung über der Abortabflußleitung, die vom Lager zur Kläranlage führte. Pröll konnte sich nur mit gegrätschten Beinen auf die Kanten der Abflußrinne stellen, er mußte den Kopf einziehen, damit der Deckel aufgelegt werden konnte. Hastig warfen die Polen Schottersteine darüber und legten den Strohsack auf, dann huschten die Helfer in ihren Pferdestall zurück. Nun war Pröll allein und sich selbst überlassen. Er hatte das Gefühl absoluter Sicherheit und probierte die bequemste Stellung aus. In jeder Tasche seines Mantels steckte ein Knust Brot.

Zwischen seinen Beinen gluckste das jauchige Abwasser, und wenn der Gestank nicht gewesen wäre, dann hätte es Pröll lieblich klingen können wie das Gezwitscher eines munteren Bächleins. In einem Anflug von Galgenhumor machte sich Pröll mit seinem wenig angenehmen Verlies vertraut. »Fürs Scheißen hast du es jedenfalls bequem«, sagte er zu sich und richtete sich auf längere Zeit ein.

Krämer hatte dafür gesorgt und auch mitgeholfen, einige der Bedrohten zu verbergen. Auf seine Veranlassung hin hatte Bogorski von Häftlingen des Badekommandos am Nachmittag im Kohlenkeller das Versteck vorbereiten lassen. Im Kohlenberg war ein Hohlraum ausgeschachtet worden, der einen schnell zusammengezimmerten Lattenkäfig aufnehmen konnte. Klug und geschickt hatten die Häftlinge mit einem alten Tonrohr eine gut getarnte Luftzufuhr konstruiert. In diesen Lattenkäfig kroch einer der Bedrohten. Das Versteck wurde durch aufgeschichtete Kohlen unkenntlich gemacht. Im Kartoffelkeller der Küche war es einfacher. Hier genügte es, eine große Kiste unter den Kartoffelberg zu schieben. Die Entlüftungsanlage des Kellers sorgte für Atemluft. Als Krämer später durchs Lager ging und zur Nacht abpfiff, war die Aktion allerorts beendet. Sämtliche Todeskandidaten waren verschwunden. Matt an Nerven und Gliedern betrat Krämer dann den Block 3 der Kommandierten, auf dem er seine Schlafstatt hatte. Die hier untergebrachten Häftlinge waren noch nicht schlafen gegangen. Voller Spannung umringten sie Krämer, der sich schwerfällig auf die Bank am Tisch niederließ.

»Hat es geklappt?« fragte Wunderlich. Krämer antwortete nicht. Er knotete die Verschnürung seiner Schuhe auf. Sein Schweigen hatte etwas Mürrisches an sich. Doch die Häftlinge kannten ihn viel zu gut, um sein Verhalten nicht zu mißdeuten, das nur die Reaktion auf die vorangegangene Anspannung war. Erst nach einer Weile sagte Krämer: »Wenn wir den Tag morgen gut überstehen ...« Der Rest ging unter in einem schweren Seufzer. Krämer schob die Schuhe unter die Bank. Wunderlich stand vor ihm. »Ob es stimmt, weiß ich nicht, Walter, aber oben erzählen sie sich, daß morgen die Evakuierung losgehen soll ...« Krämer sah Wunderlich fragend an, der zog unbestimmt die Schultern hoch. Keiner der Häftlinge, die Krämer umstanden, sprach. Was sie empfinden mochten, drückte sich in ihrem Schweigen aus. Woher auch hätten sie Worte nehmen sollen, um das Unbegreifliche zu sagen? Nicht die Evakuierung selbst machte die Menschen stumm, sondern die kaum vorstellbare Tatsache, daß die bevorstehenden Ereignisse das Ende in sich bargen. Wie viele tausend Tage und Nächte hatten erst in die Zeitlosigkeit ihres Lagerdaseins versinken müssen, damit eine einzige Nacht urplötzlich den Strom ins Nichts blockieren konnte? Weil dafür die Vorstellungskraft nicht ausreichte, war auch die Sprache zu arm. Selbst Krämer fand kein Wort, welches groß genug war, das Unvorstellbare auszudrücken. »Einmal muß es ja kommen ...«, sagte er nur, als er sich erhob und die Jacke ablegte. Da sich nichts weiter sagen ließ, meinte Krämer: »Gehen wir schlafen, es ist das beste ...«

Noch lange wälzte sich Bochow in dieser Nacht ruhelos auf seinem Lager. Nun war es geschehen. Unter ihm in der Fundamentgrube befand sich Runki, und an vielen heimlichen Orten des Lagers die übrigen. Nun war es geschehen, unwiderruflich und nicht rückführbar. Aus *seinem* Mund war der Entschluß zum Aufstand gekommen, folgenschwer und ebenso unwiderruflich! – Bochow schloß die Augen und befahl den Schlaf herbei, der ihn narrte. Er horchte in sich hinein. Habe ich Angst? Zittere ich? Was ist? Haben sich nicht die Hände der Genossen in eins zusammengefunden? War nicht sein Wille zum Willen aller geworden? Aller! Das waren 50 000 und nicht nur die paar Genossen des ILK! Würden deren wenige Hände ausreichen, die Last der Verantwortung auf alle zu verteilen? Oder würden aber tausend Finger auf ihn weisen: Du trägst die Last! Du ganz allein! Aus *deinem* Munde kam das Wort! Du bist schuld! ... Bochows Gedanken verwirrten sich, aber er straffte sich. Ausgesprochen hatte er nur, was für alle unausweichbare Notwendigkeit war! – Und trotzdem, der Schlaf floh von ihm. Die Nacht wollte nicht weichen. Sie hockte ihm auf der Brust wie eine schwarze stumme Gestalt ...

*

Es war der 4. April 1945, ein Mittwoch, der im Dämmer des Morgens erwachte. Die Tür des Blocks 3 öffnete sich. Krämer trat heraus. Die Luft war feucht und hart. Es nieselte. Die frühe Morgenstunde löste sich nur schwer von der Schwärze der Nacht. Starr standen die

Wachtürme. Die roten Lampen am Draht glühten verschwiegen wie heimlich beobachtende Augen. Breit und leer dehnte sich der Appellplatz. Ganz oben bleichte das Torgebäude auf. Die Bäume des verbliebenen Waldes rund um das Lager ragten schwarz und steif im Dämmer zwischen Nacht und Morgen. Krämer schlug fröstelnd den Mantelkragen hoch und zog die Signalpfeife aus der Tasche. –

Der schrille Pfiff des Weckens erschreckte die Stille. Krämer stapfte durchs Lager. Die Häftlinge der Küche, die noch früher den Tag beginnen mußten, nahmen das Wecksignal als Zeichen entgegen, die Kaffeekübel bereitzustellen. In den Blocks war es schon lebendig. Die Betten wurden gebaut. In den Waschkauen drängten sich die Häftlinge mit nacktem Oberkörper um die Waschpilze. Stubendienste riefen in das Gewirr: »Kaffeeholer 'raus!« Auf den Wegen zwischen den Blocks begann es sich zu regen. Holzschuhe trappten. Aus allen Richtungen des Lagers zogen die Trupps der Kaffeeholer zur Küche, stauten sich hier und formierten sich zur gewohnten Ordnung des Kaffee-Empfangs. Der Küchenkapo und seine Helfer riefen die einzelnen Blocks auf. Die Kübel klapperten. Lärm, Leben, Bewegung, eingespielt und diszipliniert seit Jahren und wie an jedem Tag. Heute aber überdeckte der Lärm des Morgens eine besondere Spannung. Nur gedämpft sprachen sie alle miteinander. So mancher Blockälteste war über Nacht verschwunden. Wie selbstverständlich übernahm der Blockschreiber oder einer der Stubendienste die Funktionen des Fehlenden. Alle wußten sie, was in der Nacht geschehen war, und wie in geheimer Verabredung ignorierten sie das Außergewöhnliche. Nur hin und wieder und nur so zwischendurch gab es eine hingeworfene Bemerkung: »Bin neugierig, wie es heute ausgehen wird ...« Zwischen den Angehörigen der Widerstandsgruppen auf den einzelnen Blocks – jede Gruppe zusammen mit dem Vormann zählte nur fünf Mitglieder – war die Gemeinsamkeit in noch tieferes Schweigen eingebettet als sonst. Alarmstufe 2!

Neben der militärischen Ausbildung war es die wichtigste Aufgabe der Männer des illegalen Apparats, in ständiger Einwirkung auf die Mitgefangenen, Bewußtsein und Kameradschaftsgeist zu entwickeln. Das war nicht immer leicht gewesen. Unter der bunten Vielzahl der Menschen steckte mancher schlechte, manch einer, der feig war oder gar hinterlistig und nur auf seinen eigenen Vorteil bedacht. So einer wollte »mit nichts« zu tun haben, begab sich selbst in Isolierung oder wurde von den anderen isoliert. Doch an diesem Morgen zeigte sich die Wirkung der Erziehungsarbeit und zeigte sich auch die Kraft der menschlichen Natur in Situationen, wo es galt zusammenzustehen. Alle fühlten sich untereinander verbunden. Besonders auf den Blocks, wo es einen oder gar mehrere der verschwundenen Todeskandidaten gab, herrschte unter den Blockinsassen ein stilles Einverständnis: Einer für alle, alle für einen! Sie verbargen die leise Nervosität, von der sie alle befallen waren, spürten sie doch fast körperlich, daß der heutige Tag Entscheidungen bringen würde, und diese nicht nur der 46 wegen. Das nahende Ende schmolz das Bewußtsein aller in eins zusammen. So sehr sie sich noch an persönlichem Mut, an Hoffnungen, Zuversicht oder Angst unterschieden, der heutige Morgen schweißte sie alle zusammen in der schicksalhaften Verbundenheit. Und als draußen das Licht des Morgens dämmerte und die Zeit des Appells herangekommen war, formierten sich die Züge, und der Marschtritt der Kolonnen, die Zug um Zug, Block um Block den Berg hinauf anrückten, war ein anderer als sonst. Dunkel, fester und entschlossener war der Tritt der Tausende, und dunkel, fest und entschlossen ihre Gesichter.

Der Appellplatz füllte sich, das Riesenquadrat baute sich auf, Mann an Mann, schweigend und erwartungsvoll. Tausende von Augen waren nach oben gerichtet zum Tor, wo Reineboth das Stativmikrophon aufstellte, Weisangk, der erste Lagerführer, erschien und wo die gehaßten Blockführer, diese rüden und zynischen Gesellen, standen.

Krämer gab die Bestandsmeldung des Lagers an Reineboth. Das Rudel der Blockführer zerstreute sich auf die einzelnen Blockkarrees, um zu zählen. Was geschah nun? 46 fehlten zum Appell! Das hatte es im Lager noch nie gegeben! Würde ein Sturm losbrechen? – Die Häftlinge hielten den Atem an. Sie horchten in das eigene Schweigen hinein, nach allen Seiten hin. Die Spannung war straff wie ein Stahlseil kurz vor dem Zerreißen. Warum brüllte kein Blockführer los? –

Krämer, mit dem Rücken zu den angetretenen Blocks, stand auf seiner gewohnten, abgesonderten Stelle und hatte das Empfinden einer ungeheuren Leere hinter sich, als stünde er ganz allein auf dem weiten Platz. Er prüfte sich selbst auf die Verfassung seiner Nerven und Muskeln. Wie ging das Herz? Ruhig. Waren die Arme ihm schwer wie Blei? Gab es einen Druck in der Magengegend? Nichts von dem. Gleichmäßig atmeten die Lungen. Gut also. – Er wartete ab. Zwanzig Meter vor ihm wartete Reineboth auf den

Rapport der Blockführer, wartete der versoffene Weisangk. Warum nahm Kluttig heute den Appell nicht ab? – Krämer hörte hinter sich da und dort die Stimme eines Blockältesten: »Block 16, stillgestanden. Mützen ab! Block 16 mit 353 Häftlingen zum Appell angetreten ...«

»Block 38, stillgestanden! Mützen ab! Block 38 mit 802 Häftlingen zum Appell angetreten. Einer fehlt.«

Das war Bochows Stimme! Krämer hielt für Sekunden den Atem an. Was geschah jetzt hinter seinem Rücken. Ein unbändiger Drang war in ihm, sich umzudrehen, das Lauschen genügte nicht mehr.

Bochow war gänzlich ohne Furcht, als er das Fehlen Runkis meldete. »Sein« Blockführer, für den er die Sprüchlein malte, blickte nur kurz von dem Blockbuch auf, in das er die Zahlen notierte, und fragte ohne Überraschung: »Wo ist er?« – »Ich weiß es nicht.« Mehr wurde darüber nicht gesprochen, und in Bochow schoß es plötzlich auf: die haben Instruktionen erhalten!

Der Blockführer ging die Front entlang, äugte über die entblößten Köpfe und zählte die Zehnerreihen ab. Verstohlen folgten ihm die Augen der Häftlinge. Warum geschah nichts? – Lag etwa in dem Schweigen, mit dem die einzelnen Blockführer die Meldungen entgegennahmen, eine große, noch unbekannte Gefahr? – Alles blickte gespannt nach oben. Blockführer um Blockführer gab bei Reineboth seine Meldung ab. Der notierte, als ob nichts geschehen sei.

Krämer konnte den Rapportführer gut beobachten. Jetzt zählte dieser die Meldungen zusammen, verglich sie mit dem Gesamtbestand, rechnete, zählte wieder, rechnete erneut, und ein feiner, zynischer Zug um den Mund veränderte sein Gesicht. Nun war er mit der Rechnung zu Ende. Statt, wie üblich, zum Mikrophon zu gehen, trat er zu Weisangk. Was er mit diesem besprach, konnte Krämer nicht hören, aber er las es von Mienen und Gesten der beiden ab, daß sich das Gespräch um die 46 drehen mußte. Weisangk redete gestikulierend, fahrig, nervös. Er gab Reineboth Anweisungen. Der zog die Schultern hoch und machte mit den Händen eine Bewegung, die ausdrücken mochte: Bitte, wie Sie wünschen. Darauf trat er zum Mikrophon: »Fertig! Stillgestanden! Mützen ab!«

Der Schlag klatschte dumpf wie immer.

Die sowjetischen Kriegsgefangenen wurden gesondert gezählt und verblieben während des Appells in ihrem mit einem Stacheldraht umzogenen Block. Sie konnten, was durch das Mikrophon gesprochen wurde, im Lautsprecher des Blocks hören. Eine große

Zahl von diesen 800 Kriegsgefangenen gehörte den Widerstandsgruppen an. Bogorski war ihr Führer. Auch unter diesen Menschen galt das Gesetz der Konspiration, und nur die besten und zuverlässigsten waren in die Gruppen aufgenommen worden. Die Gefangenen saßen an den Tischen und warteten auf das Ende des Appells. Van Dalen, Köhn und die Pfleger, unter ihnen die Sanitrupps, hörten im Aufenthaltsraum des Reviers gleichfalls die Durchsagen. Sie sahen sich bedeutungsvoll an, als sie Reineboths Kommandos vernahmen wie an jedem Tag. Was ist?

Im Kleinen Lager, das ebenfalls gesondert gezählt wurde, hatten Manipulationen stattfinden müssen, um den heimlichen Zuwachs in der Gesamtzahl des Bestands zu verbergen. Es wurden einige Tote, die es ja täglich gab, unterschlagen, und an ihrer Stelle ließen sich die Untergetauchten mitzählen. Ihr großartig zurechtgemachtes Mimikry verwischte sie in der grauen Elendsmasse.

Es waren bange und gefahrvolle Minuten, die sie alle zusammen mit dem ganzen Lager durchkämpfen mußten. Krämer, Bochow, Bogorski, Pribula, Kodiczek, Riomand und van Dalen. Sie warteten auf den Sturm ... Gab es nicht jedesmal Aufruhr, wenn auch nur einer fehlte beim Appell, der sich aus Angst vor dem kommenden Tag irgendwo verkrochen hatte? Und heute fehlten 46! Und »die da oben« sollten nicht einmal Notiz davon nehmen?

Reineboth gab seinen Rapport wie immer an den Lagerführer weiter, wie immer ging er dann zum Mikrophon zurück. »Mützen auf! – Korrigieren! – Aus!«

Reineboth trat vom Mikrophon zurück, und Weisangk nahm dessen Stelle ein. Er hielt sich an der Stange des Stativs fest, und sein Bayrisch röhrte durch den Lautsprecher. »Mal herhören z-amt! Heit bleibt mir alles im Lager. Heit rückt koan Arbeitskommando aus! Es bleibt mir alles in den Blocks, daß mir koana drauß'n umanandloaft, heit.« Er trat von einem Bein auf das andere, das Sprechen machte ihm Mühe, er schien noch etwas sagen zu wollen, überließ aber dann dem gewandteren Reineboth die weitere Durchsage. Mit einem zweischneidigen Lächeln stellte sich dieser wieder hinter das Mikrophon. »Die bestellten Häftlinge am Schild 2 antreten. Alles andere abrücken!« Er schaltete das Mikrophon aus. Die bestellten Häftlinge waren die 46! –

Während sich die Massen der Häftlinge nach dem Lager zu in Bewegung setzten, die Blockführer durchs Tor verschwanden, raunte Reineboth Weisangk zu: »Von den Kerlen kommt keiner, die haben sich alle verkrochen.«

»Dös is a Schweinerei, is dös.«

Am Schlagbaum, der sich am Ende der langen Zufahrtsstraße zum Lager befand, hielten zwei überplante Lastautos. Eine karabinerbewaffnete Abteilung SS, von einem Hauptsturmführer befehligt, stand neben den Wagen. Der Posten am Schlagbaum ging auf und ab. Im kleinen Steingebäude, das als Unterkunft diente, saß Kluttig und wartete. –

In seinem Zimmer griff Reineboth zum Hörer, doch er legte ihn wieder auf die Gabel zurück. Finger davon, dachte er sich, mag es Kluttig mit dem Kommandanten selbst ausmachen. Die Situation war zu heikel, und es erschien Reineboth klüger, sich aus ihr herauszuhalten. Das Verschwinden der 46 kam einer Kampfansage gleich, die Reineboth unfaßbar war, er schüttelte den Kopf. Die Lage begann sich zu komplizieren. Seit jener für Reineboth so aufschlußreichen Besprechung beim Kommandanten war der Jüngling vorsichtiger geworden. Das heutige Ereignis zeigte geheime Kräfte an, die er in seiner eitlen Überheblichkeit niemals hatte ernst nehmen wollen. Gewohnt, in den Häftlingen nur willenlose Objekte zu sehen, ging dem Jüngling jetzt eine Ahnung auf, daß es keineswegs so leicht war, einfach mit dem Maschinengewehr hineinzuhalten. Und außerdem ... Reineboth machte ein paar langsame Schritte und blieb nachdenklich vor der Landkarte stehen. Die bunten Nadelköpfchen hüpften von Tag zu Tag näher ans Lager heran. Der Jüngling schürzte sorgenvoll die Lippen. Der Bart ist ab, Adele ... Auf dem Schreibtisch stand ein Bild im Silberrahmen. Mit süffisant herabgezogenen Mundwinkeln betrachtete sich der Jüngling den dargestellten Mann, das Idol, mit in die Stirn gekämmter Haarsträhne ... Plötzlich schnippte Reineboth gegen die bartgestützte Nase des Photos. »Adele«, sagte er zynisch.

Weisangk hatte dem Kommandanten das Verschwinden der 46 gemeldet. Schwahl war aufgebracht. Er stützte die Fäuste in die Hüften und stöhnte. »Da haben wir es! Dieser Mensch bringt mir nur Unruhe ins Lager.«

Schwahl konnte es sich nicht leisten, eine langwierige Suchaktion durchführen zu lassen. Auf dem Weimarer Bahnhof wartete bereits ein Güterzug auf die ersten Transporte.

Nach dem Ausbruch seines Unmuts war Schwahl merkwürdig schweigsam geworden. Gedankenvoll ging er im Zimmer umher. Plötzlich blieb er vor Weisangk stehen, der in einem Sessel am Konferenztisch saß und seinen Herrn mit sorgenvollen Blicken verfolgte.

»Kommt nach uns der Bolschewismus?« fragte Schwahl überraschend. Weisangk blinzelte und schluckte wie bei einer Examensfrage.

»I moan, was soll sunst kemma?«

Schwahl machte wieder einige gepeinigte Schritte und fuhr mit ausgestrecktem Finger zu dem ratlosen Weisangk herum. »Eines ist sicher! Auf der Konferenz der alliierten Außenminister 1943 in Moskau wurde die Aburteilung der Kriegsverbrecher beschlossen.« Schwahl tippte sich vielsagend gegen die Brust.

»Dös is a Ding ...«, platzte Weisangk überrascht heraus.

»So einfach, wie es sich Kluttig machen will, ist es eben nicht, mein Lieber.«

Schwahl stöhnte gequält auf. »Geschossen ist schnell. – Vielleicht habe ich Glück und komme durch. Vielleicht lasse ich mir einen Bart wachsen. Vielleicht wird aus mir ein Waldarbeiter, irgendwo in Bayern ...«

»Dös is guat«, pflichtete Weisangk eifrig bei.

»Aber wenn sie mich erwischen ... Wenn sie mich erwischen ... Ich werde für sie immer der Kommandant des Konzentrationslagers Buchenwald bleiben. Und wenn sie hier ein Leichenfeld vorfinden ...?« Schwahl wedelte mit den Fingern. »Nee, nee, mein Lieber ...«

Weisangk versuchte, Schwahls düstere Gedanken in ihrer Folgerichtigkeit weiterzudenken, aber das gelang ihm nicht. »Du bist a G'scheiter. Was is da zu machen?«

Nervös strich Schwahl mit der Hand durch die Luft.

»Weg mit den 46! Damit schlagen wir dem Widerstand im Lager die Köpfe ab. Alles andere aber marschiert. Was unterwegs kaputtgeht, soll mir egal sein. Was ein Alibi ist, weiß ich als Beamter am besten. Hier im Lager darf es jedenfalls keine Leichen geben.«

»Dös moan i aa.«

Überlegend drückte Schwahl die Unterlippe zwischen Daumen und Zeigefinger. »Wir müssen Kluttig zuvorkommen, er darf uns kein Unheil anrichten. Du gehst sofort zum Tor, holst dir den Lagerältesten und den Lagerschutz und läßt nach den 46 suchen.«

»Moanst, dös uns der Lagerschutz den Gefallen tut und oanen von den Kerls ...«

Unbeherrscht schrie Schwahl los: »Das ist mir egal! Du hast meinen Befehl! Ich lasse von Kluttig nicht das Lager umstülpen!«

Erschrocken sprang Weisangk hoch: »Nananaa, reg di net auf ...«

Nach dem Einrücken waren die Blockältesten mit zu Krämer gekommen und drängten sich im engen Raum um ihn zusammen. Auf ihren Gesichtern flackerte es, und von den seelischen Strapazen glänzten die Augen fiebrig. Was wird nun werden, was sollen wir tun? Nervosität und Erregung brodelten. »Kumpels«, rief Bochow, »wir dürfen uns nicht verwirren lassen. Jetzt müssen wir klaren Kopf behalten. Sie wollen uns evakuieren. Die 46 will Kluttig umlegen. Er irrt, wenn er glaubt, damit unseren Widerstand zu treffen.« Stark hatte es Bochow in den Lärm hineingerufen, überrascht, nach so vielen Jahren wieder seine Stimme zu hören, nicht flüsternd und heimlich, sondern laut und kraftvoll, so, als sei sie plötzlich zu ihm zurückgekehrt. Das Lebensgefühl, in all den Jahren auf klein gedreht, flammte auf und gab seiner Seele einen so unerhörten Schwung, daß er vermeinte, die Arme ausbreiten zu müssen. Kameraden! Genossen! Brüder!

Als pflanze sich in Krämer dieses drängende Bedürfnis fort, nahm ihm dieser das Wort ab. »Kameraden! Wir haben in allen Jahren zusammengehalten. Nun soll es sich erweisen, ob unsere Disziplin etwas taugt. Keine Unbesonnenheiten, Kameraden! Wir dürfen aus unseren Reihen keine Provokationen dulden, wir dürfen aber auch nicht auf Provokateure von dort oben hereinfallen. Denkt daran! Es kostet uns sonst das Leben von Tausenden. Zeigt denen da oben, daß wir kein wilder Haufen sind, sondern eine Gemeinschaft disziplinierter Menschen! Kameraden, hört zu, was ich euch jetzt sage! Alle Befehle, die wir erhalten, werden von nun ab so ausgeführt, wie wir sie an euch weitergeben.« Krämer blickte prüfend in die gespannten Gesichter. Die Blockältesten hatten ihn verstanden. »*Wir*!« wiederholte Krämer und drückte sich die Faust gegen die Brust. »Geht zu euren Kumpels auf die Blocks. Laßt euch durch nichts bange machen. Es kommen schwere Tage. Wir müssen jetzt das Leben aller verteidigen! Wir verteidigen unser Leben mit den Waffen, die wir besitzen, mit Mut und eisenharter Disziplin!«

Krämers Worte hatten den Blockältesten eine starke Zuversicht gegeben. Ein warmes Gefühl für Krämer durchflutete Bochow. Er blieb zurück, als die Blockältesten den Raum verließen.

Die beiden Männer sahen sich in die Augen, und ein wenig verlegen meinte Krämer, die Gefühlsaufwallung, die auch ihm die Brust heiß machte, überbrückend: »Das mußte ich jetzt wohl sagen ...«

Bochow antwortete nicht.

Plötzlich umarmten sie sich, dem Drang unterliegend, dem ihre rauhe Scham nicht mehr gewachsen war, und standen stumm, das warme Pochen ihrer Herzen als Zwiesprache nutzend. Selten, und darum um so kostbarer waren die Augenblicke im harten Leben der beiden Männer, wo das Gefühl, sonst karg und verborgen, alles überblühte. Rauhborstig, wie immer, wenn es ihm da drinnen zu weich werden wollte, sagte Krämer: »Jetzt geht es los, Herbert.« Auch Bochow war froh, wieder der alte sein zu können.

»Es ist sicher, daß es hier bald drunter und drüber gehen wird. Das gibt uns mehr Freiheit. Wo kann sich das ILK in Zukunft treffen? Was schlägst du vor?«

Krämer überlegte. »Ich meine in der 17, dem Quarantäneblock. Dorthin geht die SS ebenso ungern wie in Block 61. Die 17 ist in der Nähe der Schreibstube, wir können immer Verbindung miteinander halten. Der Blockälteste von 17 ist ein guter Kumpel und kann euch sicher unterbringen.«

»Gut«, entschied Bochow. »Sprich du mit ihm, ich verständige die Genossen.« Sie drückten sich die Hand. Es lag eine feste Entschlossenheit in diesem Händedruck.

MANFRED GREGOR
Die Brücke

4

Irgend etwas muß ich jetzt tun, dachte Heilmann, ich muß die sieben beschäftigen, sonst werden sie nervös. Aber es fiel ihm nichts ein, gar nichts. Und so sagte er zu Ernst Scholten, weil der ihm am nächsten stand: »Jetzt wollen wir erst einmal abwarten und Tee trinken!« Und Scholten, der sonst immer reserviert und erwachsen wirkende Scholten, zog eine richtige Lausbubenschnute und fragte ohne jeden Respekt: »Mensch, warum setzen die uns denn hier ab? Jetzt sind wir wieder nicht dabei, wenn's interessant wird!«

Heilmann sagte müde: »Es wird noch interessant genug werden, warten wir's mal ab.«

Und es wurde interessant. Jetzt, spät nachts, gingen bloß noch wenige Zivilisten über die Brücke. Ein paar Kolonnen fuhren in Richtung Westen, den Amerikanern entgegen. Dann rührte sich nichts mehr. Die sieben lehnten am Geländer, Heilmann ging spazieren, auf und ab.

Zu dumm, dachte er, daß mir nichts einfällt!

Unten, zwischen den Ufern, plätscherte das Wasser über Kies und Geröll. Der Fluß arbeitete. Unablässig. Er schleppte Sand und Steine mit sich. Wenn es lange regnete, wuchs er zu einem gewaltigen Strom, in trockenen Sommern aber schwand er zu einem kleinen Rinnsal. Man konnte ihn dann leicht durchwaten. Die sieben hatten einmal einen Aufsatz geschrieben: Der Fluß, ein Sinnbild unserer Stadt! Karl Horber hatte eine glatte Eins gebaut. Er hatte den Fluß malerisch geschildert, mit seinen grünen Wassern, mit den sich neigenden Weiden an seinen Ufern.

Scholten bekam eine Fünf. »Thema verfehlt«, stand auf seinem Aufsatz. Er hatte den Fluß sprechen lassen, wie einen Menschen, und zog aus der Benotung die Erfahrung, daß das nicht nach jedermanns Geschmack war.

Mitten in der Nacht, die Gruppe Heilmann hockte eng zusammengedrängt am östlichen Brückenende, setzte der Rückzug aus dem Westen voll ein. Ununterbrochen fluteten jetzt die Kolonnen über die Brücke. Kraftwagen, Pferdegespanne, Geschütze, hin und wieder ein Panzer. Dazwischen Männer, abgehetzte, total erschöpfte, wankende Gestalten, in dreckverschmierten Uniformen, mit hohlwangigen Gesichtern, unrasiert, bleich, mit gebeugten Nacken, als säße dort ein Gespenst und schwinge unermüdlich die Geißel. Manchmal rief einer aus der Kolonne den am Boden kauernden Jungen zu: »Was wollt denn ihr noch? Haut doch ab!« Dann wandten die Buben verlegen die Gesichter und starrten in den Fluß hinunter, und Unteroffizier Heilmann schalt sich einen Trottel, weil ihm immer noch nichts eingefallen war.

Es begann leise zu regnen. Die acht auf der Brücke schnallten die Zeltplanen von den Rucksäcken und hüllten sich fröstelnd in den groben Stoff. Sie ließen die Kolonnen an sich vorbeiziehen, und bei jedem Marschtritt spürten sie deutlicher, daß sie dem vielleicht größten Abenteuer ihres Lebens entgegengingen. Und die sieben Jungen hatten Angst.

Keiner hätte es in diesem Augenblick zugegeben, kein einziger. Aber es war so.

Sie rauchten. Heilmann hatte Zigaretten und verteilte sie großzügig an die Sechzehnjährigen. Sie steckten sich die Dinger zwischen die Lippen, brannten mit klammen Fingern Streichhölzer an und sogen den Rauch in tiefen, hastigen Zügen ein. Nur Albert Mutz hustete. Er mußte immer husten, wenn er rauchte, die anderen hatten sich längst daran gewöhnt.

Im Lauf der Nacht wurde der Strang der Kolonne dünner und riß zwischendurch auch einmal ab. Dann kamen wieder Fahrzeuge mit regenschweren Planen, unter denen abgekämpfte Landser lagen. So ging es fort. Fahrzeuge – Pause. Fahrzeuge – Pause.

Und dann hörte die Kolonne plötzlich ganz auf. Das war beängstigend, bedrohlich. Immer waren Fahrzeuge vorbeigefahren, Fuhrwerke, Autos mit Menschen. Jetzt waren die sieben mit ihrem Unteroffizier auf der Brücke allein. Und Heilmann überlegte und grübelte.

Er war nahezu dankbar, als plötzlich ein Kübelwagen die Brükkenauffahrt von der Altstadt herunterkam und mit quietschenden Bremsen bei dem kleinen Häuflein hielt. Heilmann ging auf den Wagen zu, bereit, ein gemütliches Gespräch mit irgendeinem Cheffahrer anzufangen, und erstarrte. Was da im Fond des Wagens saß, sich jetzt erhob und mit elegantem Satz aufs Pflaster sprang, war ein leibhaftiger General.

»Unteroffizier Heilmann mit sieben Mann auf Brückenwache«, meldete er. Etwas Vernünftigeres fiel ihm beim besten Willen nicht ein.

Aber der General legte offenbar nur noch geringen Wert auf Formen. Er übersah die sieben heranstolpernden Buben mit ihren umgehängten Zeltplanen geflissentlich und sprach leise, eindringlich auf Heilmann ein.

Die Jungen hörten bloß ihren Unteroffizier.

»Jawoll, Herr General!«

»Nein, Herr General!«

»Zu Befehl, Herr General!«

Und dann sprach der General lauter, so daß ihn auch die sieben verstanden. »Ich erwarte, daß die Brücke unter allen Umständen gehalten wird. Verstanden? Unter allen Umständen! Sie bekommen noch Unterstützung!«

Und dann war der General wieder weg, genauso schnell, wie er gekommen war.

Unteroffizier Heilmann dachte einen Augenblick lang, er hätte das alles geträumt, aber Jürgen Borchart riß ihn in die rauhe Wirklichkeit zurück: »War das ein richtiger General, Herr Unteroffizier?«

»Das war ein richtiger General, mein Junge«, sagte Heilmann wütend, und dann fluchte er, ellenlang, dreckig und ordinär.

Aber die Flüche schufen ihm keine Erleichterung. Ich möchte bloß wissen, dachte Heilmann, wie die Unterstützung aussieht. Das möchte ich wissen!

Und er brauchte gar nicht lange zu warten. Ein Lastwagen tauchte auf, kam genau wie vorher der Wagen des Generals die Brückenauffahrt herunter und spuckte acht, neun, zehn Gestalten in grauen Uniformen aus. Heilmann ging auf die Soldaten zu, sah sich die Leute aus der Nähe an und sagte bloß: »Oh, du heiliger Strohsack!«

Sonst gar nichts.

Die Unterstützung bestand aus zehn alten Männern. Alle um die Sechzig und darüber. Offenbar während der letzten Stunden zusammengetrommelt, aus den Häusern, von den Küchentischen weggeholt. Sie trugen die Waffenröcke noch nicht lange. Aber was machte das schon aus. Die Röcke waren bewährt, ein bißchen zerschlissen, etwas geflickt. Die Männer, die ehedem in ihnen gesteckt hatten, waren längst tot. Sie lagen irgendwo in Frankreich oder Rußland. Man hatte ihnen die Röcke ausgezogen, als man sie zerschossen auf die Operationstische legte. Die Röcke konnten wieder geflickt werden.

Die zehn alten Männer hatten den gleichen Befehl bekommen wie die Sechzehnjährigen. Sie hatten nichts zu dem Befehl gesagt. Die Jungen nicht und die Alten nicht. Sie hatten ihn in Empfang genommen, so wie man zum Jahresabschluß das Zeugnis in die Hand nahm.

Und Unteroffizier Heilmann dachte nach und wußte, daß er irgend etwas tun sollte, aber er wußte nicht, was.

Die achtzehn hatten Gewehre, Panzerfäuste, Munition und eiserne Rationen. Die eiserne Ration bestand aus einer Büchse Blutwurst, einer Büchse Rindfleisch und Zwieback. Man hatte die Büchsen gefaßt, wie man Panzerfäuste faßte. Eine in die linke Hand, eine in die rechte Hand.

Vielleicht, so überlegte Heilmann, ist es nicht gut, wenn sich Sechzehnjährige und Sechzigjährige auf einer Brücke treffen, um einen Befehl auszuführen. Die Ansichten über Befehle im besonderen und über den Krieg ganz allgemein gehen zu weit auseinander. Und keiner weiß, wie man eine Brücke verteidigt.

Und ich selbst, so sagte sich Heilmann, weiß es eigentlich auch nicht. Ich weiß nur, daß man eine Brücke auf keinen Fall verteidigt, indem man auf dieser Brücke herumsteht. Man müßte eine Stellung beziehen, von der aus man die Brücke beherrscht. Aber wo? Und wie? Und man braucht ein Maschinengewehr.

Jawohl, das war die Erleuchtung. Jetzt konnte man etwas tun. Freilich – das Maschinengewehr!

»Borchart, Mutz, Horber, spurtet mal rauf zur Kaserne und sagt, die sollen uns ein MG zur Brücke schicken. Ein leichtes MG und ein paar Gurte Munition. Viel Munition, versteht ihr?«

Die drei erklärten, daß sie ihren Unteroffizier verstanden hätten, und zogen los. Sichtlich froh, dieser Warterei auf der Brücke wenigstens für eine Stunde entgangen zu sein.

Die Alten standen in einer Gruppe zusammen und unterhielten sich im Flüsterton. Als könnte schon ein lautes Wort irgendeine Gefahr heraufbeschwören. Dann plötzlich sprach einer lauter. Ein Mann mit schütterem, silbergrauem Haar und einer dünnen Stimme: »Es ist Schluß, hört ihr, es ist Schluß!«

Er sagte das in die Nacht hinein, aber dann blickte er schräg zu Unteroffizier Heilmann hinüber.

Heilmann antwortete nichts. Der alte Mann zog eine Uhr aus der Uniformtasche. Eine altmodische Taschenuhr mit Sprungdeckel, vielleicht die Firmuhr. Als ob ihm die Firmuhr irgendeinen Rat gegeben hätte, stellte sich der Alte schließlich in Positur und rief: »Ich geh' nach Hause!«

Niemand antwortete, obgleich der alte Mann eine gute Weile verstreichen ließ.

Dann sagte er noch: »Der Befehl, die Brücke zu halten, ist undurchführbar!« Und nach einer kleinen Pause nochmals: »Ich gehe!«

Er sagte das fast ohne jede Betonung, ganz leise. Dann lehnte er seinen Karabiner sorgfältig an die steinerne Brüstung und ging mit schnellen, kurzen Schritten weg.

Damit war der Anfang gemacht. Einer nach dem anderen stellten die Alten ihre Waffen an die Mauer und gingen. Am Ende lehnten zehn Karabiner an der Bruchsteinumfassung der Brücke, und auf dem Boden lag ein Haufen Panzerfäuste. Bloß ihre eisernen Rationen hatten sie mitgenommen.

Unteroffizier Heilmann sah dem Abmarsch der zehn Männer zu, ohne mit der Wimper zu zucken. Breitbeinig, mit hinter dem Rücken verschränkten Armen, stand er da und beobachtete. Er war ratlos. Du mußt etwas tun, Heilmann, du kannst sie nicht einfach gehen lassen, das ist Meuterei! Die Gedanken jagten sich in seinem Schädel, aber Heilmann rührte keinen Finger.

Als der letzte der zehn gegangen war, drehte sich Heilmann zu den Buben um und war überrascht, mit wieviel Eifer und Verehrung sie ihn anstarrten. Als warteten sie geradezu auf einen Befehl aus seinem Mund, um ihn auszuführen. Heilmann war in ihren Augen ein Held geworden. Gerade, weil er die Alten hatte gehen lassen. Auf sie sollte er sich verlassen können, schworen sich die Buben. Dann kamen Mutz, Borchart und Horber zurück, auf einem Lastwagen. Sie luden zwei Maschinengewehre ab, mehrere Kisten Munition. Dann rumpelte der LKW wieder los.

»Erst wollten die uns überhaupt nichts geben«, prahlte Horber, »dann sind wir zum General gegangen!«

»Fein habt ihr das gemacht«, bestätigte Heilmann ohne Begeisterung und ließ sich von den drei Buben erzählen, wie es in der Altstadt und in der Kaserne aussehe. Keine Feldgendarmerie unterwegs, registrierte sein Gehirn, keine Gefahr, wenn man plötzlich türmen müßte! Dann stellte er mitten auf dem Brückengehsteig die beiden Maschinengewehre zusammen und begann zu erklären. So wie er das MG an die tausendmal vor irgendwelchen Rekruten erklärt hatte. Mittendrein hielt er an. Jetzt hätte er doch den Sechzehnjährigen um ein Haar erzählt, wie man ein Maschinengewehr reinigt. Als ob diese beiden Gewehre jemals noch gereinigt werden müßten.

Im Osten dämmerte der Morgen herauf, da war Heilmann mit seinem MG-Unterricht am Ende angelangt. Theoretisch hatte er dem Gesagten nichts mehr hinzuzufügen, und die Praxis – die würde er den Burschen schon ersparen. Heilmann mußte plötzlich an Leutnant Fröhlich denken. Wo der wohl steckt? Und dann fiel ihm wieder jener Auftrag ein, den ihm Fröhlich erteilt hatte: »Sowie der Zauber hier losgeht, haut ihr ab! Verstanden? Sie sind mir dafür verantwortlich, Heilmann!«

Bei diesem Gedanken fanden die Überlegungen des Unteroffiziers Heilmann ihr Ende. Er wußte jetzt, was zu tun war. Und warum das aufschieben, was geschehen muß?

»Kinder«, sagte er, »hört mal zu! Das Ganze hier hat überhaupt keinen Sinn. Zu Hause warten eure Eltern, und ihr wollt hier Krieg spielen. Ich habe Leutnant Fröhlich versprochen, daß es nicht soweit kommt. Ihr müßt mithelfen, daß ich mein Versprechen halten kann!«

Eine so lange und sorgfältig ausgedachte Rede hatte Heilmann selten gehalten, er war richtig stolz darauf. Und um die Jungen gar nicht erst zum Denken und Antworten kommen zu lassen, fuhr er fort: »Ich mach' mich jetzt auf die Socken und walze durch die Stadt. Schaue, ob die Luft wirklich rein ist. In zehn Minuten bin ich zurück, und dann geht's ab nach Kassel! Verstanden? Keiner geht weg, bis ich wiederkomme, und dann gehn wir mal richtig elegant stiften. Das kann auch recht interessant werden!«

Die Tatsache, daß Unteroffizier Heilmann nun aus seinem Rucksack eine Ziviljacke hervorkramte und sie über den Waffenrock anzog, bewies, daß er trotz langsamen Denkens nicht völlig unvorbereitet den Zeitläuften gegenüberstand. Aber trotzdem unterlief ihm ein Rechenfehler.

Er hatte nämlich die Kreuzung bei der Brücke kaum überschritten, hatte nur wenige Meter der Straße zur oberen Stadt zurückgelegt, da polterten beschlagene Stiefel gerade aus der Hofeinfahrt heraus, an der er vorüber wollte. Zwei unbewegte Gesichter unter scharfen Stahlhelmkanten starrten ihn an. Zwei Metallschilder blinkten ihm entgegen.

Feldgendarmerie, dachte Heilmann. Und: Jetzt ist alles aus!

Er zeigte seine Papiere, mußte sie zeigen.

»Warum Ziviljacke?« fragte der eine der beiden mit eiserner Miene. »Wohl vorzeitig aus dem Staub gemacht, was?« witzelte der andere.

Heilmann ging zwischen den beiden her und überlegte fieberhaft. Dabei dachte er gar nicht so sehr daran, wie er seinen eigenen Hals noch retten könnte, sein ganzes Denken war bei den Kindern auf der Brücke. Er zermarterte sich das Hirn: Mensch, wie kann ich denen bloß Bescheid sagen, was kann ich bloß machen. Ich muß etwas tun ... ich muß etwas tun!

Seine Faust traf den einen der beiden Gendarmen voll auf der Nasenwurzel. Dann zog er das Knie hoch und trat ihm mit aller Wucht in den Leib. Aber den zweiten erwischte er nicht richtig, und da blieb dem Unteroffizier Heilmann bloß noch eins übrig: laufen, laufen, um sein Leben laufen.

Das erste Geschoß aus der Null-Acht des Gendarmen surrte knapp neben Heilmann gegen die Hauswand, flirrte ein paarmal auf Stein und klatschte dann in den Verputz. Heilmann schlug ein paar Haken.

Wie ein Hase werde ich aussehn, wie ein Hase! Dann spürte er einen dumpfen Schlag gegen den Rücken, wollte weiterlaufen, aber da waren plötzlich keine Füße mehr. Heilmann schlug in seiner ganzen Länge aufs Pflaster. Zweimal versuchte er noch mit letzter Kraft, sich auf die Ellbogen hochzustützen, dann war der Unteroffizier Adolf Heilmann tot.

Der Feldgendarm fand in der Brieftasche des Unteroffiziers neben den Ausweispapieren, dem Soldbuch und achtundfünfzig Reichsmark in Scheinen ein silbernes Madonnenmedaillon und die Fotografie eines blonden Mädchens im Badeanzug. Die Brieftasche mit Papieren und Medaillon steckte er in die Tasche seines langen Mantels. Das Bild betrachtete er im Lichtschein seines Feuerzeugs.

»Kesse Puppe«, sagte der Mann. Dann kümmerte er sich um seinen Kameraden, der mit vor dem Leib verschränkten Armen stöhnend an der Wand kauerte.

Auf der Brücke warteten sieben sechzehnjährige Buben auf ihren Unteroffizier.

5

»Es schießt!« sagte Horber, und alle horchten. Doch es blieb bei dem zweimaligen dumpfen Dröhnen.

»Vielleicht hat sich einer umgebracht«, flüsterte der stämmige Mutz und fühlte, wie ihm ein leiser Schauer über den Rücken lief. Aber Scholten bezeichnete das als Quatsch. Innerlich war ihm freilich nicht wohler zumute als den anderen. Verflucht, wenn bloß der Heilmann zurückkommt.

Ein unangenehmes Gefühl, da mutterseelenallein auf der Brücke zu hocken und zu warten. Allmählich wurde es Tag. Über die Hügel im Osten drängte die Helligkeit. Der Regen hatte etwas nachgelassen. –

»Mensch, wenn uns der Heilmann im Stich läßt …?« murmelte Mutz.

»Der Heilmann läßt dich nicht im Stich, du Waschlappen!«

Scholten konnte manchmal richtig grob werden, fand Mutz. (Man wird doch schließlich noch etwas sagen dürfen!) Aber Heilmann ließ sie doch im Stich. Aus den zehn Minuten waren inzwischen genau zwei Stunden geworden, und die sieben auf der Brücke stritten sich wieder darüber, ob Heilmann stiftengegangen sei oder ob er irgendwo aufgehalten worden war.

Schließlich hörten sie auf zu streiten. Es hatte ja auch keinen Sinn, weil keiner etwas wußte. Es war ja auch gar nicht so sehr wichtig. Inzwischen war es nämlich richtig hell geworden, und bei Tageslicht besehen, sahen die Dinge viel harmloser aus als bei Dunkelheit.

Horber brachte Stimmung in den Haufen.

»Mensch, wir haben ja das Frühstück ganz vergessen!« Alles lachte. Interessiert sahen die anderen zu, wie Horber mit seinem Bajonett der Wurstbüchse zu Leibe rückte. Zweimal rutschte er ab und einmal stach er sich in den Finger.

»Kinder, ich verblute, schafft mich ins Lazarett!«

Die sieben wieherten vor Lachen, sie waren ausgelassen wie auf einem Schulausflug. Da ertönte Motorengeräusch. Scholten horchte: »Seid mal einen Moment ruhig!«

Jetzt horchten alle, die Schulausflugsstimmung war wie weggewischt.

Der Motorenlärm kam nicht aus dem Westen, er kam aus der Altstadt. Und wie in der Nacht, raste ein Kübelwagen die Brückenauffahrt herunter, hielt mit quietschenden Bremsen. Der General. Diesmal vorn, neben dem Fahrer, zwei weitere Soldaten im Fond.

Die sieben spritzten vom Boden, nahmen stramme Haltung an, so gut sie es gelernt hatten. Scholten stotterte eine Meldung herunter. Er hatte einen hochroten Kopf bekommen.

Der General unterbrach ihn mit einer Handbewegung: »Wo ist der Unteroffizier?«

Scholten schwieg, aber Mutz, im Übereifer, sagte: »Der ist weggegangen, Herr General!«

Im gleichen Augenblick wußte er, daß er den Heilmann verpfiffen hatte (pfui Teufel, der Verein würde ihm das nicht verzeihn!), und hing geistesgegenwärtig an seinen Satz an: »Der Herr Unteroffizier wollte noch Munition besorgen!«

Ganz glatt, ganz unverfroren, ging dem blonden Mutz die Lüge über die Lippen, aber dann durchfuhr es ihn: Mensch, jetzt hast du einen leibhaftigen General angelogen, wenn das bloß gutgeht!

Der General, kurz, knapp, sachlich: »Wie lange ist er weg?«

Mutz, bleich im Gesicht: »Seit zwei Stunden, Herr General!« Der General überlegte und sah dabei fast aus wie Napoleon auf dem Bild im Geschichtsbuch, wie es Albert Mutz vorkam. Nur die Stirnlocke fehlte. Der General überlegte weiter, und plötzlich huschte ein Grinsen über sein Gesicht, tauchte auf und war wieder weg, blitzschnell.

Er drehte sich im Wagen um: »Schlopke!«

»Jawoll, Herr General?«

Der Mann links im Fond nahm im Sitzen stramme Haltung an. Sein ganzes Gesicht schien Aufmerksamkeit.

»Schlopke, steigen Sie aus. Sie übernehmen den Laden hier!« Wieder das Grinsen auf dem Gesicht des Generals: »Wollen mal abschließend auch noch ein bißchen in Krieg machen, nicht wahr, Schlopke!«

»Jawoll, Herr General!« sagte Schlopke diensteifrig, und du kannst mich mal, dachte sich Schlopke.

Er sprang aus dem Wagen, kam federnd auf der geteerten Fahrbahn auf, wie ein trainierter Turner.

»Sie halten die Brücke, Schlopke, verstanden?«

Der General sprach leise; dann lauter: »Sie haben hier sieben prachtvolle Kerle. Ein paar tausend mehr von der Sorte und wir könnten den Krieg noch gewinnen, Schlopke!«

Die Sechzehnjährigen bekamen jetzt rote Köpfe, vor Stolz und Aufregung. Sie würden die Brücke halten! Und jetzt hatten sie auch wieder einen Unteroffizier. Er hieß zwar nicht Heilmann, sondern Schlopke, aber er war aus dem Wagen des Generals gestiegen.

»Macht's gut, Jungens, ich verlasse mich auf euch«, sagte der General und fuhr ab.

Schlopke, leise hinter dem abfahrenden Kübelwagen her: »Hast wohl noch Halsschmerzen auf deine alten Tage?«

Und dann, voller Wut: »Sollst krepieren, du Aas!«

Die sieben scharten sich vertrauensvoll um Unteroffizier Schlopke. Und der hielt »aufbauende Reden«.

Der General fuhr inzwischen zu einem Bauernhof, vier Kilometer östlich der Stadt gelegen, trat in die niedere Stube und begab sich zu der großen Karte an der Wand. Mit gespreizten Beinen stand er eine Zeitlang sinnend davor. Dann nahm er einen schmierigen roten Stift und machte einen dicken Ring um eine Stelle auf der Karte.

Ein General und sein Befehl

Er wurde General, weil er mehr konnte als die Kameraden vom Kriegsschullehrgang. Er war für Sauberkeit und konnte »trübe Tassen« nicht leiden. Man muß sich zwar manchmal mit solchen Burschen umgeben, weil sie nützlich sind, dachte er, aber es bietet sich auch wieder die Gelegenheit, ihnen in den Hintern zu treten.

Der General freut sich, wenn er an Schlopke denkt.

Ansonsten hat er die Brücke vergessen: Eine Angelegenheit, die gut versorgt und deshalb nicht mehr wichtig ist. Er denkt an die sieben Buben, hat für Sekunden ein ungutes Gefühl, aber dann funktioniert der »Scheibenwischer« im Gehirn des Generals. Sieben Mann. Schön, gut. Junge Kerle, fast noch Buben. Wahrscheinlich geht es ihnen dreckig auf der Brücke. Aber sie haben Ehrgeiz, haben Stolz, und – sie haben noch nicht die richtige Angst. Gott sei Dank. Sie werden den ersten Vorstoß amerikanischer Spähtrupps abwehren können, und das bedeutet – der General blickt auf die Uhr und rechnet – das bedeutet mindestens zwei Stunden Zeitgewinn.

Drunten im Tal liegen Truppen, an die siebentausend Mann. Sie sind im Abziehen begriffen, in die Bergstellungen im Osten. Es steht nicht nur ein Gegner im Land. Ein paar Stunden können reichen. Dann könnten die siebentausend aus dem Kessel heraus sein, könnten unterwegs sein in die andere Richtung. Aber wenn der Amerikaner über die Brücke vorstößt, wenn er durchkommt, dann ist der ganze Kessel beim Teufel.

Der General überlegt weiter: Die Brücke sprengen? Gleich? Nein, das ist falsch. Wenn man sie sprengt, weiß das der Ami, bevor er angreift. Er hat seine Aufklärer. Dann probiert er's gar nicht bei der Brücke, sondern kommt gleich mit Pionieren und allem Tod und Teufel. Nein, der Ami muß herankommen und meinen, er könne stillvergnügt über die Brücke marschieren. Und wenn der erste *Sherman* auf der Brücke steht, muß es Zunder geben.

Dann werden sie sich zurückziehen, werden Jabos bringen, dann wird es zehn Minuten ganz ruhig sein, und dann werden sie wieder kommen. Das Ganze könnte – der General sieht wieder auf die Uhr – vielleicht sogar drei Stunden dauern.

Ja – und nach dem ersten Angriff müßte man die Brücke sprengen. Gerade dann, wenn der zweite beginnt. Dann brauchen sie erst Pioniere und das dauert noch mal seine Zeit.

Der General vor seiner Landkarte hat feuchte Hände bekommen. Er marschiert im Zimmer auf und ab.

Der erste Angriff!

Halten!

Dann Jabos, dann zweiter Angriff.

Im gleichen Augenblick fliegt die Brücke in die Luft – macht insgesamt drei Stunden.

Der General reibt die Hände aneinander, um das ekelhafte Gefühl der Feuchtigkeit loszuwerden. Er denkt nochmals an die sieben.

Im Gehirn des Generals arbeitet wieder der Scheibenwischer.

6

Sieben Buben waren begeistert. Unteroffizier Schlopke schien genau das, was sie gebraucht hatten. Mit ihm würden sie die Brücke halten. Was hieß »mit ihm«? Sie würden die Brücke in jedem Fall halten! Ein General hatte es gesagt. – Er hatte gesagt: »Macht's gut, Jungens!«

Ja, man setzte Vertrauen in sie. Vertrauen! Schlopkes aufbauende Reden hatten ihren Zweck erfüllt.

Die sieben hingen begeistert an jedem Wort, das über seine Lippen kam, fühlten sich unter Männern, wenn Schlopke jeder seiner Binsenweisheiten ein schlüpfriges Pendant gegenüberstellte.

»Mit dem MG machen wir auf die vordere Brückenrampe, dort, wo der Mauervorsprung reingeht!«

»Aber dort ist kein Platz!«

»Schön, schön, das macht der Liebe auch kein Kind, dann spurten wir mal nach rechts!«

»So, dort geht's!«

Sie stellten das Maschinengewehr am östlichen Brückenende hinter den Mauervorsprung, der von rechts auf die Brücke hereinlief und einen gewissen Abschluß bildete.

»Eine Pfundsstellung«, meinte Unteroffizier Schlopke, und die sieben glaubten es. Nur Scholten äußerte Bedenken.

»Das ist doch keine Stellung!«

Aber Schlopke machte ihn mit zwei Sätzen mühelos zur Schnecke.

»Erzähl mal 'nem alten Soldaten nicht, was 'ne Stellung ist, Kleiner!« Und: »Mach dich bloß nicht naß, Kindchen!«

Plötzlich, Horber beschäftigte sich wieder einmal mit seiner Blutwurstbüchse, hatte Schlopke eine Idee:

»Kinder, ich geh' kurz weg und organisiere Sandsäcke!«

Schon war er weg. Mit ruhigen, gelassenen Schritten verließ er die Brücke, überquerte die Auffahrt und verschwand in der Straße zur oberen Stadt. Kein Wort, wann er wiederkommen würde, was sie inzwischen tun sollten, nichts, gar nichts.

Horber sagte, immer noch mit dem Bajonett über der Blutwurstbüchse: »Sandsäcke sind gut. Da werden sich die Amis anschauen!« Aber er stieß auf keine Begeisterung.

»Wetten, daß der nicht zurückkommt?« Das war Scholten. »Klar kommt der zurück!« Horber war empört, er hatte die Büchse jetzt auf, aber erst mußte er diesem widerlichen Scholten Bescheid stoßen: »Wenn der nicht zurückkommt, fresse ich einen Besen – mitsamt der Putzfrau!«

Darauf Scholten: »Daß du dich bloß nicht verschluckst, du Vollidiot!«

Unteroffizier Schlopke und der Feldgendarm

Schlopke schob die Straße entlang wie ein Indianer. Adlerauge sei wachsam, sagte sich Schlopke und erfaßte bei jedem Schritt mit einem einzigen Blick die Lage. Aber die Hofeinfahrt übersah er.

Vielmehr, er kam zu früh vorbei. Vielleicht um fünf Minuten zu früh. In der Hofeinfahrt beluden zwei Feldgendarmen ein Beiwagenkrad. Der eine der beiden Männer hielt Schlopke an:

»Ihre Papiere, Herr Unteroffizier!«

Aber Schlopke, der fünf Jahre ohne Kratzer überstanden hatte, war nicht gewillt, eine Viertelstunde vor Schluß der Tragödie noch hopszugehen.

»Keine Zeit, Sonderauftrag vom General!« schnarrte er, »GEKADOS, verstanden, Kameraden? Ein andermal, jetzt wirklich nicht! Es geht nämlich um die Brücke, im Vertrauen!«

Vertrauen weiß man immer zu schätzen. Die Sechzehnjährigen auf der Brücke wußten es zu schätzen und auch die Feldgendarmen. Vor allem, weil sie sehr in Eile waren. Der eine, der den Unteroffizier Schlopke hatte filzen wollen, trat einen Schritt zurück und sagte: »In Ordnung, Herr Unteroffizier!«

Ohne jedes Anzeichen von Nervosität marschierte Schlopke weiter, nicht zu langsam, nicht zu schnell. Äußerlich lässig, innerlich gespannt bis zum Bersten. Er spürte im Weitergehen, wie ihm der Schweiß in kleinen Tröpfchen aus den Poren trat, und sprach sich selbst Mut zu.

»Ruhe, Schlopke, Ruhe, nicht schlapp machen. Da vorne das Hauseck, das mußt du erreichen, dann hast du es geschafft. Noch vierzig Meter, noch fünfunddreißig. Herrgott, wenn sie dir jetzt nachkommen.«

Dreißig Meter, fünfundzwanzig, und dann geschah es.

Schlopke hörte hinter sich das Bullern und Dröhnen der schweren Beiwagenmaschine. Seine erste Regung: laufen, abhauen, türmen! Aber er marschierte weiter.

Die Maschine kam näher, jetzt, gleich, noch eine Sekunde, dann haben sie dich. Dann geht's zum Standgericht. Das Beiwagenkrad kam näher, war auf gleicher Höhe mit Schlopke, er wandte den Blick nicht.

Dann fuhr die Maschine vorbei, und der Feldgendarm im Beiwagen winkte Schlopke zu; der vordere saß, ohne den Blick zu wenden, hinter dem Lenker. Jetzt verschwand die Sechshunderter um die nächste Ecke.

Schlopke kauerte sich nieder, wo er stand, und übergab sich. Kommt vom schnellen Laufen, tröstete er sich. Erst später fiel ihm ein, daß er ja gar nicht gelaufen war.

Klaus Roehler
Der Held

Die Straße führte aus dem Wald heraus und erhöht ein Stück zwischen Feldern hindurch bis an eine Kreuzung. Dahinter begann wieder der Wald. Die Spitzen der Bäume stützten das bleigraue Dach eines Himmels, der schwer über den Feldern hing und dessen Last kein Horizont spannte. Vor dem Wind, Ostwind, Steppenwind, sprangen aus Feldfurchen dünne Schneewirbel auf, kehrten über die glasnackte Fläche der Äcker, wehten zwischen die weißen Stämme des Waldes. Vom Waldrand her strich ein Schwarm Krähen lautlos über die Felder, hob sich über die Wagen des Trecks und fiel in die frostgespreizten Zweige eines Hagebuttenstrauches ein, der auf einem Rain zwischen zwei Äckern wuchs. Die Wagen des Trecks hielten auf der Straße zwischen dem Wald und der Kreuzung. Die Panzer standen an der Kreuzung und im Feld.

Der Junge schloß den Spalt in der Wagenplane, durch den er hinausgesehen hatte, und tastete sich zu seinem Lager. Das Zwielicht, mit dem draußen der Tag begann, hellte das Dunkel im Wagen langsam auf. »Was hast du gesehen?«, fragte die Mutter des Jungen. »Panzer«, antwortete der Junge. »Sie sperren die Straße. Es ist besser, ich reibe die Pferde ab und decke sie zu. Vielleicht müssen wir länger warten.«

Während er sprach, kniete er auf seinem Strohsack nieder und suchte nach der Pistole, die er darunter versteckt hatte. Zu Hause hatte sein Vater die Pistole im Wäscheschrank aufbewahrt, unter einem Stoß Hemden, in einer sandbraunen, glänzenden Ledertasche mit einem gefüllten Magazinfach an der Seite und einem losen Magazin zwischen den Hemden. Als sie das Haus verließen, hatte der Junge Pistole und Magazine an sich genommen.

Er richtete sich wieder auf, ging zum Kutschbock und schlug die Wagenplane zurück. Der Wind bauschte das Tuch auf. Der Junge fühlte die Pistole schwer und kalt in der Tasche.

»Beeil' dich!«, sagte seine Mutter. »Es wird kalt.«

»Ja«, antwortete der Junge.

Er kletterte auf den Kutschbock und schlug die Plane hinter sich zu. Sein Großvater saß auf dem Bock, die Hände in den Taschen vergraben und die Zügel schlaff im Schoß. Die Pferde dampften. Vom ersten Wagen des Trecks gingen zwei Männer quer über die Äcker auf die Panzer zu. In den Händen schwenkten sie weiße Tücher.

»Du kannst reingehen«, sagte der Junge.

»Die Pferde müssen abgerieben werden«, antwortete sein Großvater.

»Deshalb bin ich gekommen«, sagte der Junge.

Er half seinem Großvater, über den Kutschbock in den Wagen zu klettern, und als er die Plane wieder festgeknüpft hatte, war er allein mit dem bleigrauen Himmel über sich und dem Wind, der ihm ins Gesicht stach und Schleier von Schneestaub über die glasnackte Erde fegte. In den Zweigen des Hagebuttenstrauchs hingen die Krähen, schwarze, verfaulte Früchte. Die Männer mit den weißen Tüchern in den Händen standen vor den Panzern im Feld und warteten. Bewegung war nur im Wind und im flatternden Atem der Pferde. KEIN OPFER IST ZU GROSS DEM SCHICKSAL DEINES VOLKES DIE ZUKUNFT ZU GEWINNEN. Der Junge sprang vom Kutschbock herab und zog die Pferdedecken nach sich.

Während er die Pferde abrieb, fiel ihn der Wind wieder an, der schneidende, reißende Ostwind, der plötzlich hinter dem Wagen hervorbrach, jaulte und fauchte und mit wütenden Bissen nach dem warmen Fleisch der Pferde und des Jungen schnappte, Wind aus dem Osten, Wind aus den Steppen Asiens, hergeweht über unvorstellbar Tausende von Kilometern, über den Ural, über die Wolga, über den Don, Wind, der über die Ukraine klirrte und das Wasser an der Weichsel und der Ostsee zerbrach, Steppenwind Eiswind Totenwind. Der Junge zog den Kopf zwischen die Schultern, die Pferde drängten aneinander, um sich zu wärmen, sie zogen den Wagen, seit sie unterwegs waren, unterwegs nicht aus den Tiefen des Raumes, aus denen der Wind wehte, aber aus dem Osten, und der Wind trieb den Treck vor sich her über die Straßen, beulte sich in die Planen der Wagen, pfiff durch die Speichen der Räder, sprang über die Wagen hinweg und kehrte den Schnee von der Straße, Ostwind, der zu jeder Stunde von da kam, wo der Treck aufgebrochen war. Nachts sank er in die Wälder, verkroch sich zwischen den weißen Stämmen, hielt den sausenden Atem an, um am Morgen wieder aufzusteigen und den Treck von neuem vor sich herzupeitschen, Morgenwind, der vielleicht die Nacht in den heimatlichen Wäldern verbracht hatte, Ostwind Morgenwind. Führte er Botschaften mit, Botschaften für die Pferde aus den verlassenen Ställen, Botschaften für die Menschen, Erinnerungen an das Land, das um so verheißungsvoller wurde, je weiter sie sich davon entfernten?

Der Junge warf den Pferden die Decken über und zog sich in den Schutz des Wagens zurück. Durch die Speichen der großen Räder beobachtete er die Panzer auf dem Feld und die Männer mit den weißen Tüchern, die davorstanden. Der Morgenwind hatte keine verklärenden Botschaften gebracht. Der Morgenwind Ostwind Steppenwind war bösartig, sirrende Speere aus Eiskristallen, die die Haut aufrissen, und der dampfende Atem der Pferde und Menschen war der Speerschaft, der aus dem Fleisch ragte. Manchmal führte der Wind Brandgeruch mit, oder er ließ auf der Zunge den Kupfermünzengeschmack von Pulver zurück, das waren trostlose Botschaften, die den Treck überholten und wer-weiß-wo seine bevorstehende Ankunft mitteilten, das waren Erinnerungen an Stationen des Weges, die hinter ihnen lagen: Erinnerungen an die trügerische Morgenröte der Brände, und die Kohlestifte der Trümmer griffen nach dem Himmel, um ihn zu zeichnen, Erinnerungen an Tiefflieger, die sich plötzlich aus den Wolken fallen ließen, Erinnerungen an das wirbelnde Aufbäumen der Brücken, die hinter dem Treck gesprengt wurden, Erinnerungen an Tote. Die Ortschaften, die der Treck durchfuhr, waren verlassen oder zerstört, VERBRANNTE ERDE LASSEN WIR DEM FEIND, die Uhren der Bahnhöfe, mit Kreuzstreifen verklebt, zeigten die genaue Stunde, Minute und Sekunde der Vernichtung an, und die Menschen in den Wagen des Trecks sahen es, ohne hinauszusehen, ertrugen es, rädergeschüttelt, frierend, alpgequält, nachts zündeten sie Kerzen an, wenn die Angst kam, nie mehr etwas voneinander zu sehen, und die Zeit, mit der sie die dunklen Stunden maßen, wurde zermalmt vom Stoßen der Räder und besänftigt vom Wiegen des Wagens, und der Ostwind Steppenwind war ihr erbarmungsloser Gefährte, der sie bis an die Kreuzung im Wald begleitet hatte.

Der Junge duckte sich hinter dem Rad des Wagens, als die Turmluke des ersten Panzers endlich geöffnet wurde. Ein Soldat stieg heraus, eine Pistole in der rechten Hand, und hinter ihm blieb ein zweiter Soldat im Turm stehen und richtete seine Maschinenpistole auf die Männer mit den weißen Tüchern. Der erste Soldat winkte ihnen, und die Männer kamen langsam näher. Sie hatten die Hände sinken lassen, die die weißen Tücher hochhielten. Der Wind fing sich darin, bauschte sie auf und klebte sie den Männern an die Brust. Der Junge wartete, bis sie den Panzer erreicht hatten. Dann lief er geduckt über die Straße und in die Felder hinein im Schutze des Rains, der zwei Äcker voneinander trennte und auf dem der Hagebuttenstrauch stand.

Als sich der Junge dem Strauch näherte, flog der schwarze Beerenschwarm der Krähen auf. Die Männer mit den weißen Tüchern und der Soldat gingen ein Stück auf den Treck zu. Der Junge ließ sich hinter den Strauch fallen. Die Krähen kreisten über dem Treck und strichen über die Felder dahinter ab. Der Wind hatte plötzlich nachgelassen. Nur von der eisglasigen Fläche der Äcker stäubten noch letzte Schneewirbel auf. Die Männer mit den weißen Tüchern sprachen auf den Soldaten ein. Sie standen mitten im Feld, und der Soldat machte mit dem Kopf Bewegungen zu den Wagen und Pferden auf der Straße hin.

Der Junge rollte sich auf die Seite. Er holte die Pistole aus der Tasche und entsicherte. AUF UNSEREN FAHNEN STEHT DER ENDSIEG. Vorsichtig schob er die Hand mit der Pistole auf den Rain. Der Eisstrom der Erde sickerte in seinen Körper. Der Soldat, der mit den Männern sprach, drehte dem Jungen jetzt den Rücken zu. Die weißen Tücher hingen schlaff in den Händen der Männer. Der Junge hob den Kopf über den Rain und schoß.

Der Schuß rollte unter dem bleigrauen Himmel hin. Die Pferde vor den Wagen auf der Straße scheuten. Ein Gespann brach aus der Reihe aus und jagte quer über die Äcker auf die Panzer zu. Der Soldat im Feld ging langsam in die Knie und fiel mit dem Gesicht auf die Erde, und der Junge verschoß das Magazin.

Die Panzer, die an der Kreuzung standen, fuhren an. Sie schossen auf den Treck und fuhren in die ersten Wagen hinein. Der Junge wechselte das Magazin. Aus den Wagen kamen spitze helle Schreie. Menschen sprangen und kletterten heraus und liefen über die Felder auf den Wald zu. Die ersten Wagen fingen Feuer. Die Männer mit den weißen Tüchern lagen zusammengekrümmt im Feld. Das Feuer zerbrach die Reihe der Wagen auf der Straße und trieb die Pferde ins Feld. Die Krähen waren plötzlich wieder in der Luft, schwebten über den Feldern und ließen sie dann mit hastigen schwarzen Flügelschlägen unter sich, ritzten das bleigraue Dach des Himmels, den kein Horizont spannte, und tauchten darin ein.

Der Junge schob das letzte Magazin in den Kolben der Pistole. Während er auf der Seite lag, konnte er die Felder überblicken. Die meisten Wagen des Trecks brannten. Menschen liefen über die Äcker zu beiden Seiten der Straße und fielen im Laufen. Wenige hatten den Waldrand erreicht. Die Panzer schossen. Das atemlose Hämmern der Maschinengewehre erschlug die Schreie. Unter den Ketten der Panzer splitterte die eisige Haut der Erde; von den Scherben schnellten die Schlangenspuren nadelfeiner Risse über die Äcker.

Obwohl der Junge alles hörte, verflüchtigte sich das Geschehen doch in die unmenschliche Lautlosigkeit von Alpträumen, Träume aus der Kinderzeit, wenn sich im Schlaf der Kopf an die Bettleiste drückte und die Ängste des Tages Traumgestalt annahmen, und morgens erwachte er mit schwerem Kopf. Wovon hatte er geträumt? Hatte er tagsüber im Garten gespielt, und dabei war etwas geschehen, das die Erwachsenen besser nicht erfuhren? War es Herbst, und er hatte mit seinen Freunden Goldregen geschnitten und Hütten aus den mannshohen, glatten Zweigen gebaut? Sie saßen vor den Hütten, und seine Mutter hatte erlaubt, ein Feuer anzuzünden, sie warfen Äpfel in die Glut, worüber sprachen sie damals, der Junge hatte es vergessen. Der Rauch des Feuers wand sich an der unbewegten Luft empor und löste sich im Blaugespinst des Himmels auf, in den Fäden des lockeren Spinnwebnetzes, das sich über den Herbst der Erde spannte und alle Bewegungen und Laute dämpfte und die Stille der Winterabende vorbereitete. Später schwemmte der aufkommende Abendwind aus den nahen Wäldern den Geruch von Moos, zertretenen Pilzen, Blaubeeren über die Felder, fachte das Feuer an, zerblies den Rauch. Es dämmerte. Ein Vogel sang. Die Sonne war schon hinter den Wäldern. Nur die regenstaubblinden Fensterscheiben unter den Dächern der Scheunen, die auf der Wiese neben dem Garten standen, spiegelten noch das untergehende Feuer. Das schmutzige, triefende Rot. Rot wie überreife Himbeeren im Schatten der Blätter. Rot wie das feiste samtschwarze Gefunkel der Brombeeren. Ein früher Krähenschwarm strich über die Wiesen. Das Feuer flackerte.

War es das gewesen? Aber es war ja nichts geschehen! Oder hatte der Junge mit seinen Freunden den Garten verlassen, und sie hatten mit dem Luftgewehr auf das Rotscheibengefunkel der Scheunenfenster geschossen? Das Scherbengeklirr des Glases, das die Stille aufschnitt, und Blut schoß aus der Wunde, spritzte ins Dunkel der Scheunen, tropfte von den Mauern herab? Und hatte sich der Junge deshalb gefürchtet, später nach Hause zu gehen? Kamen davon die Träume, die unmenschliche Lautlosigkeit der Traumgestalten?

Der Junge blieb hinter dem Hagebuttenstrauch liegen, ohne den Kopf wieder über den Rain zu heben, und schoß das letzte Magazin in den bleigrauen Himmel. Ein Panzer drehte den Turm auf den Hagebuttenstrauch, und die Wagen des Trecks brannten auf der Straße und im Feld. Überall auf der eisigen Erde lagen Menschenklumpen und Pferde. Rot. Der Wind Ostwind Steppenwind begann wieder zu wehen, wer nahm die Botschaft entgegen, die er mit sich führte. Mit dem Wind kam Schnee, der bleigraue Himmel zerfloß, die Flocken setzten sich in die Falten der Kleidung, ins Haar, häuften sich in den Höhlen und Beugen der gekrümmten Leiber auf dem Feld. Eiswind Totenwind. Der Panzer wendete langsam und fuhr auf den Hagebuttenstrauch zu.

Der Junge lag im Graben. Er sah aus wie der Himmel. Himbeerrote Fäden liefen unter den Haaren hervor über sein Gesicht.

ERNST SCHNABEL
Anne Frank. Spur eines Kindes

Als wir im gewöhnlichen Leben standen

Zwei Journalisten aus Jerusalem teilten im Frühjahr 1957 übereinstimmend eine sehr merkwürdige Geschichte mit:

Eine von den vielen jungen Beamtenfrauen in Israel, schrieben sie, die ihre Kinder hätten, mit knappem Haushaltsgeld rechnen müßten, Tag für Tag in der Küche zwischen Gasherd, Eisschrank und Waschmaschine zubrächten und sich nur einmal im Monat einen Babysitter leisteten, um ins Kino gehen zu können – eine von den Tausenden also habe sich neulich unversehens von Rundfunk- und Presse-Reportern umringt gefunden. Man habe sie befragt, sie sei photographiert worden, zusammen mit dem Staatspräsidenten, und das Publikum habe sich neugierig im Foyer gedrängt, um einen Blick von ihrem Gesicht zu erhaschen. Der Trubel habe sich im Habimah-Theater zugetragen, nachdem kurz zuvor während der Vorstellung eine sehr junge Schauspielerin plötzlich mitten im Akte ihren Blick ins Dunkel des Zuschauerraumes gerichtet und gerufen habe:

Gestern abend vor dem Einschlafen stand mit einem Male Lies vor meinen Augen. Sie stand da ... in Lumpen ... mit eingefallenem, magerem Gesicht. Ihre Augen waren sehr groß, und sie sahen mich traurig und vorwurfsvoll an, als wollte sie sagen: O Anne, warum hast du mich im Stich gelassen? ... Lies! Lebst du noch? Was tust du? O Gott, beschütze sie und bringe sie uns zurück! An dir, Lies, sehe ich, wie mein Schicksal hätte sein können, und jetzt sehe ich mich immer an deiner Stelle ...

Die Journalisten berichteten, diese Sätze aus dem Tagebuch der Anne Frank, die das Stück gar nicht enthält, seien für diesen einen

Theaterabend in Annes Rolle eingefügt worden – und Lies, die neben ihrem Manne in der zehnten Parkettreihe saß, habe seine Hand gehalten und der Tragödie auf der Bühne zugeschaut, ergriffen und atemlos, aber seltsamerweise sagte sie später, sie habe sich nicht eins fühlen können mit den Menschen da auf der Bühne, und sie habe es so zu erklären versucht:

Ich kannte doch Franks. Aber diese Menschen hier waren Schauspieler, und ich konnte nicht einen Augenblick vergessen, daß ich im Theater saß. Anne und ich waren Freundinnen, verstehen Sie das doch, und es hat doch niemand geahnt, daß sie schreiben konnte! Bei Margot wäre es etwas anderes gewesen. Ihr hätten wir alles zugetraut. Aber Anne war ja nur meine Freundin, und wir saßen nebeneinander in der Montessori-Schule in Amsterdam, sechs Jahre hindurch, und haben geschwatzt, und es ist den Lehrern nicht geglückt, uns zu trennen, so oft sie es auch versucht haben. Und als wir später ins Jüdische Lyzeum kamen, wurde ich gleich am ersten Tage aufgerufen, ich allein, und in eine andere Klasse versetzt. Mir war ganz elend zumute. Ich kannte da doch keine einzige Seele! Aber am anderen Morgen tut sich mit einem Male die Tür auf, und Anne schlüpft neben mich in die Bank. Keiner hat etwas gesagt, und so sind wir zusammengeblieben, bis sie dann plötzlich verschwand …

Niemand wird diese Geschichte als einen Einwand gegen die Bühnenfassung des ›Tagebuchs der Anne Frank‹ mißverstehen. Ein Stück Wirklichkeit – und das aus dieser Wirklichkeit entstandene Stück Kunst widersprechen sich nicht, denn sie sind durch Fäden miteinander verbunden, viel stärker und zarter zugleich, als bloße Logik, historische Richtigkeit und Identität es sind. Ich erzähle diese Geschichte aus Jerusalem hier nur wieder, weil sie zeigt, wie redlich Annes Freunde und Zeugen sind, wie wenig bestochen von der Aussicht, am Ruhm der Legende teilnehmen zu können. Lies P. hat den verwunderten Presseleuten gesagt:

Anne war ja nur meine Freundin!

Sie hielt ihren Erinnerungen und ihrer einfachen Kinderzeit die Treue, und sie war aufrichtig genug zu sagen, daß es darin Vorzeichen der Größe oder eines großen Schicksales nicht gegeben habe. Anne und Lies waren frei und glücklich in Amsterdam. Nur eine verbotene Phantasie könnte aus dieser Zeit eine ahnungsvolle und bedeutende Geschichte machen. Anne und ihre Freundinnen hatten es gut, punktum. Das Glück ist kein Stoff für Romane.

Anne hat später in einem der Hefte, die sie neben ihrem Tagebuch führte, notiert:

Als wir noch im gewöhnlichen Leben standen, war alles gewaltig …

Ich habe diesen Satz hier ganz wörtlich übersetzt, und man hört, wie wenig überschwenglich sie es mit diesen Worten gemeint hat. Man muß dieses »gewaltig« richtig verstehen. Es ist Schul-Jargon. Es ist ein Mode-Ausdruck unter den Kindern von Amsterdam-Zuid gewesen, wie anderswo das Wort »wuchtig«, und man benützte ihn, wenn man sagen wollte, es sei etwas wunderbar und hübsch und in der besten Ordnung, aber man scheute die nackten großen Worte und griff lieber gleich zu den ganz großen – die niemand mehr wörtlich nimmt. – Es heißt dann weiter:

Stundenlang könnte ich von der Schule erzählen, von unseren Streichen, von den Jungens in der Klasse …

Es ist danach auch wirklich ein paar Seiten weit von alledem die Rede, aber keineswegs »stundenlang«, und ein paar Seiten bedeuten für Annes Erzählerfleiß wenig. Sie schreibt da an »Kitty«, die geheime Vertraute:

Weißt Du noch, wie ich eines Tages aus der Stadt nach Hause kam, und im Briefkasten lag ein Päckchen für mich ›d'un ami R.‹? Es konnte von gar keinem anderen sein als von Rob, und in dem Päckchen war eine ganz moderne Brosche aus dem Geschäft seines Vaters. Drei Tage habe ich sie getragen, dann war sie kaputt.

Und weißt Du noch, wie Lies und ich die Klasse verraten hatten … und dann einen langen Bettel-Brief schreiben mußten, daß sie wieder gut sein sollten?

Weißt du noch, wie Pim P. in der Straßenbahn zu Rob so laut gesagt hat, daß Sanne es hörte und mir wiedererzählte, Anne sei doch viel hübscher als Danka L., vor allem, wenn sie lache? Und wie Rob ihm zur Antwort gegeben hat: Was hast du bloß für'n guten Riecher!?

Und weißt Du noch, wie Maurice sich bei meinem Vater vorstellen und fragen wollte, ob er mit seiner Tochter ausgehen dürfe?

… und wie Rob und Anne Frank sich immer Briefe geschrieben haben, als Rob im Krankenhaus lag?

… und wie Sam mir mit dem Fahrrad hinterherfuhr und mir seinen Arm anbot?

… und wie Bram mir einen Kuß auf die Backe gegeben hat, als ich ihm versprach, daß ich niemandem etwas verraten würde von ihm und Trees L.?

Nach diesem letzten Fragezeichen verfiel Anne plötzlich auf die Idee, in Blockschrift fortzufahren, und da heißt es:

ICH WÜNSCHTE, DASS DIESE SORGLOSE SCHULZEIT NOCH EINMAL ZURÜCKKÄME ...

Mir war, als ich diese Seiten las, als habe hier Anne in der öden Enge und Lautlosigkeit ihres Verstecks im Hinterhaus ihre Erinnerungen an die glücklichen Jahre geradezu durchpflügt und umgewühlt nach Geschichten, bei denen sie sie greifen und festhalten könnte, heimlich dabei erfahrend, daß es in glücklicher Zeit solche Geschichten eben nicht gibt und schon ganz bestimmt keine, die auch nur einen Schein von Glanz in die unheimlichen Abenteuer zu tragen vermöchten, wie Anne jetzt eines erlebte, und für das sie einen so bewußten Abenteurer-Sinn zeigte, sie allein unter den acht Menschen, die mit ihr eingesperrt waren. Und ich glaube, daß auch Lies P. in Jerusalem die Verletzlichkeit der Erinnerungen bedachte, als sie die glückliche Zeit von der Tragödie trennte und vor ihr bewahren wollte – sie, die selbst ein Konzentrationslager-Schicksal durchgemacht hat, kaum gnädiger als Annes – und als sie sagte, sie sei »ja nur Annes Freundin« gewesen.

Gewöhnliches Leben also und *ja nur Freundinnen* und *diese sorgenlose Schulzeit* von 1934 bis 1942. Es dauerte wirklich bis 1942, obwohl der deutsche Überfall auf die Niederlande am 10. Mai 1940 angefangen und die Lawine der Judengesetze schon dreiundfünfzig Tage später eingesetzt hatte. Aber Anne und Lies hatten behutsame Eltern, und die Leute von Amsterdam taten dazu, was sie konnten, daß die vielen jüdischen Kinder in ihrer Mitte so lange wie möglich unbefangen blieben. Sie wußten wohl, was ihnen drohte und was ringsum schon geschah, aber sie waren unter Freunden geborgen, für lange Zeit noch.

Lies' Vater, der der Pressechef der letzten legalen Regierung in Preußen gewesen war, war mit seiner Familie 1933 nach Holland emigriert. Sie wohnten nun in der Nähe der Franks am Merwedeplein in Amsterdam-Zuid, einer der großen, modernen, hellichten Vorstädte, die die Stadt gegen das Watergraafsmeer, den Buitenveldertse Polder und das Slotermeer vorschiebt, große Neustädte mit breiten Straßen, einfachen hellen Reihenhäusern und diesen auffallend großen holländischen Fenstern, die immer den Eindruck machen, als wären sie nicht zum Herausschauen, sondern zum Hineinsehen gemacht.

Der Merwedeplein ist ein großer Platz mit einem riesigen Kinderspielfeld in der Mitte. Ich bin Annes Spazierweg gegangen, ihr »Carré«, das sie am 30. Juni 42 im Tagebuch erwähnte. Er führt an der Südseite des Merwedepleins entlang, dann durch ein Gäßchen hindurch und am Rande des Victoriapleins hinüber zur Rooseveltlaan, wie der großartige Boulevard heute heißt, der den Verkehr aus den Wohnblocks absaugt; schließlich durch die Waalstraat zurück zum Merwedeplein. Man braucht elf Minuten, um ihn zu gehen, einen Blick in Titus Kaspers Uhrengeschäft und in den Buchladen an der Ecke der Waalstraat mit eingerechnet. Annes Schulweg zur Montessori-Schule in der Niersstraat dauerte nicht länger. Ich vergaß auch nicht, in der »Oase« ein Erdbeer-Eis zu essen, *einer der Konditoreien, die für Juden zugänglich sind*, wie Anne 1942 schrieb. Aber die Eisdiele hat den Inhaber gewechselt, und die neue Wirtsfrau weiß nichts von den alten Gästen.

Hier überall ist Anne gegangen, mit ihren Freundinnen, mit Rob (dem Spender der Brosche), mit Harry Goldberg, ihrem letzten Freund im *gewöhnlichen Leben*, und an der Ecke *stand Peter Wessel mit zwei anderen Jungens. Es war das erstemal*, daß Anne ihn wiedersah, und sie *freute sich schrecklich*, und überall war sie hier behütet von der hellen, einförmigen Bürgerlichkeit des Viertels. So sehen die Schauplätze der Tragödien nicht aus, und es ist jetzt sonderbar, durch diese Straßen zu gehn und zu wissen, was hier geschehen ist. Margot, Anne, Sanne, Peter Wessel – sie alle sind umgekommen. Aber das Straßenpflaster hat kein Gewissen, es zeigt keine Spur. Noch immer sausen die Jungens auf ihren Fahrrädern vorüber, und die Tertianerinnen steigen ab und schwatzen, wenn sie sich sehen, und von den Lenkstangen wippen die Schultaschen, und an jeder Ecke ist es zu hören, das lieblich-triviale, das gewöhnliche Geschwätz von morgen und morgen nachmittag und das »Hast du die dritte Aufgabe schon? Was kommt denn heraus?«, und es ist Juni wie damals, als Anne ihren Bummel mit Harry im Tagebuch beschrieb, und erst, als ich das »Carré« zum zweiten Male ging, entdeckte ich in der Buchhandlung in der Waalstraat-Ecke, wo Herr Frank vor fünfzehn Jahren das rotkarierte Tagebuch gekauft hat für Annes Geburtstagstisch, im Schaufenster ihr Bild. Ihr Buch steht dreimal nebeneinander in der Auslage, und das ist die einzige Spur.

Ingeborg Bachmann
Der gute Gott von Manhattan. Hörspiel

Im Gerichtssaal

Richter Tatsächlich zog ein Mann im letzten Stock aus diesen oder anderen Gründen aus.

Guter Gott Der Portier erinnerte sich an ein Trinkgeld, das er von den beiden bekommen hatte, und quartierte sie um. Von dem Zimmer oben gab es eine seltsame Aussicht. Eine im Flug verlassene Welt lag unten. In einem Aug konnte man schon den Mond und im anderen noch die Sonne haben. Das Meer wölbte sich sichtbar in der Ferne und zog Schiffe und Rauch hinunter an andere Erdteile.

Richter Was für ein Manöver, dieser Umzug! Dachten Sie, oben unbemerkter handeln zu können?

Guter Gott Nein, nur rascher. Ich trieb nur die Dinge voran, die nicht mehr aufzuhalten waren. Dann war mir auch leid, daß sie nahezu kein Geld mehr hatten. Ich wollte ihnen ablenkende Sorgen ersparen. Sie wissen, wie teuer die Zimmer oben sind.

Richter *wegwerfend.* Auch noch Mitleid. Ja, ich weiß. *Blätternd.* Ist es richtig, daß wir zur letzten Nacht kommen?

Guter Gott Zu einer, die auftrat vor dem letzten Tag wie die allerletzte. Mit einer unbändigen Temperatur. Fieberheiß. Der Ventilator war ohnmächtig.

Richter Heute wie damals.

Guter Gott Das Eis schmolz im Glas, eh man es an die Lippen hob.

Richter Und den beiden kamen keine Bedenken?

Guter Gott Sie hatten den Brief und glaubten aufs Wort.

Im Zimmer des 57. Stockwerks

Jennifer Bedenk es. Wieder ein Wink. Wieder ein Zeichen. *Zärtlich.* Gute, liebe Eichhörnchen.

Jan Umzug am Abend. Einzug in die Nacht selbst.

Jennifer Ich werde meine Haarbürste neben deine legen. Deine Bücher aufstellen. Deine Jacke aufhängen neben meinen Röcken. Ich möchte jetzt alles so hinlegen und stellen, als blieb es für immer. Welch ein Augenblick! Und ich will mir einprägen für immer: die stille Nacht und die feuchte Glut, die glänzende Insel, über der wir sind, und das Licht, das wir hier abbrennen werden, um ihr noch Glanz hinzuzufügen, zu niemandes Ehren.

JAN Komm! Laß aus der Hand fallen, was du hältst. Laß alles fallen für immer. Ich fühle, daß ich nie besser wissen werde, auf welchem Längen- und Breitengrad ich mich befinde, und nie besser, worauf alles gegründet ist als in diesem beliebigsten Zimmer. Genau hier ist es zu spüren, wo es wenig Erde gibt. Hier ist Raum. Und du beherbergst mich, den Fremden.

JENNIFER Weil er von weither kommt und weit fort muß, schlage ich ihm das Bett auf und stelle den Wasserkrug neben ihn.

JAN Aber er tappt noch in manchem Dunkel und findet sich nicht zurecht. Er erzeugt noch Befremden, weil sein Akzent hart ist, und er vermag noch kein Vertrauen einzuflößen. Ich möchte jetzt eine Karte haben, die mich dir erklärt: alle meine Wüsten, sandfarben darauf, und weiß die Tundren, und eine noch unbetretene Zone. Aber auch eine neue grüne Zeichnung ist da, die besagt, daß der Kältesee in meinem Herzen zum Abfließen kommt.

JENNIFER Endlich. Endlich.

JAN Und ich möchte ein Buch haben, aus dem ich erfahre, was in dir vorkommt, Klima, Vegetation und Fauna, die Erreger deiner Krankheiten und ihre stummen verbissenen Gegner in deinem Blut, und die Lebewesen, die allerkleinsten, die ich mir herüberhole mit meinen Küssen. Ich möchte einmal sehen, was jetzt ist, abends, wenn dein Körper illuminiert ist und warm und aufgeregt ein Fest begehen möchte. Und ich sehe schon: durchsichtige Früchte und Edelsteine, Kornelian und Rubin, leuchtende Minerale. In eine Feerie verwandelt, die Blutbahnen. Sehen. Schauen.

Alle Schichten bloßgelegt. Die Decken feinen Fleisches, weiße seidige Häute, die deine Gelenke umhüllen, die entspannten Muskeln, schön polierte Knochen und den Lack auf den bloßen Hüftkugeln. Das rauchige Licht in deiner Brust und den kühnen Schwung dieser Rippen. Alles sehen, alles schauen.

JENNIFER Könnt ich mehr tun, mich aufreißen für dich und in deinen Besitz übergehen, mit jeder Faser und wie es sein soll: mit Haut und mit Haar.

JAN Und hören. Das Ohr an dich legen, weil es nie still ist in dir und eine auf- und absinkende Windwoge in deiner Lunge gibt, das Geräusch von einem Kolben, der niederfällt in deiner Herzkammer, einen ängstlichen Laut, wenn du schluckst, und Geisterknacken in deinen Gliedern.

JENNIFER Horch mich aus. Denn ich kann keine Geheimnisse vor dir haben.

JAN Aber werde ich hinter alle kommen? – Oh, es wird mich Eifersucht heimsuchen und nicht freigeben, eh ich die okkulten Farben innen kenne und die geheimen Gänge durch Zellkammern, das ausgeschüttete Salz im Geweb, Larven und Lampione darin, Mosaikböden mit den Darstellungen versunkener Mythen. Schwammwerk und Mark. Die ganze verschwenderische Anlage, die du bist, und die ohne Ruhm vergehen soll.

JENNIFER Vergeh ich schon? Und vergeh ich nicht wegen dir?

JAN Dann ist wenig Zeit auf der Welt. Denn wenn alles entdeckt und verformelt ist, wird die Lasur deiner geschmeidigen Augen und die blonde Haarsteppe auf deiner Haut von mir noch nicht begriffen sein. Wenn alles gewußt, geschaffen und wieder zerstört sein wird, werde ich noch verführt werden im Labyrinth deiner Blicke. Und es wird mich das Schluchzen, das deinen Atemweg heraufkommt, bestürzen wie nichts sonst.

JENNIFER So wenig Zeit. Viel zu wenig Zeit.

JAN Und darum will ich dein Skelett noch als Skelett umarmen und diese Kette um dein Gebein klirren hören am Nimmermehrtag. Und dein verwestes Herz und die Handvoll Staub, die du später sein wirst, in meinen zerfallenen Mund nehmen und ersticken daran. Und das Nichts, das du sein wirst, durchwalten mit meiner Nichtigkeit. Bei dir sein möchte ich bis ans Ende aller Tage und auf den Grund dieses Abgrundes kommen, in den ich stürze mit dir. Ich möchte ein Ende mit dir, ein Ende. Und eine Revolte gegen das Ende der Liebe in jedem Augenblick und bis zum Ende.

JENNIFER Mein Ende. Sag es zu Ende.

JAN Es ist da eine Niedertracht von Anfang an, und keine Blasphemie wird ihr Ausmaß erreichen. Was müssen wir uns vorhalten lassen mit Liebe, dieser Flammenschrift, und auslöschen sehen, wenn wir nähergekommen sind? Wer hat geschrien, daß Gott tot ist? Oder gestürzt in die Donnerhallen! Oder daß es ihn nicht gibt. Ist da nicht zu wenig verklagt in der wenigen Zeit? Reißen wir unsere Herzen aus für ein Nichts und um mit dieser jämmerlichen Klage die Leere zu füllen, und stirbst du dafür! Oh nein. Lieb mich, damit ich nicht schlafen und aufhören muß, dich zu lieben. Lieb mich, damit ein Einsehen ist. Denn warum sollte ich dich nicht festhalten, dich foltern und in dir verzweifeln können an allem? Warum soll ich mir noch vorhalten lassen, wie lang und

wie oft ich dich zu halten habe, obwohl ich es immer will und dich für immer will!
Ich will dich jetzt nicht verlassen, betrügen in Traumwelten und mich betrügen lassen in Schlafwelten. Ich will, was noch niemals war: kein Ende. Und zurückbleiben wird ein Bett, an dessen einem Ende die Eisberge sich stoßen und an dessen unterem Rand jemand Feuer legt. Und zu beiden Seiten: nicht Engel, aber Dolden aus Tropen, Papageienhohn und dürre Geflechte aus Hungerland. Schlaf nicht ein, ich bitte dich.

JENNIFER Ich werde nicht mehr schlafen. Dich nicht mehr lassen.

JAN So komm. Ich bin mit dir und gegen alles. Die Gegenzeit beginnt.

Im Gerichtssaal

RICHTER Wovon ist die Rede?

GUTER GOTT Von einem anderen Zustand. Von einem Grenzübertritt. Von etwas, das Sie und ich nicht erwogen haben.

RICHTER *zurückhaltend.* Wir haben hier schon mit allen möglichen Fällen zu tun gehabt.

GUTER GOTT Sie haben nur mit mir zu tun. Damit aber nichts.

RICHTER Anmaßungen. – Wollen Sie auch behaupten, daß die Geschichte von Ellen Hay und diesem Bamfield und all den anderen, die Sie –

GUTER GOTT Die ich? Ich?

RICHTER Die getötet wurden, ähnlich verlief?

GUTER GOTT Das kann ich nicht behaupten. Jede Geschichte fand in einer anderen Sprache statt. Bis in die Wortlosigkeit verlief jede anders. Auch die Zeit war eine andere, in die jede getaucht war. Aber wer sich nicht damit beschäftigt hat, mag wohl Ähnlichkeit drin sehen. So wie es eine Ähnlichkeit zwischen Zweibeinern gibt. Aber alle hatten die Neigung, die natürlichen Klammern zu lösen, um dann keinen Halt mehr in der Welt zu finden. Sagt man nicht, es seien nicht immer die Mörder, sondern manchmal die Ermordeten schuldig?

RICHTER Versuchen Sie nicht, die Dinge auf den Kopf zu stellen! Und die Worte zu verdrehen.

GUTER GOTT Ich versuche nichts dergleichen. Ich möchte Sie nur davon unterrichten, daß die beiden an nichts mehr glaubten und ich in gutem Glauben handelte.

RICHTER Sie!

Guter Gott Wollen Sie mein Glaubensbekenntnis? – Ich glaube an eine Ordnung für alle und für alle Tage, in der gelebt wird jeden Tag.

Ich glaube an eine große Konvention und an ihre große Macht, in der alle Gefühle und Gedanken Platz haben, und ich glaube an den Tod ihrer Widersacher. Ich glaube, daß die Liebe auf der Nachtseite der Welt ist, verderblicher als jedes Verbrechen, als alle Ketzereien. Ich glaube, daß, wo sie aufkommt, ein Wirbel entsteht wie vor dem ersten Schöpfungstag. Ich glaube, daß die Liebe unschuldig ist und zum Untergang führt; daß es nur weitergeht mit Schuld und mit dem Kommen vor alle Instanzen. Ich glaube, daß die Liebenden gerechterweise in die Luft fliegen und immer geflogen sind. Da mögen sie vielleicht unter die Sternbilder versetzt worden sein. Haben Sie nicht gesagt: er hat sie nicht begraben – ? Haben Sie es nicht gesagt?

Richter Ja.

Guter Gott Und ich wiederhole es nur. Nicht begraben. Verstehen Sie. Versetzt. Unter Bilder.

Richter *gewöhnlich.* Sie sind ein krankhafter Phantast. Jeder Mensch könnte Ihnen aus eigener Erfahrung eine Reihe von glücklichen Paaren nennen. Die Jugendfreundin, die später an einen Arzt geriet. Die Nachbarn auf dem Land, die schon fünf Kinder haben. Die zwei Studenten, die einen Ernst fürs Leben und füreinander verraten.

Guter Gott Ich gestehe Ihnen unzählige zu. Aber wer wird sich mit Menschen beschäftigen, die nach einem anfänglichen Seitensprung in die Freiheit ohnehin Instinkt bewiesen haben. Die das bißchen anfängliche Glut zähmten, in die Hand nahmen und ein Heilmittelunternehmen gegen die Einsamkeit draus machten, eine Kameradschaft und wirtschaftliche Interessengemeinschaft. Ein annehmbarer Status innerhalb der Gesellschaft ist geschaffen. Alles im Gleichgewicht und in der Ordnung.

Richter Etwas anderes ist nicht möglich und gibt es nicht.

Guter Gott Weil ich es ausgerottet und kaltgemacht habe. Ich habe es getan, damit es Ruhe und Sicherheit gibt, auch damit Sie hier ruhig sitzen und sich die Fingerspitzen betrachten können und der Gang aller Dinge der bleibt, den wir bevorzugen.

Richter Es gibt nicht zwei Richter – wie es nicht zwei Ordnungen gibt.

Guter Gott Dann müßten Sie mit mir im Bund sein, und ich weiß es nur noch nicht. Dann war es vielleicht nicht beabsichtigt, mich außer Gefecht zu setzen, sondern etwas zur Sprache zu bringen, worüber besser nicht geredet werden sollte. Und zwei Ordner wären einer.

STIMMEN

EIN GESTIRN MACHT KEINEN HIMMEL
EINLENKEN RATSAMER VERSCHLAGEN SEIN
PROBEWEISE GEWALT AUF VORRAT
RAKETEN SPRITZIGER BOMBEN FÜLLIGER
SCHWERES WASSER RUCHBARER
LÖST AUF LÖST EUCH AUF LÖST DIE WELT
BEIM GONGSCHLAG NULL UHR NULL
UNTER SCHLÄGEN STEIGEN UND SINKEN
DENK DARAN DU KANNST ES NICHT
MACH ES KURZ UND SÜSS
GRINS UND ERTRAG ES – HALT!

Im Zimmer des 57. Stockwerks

JAN Nimmst du es an? Wirst du es ertragen? Obwohl es »Abschied« heißt und kein Wort mehr für uns ist.

JENNIFER Mich erschreckt nur, daß du noch immer da bist und daß ich dich ansehn muß, während die letzten Sekunden kommen. Ich werde bald nichts mehr sein. Wär's zu Ende. Ich ohne Schmerz. Wäre ich ohne mich. Darf ich alles sagen?

JAN Alles. Sag alles!

JENNIFER Rühr mich nicht mehr an. Komm mir nicht zu nah. Ich würd Zunder sein.

JAN Wie weit soll ich weggehn?

JENNIFER Bis zur Tür. Aber leg die Hand noch nicht auf den Griff.

JAN *entfernt.* Ich …

JENNIFER Sprich nicht mehr zu mir. Und umarm mich kein letztes Mal.

JAN Und ich!

JENNIFER Drück jetzt die Schnalle nieder und geh, ohne dich umzudrehen. Nicht mit dem Rücken zu mir. Obwohl ich die Augen schließen und dein Gesicht nicht mehr sehen werde.

JAN Aber ich kann nicht …

JENNIFER Tu mir nicht mehr weh. Mit keinem Aufschub.

JAN *während er durch das Zimmer zu ihr zurückgeht.* Ich kann nie mehr gehen.

JENNIFER Nicht. Rühr mich nicht an!

JAN Nie mehr. Sieh mich doch an. Nie mehr.

JENNIFER *langsam, während sie sich auf die Knie wirft.* Oh, das ist wahr. Nie mehr.

JAN *entsetzt.* Was tust du? Tu das nicht!

JENNIFER Auf den Knien vor dir liegen und deine Füße küssen? Ich werde es immer tun. Und drei Schritte hinter dir gehen, wo du gehst. Erst trinken, wenn du getrunken hast. Essen, wenn du gegessen hast. Wachen, wenn du schläfst.

JAN *leise.* Steh auf, meine Liebe. – Ich will das Fenster öffnen und den Himmel hereinlassen. Du wirst warten und nicht mehr weinen, wenn ich jetzt geh – nur um die Schiffskarte zurückzugeben, um für immer das Schiff fahren zu lassen. Das feuerrote Taxi werde ich nehmen, das am schnellsten fährt. Es ist ja soweit.

Ich weiß nichts weiter, nur daß ich hier leben und sterben will mit dir und zu dir reden in einer neuen Sprache; daß ich keinen Beruf mehr haben und keinem Geschäft nachgehen kann, nie mehr nützlich sein und brechen werde mit allem, und daß ich geschieden sein will von allen andern. Und sollte mir der Geschmack an der Welt nie mehr zurückkommen, so wird es sein, weil ich dir und deiner Stimme hörig bin. Und in der neuen Sprache, denn es ist ein alter Brauch, werde ich dir meine Liebe erklären und dich »meine Seele« nennen. Das ist ein Wort, das ich noch nie gehört und jetzt gefunden habe, und es ist ohne Beleidigung für dich.

JENNIFER Oh, sag es niemand.

JAN Mein Geist, ich bin wahnsinnig vor Liebe zu dir, und weiter ist nichts. Das ist der Anfang und das Ende, das Alpha und Omega ...

JENNIFER Ein alter Brauch: wenn du mir deine Liebe erklärst, werde ich dir meine gestehen. Meine Seele –

JAN Unsterblich oder nicht: es gibt kein Ja mehr auf dieses.

Im Gerichtssaal

GUTER GOTT Ja, auffliegen müssen sie, spurlos, denn nichts und niemand darf ihnen zu nah kommen. Sie sind wie die seltenen Elemente, die da und dort gefunden werden, jene Wahnsinnsstoffe, mit Strahl- und Brandkraft, die alles zersetzen und die Welt in Frage stellen. Noch die Erinnerung, die von ihnen bleibt, verseucht die Orte, die sie berührt haben. Dieses Gericht wird

ohne Beispiel sein. Wenn ich verurteilt werde, wird es zur Beunruhigung aller geschehen. Denn die hier lieben, müssen umkommen, weil sie sonst nie gewesen sind. Sie müssen zu Tode gehetzt werden – oder sie leben nicht. Man wird mir entgegenhalten: dieses Gefühl verläuft sich, gibt sich. Aber da ist gar kein Gefühl, nur Untergang! Und es gibt sich eben nicht.
Und es kommt doch darauf an auszuweichen, sich anzupassen! Antworten Sie – bei allem, was Ihnen recht ist. Antworten Sie!

RICHTER Ja.

GUTER GOTT Auf dieses Ja folgt nichts mehr. Darauf ginge ich noch einmal hin und täte es noch einmal.

HEINER MÜLLER
Klettwitzer Bericht 1958. Eine Hörfolge

Die Förderbrücke fällt aus
(Band: Förderbrücke arbeitet.)

Das war
Unsre Förderbrücke: lang dreihundertsechzig Meter.
Schwer sechstausend Tonnen. Dreißig Jahre alt.

Wir lenkten sie. Wir waren achtzehn.
Baggerführer, Bandwärter. Männer und Frauen.
Sechsunddreißig Hände –
Mit der Brücke waren es zehntausend.

Über die Bänder in zwei mal zwölf Stunden
Rollten achtzigtausend Tonnen Abraum.
In die Großkokerei, in sechs Brikettfabriken
Rollte pausenlos unsere Kohle.

Kohle für die Kraftwerke.
Kohle für die Industrie.
Kohle für die Dörfer.
Kohle für die Städte.

PRESSEMELDUNG Die leistungsfähigste Großanlage des Senftenberger Braunkohlenreviers, die große Förderbrücke im Tagebau Klettwitz, wurde in der Nacht vom 8. zum 9. Februar in wenigen Minuten zerstört. Ursache: ein Liegendgrundbruch. Beim Einsturz der Brücke wurden drei Arbeiter verletzt. Der Tagebau Klettwitz liegt still.

Kommentar 1

Das hieß in kapitalistischen Wintern:
Die Kohle wärmt nur kapitalistische Hintern.
Ausfällt
Ein Konkurrent. Herr, laß das Frühjahr auch ausfallen!
Schick Frost, was das Zeug hält,
Daß sie unsre Preise zahln.

Kommentar 2

Aufruf
an alle Tagebaue
im Senftenberger Braunkohlenrevier:
Die Kohle, die ausfällt
in Klettwitz,
fördern wir.
Genossen,
der Kampf um den Kohleplan
ist jetzt doppelt schwer.
Ihr habt getan
was ihr konntet:
Tut jetzt mehr!
Antwort der Tagebaue
im Senftenberger Revier:
Die Kohle, die ausfällt in Klettwitz
fördern wir:
Höher
über die Sohle
türmt sich die Haldenwand
Schneller
rollt die Kohle
über das Förderband.

Pressemeldung Die leistungsfähigste Großanlage des Senftenberger Braunkohlenreviers, die große Förderbrücke im Tagebau Klettwitz, wurde in der Nacht vom 8. zum 9. Februar in wenigen Minuten …

Kommentar 1

Das hieß in kapitalistischen Wintern:
Der Unternehmer zeigt dir den Hintern.
Auf die Straße, was auf die Straße gehört!
Verhungre, Prolet, wenn der Hunger dich stört.

KOMMENTAR 2 Die Brückenbesatzung: Facharbeiter, Spezialisten, wurden bei der Demontage der zerstörten Brücke eingesetzt; in den anderen Tagebauen des Reviers, die unsern Anteil am Kohleprogramm zusätzlich übernehmen mußten, und beim Gleisbau.

Das gab Schwierigkeiten. Auf der Brücke hatte sie 800 verdient, und ohne körperliche Schwerarbeit. Beim Gleisbau, mit Schaufeln, Schwellenschleppen usw., gibts die Hälfte, wenn es hochkommt. Wir haben ihnen die 800 weitergezahlt. Manche wollten aber mehr, und die Zuschläge wie sonst, Nachtzuschlag, Gefahrenzuschlag. Es gab aber keine Nachtschicht, und beim Gleisbau ist keine Gefahr. Die 800 können wir auch nicht bis 1961 weiterzahlen. 1961 steht die neue Brücke, wenn alles klappt. Schließlich: was hätte der Kapitalist getan, in solchem Fall. Den Laden zu, den Kumpel auf die Straße. Aus.

In solchen Lagen kommt heraus, was einer im Kopf hat. Mit 800 ist es leichter. Von 400 abwärts wird das schwerer mit Familie.

Die Genossenschaft schreibt einen Brief

ERZÄHLER
Wir hatten gehört, was passiert war in Klettwitz im Tagebau.
Wir wußten genau:
An der Kohle hängt auch die Landwirtschaft.
Stand die Frage: Was können wir tun für Klettwitz als Genossenschaft?
Max war der Meinung: Wir stiften ein Schwein.

MAX
Da bin ich der Meinung: Wir stiften ein Schwein.

ERZÄHLER
Zabel war der Meinung: Nein.

ZABEL
Da bin ich der Meinung: Nein.

3. BAUER
Warum Nein, Kollege Zabel?

ZABEL
Mit Schweinen nach der Kohle werfen ist unrentabel.

MAX
Fehlt Kohle, fehlt der Strom. Und ohne Elektrizität, wo bleibt da unsre Rentabilität?

4. Bauer
Was ich elektrisch machen kann, denkst du, das mach ich mit der Hand?
Ich bin für die Stiftung. Ich hab doch Verstand.
Zabel
Ich bin dagegen. Das Schwein bleibt hier.
Bauern
Wir sind dafür.
Das Schwein geht nach Klettwitz. Zabel, du bist überstimmt.
Max
Erhebt sich die Frage, wer den Transport übernimmt.
3. Bauer
Ich schlage vor, den Transport übernimmt Kollege Zabel.
Damit er lernt, was ist rentabel.
Erzähler
Wir kamen also überein:
Wir stiften für Klettwitz ein Schwein.
Und schrieben dazu im Kollektiv
Folgenden Brief:
Weil viel ißt, wer viel arbeiten muß
Anbei ein Schwein. Mit Genossenschaftsgruß.

Geschichten vom Gleisbau

1
Bubiak, Baggerführer

Bubiak war Baggerführer.
Er baggerte zwanzig Jahr.
Im zwanzigsten mußte er Gleisbaun gehn
Weil die Förderbrücke ausgefallen war.

Bubiak sagte: Das ist keine Arbeit.
Bubiak sagte: Das ist Kinderei.

Schwellen schleppen, das kann jeder.
Wozu hab ich baggern gelernt?
Ein Druck auf den Knopf. Da brauchst du Kopf.
Einen Facharbeiter halte man vom Gleis entfernt.

Bubiak sagte: Das ist keine Arbeit.
Bubiak sagte: Das ist Kinderei.

Bubiak war Schwellenschlepper.
Er schleppte drei vier Tag.
Er stöhnte beim Bücken. Er fluchte im Gehn.
Bubiak fand, daß Schwellenschleppen ihm nicht lag.

Bubiak sagte: Das ist keine Arbeit.
Bubiak sagte: Das ist Schinderei.

Schwellen schleppen kann nicht jeder,
Schon gar nicht für vierhundert Mark.
Wers kann, solls machen für wenig Geld.
Ich brauch mehr. Ich fühl mich nicht so stark.

Bubiak sagte: Das ist keine Arbeit.
Bubiak sagte: Das ist Schinderei.

Als ich noch den Bagger führte
Hab ich achthundert gekriegt.
Nur für den Kopf. Für den Druck auf den Knopf.
Und beim Gleisbau denkt ihr, vierhundert genügt?

Bubiak sagte: Das ist keine Arbeit.
Bubiak sagte: Das ist Schinderei.

Bubiak 2

Der Parteisekretär spricht mit Bubiak

SEKRETÄR Ich hab gehört, du willst die Arbeit am Gleis niederlegen, Genosse Bubiak?

BUBIAK Ich bin das Schaufeln und die Schlepperei nicht mehr gewöhnt, Genosse Sekretär.

SEKRETÄR Du meinst, für vierhundert im Monat kriegst du die Schaufel nicht hoch. Sags ehrlich.

BUBIAK Ja. Vierhundert ist zu wenig. Auf der Brücke hab ich achthundert gehabt. Bin ich schuld, daß wir die Brücke nicht mehr haben? Und die HO kommt weiter jeden Freitag und kassiert die Raten.

Sekretär Uns fehlt auch eine Brücke, und der Kohleplan muß trotzdem stimmen.
Bubiak Aber die achthundert brauch ich.
Sekretär Wer soll die zahlen?
Bubiak Der Betrieb.
Sekretär Wovon? Der Betrieb kann nur ausgeben, was hereinkommt. Was bringst du ihm als Baggerführer ein und was als Gleisarbeiter?
Bubiak So herum hast du schon recht.
Sekretär Siehst du. Ich muß jeden Tag kapitalistische Rückstände aus den Köpfen schaufeln. Und krieg für mein Schaufeln auch nicht mehr als du für deins.
Bubiak Du hast es leichter. Du hast das Bewußtsein.
Sekretär Mir wärs auch lieber, meine Arbeit wär schon mechanisiert.

Geschichten vom Gleisbau

2
Soldaten

Unter einer Fahne
Schaufel und Gewehr

Die Armee kam: Offiziere und Soldaten.
Auch der Divisionsstab nimmt den Spaten.
Spricht der Kumpel: Generäle, die was baun.
Das ist neu. Und denen kann man traun.
Und beim Schaufeln schwitzend in der Reihe
Hat die Kriegskunst sie gelehrt, die neue:
Besser geschwitzt als geschossen.
Besser Schweiß als Blut vergossen.

Gespräch am Gleis

Arbeiter Kommt ihr freiwillig oder auf Befehl?
Soldat Freiwillig.
Arbeiter Müßt ihr sowieso Dienst machen, oder ist es eure Freizeit, die ihr hier verschwitzt?
Soldat Es ist die Freizeit.

ARBEITER Kriegt ihr Prämie?
SOLDAT Nein.
ARBEITER Und warum seid ihr hier?
SOLDAT Schafft ihr das ohne Hilfe, achtundvierzig Kilometer neues Gleis?
ARBEITER Nein. Ohne Hilfe nicht.
SOLDAT Darum sind wir hier.
ARBEITER Ach so.

Geschichte der Brikettpresserin

a

Ich bin 58. Ich arbeite in der Brikettfabrik an der Presse. Eine schmutzige Arbeit, aber sie muß gemacht werden. Und ich habs gelernt. Mein Mann ist aus Rußland nicht zurückgekommen. Mein Sohn sagt: Warum ist er hingegangen. Er war einen Monat, als der Krieg anfing. Er weiß nicht, wie es war. Und einmal, 1955, abends, kommt er nach Hause aus der FDJ-Versammlung im Betrieb in Lauchhammer und sagt: Mutter, ich geh zur Volksarmee. Haben sie dir zugesetzt, frag ich. Sie können dich nicht zwingen, Junge. Und: sie haben mir nicht zugesetzt, sagt er. Sie haben mit mir geredet, so wie ich jetzt mit dir rede. Wie ich ihn frage: Kommt denn wieder Krieg, sagt er: Nein, es ist für den Frieden. Ich frag ihn: Wenns für den Frieden ist, wozu dann Militär. Er sagt: Das ist kein Militär. Die Volksarmee, das ist ein volkseigener Betrieb, sozusagen. Ich sage: Wenn das so ist, warum bleibst du da nicht bei VEB Lauchhammer, sozusagen. Das kann jeder sagen, sagt er. Wenn das jeder sagt, wo kämen wir da hin mit Adenauer nebenan? Ich sagte noch: Von deinem Vater sagst du, warum ist er hingegangen, und jetzt gehst du selber hin. Und er: Das ist was andres, Mutter. Wir haben hin und her geredet, aber er ging dann doch in die Armee.

b

DER SOHN Jetzt bin ich Leutnant, Mutter.
DIE MUTTER So, jetzt bist du Leutnant.
DER SOHN Ja, und da hab ich mir gedacht: Mein Geld reicht, reicht für zwei, du brauchst nicht mehr im Kohlendreck zu wühlen, du hast dreißig Jahre gearbeitet, jetzt sollst du ausruhn, du bist achtundfünfzig.

Die Mutter So, das hast du dir gedacht.
Der Sohn Ja, das hab ich mir gedacht. Es reicht für zwei.
Die Mutter Als du in die Armee gegangen bist, hast du gewußt, daß die Briketts nicht reichen und die Arbeitshände nicht und die Zeit auch nicht, und wie das ist mit Adenauer.
Der Sohn Du hast dreißig Jahre gearbeitet. Das ist genug.
Die Mutter Das kann jeder sagen. Wenn das jeder sagt, wo kämen wir da hin, Genosse Leutnant?

c

1958 Anfang Februar ist die große Förderbrücke eingestürzt in Klettwitz. Da kommt die Kohle für meine Brikettpresse her. Sie mußten den Tagebau auf Zugbetrieb umstellen. Da fehlten Gleise, über vierzig Kilometer, und Leute für den Gleisbau. Sie machten einen Aufruf in der Zeitung. Da kamen sie, aus den Fabriken und aus den Büros, FDJ, Studenten und Soldaten. Die einen dachten: Da wird Geld verdient. Die anderen dachten: Da brauchen sie Hilfe. Mein Sohn kam auch.

d

Die Mutter Ich hab nicht verstanden, daß du dich gemeldet hast in die Armee. Militär ist Militär, hab ich gedacht. Jetzt bist du Leutnant, und ich habs verstanden. Aber das versteh ich nicht, warum der Offizier arbeiten muß wie die gewöhnlichen Soldaten.
Der Sohn Wenns anders wär, würdest du das verstehn?

Pause.

Die Mutter Ich glaub, jetzt hab ich wieder was gelernt.

von den universitäten kamen
die Studenten, nahmen
Schaufel in die Hand und Spaten.
Hände, die nicht mehr gewöhnt warn, lernten wieder, was sie vorher taten.
Und dies nicht gewöhnt warn, feine Bürgerhände
Wurden hart von Schwielen, und sie warn am Ende
Arbeiterhände.

a

Hörsaal. Studenten.

A Im Tagebau Klettwitz, im Lausitzer Braunkohlengebiet, ist die große Förderbrücke ausgefallen. Das bedeutet: fünf Prozent der Kohleförderung in der DDR fallen aus. Das bedeutet: ein Loch im Plan. Das Loch muß zugestopft werden. Die anderen Tagebaue müssen mehr Kohle fördern, und Klettwitz darf nicht ganz ausfallen, sondern es muß umgestellt werden auf Gleisbetrieb. Aber die Gleise müssen erst gelegt werden.

B Ich weiß schon, was jetzt kommt. Freiwilliger Arbeitseinsatz. Vorwärts, Studenten! Auf zum Gleisbau.

A Ja. Genau das.

C Ich muß mich auf die Prüfung vorbereiten.

D Ich auch.

E Ich auch.

F Was sollen wir denn noch alles machen?

G An erster Stelle steht für mich das Fachliche.

A Eins nach dem andern. Also: du, und du und du, ihr sagt, ihr müßt euch auf die Prüfung vorbereiten. Gut. Dazu kriegt ihr Stipendien. Wer zahlt die, wer kommt dafür auf? Die Arbeiterklasse. Sie kann es, wenn die Produktion so abläuft, wie der Plan es vorsieht. Jetzt hat der Plan ein Loch. Das ist nicht eingeplant.

F Wir haben auch unsern Plan. Wir haben auch unsre Arbeit.

A Jeder hat seine Arbeit. Wir haben keine Arbeitslosen. Ihr sagt: Prüfung. Das Loch im Plan ist auch für uns eine Prüfung. Wir müssen sie beide bestehn.

G Wenn er von uns was will, wird er grundsätzlich. Wir sind Studenten. Schaufeln steht nicht im Studienplan.

A Der Sozialismus schlägt nicht in dein Fach. Das ist dein Grundsatz, was?

G Das hast du gesagt.

A Ich hab dich also falsch verstanden. Also: gehst du mit zum Gleisbau?

G Hab ich gesagt, daß ich nicht mitgehe?

E Ich vielleicht?

F Oder ich?

b

Einweisung

ARBEITER Also, daß ihrs wißt, Studenten: angefaßt wird die Schaufel, wo das Holz ist, hier, das ist der Stiel.
STUDENT Ich hätts für einen Zaunpfahl gehalten. *Lachen.*
ARBEITER Wenn du ihn nicht halten kannst allein, müßt ihr zu zweit anfassen. Und schreit nicht nach dem Sanitäter, wenn die Bürgerhände Blasen kriegen. Da hilft nur: weitermachen. Wenn ihr Schwielen habt, tut euch nichts mehr weh.
STUDENT Wir werden Ihnen zeigen, was eine Schaufel ist.

ARBEITER Abwarten.
1. ARBEITER Wie arbeiten sie, deine Studenten?
2. ARBEITER Leicht fällts ihnen nicht.
1. ARBEITER Uns fällts auch nicht leicht. Es ist gut, daß sie arbeiten, die Gelehrten. Da vergessen sie nicht, wer den Löffel gemacht hat, mit dem sie die Weisheit fressen.
2. ARBEITER Sie arbeiten wie wir und sind nichts anderes als wir.
1. ARBEITER *lacht.* Ja. Wenn wir Arbeiter Kinder machen, machen wir Ingenieure. So ist es jetzt.

c

Gespräch in der Mittagspause

ARBEITER Was kriegt ihr für Stipendium?
STUDENTEN Genug.
STUDENTEN Es könnte mehr sein.
STUDENTEN Mancher mehr als er verdient.
STUDENT Was verdient ihr?
ARBEITER Mancher Arbeiter zu wenig, mancher Aktivist zu viel.
STUDENT Wieso zu viel?
ARBEITER Der eine kauft sich Teppiche, in die rollt er sich ein nach Feierabend. Ein anderer einen Sessel, in dem verschläft er die Versammlung. Der eine Fernsehkiste …
STUDENT Aktivistenregel:

Hab ich erst Teppich und Fernsehapparat,
Scheiß ich auf den Arbeiter-und-Bauern-Staat.

2. ARBEITER Studentenregel:

Ich bin Student. Der Arbeiter bezahlt mein Studium.
Und daran sieht man ja: Der Arbeiter ist dumm.

2. STUDENT Das Stipendium als Kopfkissen gibt es. Den Doktor unterm Kopfkissen gibt es nicht.
1. ARBEITER Die Aktivistennadel als Jagdschein gibt es auch. Mancher reißt sie sich unter die Haut und muß operiert werden.

d

Gespräch bei der Arbeit

ARBEITER Wie schmeckt der Sozialismus?
STUDENT Er schmeckt nach Schweiß.
ARBEITER Besser geschwitzt für die gute Sache, als geblutet für die schlechte.

e

ARBEITER Gut habt ihr gearbeitet, Studenten.
STUDENT *lacht.* Mit den Bürgerhänden.
ARBEITER Wer arbeitet, hat Arbeiterhände.

PRESSEMELDUNG Die Produktionsleitung der VVB Braunkohle teilt mit: Durch gute Leistungen zu Ehren des V. Parteitages der SED wird der durch Havarie der Förderbrücke im Tagebau Klettwitz entstandene Ausfall ausgeglichen ...

Sie übten Solidarität
Mit Maschinen und Händen.
Stopften zu das Loch im Plan:
Arbeiter, Soldaten, Studenten.

Im Kampf mit der Zeit
Die Kohlefront wird gehalten.
Die neue Schwierigkeit
Räumt auf mit der alten.

GERD GAISER
Schlußball. Aus den schönen Tagen der Stadt Neu-Spuhl

In der Zeit vor dem Ball hatten wir allerhand auszumachen und miteinander zu reden. Für die Burschen war es ja eine Wichtigkeit, und ich mußte alles auch wichtig nehmen. Man ist doch eine Mutter, und ich hatte ja nur Korfiz, nichts davor und hinter ihm auch nichts mehr. Und es gab viel abzusprechen.

Ich hörte mir alles an und sagte: »Haben denn die Burschen keinen Verstand oder keine Eltern, die was drein reden?«

»Eltern schon«, sagte Korfiz, »aber dreinreden will da niemand. Ein paar geben an, und niemand will so dastehen, als ob er nicht mitmachen könnte. Da sparen sich lieber die Eltern was ab. Gerade solche, die wenig haben, stimmen dafür, daß was draufgehen muß. Und der Tanzmeister sagt auch, man muß mit der Taxe vorfahren. Wenn man ein Herr ist, fährt man mit der Taxe vor.«

»Was für ein Schwindel«, sagte ich. »Seid ihr vielleicht Herren?«

»Wenn man in der Taxe vorfährt, ist man ein Herr, sagt der Tanzmeister.«

»Soldner«, sagte Korfiz weiter, »ist aber auch der Meinung, daß das Schwindel ist. Er sagt genau wie du: alles Schwindel. Er sagt: man bringt den jungen Burschen den Schwindel bei.«

Soldner war damals ihr Klassenlehrer. »Schwindel« muß ein Lieblingsausdruck von ihm gewesen sein. Das Verrückte ist, daß er bei dem allem selber ein Schwindler war. Soll ja gar kein Lehrer gewesen sein, hieß es später; keine einzige Prüfung. Ich habe das nie als was so Furchtbares ansehen können, aber die Behörde mußte ihn natürlich wegtun. Weil er gegen den Schwindel war, mußte sein eigener Schwindel herauskommen. Heute kommt man sogar als Schneiderin schwer drauf, wo die rechte Seite ist.

Soldner war ja erst bloß eine Aushilfe, damals, als alles noch drunter und drüber ging. Aber schließlich blieb er da, und die Klasse von Korfiz kam Jahr um Jahr darum ein, daß sie ihn behalten dürften. Sie hatten einen guten Zusammenhalt, Korfiz war immer gern in seiner Klasse. Sie hießen sich ja den Igel, weil sie aufeinander nichts kommen ließen. Der Wurm kam in die Klasse damals, als es anfing mit dem Einladen und mit dem Tanzen. Korfiz brachte eines Tages mit, die Tanzstunde ginge jetzt bald los, aber es würden zwei Tanzstunden.

»Wieso zwei«, fragte ich.

Und Korfiz: »Ja, das hat Soldner auch wissen wollen.«

Soldner hatte Korfiz kommen lassen, wahrscheinlich, weil er ihn gerade erwischte oder vielleicht auch deshalb, weil es eben der kleine Korfiz war, und hatte ihn gefragt: »Wieso denn zwei Tanzstunden?«

»Die einen wollen nicht mit den andern.«

»Und bei wem bist du? Zähl mal her, wer mit dir zusammen geht.«

Korfiz zählte vor. »So«, sagte Soldner, »und Groepsch und zum Beispiel Drautzmann und das Schnabeltier, bei wem sind die?«

»Die gehören zur Klöpplertanzstunde.«

»Wie heißt das? Nennen sie sich selber so?«

»Ja. Sie sagen, ihre Tanzstunde wird eine Klöpplertanzstunde.«

»Wie hat das angefangen?«

»Sie haben eben beraten und dann dem und jenem gesagt, daß er mitmachen darf.«

»Ach was. Und was haben die gesagt, die hereindurften?«

»Haben sich gefreut und gern mitgemacht.«

»Wenn aber einer mitmachen wollte, zu dem sie nichts gesagt haben?«

»Haben sie gesagt: Siehst du, wir haben ja nichts gegen dich, aber denk selber nach, ob du es finanziell durchstehen wirst. Es gibt da Verbindlichkeiten. Man macht zwischendurch mal ein kleines Fest, und man muß Sekt trinken, wenn man unter die Leute geht und was zeigen soll. Man muß was von seinem Konto abheben können. Und wir glauben nicht, daß du es durchstehen kannst. Es ist in deinem eigenen Interesse.«

Weil sie es so wichtig nahmen, war es vielleicht richtig von Soldner, daß er es auch wichtig nahm und sich einmischte. Er ließ sich, konnte man hören, den Wildermuth kommen, der damals der Sprecher war, und fragte ihn, wo er denn mitmache, und Wildermuth sagte: »Bei den Klöpplern!«

»So«, sagte Soldner, »und warum machen Sie da mit? Halten Sie das für richtig?«

Und Wildermuth sagte, er hielte es nicht für richtig und wäre ganz dafür, daß es nur eine einzige Tanzstunde gäbe. Aber weil es nun eben doch zwei würden, müsse man froh sein, bei der einen eingeladen zu werden.

»Und warum muß man froh sein?«

»Einige sagen, es sei ein Vorteil. Man komme dadurch in die Kreise und lerne das gute Benehmen.«

»Bei den Klöpplern?« soll Soldner gesagt und dabei gelacht haben.

»Man wird älter, und in ein paar Jahren ist die Zeit da, wo man eine Stellung haben will. Und kannst du zu einem kommen, der bis dahin der Juniorchef ist oder was in der Personalbesetzung zu sagen hat, ist es gut für dich. Du kannst sagen: Mit dem und dem war ich in der Tanzstunde zusammen. Dafür, sagen sie, kann man auch ein bißchen was ausgeben. Das kommt einem wieder rein, sagen sie.«

Und Soldner sagte: »Ach so, ja das ist natürlich ein Gesichtspunkt. Es kommt einem wieder rein.«

Und er soll ihn am nächsten Tag wieder bestellt haben und mit ihm Ditta Watzner, weil sie beliebt war und was zu sagen hatte. Er fragte: »Nun, habt ihr über die Sache nachgedacht? Glaubt ihr, daß so etwas der Klasse gut bekommt? Ihr lebt noch ein paar Jahre beieinander.«

Wildermuth sagte: »Nein, es bekommt der Klasse sicher nicht gut. Aber man kann jetzt nichts mehr machen.«

»Man kann genug machen. Wenn ihr beide zum Beispiel nicht mittut und sagt, ihr geht auf die andere Seite, werdet ihr die meisten nachziehen. Eigentlich bin ich sicher, daß ihr es euch so überlegt.«

Aber Wildermuth sagte nichts mehr, und Ditta hielt ihre Frisur hoch und sagte: »Ich bin eingeladen worden. Absagen kann ich nicht.«

Und als sich nichts mehr bewegte in der Sache, erzählte Korfiz, sei Soldner an einem der nächsten Tage in der Klasse grob geworden, grob gegen Drautzmann, den er offenbar für den Anführer ansah, und Drautzmann war es ja auch. Schließlich sagte er gerade heraus, wenn sie nicht selber zur Räson kämen, würde er sie zwingen.

Er setzte ja dann seinen Kopf durch, indem er die Eltern anrief. Es waren gar nicht so viele Eltern für ihn, aber es wagte auch niemand, gerade heraus auf der Teilung zu bestehen; denn es waren ja die Eltern; die genierten sich noch. Aber man war in vielen Häusern von da ab nicht gut auf Soldner zu sprechen. Damit muß es angefangen haben, daß man gegen ihn vorging. Korfiz brachte nach Hause, daß gleich nach jener Sache Drautzmann ganz laut und zu jedem, der hören wollte, gesagt habe: »Soldner, wer ist das überhaupt? Gegen Soldner läßt sich was machen, wenn man will.«

Daß Soldner es gut gemeint hat, weiß ich. Er meinte wohl, daß es richtig wäre, die Jungen zusammenzuhalten. Er redete von seinen Jahrgängen und meinte, in seinen Jahrgängen habe man es so gemacht. Aber ich frage mich: wofür wollte er die Jungen zusammenhalten? Wozu? Vielleicht hatten sie da in den Jahrgängen, von denen er redete, irgend etwas im Kopf außer dem Geld, das sie verdienten oder verdienen wollten. In Neu-Spuhl aber haben die Menschen das Geld im Kopf. Später kommen ohnedies alle auseinander, nicht gerechnet die in der gleichen Steuerklasse. Wenn man zusammenhalten soll, muß man was im Kopf haben, wofür. Oder es müßten die Leute alle gleich sein.

Aber niemand weiß besser als eine Schneiderin, daß die Menschen nicht gleich sind. Du kannst irgendeine von der Kasse wegnehmen oder von der Fleischbank und kannst sie anziehen und in einen Wagen setzen, und sie ist eine Klöppler. Und es gibt Klöpplersche, nimm denen den Friseur weg und laß sie wo sitzen, wo niemand sie kennt, so sind sie eine Nummer und sonst gar nichts. Das macht überhaupt nur das Geld. Aber nicht für eine Million kann eine das werden, was diese Andernoth noch ist, wenn sie den Boden scheuert. Nein, eine Schneiderin weiß das. Und doch sind alle durcheinander. Das ist der Wirrwarr; man weiß nicht, was oben und unten ist.

Es gab also dann die einzige Tanzstunde, und als sie erst alle zusammen tanzten, redete niemand mehr viel von der Sache. Und Korfiz also lud zum Schluß diese Diemut ein. Korfiz war ein bißchen aufgeregt, und einmal sagte er sogar zu mir: »Ich will dir was sagen, Mutter, ich geniere mich vor Diemut, und Diemut geniert sich meinetwegen vor den andern.« Aber ich machte ihm Mut und sagte: »Wieso denn, die Andernoths sind nichts als nett zu dir.« Und er sagte wieder: »Sie weiß ganz gut, daß ich kam, nachdem niemand sie einladen wollte. Und das ist genierlich für sie, daß sie grade mit mir kommen muß.«

Was mich aber am meisten stört, das ist, daß Korfiz mit Rakitsch gesprochen hat. Natürlich hätte Rakitsch auch von jedem anderen von dem Tanz erfahren und wie und wo. Aber es war eben gerade Korfiz; er sprach ihn auf der Straße an und fragte gleich, wen er eingeladen habe, und Korfiz sagte: »Diemut Andernoth.«

Ich sagte zu Korfiz: »Das ist dumm von dir gewesen, du hättest auch sonst irgend etwas sagen können, irgendeinen Namen.« Und Korfiz sagte: »Ja, Mutter, das fiel mir eben nicht ein.« Ich sagte: »Was wirst du den Menschen gerade auf den Namen bringen!«

Rakitsch wollte sofort wissen, ob er eine Karte bekommen könnte. Aber es wurden keine Karten ausgegeben, da es viel Leute waren und der Platz eng. Rakitsch drängte und meinte, eine Karte werde doch zu besorgen sein.

»Keine Karte für Rakitsch«, sagte ich, »auf gar keinen Fall von dir.«

Ich sage das nicht hinterher und auf das hin, was geschehen ist; aber wenn ich Rakitsch sah, ist mir nie wohl geworden. Ich hatte es auch nicht gern, daß Korfiz ihm eine Weile Stunden gab. Das war in der Zeit, als Rakitsch zu den Barfüßern ging, um das Abitur zu kriegen. Rakitsch war viel älter als der Kleine, aber Korfiz war immer gut in Mathematik; ein Lehrer hatte es so vorgeschlagen. Korfiz verdiente dabei, denn an Geld fehlte es nicht bei Rakitsch. Er verdiente an der Mathematik, die er gab; aber ich möchte lieber, er wäre mit Rakitsch nicht zusammengekommen.

Ich weiß nicht, warum es Menschen wie diesen Rakitsch überhaupt geben soll. Und wenn es sie gibt, weiß ich nicht, warum sie frei herumlaufen. Und wenn schon: ich wollte lieber, ein anderer hätte Rakitsch etwas von dem Ball gesagt und von Diemut. Es ist dumm; aber mir kam es vor, als hätte Korfiz sie an den Kerl verraten.

Siegfried Lenz
Der große Wildenberg

Mit dem Brief kam neue Hoffnung. Er war nur kurz, enthielt keine Anrede, er war mit gleichgültiger Höflichkeit diktiert worden, ohne Anteilnahme, ohne die Absicht, mir durch eine versteckte, vielleicht unfreiwillige Wendung zu verstehen zu geben, daß meine Sache gut stand. Obwohl ich den Brief mehrmals las, nach Worten suchte, die ich in der ersten Aufregung überlesen zu haben fürchtete, und obwohl all meine Versuche, etwas Gutes für mich herauszulesen, mißlangen, glaubte ich einige Hoffnungen in ihn setzen zu können, denn man lud mich ein, oder empfahl mir, zum Werk herauszukommen und mich vorzustellen.

Ich faltete den Brief zusammen, legte ihn, damit ich ihn gegebenenfalls schnell zur Hand hätte, in die Brieftasche und fuhr hinaus zur Fabrik. Es war eine Drahtfabrik, ein langgestrecktes, flaches Gebäude; es war dunkel, als ich hinausfuhr, und es schneite. Ich ging an einer hohen Backsteinmauer entlang, ging in ihrem Windschutz; elektrische Bogenlampen erhellten den Weg, niemand kam mir entgegen. In das Pflaster der Straße waren Schienen eingelassen, sie glänzten matt, der Schnee hielt sich nicht auf ihnen. Der Schienenstrang führte mich zu einer Einfahrt, er verließ in kurzem Bogen die Straße, lief unter einem Drahtgitter hindurch und verschwand im Innern eines schwarzen Schuppens. Neben dem Tor stand ein Pförtnerhaus aus Holz, es wurde von einer schwachen elektrischen Birne erleuchtet, die an der Decke hing.

Im Schein der Birne erkannte ich den Pförtner, einen alten, mürrischen Mann, der vor einem schäbigen Holztisch saß und mich beobachtete. Hinter seinem Rücken brannte ein Koksfeuer. Ich ging an das Häuschen heran, und der Pförtner legte sein Ohr an das Fenster und wartete auf meine Anmeldung: ich schwieg. Der Mann wurde ärgerlich und stieß ein kleines Fenster vor mir auf. Ich spürte, wie ein Strom von verbrauchter, süßlicher Luft ins Freie drang. Der Pförtner war offenbar besorgt, daß zuviel Luft aus seinem Raum entweichen könnte, und er fragte ungeduldig:

»Zu wem wollen Sie? Sind Sie angemeldet?«

Ich sagte, daß ich bestellt sei; wenn er wolle, könne ich ihm den Brief zeigen. Der Brief sei von einem Mann namens Wildenberg unterzeichnet.

Als ich diesen Namen nannte, blickte der Pförtner auf seine Uhr, dann sah er mich an, bekümmert und mit sanftem Spott, und ich fühlte, daß er seinen Ärger vergessen hatte und nur ein berufsmäßiges Mitleid für mich empfand.

»Ist Herr Wildenberg nicht da?« fragte ich.

»Er ist fast immer da«, sagte der Pförtner. »Es kommt selten vor, daß er verreist ist. Aber Sie werden ihn heute nicht sprechen können.«

Und dann erzählte er mir, wie schwer es sei, an Wildenberg heranzukommen; er erzählte mir, wieviel auf diesem großen Mann laste, der in schweigender Einsamkeit, hinter fernen Türen, seine Entschlüsse fasse, und daß es zwecklos sei, wenn ich, obgleich ich bestellt sei, zu dieser Stunde noch herkäme. Ich solle am nächsten Tag wiederkommen, empfahl mir der Pförtner, hob die Schultern, seufzte und sagte, daß das der einzige Rat sei, den er mir geben könne, ich täte gut daran, ihn zu befolgen.

Ich befolgte den Rat des Pförtners und ging nach Hause, und am nächsten Morgen, in aller Frühe, machte ich mich wieder auf den Weg zur Fabrik. Die Bogenlampen brannten noch, es war kalt, und von der Werkskantine roch es nach Kohl. Der Pförtner empfing mich freundlich, er schien auf mich gewartet zu haben. Er winkte mir, draußen stehen zu bleiben, telefonierte längere Zeit und erklärte schließlich mit glücklichem Eifer, daß es ihm gelungen sei, mich auf die Spur zu setzen, ich könne nun ohne Schwierigkeiten bis zu Doktor Setzkis Büro gehen, seine Sekretärin würde mich dort erwarten.

Die Sekretärin war forsch und mager, sie bot mir eine Tasse Tee an, den sie gerade gekocht hatte, und entschuldigte sich mit einer eiligen Arbeit. Ich wertete den Tee als gutes Zeichen, das Angebot hatte mich seltsamerweise so zuversichtlich für meine eigene Sache gemacht, daß ich der Sekretärin eine von meinen beiden Zigaretten hinüberreichen wollte, doch sie lehnte ab. Ich rauchte auch nicht, weil Dr. Setzki jeden Augenblick aus seinem Zimmer kommen konnte, ich hörte Geräusche hinter seiner Tür, Knistern und Murmeln.

Es wurde hell draußen, die Bogenlampen erloschen, und die Sekretärin fragte mich, ob sie das Licht im Zimmer ausknipsen dürfe. Ich antwortete ihr lang und umständlich, in der Hoffnung, sie dadurch in ein Gespräch zu ziehen, denn es war mir ihretwegen peinlich, daß Dr. Setzki mich so lange warten ließ. Aber das Mädchen ging nicht auf meine Bemerkungen ein, sondern verbarg sich sofort wieder hinter ihrer Schreibmaschine, wo sie sicher war.

Dr. Setzki kam spät, er war unerwartet jung, entschuldigte sich, daß er mich so lange hatte warten lassen, und führte mich über einen Gang. Er entschuldigte sich vor allem damit, daß Wildenberg, der große einsame Arbeiter, keinen zur Ruhe kommen lasse, immer wieder frage er nach, versichere sich aller Dinge mehrmals und verhindere dadurch, daß man einen genauen Tagesplan einhalten könne. Ich empfand fast ein wenig Furcht bei der Vorstellung, in wenigen Sekunden Wildenberg gegenüberzusitzen, ich spürte, wie auf den Innenflächen meiner Hände Schweiß ausbrach, und sehnte mich nach dem Zimmer der Sekretärin zurück.

Dr. Setzki durchquerte mit mir ein Büro und brachte mich in ein Zimmer, in dem nur ein Schreibtisch und zwei Stühle standen. Er bat mich, auf einem der Stühle Platz zu nehmen und auf Dr. Petersen zu warten, das sei, wie er sagte, die rechte Hand Wildenbergs, die mir alle weiteren Türen zu dem großen Mann öffnen werde. Er zeigte sich unterrichtet, in welcher Angelegenheit ich hergekommen war, sprach mit großer Bewunderung von Wildenbergs Geschick, Leute auszusuchen, und verabschiedete sich schließlich, indem er mir die Hand flüchtig auf die Schulter legte. Als ich allein war, dachte ich noch einmal an seine Worte, hörte noch einmal seinen Tonfall, und jetzt schien es mir, als sei die Bewunderung, mit der er von Wildenberg gesprochen hatte, heimliche Ironie.

Dr. Petersen war, wie die Sekretärin, die unter einem Vorwand ins Zimmer kam, sagte, auf einer Sitzung. Sie konnte nicht sagen, wann er wieder zurück wäre, aber sie glaubte zu wissen, daß es nicht zu lange dauern würde; dafür, meinte sie, seien Sitzungen zu anstrengend. Sie lachte vielsagend und ließ mich allein.

Die Sekretärin hatte recht. Ich hatte zehn Minuten gewartet, da erschien Dr. Petersen, ein Hüne mit wässerigen Augen; er bat mich, Platz zu behalten, und wir sprachen über meine Bewerbung. Sie sei, sagte er, immer noch bei Wildenberg, er habe sie bei sich behalten, trotz seiner enormen Arbeitslast, und ich käme diesem großen Mann gewiß entgegen, wenn ich nicht weiter danach fragte, sondern meinen Aufenthalt bei ihm so kurz wie möglich hielte.

»Ich bin sicher«, sagte Dr. Petersen, »Herrn Wildenbergs Laune wird umso besser sein, je kürzer Sie sich fassen. Leute seiner Art machen alles kurz und konzentriert.« Dann bat er mich, ihm zu folgen, klopfte an eine Tür, und als eine Stimme »Herein« rief, machte er mir noch einmal ein hastiges Zeichen, all seine Ratschläge zu bedenken, und ließ mich eintreten. Ich hörte, wie die Tür hinter mir geschlossen wurde.

»Kommen Sie«, sagte eine freundliche, schwache Stimme, »kommen Sie zu mir heran.«

Ich sah in die Ecke, aus der die Stimme gekommen war, und ich erkannte einen kleinen, leidvoll lächelnden Mann hinter einem riesigen Schreibtisch. Er winkte mir aus seiner Verlorenheit mit einem randlosen Zwicker zu, reichte mir die Hand, eine kleine, gichtige Hand, und bat mich schüchtern, Platz zu nehmen.

Nachdem ich mich gesetzt hatte, begann er zu erzählen, er erzählte mir die ganze Geschichte der Fabrik, und wenn ich in einer Pause zu gehen versuchte, bat er mich inständig zu bleiben. Und jedesmal, wenn ich mich wieder setzte, bedankte er sich ausführlich, klagte über seine Einsamkeit und wischte mit dem Ärmchen über den leeren Schreibtisch. Ich wurde unruhig und erinnerte mich der Ratschläge, die man mir gegeben hatte, aber sein Bedürfnis, sich auszusprechen, schien echt zu sein, und ich blieb.

Ich blieb mehrere Stunden bei ihm. Bevor ich mich verabschiedete, fragte ich nach meiner Bewerbung. Er lächelte traurig und versicherte mir, daß er sie nie gesehen habe, er bekomme zwar, sagte er, gelegentlich etwas zur Unterschrift vorgelegt, aber nur, um sich nicht so einsam zu fühlen, denn man entreiße es ihm sofort wieder. Und er gab mir flüsternd den Rat, es einmal bei Dr. Setzki zu versuchen, der habe mehr Möglichkeiten und sei über den Pförtner zu erreichen: ich mußte ihm glauben.

Ich verabschiedete mich von dem großen Wildenberg, und als ich bereits an der Tür war, kam er mir nachgetrippelt, zupfte mich am Ärmel und bat mich, ihn bald wieder zu besuchen. Ich versprach es.

Wolfgang Hildesheimer
Pastorale oder Die Zeit für Kakao

Präsident *klatscht in die Hände.* Nochmals: Auf zum letzten Satz!
Philip *zieht die Stimmgabel aus der Tasche, schlägt an und singt* Aaaaaa *und steckt die Stimmgabel wieder ein.*
Die Anderen *singen.* Aaaaaa.
Philip *zieht eine Blockflöte aus der Tasche.* Also: zum Thema. Moderato bitte. Vergessen Sie nicht, daß es sich um den Menschen handelt! Vergessen Sie das nie! Getragen, sanft aber sicher. Eins zwei drei vier ... *er bläst auf der Blockflöte.*
Die Anderen *singen.*
Wir sind Verbraucher. Dabei gut
Und äußerst ethisch: gute ethische Verbraucher ...
Philip *steckt die Blockflöte ein, legt das Bein über das Notenpult des Präsidenten und hält mit beiden Händen die Noten von Frl. Dr. und Dietrich Asbach fest.*
Frl. Dr. *solo.*
Mit Herz am Fleck!
Dietrich *solo.* Mit Tassen im Schrank!
Abel *solo.*
Mit Gefühl für Nuancen,
Präsident *solo.* Für Ehre und Pflicht,
Philip nimmt das Bein vom Notenpult des Präsidenten und blättert einem nach dem anderen um, holt die Blockflöte hervor, bläst ein paar Töne, steckt sie wieder ein, legt das Bein wieder über das Notenpult des Präsidenten und hält den anderen die Noten.
Die Anderen Für Gestaltung der Freizeit, der Freiheit.
Wir sind menschlich wertvoll, leben auf Zinsfuß,
Haben kurze Beine, gute Riecher, und Volksmund,
Ein nasses und ein trockenes Auge ...
Frl. Dr. *setzt ab, sehr bewegt.* Das ist von erregender Schönheit!
Präsident *männlich ergriffen.* Ergreifend, – ergreifend!
Beide Asbachs *weinen still.*
Präsident Philip, nehmen Sie Ihr Taschentuch und trocknen Sie den Herren Asbach die Wangen!

PHILIP Gern. *Er nimmt sein Taschentuch und trocknet den Herren Asbach die Tränen. Besänftigend*: Ist ja alles gut. Aber wer wird denn gleich weinen!

DIETRICH *tränenerstickt.* Ich muß bei diesen Tönen an meine erste Jugend denken.

ABEL *ebenso.* Und ich an die erste und dritte.

DIETRICH An Schaffneruniform, Onkel Othmar, den Zauberkasten ...

ABEL Das Nachtgebet mit Mama, die Zinnsoldaten aus Blei!

DIETRICH Papas unendliche Güte! *Ruft.* Selma ...

ABEL Selma soll kommen ...

BEIDE Mit dem Kakao!

FRL. DR. *betrachtet die Herren Asbach durch das Lorgnon besorgt.* Werden sie die Steigerung vertragen?

PHILIP *ebenso, fühlt ihnen die Stirn.* Ich fürchte, die zweite Variation überleben sie nicht.

PRÄSIDENT *robust.* Auf den Versuch kommt es an! *Sachlich.* Wenn nicht, fällt der gesamte Montanbergbau an uns, wir haben ohnehin die Mehrheit, nicht zu reden von den Werften, deren Aktienpaket bereits ...

FRL. DR. *fein lächelnd.* Sind wir nicht in anderen Regionen, Herr Präsident Glinke?

PRÄSIDENT Mein rauher Kern übertönt oft mein Gemütsleben. *Seufzt.* Dabei ist dieses sehr tief verankert, nicht wahr, Philip?

PHILIP Sehr tief, Herr Präsident.

PRÄSIDENT Vor allem im Herbst! *Er sieht sich mit dem Feldstecher um.*

Es wird ein wenig dunkler.

PHILIP Nach der letzten Mahd.

PRÄSIDENT *träumerisch.* Die Zeit der verlassenen Wiesen ...

PHILIP ... der faulenden Äste am Wegrand ...

PRÄSIDENT *sieht mit dem Feldstecher auf den Boden.* Wie lang unsere Schatten geworden sind!

FRL. DR. *überspielt lachend.* Seien wir froh, daß wir noch Schatten haben, zum Längerwerden!

PRÄSIDENT *sieht mit dem Feldstecher nach oben.* Mittags steht die Sonne so schräg! *Sieht mit dem Feldstecher auf Frl. Dr.* Sie zeichnet uns Kurven und Linien auf die Wangen ...

FRL. DR. *entrüstet.* Ich muß doch bitten, Herr Präsident! Sie wollen Kavalier sein?

PRÄSIDENT *setzt den Feldstecher ab, resigniert.* Ich wollte es werden, als ich jung war. Aber man hat so manchen Traum begraben.

Frl. Dr. *beschämt.* Ach, das tut mir leid. Ich wußte nicht ...

Präsident *bitter.* Schon gut. Man hat vieles überwunden, – überwinden müssen. *Faßt sich* – Wie steht es um die Herren Asbach?!

Dietrich *plötzlich wieder munter.* Wir haben uns gefaßt, nicht wahr, Abel?

Abel *ebenso.* Ja, Dietrich, wir haben uns gefaßt! *Sie fassen sich bei den Händen.*

Dietrich Unsre kleine Schwäche ...

Abel ... momentane kleine Schwäche ist überkommen.

Beide *rufen aus.* Zurück zur Kunst! Sie ist die Würze des Lebens!

Präsident Sehen Sie, meine Herren, das nenne ich mir ein Wort.

Philip Fräulein Selma hat es ihnen beigebracht, für schwere Stunden.

Beide Asbachs *zitieren kindlich.* ›Ein guter Trost für schwere Stunden!‹

Frl. Dr. Eine sehr vernünftige Erziehung. So weit ist man noch nicht überall.

Präsident Auf denn! Zur ersten Variation!

Beide Asbachs Zur Variation!

Philip *zieht die Stimmgabel hervor, schlägt an, singt* Aaaa! *steckt die Stimmgabel wieder ein.*

Die Anderen Aaaaaa – –

Philip Scherzando, bitte, Dreivierteltakt! *Holt eine Mundharmonika hervor.* Ich zähle: eins zwei drei, eins zwei drei ... *Spielt den Anfang auf der Mundharmonika, steckt sie während des Folgenden ein, dirigiert ab und zu, schlägt das Bein über das Notenpult des Präsidenten, usw.*

Die Anderen *singen.*

Des Sonntags führt die Freiheit ins Blaue,
Wo sie im Grünen sitzt, beim Heurigen in der Laube!
Oh, wacholdrige Schäfer- und Schäkerstündchen ...

Philip blättert einem nach dem anderen die Noten, dann in die vorherige Position.

Präsident und Abel

Mit Wangengrübchen!

Dietrich *solo.* Die Wirtin am Neckar!

Präsident *solo.*

Am Rheine die Wacht!

Frl. Dr. und Dietrich Oh, Heimats-Schwalbe!

ABEL *solo.*
Jünglingszeit!
PHILIP *ruft.* Steigernd bitte!
DIE ANDEREN Oh, selig, ein Mensch noch zu sein!
PHILIP Fortissimo!
DIE ANDEREN *fortissimo.*
Ja, selig, selig, einer zu sein!
FRL. DR. *hingerissen.* Überwältigend, hinreißend!
PRÄSIDENT *mit männlicher Fassung.* Es greift ans Herz!
BEIDE ASBACHS *sind in ihren Stühlen zusammengesunken und schluchzen laut.*
PRÄSIDENT *zieht das Taschentuch hervor, wischt sich die Augen.* Jaja – *faßt sich.* Philip! Kümmern Sie sich um die Herren Asbach! Setzen Sie sie auf ihren Stühlen zurecht und reden Sie ihnen zu. Ein paar gute, trostreiche Worte!
PHILIP *beschäftigt sich mit den Herren Asbach.* So so, Herr Konsul, jetzt sitzen wir wieder schön aufrecht, nicht wahr? Sehen Sie mal den Herrn Bergassessor an: er lächelt ja schon wieder, wie?
FRL. DR. *betrachtet die Herren Asbach durch ihr Lorgnon.* Sie heulen wie die Schloßhunde. Dabei sind es *betrachtet sie genau.* Männer. Es ist fast peinlich.
PRÄSIDENT *abgewandt.* Vom Erhabenen zum Lächerlichen ist es nur ein Schritt.
FRL. DR. *pedantisch.* Aber eben doch ein Schritt.
PHILIP *putzt Abel die Nase.* Es geht alles vorbei! Bis die Herren im Grabe liegen ist alles wieder gut.

V. O. STOMPS

Fabel vom Maximus, Maximin, Minimax, Minimus

Alle Hochachtung vor dem Leser, der einer Fabel von Maximus, Maximin, Minimax, Minimus folgen kann. »An ihren Taten sollt ihr sie erkennen«, ist reaktionär. Eine handfeste Story braucht Namens-Kontraste: Joe, Graham, Bill, Robinson.

Denken ist Luxus, um Bill, der im ersten Kapitel zur Welt kommt, bei Wiederholung des Namens Bill, im letzten Kapitel als Sterbenden zu erkennen.

Man stelle sich vor, Maximus wird im ersten Kapitel geboren, im letzten stirbt Minimax. – Wer wird den Druckfehler merken – wenn es überhaupt einer ist.

»Ich glaube das nicht«, stört Minimax mich im Schreiben.
Namen sind ohne Echo.

Robinson stammt aus alter Fußball-Familie – ersichtlich am Anfang des Buches. Der steinalte Robinson schießt am Ende des Buches gerade sein phänomenales tausendstes Jubiläumstor, während old Bill im Krankenhaus Made-Gesund sterben muß.

Man überlege, am Anfang des Buches ist Maximins Vater Philosoph. Am Ende bringt man den schwachsinnigen alten Minimus in ein Irrenhaus. – Es wird sich niemand darüber wundern.

»Ich glaube das auch nicht«, stört Maximus mich im Schreiben.
Wenn jede Nuance fehlt, soll der Teufel den Autor holen.

»Und Joe?« Im ersten Kapitel wirtschaftet seine Mammi, eine gerissene Kellnerin. Im letzten schwatzt man uns vor, daß er seit Jahren Spielautomaten plündert. Man lese nach: Joe ist tatsächlich der Räuber.

Wie mutet es an, wenn die alte Dame von Minimax im ersten Kapitel die bekannte Verfasserin geistvoller Briefe an einen großen Dichter ist. Maximin wird im Schlußkapitel als dichtender Nachlaßverwerter geistiger Kapazitäten gefeiert. – Namensverwechslung steht außer Frage.

»Ich kann das nicht glauben«, stört Minimus mich im Schreiben.
Real beherrschtes Denken ist sonnenklar.

Graham verknaxt sich laut Vorwort den Knöchel am linken Fuß. Logisch, daß man ihn später wiedererkennt – nicht gerade, weil er im Nachwort den linken Fuß nachzieht – Teufel, es wäre zu mühsam, darauf zu achten – wo er nach wie vor Graham heißt.

Es ist ein Roman keine Fernseh-Story, in der ein alter Mekki ebenso rülpst und so aussieht wie einst Mekki-Hosenlatz.

Bleibt zu erwähnen, daß Minimus neben dem Glockenturm aufwächst. Schließlich wird Maximus taub. So ein gottloses Thema bringt schon in der »Story« das Durcheinander.

»Ich will das nicht glauben«, stört Maximus mich im Schreiben.
Man soll niemals reflektieren.

Alles mag stimmen: Joe, Graham, Bill, Robinson wird ein Blaustrumpf kaum unterscheiden, nähme man ihnen die klangvollen Namen. Mit dem Ganzleineneinband müßte man sich begnügen, selbst wenn man die ganze Geschichte lesen würde.

Mit einem Vergrößerungsglas fände man in einer Fabel von Maximus, Maximin, Minimax, Minimus vier Charaktère:

»Ich glaube das nicht«
»Ich glaube das auch nicht«
»Ich kann das nicht glauben«
»Ich will das nicht glauben«
Alle Hochachtung vor dem Leser.

HERBERT HECKMANN
Abwechslung in einem Haus

Jemand, der des Lärms und der Menschen überdrüssig war und ein einsames Domizil suchte, ging auf die Annonce einer Zeitung ein, nach der ein abseits gelegenes, von einem üppigen Garten umgebenes Haus zum Verkauf frei wurde. Die erforderlichen Formalitäten waren für beide Teile peinlich, da der Verkäufer sich nur ungern von seinem Besitz trennen konnte und mehr von Geldnöten getrieben war, während der Käufer trotz seines guten Griffes in große Verlegenheit geriet, bei der Festsetzung des Preises seine Rechte geltend zu machen, da ihn die Traurigkeit des anderen beunruhigte. Immer wieder schweifte dieser ab und erging sich in wehmütigen Schilderungen der Gegenstände, an denen er Erinnerungen ablas, die bis in seine früheste Jugend reichten. Die vertrauten Dinge noch vor sich, gab er dem Drang nach und erzählte sein Leben, wobei er besondere Ereignisse öfters wiederholte. Der Kaufabschluß schien ihm eine ungebührliche Banalität, so daß er sich deswegen mehreremal entschuldigte.

Schließlich stand das Haus leer. Nur einiges Gerümpel lag umher, die Zimmer lagen staubig und öde, mit einem Wort: bereit, den neuen Hausherrn aufzunehmen. Dieser hatte unterdessen die seltsamsten Pläne ausgearbeitet, wie er sich am besten einrichten könnte. Zuletzt kam er auf den Gedanken, ein Zimmer nach dem anderen zu bewohnen, um von ihnen nach und nach die Umwelt zu einem Ganzen zu fügen, um immer das Besondere für eine gewisse Zeit genießen zu können, das ihm das Zimmer und sein Ausblick verschafften.

Hierbei kam ihm der baumreiche Garten zustatten, der die Aussicht mit Blattwerk belohnte. Mit solchen Reflexionen begann der neue Hausherr sich häuslich im ersten Zimmer niederzulassen. Das Gefühl einer Geborgenheit überfiel ihn, das freilich in der Meinung gründete, man besäße alles, was man sehe. Da er eine philosophische Natur war und seit Geburt zur Melancholie neigte, verlor er sich bald in Meditationen. Innerhalb der von ihm selbst ausgestatteten Einsamkeit wäre die Liebe einer Frau lästiges Dekor gewesen; solche Freuden vermißte er mit Absicht. In dieser mit gewissem Tiefsinn gepaarten Haltung war er stets dabei, endlosen Überlegungen nachzugehen, aus denen ihn nur einige Notwendigkeiten seines Daseins aufschreckten, die er mit sorgfältiger Pedanterie erledigte.

Nachdem er sein erstes Zimmer ausgewohnt und seine Umwelt von seinem Standpunkt bis ins kleinste kennengelernt hatte, packte er das Unnötigste zusammen und siedelte in das anliegende Zimmer über. Vorher hatte er freilich schon Pläne ausgearbeitet, wie er es am besten anfinge. Mit seiner nadelfeinen Schrift, die er bis zur Unlesbarkeit aneinanderfügte, legte er seine Gedanken fest. Er konnte sich diese Weitschweifigkeit leisten, denn sein Talent zur Schriftstellerei half ihm, das Intimste an den Tag zu fördern. Indem er sein Innerstes nach außen kehrte, kam sein geplagtes Ich zur Ruhe.

Die Zeit nahm ihren Lauf. Nur selten fand er noch Muße, auf dem Klavier seine Empfindungen in die Stille zu hämmern. Er alterte, jedoch nicht ohne den ständigen Zimmerwechsel zu kultivieren. Maßgabe war allein der Überdruß.

Dank seiner Umsichtigkeit und seines Geschicks in handwerklichen Dingen konnte er jede Hilfe entbehren: und da er ohne Anhang in der Welt stand, wurde er nie von Besuchern belästigt. Jene Freunde, die von sich allein über die Freundschaft bestimmen und überaus verwundert tun, wenn sich jemand dagegen wehrt, sprachen oft über ihn wie über einen Eremiten, dessen Einsamkeit als Buße für die Menschheit durchaus verständig und von einem nicht näher zu kennzeichnenden Standpunkt sogar zu begrüßen sei. Da er aber niemals etwas davon zu Gehör bekam – die Post gab er den Armen –, lebte er unbekümmert seiner Melancholie. Die Tage flossen dahin, und mit der Zeit hatte er alle Zimmer bewohnt, bis auf die schiefwinklige Dachkammer, von der aus er nur noch den Himmel vor sich hatte. Seine Umwelt kannte er inzwischen wie seine Hosentasche, obwohl er das Haus nie verlassen hatte. Die Lage verwirrte ihn. Was war zu tun? Er scheute sich, noch einmal von vorne anzufangen, und gleichsam aus innerer Notwendigkeit kroch er mühsam, denn er war durch mangelnde Bewegung sehr unförmig geworden, aus der Dachluke und ließ sich fallen.

Erst viel später fand ihn der Milchmann laubüberdeckt und wie einen Mantel ausgebreitet am Boden liegen. Er schüttelte den Kopf und überließ ihn der Polizei, die einen Mord nicht für ausgeschlossen hielt.

PAUL CELAN
Ansprache anläßlich der Entgegennahme des Literaturpreises der Freien Hansestadt Bremen

Denken und Danken sind in unserer Sprache Worte ein und desselben Ursprungs. Wer ihrem Sinn folgt, begibt sich in den Bedeutungsbereich von: ›gedenken‹, ›eingedenk sein‹, ›Andenken‹, ›Andacht‹. Erlauben Sie mir, Ihnen von hier aus zu danken.

Die Landschaft, aus der ich – auf welchen Umwegen! aber gibt es das denn: Umwege? –, die Landschaft, aus der ich zu Ihnen komme, dürfte den meisten von Ihnen unbekannt sein. Es ist die Landschaft, in der ein nicht unbeträchtlicher Teil jener chassidischen Geschichten zuhause war, die Martin Buber uns allen auf deutsch wiedererzählt hat. Es war, wenn ich diese topographische Skizze noch um einiges ergänzen darf, das mir, von sehr weit her, jetzt vor Augen tritt, – es war eine Gegend, in der Menschen und Bücher lebten. Dort, in dieser nun der Geschichtslosigkeit anheimgefallenen ehemaligen Provinz der Habsburgermonarchie, kam zum erstenmal der Name Rudolf Alexander Schröders auf mich zu: beim Lesen von Rudolf Borchardts ›Ode mit dem Granatapfel‹. Und dort gewann Bremen auch so Umriß für mich: in der Gestalt der Veröffentlichungen der Bremer Presse.

Aber Bremen, nähergebracht durch Bücher und die Namen derer, die Bücher schrieben und Bücher herausgaben, behielt den Klang des Unerreichbaren.

Das Erreichbare, fern genug, das zu Erreichende hieß Wien. Sie wissen, wie es dann durch Jahre auch um diese Erreichbarkeit bestellt war.

Erreichbar, nah und unverloren blieb inmitten der Verluste dies eine: die Sprache.

Sie, die Sprache, blieb unverloren, ja, trotz allem. Aber sie mußte nun hindurchgehen durch ihre eigenen Antwortlosigkeiten, hindurchgehen durch furchtbares Verstummen, hindurchgehen durch die tausend Finsternisse todbringender Rede. Sie ging hindurch und gab keine Worte her für das, was geschah; aber sie ging durch dieses Geschehen. Ging hindurch und durfte wieder zutage treten, ›angereichert‹ von all dem.

In dieser Sprache habe ich, in jenen Jahren und in den Jahren nachher, Gedichte zu schreiben versucht: um zu sprechen, um mich zu orientieren, um zu erkunden, wo ich mich befand und wohin es mit mir wollte, um mir Wirklichkeit zu entwerfen.

Es war, Sie sehen es, Ereignis, Bewegung, Unterwegssein, es war der Versuch, Richtung zu gewinnen. Und wenn ich es nach seinem Sinn befrage, so glaube ich, mir sagen zu müssen, daß in dieser Frage auch die Frage nach dem Uhrzeigersinn mitspricht.

Denn das Gedicht ist nicht zeitlos. Gewiß, es erhebt einen Unendlichkeitsanspruch, es sucht, durch die Zeit hindurchzugreifen – durch sie hindurch, nicht über sie hinweg.

Das Gedicht kann, da es ja eine Erscheinungsform der Sprache und damit seinem Wesen nach dialogisch ist, eine Flaschenpost sein, aufgegeben in dem – gewiß nicht immer hoffnungsstarken – Glauben, sie könnte irgendwo und irgendwann an Land gespült werden, an Herzland vielleicht. Gedichte sind auch in dieser Weise unterwegs: sie halten auf etwas zu.

Worauf? Auf etwas Offenstehendes, Besetzbares, auf ein ansprechbares Du vielleicht, auf eine ansprechbare Wirklichkeit.

Um solche Wirklichkeiten geht es, so denke ich, dem Gedicht.

Und ich glaube auch, daß Gedankengänge wie diese nicht nur meine eigenen Bemühungen begleiten, sondern auch diejenigen anderer Lyriker der jüngeren Generation. Es sind die Bemühungen dessen, der, überflogen von Sternen, die Menschenwerk sind, der, zeltlos auch in diesem bisher ungeahnten Sinne und damit auf das unheimlichste im Freien, mit seinem Dasein zur Sprache geht, wirklichkeitswund und Wirklichkeit suchend.

Ernst Meister

Rissiges Eden

Schuld
ist der Anker
meiner Asche.

Sei es,
sie ruht auf Wasser,
sei es,
sie ruht auf Bergen.

Sie hat
Tafeln beschrieben
und Tafeln zerbrochen.

Von Land
äugt sie nach See,
von See
hin zu Lande.

Sie schaut
dieser Küste
rissiges Eden.

Johannes Poethen
Stille im trockenen Dorn

in memoriam

denen
die in konzentrationslagern starben

Wir haben das tier gehütet
bis ihm die stimme reißend war

Ein fällt sie ins ohr
seßhaft wird sie zwischen den schläfen

Mündungen sind seine augen
kreisend über der stadt.

Reißende stimmen wuchsen

Seßhaft wurde das tier.

Gerüste über allen dächern
jenseits aller mauern gräben.

Zusammengetrieben werden gesichter.

Seßhaft ist das tier.

Jenseits aller mauern
wächst eine stätte aus weißem blut.

Hier ist das all eine mündung

Mündung der sonne die sinkt
mündung des mondes der steigt.

Unter reißenden stimmen
wächst das weiße blut.

Lose wirft die maschine
über ein viereck aus körpern.

Über sieben köpfe
fallen die zahlen her.

Vor dem viereck aus körpern
brennen sieben gesichter.

Lose wirft die maschine.

Der kran läßt die sonne
auf eine schulter fallen.

Füße kreisen aufgezogen
unter der schulter
unter der sonne
aufgezogen kreisen füße

Bis sie stillstehn
füße schulter stern.

Atme kind atme
wir waschen die flügel rein

Der motor schneidet dein haar ab
das haar ist zu schwer

Der motor bricht deine beine
die beine tragen dich nicht

Der motor reißt deine haut auf
gefangen hielt dich die haut.

Fliege kind fliege
rein sind die flügel rein.

THOMAS BERNHARD

Meine Verzweiflung kommt um Mitternacht

Meine Verzweiflung kommt um Mitternacht
und schaut mich an als wär ich lange tot
die Augen schwarz und müd die Stirn vor Blüten,
der bittere Honig meiner Traurigkeit
tropft auf die kranke Erde nieder
die mich in roten Nächten wachhält oft
zu sehn des Herbstes unruhvolles Sterben.

Meine Verzweiflung kommt um Mitternacht
aus den verworrenen Träumen der Sonne und des Regens,
früh sag ich, daß ich alles lobte
und fremd bin meiner Tür und meiner Angst,
vieltausend Jahre stürzen aus den kalten Wänden
und tragen mich ein Stück dem Winter zu.

Meine Verzweiflung kommt um Mitternacht
verändert ist das Tal, der Mond schwimmt auf den Wiesen,
des zornigen Abends zerbrochene Sichel lehnt
am Fensterbrett und schaut mich an.
Ich weiß genau, daß ich zerschlagen bin
wie diese Sichel, keiner täuscht mich jetzt,
auch nicht der Fluß der seinen Spruch
noch vor dem Morgen fällt.

Unter dem Baum und unter dem Fluß bist du mir fremd

Unter dem Baum und unter dem Fluß bist du mir fremd.
Du, auf der Seite der unerträglichen Sonne,
schwarze Nacht, vertraut dem Tier
in aufgerissenen Wäldern,
ratlos meiner Liebe
die dem schwimmenden Mond entgegen taumelt,
gekränkt unter Brombeersträuchern,
über den Wurzeln lachend, wie
eine Schlange zischend
unter dem Schlag meines Stockes,
durstig an den Hängen,

o meiner Mutter Traum bis ins Mark der Erde,
diese Verlassenheit in des Sommers singenden Ketten,
Haar aus Asche, verdorrt
sind deine Glieder und in den Mörtel
meiner Trauer gebrannt für immer,
bis die Erinnerung ihren heiligen Schnee
in die knirschenden Täler schickt
und der Frost Lieder und Wünsche
erstarren läßt in der zitternden Luft.

Du, der ich treu war über einen Winter,
durch das Feuer des Sommers hörte ich
dich rufen – falscher Augen Blitz,
zerstöre mich im Winkel deines Herzens.

Cyrus Atabay
Ikarus

Nun dunkeln die Schwingen der Tage,
aus Sommers Höhe fällt das Jahr,
der Fittich sinkt mit Tau und Astern,
doch den Stürzenden hält keine Klage.

Wer gebot dir den Rückzug, welche Stimme,
der vor den Toren stand, trunken vom Sonnengruß,
ein Vorgefühl von Nacht beschattete dein Glück –:
die Schwingen streifen den Unterweltsfluß.

GÜNTER BRUNO FUCHS
Untergang

Der Regen arbeitet.
Die Straßenfeger sind arbeitslos.
Die arbeitslosen Straßenfeger sind heimgekehrt.

Die Bäume dursten nicht mehr.
Die Schulhofbäume dursten nicht mehr.
Die überraschten Lehrer beenden die Konferenz
und schwimmen zum Tor hinaus.

Der Regen arbeitet.
Papierne Zeitungstürme neigen sich lautlos.
Rote Schlagzeilen färben das Wasser rot.

Das Kind armer Eltern schläft in der Kohlenkiste.
Das Kind reicher Eltern schläft im Himmelbett.
Die armen und reichen Eltern
hören den Regen nicht.

Die überraschten Lehrer
hocken ratlos im Geäst der Bäume.
Die große Pause kommt unerwartet.

PETER RÜHMKORF
Dies in meinem Besitze

Dies in meinem Besitze:
Etwas Luft und Zeit.
Lunas silberne Zitze
Nackt in der Dunkelheit.

Ein Gefühl an den Backenknochen,
Ein Mund voll Wein;
Der Abend ist ausgesprochen,
Die Dinge rollen sich ein.

Im Unenträtselbaren
Lippe und Tassensprung.
Mit der Hand darübergefahren
Und ab in die Dämmerung.

Wo die Götter die Daumen drehen

Wo die Götter die Daumen drehen,
Die Stunde verderblichen Blaus –
Halb acht, die Länder vergehen,
Die Wolken flocken aus.

Figur in Gras und Garben,
Ein Herz, das wie Zunder verglimmt,
Wenn der Abend flamingofarben
Über die Grenze schwimmt.

Die Röte hingenommen,
Den Wind im Achselhaar;
Ein Tag zwischen Schmerz und Verkommen,
Der noch Dein bester war.

So schütter, so leicht durch die Finger
Das luftige Konzept –
Go down, die Wolken schlingern,
Die Ewigkeit verebbt.

Hans Carl Artmann
blauboad

1

I bin a ringlgschbüübsizza
und hob scho sim weiwa daschlong
und eanare gebeina
untan schlofzimabon fagrom …

heit lod i ma r ei di ochte
zu einen libesdraum –
daun schdöl i owa s oaschestrion ei
und bek s me n hakal zaum!

so fafoa r e med ole maln
wäu ma d easchte en gschdis hod gem –
das s mii amoe darwischn wean
doss wiad kar mendsch darlem!

I bin a ringlgschbüübsizza
(und schlof en da nocht nua bein liacht
wäu i mi waun s so finzta is
fua de dodn weiwa fiacht ..)

blauboad

2

heit kumst ma ned aus
heit muas a de griang
heit lok a de au wia r a fogal
zu mia hinauf iwa sexaneinzk schdiang
in zima kawinet und kuchl ..

heit brenan ma keazzaln
in bumpadn bluad
heit woa r e scho zwaamoe
bein scheanschleiffa duat
dea hod ma de messa frisch gschliffm ..

heit schboa r e kan aufwaund
heit wiad opariad
und nochhea kumst owe zun donaukanäu
fon wo de des wossa noch oewan entfiad
und ii – wosch me en finztara unschuid ..

muang wean s as daun lesn
und duach s radio hean:
schon wida ein madl ferschwuntn in wean!
und ii – da blauboad fom brodaschdean
sizz solid in kafee bei an gschdregtn ..

doch heite bleibt heit
und gibt s kan bardaun:
a keazzn a frau und a messa!
en so ana xööschoft do is ma net z draun
do reit me a *koischwoazza kefa* ...!

noch ana sindflud

noch ana sindflud
san olawäu
de fenztabreln fafäud –
ka fogl singd mea en de bam
und de kefa schwiman en d lokn
med n bauch in da hee ..

waun s d an bam beilsd
foen da dropfm aum huad
und en de kino drin
riacht s noch hei- und woefisch
de wos en ole rein xessn san ..

noch ana sindflud
san olawäu
de fenztabreln fafäud –
owa mia san ole dasoffm
und kenan s goa nima seng
wia de gaunzn kefa so fakead daheaschwiman
mia kenan s a nima gschbian
wia r uns de owebeildn dropfm
fon de bam aum huat drepfön
uns ged a des gschraa fon de fegl nima r oo
und unsa nosn riacht nedamoe an schbenala mea
geschweige den an hei- oda woefisch ..

noch ana sindflud
sama r ole medaranaund
saumt de hextn beag
dasoffm ...

CHRISTOPH MECKEL
Mein Rabe

Nächtlich trägt mein Rabe, Schrei für Schrei
das Schweigen des Himmels ab und räumt
die Windstille leer von Laut und Seufzern,
die meine Stimme einmal füllten,
als ich an Bord der Wanderdünen reiste.

Die Brandung salzigen Sandes verschlug ihn in mein Land.
Er schüttelte den Staub von den Flügeln.
Er hatte in meinen Augen die Seen seiner Ruhe,
in meinen Haaren das Schilf seiner Herbste gefunden.

Er rückte meinen Schatten ins Licht der Wüste,
in meinen Träumen stieß er auf Grund,
er lebte nicht vom Staub allein
sondern von jedem Wort aus meinem Munde.

Und ich rief ihm zu, in meinen Nächten,
MEIN REICH IST VON DIESER WELT, und meine
Nebelhörner tönten den Reisesegen:
Flieg, Vogel, flieg, Vogel, flieg mir aus den Augen!

Schlechte Zeiten

1.

Gelobt sei immer, was nicht Stein mehr ist,
weil jedes Wasser jeden Stein zerfrißt,
gelobet sei der Schlamm, der sich dem Wasser eint,
und, schwand das Wasser, wiederum versteint.

2.

Nun wird der Fisch aus jedem Meer geschöpft,
der weiße Wal zerhackt, der Krebs geköpft.
Wie lange werden jene Möven leben,
die heut entzückt um ihre Gräten schweben.

3.

Warum lacht ihr, wenn ich heute gehe
und auf Vorrat Zigaretten drehe,
einen Vorschuß mir gewillt zu geben –
weil ich hoffe, morgen noch zu leben?

Peter Härtling
weil tage

für paul celan

weil tage nicht nur tage sind

abgetragene zeiten in bergen vergraben

warten
auf steinbrüche
einmal warten
auch ohne zärtlichen bast
für die hände

diesen tagen den atem abnehmen
und beeren süßen

solange erstarren tränen im stein
weil tage nicht nur tage sind

eine barke grün

für karl krolow

eine barke grün
womit schon lang beladen

durchs spiegelfenster
meerfahrt
aufgelöst im hauch

eine barke grün
womit schon lang beladen

schriften
am mast
atem
am bug

eine barke grün
ohne wind
ohne segel

seht
matrosen verteilen trompeten
matrosen verkaufen vogelkehlen

oh
eine barke grün
bereitet untergänge
auf allen stirnen

eine barke grün
so leicht
in allen vogelkehlen

wandlung

für kurt leonhard

plötzlich wird der fremde mann
hell und heiter
sieh er kann
seine leiter
an den himmel lehnen
und den schönen
auch bizarren
wolkenfrauen
dinge sagen
unverständlich
selbst für dich

Walter Helmut Fritz
An diesem Tag

An diesem Tag treibt Schnee.
Wenn die Zäune zugeweht sind
und der Holzstapel,
wirst du die Jahre
über die hügeligen Felder
entschwinden sehen.

Die Räderspur folgt der Unruhe,
die die Straße heraufkommt.
Was ungeschieden noch war,
trennt die Krähenschwinge
über der Mulde des Bachbetts.

In deinem Rücken
schließt der Wind die Tür.
Wohin willst du gehen?

Es geschieht alles erst jetzt

Denk noch einmal die Stadt,
die in den Wind gezeichnet war,
und die Kuppel,
die grün über die Dächer schwebte.
Denk die Chimären, die immer fragen werden,
ob der Ruf nicht schon Antwort ist.

Wir haben aus der Kühle des Morgens
einen Kahn werden lassen,
der uns in den Sonntag trug.
Die Stimmen der Vögel woben
einen Schleier, der die Stunden
auf den Straßen leiser machte.

Es geschieht alles erst jetzt,
während dich die weißen Wege bestürzen,
die auseinanderzulaufen beginnen,
und das Ziegelrot
die flimmernde Minute
mit einer Geste erläutert.

Geh weiter

Verweile nicht,
geh fort,
nimm Abschied,
eh du gekommen bist.

In deine Versunkenheit
geh weiter.

Worte, Worte,
die die Sage dir schenkt,
aus der du verwiesen.

Immer nah ist
die unerhörte Brandung
der Stille.

Erich Fried
Rückkehr

Mein zahmer Vogel
ist zu den Sternen geflogen
er brachte ein weißes Korn
das gab ich dem Wind
nun blüht die Krone
von Morgen bis Mitternacht
es regnet Blut:
die blasse Saat wird leben

Was der Wind gesät hat
erntet sein Bruder der Sturm
was der Sturm geerntet hat
trinkt seine Schwester die See
vom Rande der Wolken
tauchen die Sterne nach Perlen:
Bald wird die Krone
wieder im Himmel sein

Die Maßnahmen

Die Faulen werden geschlachtet
die Welt wird fleißig

Die Häßlichen werden geschlachtet
die Welt wird schön

Die Narren werden geschlachtet
die Welt wird weise

Die Kranken werden geschlachtet
die Welt wird gesund

Die Traurigen werden geschlachtet
die Welt wird lustig

Die Alten werden geschlachtet
die Welt wird jung

Die Feinde werden geschlachtet
die Welt wird freundlich

Die Bösen werden geschlachtet
die Welt wird gut

Louis Fürnberg / Kuba
Weltliche Hymne

Längst ist der Tag gekommen,
nüchtern von Morgen her.
Hat mir die Träume genommen,
ich bin kein Knabe mehr.

Daß diese Sterne noch strahlen
purpurn vom Kreml und rein,
Sowjetland, wie mußt du zahlen,
Vortrupp der Menschheit zu sein.

Kämpfer, mit eisgrauen Haaren,
immer den Colt auf den Knien.
Ward euch doch in euren Jahren
nie eine Schwäche verziehn.

Analphabeten, ein Faktor:
Erbe zaristischer Herrn.
Enkel, sie stehn am Reaktor,
spalten und meistern den Kern.

Aber die Jahre zwischen
Sieg und Kampf und Sieg!
Weiße Geheimzentren mischen
Karten und Gift für den Krieg.

Lohe, mit Unheil gewürzte,
die aus den Stahlöfen schlug –
Über den Bahndamm stürzte
knirschend der Eisenbahnzug.

Dneprostroi! Wer wird sich schonen?
Stampft den Beton, Brüder, tanzt!
Aber in höchsten Regionen
werden Verräter gepflanzt.

Mutige Lieder erschallen
von Batum zum Weißmeerkanal.
Mützen ab! Kirow gefallen –
Mörder nun sprecht: wer befahl?

Die ihre Tatze erheben
trifft unser Richtspruch – und hart.
Sowjetmacht, kämpf um dein Leben,
schlage den Feind – aber wart:

Ist das ein Feind? Dieser schlug doch
am Siwasch den Feind in der Schlacht;
neben uns ging er und trug doch
die Fahne der Arbeitermacht.

Zweifel! Und zweifelsohne
steigen die Schmutzfluten rings.
Und warum lächelt zum Hohne
die amerikanische Sphinx?

Ward wieder ein Asew geboren?
Verwirrung ist rings um uns her …
Wir schlagen die schwarzen Liktoren:
Was freut unsre Feinde so sehr?

Das Schwert Dzierzynskis vergiftet?
Wer das zu denken wagt!
Zum Teufel! – Wer Mißtrauen stiftet,
der wird in die Hölle gejagt.

Und doch – einen Namen zu schleifen,
das Herz ist kein fühlloser Stein.
Wie soll denn der Junge begreifen
nicht stolz auf den Vater zu sein?

Kind, wein deinen Schmerz in die Betten.
Die Zeit riecht nach Pulver und Rauch.
Und leider – die weißen Gazetten
beweinen dein Väterchen auch.

Und loben dein Väterchen – loben …
Vielleicht aber – Brüder, gebt acht,
wird unser Genosse erhoben
und vor uns verdächtig gemacht?

Vielleicht kennt der Feind August Bebel
und pirscht sich von hinten heran –
Und setzt seine Finten und Hebel
mit anderen Vorzeichen an?

Unsagbare Minuten!
Das ist ein Herzvergehn –
Das ist ein Herzverbluten:
den Feind im Freund zu sehn.

Ein Wörtlein nur, ein Zeichen,
gleich fällt die Nebelwand.
Man wird die Hand dir reichen,
die Proletarierhand.

Nichts streckt sich dir entgegen.
Welch Prüfung: ganz allein
auf endlos bittren Wegen
der Klasse treu zu sein.

O bitter! Und nicht zu verbittern.
Verkannt! Und man sorgt und man bangt,
weil ferne die Grenzen gewittern
und die Faust nach der Waffe verlangt.

Viel ist unsrem Feinde gelungen,
nur eins hat er nicht gekonnt:
er hat die Partei nicht bezwungen,
die stählerne leninsche Front.

WOLFGANG KOEPPEN
Nach Rußland und anderswohin

Aus dem Fenster meines Zimmers im Hotel Moskau war der volle Mond zu sehen, wie er genau über dem roten Stern eines Kreml-Turmes stand.

Am Morgen vibrierte das Haus. Es klirrte wie Gläser, die aneinanderstoßen. Die schwarz-weiß gekleideten Zimmerzofen zogen gläserne Wagen durch die langen Gänge. Und auf den Wagen zitterte Teegeschirr, rieben sich Limonadenflaschen und Wasserkaraffen, standen Sprudel, Kuchenteller und Butternäpfe und auf einem Tablett auch Kaviar auf Eis und eine Flasche Champagner. Die Mädchen lachten andauernd, sie lachten über die ausländischen Gäste, die ihre Sprache nicht verstanden und so komische Wünsche und Sitten hatten, sie lachten darüber, daß ich den Tee ungesüßt trank, daß ich nur einen von ihren mondartigen Kuchen aß und den Tag nicht mit einer Limonade oder einem Sprudel beginnen wollte. Später setzten die Geräusche des Säuberns und des Putzens ein, den ganzen Tag über wurde im Hotel staubgesaugt und das Parkett der Zimmer und Korridore mit großen elektrischen Bohnermaschinen blank gerieben. Und wieder sah man Menschen jeder Nationalität und jeder Hautfarbe, parlierend in allen nur denkbaren Sprachen, durch das große Gebäude eilen, einige trugen einen roten Orden mit Hammer und Sichel am Rockaufschlag, und eine Reisegesellschaft amerikanischer Farmer hatte ihren Mitgliedern große auffallende Namensschilder an die Revers gesteckt, so daß man gleich wußte, dies war Mr. E. B. Miller aus Oklahoma und kein Towaritsch, was man ohnedies nicht geglaubt hätte, und dazwischen trieben geschäftige Dolmetscher ihre kleinen Herden zusammen, heute waren es Lehrerinnen aus Skandinavien, Chirurgen aus England, Psychologen aus Japan und aller Welt, Moskau ist eine Stadt der Kongresse und erinnert hierin fast an Wiesbaden. In der großen unteren Halle, dem düsteren Clubsesselgarten der Gründerjahre, gab es einen Zeitungsstand, man konnte die russische Presse, man konnte ostdeutsche Zeitungen, man konnte die L'Humanité, die Unità, den Daily Worker kaufen, ein einseitiges Weltbild, und dann gab es noch ein Blatt, das in deutscher, englischer und französischer Sprache für Ausländer in Moskau gedruckt wird und entsetzlich langweilig ist. Es war mir unbegreiflich. Diese Zeitung verzichtet auf jeden Versuch, intelligente Reisende über das Weltgeschehen zu unterrichten oder ihnen wenigstens die sowjetische Stellungnahme zu den Ereignissen zu vermitteln. Die Spalten des Blattes füllen Berichte über Arbeitsplanerfüllungen oder Normenüberschreitungen der Betriebe und Kolchosen, Kühe hatten mehr Milch gegeben, Melker sich zu freiwilligen Schichten verpflichtet, soundsoviel Prozent mehr Ziegel oder Zement waren gewonnen, und die Maurer mauerten schneller, dies war unter der Schlagzeile »Freudige Nachrichten« zu lesen, gewiß, ich verneigte mich und gedachte der unfreudigen Nachrichten daheim, aber ich sehnte mich ein wenig nach ihnen. War ich ein Spießer, gar kein Mord, gar kein Skandal, keine Sensation und Korruption in der Zeitung?

Ich trat in den Morgen hinaus, das Hotel wurde abgespritzt, Sandgebläse und Wasserstrahl, auf schwankenden, an Seilen hängenden Bühnen verrichteten Frauen gefährlich aussehende Arbeit. Aus dem Schacht der Metro fluteten Menschen und andere drängten hinein, Hunderttausende schienen unterwegs zu sein, alle hastenden Ganges, alle, als kämen sie aus einer Fabrik, in der sie arbeiteten oder hergestellt wurden, eine Gleichheit fiel auf, es waren viele gute Gesichter unter ihnen, unverbrauchte Gestalten, aber ihr Ausdruck und ihr Wesen schienen mir von einem höheren Willen geprägt zu sein, vielleicht war es Idealismus oder ein Kantscher

Imperativ, nach dem sie leben, sie wirkten gar nicht östlich-mythisch, gar nicht slawisch, es waren weder Russen von Dostojewskij noch von Gogol, kein Oblomov war unter ihnen, sie erschienen mir nüchtern, klar, überaus diszipliniert und allzu vernünftig, sie waren altpreußische Traumgestalten, selbstlose Staatsdiener, Münzen in eines Mächtigen Hand, der Kirgise aus der Steppe und ein blonder Mann aus Leningrad sahen in den Moskauer Straßen einander ähnlich. Entschloß man sich für einen Weg, reihte man sich ein, ging man wie auf einem Fließband. In den breiten Straßen gab es natürlich auch Automobile und Autobusse, aber gemessen an der Menge der Fußgänger waren es verhältnismäßig wenige Wagen, und mein Eindruck war – und es überraschte mich angenehm –, daß selbst Generale zu Fuß gingen. Der Strom trieb mich zum Roten Platz. Die Basilius-Kathedrale mit ihren Kuppeln, ihren Türmen, ihren Türmchen, ihren schiefen Kreuzen, sie steht wie das alte Mütterchen Rußland da, aber niemand beachtete das Mütterchen, niemand ging zu ihm, die rote Kreml-Mauer dagegen, nicht jünger als die Kathedrale, doch kalt und wie das unverhüllte Antlitz der Macht, der das Lenin-Stalin-Museum vorgebaut ist, keine schlechte Architektur, mit seinen roten Quadern paßt es sich der Mauer auf eine zugleich schlichte und eindrucksvolle Weise an, die Kreml-Mauer war das Ziel vieler, sie reihten sich hier auf, reihten sich an, reihten sich ein zu Prozessionen, zu kilometerlangen, geduldigen Schlangen rund um den Kreml und um seinen Park, den einbalsamierten Staatsgründer, den toten Diktator zu sehen. Und jenseits des Platzes vor dem großen weißen Zuckerbäckerpalast aus der letzten Zarenzeit, dem berühmten Warenhaus Gum, dem Paradies der roten Damen, hockten Leute vom Lande, in Filzschuhen und Wattejacken und mit von Wetter und Leben durchfurchten Gesichtern und betrachteten das Mausoleum und die Prozessionen und sahen in das unverhüllte Gesicht der Macht, während hinter ihrem Rücken in einem Schaufenster des Warenhauses überspitze Schuhe modischen, italienischen Stiles eine neue oder eine alte Freiheit verkündeten, von einem überraschenden Wohlwollen oder schon von einer Dekadenz des Kremls zeugten.

Gum ist, man kann es nicht anders sagen, überwältigend. Das Warenhaus hat Gänge, Galerien, Brücken, Verliese, Hallen, kleine Tempel, die es zu einem Beispiel der phantastischen Architektur eines Piranesi machen. Auch hier gibt es Prozessionen, Schlangen ohne Anfang, ohne Ende, schrittweise rücken sie über die Flure und Treppen vor, ja, es ist die sozialistische Gesellschaft, der hohe

Offizier steht geduldig neben der Arbeiterfrau, die meisten lesen, lesen nun doch Dostojewskij und Gogol, während sie sich stundenlang nach einer Ware anstellen, sie lesen dicke Bücher, Tolstoi, Gorki und manchen ausländischen Schriftsteller, sie haben ernste, aber nicht unglückliche, eher heiter gelassene Gesichter, und warum und wonach sie sich anstellen, habe ich nicht ergründen können. Im Gum gibt es eine Fülle von Waren, vom Fernsehapparat bis zur Stecknadel, aber für die Schlange muß es etwas Besonderes geben, und dieses Besondere scheint oft das Einfachste zu sein, Schuhe einer bestimmten Größe, ein Hemd für Siebenjährige, und die Schlangen sind weniger ein Zeichen des Mangels als die Folge irgendeiner Dummheit in der Verteilung der Waren, eines kleinen Fehlers in der Rechnung der tausend Pläne. Verwirrend sind für den Ausländer die Preise, ich habe den Wert des russischen Geldes nicht ergründen können, manches schien mir billig, anderes teuer zu sein, billig waren Fernseh- und Radioapparate, Musikinstrumente, optische Geräte, und teuer, an diesen Beispielen gewertet, gewisse Textilien, aber auch hier gab es wieder Unterschiede, recht häßliche Wollanzüge kosteten viel, während sehr schöne Sommersachen aus chinesischer Seide beinahe verschenkt wurden. Erstaunen tut die Fülle des Überflüssigen, auf jedem dritten Ladentisch verkauft man Duftwasser und Puder, das Warenhaus, die Stadt riechen nach dem Parfüm »Rotes Moskau«, und in großen Abteilungen werden Nippes angeboten und, dies am erstaunlichsten, auch erworben, greuliche Figuren, Jäger mit Hunden, schlafende riesige Steingutkatzen, Tänzerinnen mit Rosengirlanden und für das Zimmer gedachte Nachbildungen der im Kulturpark aufgestellten Denkmäler. Auf den Märkten von Florenz, Rom, Neapel, Paris staunt man vor der Fülle des Gebotenen und ruft, dies alles ißt der Mensch. In der Lebensmittelabteilung von Gum scheint es, daß der Mensch in Rußland genug zu essen habe, aber die Varietät enttäuscht, wenn man an die Größe des Landes denkt, viel wird nach amerikanischer Weise in Büchsen angeboten, von frischen Fischen gibt es aber nur zwei oder drei Arten, wo man die Ernte vieler Meere erwartet. An Ständen wird Limonade, wird Kwass und wird Champagner ausgeschenkt, Champagner gibt es süß, halbsüß und trocken, der trockene, der Champagnski Sekoje ist sehr zu loben und ebenbürtig den besten französischen Erzeugnissen. Der Schaumwein wird in Viertellitergläsern ausgeschenkt und scheint nicht teuer zu sein; er wird von jedermann getrunken. Ich geriet in dem Irrgarten des Warenhauses zu einer Hintertür und stand plötzlich auf einer Straße der Warenanfuhr und des sauber gestapelten Abfalls. Chauffeure, Lastträger und Lagerarbeiter waren hier beschäftigt oder standen müßig herum. Die Straße erinnerte an die Umgebung der Pariser Hallen. Man hätte hier eine Kneipe finden müssen. Aber es gab keine Kneipe. Eine dicke weiße Frau stand in einem weißen Mantel hinter einem Fenster und puderte sich mit einem weißen Puder ihr weißes Gesicht. Ein junges Mädchen kehrte vor einer Ausfahrt die Straße. Das junge Mädchen hatte große blaue Augen. Was erwarteten sie? Die Arbeiter beachteten das Mädchen nicht. Sie beachteten auch nicht die dicke weiße Frau. Ich ging zurück zu meinem Hotel. Im Parterre eines großen säulengetragenen Hauses saßen Hunderte von Frauen unter blinkenden Frisierhauben und ließen sich von eifrigen Manikürmädchen die Nägel pflegen. Das Parfüm »Rotes Moskau« quoll in schweren Wolken aus den geöffneten Fenstern, umwehte den Schutzmann auf dem Platz, die Wache der Miliz und schwebte weiter zum Kreml.

HERMANN KESTEN
Dichter im Café

Vorwort

Ich habe einen guten Teil meines Lebens im Kaffeehaus verbracht, und ich bedauere es nicht. Das Kaffeehaus ist ein Wartesaal der Poesie. Das Beste am Kaffeehaus ist sein unverbindlicher Charakter. Da bin ich in einer Gesellschaft, und keiner kennt mich. Man redet, und ich brauche nicht zuzuhören. Ich sehe einen nach dem andern an und erkenne alle. Für mich agieren sie wie Komödianten. Wenn mir der erste beste mißfällt, greife ich nach meinem Hut und gehe ins nächste Kaffeehaus.

Zuweilen statte ich mir selber einen Besuch im Kaffeehaus ab. Manchmal gehe ich in ein halbes Dutzend Kaffeehäuser, ehe ich mich finde. Ringsum sind Spiegel mit zahlreichen gespiegelten Spiegeln, ich nicke meinem Bilde zu und sage: Guten Abend, alter Freund!

Wenn ich in Laune bin, ziehe ich mein altes Schulheft und einen Bleistift aus der Tasche, beginne zu schreiben und vergesse alle, die Kellner, die Gäste und mich. Das Kaffeehaus wird mein Parnaß. Ich bin Apoll. Ich schlage die Leier.

Oft leiht mir das Kaffeehaus eine geheime Unabhängigkeit. Ich bin der Fremde in einer Stadt, wo jeder jeden kennt. Ich bin der Gast an einem Ort, wo jeder andre zu Hause ist.

Für wenig Geld setze ich mich an einen Tisch, der mir nicht gehört, neben fremde Menschen, die nichts mit mir verbindet, ich nehme einen Schluck oder esse einen Bissen und beobachte das leidenschaftliche Getümmel auf den Straßen und den Gesichtern. Ich sehe in einer Stunde ein Dutzend Komödien und höre ein Echo von Tragödien, die keiner schreibt.

Ein großer Teil des Lebens hat Platz im Kaffeehaus, von der Liebe zum Tod, vom Spiel zum Geschäft, nur leiht das Café dem großen Publikum die falsche Leichtigkeit eines Balletts. Die meisten Leute gehn ins Café wie auf Urlaub vom täglichen Leben.

Als Kind lernte ich im Café den Witz der Deutschen kennen. Mein Vater, der täglich mit dem beschäftigten Ernst ins Kaffeehaus eilte, den andere in ihrem Büro zeigen, nahm zuweilen uns Kinder in sein Stammcafé mit. Der Kellner kannte meinen Geschmack. Er brachte, ohne lang zu fragen, eine Melange, eine Schokoladentorte und einen Packen Witzblätter, den ›Simplizissimus‹, die ›Jugend‹, den ›Kladderadatsch‹, die ›Meggendorfer Blätter‹, den ›Ulk‹, ferner Maximilian Hardens ›Zukunft‹ und ›Die Fackel‹ von Karl Kraus, die der Kellner gleichfalls für Witzblätter hielt.

Dort begegnete ich zuerst den modernen deutschen Dichtern, teils schrieben sie in den Witzblättern, teils schrieben die Witzblätter über sie, einige wie Ludwig Thoma, Thomas Mann oder Jakob Wassermann waren sogar Witzblattredakteure.

Damals blickte ich noch zum Tischrand empor, ein Bübchen von sechs oder neun Jahren. Ehe ich die moderne deutsche Literatur ernst nehmen konnte, lachte ich bereits im Café über sie oder mit ihr.

Schon als Gymnasiast begann ich, allein ins Café zu gehn, jeden Mittwoch nachmittag, mit Erlaubnis des Rektors vom Melanchthongymnasium. Er hatte nach einem inquisitorischen Rundgang durch die Kaffeehäuser von Nürnberg das solideste für uns Schüler der Sekunda und Prima ausgesucht, nach langen moralischen Erörterungen mit dem Cafetier, der uns vor den zahllosen Anfechtungen des Kaffeehauslebens behüten sollte.

Im Vorderraum saßen lustlose Familien, mit Herzen aus Kattun und grellgefärbten Gesinnungen. Im Hinterzimmer stand ein Billard, das unser Schulfreund Richard Schrotter, rosig wie ein Mädchen, das nicht das Herz hat, ein Gänseblümchen zu pflücken, tödlich verwundete, wie ein junger Torero seinen ersten Stier.

Nach dem Abitur ging ich ohne Erlaubnis ins Café, in alle Sorten Cafés, wo Spieler saßen, Liebespaare oder Emigranten, Maler und Poeten, Homosexuelle und dekolletierte Mütter mit Töchtern, die sie an den Mann bringen wollten. Ich saß in Strandcafés, Waldcafés, Weincafés, in Café-Restaurants und Kabarettcafés, im *bal musette* und in revolutionären Cafés, wo die Spitzel Kopf an Kopf saßen, in Verbrecherkaschemmen und im *Café de Paris*, in Zeitungskaffeehäusern, in Cafés, wo nur Herren, in Cafés, wo nur Damen liebten, und in Troglodytencafés im Süden von Tripolitanien, die mit dem billigsten Bordellbetrieb der Welt verbunden waren.

Was habe ich nicht alles in Kaffeehäusern erlebt! Ich spielte Schach im *Café Hauptwache* in Frankfurt. In Marrakesch deutete mir ein Schlangenbeschwörer die Zukunft. Im *Café Royal* in London aß ich Austern und Kaviar mit proletarischen Schriftstellern. Im *Café Rotonde* am Montparnasse saß ich an einem Silvesterabend zwischen zwei deutschen Dichterinnen im Exil, eine war aus Köln, die andre aus Mainz; die Irmgard Keun sagte zu jedem am Tisch: Küß mich auf den Mund (sie sprach es »Mond« aus) und wollte, wir sollten alle einen fremden Herrn vom Nebentisch an seinem schwarzen Vollbart berühren, das bringe uns Glück, indes die Anna Seghers verstört in den zahlreichen wandhohen Kaffeehausspiegeln imaginäre oder reelle Spitzel verfolgungswahnsinniger Diktatoren suchte, jenes Diktators, vor dem sie zitternd geflohen, und jenes, den sie zitternd anbetete. Drei Tische weiter saß Joseph Roth und machte gleichzeitig einer bayerischen Gräfin und deren Tochter den Hof, der Dichter blickte grimmig, die Komtesse lachte laut, die Gräfin sprach zu Roth und musterte uns.

Ich saß in Brüssel im Café, an der Place Brouckère, und ein Mann, den ich nicht kannte, hatte sich an meinen Tisch gesetzt, ohne mich zu fragen, und mir befohlen, mit ihm zu sprechen, und als ich ihn auslachte und ihm den Rücken zukehrte, hatte er mit der ruhigsten Stimme der Welt gesagt, wenn ich ihm nicht sofort eine Geschichte erzählte, würde er mich leider niederschießen müssen, es mache ihm nichts aus, denn sein Leben hänge davon ab, daß ich zu ihm spreche, und wenn er durch meine Schuld sterben müsse, nur weil ich ihm eine so unschuldige Bitte nicht gewähre, so ziehe er vor, mit einem blutigen Knalleffekt aus der Welt zu gehen. Da es an allen öffentlichen Orten viele Verrückte gibt, wandte ich mich ihm wieder zu und begann, ihm eine Geschichte zu erzählen, bald lachten wir beide Tränen, er klopfte mich auf die Schulter vor Vergnügen. Ich hatte meine Geschichte kaum beendet, da standen schon zwei Männer links und rechts von ihn, mit autoritären nackten Gesichtern und verhaftungsfrohen Händen, mein Zuhörer erbleichte und errötete, dann ging er, ohne mich auch nur eines Blickes zu würdigen, zwischen den Fremden fort, ein Verrückter zwischen Irrenwärtern, ein Verbrecher zwischen Detektiven, ein Kronprinz zwischen Erziehern, ein Kommunist zwischen zwei aufsichtführenden Parteifreunden? Ich werde es nie erfahren. Leider habe ich auch meine lustige Geschichte vergessen; oder lachten wir beide nur aus Angst?

Schon damals ging ich hauptsächlich ins Café, um zu schreiben. Erst ging ich natürlich spazieren, ein Peripatetiker, ein Akademiker wie jene Schüler des Aristoteles, und formulierte Verse, Dialoge, Szenen und ganze Prosaseiten, bis jedes Wort festgefügt wie ein Ziegelstein im Mauerwerk saß, dann setzte ich mich in mein Café und schrieb alles auf, als läse ich es aus eines andern Buch ab.

Ich schrieb auch auf Bahnhöfen und Schiffen, auf Moosbänken und Sandbänken am Meer, bei Mondschein, im Park und im Wartezimmer meiner Zahnärzte, sogar zu Hause zwischen meinen Büchern oder im Bett; fast jedes Lokal ward mir zum Café, ich saß ins Schreiben versunken, zwischen müßigen Menschen, die mir zuschauten, oder zwischen Wolken, Wipfeln und Wellen.

Im Café betrog ich den Müßiggang der andern mit meiner Arbeit. Ich sah wie ein Müßiggänger aus, aber neben mir zwitscherten die jungen Mädchen wie Stare. Wenn ich auf der Straße an einem der ausgesetzten Kaffeehaustische saß, wehte derselbe Wind durchs schmachtende Laub der Bäume am Straßenrand und durch die Seiten meines Schreibheftes. Die gleichen Autos fuhren an mir und meinen Figuren vorüber. Wenn das Liebespaar in meinem Roman verstummte, begann das Liebespaar am Nebentisch zu reden.

Ich saß vor der Tanzfläche in den Tanzcafés, und die Liebespaare tanzten im Tangorhythmus in meinen Roman hinein oder entstiegen meinem Heft wie einem Taxi und setzten sich an meinen Tisch und stritten mit mir und untereinander. Ich drohte, ich würde sie vor dem letzten Kapitel sterben lassen, aber sie seufzten nur und tranken Likör und kosten im Zank und zankten kosend.

Zuweilen legte ich hastig den Bleistift zwischen die Seiten meines Schreibheftes und tanzte mit einem der Mädchen, die mit einsamen Augen herumsaßen, als wüßten sie, daß keiner sie heiraten würde. Ich tanzte mit dem Fräulein ein paarmal herum und sprach, als wäre ich einer der jungen unbeschäftigten Helden aus meinen frühen Romanen, einer dieser mörderischen Moralisten ohne Zeit fürs

Leben und ohne Geduld mit seinesgleichen. Ich führte die Mädchen wieder zu ihren erfrorenen Tischen und setzte mich vor mein Heft und schrieb, versunken, oder enthoben, als säße ich auf einem Leuchtturm im Meer oder an einer der tausend Quellen der großen Oasen inmitten der Sahara, und hörte die Rufe der *Muezzin*, das *Allah il Allah*. Die Kamele lagerten neben mir, wiederkäuend, und ich roch den Duft der Dattelpalmen und des schwarzgebrannten Kaffees. Nur die Jazzkapelle heulte mit Saxophon und dem Vorsänger: *Allah il Allah*. Und ich schrieb und sah tausend und eine Fata Morgana, das Meer mit Möwen, Wolkenkratzerkolonnen und Herden weißer Elefanten zwischen indischen Tempeln.

Bald wird es ein halbes Jahrhundert sein, daß ich in meinen Cafés sitze und schreibe. Ich sah die Fiebergespenster und die fröhlichen Helden eines halben Jahrhunderts. Ich schrieb das Jahrhundert auf, ich schrieb es ab. Ich notierte alles und prophezeite die Zeit, das Beste und Schlimmste, die Himmel und haufenweise die Höllen.

Im Jahre 1914 sah ich auf der Straße vor einem Café in Nürnberg ein ganzes Regiment in den Krieg reiten, mit Kanonen und Fahnen. Mein Vater saß neben mir, viel jünger als ich heute bin, und seufzte und preßte seine Hände vor Verzweiflung und sagte: Mein armer Sohn! Da reiten sie meine ganze Epoche und deine schöne Zukunft in den Staub. Was willst du nun mit deinem Leben anfangen? Und wofür habe ich dich gezeugt?

Papa, sagte ich gekränkt, ich lebe doch gerne!

Bald waren die Reiter gefallen, die Pferde krepiert, mein armer Vater in einem Feldspital in Lublin gestorben, die Fahnen verwesten im Morast, die Kanonen und die Ideale waren geborsten, die jungen Witwen saßen mit entblößten Brüsten, zu kurzen Röcken und koketten schwarzen Schleiern in allen Cafés und warteten auf die Liebe der Kriegskrüppel, Gymnasiasten, Schieber und fremden Soldaten, ihr Lächeln war von Tränen wie frisch versalzen. Ich saß im Café und schrieb.

Im Winter 1918 auf 1919 schossen die unzufriedenen heimgekehrten Soldaten auf ihre Leidensgefährten, im Namen der Revolution und der Konterrevolution, alle wollten Frieden und Brot, die Armen schossen auf die Armen, Kugeln sirrten am Kaffeehaus vorüber, Stühle und Tische wurden Wurfwaffen, die Kellner kassierten in fliegender Eile doppelt, die Freudenmädchen nahmen je nach dem letzten Freier Partei, die Straßenkinder spielten Guillotine und Peloton. Ich saß im Café und schrieb.

In Berlin saß ich im März 1933 mit Freunden am Kurfürstendamm, vor dem *Café Wien*, vor dem *Café Dobrin* oder vor *Mampes Likörstube*, und Hitlers braune Buben mit einem Hakenkreuz im Herzen jagten blutende Juden und Arbeiter über den Kurfürstendamm. Da hörte ich zu schreiben auf und verließ das Café, schüttelte den Staub der Stadt Berlin von meinen Füßen und ging außer Landes und setzte mich in die fremden Kaffeehäuser im Exil und schrieb.

Im Exil wird das Café zu Haus und Heimat, Kirche und Parlament, Wüste und Walstatt, zur Wiege der Illusionen und zum Friedhof. Das Exil macht einsam und tötet. Freilich belebt es auch und erneuert. Im Exil wird das Café zum einzigen kontinuierlichen Ort. Ich saß in einem Dutzend Exilländern im Café, und es war wie immer dasselbe Café, am Meer, zwischen den Bergen, in London, in Paris, an den Grachten von Amsterdam, zwischen den Klöstern von Brügge. Ich saß im Kaffeehaus des Exils und schrieb.

Ich träume so heiter im Café. Alle Alpträume der Menschheit gehen an mir vorüber. Hier und da bleibt ein hübsches Mädchen stehen. Hier und da setzt sich ein geistreicher Mann zu mir. Hier und da grüßt mich ein Engel oder ein Genius. Die böse Zeit legt sich schlafen für ein oder zwei Stunden, und das Jahrhundert scheint hell und heiter. Die Kellner gehn auf müden Füßen, aber ihre Hände lächeln in der Vorahnung üppiger Trinkgelder. Immer sitzt links von mir ein Gast, der gerade mit mir schwatzen will. Immer sitzt rechts von mir ein Gast, der wie eine Geschichte von mir aussieht. In der Ecke girrt oder gähnt, kichert oder zankt ein Liebespaar. Immer sitzt eine einzelne Dame da, als hätte nicht ein einzelner Mann sie versetzt, sondern das ganze männliche Geschlecht. Immer sitzt im Café eine Muse, unsichtbar und transfiguriert hinter der Kasse. Immer tönt mir die Flöte Pans vernehmlich durch den eigentümlichen Lärm der Kaffeehäuser und durch ihre eigentümliche Stille.

Keine Stadt ist so fremd, ich brauche mich nur in ein Café zu setzen, schon fühle ich mich zu Hause. Der Müßiggang verbindet die Menschen. Ich ziehe es vor, angesichts müßiger Menschen zu arbeiten, statt angesichts arbeitender Menschen müßig zu sein. Ich beobachte mit Vergnügen, wie sie vergnügt sind. Verliebt gewahre ich die Verliebten. Lachend nehme ich an ihrem Gelächter teil. Ich beobachte, wie sie miteinander flirten und glücklich sind, und wie sie einander lieben, und wie sie zusammen unglücklich sind, einander hassen, und wie sie allein sind und mit sich selber reden, mit sich kämpfen, sich einsam fühlen, wie sie ungeduldig warten, geduldig verzweifeln, eilig kommen und gehn, nachdenken, mit sich und andern schwatzen, tausend Tode sterben und jeder ein einziges Leben leben.

Ich schreibe diese Zeilen auf der Piazza del Popolo in Rom, es ist sechs Uhr nachmittags, Ende September. Ich sitze vor dem *Café Rosati.* Der Himmel über mir zeigt ein vermischtes Blau und Rot; nur die Wolken, die wie Wellen ziehen, sind rot durchhaucht, im sanftesten Abschein ungeheurer Flammen. Zur Rechten stehen die beiden barocken Zwillingskirchen, begonnen von Rainaldi und vollendet von Bernini und Fontana. Links ist die Porta del Popolo, die Innenseite von Bernini, zu Ehren des Einzugs der Königin von Schweden, Christina, gebaut, mit einem Stern und einer Girlande. Daneben steht die tausendjährige Kirche Santa Maria del Popolo, mit einer frühen Renaissancefassade. Sie wurde auf römischen Kaisergräbern errichtet, um den Geist des Kaisers Nero darunter zu bannen.

In der Mitte des Platzes, umgeben von hundert parkenden Autos wie von einer stählernen Schafherde, steht der altägyptische Obelisko Flaminio, aus dem 13. Jahrhundert vor Christus, die Pharaonen Merentab und Rhamses II. haben ihn in Heliopolis errichtet, Kaiser Augustus hat ihn nach Rom gebracht, für den Circus Maximus, Papst Sixtus V. hat ihn auf der Piazza aufgestellt, und Leo XII. umgab ihn mit Fontänen und wasserspritzenden Löwen. Mir gegenüber sind Brunnen, Statuen, die Treppen zum Pincio und die Terrasse, die Valadier gebaut hat, mit Zypressen, Palmen und Pinien und einem Neptun und Tritonen wie aus dem Hofstaat von Louis XVI. Daneben ist das *Literaturcafé Canova*, an der Bar plaudern die jungen Schauspielerinnen, Regisseure und Dichter der Radiotelevisione Italiana. Im Kloster an der Ecke hat Martin Luther gewohnt. Von der Via Flaminia ritt Goethe durch die Porta del Popolo, von meinem Tisch sehe ich das Haus am Corso, wo er seine römischen Jahre verlebt hat.

Ist mein Café kein hübsches Schreibzimmer eines Poeten?

Eben geht Alberto Moravia vorbei, er wohnt um die Ecke in der Gänsegasse, er summt und blickt allen Frauen nach. Ein Kutscher hält auf seinem Kutschbock vor meinem Tisch. Eine junge schöne Mutter steigt mit ihren zwei halbwüchsigen Söhnen aus, sie gleicht einem schüchternen Mädchen mit zwei störrischen Liebhabern, es sieht aus, als würde sie in aller Stille und Wonne gleich in zwei Teile gerissen werden. Das Pferd, braun und vernünftig, wiehert leise und blickt in die Richtung des Tibers, als sähe es den nahen Fluß. Zwei Französinnen plappern am Nebentisch über Gott und de Gaulle, mit Stimmen wie aus Porzellan. Schwarzlockige, olivenbraune Jünglinge, allzu hell gekleidet, gehen mit wiegenden Hüften vorüber. Ein Chinese trägt eine Aktentasche, eine Zigeunerin ein geliehenes blondes Kind im Arm. Der Autobus »C« fährt in beiden Richtungen vorüber, in der einen Richtung bin ich mit ihm in fünf Minuten am Pantheon, in der andern in Parioli, vor meiner Wohnung. Ich habe schon bezahlt. Ich kann jeden Augenblick aufstehn und gehn. Die Glocken der drei Kirchen am Platz beginnen zu läuten. Die Autos fahren vorüber. Zwei Kinder spielen im Getümmel. Eine Bäuerin trägt ihren Packen auf dem Kopf. Der Kellner sieht mir grübelnd zu. Ein junger und ein alter Mönch bleiben stehn, um besser zu debattieren. Schon funkeln die Sterne am Himmel. Ich sitze und schreibe.

Karl Krolow
Das Schweigen

Ehe der letzte Gast
Das Café verläßt,
Umarmt er stumm die Frau
Auf dem alten Foto
Im Hauseingang.

Der Mittag, die Morgue der Pflanzen,
Bricht lautlos von draußen herein.
Er faßt nach den Brüsten, die sich
Wie das Lichtbild
Vergeblich wehren.

Das Schweigen fällt mit Spinnen
Über die Tische her.
Den Reisenden zeigt es
Den falschen Weg, so daß sie
Sich im Licht verirren.

Ihre vom Sommer entblößten Körper
Hängen tot
Im Schatten eines Walnußbaums.

Der Baum

Gestern habe ich einen Baum gepflanzt
Und ihm den Namen
Meiner Unruhe gegeben.
Heute umspringt seine Hüften
Die Forelle des Lichts.
Das Silber kleiner Gespräche
Dringt durch sein Laub.
Es ist Versteck für alle Mittage.
Später lehnt der Abend
Eine goldene Leiter
An seine Krone.
Die Nacht benutzt sie,
Um mit ihrer Hilfe den Himmel zu verlassen
Und in die Arme einer Gestalt zu sinken,
Die sich mit abgeblendeter Laterne
Bereit hielt.

Spätsommer

Kein Früchtegott
Sieht dem Staubbad der Hühner zu.
Aus den Blätterscheiden
Duftet schweigsames Leben
Und schließt die Schnäbel der Vögel.
Noch ist Sommer mit dem Licht
Des rieselnden Häcksels.

Die grüne Braue der Landschaft
Wird dünn.
Männer mit ruhigen Gesichtern
Gehen einer Windmühle entgegen,
Die mit dem Horizont flüstert.
Ihr Gespräch wird
Vom September belauscht,
Der den Heupferden
Ihre Verstecke nimmt
Und der Luft Sichelhiebe zufügt.

Die Erde hält still.
Sie will überleben.

HILDE DOMIN
Ziehende Landschaft

Man muß weggehen können
und doch sein wie ein Baum:
als bliebe die Wurzel im Boden,
als zöge die Landschaft und wir ständen fest.
Man muß den Atem anhalten,
bis der Wind nachläßt
und die fremde Luft um uns zu kreisen beginnt,
bis das Spiel von Licht und Schatten,
von Grün und Blau,
die alten Muster zeigt
und wir zuhause sind,
wo es auch sei,
und niedersitzen können und uns anlehnen,
als sei es an das Grab
unserer Mutter.

Nur eine Rose als Stütze

Ich richte mir ein Zimmer ein in der Luft
unter den Akrobaten und Vögeln:
mein Bett auf dem Trapez des Gefühls
wie ein Nest im Wind
auf der äußersten Spitze des Zweigs.

Ich kaufe mir eine Decke aus der zartesten Wolle
der sanftgescheitelten Schafe die
im Mondlicht
wie schimmernde Wolken
über die feste Erde ziehn.

Ich schließe die Augen und hülle mich ein
in das Vlies der verläßlichen Tiere.
Ich will den Sand unter den kleinen Hufen spüren
und das Klicken des Riegels hören,
der die Stalltür am Abend schließt.

Aber ich liege in Vogelfedern, hoch ins Leere gewiegt.
Mir schwindelt. Ich schlafe nicht ein.
Meine Hand
greift nach einem Halt und findet
nur eine Rose als Stütze.

ERICH ARENDT
Flug-Oden

Ode VIII

… schwarzes Blühen, Licht!
Angesichtig werden einander die Dinge.

Ragendes! rauschend
wie das innere Laub der Meere.
Schirmend … stumm vor Tag:
Licht, sternewiegend
den vergänglichen Himmel.
Du, aus dem Spalt
der Felsen fahrend,
dem dunklen Öhr der Welt: Größtes!
über der Berge, der Herzen
unerschlossenen Flut,
Wölbung des Nie-Erträumten … alles
ist Auge …
und spanntest
um des Planeten Stirn
schädelschalig uns den Himmel.
Suchend das felsgeschriebene Wort,
den Fels in des Todes Meer,
zwischen den Masken
augentiefe Stille, wachse, Erde,
dein Mensch! Wie die Stirnhaut der Nacht
gespannt, still und
am Windgesicht der Bäume,
alles wird Wachheit – und Städte sind
und Sterne an den Schienenwegen
unsres Gefühls … unmystischen Blicks
durchmessen wir die Brunnentiefe
eines Lächelns,

Erdenpunkt
der sphärischen Landschaft. Wohl
worfelt wissender die Hand
Dunkelheit und Staub
von der Tenne der Tage: Ein Staunen aber,
Wurzelgrund und Stille, bleibe!

2

Angelockt
von der Gestirne seellosen Schönheit,
da du, Unsichtbares,
sie berührst,
bist zeugender denn
der Blume Geschlecht
und des meerbesessenen Stieres:

Tausendfältig
Webendes, schwarzes Blühen, Licht!
Flügelschlag, rufender, über
den Wipfeln der Welt: Angesichtig
werden einander
die Dinge.

Doch das Verlassensein
der Steine spüren an einem Uferabend!
Tastende wir ... Und wir finden dich,
noch im Apfelgehäus einer Dämmerung.
Und später, wenn das Verlöschen
der Munde naht, im innersten Kern
tödlichen Herbstes. Und öffnet sich
die Schnittfläche winterlicher Frucht,
dein Lächeln keimt
aus dem Vergessen:
kleine braune Körner
augenhaften Sommers.

Reizende Herbstzeitlose,
wie im Scheidelicht der letzten Liebe
dein Blick uns folgt,
wimpernschlagend!

Wir gehen, und
betörend ist im Dunkelwogenden
des Himmels
weißer Sirenen Sang.
Da wandern Zeichen, Vertraute
der Liebenden: ihr noch
immer begangenen Wege,
schluchzende, der Nacht!

Elegie I

Stirn gegen Stirne, Löwengesichtige,
dich schauen!

Die du in Spiegel gekrallt
zerbrechender Flut, Sonne,
das Dach der Wimper zu Asche
branntest: Einer aber, Schwerthelle
im Herzen, bestand dich: Achill.
Lust seines Bogens,
strahlenschwirrend wie du,
da an den Felsentag tönte
sein eiserner Zorn.
Macht, unstillbare, Leere
des Todes
über der Erdenscholle
zerrißnem Rot!

Blühte, Wogen
sänftigend und Tode, denn
die Klage Ulysses nicht?
Unverwelklich
im Urgestein die Knospe
eines Versprechens!

Noch ist des Andern genug:
und es waltet die ältere,
ungebändigte Nacht.
Halmlos von Schleierdolden
ein Rauschen. Und unter

dem Silberharnisch des Mondes schwarz
zertretene Blüten.

Staubdurchwehte, dunkelste des Bluts,
die mit der späten Sonne tönenden Fingern
spielten in den Bergen
ungeahnter Nacht, wo sind
die Hände Echnatons?

Schattenhohler Wind
vom Nil! dein Nachen uns
die bloße Stirnhaut streift.
Segel treiben vorbei; graues
Schweigen der Mumien. Schreie Rauchs
aus pfeilhaften Kehlen, ach,
ewigen Sterbens Ruf. Und
droben dein Kranichzug!

Streu in den Wind
die Asche! Vergiß! ...Trinke
der Toten ungeschmälerten Wein:
Erde werden wir schmecken, starrer
und stummer Zunge.

Dies – uns allen. Und nun,
das Kinn über den Horizont
gereckt, die metallene Leere:
der Schrecken wölbende Helm.

Hände,
als höbet ihr nicht
den Staub der Verzweiflung
bis an den Himmel, über euch
die pyramidenspitze Ewigkeit,
um das erstarrte Herz
steinerne Geometrie!

Unberührbar, fern
wie das schmale Lächeln Nofretetes
über die Wüste flogs:
leerweißen Blicks der Totenvogel,
schnabellos!

Opfer Opfer! den Mund
an den brennenden Sand
der Sehnsucht gepreßt –
vergehend.
Im Rücken
den Schaft der Sonne: So
sterben die Träume.

Und über der Zeiten Gefäll,
den Schweigekrügen der Toten,
ungebrochen von Klagen
und schattenumweht
steht im starren Zenit der Macht
die eisensingende Säule.

Wer reißt den Schleier, den blinden,
von der nachtgeborenen Stirn?
Und, das die Hand des irren
Todes knüpfte,
lückenlos im felszerbrochnen
Licht,
wer zieht das Netz
aus dem erschöpften Meer?

Peter Huchel
Münze aus Bir el Abbas

Reibe die schartige Münze nicht blank.
Laß es schlafen, das fremde Gesicht,
Unter der grünen Schicht des Metalls
Wie unter dem grünen Wasser
Verschlammter Löcher der letzten Oase.

Die Münze klirrt.
Du hörst Getöse der Öde,
Die lange Klage der Karawanen,
Zerfallen zu Staub.
Vom Wind gewetzt,
Zerschneidet die Sichel des Sandes
Das Lagerfeuer,

Das schwarze Zelt aus Ziegenhaar,
Der Eselstute Nüster und Huf.

Ruhlose Münze,
Von Brunnen zu Brunnen getragen,
Auf schrundigem Rücken dürrer Kamele
Von Markt zu Markt,
Aus schmutzigem Kopftuch der Greisin fallend
Ins schmutzige Leder des Fladenhändlers,
Verborgen unter der Achsel des Diebes
Und wieder geworfen aus Räuberhand
Dem Leprakranken in den Napf,
Geschoben auf den dünnen Teppich,
Daß vor der Liebe die Ulad noch tanze,
Drehend den Leib wie eine Töpferscheibe
Und über dem starren, gekalkten Gesicht
Den kleinen Mond aus Tierhaut schwingend,
Der dröhnend umkreiste den Flötenton –

Ruhlose Münze,
Verschenkt und verloren,
Von Fersen getreten, von Zähnen geprüft,
Geschrieben ins Schuldbuch, ins Salz der Tränen,
Wenn unter der Fron der Mahlstein knirschte,
Du Zeuge des Schachers um Amber und Perlen,
Dem Richter den Spruch vom Munde nehmend:
Du nur kennst die Wiege der Welt.
Du rolltest durch den Hunger des Volks,
Durch Prunk und Aufruhr alter Provinzen,
Durch Stammesfehden und Lachen von Blut,
Bis dich die Tatze der Wüste begrub.

Wo Öde wuchert an Wall und Mauer,
Mit stumpfer Hacke die Hitze schlägt,
Lagst du im Schutt purpurner Scherben,
Dem Schweigen nun auf Zins geliehen –
Vom Spaten gehoben,
Das einzige Grün im grellen Sand,
Der Mammon der Toten,
Der nicht zu stillen vermochte
Den nie verlöschenden Durst der Welt.

Die Spindel

Hohlweg der Heimat,
Vom Ahornfittich überrauscht.
Und oben am Hang,
Gehäuft um eine Stange,
Das Heu des Bauern –
Wie eine riesige Spindel
Im flatternden Wrasen,
Der luchher über die Wiesen weht.

Wer hüllt sich ein
Ins Schultertuch der Nacht?
Wer dreht die Spindel
Im sausenden Gras?

Ein Strohdach
Stößt seinen Keil in den Himmel.
Ich sehe die Alte spinnen
Am Küchenfeuer,
Den Scheitel bestäubt
Von der Kleie des langen Tages
In Stall und Scheune.

Die Spindel surrt
Und wickelt den Faden ruhlosen Lebens.
Die Alte raunt von Zins und Ziehgeld,
Vom Leinöl im Krug.
Es wärmt sich am Herd
Der löchrige Schuh,
Der die Meilensteine vom Vorwerk zum Gut,
Die Schwellen der Feldbahn zählte im Schnee.

Kienblakende Flamme schlägt hoch.
Und draußen die Nacht,
Die rauhen Liturgien des Windes,
Brechend die Äste über den Gräbern.

Spindel im Nebel,
Rissige Spindel,
Dein Faden weht kalt.
Aber ich trage wie glimmende Glut
Das Wort der Toten, das fordernde Wort,
Durchs Ahorndunkel der Schlucht.

August Scholtis
Ein Herr aus Bolatitz

Vom Potempamord zur Potsdamer Garnisonkirche

Acht Tage nach meiner letzten Arbeitssitzung mit Oskar Loerke war Adolf Hitler an der Macht. Hindenburg, den eine knappe Mehrheit des Volkes wählte und wählen mußte, vor allem die Sozialdemokratie in ihrer Zwangslage, um eine Kandidatur Hitlers zu verhindern, lieferte diese Macht eben diesem Hitler aus, nicht zuletzt durch Empfehlung der Ostelbier, die ihre Stunde einer preußischen Wiedergeburt gekommen glaubten. Mit Fackelzügen und Parademärschen feierte man diese historische Stunde und verglich sie selbstverräterisch mit dem Geist von 1914. Das Brandenburger Tor war die Siegespforte für den Triumphzug, die Potsdamer Garnisonkirche dagegen der Ort, wo man Gott für diese wunderbare Fügung dankte.

Die Kommunisten verbreiten heut eine andere Version, an der Machtergreifung Hitlers jedoch sind sie unleugbar beteiligt, durch jenen gemeinsamen Streik der BVG in den Januartagen kurz zuvor.

Adolf Hitler verstand es, die Massen zusammenzutrommeln. Die Ostelbier glaubten mit ihm leicht fertig werden zu können, denn ihr Führungsanspruch wäre gottgegeben. Sie bedienten sich des alten Hindenburg und belohnten ihn für seine Hilfsdienste mit einer Schenkung, dem sogenannten »Preußenwald«, in einer Gegend irgendwo, wo Kaschuben und Masuren hausen, deren untertäniges Preußentum unbestritten bleibt, wenngleich von polnischer Seite schon immer angefochten.

Man glaubte sich im Besitz des Preußengeistes, wie etwa die Wilden im Busch sich im Besitz der unsterblichen Seele glauben, denen man mit knapper Müh und Not das Christentum beigebracht hat und die ihren Sterbenden ein Kästchen vor den Mund halten, um es im gegebenen Augenblick listig zuzuklappen.

Solch eine Blasphemie läßt sich Kannibalen schließlich noch verzeihen. Doch unsere Kannibalen praktizierten es mit ihren Häuptlingen leider ebenso. Nur verwechselten sie dabei die Öffnungen, hielten die Kästchen ganz woanders hin. Was sie einfingen, war untrüglich ein bedenklicher, politischer und militärischer Afterduft, über den ich persönlich keine Illusionen hegte, in Erinnerung an alle Warnungen weiland des Fürsten Lichnowsky, der veröffentlichten, mehr noch aber der unveröffentlichten. Fürst Lichnowsky war glücklicherweise vor einem Jahrfünft gestorben und somit den Konzentrationslagern entgangen.

In Dr. Bermanns Wohnung versammelten sich viele Leute, unter ihnen Alfred Kerr und Leonhard Frank, um einen Widerstand zu organisieren. Einzelne dieser »Widerständler« waren bereits ungeniert genug, sich ihrer Kontakte bei den neuen Machthabern zu rühmen. »Scholtis hat über Nacht graue Haare bekommen, er scheint sich Sorgen um Deutschland zu machen«, neckte mich Dr. Bermann. Aber es war nicht Deutschland allein, was mir graue Haare verursachte. Es war auch meine Freundin, mit der ich zudem bange Nächte durchlebte, als rings um den Breitenbachplatz Haussuchungen der SA kein Ende nehmen wollten.

Vorsorglich war ich von der Artilleriestraße fortgezogen und wohnte in der damaligen Kaiserallee. Als der Reichstag brannte, hatte mein Zeitungshändler noch den Mut, voll Empörung den Oberkörper aus seiner Bude zu stecken und mir ungeniert ins Gesicht zu schreien: »Das haben sich doch die Schweine selber gemacht.« Wenige Wochen später war er politisch nicht mehr anzusprechen, mochte ich noch soviel Versuche machen.

»Nero hat auch Rom angezündet«, bemerkte ich in meinem Stammcafé Josti. »Sagt man«, lautete die übervorsichtige Antwort eines Stammkunden. Aber immer noch witzelten meine jüdischen Freunde, insbesondere einer, reich an Alter und Weisheit, der später auch verbrannt worden ist. »Und es kam, wie es kommen mußte, Jettchen Gebert bekam ein Kind«, war seiner Zitatenweisheit letzter Schluß. Er wunderte sich, warum ich immer noch soviel Zeitungen las, sein entsprechender Refrain, mit ausgestrecktem Finger auf irgendeinen Artikel, den ich durchackerte, deutend, lautete bis zur Ermüdung: »Wieviel hat der Kerl dafür bekommen?«

Es verwunderte mich keineswegs, als ein Trupp SA in meine neue Wohnung eindrang, alles durchstöbernd, hinweisend auf ein Foto: »Das ist der Kerl!«

Der reinste Zufall wollte es, daß ich die Nacht dieser Haussuchung nicht in meiner Wohnung, sondern bei meiner Freundin verbrachte. Als ich heimkam und meine Zimmerwirtin mir den Hergang entwickelte, vor allem, daß mir befohlen sei, mich im Wachbüro der SA auf der Schaperstraße zu melden, wollte ich sofort hin. Man riet mir dringend hiervon ab.

Wer diese Haussuchung veranlaßte, blieb mir schleierhaft. Vielleicht die Redakteure von Goebbels' ›Angriff‹. Vielleicht aber auch nur dieser fanatische Sachse aus der Marstallbibliothek, dem ich am Tage der Ernennung von Goebbels zum Propagandaminister erklärte: »Die Sache entwickelt sich Zug um Zug, der Schwindelminister ist schon ernannt.« – »Du wirst auch abgeholt und verschwindest auf Nimmerwiedersehen!« fauchte der Sachse.

Natürlich hielt ich es für ratsam, mich aus der Bibliothek zu entfernen, da die Lautstärke des Sachsen einige Aufmerksamkeit erregte. Trotzdem wagte ich mich am andern Tag wieder dorthin. Der diensthabende Saalaufseher, ein mir seit langem menschenfreundlich zugetaner Herr mit einem verkrüppelten Arm, flüsterte möglichst unauffällig, ich solle um Gottes willen sofort verschwinden, am besten durch eine Hintertür der Arbeitsräume. Denn man lauere mir auf.

Jedenfalls terrorisierten derart ausgemergelte Zeitungsleser die Meinungsfreiheit unter sich, noch ehe man es seitens der Nazis mit aller Gründlichkeit besorgte. Dagegen war wohl nicht mehr viel zu machen, und wie konnte ich auch bei professionalen Zeitungslesern politische Vernunft voraussetzen? Sie wollten sich auch nur den Hintern wärmen, weiter nichts. Man riet mir, aus Berlin zu verschwinden, insbesondere meine Freundin hielt eine Flucht für unerläßlich. Da sie drauf und dran war, ihren Vater in Bad Wörishofen zu besuchen, sollte ich am besten mitkommen, jedoch fehlte mir das erforderliche Reisegeld. Ich begab mich in den S. Fischer Verlag und schilderte Dr. Bermann den Sachverhalt. Er sparte nicht mit guten Ratschlägen, sogar mit einer Empfehlung an den spanischen Botschafter, sofern ich emigrieren wolle. Die Kasse wurde angewiesen, mir einhundertfünfzig Mark zu zahlen. Unerfindlich blieb es mir nur, wohin ich mit dem geringfügigen Betrag emigrieren sollte. Zum Abschied bat mich Dr. Bermann, künftig bei meiner etwaigen Korrespondenz nicht mit meinem richtigen Namen zu unterschreiben, sondern vielleicht mit Paul, Max oder ähnlich.

Zum ersten Male im Leben reiste ich über Berlin hinaus südwestwärts in bayerischer Richtung. Meine Geldmittel reichten gerade noch bis Wörishofen. Hier logierte ich in einer »Pension Straßer«, das waren Verwandte des hohen Naziführers, doch geistig noch normal. An Dr. Bermann schickte ich einen Kartengruß, überschrieben: »Konnersreuth, am 1. April 1933«, unterschrieben »Eric Jan Hanussen«.

Er scheint mir diesen Scherz sehr übelgenommen zu haben.

Acht Wochen später hatte ich keine Wahl, als nach Berlin zurückzukehren. Bei Dr. Bermann war finanziell nichts mehr zu wollen, ich versuchte es beim alten Herrn Samuel Fischer. Er stand etwas linkisch neben seinem Schreibtisch, als ich verstohlen die Tür öffnete, streckte mir abwesend die Hand entgegen und sagte nur das eine Wort: »Wieviel?«

»Hundert Mark, Herr Fischer.«

Seine Lebenserfahrung mit vielen Autoren mochte darin liegen, wie gelangweilt er zum Hörer griff und mit der Kasse telefonierte. Ich bekam die hundert Mark und entfernte mich schleunigst.

Finanziell bewegte ich mich tief unter dem Nullpunkt vor dem Erscheinen meines Romanerstlings, ich war von meiner Freundin abhängig. Sie arbeitete als Direktrice und Modezeichnerin in einem Salon gegenüber dem Großen Schauspielhaus. Seit Jahren reiste sie zum Frühjahr und Herbst nach Paris, um Kollektionen neuester Modelle für ihre Firma zu komponieren. Mein existentielles Fiasko war ihrem interessanten Beruf nicht sehr dienlich. Trotzdem blieb sie ein opferbereiter Kamerad, fühlte sich aber unter der Hitlerherrschaft in Deutschland nicht mehr wohl. Ihr sonstiger Anhang war längst emigriert.

Ich selber galt mehr als ein schlesischer Phantast, der vom Kommunismus nichts kapierte. Als man im Großen Schauspielhaus Hermann Stehrs siebzigsten Geburtstag feierte, wollte ich diesem auch von mir verehrten Landsmann in meiner Untröstlichkeit die Hand reichen. Einige Schritte vor mir mußte ich sehen, wie er seinen Arm zum Hitlergruß erhob, ich unterließ meine Begrüßung, ging nach Haus und mußte weinen.

»Das geschieht dir ganz recht«, meinte meine Freundin, »warum liest du Hermann Stehr.«

Ein bekannter Schauspieler war damals ohne Engagement, er besuchte mich, ich führte ihn zu Dr. Günther Stark, der schräg gegenüber wohnte und mir von der Volksbühne her gut bekannt war. Dieser Besuch wurde ein weiterer Keulenschlag für mich und raubte mir die letzte normale Besinnung eines gesunden Menschenverstandes. Als wäre nichts weiter dabei, schwärmte Dr. Stark von einer Konferenz mit Göring, um schließlich den Vogel abzuschießen: »... Dann aber kam jener Mann, dem wir unsere ganzen Sorgen vortragen durften. Ich kann Ihnen versichern, meine Herren, dieser einzigartige Mann trat ein wenig abseits, faßte sich an den Kopf und hatte schon eine geniale Lösung für all unsere Theaterprobleme.« Günther Stark hatte von Adolf Hitler gesprochen.

Um so verwunderter war ich einige Wochen später, als der betreffende Schauspieler sich als Spielleiter in Wuppertal präsentierte, unter dem neuen Intendanten Dr. Günther Stark. So war das damals mit der Überzeugungstreue gegen Hitler; dieser Spielleiter besuchte mich hin und wieder. Nach Hitlers Zusammenbruch wurde er ziemlich radikal, kam auch oft in meine Steglitzer Wohnung. Inzwischen hat er ausgezeichnete Karriere gemacht und Besuche bei mir nicht mehr nötig.

Nicht anders war es mit verschiedenen sozialdemokratischen Parteigenossen aus dem Schulberuf. Sie hielten es für erforderlich, bei den Nationalsozialisten mitzumachen, um, wie sie meinten, »einiges Unheil zu verhindern«. Sie haben das Unheil nicht verhindert und sind heut schwatzende Professoren.

Ohnehin hatte ich seit Hitlers Machtantritt keiner Zeitung mehr ein Manuskript angeboten und selbst von Karl Schodrok alle Manuskripte telegrafisch zurückverlangt, was auch ihm angenehmer zu sein schien. Von Wörishofen aus hatte ich Paul Fechter einen Brief geschrieben und die politische Entwicklung bedauert. Fechter beeilte sich mit einer Antwort, ich solle mich mit meinen Ansichten zurückhalten, wenn ich in Wörishofen säße. Nach meiner Rückkehr drängte es mich, noch einmal Oskar Loerke zu sehen. Er litt unter der politischen Entwicklung sichtlich und führte ungeniert bittere Klage, daß es leider auch im S. Fischer Verlag schon Leute gäbe, die tüchtig mit Heil Hitler grüßten.

Beim Fortgehen begegnete ich in der Ausgangstür des Verlagshauses Alfred Döblin. Dieser bewunderungswürdige Dichter demonstrierte mir imponierende Furchtlosigkeit und belegte die ganze Naziwirtschaft mit unmißverständlichen Kraftausdrücken, die herzerfrischend und befreiend waren.

Ich hatte keine Existenzgrundlage mehr und war von meiner Freundin abhängig, die aber Takt genug besaß, es mich nicht fühlen zu lassen. Im Frühjahr 1934 verließ sie Berlin, um in Zürich eine gleiche, sogar besser bezahlte Stellung anzutreten. Dafür hatte ich das vollste Verständnis, obwohl es mich schmerzlich berühren mußte, daß ihr Fortgang mit ihrem längst nach Zürich geflüchteten Freund zusammenhing.

Aus Zürich schickte sie mir monatlich hundertfünfzig Schweizer Franken, die mich in die Lage versetzten, an einem neuen Roman zu arbeiten, unter hoffnungslosen Aspekten allerdings, nachdem ich Schreibverbot hatte und der Stoff dieses Romans bewußt antivölkisch war. Der S. Fischer Verlag, dem ich hundert Seiten Reinschrift vorlegte, im Glauben, vielleicht etwas Vorschuß zu bekommen, reagierte überhaupt nicht.

Aus zurückgelassenen Möbeln meiner Freundin gelang es mir, eine eigene Wohnung einzurichten, zur Hälfte allerdings mit einer alten Dame und früheren Zimmerwirtin meiner Freundin. Einige Regale verschaffte mir meine Freundin beim Tischler Irrgang, der auch für Bert Brecht arbeitete, wie sie betonte. Mein Wohnhaus gehörte der Karlsruher Lebensversicherungsbank und war am Rankeplatz gelegen, schräg gegenüber dem Westsanatorium. In diesem Haus existierte die »Roxibar«, wo viele Nazigrößen zu verkehren pflegten.

Nachdem ich im Mai 1933 eine schriftliche Aufforderung der neugegründeten Reichsschrifttumskammer eindeutig ablehnte, eine Sympathieerklärung für Adolf Hitler zu unterzeichnen, reagierte man postwendend mit dem Schreibverbot.

Darum machte ich mir bei meiner Romanarbeit keine Illusionen. Vielmehr nährte ich aufgrund meines selbständigen Wohnverhältnisses mehr und mehr die Absicht, den Beruf zu wechseln. Ich fühlte mich stark genug, binnen kurzem mein Klavierspiel genügend zu vervollkommnen, um in einem Tanzlokal Klavierspieler zu werden. Soweit es die Räumlichkeit betraf, war das kein Problem, sich ein altes Klavier zu mieten, ich zögerte damit nur, weil ich nicht wußte, ob ich die Monatsmieten regelmäßig aufbringen könne.

Auf die Geldsendungen aus Zürich mußte ich aus Selbstachtung verzichten.

Peter Härtling
Im Schein des Kometen

12

Der Krieg begann. Im Rundfunk, auf der Straße: Trommeln und der blecherne Triumph von Fanfarenzügen. Er hatte uns nicht überrascht; wer jetzt jubelte und sich wegen künftiger Siege betrank, der hätte es auch vorher schon tun können. Es gab Frauen, die weinten, und wenn sie gefragt wurden, weshalb die Tränen aus ihren Augen stürzten, dann erklärten sie, es seien Freude und Trauer zugleich. Es gab auch Mütter, die still wurden.

Es war ein heller September. Die Wochen zuvor hatte der Sommer prahlend Abschied genommen. Der Himmel war klar; die Sonne blendete nicht mehr. Die Menschen hatten ihre Arbeitsplätze verlassen und standen mit roten Köpfen auf der Straße. Andere lauschten in ihren Zimmern auf die ersten Rundfunknachrichten: die Truppen marschierten. Ich war nicht gefeit gegen den Rausch, der den Einzelnen in den Malstrom der Masse reißt. Ich ließ mich treiben. Papa kam nach Hause und sprach große Worte, obwohl er auf mich einen nachdenklichen Eindruck machte. Er setzte sich neben den Rundfunkapparat und horchte auf, wenn die Fanfaren Siegesmeldungen verkündeten: Die deutschen Truppen haben die polnische Grenze überschritten, unaufhaltsam dringen sie vorwärts. – Unter diesem Himmel: und wir hören den Kanonendonner nicht. Der Himmel trägt ihn nicht weiter; der Himmel gibt keine Resonanz. Unter diesem Himmel.

Ich verließ das Haus, schlenderte durch die Stadt, vernahm begeisterte Ausrufe; Fahnen schlappten im Septemberwind. Ich dachte an den Abend bei Brandes und sah den jungen Gerdes vor mir: die schwarzen Haare, das schmale Gesicht mit dem langen Kinn – ich hatte gehört, daß er abkommandiert worden war. Und Brandes? Würde er noch immer auf dem Rat bestehen, den er mir gegeben hatte? Ohne daß ich es beabsichtigte, hatte ich den Weg zu Granzers Wohnung eingeschlagen. Ich ging die Bergstraße hinauf, ließ die Hand übers Geländer schleifen. Unten: Fahnen. Die hohe Stimmung in mir verebbte. Aber ich ärgerte mich. Warum sollen wir nicht siegen? Sind wir nicht stark? Diese Zweifelnden, die meine Freunde sind.

Hatte Granzer geweint? Seine Augen schwammen und lagen tief. »Ich habe gehofft, Sie würden kommen«, sagte er. Der Radioapparat war eingeschaltet; seine Frau saß davor, sie nickte mir zu, nicht abweisend, doch abwesend wohl. Schwer ließ sich Granzer auf den Diwan fallen. Er wies auf den freien Platz neben sich. »Sind Sie durch die Stadt gegangen? Was sagen die Leute?« Sollte ich ihm antworten: Sie jubeln, auf ihren Gesichtern brennt schon der Sieg. Ich versuchte es umschreibend zu erklären. Er winkte ab: »Es ist nur ein Teil, den Sie sehen, Martin, ein nicht geringer Teil, gewiß, aber Sie sehen nicht die Menschen in den Zimmern, die Klugen, die ihre Klugheit verbergen müssen. Sie sehen nicht die Aufbegehrenden, die das Vabanque-Spiel verdammen, aber auf der Hut sind, sich zu verraten, Sie sehen nicht jene, die schon geholt worden sind und nicht mehr sprechen können. Es ist nur ein Teil – dieser Teil ist nicht gering. Wir wollen ein wenig hinausgehen. Nicht hinunter, wo sie feiern. Es ist nicht weit zum Aussichtsturm. Gehst du mit, Hertha?« Frau Granzer nickte.

Wir stiegen die steile Treppe zum Aussichtsturm hinauf. Schwer atmend fragte Granzer: »Warum sagen Sie nicht, daß Sie nicht meiner Meinung sind. Sie werden bald in der Uniform stecken. Beziehen Sie Stellung, Martin, wir wollen uns nicht belügen. Bilder, die lügen, sind oft schön – zu schön. Sätze, die lügen, stimmen grammatikalisch meistens nicht. Reden wir offen.« – »Es ist schwierig, Herr Granzer, ich bin zwar nicht Ihrer Meinung, aber Sie und Brandes und Jakobus haben mich unsicher gemacht. Ich kenne ihre Ansichten auch zu wenig. Ich denke immer daran, daß eine Idee, wie sie unser Volk beherrscht – oder zum großen Teil beherrscht – nicht ohne Substanz sein kann. Das ist mein einziges Argument. Es gibt Augenblicke, wo ich mich eins fühle mit allen, die dieselbe Sprache sprechen wie ich, die denselben Drang spüren, sich zu beweisen …« Granzer preßte seine Lippen zusammen: »Ich will Ihnen nicht wehtun – die Zeit wird ein guter Lehrer sein, aber für viele wird es zu spät sein. Mit Ideen allein kann man keine Politik machen. Auch mit Weisheit allein nicht und mit Gewalt erst recht nicht.«

Das Turmtor war offen; vom Wärter war weit und breit keine Spur. Wir kletterten die Wendeltreppe hinauf. In die schmalen Fenster fiel wenig Licht, Staub wirbelte vor den Luken. Oben war Wind. Wir atmeten tief und traten an die Brüstung. Schier unmerklich schwankte der Turm. Unser Atem wurde freier; ich machte die Augen zu, öffnete sie wieder, ließ ein Bild hineinfallen, die Stadt unten, Farben und steinerne graue Wohnhöhlen, tausende nebeneinander; der Fluß, Brücken spielerisch von Ufer zu Ufer gezogen, als wären sie fadendünn, ein Hauch und sie zerbrächen, dann das freie Land, Siedlungen und hinten, ins Blau getaucht, die Berge. – Wenn ich heute die Augen schließe, flimmert dasselbe Bild: im ausatmenden Sommer – mein Land. Ich hörte Granzer, er sprach leis und der Wind trug mir die Sätze in breiten Rhythmen zu.

»Hier stand ich schon als Kind. Ich sah, daß die Farben erst Farben sind, wenn sie im engen Nebeneinander sich behaupten: dort die Glut, da der Schimmer. Und das Blau am Horizont. Nein, ich wollte nicht Maler werden, sondern Gärtner. Aber das Blau ist mir in die Glieder gefahren wie Fieber, solang es in mir schauert, kann ich malen. Wenn du allein auf dem Turm stehst, kannst du mit dem Wind sprechen, alles, was du sonst nicht sagen würdest, einfach in den Wind hinein, und der hört dir rauschend und pfeifend zu und entreißt dir die unsinnigen Sätze. Der Wind ist barmherzig. Er erlöst dich von dem Ungesagten; er macht dich frei. Das Land wandelt sich dauernd, und unmerklich wandelst du dich mit. Im

Blau findet sich ein neues, ein tieferes Blau, dort ist ein Rot hineingetupft, du staunst, es war kürzlich noch nicht da. Linien ziehen durchs Land, ein Gewirr von unterirdischen Flüssen: das Gesicht der Landschaft. Du beginnst zu lesen. Jakobus – wenn er mit mir oben ist, er kann kaum über die Brüstung schauen, jauchzt manchmal auf und sagt: Wenn du nicht hier wärest, ich stürzte mich womöglich hinunter und schrie: Verschling mich, ich kann nie die Ferne sein. Einmal hat er Gedichte in den Wind gerufen, das ist noch nicht lang her. Und ein ander Mal hat er ›Heimat‹ gesagt und ist dann die Wendeltreppe hinuntergerast, daß ich Angst hatte, er könne sich den Hals brechen, und als ich ihn unten fragte, ob der Teufel in ihn gefahren sei, schüttelte er den Kopf: Nein, ich bin vor dem Wort davongelaufen, das ich gesagt habe, das ich habe sagen müssen. Ich bin vor ihm ausgerissen, damit es bleibe, wie es ist. Man schämt sich heutzutage, so etwas zu sagen, wo es mit Macht ausgehöhlt und verdummt wird. Der Wind ist gut; er hat das Wort ins Blau getragen. Laß dir die Stirn auswaschen vom Wind.«

Auf dem Heimweg sahen wir, unweit von Granzers Haus, wie zwei Uniformierte einen Mann zum Wagen führten. Es war ein älterer Herr; über seine Brille, von den Brauen, rann Blut. Wir gingen vorüber. Granzer nickte, kaum wahrnehmbar, dem Mann zu. »Kennen Sie ihn?« – »Nein. Wir sind so feige. Was hilft ihm ein versteckter Gruß …« Wohin führen sie den Mann, was geschieht mit ihm? Ich wagte es nicht, Granzer zu fragen. Ich fürchtete seine Bitterkeit.

Papa hockte noch immer am Radio.

»Du siehst frisch aus, Martin.«

»Ich war mit Granzers auf dem Aussichtsturm.«

»Was sagt Granzer?«

»Eigentlich nichts, Papa.«

»Willst du noch ein bißchen mithören?«

»Nein danke. Morgen wird erst bekannt werden, wo die Truppen stehen.«

Er rief mir nach: »Martin, du hast dich entschlossen?«

»Ja«, sagte ich. Auf meinem Tisch fand ich einen Zettel: Herr Klinger sei hiergewesen, die Angelegenheit sei wichtig, könne aber bis morgen verschoben werden. Außerdem habe Fräulein Windsleben angerufen. Christiane? Ich hatte sie vergessen; als ich den Namen las, traf er mich: heut hätte ich fliegen können auf dem Turm, Christiane. Der Wind ist gut. Er nimmt die Sätze mit, die man niemandem sagen kann.

13

Jakobus wartete vor dem Schulhaus. Er stand auf der anderen Straßenseite, den schmächtigen Körper in einen dunklen Mantel gehüllt, hochgeschlagen den Kragen, über dem das rote Haar flammte. Von fern sah es aus, als trage er einen Rucksack unterm Mantel. Er winkte mir. »Guten Tag, Martin, ich wußte nicht genau, wann du Schule aus hast. Dein Vater war nicht orientiert. Er meinte, du kämest immer gegen Mittag nach Hause und habest an manchen Nachmittagen ebenfalls Unterricht. Heute auch?« – »Nein.« – »Gut, ich habe eine Bitte. Du kannst ablehnen, wenn du dich gefährdet glaubst. Denke nicht, daß ich dich dann für feige halte. Gehen wir erst bei dir vorbei, auf dem Weg kann ich dir alles erklären. Hast du einen kleinen Koffer, den du entbehren könntest? Für immer wahrscheinlich. Er darf nicht allzu schäbig aussehen. Was sagst du zu unseren Siegen? Triumph denen, die es besser wissen als die Nörgler. Nun ja ... Also einen Koffer – wie stehts damit?« Ich sagte ihm, daß ein Koffer aufzutreiben sei. In der Rumpelkammer finde sich bestimmt einer. Mama sei viel gereist. Doch wozu er den Koffer brauche, fragte ich ihn. Er wiegte den Kopf hin und her und vergrub seine Hände tief in den Manteltaschen. Wie immer, wenn er nachdenklich war oder etwas umständlich erklären mußte, zog er den Hals ein, und der Buckel rutschte hoch. »Schwierig. Ja. Du kannst, ich sagte es dir schon und ich sage es noch einmal, meine Bitte ausschlagen.«

»Ich lasse dich nicht im Stich.«

»Abwarten. Also [es hatte zu regnen begonnen; der Regen sprühte uns ins Gesicht und lief die Backen hinunter wie Tränen] da ist ein Schulkamerad aus dem Internat, in dem ich war. Es ist schon einige Jahre her, seit ich ihn das letzte Mal gesehen habe. Er war still und spottete nicht über meinen Buckel. Daniel heißt er. Er ist Jude. Seine Eltern sind verschwunden. Er war zu Besuch bei Verwandten, und als er zurückkam, stand der Hausmeister auf dem Bahnhof und sagte: Herr Daniel, gehen Sie nicht nach Hause, fliehen Sie von hier. Ihre Eltern sind geholt worden und sind nicht wieder heimgekommen. Sie werden auch geholt, wenn Sie in die Wohnung gehen. Daniel bestand darauf, in die Wohnung zu gehen. Ihm sollte, so dachte Daniel, dasselbe Schicksal widerfahren wie seinen Eltern. Doch der Hausmeister verlangte, daß Daniel die Stadt verlasse. Er werde ihm eine Fahrkarte kaufen. Wohin solle er die Fahrkarte lösen? Daniel fiel ein, daß Jakobus in Stattheim wohne. Er nannte die Stadt. Warum dorthin? Sie müssen über die Grenze ins Ausland, drängte der Hausmeister. Ich weiß, erwiderte ihm Daniel, aber lassen Sie mich erst nach Stattheim fahren, dort habe ich einen Freund, der kann mir raten und vielleicht auch helfen. Herr Daniel, sagte der Hausmeister, und Tränen schossen in die Augen des Mannes, fahren Sie nicht – jetzt werden aus Freunden Feinde, aus Gefährten Verräter. Verlassen Sie das Land. Daniel fuhr hierher. Er rief mich gestern vom Bahnhof aus an. Der Hausmeister hatte ihm eine Adresse genannt von Leuten, die ihm wohlgesonnen sein würden; dort hält er sich auf.«

Wir waren bei mir zu Hause angelangt. »Ich warte unten, Martin. Beeile dich. Hoffentlich findest du einen Koffer. Aber – halt! – willst du mir überhaupt helfen, mir und Daniel in der Löwengrube?« – »Ja.« Ich sagte dem Mädchen, ich könne nicht zum Essen da sein, sie möge mich bei Papa entschuldigen. Ich fand einen Koffer. Jakobus wartete nicht vor der Gartentür; er war schon den Hang hinuntergegangen. Wir fuhren mit der Straßenbahn in einen Vorort. Die Gegend war mir unbekannt: graue, kleine, gebrechliche Häuser, dazwischen Mietskasernen, Risse im Mörtel, baufällig. Es regnete noch immer. Der Regen überzog die schäbigen Mauern mit einem glänzenden Firnis. Vor einem der kleinen Häuser hielten wir an. Jakobus sagte: »Wir haben als Kennwort ›Schulzeit‹ ausgemacht. Es könnten auch Polizisten läuten. Komm.« Ein älterer Arbeiter öffnete uns, eine Nickelbrille auf der Nase, verwilderter Schnauzbart, Glatze. »Guten Tag«, sagte Jakobus, und als der Mann den Gruß erwidert hatte, sagte er leise: »Schulzeit.« Der Mann ließ uns ein. Im Wohnzimmer saß eine alte Frau über eine Strickarbeit gebeugt, sie lächelte uns zu und schaute dann wieder auf das Gestrick. Der Mann wies auf eine Tür: »Gehen Sie nur hinein. Der junge Mann wartet schon auf Sie.«

Auf einer Bettlade hockte ein aufgeschossener junger Mann. Sein schwarzes, ungekämmtes Haar fiel ihm in die Stirn; er las; er schaute uns entgegen: »Jakobus!« sagte er und stand auf. »Es ist gut, daß du kommst. Ich will nicht, daß du mir hilfst, nein, nur daß du eine Weile mit mir sprichst.« Jakobus schaute ihn an, deutete auf mich: »Martin, mein Freund.« Wir begrüßten einander und setzten uns auf das knarrende Bett. »Ich bin nicht gekommen, um mit dir zu reden, Daniel«, sagte Jakobus, »ich will dir helfen. Was heißt schon helfen. Ah, wir sind guten Willens, doch unsere Arme sind schwach, sie reichen nicht weit. Ich habe es mir so überlegt. Wir lösen eine Karte für dich, an der zweiten Bahnstation vor der

Grenze steigst du aus. Es gibt da einen Übergang; in W. meldest du dich bei einem Herrn Möhrle, ich gebe dir noch die Adresse. Er verlangt vierhundert Mark für einen Marsch über die grüne Grenze. Das ist bitter. Hast du so viel?« Daniel nickte. »Es wird also gehandelt, Daniel, es ist ekelhaft, doch wer nicht handelt mit Menschenfuhren ins andere Land, der bringt Verderben. Bisher sind alle Grenzgänge gutgegangen. Du wirst weitersehen, wenn du drüben bist, Daniel. Pack deine Sachen in diesen Koffer, schnell.«

Daniel verstaute seine schmale Habe in dem Koffer, der einst Mama auf ihren Reisen begleitet hatte. Daniel wollte zu reden beginnen. Doch Jakobus winkte ab: »Gehen wir.«

Daniel verabschiedete sich von den beiden alten Leuten im Wohnzimmer. Er dankte. Der Arbeiter sagte: »Junger Herr, wir sind einfache Leute, wir haben nicht viel Verstand. Unser Herz sagt uns aber, daß es gut ist, denen zu helfen, die gejagt werden. Wir werden für Sie beten.«

In der Straßenbahn unterhielten wir uns laut über Streiche in der Schule und rieten Daniel, seinen Lehrern nicht allzu arg mitzuspielen. Wir lachten. Die Fahrgäste musterten uns amüsiert und lachten mit. Das Lachen stieg in Daniels Gesicht wie Feuer. Mir war bang: Nun reist du fort, Daniel, von einer Löwengrube in die andere. Sind die Häscher nicht überall? Was verlierst du, wenn du die Grenze überschreitest? Alles? Lasse die Erinnerung, die Trauer, den Zorn diesseits. Vergiß, daß du so lachen mußtest.

Jakobus löste die Karten, während Daniel und ich zur Sperre gingen. Wie viele Menschen reisen. Wohin und wozu? Wer reist und wer flieht? Welche Flucht ist nur eine Reise und welche Reise ist Flucht? Gesichter wischen vorüber – undeutbar. Wenn der Zug abfährt, winken viele und weinen manche. Die weißen Abschiedstüchlein rufen: Kehr zurück. Warum weinen? Wird der, von dem du Abschied nahmst, nie heimkommen? Auf einem der Geleise stand ein Soldatenzug. In der Halle dröhnten ihre Lieder. Abschiedstücher und Tränen auch dort. Viel Lachen: denn unser ist der Sieg. Daniel und ich blickten hinüber. »Wie sie lachen«, flüsterte Daniel. »Viele werden nicht wiederkommen«, flüsterte ich. »Auch sie ...« sagte Daniel, »aber sie lachen.« Jakobus kam. Der Zug stand bereit. Wir fanden ein Abteil, in dem drei ältere Herren saßen, zeitunglesend. Sie würden Daniel kaum ansprechen. Eine Streife, drei Soldaten mit glänzenden Blechschildern auf der Brust, marschierten vorüber. Wir schrieen Witze in Daniels Gesicht, der aus dem Fenster schaute. »Machs gut, alter Knabe. Du wirst uns doch nicht vergessen wollen, Fritze.« Und Daniel schrie, während das Lachen brennend in sein Gesicht fiel. »Ich werde meinem Vater sagen, daß ihr noch immer dieselben blöden Hunde seid.« Der Bahnbeamte mit der roten Mütze hob seine Kelle, pfiff. Der Zug fuhr an. Wir winkten. Daniel winkte. Daniel rief, und die weißen Abschiedstüchlein winkten und wedelten, und manche weinten, und wir winkten, er rief: »Ich komme bald wieder.« Und wir winkten, bis wir den Zug nicht mehr sehen konnten.

Zur Sperre hinaus, die Bahnhofstreppe hinunter, war eins. »Gnade für Daniel«, murmelte Jakobus; er hatte sich bei mir untergehakt und hing, der kleine bucklige Mann mit dem großen Kopf, an meiner Seite: »Wie viele Gruben, wie viele Löwen harren auf Daniel. Überall sind Grenzen, und überall lauern Häscher. Gnade für Daniel.« – »Warum geschieht das«, fragte ich ihn. »Frag nicht so undiszipliniert. Du wirst bald Uniform tragen, und dann werden dir Fragen verboten sein. Ah, wir schweigen, schweigen und morden unser Herz.« Er ließ jäh meinen Arm los und lief fort.

PAUL SCHALLÜCK
Engelbert Reineke

12

Die Sperlingsgasse, in der unser Krankenhaus liegt, ist eine schmale Straße mit nur zweistöckigen Häusern. Einige sind erst kürzlich renoviert, also entblättert, abgekratzt, und danach neu getüncht worden. Nun werden die weißen, spitzgiebeligen Fronten wieder wie vor hundert Jahren eingeteilt von schwarzen Fachwerkbalken.

Ich hatte jedoch an diesem Vormittag wenig Lust, die Straße zu betrachten. Wozu? Eine Straße wie viele andere, wenn auch eine Straße nicht einfach eine Straße ist, sondern ein Geflecht aus vielen Fäden und Strängen, ein unentwirrbares Knäuel aus Zeit und Raum und menschlicher Zutat. Die wahrhafte Zusammensetzung eines Wassertropfens ist schon ungeheuerlich und in all seinen Bedingungen kaum auszumachen, um wievieles mehr die Komplexität einer Straße. Jetzt zum Beispiel, da ich das Krankenhaus verlassen hatte, war die Sperlingsgasse eine andere als vorher, da ich triumphsüchtig war und Herbert Ladegast noch im Bett anzutreffen hoffte. In der Unbestimmbarkeit dieses unaufhörlichen Wechselspiels hatte ich statt dessen den Boxkampf noch einmal erlebt und dann Herrn

Lehmkösters altes Gesicht noch einmal gesehen und später, während ich schon den Kirchplatz überquerte, der abgekehrt unter alten Bäumen still dalag im sonnigen Tag, Pfarrer Stoffers gehört.

Seine intrigante Warnung in der Religionsstunde, die keineswegs der einzige Fall war und blieb, verärgerte mich, damals, als sie geschah, und auch jetzt noch, da ich mich an sie erinnerte. Mein Ärger war jedoch gemischt und bald entschärft worden. Er ließ mich nicht vergessen, wie dieser etwas dickliche Mann mit preußischem Bürstenhaarschnitt, der nun schon längst pensionsreif war, aber aus Mangel an Priesternachwuchs noch nicht abberufen wurde, einige Jahre zuvor, als Vater noch lebte, gehandelt hatte:

Kein Mensch in Niederhagen ahnte damals auch nur, daß Ella Lehmköster Jüdin war, nicht einmal sein Freund, Beileibenicht. Zwei Jahre nach Hitlers Machtergreifung hatte der Junggeselle August Lehmköster sie nach Niederhagen gebracht, aus einem Dorf Norddeutschlands, hatte ihre Geburtsurkunde gefälscht, von Pfarrer Stoffers – dem einzigen Mitwisser – einen falschen Taufschein anfertigen lassen und sie geheiratet. Und Pfarrer Stoffers tat, was er vermochte, um die Tatsache ihrer Abstammung zu verheimlichen, versuchte vieles, damit sie erst gar nicht eingeknüpft würde in das Fangnetz der Gerüchte. Er betraute August Lehmkösters Frau mit den Verwaltungsgeschäften der örtlichen Caritas, obwohl sie auch nach der kirchlichen Hochzeit nicht katholisch geworden war; er zeigte sich mit ihr auf der Straße, nicht nur zufällig; er drängte seine Haushälterin, mit Ella Lehmköster hin und wieder in ein Café zu gehen, und stiftete so Freundschaft zwischen den beiden Frauen; er nahm sie auf in die Liste des katholischen Frauenvereins und überließ ihr das Amt des Kassierers, damit sie dermaßen bezeichnet unter die Leute gehen konnte, was sie dann auch tat; er empfahl der Jüdin, die es noch immer ablehnte, sich taufen zu lassen, wenngleich sie dem jüdischen Gottesdienst auch schon vor der braunen Flut kaum noch beigewohnt hatte und nicht mehr nach jüdischen Gesetzen und Gewohnheiten lebte, an der katholischen Messe teilzunehmen, wann immer sie wollte, und versuchte damit, was er meinem Vater einmal erklärt hatte, den Eindruck zu wecken, hier habe sich ›ein Schäflein von der Herde und vom Glauben getrennt, also von der Mutter der Kirche‹, es sei nun aber, in den Jahren der Glaubensbedrängnis, reuevoll und mutig zurückgekehrt. Pfarrer Stoffers gestattete ihr sogar in den schrecklichen Wochen, als ihre ›Blutunreinheit‹ trotz aller Vorsicht ruchbar geworden war, die Kommunion zu empfangen. Das war nach dem

Gesetz seiner Kirche und gewiß auch nach seinem eigenen Gewissen ein schweres Vergehen, die Erlaubnis nämlich zu einem Sakrileg. Er nahm es auf sich. Aber die kleine, dunkelblonde Frau Lehmköster, ein lebhaftes Wesen, ursprünglich von einer nahezu schönen Häßlichkeit, verließ doch erst dann in schwarzem Kleid und andächtig, die kleinen Hände vor der Brust aufrecht zusammengelegt, die Betbank, nachdem Vater und Herr Lehmköster ihr fast eine ganze Nacht hindurch zugeredet hatten. Und Pfarrer Stoffers, davon bin ich überzeugt, wie Vater davon überzeugt war, tat das alles und manches mehr für Ella Lehmköster ohne missionarischen Eifer, ohne Eindringlichkeit oder gar Eigennutz.

Dennoch sollte es fruchtlos bleiben. Denn er und seine behutsamen Hilfeleistungen waren schon an dem Tag überspielt worden, als Vater sich weigerte, zu Abend zu essen, als er, verfolgt geradezu von Mutters bangem Blick und Luises Erstaunen, den Tisch verließ, bevor er auch nur einen Bissen zu sich genommen hatte, und ohne ein erklärendes Wort in seinem Arbeitszimmer verschwand.

Wir blieben schweigend zurück, steif und verwirrt und hielten reglos in den Händen Messer und Gabel. Wir sahen uns an und ahnten, daß Vater sich nicht etwa unpäßlich fühlte aus einem lediglich körperlichen Grunde; weil er womöglich zu viele Zigarren geraucht hätte, was ihn in den letzten Wochen zweimal schon belästigt hatte, sondern daß etwas vorgefallen, etwas auf ihn eingedrungen sein mußte. Woher uns diese Ahnung kam, ist nicht leicht zu sagen; ich jedenfalls hatte keinerlei Anhaltspunkt. Aber wir vier, Vater, Mutter, Luise und ich, das steht fest, wir vier hatten seit der Machtübernahme Direktor Sondermanns ein Feingefühl entwickelt, das uns vieles wenigstens als heraufziehendes Gewitter oder Sonnenwetter ahnen ließ, bevor es sichtbar wurde; wir hatten einen sechsten Sinn in uns wach werden lassen, den Instinkt der Bedrängten.

Wir blieben also still. Ohne Vater mochten wir nicht weiteressen. Und dann stand Mutter auf, ebenso stumm wie Vater, und ging zu ihm. Sie kam sogleich zurück und sagte: Kommt. Er sagt, wir sollen reinkommen.

Er saß an seinem Schreibtisch und blätterte in einem Ordner. Ich konnte nicht erkennen, welcher es war: eine Briefmappe oder die Zeugnisablage oder eine jener Akten, in denen er abheftete, was mit seinen Vereinen zu tun hatte. Er blickte nicht auf, als wir eintraten.

Setzt euch, sagte er, als habe er nicht seine Familie, sondern seine Schulklasse vor sich. Wir folgten gehorsam. Wie er bei Tisch die

Augenbrauen nicht zusammengezogen hatte, so war auch jetzt nichts Finsteres in seinem Gesicht, kaum eine Anspannung. Er sprach gelassen und trocken wie immer, mit leisem Vergnügen vielleicht sogar:

Es war vorbereitet, sagte er. Das wurde mir schon klar, als Kipp, Steltenkamp und Bettenbühl rechts im Konferenzzimmer Platz nahmen, Lehmköster und ich links sitzen mußten, weil sich dazwischen die schwankenden Rohre niedergelassen hatten.

Was vorbereitet? fragte Mutter.

Geduld, Irmgard. Wir haben nämlich beobachtet, daß in unseren größeren Vereinsversammlungen mehrfach junge Leute auftauchten. Sie horchten auf jedes Wort, das ich sagte. Einiges schrieben sie mit. Und sie saßen verbissen in den hinteren Reihen, in dem Bewußtsein offensichtlich, einen ehrenvollen, aber schwierigen Auftrag bekommen zu haben und ihn nun ausführen zu dürfen. Sie verrieten sich ziemlich bald, die verkrampften HJ-Gesichter, diese knäbischen Spitzel. Geschickt wohl doch vom Filius unseres verehrten Herrn Direktors.

Mein Gott, sagte Mutter. Und du hast uns nichts davon gesagt, Leopold!

Kleine Fische. Haben ja nichts Unpassendes erfahren. Von mir wenigstens nichts, nichts Verfängliches, und von den andern auch nicht. Wir wußten doch Bescheid, wir waren vorbereitet, Irmgard. Aber heute nachmittag, bei der Konferenz, da haben sie mir trotzdem die Rechnung serviert, die Brüder.

Wer? Welche Rechnung? Rechnung? fragte Mutter.

Alle zusammen: Siegfried Sondermann und sein Herr Papa und die Herren Kollegen. Alle. Der Chef fing nach einem nervösen Hüsteln an, auf die außerschulische Beschäftigung einiger Lehrer anzuspielen, außerschulisch, zum Lachen. Er sprach zuerst von dem ›zu bemängelnden Einsatz einiger Lehrkräfte in der schulischen Betreuung der Schüler‹ auch über den vorgeschriebenen Lehrstoff hinaus, von seiner ›tiefen Besorgnis‹ und seinem ›echten Bedürfnis‹, endlich auch unsere Anstalt dem ›totalen Zeitgeschehen gleichzuschalten‹. Und Hausdichter Bettenbühl pflichtete ihm bei, indem er eifrig nickte und ab und zu murmelte: In dem Sinne, jaja. Kipp sprach von der ›gewaltigen Bewegung‹, die doch einen jeden ›deutschfühlenden und deutschblütigen Menschen‹ mitreißen müßte, von ›totaler Einsatzbereitschaft aller Kulturschaffenden, die im Sektor Schule und in den Belangen der Erziehung‹ den tapferen Jungens an den Fronten sehr wohl nachzueifern vermöchten, und dabei rückte er fortwährend seine randlose Brille zurecht. Und Steltenkamp entwarf als Leitbild die Schulungsburgen der SS, und er sagte, man müsse im ›schulischen Raum nun endlich mal Problematisches aufwerfen und anfassen‹ und sagte mehrfach in die Luft hinein, es sei ›in politischer, weltanschaulicher und selbstverständlich auch in nationaler Hinsicht schwerlich tragbar‹, es sei ›fernerhin untragbar‹ …

Und da lachte Luise laut auf, und Mutter sagte:

Laß das doch, Luise. Weiter, Leopold.

Und ich war stolz, dabeisein zu dürfen. Vater war stets ein wenig gehemmt, wenn er auch vor meinen Ohren über seine Kollegen sprechen sollte; er tat es selten genug, und über Vorgänge in unserer Klasse besprach er sich fast nie mit mir.

Du lachst, Luise, sagte er, ohne sie anzusehen. Vielleicht sollte ich auch lachen. Es könnte gut sein, gesund. Aber das sind leider keine Witze, du weißt es selbst. Wir müssen endlich begreifen lernen, daß das, was da heute nachmittag gesprochen wurde – übrigens zum ersten Male im Konferenzzimmer, das fällt mir jetzt ein –, daß diese Wörter Pistolenkugeln sind.

Wie Pistolenkugeln, meinte Luise und lächelte.

Nein, erwiderte Vater, es sind Kugeln. Nicht *wie*. Es sind Granaten oder Minen, Torpedos, Bomben, wie du willst, das kommt auf die Gewichtigkeit dessen an, der sie abfeuert. Geschosse jedenfalls: ›Totale Einsatzbereitschaft‹, ›Belange‹, ›tragbar‹, ›untragbar‹ und so weiter, ›Betreuung‹; es sind Geschosse, und sie können uns treffen. Die Hohlheit dieser Redewendungen ist explosiv, glaub mir. – Nun gut. – Ich sagte dann: Legen wir also die Karten auf den Tisch. Meine Herren Kollegen waren verblüfft, vor allem die schwankenden Rohre, die für mich namenlos sind. Und die andern wagten auch jetzt noch nicht, mir ihre Visagen zuzuwenden. Sie hätten noch stundenlang ihre Bekenntnisse abgelegt und sich darin gesuhlt, sie hätten an mir vorbeigeredet, sich weiterhin allgemein gehalten, mich aber trotzdem zu treffen versucht, hätte sich Sondermann nicht ermannt, mit einem Ruck, hätte er nicht mit einem plötzlichen Mut, den ich ja immer wieder an ihm schätze, gesagt: Das trifft vor allem Sie, Herr Dr. Reineke, es tut mir leid. Aber ich möchte doch die Sache ein für allemal aus der Welt schaffen. Und die schwankenden Rohre saßen nun steif da. Sie schlugen die unschuldigen Blicke nieder. Es war ihnen offenbar peinlich, sich von nun an vielleicht schon mit einem Blick nach rechts oder links verraten zu können, oder bereits entschieden zu haben, oder mit einer noch bedeutungsloseren Bewegung. Ich hasse sie, ich hasse diese Statisten, diese Unentschiedenen, diese Marionetten, Eunuchen und Kastraten und Schlappmäuler, ich hasse sie! Er sagte es mit kalter Erregtheit, leise und ruhig sogar, aber noch immer mit der merkwürdigen Vergnügtheit in Gesicht und Stimme.

Mein Gott, Leopold! sagte Mutter. Sei doch vorsichtig, wir sind nicht allein, denk an den Jungen.

Ah ja, Verzeihung. Du wirst das vergessen, Engelbert, verstanden?

Ja, Vater, sagte ich.

Die schwankenden Rohre haben keine Gesichter, sie haben keine Namen, keine Beziehung, keine Berührung, keine Gegenwärtigkeit. Wer sich nicht entscheidet, ist schon im Verbrechen. – Der Chef sagte, ich, sein lieber Kollege Dr. Reineke, sollte vielleicht einige Vorstandspöstchen niederlegen, um Verdächtigungen ein für allemal aus der Welt zu schaffen, und um für die schulischen Belange mehr Zeit und Kraft zu haben. Welch eine Komödie! Aber August Lehmköster sah es anders, er fuhr empört auf: man solle doch ja nicht versuchen, in das Privatleben eines Lehrers einzugreifen, er möchte sich mit aller Entschiedenheit dagegen verwahren. Ich legte meine Hand auf seinen Arm und drückte ihn auf den Stuhl zurück, während Steltenkamp ironisch fragte:

Privatleben? Was ist das?

Und ich sagte zur Versammlung: Meine Herren, welchen Vorstandsposten soll ich Ihnen opfern?

Nicht uns, unterbrach mich Direktor Sondermann, uns nicht, sondern allemal den schulischen Belangen.

Nun gut, sagte ich, dann den schulischen Belangen. Nur weiß ich nicht, wie mich das Schulische, also die Abstraktion all dessen, was wir hier treiben, jemals belangen könnte, ich meine, wie es mich je zur Rechenschaft ziehen könnte, wenn Sie, meine Herren, ausdrücklich darauf verzichten. Aber gut, wie Sie wollen: den schulischen Belangen. Welchen Verein? Sie dürfen wählen. Die Rosenfreunde, die Fusion der Asternliebhaber oder die Union der Ziegenveredler – oder die Freunde des deutschen Rennpferdes. Wie Sie wünschen, meine Herren, die Auswahl ist noch immer ungewöhnlich groß, wie Sie vielleicht wissen. Ich bitte nur inständig darum, sagte ich dann noch, ich bitte, nicht von mir zu verlangen, daß ich die Gesellschaft der Taubenverehrer den schulischen Belangen opfere. Nur die nicht. An den Tauben hängt mein ganzes Herz.

Und wieder lachte Luise.

Glaubt ihr, irgendwer hätte gelacht? Keiner. Ernst und stumm saßen die Gartenzwerge da. Und jetzt verfinsterte sich Vaters Gesicht, und das trockene Vergnügen, mit dem er bis hierher berichtet hatte, wich aus seinen Augen. Nun blickte er zum ersten Male auf und sah Mutter an, dann mich und auch noch Luise, ehe er weitersprach:

August Lehmköster konnte sich nicht beruhigen. Wozu denn opfern? fragte er. Das ist doch wohl Privatsache. Wollen wir Herrn Kollegen Reineke vorschreiben ... Und da hörte auch er Steltenkamps Kichern, und Bettenbühl bemerkte zaghaft:

Nun ja, ich meine vielleicht auch, in diesem Sinne: wir sollten nicht zu weit ... Aber Steltenkamp störte ihn:

Daß Sie so denken, Kollege Lehmköster, das wundert mich gar nicht, will ich mal sagen.

Wieso? fragte August, wieso, was soll das heißen?

Und Steltenkamp sagte: nur so, ich meine nur.

Dann aber der Chef: Drücken Sie sich bitte deutlicher aus, Herr Kollege. Pure Verdächtigungen sollte es in diesem Gremium nicht geben. Sie wissen, daß ich Offenheit über alles schätze; ich kann halbgare Beschuldigungen um alles in der Welt nicht ausstehen, das dürften Sie inzwischen erkannt haben. Was wir zu sagen haben, wollen wir uns mannhaft ins Gesicht sagen. Das habe ich draußen an der Front gelernt, in der Kameradschaft auf Leben und Tod, meine Herren. Also, Herr Kollege ...?

Und Steltenkamp: Nun ja, und dabei zündete er sich eine Zigarette an. Mit einer Frau, die aussieht wie eine Jüdin und so, nicht wahr, das kann ja auf die Dauer nicht gut gehen, will ich mal sagen, da bleibt doch wohl was hängen, oder nicht?

Vater machte eine Pause, und Mutter riß die Augen auf und sagte empört:

Ella Lehmköster? Welch ein Unsinn!

Und Luise sagte: So etwas hat er doch auch mit dir schon versucht, Leopold.

Natürlich, sagte Vater, aber ich habe ihn angefahren, und Steltenkamp hat gelacht und sich entschuldigt, es sei nur ein Scherz gewesen, und dann haben die andern auch gelacht. Aber diesmal, bei August Lehmköster ...

Das ist doch barer Unsinn! sagte Mutter noch einmal.

August Lehmköster war außer sich, ballte die Fäuste gegen Steltenkamp und schrie: Wo haben Sie herumspioniert?! Er wollte noch mehr sagen, aber plötzlich bezwang er sich, stand auf und ging zur Tür. Er bebte am ganzen Körper, drehte sich nicht mehr zu uns um, sagte aber noch so laut, daß alle es verstanden: Machen Sie mit mir, was Sie wollen, Herr Direktor, und eilte hinaus.

Na bitte, sagte Steltenkamp, er gibt's doch selbst zu. Ich war erstarrt. Ich wußte es nicht. Wußtest du es?

Nein, mein Gott, sagte Mutter, mein Gott! Und Vater klappte die Mappe zu. Luise war bleich geworden.

Noch am gleichen Abend, nachdem es dunkel geworden war, ist Vater zu Lehmkösters gegangen. Als er zurückkam, lag ich schon im Bett. Aber ich schlief noch nicht, ich konnte nicht einschlafen, und ich hörte, daß er noch lange mit Mutter flüsterte, und manchmal glaubte ich, Mutter weinen zu hören. Ich vermutete, Lehmkösters würden noch in dieser Nacht, spätestens aber in den nächsten zwei oder drei Tagen verschwinden, heimlich Niederhagen verlassen und irgendwo untertauchen. Doch es änderte sich nichts. August Lehmköster gab nach wie vor seinen Zeichenunterricht, und seine Frau ging nun Morgen für Morgen zur Kirche, begleitet übrigens von meiner Mutter.

Warum verschwinden sie nicht? fragte ich Vater, und Vater antwortete:

Frag nicht, Engelbert. Sie können nicht verschwinden.

Warum? Haben sie kein Geld?

Wir könnten zusammenlegen, ich weiß nicht, ob es reichen würde. Aber wohin denn, Junge? Wohin sollen sie verschwinden? Man wird sie doch überall finden.

Raus aus Deutschland, sagte ich, ins Ausland.

Das ist doch völlig unmöglich, sagte Vater. Sie kommen nirgendwo über die Grenze. Vor einigen Jahren, ja, da wär's noch gegangen, aber heute ist das ausgeschlossen.

Dann sollen sie untertauchen, irgendwo aufs Land gehen. Ist denn nicht wenigstens das möglich?

Sie wissen nicht wohin. Und ich weiß auch nicht, wohin ich sie schicken sollte. Du mußt dir überlegen, Engelbert: sie haben all die Jahre ganz allein gelebt, nur mit uns, mit sonst niemandem, haben keine Freunde und auch keine Bekannten mehr. Das war nötig, um sich nicht zu verraten.

Und wie hat Steltenkamp es erfahren? fragte ich.

Er hat's gar nicht erfahren, das ist das Entsetzliche, er hat nur so dahergeredet, wenn August Lehmköster ihn angefahren hätte, wie ich damals, wäre nichts geschehen. Aber wer konnte das ahnen?

Bitte, verhalte dich ruhig. Wir haben nur die eine Hoffnung, daß die Kollegen schweigen. Sprich auch nicht mit Hildegard darüber.

Ich versuchte, Hildegard geschickt auszuhorchen, erfuhr jedoch nichts, woraus ich hätte schließen können, daß man im Sondermannschen Hause über Ella Lehmköster gesprochen hatte. Wahrscheinlich war der Fall dennoch besprochen worden. Man hatte nur vermieden, Hildegard einzuweihen, da sie, von Beileibenicht und auch von mir bestärkt, den Männern widersprach, wo sie nur konnte; man wußte selbstverständlich auch, daß sie meinen Vater verehrte und liebte, und daß mein Vater ihr zugetan war wie einer Tochter, der er Rosen schenkte und zum Geburtstag ein Buch.

Drei Wochen nach der Konferenz kam jemand spät in der Nacht zu uns in den Vorgarten. Ich erwachte, weiß aber nicht, wovon. Er pochte nicht etwa an das Fenster des Elternschlafzimmers, er pickte vielmehr an die Scheibe, beinahe wie ein kleiner Vogel. Gleich darauf wurde er eingelassen, blieb annähernd eine Stunde im Haus, ging dann wieder, und die stille Dunkelheit verschluckte seinen Schritt. Am andern Morgen sagte Luise zu mir, Herr Lehmköster sei bei uns gewesen, äußerlich gelassen, wie immer. Abgeholt, verstehst du, seine Frau, abgeholt, Engelbert, Ella Lehmköster, letzte Nacht, es ist schrecklich!

Steltenkamp hatte einen Mord begangen. Nein, so einfach war es nicht, dazu war er zu feige; er hatte nicht einmal denunziert; Steltenkamp hatte einen Witz gemacht, sonst nichts; aber es war ein tödlicher Witz.

Günter Grass
Die Blechtrommel

Glaube Hoffnung Liebe

Es war einmal ein Musiker, der hieß Meyn und konnte ganz wunderschön Trompete blasen. In der vierten Etage unter dem Dach eines Mietshauses wohnte er, hielt sich vier Katzen, deren eine Bismarck hieß, und trank von früh bis spät aus einer Machandelflasche. Das tat er solange, bis das Unglück ihn nüchtern werden ließ.

Oskar will heute noch nicht so recht an Vorzeichen glauben. Dennoch gab es damals Vorzeichen genug für ein Unglück, das immer größere Stiefel anzog, mit immer größeren Stiefeln immer größere Schritte machte und das Unglück umherzutragen gedachte. Da starb mein Freund Herbert Truczinski an einer Brustwunde, die ihm ein hölzernes Weib zugefügt hatte. Das Weib starb nicht. Das wurde versiegelt und im Museumskeller, angeblich wegen Restaurationsarbeiten, aufbewahrt. Doch man kann das Unglück nicht einkellern. Mit den Abwässern findet es durch die Kanalisation, es teilt sich den Gasleitungen mit, kommt allen Haushaltungen zu, und niemand, der da sein Suppentöpfchen auf die bläulichen Flammen stellt, ahnt, daß da das Unglück seinen Fraß zum Kochen bringt.

Als Herbert auf dem Friedhof Langfuhr beerdigt wurde, sah ich Schugger Leo, dessen Bekanntschaft ich auf dem Brenntauer Friedhof gemacht hatte, zum zweitenmal. Uns allen, Mutter Truczinski, Guste, Fritz und Maria Truczinski, der dicken Frau Kater, dem alten Heilandt, der an den Festtagen Fritzens Kaninchen für Mutter Truczinski schlachtete, meinem mutmaßlichen Vater Matzerath, der, großzügig wie er sich geben konnte, die gute Hälfte der Begräbniskosten trug, auch Jan Bronski, der Herbert kaum kannte, der nur gekommen war, um Matzerath, womöglich auch mich auf neutralem Friedhofsboden wiederzusehen – uns allen sagte sabbernd und zitternde, weiß schimmelnde Handschuhe reichend, Schugger Leo sein wirres, Freud und Leid nicht unterscheidendes Beileid.

Als Schugger Leos Handschuhe dem Musiker Meyn, der halb in Zivil, halb in SA-Uniform gekommen war, zuflatterten, geschah ein weiteres Zeichen künftigen Unglücks.

Aufgescheucht warf sich Leos bleicher Handschuhstoff hoch, flog davon und zog Leo mit sich über Gräber hinweg. Schreien hörte man ihn; doch war es kein Beileid, was da als Wortfetzen in der Friedhofsbepflanzung hängenblieb.

Niemand rückte von dem Musiker Meyn ab. Dennoch stand er vereinzelt, durch Schugger Leo erkannt und gezeichnet, zwischen der Trauergemeinde und hantierte verlegen mit seiner Trompete, die er extra mitgebracht, auf der er zuvor über Herberts Grab hinweg ganz wunderschön geblasen hatte. Wunderschön, weil Meyn, was er seit langem nicht mehr tat, vom Machandel getrunken hatte, weil ihm Herberts Tod, mit dem er in einem Alter war, nahe ging, während mich und meine Trommel Herberts Tod stumm machte.

Es war einmal ein Musiker, der hieß Meyn und konnte ganz wunderschön Trompete blasen. In der vierten Etage unter dem Dach unseres Mietshauses wohnte er, hielt sich vier Katzen, deren eine Bismarck hieß, und trank von früh bis spät aus einer Machandelflasche, bis er, ich glaube, Ende sechsunddreißig oder Anfang siebenunddreißig in die Reiter-SA eintrat, dort als Trompeter im Musikerkorps zwar viel fehlerloser, aber nicht mehr wunderschön Trompete blies, weil er, in die gelederten Reiterhosen schlüpfend, die Machandelflasche aufgegeben hatte und nur noch nüchtern und laut in sein Blech stieß.

Als dem SA-Mann Meyn der Jugendfreund Herbert Truczinski starb, mit dem er während der zwanziger Jahre zuerst einer kommunistischen Jugendgruppe, dann den Roten Falken Mitgliederbeiträge gezahlt hatte, als der unter die Erde gebracht werden sollte, griff Meyn zu seiner Trompete und zugleich zu einer Machandelflasche. Denn er wollte wunderschön blasen und nicht nüchtern, hatte sich auch auf braunem Pferd reitend das Musikerohr bewahrt und nahm deshalb noch auf dem Friedhof einen Schluck und behielt auch beim Trompeteblasen den Mantel aus Zivilstoff über der Uniform an, obgleich er sich vorgenommen hatte, über die Friedhofserde hinweg in Braun, wenn auch ohne Kopfbedeckung, zu blasen.

Es war einmal ein SA-Mann, der behielt, als er am Grabe seines Jugendfreundes ganz wunderschön und machandelhell Trompete blies, den Mantel über der Reiter-SA-Uniform an. Als jener Schugger Leo, den es auf allen Friedhöfen gibt, der Trauergemeinde sein Beileid sagen wollte, bekamen auch alle Schugger Leos Beileid zu hören. Nur der SA-Mann durfte den weißen Handschuh Leos nicht fassen, weil Leo den SA-Mann erkannte, fürchtete und ihm laut schreiend den Handschuh und das Beileid entzog. Der SA-Mann aber ging ohne Beileid und mit kalter Trompete nach Hause, wo er in seiner Wohnung unter dem Dach unseres Mietshauses seine vier Katzen fand.

Es war einmal ein SA-Mann, der hieß Meyn. Aus Zeiten, da er tagtäglich Machandel getrunken und ganz wunderschön Trompete geblasen hatte, bewahrte sich Meyn in seiner Wohnung vier Katzen auf, deren eine Bismarck hieß. Als der SA-Mann Meyn eines Tages vom Begräbnis seines Jugendfreundes Herbert Truczinski zurückkam und traurig und schon wieder nüchtern war, weil ihm jemand das Beileid verweigert hatte, fand er sich ganz alleine mit seinen vier Katzen in der Wohnung. Die Katzen rieben sich an seinen Reiterstiefeln, und Meyn gab ihnen ein Zeitungspapier voller Heringsköpfe, was die Katzen von seinen Stiefeln weglockte. Es roch an jenem Tage besonders stark in der Wohnung nach den vier

Katzen, die alle Kater waren, deren einer Bismarck hieß und schwarz auf weißen Pfoten ging. Meyn aber hatte keinen Machandel in der Wohnung. Deshalb roch es immer mehr nach den Katzen oder Katern. Vielleicht hätte er in unserem Kolonialwarengeschäft welchen gekauft, wenn er seine Wohnung nicht in der vierten Etage unter dem Dach gehabt hätte. So aber fürchtete er die Treppen und fürchtete auch die Leute der Nachbarschaft, vor denen er oft genug geschworen hatte, daß kein Tröpfchen Machandel mehr über seine Musikerlippen komme, daß ein neues, stocknüchternes Leben beginne, daß er sich fortan der Ordnung verschreibe und nicht mehr den Räuschen einer verpfuschten und haltlosen Jugend.

Es war einmal ein Mann, der hieß Meyn. Als der sich eines Tages mit seinen vier Katern, deren einer Bismarck hieß, alleine in seiner Wohnung unter dem Dach fand, mißfiel ihm der Katergeruch besonders, weil er am Vormittag etwas Peinliches erlebt hatte, auch weil es keinen Machandel im Hause gab. Da jedoch Peinlichkeit und Durst zunahmen und den Katergeruch steigerten, griff Meyn, der Musiker von Beruf war und Mitglied der Reiter-SA-Kapelle, nach dem Feuerhaken neben dem kalten Dauerbrandofen und schlug solange auf die Kater ein, bis er annehmen konnte, alle vier, auch der Kater namens Bismarck, seien tot und fertig; wenn auch der Katergeruch in der Wohnung nichts von seiner Eindringlichkeit verloren hatte.

Es war einmal ein Uhrmacher, der hieß Laubschad und wohnte in der ersten Etage unseres Mietshauses in einer Zweizimmerwohnung, deren Fenster zum Hof sahen. Der Uhrmacher Laubschad war unverheiratet, Mitglied der NS-Volkswohlfahrt und des Tierschutzvereins. Ein gutes Herz hatte Laubschad und half allen müden Menschen, kranken Tieren und kaputten Uhren wieder auf die Beine. Als der Uhrmacher eines Nachmittags besinnlich und das am Vormittag erlebte Begräbnis eines Nachbarn bedenkend am Fenster saß, sah er, wie der Musiker Meyn, der in der vierten Etage desselben Mietshauses seine Wohnung hatte, einen halbvollen Kartoffelsack, der unten feucht zu sein schien und tropfte, auf den Hof trug und in einem der beiden Müllkästen versenkte. Da aber der Müllkasten dreiviertel voll war, gelang es dem Musiker nur mit Mühe, den Deckel zu schließen.

Es waren einmal vier Kater, deren einer Bismarck hieß. Diese Kater gehörten einem Musiker namens Meyn. Da die Kater, die nicht kastriert waren, streng und vorherrschend rochen, erschlug der Musiker eines Tages, da ihm aus besonderen Gründen der

Geruch besonders unangenehm war, die vier Kater mit einem Feuerhaken, versorgte die Kadaver in einem Kartoffelsack, trug den Sack die vier Treppen hinunter und hatte es eilig, das Bündel im Müllkasten auf dem Hof neben der Teppichklopfstange zu versenken, weil das Sacktuch durchlässig war und schon in der zweiten Etage zu tropfen anfing. Da jedoch der Müllkasten ziemlich gefüllt war, mußte der Musiker den Müll mit dem Sack zusammendrücken, um den Deckel des Kastens schließen zu können. Er mochte das Mietshaus zur Straßenseite hin kaum verlassen haben – denn in die nach Katzen riechende aber katzenlose Wohnung wollte er nicht zurückkehren –, da begann der zusammengedrückte Müll sich wieder auszudehnen, hob den Sack und mit dem Sack den Müllkastendeckel.

Es war einmal ein Musiker, der erschlug seine vier Katzen, begrub die im Müllkasten, verließ das Haus und suchte seine Freunde auf.

Es war einmal ein Uhrmacher, der saß nachdenklich am Fenster und beobachtete, wie der Musiker Meyn einen halbvollen Sack in den Müllkasten stopfte, sodann den Hof verließ, auch daß der Müllkastendeckel sich wenige Augenblicke nach Meyns Abgang hob und immer noch ein bißchen mehr hob.

Es waren einmal vier Kater, die wurden, weil sie an einem besonderen Tag besonders stark rochen, totgeschlagen, in einen Sack gestopft und im Müllkasten vergraben. Die Katzen aber, deren eine Bismarck hieß, waren noch nicht ganz tot, sondern zäh, wie Katzen eben zäh sind. Sie bewegten sich in dem Sack, brachten den Müllkastendeckel in Bewegung und stellten dem Uhrmacher Laubschad, der immer noch sinnend am Fenster saß, die Frage: Rate mal, was in dem Sack ist, den der Musiker Meyn in den Müllkasten gesteckt hat?

Es war einmal ein Uhrmacher, der konnte nicht ruhig ansehen, daß sich etwas im Müllkasten bewegte. So verließ er seine Wohnung in der ersten Etage des Mietshauses, begab sich auf den Hof des Mietshauses, öffnete den Müllkastendeckel und den Sack, nahm die vier zerschlagenen, aber immer noch lebenden Kater an sich, um sie zu pflegen. Aber sie starben ihm noch während der folgenden Nacht unter den Uhrmacherfingern, und es blieb ihm nichts anderes zu tun übrig, als beim Tierschutzverein, dessen Mitglied er war, eine Anzeige zu machen und auch die Ortsgruppenleitung von der das Ansehen der Partei schädigenden Tierquälerei zu benachrichtigen.

Es war einmal ein SA-Mann, der tötete vier Kater und wurde, da die Kater noch nicht ganz tot waren, von den Katern verraten und von einem Uhrmacher angezeigt. Es kam zu einem gerichtlichen Verfahren, und der SA-Mann mußte Strafe zahlen. Doch auch bei der SA wurde über den Fall gesprochen, und der SA-Mann sollte wegen unwürdigen Verhaltens aus der SA ausgestoßen werden. Selbst als sich der SA-Mann während der Nacht vom achten zum neunten November achtunddreißig, die man später die Kristallnacht nannte, besonders mutig hervortat, die Langfuhrer Synagoge im Michaelisweg mit anderen in Brand steckte, auch kräftig mittat, als am folgenden Morgen mehrere, zuvor genau bezeichnete Geschäfte geräumt werden mußten, konnte all sein Eifer seine Entfernung aus der Reiter-SA nicht verhindern. Wegen unmenschlicher Tierquälerei wurde er degradiert und von der Mitgliederliste gestrichen. Erst ein Jahr später gelang ihm der Eintritt in die Heimwehr, die später von der Waffen-SS übernommen wurde.

Es war einmal ein Kolonialwarenhändler, der schloß an einem Novembertag sein Geschäft, weil in der Stadt etwas los war, nahm seinen Sohn Oskar bei der Hand und fuhr mit der Straßenbahn Linie Fünf bis zum Langasser Tor, weil dort wie in Zoppot und Langfuhr die Synagoge brannte. Die Synagoge war fast abgebrannt, und die Feuerwehr paßte auf, daß der Brand nicht auf die anderen Häuser übergriff. Vor der Ruine schleppten Uniformierte und Zivilisten Bücher, sakrale Gebrauchsgegenstände und merkwürdige Stoffe zusammen. Der Berg wurde in Brand gesteckt, und der Kolonialwarenhändler benutzte die Gelegenheit und wärmte seine Finger und seine Gefühle über dem öffentlichen Feuer. Sein Sohn Oskar jedoch, der den Vater so beschäftigt und entflammt sah, verdrückte sich unbeobachtet und eilte in Richtung Zeughauspassage davon, weil er um seine Trommeln aus weißrot gelacktem Blech besorgt war.

Es war einmal ein Spielzeughändler, der hieß Sigismund Markus und verkaufte unter anderem auch weißrot gelackte Blechtrommeln. Oskar, von dem soeben die Rede war, war der Hauptabnehmer dieser Blechtrommeln, weil er von Beruf Blechtrommler war und ohne Blechtrommel nicht leben konnte und wollte. Deshalb eilte er auch von der brennenden Synagoge fort zur Zeughauspassage, denn dort wohnte der Hüter seiner Trommeln; aber er fand ihn in einem Zustand vor, der ihm das Verkaufen von Blechtrommeln fortan oder auf dieser Welt unmöglich machte.

Sie, dieselben Feuerwerker, denen ich, Oskar, davongelaufen zu sein glaubte, hatten schon vor mir den Markus besucht, hatten Pinsel in Farbe getaucht und ihm quer übers Schaufenster in Sütterlinschrift Judensau geschrieben, hatten dann, vielleicht aus Mißvergnügen an der eigenen Handschrift, mit ihren Stiefelabsätzen die Schaufensterscheibe zertreten, so daß sich der Titel, den sie Markus angehängt hatten, nur noch erraten ließ. Die Tür verachtend, hatten sie durch das aufgebrochene Fenster in den Laden gefunden und spielten nun dort auf ihre eindeutige Art mit dem Kinderspielzeug.

Ich fand sie noch beim Spiel, als ich gleichfalls durch das Schaufenster in den Laden trat. Einige hatten sich die Hosen heruntergerissen, hatten braune Würste, in denen noch halbverdaute Erbsen zu erkennen waren, auf Segelschiffe, geigende Affen und meine Trommeln gedrückt. Sie sahen alle aus wie der Musiker Meyn, trugen Meyns SA-Uniform, aber Meyn war nicht dabei; wie ja auch diese, die hier dabei waren, woanders nicht dabei waren. Einer hatte seinen Dolch gezogen. Puppen schlitzte er auf und schien jedesmal enttäuscht zu sein, wenn nur Sägespäne aus den prallen Rümpfen und Gliedern quollen.

Ich sorgte mich um meine Trommeln. Meine Trommeln gefielen denen nicht. Mein Blech hielt ihren Zorn nicht aus, mußte still halten und ins Knie brechen. Markus aber war ihrem Zorn ausgewichen. Als sie ihn in seinem Büro sprechen wollten, klopften sie nicht etwa an, brachen die Tür auf, obgleich die nicht verschlossen war.

Hinter seinem Schreibtisch saß der Spielzeughändler. Ärmelschoner trug er wie gewöhnlich über seinem dunkelgrauen Alltagstuch. Kopfschuppen auf den Schultern verrieten seine Haarkrankheit. Einer, der Kasperlepuppen an den Fingern hatte, stieß ihn mit Kasperles Großmutter hölzern an, aber Markus war nicht mehr zu sprechen, nicht mehr zu kränken. Vor ihm auf der Schreibtischplatte stand ein Wasserglas, das auszuleeren ihm ein Durst gerade in jenem Augenblick geboten haben mußte, als die splitternd aufschreiende Schaufensterscheibe seines Ladens seinen Gaumen trocken werden ließ.

Es war einmal ein Blechtrommler, der hieß Oskar. Als man ihm den Spielzeughändler nahm und des Spielzeughändlers Laden verwüstete, ahnte er, daß sich gnomhaften Blechtrommlern, wie er einer war, Notzeiten ankündigten. So klaubte er sich beim Verlassen des Ladens eine heile und zwei weniger beschädigte Trommeln aus den Trümmern, verließ so behängt die Zeughauspassage, um auf dem Kohlenmarkt seinen Vater zu suchen, der womöglich ihn suchte. Draußen war später Novembervormittag. Neben dem Stadttheater, nahe der Straßenbahnhaltestelle standen religiöse Frauen und frierende häßliche Mädchen, die fromme Hefte austeilten, Geld in Büchsen sammelten und zwischen zwei Stangen ein Transparent zeigten, dessen Aufschrift den ersten Korintherbrief, dreizehntes Kapitel zitierte. »Glaube – Hoffnung – Liebe« konnte Oskar lesen und mit den drei Wörtchen umgehen wie ein Jongleur mit Flaschen: Leichtgläubig, Hoffmannstropfen, Liebesperlen, Gutehoffnungshütte, Liebfrauenmilch, Gläubigerversammlung. Glaubst du, daß es morgen regnen wird? Ein ganzes leichtgläubiges Volk glaubte an den Weihnachtsmann. Aber der Weihnachtsmann war in Wirklichkeit der Gasmann. Ich glaube, daß es nach Nüssen riecht und nach Mandeln. Aber es roch nach Gas. Jetzt haben wir bald, glaube ich, den ersten Advent, hieß es. Und der erste, zweite bis vierte Advent wurden aufgedreht, wie man Gashähne aufdreht, damit es glaubwürdig nach Nüssen und Mandeln roch, damit alle Nußknacker getrost glauben konnten:

Er kommt! Er kommt! Wer kam denn? Das Christkindchen, der Heiland? Oder kam der himmlische Gasmann mit der Gasuhr unter dem Arm, die immer ticktick macht? Und er sagte: Ich bin der Heiland dieser Welt, ohne mich könnt ihr nicht kochen. Und er ließ mit sich reden, bot einen günstigen Tarif an, drehte die frischgeputzten Gashähnchen auf und ließ ausströmen den Heiligen Geist, damit man die Taube kochen konnte. Und verteilte Nüsse und Knackmandeln, die dann auch prompt geknackt wurden, und gleichfalls strömten sie aus: Geist und Gase, so daß es den Leichtgläubigen leicht fiel, inmitten dichter und bläulicher Luft in all den Gasmännern vor den Kaufhäusern Weihnachtsmänner zu sehen und Christkindchen in allen Größen und Preislagen. Und so glaubten sie an die alleinseligmachende Gasanstalt, die mit steigenden und fallenden Gasometern Schicksal versinnbildlichte und zu Normalpreisen eine Adventszeit veranstaltete, an deren vorauszusehende Weihnacht zwar viele glaubten, deren anstrengende Feiertage aber nur jene überlebten, für die der Vorrat an Mandeln und Nüssen nicht ausreichen wollte – obgleich alle geglaubt hatten, es sei genug da.

Aber nachdem sich der Glaube an den Weihnachtsmann als Glaube an den Gasmann herausgestellt hatte, versuchte man es, ohne auf die Reihenfolge des Korintherbriefes zu achten, mit der Liebe: Ich liebe dich, hieß es, oh, ich liebe dich. Liebst du dich auch? Liebst du mich, sag mal, liebst du mich wirklich? Ich liebe mich auch. Und aus lauter Liebe nannten sie einander Radieschen, liebten Radieschen, bissen sich, ein Radieschen biß dem anderen das Radieschen aus Liebe ab. Und erzählten sich Beispiele wunderbarer himmlischer, aber auch irdischer Liebe zwischen Radieschen und flüsterten kurz vorm Zubeißen frisch, hungrig und scharf: Radieschen, sag, liebst du mich? Ich liebe mich auch.

Aber nachdem sie sich aus Liebe die Radieschen abgebissen hatten und der Glaube an den Gasmann zur Staatsreligion erklärt worden war, blieb nach Glaube und vorweggenommener Liebe nur noch der dritte Ladenhüter des Korintherbriefes: die Hoffnung. Und während sie noch an Radieschen, Nüssen und Mandeln zu knabbern hatten, hofften sie schon, daß bald Schluß sei, damit sie neu anfangen konnten oder fortfahren, nach der Schlußmusik oder schon während der Schlußmusik hoffend, daß bald Schluß sei mit dem Schluß. Und wußten immer noch nicht, womit Schluß. Hofften nur, daß bald Schluß, schon morgen Schluß, heute hoffentlich noch nicht Schluß; denn was sollten sie anfangen mit dem plötzlichen Schluß. Und als dann Schluß war, machten sie schnell einen hoffnungsvollen Anfang daraus; denn hierzulande ist Schluß immer Anfang und Hoffnung in jedem, auch im endgültigsten Schluß. So steht auch geschrieben: Solange der Mensch hofft, wird er immer wieder neu anfangen mit dem hoffnungsvollen Schlußmachen.

Ich aber, ich weiß nicht. Ich weiß zum Beispiel nicht, wer sich heute unter den Bärten der Weihnachtsmänner versteckt, weiß nicht, was Knecht Ruprecht im Sack hat, weiß nicht, wie man die Gashähne zudreht und abdrosselt; denn es strömt schon wieder Advent, oder immer noch, weiß nicht, probeweise, weiß nicht, für wen geprobt wird, weiß nicht, ob ich glauben kann, daß sie hoffentlich liebevoll die Gashähne putzen, damit sie krähen, weiß nicht, an welchem Morgen, an welchem Abend, weiß nicht, ob es auf Tageszeiten ankommt; denn die Liebe kennt keine Tageszeiten, und die Hoffnung ist ohne Ende, und der Glaube kennt keine Grenzen, nur das Wissen und das Nichtwissen sind an Zeiten und Grenzen gebunden und enden meistens vorzeitig schon bei den Bärten, Rucksäcken, Knackmandeln, daß ich wiederum sagen muß: Ich weiß nicht, oh, weiß nicht, womit sie, zum Beispiel, die Därme füllen, wessen Gedärm nötig ist, damit es gefüllt werden kann, weiß nicht, womit, wenn auch die Preise für jede Füllung, fein oder grob, lesbar sind, weiß ich dennoch nicht, was im Preis miteinbegriffen, weiß nicht, aus welchen Wörterbüchern sie Namen für Füllungen klauben, weiß nicht, womit sie die Wörterbücher wie auch die Därme füllen, weiß nicht, wessen Fleisch, weiß nicht, wessen Sprache: Wörter bedeuten, Metzger verschweigen, ich schneide Scheiben ab, du schlägst die Bücher auf, ich lese, was mir schmeckt, du weißt nicht, was dir schmeckt: Wurstscheiben und Zitate aus Därmen und Büchern – und nie werden wir erfahren, wer still werden mußte, verstummen mußte, damit Därme gefüllt, Bücher laut werden konnten, gestopft, gedrängt, ganz dicht beschrieben, ich weiß nicht, ich ahne: Es sind dieselben Metzger, die Wörterbücher und Därme mit Sprache und Wurst füllen, es gibt keinen Paulus, der Mann hieß Saulus und war ein Saulus und erzählte als Saulus den Leuten aus Korinth etwas von ungeheuer preiswerten Würsten, die er Glaube, Hoffnung und Liebe nannte, als leicht verdaulich pries, die er heute noch, in immer wechselnder Saulusgestalt an den Mann bringt.

Mir aber nahmen sie den Spielzeughändler, wollten mit ihm das Spielzeug aus der Welt bringen.

Es war einmal ein Musiker, der hieß Meyn und konnte ganz wunderschön Trompete blasen.

Es war einmal ein Spielzeughändler, der hieß Markus und verkaufte weißrotgelackte Blechtrommeln.

Es war einmal ein Musiker, der hieß Meyn und hatte vier Katzen, deren eine Bismarck hieß.

Es war einmal ein Blechtrommler, der hieß Oskar und war auf den Spielzeughändler angewiesen.

Es war einmal ein Musiker, der hieß Meyn und erschlug seine vier Katzen mit dem Feuerhaken.

Es war einmal ein Uhrmacher, der hieß Laubschad und war Mitglied im Tierschutzverein.

Es war einmal ein Blechtrommler, der hieß Oskar, und sie nahmen ihm seinen Spielzeughändler.

Es war einmal ein Spielzeughändler, der hieß Markus und nahm mit sich alles Spielzeug aus dieser Welt.

Es war einmal ein Musiker, der hieß Meyn, und wenn er nicht gestorben ist, lebt er heute noch und bläst wieder wunderschön Trompete.

Nelly Sachs
Wer zuletzt

Wer zuletzt
hier stirbt
wird das Samenkorn der Sonne
zwischen seinen Lippen tragen
wird die Nacht gewittern
in der Verwesung Todeskampf.

Alle vom Blut
entzündeten Träume
werden im Zick-Zack-Blitz
aus seinen Schultern fahren
stigmatisieren die himmlische Haut
mit dem Geheimnis der Qual.

Weil Noahs Arche abwärts fuhr
die Sternenbilderstraßen
wird
wer zuletzt hier stirbt
den Schuh mit Wasser angefüllt
am Fuße haben

darin ein Fisch
mit seiner Rückenflosse Heimwehsegel
die schwarz vertropfte Zeit
in ihren Gottesacker zieht.

Hans Bender
Wunschkost

Ein Loch mit nassen Erdwänden. Vor dem Fenster ein Gitter, hinter dem Gitter ein Erdaufwurf. Durch eine graue Scheibe Licht.

Die Schnürsenkel haben sie ihm aus den Ösen gezogen. Die Fufeika, die Mütze weggenommen.

Aber die Freundschaft ist um ihn herum wie die Wärme um den Ofen.

»Frierst du?«

»Nein.«

»Komm, zieh meine Fufeika über –«

»Nein, ich friere nicht. Ich habe mich bereits akklimatisiert. Ich gehe immer auf und ab, und am Abend bringt mir der Karzerwärter eine Decke.«

»Ich friere auch nicht –«

»Hauptsache, wir sind zusammen.«

»Ja.«

»Sie wollen uns fertigmachen, Walter. Aber sie schaffen es nicht.«

»Ich bin fertig. Bis jetzt habe ich durchgehalten, aber jetzt bin ich fertig. Ein Stoßtrupp war ein Kinderspiel dagegen.«

»Quatsch, du hast schon mehr ausgehalten.«

»Muß ihnen doch selber zum Hals heraushängen, die Fragerei.«

»Es ist ihr Beruf – Hauptsache, wir sind zusammen.«

»Ja.«

»Wenn du eine Zigarette hättest, wär's gut.«

»Sie haben mich nicht gefilzt. Ich habe Machorka und Papier, eine ganze Prawda-Seite.«

»Prima – komm, laß mich, ich kann das besser. Hab's noch nicht verlernt. Gestern abend habe ich die letzte gedreht. Der Karzerwärter hat mir Machorka spendiert –«

Matsura ging im Schneidersitz auf die Erde, legte den Machorkabeutel auf den Schenkel und riß zwei Quadrate aus dem Zeitungsblatt.

»Verstehst du, daß sie uns zusammen einsperren?«

»Weil der Fall abgeschlossen ist. Dir wollen sie noch Angst machen, wollen dich schikanieren, weil du nicht pariert hast, und mich verknacken sie sowieso zu zehn oder zwanzig Jahren Strafarbeit. Die Unterschriften haben sie beisammen, drei Unterschriften, korrekt wie sie sind –«

»Drei Unterschriften?«

»Sonntag hat unterschrieben, der Hund!«

»Sonntag, der war doch selber dabei –«

»Er war damals stellvertretender Regimentskommandeur. Er hat die Aktion in Mamaschaj geleitet. Er hat unterschrieben, daß ich dabei war, und hat damit – ohne daß er's merkte, der Idiot – unterschrieben, daß er selber dabei war.«

»Und die andern zwei?«

»Irgend so ein Spitzel. Er hat mit seinem Kennwort unterschrieben. Konstanz war sein Kennwort. – Und einer der Lazarettsanitäter hat unterschrieben –«

»Der Vollgefressene? Heinrich?«

»Nein, der, der damals in die Baracke gekommen ist, den Jordan zu holen, der Kleine –«

»Das ist nicht wahr!«

»Rosner heißt er –«

Matsura klopfte die Feuersteine aneinander, aber sie waren feucht, und die Funken wollten nicht springen.

In der Brust flimmerten winzige, spitze Stiche. Das Herz bäumte sich, als wollte es eine Faust zerdrücken.

»Endlich!«

Die Lunte gloste, und Matsura drückte die Zigarettenenden in die Glut.

»Hier, Walter – was ist los?«

»Nichts –«

»Keine Zigaretten haben ist das Schlimmste. Hab nichts dagegen, daß ich friere, daß der Magen knurrt, daß der Kübel in der Ecke stinkt, daß ich wie ein Hund auf dem Erdboden liege – aber keine Zigarette, das ist das Schlimmste.«

»Ich hab dich ganz schön reingeritten.«

»Du mich? Ich hab dich reingeritten.«

»Wäre ich nicht krank geworden, hättest du die Sammlung nicht gestartet –«

»Sie hätten früher oder später sowieso alles rausbekommen. Aber du wärst verschont geblieben –«

»Ich wollte, ich wäre dabeigewesen in – nein, ich kann es nicht mehr hören!«

»Du spinnst, Kumpel!«

»Wir könnten zusammenbleiben –«

»Du wirst brav nach Hause fahren und mir eine Stelle freihalten. Ich bin froh, wenn ich weiß, wohin ich fahre nach zehn oder zwanzig Jahren. Hauptsache, wir sind jetzt noch ein paar Stunden zusammen.«

»Wieso fahre ich heim?«

»Sie können dir nichts nachweisen – sie hätten nur gern deine Unterschrift, eine Zeugenaussage gehabt; deshalb warst du ihnen ein wertvolles Objekt. Nun haben sie zwei Spitzel dafür bezahlt.«

Der Schweiß brach aus, und das Herz wehrte sich in der heißen Faust.

»Ich schätze, daß sie uns morgen oder übermorgen abtransportieren, Sonntag und mich; dann kann ich immerzu, zehn oder zwanzig Jahre, mit dem Heini zusammensein. Schöne Aussichten!

Prost Mahlzeit! Die Fresse hau ich ihm ein, dem Oberstleutnant, wenn wir hinter dem Ural aussteigen!«

Der Lichtfleck rückte zur Wand und zuletzt schlüpfte er durch die Scheibe und das Gitter hinaus.

»Hauptsache, wir sind zusammen.«

Sie sahen sich nicht mehr, aber sie wußten, der eine vom anderen, wo er saß, wo er stand, wo er auf und ab ging.

Kälte, die den Knien weh tat, stieg vom Boden auf.

Matsura sagte: »Als ich allein war, habe ich mit mir selber gesprochen. Ich habe mir den größten Blödsinn erzählt, nicht blödsinnig zu werden. Eine Nacht ist lang wie zehn Nächte, und ein Tag wie fünf Tage. Am Morgen und am Abend habe ich eure Holzschuhe trampeln gehört wie Winnetou die Bleichgesichter. Der Karzerwärter kommt am Abend und plaudert ein bißchen. Und ich habe meine Nadel –«

»Eine Nadel?«

»Ja.«

»Ich hab Nadeln gar nicht gern –«

»Wassilij im Schacht hat mir einmal gesagt, in Rußland mußt du immer eine Nadel bei dir tragen, weil du zu jeder Stunde eingesperrt werden kannst. Sie werden dir alles abnehmen, was du hast, dein Kochgeschirr, dein Messer, deinen Löffel, deinen Machorkabeutel, deinen Feuerstein, deine Schuhe, deine Fufeika; sie werden dir die Haare scheren und dich ausziehen bis aufs Hemd, aber paß auf, daß sie dir nicht die Nadel wegnehmen. Schieb sie dir unter die Haut, wenn sie dich filzen. Wozu eine Nadel, fragte ich. Wassilij sagte, wenn du eingesperrt bist, ist eine Nadel unterhaltsamer als ein Mädchen. Nein, auch ein Mädchen würde dir nichts nützen, weil du sowieso nicht mehr kannst. Wenn sie dich in ein finsteres Loch sperren, und du hast eine Nadel, kannst du nicht ganz verrückt werden. Paß auf, du stellst dich in die Mitte der Zelle, schließt die Augen und wirfst die Nadel über die Schulter. Bevor du die Augen aufmachst, drehst du dich zwölfmal im Kreis – dann erst darfst du die Nadel suchen. Deshalb die Nadel, weil du sie suchen mußt, eine Stunde, zwei Stunden, drei Stunden und noch länger. Wenn du die Nadel findest, hat Wassilij gesagt, freust du dich mehr, als wenn du in der Freiheit eine Briefmappe voller Rubelscheine findest. Ich hab's probiert. Wassilij hat recht. Es macht Spaß. – An dem Tag, als der Russe das Geld zurückgegeben hat, habe ich die Nadel vorsichtshalber an mein Hemd gesteckt. Ich konnte sie brauchen. Einmal, als ich die Nadel gerade weggeworfen hatte, holte mich der Posten zum Verhör. Dieses Verhör hat mir nichts ausgemacht. Ich dachte an die Nadel. Ob ich sie wiederfinde, wenn ich zurückkomme? Wie lange werde ich sie suchen müssen? Sie piesackten mich mit Mamaschaj – ich dachte an die Nadel. Als ich nach zwei Stunden hierher zurückgekommen bin, erschien mir das Loch wie ein Wohnzimmer, in dem der Weihnachtsbaum brennt. Erst am Morgen habe ich die Nadel gefunden. – Der Karzer ist drei Schritte lang und zweieinhalb Schritte breit. Vierundzwanzigmal kann ich die Hände nebeneinanderlegen in der Länge; in der Breite neunzehneinhalbmal. Aber die Nadel versteckt sich. Meist liegt sie zwischen den Händen, oder ich tapse darüber mit meinen Schachtpfoten und merke es nicht einmal. – Wassilij gibt mehr Weisheiten von sich als Stalin – obwohl Wassilij nur einen Holzstoß bewachen darf. – Willst mal probieren? Wir könnten ein neues Spiel erfinden, einen Rekord aufstellen, wer sie zuerst findet –«

»Jetzt nicht, Helmut. Ich bin müde.«

»Du mußt dich bewegen. Los, steh auf!«

»Ich mag nicht –«

»Wie wär's mit Boxen? Jiu-Jitsu?«

»Nicht jetzt –«

»Und einen Witz? Hast du keinen zünftigen Witz auf Lager? Der Karzerwärter sagt, er wäre früher Professor gewesen, aber er weiß nicht einmal einen Witz.«

»Ich weiß auch keinen, den du noch nicht kennst.«

»Langweilig bist du, stinklangweilig.«

»Haben mir andere auch schon gesagt –«

»Eine traurige Funzel bist du –«

Im Krieg hatten sie vom Krieg, im Schacht hatten sie sich vom Schacht unterhalten. Und jetzt? Auch von den Vernehmungen hatten sie sich alles gesagt.

»Diese kleine rostige Nadel – wer hätte gedacht, daß sie soviel Spaß machen kann? Zu Hause in der Schublade von Mutters Nähmaschine lag ein halbes Kilo Nadeln, kleine und große, dicke und dünne, Stopfnadeln mit einem Öhr, daß ein Kamel hindurchspazieren kann –«

Matsura strengte sich gewaltig an, ihn aufzuheitern, aber dann ging auch ihm der Stoff aus. Er tappte im Kreise herum wie ein Eisbär im Zoo.

»Setz dich doch!«

»Ich bewege mich lieber. Ich will mir keinen Hexenschuß holen.«

»Kannst meine Fufeika überziehen –«

»Kommt gar nicht in Frage –«

Der Karzerwärter kam mit zwei Decken. Er brachte ein Paraffinlicht mit, eine Konservendose, aus der ein Docht brannte.

»Zwei Decken heute – und hier, für jeden eine Suppe. In der Küche haben sie mir zwei zusätzliche Suppen gegeben.«

»Du bist der beste Gefangenenwärter der Welt«, sagte Matsura.

»Ich selber war in Dunkelarrest. Sechs Monate und sieben Tage hatten sie mich eingesperrt, weil sie nicht glauben wollten, daß ein Professor im Krieg kein General war.«

»Obergefreiter war der Herr Professor!« sagte Matsura.

»Das Rückgrat der Armee –«

»Das ist dann auch gebrochen«, sagte der Professor und schmunzelte unter seinem grauen Bart.

Sie hockten vor dem schwelenden Licht und löffelten die Suppe aus den Kochgeschirren. Hinter dem Licht stand der Professor und sah ihnen zu.

»Ulmer?« fragte er. »Bist du nicht der, dem sie das Penicillin spendiert haben?«

»Ja, genau das ist er«, sagte Matsura.

»Und warum bist du jetzt hier?«

»Weiß ich selber nicht.«

»Nicht soviel fragen«, sagte Matsura mit vollem Mund.

»Ja, so sind sie«, sagte der Professor. »Die Füchse im Schafspelz, die Wölfe mit den Stimmen von Nachtigallen. Sie geben Penicillin, sie verordnen Wunschkost und lassen den Patienten sterben –«

»Wer stirbt hier?« fuhr Matsura auf. »Er ist kerngesund und mit dem nächsten Transport fährt er domoj.«

»Hoffentlich – ich wünsche jedem, daß er nach Hause fährt.«

»Du wirst auch bald nach Hause fahren, Professor!«

»Ich? Fünf Jahre sitze ich hier. Seit Stalingrad. Ich habe viel Zeit, über die Russen nachzudenken. Früher habe ich in den Büchern über sie gelesen, jetzt habe ich sie selber kennengelernt.«

»Wir haben sie auch kennengelernt – ohne Bücher«, sagte Matsura.

Der Professor leierte fort: »Väterchen sagen sie zu einem Diktator und Mörder, Volkseigentum sagen sie, und ihre Arbeiter arbeiten schwerer als die Sklaven im Ägypten Pharaos; nicht nur um unser Lager ist Stacheldraht, um jede Hütte, um jedes Dorf –«

»Paß nur auf, Professor, daß kein Mikrophon in der Wand horcht, oder daß einer von uns ein Holzauge ist. Wenn drei beisammen sind, ist todsicher einer ein Spitzel.«

»Wenn ihr mich verraten wollt – ich habe nichts dagegen. Mich lassen sie sowieso nicht mehr frei. Sechsundfünfzig Jahre bin ich alt, aber in Wirklichkeit bin ich dreißig Jahre älter –«

»Quatsch, Professor! Ich kann so ein pessimistisches Gerede verdammt nicht leiden, und davon anstecken lassen wir uns schon gar nicht. Nicht wahr, Walter?«

»Nein.«

»So, nun ziehe ich mich in meine Stube zurück. Das Licht laß ich euch hier. Eine Stunde brennt's noch. Das schwarze Auto vor der Wache ist weggefahren. Sicher lassen sie uns heute nacht in Ruhe.«

»Haben wir auch verdient –«

»Gute Nacht, ihr zwei.«

Nicht weit von dem Licht rollte Matsura eine Decke auf. Er faltete die eine Hälfte über die andere Hälfte und strich sie mit den Händen glatt.

»Du hast doch nichts dagegen, daß wir zusammenkrauchen?«

»Nein.«

»So hält die eine Decke die Kälte von unten ab, und die andere Decke die Kälte von oben. Du hast keine Ahnung, wie frisch es wird, wenn du eine Stunde liegst. Das Heimweh packt dich nach dem süßsauren, warmen Barackenmief.«

»Und meine Fufeika nehmen wir als Kopfkissen –«

Nur die Fufeika konnte er beisteuern. Er zog sie aus und legte sie oben an den Rand der Decke.

»Wenn dir kalt wird, steh auf und mach einen Dauerlauf.«

»Ja.«

Matsura legte sich neben ihn.

»Schön, daß wir zusammen sind – so komme ich mir nicht wie ein Hund vor –«

»Liegst du gut so?«

»Ganz prima! Und die Fufeika läßt sich sogar als Kopfkissen verwenden. Werden sie zu Hause als Bekleidungsstück einführen, die Fufeika. Eine Fabrik eröffnen mit Fufeikas. Was hältst du davon?«

»Ist keine schlechte Idee –«

»Um Ideen bin ich nie verlegen!«

»Bestimmt nicht –«

»Verbrenn dir die Füße nicht.«

»Nein.«

»Wenn du gleich schlafen willst, mußt du's sagen, und ich halte die Klappe.«

»Rede ruhig. Ich höre zu.«

»Weißt du, ich war zuviel allein in den acht Tagen. War sogar eine Abwechslung, wenn sie mich zur Vernehmung geholt haben.«

»Mich haben sie nach der Schicht geholt, und zweimal in der Nacht.«

»Die Nacht ist ihre Spezialität –«

Nach einer Weile schwieg Matsura. Schlief. Ruß erstickte die Flamme.

Horst Bienek
Der Verurteilte

Ich habe nie Glück im Sterben gehabt, dachte Schuchhar und spürte den bitteren Geschmack von Schierling auf seinen Lippen. Er fuhr mit der Zunge darüber hin, sie kroch wie ein nacktes Tier über trokkene, rissige Erde. Schuchhar fühlte einen leise klopfenden Schmerz in der rechten Schulter, aber er rührte sich nicht. Er lag seitlich auf einem schütteren, modrig-feuchten Strohsack, der in der Mitte der schmalen Zelle auf dem zementenen Fußboden ausgebreitet war. Langsam öffnete er die Augen, und es war ihm, als erwache er (obgleich er nicht geschlafen hatte). Eine ölgestrichene, schmutzigblaue Wand tauchte vor ihm auf; sie war mit eingeritzten Zeichen übersät, und Schuchhars Blicke verirrten sich zwischen den Buchstaben und Kreuzen, den Namen und Worten, bis sie an einem großen lateinischen T haftenblieben. Da wurde es ihm bewußt, daß er schon seit Tagen nichts anderes mehr gesehen hatte als diese Wand. Ein leises Zittern lief über die Muskel seines Gesichts; gequält warf er sich auf die andere Seite, dabei rutschte der braune, zerschlissene Soldatenmantel, der ihm an Stelle einer Decke diente, von seiner Schulter. Er sah jetzt die gleiche schmutzigblaue Wand, nur waren hier die Zeichen anders geordnet. Über der eisenbeschlagenen Zellentür, die fast die ganze Längswand einnahm, steckte eine nackte Glühbirne, die ununterbrochen ihre mattgelben Lichtpfeile ausschickte. Schuchhar fühlte ein Brennen in den Augen, er zog seinen Mantel höher, bis sein Gesicht im Schatten ruhte.

Er erinnerte sich an die ersten Stunden in dieser Zelle, als er mit fiebrigen Augen die Inschriften las, verwirrt von einer Wand zur anderen taumelnd. Ihm war, als befände er sich im Boxring, und jemand schlüge ihm mit der Faust in den Magen. Immer wenn er unter einem Namen das Zeichen »T. U.« las und darunter ein

Datum, das oft erschreckend nah zurücklag, dann verspürte er einen dumpfen Schlag. Er erbrach sich zweimal in den Kübel, aber noch lange danach, als er erschöpft auf dem Strohsack niedergesunken war, fühlte er in seinem Innern ein Tier nach oben steigen. Aber nach einigen Tagen, als man ihm unten im Gerichtssaal sein eigenes Todesurteil vorlas, das er mit erstaunlicher Ruhe und Gleichmütigkeit aufnahm (woher nahm ich nur meine Sicherheit?), und er mit einer Kammzinke nun seinen eigenen Namen und das Jahr der Geburt, darunter ein ungelenkes T und U eingeritzt hatte, nachdem er selbst nur noch Zeichen, Hieroglyphe, Metapher war, konnte er die Wand mit derselben Gleichgültigkeit betrachten wie den Untersuchungsrichter nach dem zehnten Verhör oder seine linke Hand, die immer mehr die gelbe Farbe der Verwesung annahm. Daß sich hinter jedem Namen ein Schicksal, ein zu Ende gelebtes Leben, eine Summe erstarrter Leidenschaften verbarg, hinter jeder Zahl ein Schrei, ein aufgerissener Mund, ein Paar angstbewohnter Augen lauerten, das schien er, nachdem er in dieser petrefaktischen Welt vierundzwanzigmal den Wechsel von Hell und Dunkel und von Dunkel und Hell beobachtet hatte, vergessen zu haben. Für ihn hatten sie jetzt die unnahbare, kalte, unausschöpfbare Schönheit archaischer Schriftzeichen.

Schuchhar spürte ein quälendes Drücken in der Schulter. Er richtete sich halb auf und fühlte im Strohsack eine Stelle, wo sich aus dem feuchten Stroh eine Kugel zusammengeballt hatte. Er zerklopfte sie und legte sich wieder hin. Bald spürte er an einer anderen Stelle ein solches Knäuel. Er blickte starr auf die schmutzigblaue Wand, schloß langsam die Augen und dachte: einmal werden sie kommen. Dann schlief er ein. Er träumte von einem Tiger, der lautlos durch die Bäume glitt. Er träumte von einem Wettkampf, bei dem er siegte, aber das Publikum schrie und klatschte nicht, sondern weinte. Er träumte von einem Fisch, der eine Fischin begatten wollte.

Er erwachte eine Minute später und glaubte tief und lange geschlafen zu haben. Er erinnerte sich, wie er als Knabe durch Friedhöfe gewandert war, wie er an den Grabsteinen die Differenz zwischen Geburts- und Todesjahr ausgerechnet hatte, um sich nach dieser Zahl das Schicksal der Toten auszumalen. Oft war er erschrocken, wenn auch nach zweimaligem Rechnen eine einstellige Zahl, wie zum Beispiel sieben, herauskam, und er fand (auch nach langem Überlegen) keine Antwort dafür, warum man in solch frühem Alter schon sterben mußte. Er las jetzt die schmutzigblaue

Wand wie die Gedenksteine eines großen Friedhofs, und er erinnerte sich an seine Knabenzeit …

… heißer Mittag; die Sonne rot und glühend auf dem Dach. Ich sitze am Flußrand, zwischen meine Zehen rinnt geduldig der Sand. Der Duft von Salbei, von Knabenträumen und Sehnsüchten liegt über dem Wasser. Drüben am andern Ufer läßt ein Junge Steine über das Wasser hüpfen. Er ist fremd hier, ich habe ihn noch nie gesehn. Die Haare hängen ihm wild ins Gesicht, und er lacht mit einem frühreifen Mund (es klingt, als zerbräche Glas) wie jemand, der nicht mehr an die Kindheit glaubt. Er hat die Forellen verjagt, und auf Rache sinnend, werfe ich einen Stein nach ihm, der weit hinten im Gras niederfällt. Der Junge blickt zu mir herüber, er lacht jetzt nicht mehr; er hebt einen Stein auf, und erschrocken sehe ich ihn eine Sekunde später durch die Luft schwirren; ich biege den Kopf zur Seite, aber der Stein trifft mich an der Schläfe. Dunkelheit überfällt mich … leise verhallt das barbarische Lachen des Jungen, der nicht mehr an die Kindheit glaubt (es klingt, als zerbräche Glas).

Schuchhar dachte daran, und er wußte nicht, ob er sich an seine Kindheit erinnerte oder an einen früheren Traum. Aber ich starb nicht, dachte er. Ich habe nie Glück im Sterben gehabt, dachte er.

Schuchhar hörte ein Geräusch. Er hob ein wenig seinen Kopf und sah, daß hinter dem Spion die Blechklappe hochgeschoben war. Er wußte, daß jetzt das Auge des Wachtpostens hinter dem Glas lauerte. Er ließ seinen Kopf wieder auf den zusammengerollten Pullover, der sein Kopfkissen war, sinken. Am Tage hat er sich oft den Spaß gemacht, in dem gleichen Augenblick, da er das leise, schabende Geräusch der Spionklappe vernahm, auch sein Auge von innen an das Glas zu pressen, so daß der Soldat, der nun unvermutet nichts als ein Auge erblickte (das aus dieser Nähe eher einem Tier aus der Apokalypse glich), erschrocken zurücktaumelte. Schuchhar seufzte, und er fühlte, daß dieser leise Seufzer lange in der Zelle verharrte. Er rückte den Pullover zurecht und legte sich auf den Rücken. Die nackte Glühbirne hing traurig in der Wand, und ihr mattgelbes Licht füllte den Raum wie erstarrte Flüssigkeit. Schuchhar spürte einen sanften Druck in der Blase, aber er hatte plötzlich das Gefühl, er könnte die mattgelbe Luft nicht durchdringen. Er atmete schwer, und über seine Nasenspitze hinweg sah er seine wachsgelbe Hand, die auf der Brust lag, steigen und fallen.

Er betrachtete sie wie einen fremden Gegenstand, wie ein präpariertes Ausstellungsstück in einem Museum, mit einer Mischung aus klinischem Interesse und historischer Neugier. Dann schob er den Mantel zur Seite und erhob sich. Er öffnete den Kübel und harnierte. Er hielt den Deckel halb darüber, und seine Nase war steil nach oben gerichtet, aber der scharfe, beizende Chlorgeruch zog in Schwaden heraus, beschlug sein Gesicht und preßte ihm Tränen in die Augen. Und während er hörte, wie sein Wasser dumpf im Chlorschaum aufschlug, dachte er daran, daß sie ihn jeden Augenblick holen könnten. Also auch in diesem. Ein Schauer durchzitterte ihn. Und er stellte sich vor, woran er wohl denken würde, wenn sie ihm die Hände binden und ihn den Korridor entlang bis in den Keller schleifen. Er schloß den Kübel und ging langsam zu seinem Lager zurück. Er durchmaß mit zusammengekniffenen Augen die Zelle, aber er sah nur Leere und Einsamkeit. Er war allein auf dieser Erde, allein unter diesem Himmel, allein in dieser leuchtenden Finsternis.

Die Angst strich über ihn hinweg wie ein kühler Luftzug. Ohne die Angst, die ihn manchmal von hinten anfiel wie ein wildes Tier, hätte er nicht mehr zu unterscheiden gewußt zwischen dem Jetzt und dem Nachher. Und er dachte: Was kommt danach? Die ewige Finsternis oder das ewige Licht? Wo ist der Unterschied? Aber dann fand er, daß das ewige Licht viel grausamer und qualvoller sein müsse.

In der Dunkelheit konnte man sich verbergen, konnte man entfliehn, schlafen, träumen; aber in der unbarmherzigen Helle einer ewigen Gegenwart war man nackt und ausgeliefert, gnadenlos und ungeschützt. Er blieb stehen und lauschte; es war so still, daß er glaubte, aus der Zeit gefallen zu sein. Er taumelte irgendwo zwischen den Gegenständen seiner Erinnerung. Er ging noch ein paar müde Schritte, dann ließ er sich steif auf den Strohsack fallen. Den Soldatenmantel breitete er gelassen über seinen Körper und zog ihn hoch bis an das Kinn. Er starrte auf die schmutzigblaue Wand mit verlassen leeren und einsamen Augen. Und die Einsamkeit war so groß, daß er nicht wußte, ob sie in seinen Augen war oder seine Augen in der Einsamkeit. Vielleicht wäre es besser gewesen, wenn damals alles zu Ende gegangen wäre. Aber dann bereute er, das gedacht zu haben. Nein, nicht einen jener Tage seit diesem Ereignis hätte er missen gewollt …

... in der vierten Morgenstunde läßt der Untersuchungsrichter das Verhör abbrechen, nachdem ich schon einmal das Bewußtsein verloren habe. Er klingelt, und zwei verschlafene Soldaten mit ausdruckslosen Gesichtern stolpern durch die Tür. Sie starren fremd an mir vorbei, während sie mich in die Mitte nehmen und aus dem Zimmer führen. Der Kommissar sieht mir schweigend nach, sein Gesicht ist noch vom Zorn gerötet, aber unter den haarlosen Augenbrauen glaubte ich einen leisen Triumph lauern zu sehen; vielleicht dachte er: morgen habe ich ihn so weit (es ist heute die elfte Nacht ununterbrochener Verhöre). Aber auf dem zweiten Treppenabsatz angekommen, weiß ich plötzlich, daß dieses zwölfte Nachtverhör nie stattfinden wird. Im gleichen Augenblick fühle ich ein Zittern in meinem Körper, ganz weit unter mir geht schwarz die Zeit der Hoffnung unter, der Glaube kehrt sich um in Unglaube, alles welkt und verdorrt, nur das Wort *vergeblich* flackert in meinem Hirn. Ich höre, wie die Tür ins Schloß springt und der Riegel vorgeschoben wird, das Geräusch schlägt spitz gegen meinen Rücken, aber ich wende mich nicht um. Geh weiter, Wachtposten, denke ich, geh fort, ich will deine Schritte hören. Und während ich lausche, taste ich mit zitternden Händen unter die Pritsche, ich fühle einen kleinen Nagel in den Händen, ein rostiges, spitzes Etwas. Wie meine Hand zittert! Ich lege die Linke auf die Pritsche, balle eine Faust (und irgendwo dumpfes Klopfen auf Holz, Morsezeichen in die Unendlichkeit), aber ich wende mich nicht um. Wo bist du, Wachtposten, Herrgott, schick ihm den Husten, laß ihn fluchen, schreien, singen, nießen, schlagen, klopfen, ganz gleich, laß ihn nur irgend etwas tun, damit ich erfahre, wo er sich befindet.

Ganz fern und gedämpft vernehme ich das Ticken des Schlüssels an einer Zellentür. Meine Augen verdunkeln sich, die linke Hand wächst ins Riesenhafte – und mit einem plötzlichen Schlag treibe ich den verrosteten Nagel in die geschwellte Ader. Heiß schäumt es über den Arm, eine verrückte Heiligkeit überkommt mich, meine Augen füllen sich mit Blut – aber ich möchte beten. Mein Knie zittert nicht mehr, ich stehe ganz still und spüre, wie jemand aus mir herausgeht; ich halte die Augen weit geöffnet, aber schon zittert Ohnmacht auf meine Pupillen. Da dreht sich der Schlüssel im Schloß, ein Riegel wird zurückgeschoben, ich wende mich um, der Posten steht in der Tür, er will mich zum Verhör holen, ich wende mich um, der Wachtposten hat den Riegel zurückgeschoben, er schreit schon nach dem Wachoffizier, Erschrecken im fahlen

Gesicht, jemand hat einen Riegel von meinem Herzen zurückgeschoben ...

Schuchhar wälzte sich unruhig auf die andere Seite; er verfolgte mit den Augen eine Spinne auf dem Boden (dort war aber keine Spinne). Ich habe nie Glück im Sterben gehabt, dachte er und verdrängte die Erinnerung an seine Wunde, die ihm noch jetzt einen sanften Schmerz im linken Unterarm bereitete. Er dachte zurück an einen Sommerabend an der Havel, er dachte sich fort in die Vergangenheit.

Und plötzlich fiel ihm ein, daß sie jeden Augenblick kommen konnten. Er spürte die Angst hochkriechen; in seiner Brust trommelte es in dumpfer Verwirrung. Mit einem Satz sprang er von seinem Lager, als hörte er schon die Schritte des Exekutionskommandos. Er streifte sich den verschmutzten Mantel über, und während er erschöpft gegen die Wand lehnte, lauschte er mit krankhafter Anspannung auf jedes Geräusch. Seine Zunge war völlig ausgetrocknet und schwoll im Munde an. Er drückte die Stirn an die kalkgeweißte Mauer, und es durchflutete ihn die magische Kühle von Kathedralen. Er dachte: wie spät mag es sein? und da gab es einen Schnitt in der Zeit. Schuchhar hielt den Atem an. Das Gitter war nicht mehr Gitter und der Stein war nicht mehr Stein und die Tür war nur noch Tür und die Erinnerung war noch nicht ganz Erinnerung, und alles war da in der Absurdität eines nicht zu Ende gedachten Seins. Aber dann machte die Zeit einen Sprung, Schuchhar atmete wieder, er atmete tief auf, verschluckte sich dabei, hustete, lief rot an, er preßte die Faust vor den Mund und erstickte sein krampfhaftes Hüsteln. Dann sog er hastig die Luft, er spürte den Geschmack von Blut auf seinen Lippen. Er atmete Entsetzen ein. Entsetzen zitterte durch sein Blut, Entsetzen wanderte durch seine Herzkammern, Entsetzen breitete sich in seinem Körper aus, Entsetzen lähmte seine Glieder; er atmete Entsetzen ein, und der Schweiß glänzte auf seiner Stirn. Er lauschte und vernahm Schritte, leise, schlurfende, in die Unendlichkeit ausschwingende Schritte. Schuchhar wandte sich um, aber er war allein in der Zelle.

Wenn sie kommen, sollen sie mich nicht überraschen, dachte er. Er lauschte so angespannt auf die Geräusche außerhalb der Zelle, daß die Adern auf seiner Stirn hervortraten. Die Schritte glitten an seiner Tür vorbei. Nicht einmal der Spion klappt. Dachte er es oder sprach er es halblaut aus? Er wußte es nicht. Er wußte nur, daß er so warten wird (gekrümmt an der schmutzigblauen Wand lehnend), so warten wird, bis sie kommen. Er wußte nicht, wann sie kommen, aber er wußte, daß er warten wird. Sie sollen mich nicht überraschen. Ich will wach und klar im Kopf sein, wenn es ans Sterben geht. Vielleicht habe ich dieses Mal mehr Glück im Sterben, dachte er, und er spürte einen bitteren Geschmack auf seinen Lippen.

INGEBORG BACHMANN
Die Wahrheit ist dem Menschen zumutbar
Rede zur Verleihung des Hörspielpreises der Kriegsblinden

Der Schriftsteller – und das ist in seiner Natur – wünscht, sich Gehör zu verschaffen. Und doch erscheint es ihm eines Tages wunderbar, wenn er fühlt, daß er zu wirken vermag – um so mehr, wenn er wenig Tröstliches sagen kann vor Menschen, die des Trostes bedürftig sind, wie nur Menschen es sein können, verletzt, verwundet und voll von dem großen geheimen Schmerz, mit dem der Mensch vor allen anderen Geschöpfen ausgezeichnet ist. Es ist eine schreckliche und unbegreifliche Auszeichnung. Wenn das so ist, daß wir sie tragen und mit ihr leben müssen, wie soll dann der Trost aussehen und was soll er uns überhaupt? Dann ist es doch – meine ich – unangemessen, ihn durch Worte herstellen zu wollen. Er wäre ja, wie immer er aussähe, zu klein, zu billig, zu vorläufig.

So kann es auch nicht die Aufgabe des Schriftstellers sein, den Schmerz zu leugnen, seine Spuren zu verwischen, über ihn hinwegzutäuschen. Er muß ihn, im Gegenteil, wahrhaben und noch einmal, damit wir sehen können, wahrmachen. Denn wir wollen alle sehend werden. Und jener geheime Schmerz macht uns erst für die Erfahrung empfindlich und insbesondere für die der Wahrheit. Wir sagen sehr einfach und richtig, wenn wir in diesen Zustand kommen, den hellen, wehen, in dem der Schmerz fruchtbar wird: Mir sind die Augen aufgegangen. Wir sagen das nicht, weil wir eine Sache oder einen Vorfall äußerlich wahrgenommen haben, sondern weil wir begreifen, was wir doch nicht sehen können. Und das sollte die Kunst zuwege bringen: daß uns, in diesem Sinne, die Augen aufgehen.

Der Schriftsteller – und das ist auch in seiner Natur – ist mit seinem ganzen Wesen auf ein Du gerichtet, auf den Menschen, dem er seine Erfahrung vom Menschen zukommen lassen möchte (oder seine Erfahrung der Dinge, der Welt und seiner Zeit, ja von all dem auch!), aber insbesondere vom Menschen, der er selber oder die anderen sein können und wo er selber und die anderen am meisten Mensch sind. Alle Fühler ausgestreckt, tastet er nach der Gestalt der Welt, nach den Zügen des Menschen in dieser Zeit. Wie wird gefühlt und was gedacht und wie gehandelt? Welche sind die Leidenschaften, die Verkümmerungen, die Hoffnungen ...?

Wenn in meinem Hörspiel ›Der gute Gott von Manhattan‹ alle Fragen auf die nach der Liebe zwischen Mann und Frau und was sie ist, wie sie verläuft und wie wenig oder wie viel sie sein kann, hinauslaufen, so könnte man sagen: Aber das ist ein Grenzfall. Aber das geht zu weit ...

Nun steckt aber in jedem Fall, auch im alltäglichsten von Liebe, der Grenzfall, den wir, bei näherem Zusehen, erblicken können und vielleicht uns bemühen sollten zu erblicken. Denn bei allem, was wir tun, denken und fühlen, möchten wir manchmal bis zum Äußersten gehen. Der Wunsch wird in uns wach, die Grenzen zu überschreiten, die uns gesetzt sind. Nicht um mich zu widerrufen, sondern um es deutlicher zu ergänzen, möchte ich sagen: Es ist auch mir gewiß, daß wir in der Ordnung bleiben müssen, daß es den Austritt aus der Gesellschaft nicht gibt und wir uns aneinander prüfen müssen. Innerhalb der Grenzen aber haben wir den Blick gerichtet auf das Vollkommene, das Unmögliche, Unerreichbare, sei es der Liebe, der Freiheit oder jeder reinen Größe. Im Widerspiel des Unmöglichen mit dem Möglichen erweitern wir unsere Möglichkeiten. Daß wir es erzeugen, dieses Spannungsverhältnis, an dem wir wachsen, darauf, meine ich, kommt es an; daß wir uns orientieren an einem Ziel, das freilich, wenn wir uns nähern, sich noch einmal entfernt.

Wie der Schriftsteller die anderen zur Wahrheit zu ermutigen versucht durch Darstellung, so ermutigen ihn die anderen, wenn sie ihm, durch Lob und Tadel, zu verstehen geben, daß sie die Wahrheit von ihm fordern und in den Stand kommen wollen, wo ihnen die Augen aufgehen. Die Wahrheit nämlich ist dem Menschen zumutbar.

Wer, wenn nicht diejenigen unter Ihnen, die ein schweres Los getroffen hat, könnte besser bezeugen, daß unsere Kraft weiter reicht als unser Unglück, daß man, um vieles beraubt, sich zu erheben weiß, daß man enttäuscht, und das heißt, ohne Täuschung, zu leben vermag. Ich glaube, daß dem Menschen eine Art des Stolzes erlaubt ist – der Stolz dessen, der in der Dunkelheit der Welt nicht aufgibt und nicht aufhört, nach dem Rechten zu sehen.

Eine festliche Pause zwischen zwei Arbeiten, wie die heutige, ist zugleich eine Bedenkzeit; sofern sie meine Bedenkzeit ist, erbitte ich sie für die vielen Fragen, die Sie zu Recht noch stellen könnten und auf die erst immer neue Arbeiten und Bemühungen versuchen können, Antworten zu sein. So komme ich zum Dank für die Ehrung, die Sie mir heute widerfahren lassen. Weil man, wenn man seinen Dank sagt, es nicht nur im allgemeinen tun mag, will ich ihn richten an jene, die oft meine Arbeit und die so vieler Autoren erst ermöglicht oder erleichtert haben durch ihre Großzügigkeit, an die deutschen Rundfunkanstalten; darüber hinaus an die Hörer, die ich gefunden habe, die unbekannten, deren Namen ich nicht kenne; vor allem aber an die Kriegsblinden, die mehr noch als alle anderen Gehör schenken dem Wort und die, als eine würdige Instanz, diesen Preis vergeben.

Ich danke Ihnen.

PAUL CELAN
Stimmen, ins Grün

Stimmen, ins Grün
der Wasserfläche geritzt.
Wenn der Eisvogel taucht,
sirrt die Sekunde:

Was zu dir stand
an jedem der Ufer,
es tritt
gemäht in ein anderes Bild.

*

Stimmen vom Nesselweg her:

Komm auf den Händen zu uns.
Wer mit der Lampe allein ist,
hat nur die Hand, draus zu lesen.

*

Stimmen, nachtdurchwachsen, Stränge,
an die du die Glocke hängst.

Wölbe dich, Welt:
Wenn die Totenmuschel heranschwimmt,
will es hier läuten.

*

Stimmen, vor denen dein Herz
ins Herz deiner Mutter zurückweicht.
Stimmen vom Galgenbaum her,
wo Spätholz und Frühholz die Ringe
tauschen und tauschen.

*

Stimmen, kehlig, im Grus,
darin auch Unendliches schaufelt,
(herz-)
schleimiges Rinnsal.

Setz hier die Boote aus, Kind,
die ich bemannte:

Wenn mittschiffs die Bö sich ins Recht setzt,
treten die Klammern zusammen.

*

Jakobsstimme:

Die Tränen.
Die Tränen im Bruderaug.
Eine blieb hängen, wuchs.
Wir wohnen darin.
Atme, daß
sie sich löse.

*

Stimmen im Innern der Arche:

Es sind
nur die Münder
geborgen. Ihr
Sinkenden, hört
auch uns.

*

Keine
Stimme – ein
Spätgeräusch, stundenfremd, deinen
Gedanken geschenkt, hier, endlich
herbeigewacht: ein
Fruchtblatt, augengroß, tief
geritzt; es
harzt, will nicht
vernarben.

Sprachgitter

Augenrund zwischen den Stäben.

Flimmertier Lid
rudert nach oben,
gibt den Blick frei.

Iris, Schwimmerin, traumlos und trüb:
der Himmel, herzgrau, muß nah sein.

Schräg, in der eisernen Tülle,
der blakende Span.
Am Lichtsinn
errätst du die Seele.

(Wär ich wie du. Wärst du wie ich.
Standen wir nicht
unter *einem* Passat?
Wir sind Fremde.)

Die Fliesen. Darauf,
dicht beieinander, die beiden
herzgrauen Lachen:
zwei
Mundvoll Schweigen.

Heinrich Böll
Billard um halb zehn

6

Der gelb-schwarze Bus hielt am Dorfeingang, schwenkte in Richtung Doderingen von der Landstraße ab, und Robert sah in der Staubwolke, die der Bus hinterließ, seinen Vater auftauchen; wie aus Nebelschwaden stieg der Alte ins Licht, immer noch elastisch, kaum von der Schwüle des Nachmittags angegriffen; er bog in die Hauptstraße ein, ging am ›Schwan‹ vorüber; gelangweilte Dorfburschen musterten ihn von der Freitreppe herab; fünfzehnjährige, sechzehnjährige; wahrscheinlich waren sie es gewesen, die Hugo aufgelauert hatten, wenn er aus der Schule kam; in dumpfen Nebengassen, in dunklen Ställen hatten sie ihn geschlagen und ihn *Lamm Gottes* gerufen.

Der Alte ging am Bürgermeisteramt vorüber, am Kriegerdenkmal, wo müder Buchsbaum den Toten dreier Kriege aus saurer Erde seine Blätter zum Gedächtnis bot; an der Friedhofsmauer blieb der Alte stehen, zog ein Taschentuch heraus, trocknete sich die Stirn, faltete sein Taschentuch wieder, zog den Rock glatt, ging weiter, und bei jedem Schritt sah Robert die kokette Kurve, die das rechte Hosenbein beschrieb; nur für einen Augenblick wurde das dunkelblaue Stoßband sichtbar, bevor der Fuß den Boden wieder berührte, sich zu koketter Kurve wieder hob; Robert blickte auf die Bahnhofsuhr: zwanzig vor vier, erst um zehn nach vier würde der Zug kommen; eine halbe Stunde, so lange war er, so weit er sich erinnern konnte, noch nie mit seinem Vater allein gewesen; er hatte gehofft, dessen Besuch würde länger dauern und er der Notwendigkeit des Vater-Sohn-Gesprächs enthoben sein. Die Gaststube des Denklinger Bahnhofs war der am wenigsten geeignete Ort für diese Begegnung, auf die der Vater vielleicht seit zwanzig oder dreißig Jahren gehofft hatte; Gespräch mit dem gereiften Sohn, der nicht mehr Kind war, nicht mehr an der Hand zu nehmen, mit auf die Reise ins Seebad, zu Kuchen und Eis einzuladen; Gutenachtkuß, Morgenkuß, Frage nach den Schularbeiten, ein paar Lebensweisheiten: Ehrlich währt am längsten; Gott trügt nicht; Taschengeldempfänger; lächelnder Stolz über Siegerurkunden und gute Schulzeugnisse; verlegenes Gespräch über Architektur; Ausflüge nach Sankt Anton; kein Wort, als er verschwand, keins, als er wiederkam; beklemmende Mahlzeiten in Ottos Gegenwart, die sogar ein Gespräch übers Wetter unmöglich machte; Fleisch, mit Silbermessern geschnitten, Soße, mit Silberlöffeln genommen; Mutter starr wie das Kaninchen vor der Schlange, der Alte blickte zum Fenster hinaus, während er Brot zerkrümelte, gedankenlos einen Löffel zum Mund führte, Ediths Hände zitterten, während Otto sich verächtlich die größten Brocken Fleisch nahm, als einziger die Ingredienzen der Mahlzeit würdigte; Vaters Liebling, immer zu Ausflügen und Reisen, Extravaganzen bereit gewesen, fröhlicher Knabe mit fröhlicher Zukunft, geeignet, um auf Kirmesplätzen dem Vater das Gefühl eines erfüllten Lebens zu geben; heiter sagte er hin und wieder: ›Ihr könnt mich ja rauswerfen‹; keiner antwortete. Robert ging nach den Mahlzeiten mit Vater ins Atelier hinüber, saß nur da, zeichnete, spielte mit Formeln in dem leeren großen Raum, wo noch die Zeichentische von fünf Architekten standen; leer; während der Alte müde seinen Kittel überzog, dann zwischen Zeichenrollen kramte, immer wieder vor dem Plan von Sankt Anton stehenblieb, später wegging, spazieren, Kaffee trinken, alte Kollegen, alte Feinde besuchen; Eiszeit brach in den Häusern aus, wo er schon seit vierzig Jahren gern gesehener Gast war; in manchen Häusern des einen, in manchen des anderen Sohnes wegen; und er war doch fröhlich angelegt, der Alte, dazu geschaffen, ein munteres Leben zu führen, Wein und Kaffee zu trinken, zu reisen und die hübschen Mädchen, die er auf der Straße, in Eisenbahnzügen sah, alle als respektive Schwiegertöchter zu betrachten; oft ging er stundenlang spazieren, mit Edith, die den Kinderwagen schob; er hatte wenig zu tun, war glücklich, wenn er an Krankenhäusern, die er gebaut hatte, kleine Umbauten planen, beaufsichtigen konnte, nach Sankt Anton fahren, die Reparatur einer Mauer veranlassen konnte; er glaubte, Robert grolle ihm, und Robert glaubte, der Alte grolle ihm.

Aber jetzt war er gereift, selbst Vater erwachsener Kinder, Mann, vom Schicksal geschlagen durch den Tod der Frau; emigriert gewesen, heimgekehrt; im Krieg; verraten und gefoltert; selbständig, mit einem klar erkennbaren Platz: ›Dr. Robert Fähmel, Büro für statische Berechnungen, Nachmittags geschlossen‹; endlich zum Gesprächspartner geworden.

»Noch ein Bier, der Herr?« fragte der Wirt von der Theke her, wischte Bierschaum vom Nickelblech, entnahm der Kühlvitrine zwei Teller mit Frikadellen und Senf, brachte sie dem Pärchen, das in der Ecke saß, vom Landspaziergang erhitzt, in müder Glückseligkeit.

»Ja, bitte«, sagte Robert, »noch ein Bier«, schob den Vorhang beiseite; der Vater bog nach rechts ab, ging am Friedhofseingang vorüber, überquerte die Straße, blieb am Gärtchen des Bahnhofsvorstehers stehen, blickte auf die violetten, eben erblühten Astern; offenbar zögerte er.

»Nein«, sagte Robert zur Theke hin, »bitte *zwei* Bier und zehn Virginia-Zigaretten.«

Wo jetzt das Pärchen saß, hatte der amerikanische Offizier am Tisch gesessen; blondes, kurzgeschnittenes Haar erhöhte den Eindruck der Jugendlichkeit; die blauen Augen strahlten Vertrauen aus, Vertrauen in die Zukunft, in der alles erklärbar sein würde; sie war in Planquadrate eingeteilt; nur die Frage des Maßstabs war noch zu klären; 1 : 1 oder 1 : 3 000 000? Auf dem Tisch, wo die Finger des Offiziers mit einem schlanken Stift spielten, lag das Meßtischblatt der Gemarkung Kisslingen.

Der Tisch hatte sich in den dreizehn Jahren nicht verändert; rechts an dem Tischbein, wo die staubigen Sandalen des jungen Mannes jetzt Halt suchten, immer noch die Initialen, von einem gelangweilten Fahrschüler eingeschnitten: J. D.; wahrscheinlich hatte er Joseph Dodringer geheißen; auch die Tischtücher unverändert; rot-weiß kariert; die Stühle hatten zwei Weltkriege überdauert, astreines Buchenholz zu stabiler Sitzgelegenheit verarbeitet; seit siebzig Jahren dienten sie wartenden Bauernärschen; neu war nur die Kühlvitrine auf der Theke, wo krustige Frikadellen, kalte Koteletts und russische Eier auf Hungrige oder Gelangweilte warteten.

»Bitte, der Herr, zwei Bier und zehn Zigaretten.«

»Danke sehr!«

Nicht einmal die Bilder an der Wand waren ausgewechselt; eine Luftansicht der Abtei Sankt Anton, noch mit der biederen Platte und dem schwarzen Tuch fotografiert, offenbar vom Kosakenhügel herunter; Kreuzgang und Refektorium, die gewaltige Kirche, Wirtschaftsgebäude; daneben hing ein verblaßter Farbdruck: Liebespaar am Feldrain; Ähren, Kornblumen, ein lehmig gelber, von Sonne ausgetrockneter Weg; neckisch kitzelte die Dorfschöne ihren Liebhaber, dessen Kopf in ihrem Schoß ruhte, mit einem Halm hinterm Ohr.

›Sie mißverstehen mich, Herr Hauptmann; wir würden so gerne wissen, *warum* Sie das getan haben; hören Sie? Wir kennen natürlich den Verbrannte-Erde-Befehl – Hinterlaßt dem Feind nur Trümmer und Leichen, nicht wahr? Aber ich glaube nicht, daß Sie es getan haben, um diesen Befehl zu befolgen: Sie sind – verzeihen Sie – zu intelligent, um das zu tun. Aber warum, warum haben Sie dann die Abtei gesprengt? Sie war in ihrer Art ein kulturgeschichtliches Denkmal ersten Ranges; jetzt, wo die Kampfhandlungen hier vorüber sind, und Sie unser Gefangener, der wohl kaum Gelegenheit haben wird, von unseren Rücksichten drüben zu erzählen – jetzt kann ich Ihnen gestehen, daß unser Kommandeur eher eine Verzögerung des Vormarsches um zwei, drei Tage in Kauf genommen hätte, als die Abtei auch nur anzutasten. Warum haben Sie die Abtei in die Luft gejagt, obwohl es doch taktisch und strategisch so offensichtlich keinen Sinn hatte? Sie haben unseren Vormarsch nicht etwa behindert, sondern beschleunigt. Rauchen Sie?‹

›Ja, danke.‹

Die Zigarette schmeckte, Virginia, würzig-kräftig.

›Ich hoffe, Sie verstehen, was ich meine. Bitte, sagen Sie doch etwas; ich sehe, daß wir fast gleichaltrig sind; Sie sind neunundzwanzig, ich siebenundzwanzig. Können Sie nicht begreifen, daß ich Sie verstehen möchte? Oder fürchten Sie die Folgen einer Aussage – Folgen bei uns oder bei Ihren Landsleuten?‹

Aber wenn er es aussprechen würde, stimmte es nicht mehr; aktenkundig gemacht, wäre es am wenigsten wahr: daß er auf diesen Augenblick fünfeinhalb Kriegsjahre gewartet hatte, auf den Augenblick, da die Abtei wie ein Gottesgeschenk als seine Beute dalag; ein Denkmal aus Staub und Trümmern wollte er denen setzen, die keine kulturgeschichtlichen Denkmäler gewesen waren und die man nicht hatte schonen müssen: Edith, von einem Bombensplitter getötet; Ferdi, ein Attentäter, rechtskräftig verurteilt; der Junge, der die winzigen Papiere mit seinen Botschaften in den Briefkasten geworfen hatte; Schrellas Vater, der verschwunden war, Schrella selbst, der so fern von dem Land leben mußte, in dem Hölderlin gelebt hatte; Groll, der Kellner im Anker, und die vielen, die hinausgezogen waren, singend: *Es zittern die morschen Knochen*; niemand würde für sie um Rechenschaft gefragt werden, niemand hatte sie etwas Besseres gelehrt; Dynamit, ein paar Formeln, das war seine Möglichkeit, Denkmäler zu setzen; und einen Sprengtrupp hatte er, der seiner Präzisionsarbeit wegen berühmt war: Schrit, Hochbret, Kanders. ›Wir wissen genau, daß Sie Ihren Vorgesetzten, General Otto Kösters nicht ernst nehmen konnten; unsere Heerespsychiater haben einmütig – und wenn Sie wüßten, wie schwer es ist, unter amerikanischen Heerespsychiatern Einmütigkeit herzustellen –, sie haben ihn einmütig für verrückt, für seine Taten nicht verantwortlich erklärt, und so fällt die Verantwortung auf Sie, Herr Hauptmann, da Sie eindeutig nicht verrückt, und – ich will Ihnen das verraten –, durch die Aussagen Ihrer Kameraden stark belastet sind. Ich will Ihnen gar nicht die Frage nach Ihrer politischen Anschauung stellen: die Unschuldsbeteuerungen sind mir schon zu geläufig und offengestanden auch zu langweilig. Ich habe schon zu meinen Kameraden gesagt, wir werden in diesem schönen Land nur fünf oder sechs, wenn's hochkommt neun Schuldige finden und uns fragen müssen, gegen wen wir diesen Krieg geführt haben: gegen lauter einsichtige, nette intelligente, sogar kultivierte Menschen – bitte, beantworten Sie doch meine Frage! Warum, warum haben Sie es getan?‹

Auf dem Platz des amerikanischen Offiziers saß jetzt das junge Mädchen, aß seine Frikadelle, nippte am Bier, kicherte; am Horizont konnte er den dunkelgrauen, schlanken Turm von Sankt Severin sehen, unversehrt.

Sollte er sagen, daß er den Respekt vor kulturgeschichtlichen Denkmälern so rührend fände wie den Irrtum, anstatt lauter netten, einsichtigen Leuten Bestien zu erwarten? Ein Denkmal für Edith und Ferdi, für Schrella und dessen Vater, für Groll und den Jungen, der seine Papierchen in den Briefkasten geworfen, für den Polen Anton, der gegen Vacano die Hand erhoben hatte und deshalb ermordet worden war, und für die vielen, die *Es zittern die morschen Knochen* gesungen hatten, nichts Besseres war ihnen beigebracht worden; ein Denkmal für die Lämmer, die niemand geweidet hatte.

Wenn sie den Zug noch erwischen wollte, mußte seine Tochter Ruth jetzt am Portal von Sankt Severin vorbei zum Bahnhof laufen; mit ihrer grünen Mütze auf dem dunklen Haar, in ihrem rosaroten Pullover, erhitzt, glücklich, Vater, Bruder und Großvater zu treffen; Nachmittagskaffee in Sankt Anton vor der großen Geburtstagsfeier am Abend.

Vater stand draußen im Schatten vor der Tafel und studierte die Abfahrtszeiten; gerötet das schmale Gesicht, liebenswürdig der Alte, großzügig und freundlich, der hatte nie vom *Sakrament des Büffels* gekostet, war mit dem Altern nicht bitter geworden; wußte er alles? Oder würde er es noch erfahren? Und sein Sohn Joseph, wie würde er es dem je erklären können; Schweigen war besser als die Gedanken und Gefühle aktenkundig zu machen und den Psychologen auszuliefern.

Er hatte es auch dem freundlichen jungen Mann nicht erklären können, der ihn kopfschüttelnd ansah, ihm die angebrochene Zigarettenschachtel über den Tisch zuschob; er nahm die Zigarettenpackung, sagte Dank, steckte sie in die Tasche, nahm sein Eisernes Kreuz von der Brust, schob es dem jungen Mann über den Tisch zu; das rot-weiß karierte Tischtuch beulte sich, er zog es wieder glatt, während der junge Mann errötete.

›Nein, nein‹, sagte Robert, ›verzeihen Sie mir meine Ungeschicklichkeit; ich wollte Sie nicht kränken, aber ich habe das Bedürfnis, Ihnen das als Andenken zu schenken, Andenken an den, der die Abtei Sankt Anton gesprengt hat und diesen Orden dafür bekam; der sie gesprengt hat, obwohl er wußte, daß der General verrückt war, obwohl er wußte, daß die Sprengung weder taktisch noch strategisch einen Sinn hatte. Ich behalte Ihre Zigaretten gern – darf ich Sie bitten zu glauben, daß wir nur als Gleichaltrige Geschenke gewechselt haben?‹

Vielleicht hatte er es getan, weil ein halbes Dutzend Mönche damals zur Sonnwendfeier den Kosakenhügel hinaufgezogen waren und oben, als das Feuer aufloderte: *Es zittern die morschen Knochen* angestimmt hatten; Otto zündete das Feuer an, und er selber stand dabei, mit seinem kleinen Sohn auf dem Arm, Joseph, dem blondgelockten, der vor Freude über das lodernde Feuer in die Hände klatschte; Edith neben ihm, preßte seine rechte Hand; vielleicht auch, weil Otto ihm nicht einmal fremd gewesen war in einer Welt, in der eine Handbewegung das Leben kostete; rings ums Sonnwendfeuer die Dorfjugend aus Dodringen, Schlackringen, Kisslingen und Denklingen; die erhitzten Gesichter der jungen Männer und Mädchen leuchteten wild im Sonnwendfeuer, das Otto hatte entzünden dürfen, und alle sangen, was der biedere Mönch, der dem biederen Ackerpferd die Sporen in die Flanken bohrte, anstimmte: *Es zittern die morschen Knochen*. Gröhlend, mit Fakkeln in der Hand, zogen sie den Berg hinunter; sollte er dem jungen

Mann sagen, daß er es tat, weil sie die Weisung *Weide meine Lämmer* nicht befolgt hatten; und daß er nicht eine Andeutung von Reue spüre; er sagte laut:

›Vielleicht war es nur ein Spaß, ein Spiel.‹

›Komische Späße, komische Spiele treibt ihr hier. Sie sind doch Architekt.‹

›Nein, Statiker.‹

›Nun ja, meinetwegen, das ist doch kaum ein Unterschied.‹

›Sprengen‹, sagte er, ›ist nur die Umkehrung der Statik. Sozusagen ihr Reziprok.‹

›Verzeihen Sie‹, sagte der junge Mann, ›in Mathematik war ich immer schwach.‹

›Und mir war sie immer ein reines Vergnügen.‹

›Ihr Fall beginnt, mich privat zu interessieren. Soll der Hinweis auf Ihre Liebe zur Mathematik bedeuten, daß bei der Sprengung ein gewisses berufliches Interesse vorlag?‹

›Vielleicht. Für einen Statiker ist es natürlich von hohem Interesse zu wissen, welche Kräfte notwendig sind, die statischen Gesetze auszulöschen. Sie werden zugeben, daß es eine perfekte Sprengung war.‹

›Aber wollen Sie im Ernst behaupten, daß dieses sozusagen abstrakte Interesse eine Rolle gespielt haben könnte?‹

›Ja.‹

›Ich glaube, ich kann auf die politische Vernehmung nun doch nicht verzichten. Ich mache Sie darauf aufmerksam, daß falsche Angaben zu machen sinnlos wäre; wir besitzen alle erforderlichen Unterlagen, um Ihre Aussagen zu prüfen.‹

Es fiel ihm ein, in diesem Augenblick erst, daß Vater die Abtei vor fünfunddreißig Jahren gebaut hatte; sie hatten es so oft gehört und bestätigt bekommen, daß es schon nicht mehr wahr war, und er hatte Angst, der junge Mann würde es herausbekommen und glauben, die Erklärung gefunden zu haben: *Vaterkomplex*; vielleicht wäre es doch besser, dem jungen Mann zu sagen: weil sie die Lämmer nicht geweidet haben, und ihm damit einen handfesten Grund zu geben, ihn für verrückt zu halten; aber er blickte nur durchs Fenster auf den schlanken Turm von Sankt Severin wie auf eine Beute, die ihm entgangen war, während der junge Mann ihm Fragen stellte, die er alle, ohne nachzudenken, mit Nein beantworten konnte.

Das Mädchen schob den leergewordenen Teller von sich weg, nahm den des jungen Mannes, hielt die beiden Gabeln einen Augenblick in der rechten Hand, während sie mit der linken den Teller des jungen Mannes auf den ihren setzte, legte dann die beiden Gabeln auf den oberen Teller, die freigewordene Rechte auf den Unterarm des Jünglings und blickte ihm lächelnd in die Augen.

›Sie haben also keiner Organisation angehört? Lesen Hölderlin? Gut. Ich muß Sie vielleicht morgen noch einmal holen lassen.‹

Mitleidend bleibt das ewige Herz doch fest.

Als sein Vater in den Gastraum trat, errötete er, ging auf den Alten zu, nahm ihm den schweren Hut aus der Hand und sagte: »Ich habe vergessen, dir zum Geburtstag zu gratulieren, Vater. Verzeih. Bier habe ich schon für dich bestellt, ich hoffe, es ist noch frisch genug, sonst ...?«

»Danke«, sagte der Vater, »Dank für die Glückwünsche, und laß das Bier nur, ich mag es gar nicht gern kalt.« Der Vater legte ihm die Hand auf den Oberarm, Robert errötete und dachte an die intime Geste, die sie in der Allee vor der Heilanstalt getauscht hatten; dort hatte er plötzlich das Bedürfnis gespürt, seinem Vater den Arm auf die Schulter zu legen, und der Vater hatte diese Geste erwidert, während sie die Verabredung trafen, sich im Denklinger Bahnhof zu treffen.

»Komm«, sagte Robert, »setzen wir uns, wir haben noch fünfundzwanzig Minuten Zeit.«

Sie hoben ihre Gläser, nickten einander zu und tranken.

»Eine Zigarre, Vater?«

»Nein, danke. Weißt du übrigens, daß sich die Abfahrtszeiten der Züge in fünfzig Jahren kaum geändert haben. Sogar die Emailleschildchen mit den Uhrzeiten drauf sind noch die gleichen; an manchen ist nur das Emaille ein wenig abgesplittert.«

»Die Stühle, die Tische, die Bilder an der Wand«, sagte Robert, »alles noch wie früher, wenn wir an schönen Sommerabenden zu Fuß von Kisslingen herüberkamen und hier auf den Zug warteten.«

»Ja«, sagte der Vater, »nichts ist verändert. Hast du Ruth angerufen; wird sie kommen? Ich habe sie so lange nicht gesehen.«

»Ja, sie kommt; ich nehme an, sie sitzt schon im Zug.«

»Wir können schon kurz nach halb fünf in Kisslingen sein, dort Kaffee trinken und bequem bis sieben wieder zu Hause. Ihr kommt zur Feier?«

»Selbstverständlich, Vater, hast du daran gezweifelt?«

»Nein, aber ich dachte daran, sie ausfallen zu lassen, sie abzusagen – vielleicht ist es der Kinder wegen besser, das nicht zu tun, und ich habe so vieles vorbereitet für diesen Tag.«

Der Alte senkte die Augen auf das rot-weiß karierte Tischtuch, zog dort Kreise mit seinem Bierglas; Robert bewunderte die glatte Haut an den Händen; Kinderhände, die ihre Unschuld behalten hatten; der Vater hob die Augen, blickte Robert ins Gesicht.

»Ich dachte an Ruth und Joseph; du weißt doch, daß Joseph ein Mädchen hat?«

»Nein.«

Der Alte senkte den Blick wieder, ließ wieder das Bierglas kreisen.

»Ich hatte immer gehofft, daß meine beiden Güter hier draußen so etwas wie eure zweite Heimat werden würden, aber ihr habt alle immer lieber in der Stadt gewohnt, sogar Edith – bei Joseph erst scheint sich mein Traum zu erfüllen; merkwürdig, daß ihr alle immer glaubt, daß er Edith gleicht und nichts von uns hat – und doch gleicht er Heinrich so sehr, daß ich manchmal erschrecke, wenn ich deinen Jungen sehe; Heinrich, wie er geworden wäre – erinnerst du dich an ihn?«

Brom hieß unser Hund; und ich hielt die Zügel der Kutsche, sie waren aus schwarzem Leder; sie waren brüchig; muß haben ein Gewehr, muß haben ein Gewehr; Hindenburg.

»Ja, ich erinnere mich an ihn.«

»Er gab mir den Bauernhof, den ich ihm schenkte, zurück; wem soll ich ihn nun schenken? Joseph oder Ruth? Dir? Möchtest du ihn haben? Besitzer von Kühen und Wiesen, Zentrifugen und Rübenschnitzelmaschinen sein? Traktoren und Heuwendern? Soll ich's dem Kloster übermachen? Von meinem ersten Honorar kaufte ich die beiden Bauernhöfe! Ich war neunundzwanzig, als ich die Abtei baute, und ihr könnt euch gar nicht vorstellen, was es für einen jungen Architekten bedeutet, einen solchen Auftrag zu bekommen. Skandal. Sensation. Nicht nur deswegen fahre ich so oft hin, um mich an die Zukunft zu erinnern, die inzwischen längst Vergangenheit geworden ist. Ich hatte immer gedacht, im Alter so etwas wie ein Bauer zu werden. Ich bin es nicht geworden, nur ein alter Narr, der mit seiner Frau Blindekuh spielt; wir halten uns abwechselnd die Augen zu, wechseln die Zeiten wie die Scheiben in den Apparaten, mit denen man Bilder an die Wand wirft: bitte: das Jahr 1928 – zwei hübsche Söhne an der Hand der Mutter, der eine dreizehn Jahre, der andere elf; der Vater mit der Zigarre im Mund daneben, lächelnd; im Hintergrund der Eiffelturm – oder ist es die Engelsburg, vielleicht das Brandenburger

Tor? – such dir die Kulisse aus; vielleicht auch die Brandung in Ostende oder der Turm von Sankt Severin; die Limonadenbude im Blessenfelder Park? Nein, es ist natürlich die Abtei Sankt Anton: du findest sie im Fotoalbum zu allen Jahreszeiten: nur die Mode, die wir tragen, wechselt: deine Mutter mit großem, mit kleinem Hut, mit kurzem, mit langem Haar; mit weitem, mit engem Rock, und ihr Kinder drei und fünf, fünf und sieben Jahre alt; dann taucht eine Fremde auf: blond, jung, trägt ein Kind auf dem Arm, hält das andere an der Hand; ein Jahr, drei Jahre sind die Kinder alt; weißt du, daß ich Edith geliebt habe, wie ich eine Tochter nicht hätte lieben können; ich konnte nie glauben, daß sie wirklich einen Vater, eine Mutter gehabt hat – einen Bruder. Sie war eine Botin des Königs; als sie bei uns lebte, konnte ich seinen Namen wieder denken, ohne zu erröten, konnte den Namen beten – welche Botschaft hat sie dir gebracht, dir übergeben? Rache für die Lämmer? Ich hoffe, du hast den Auftrag getreulich ausgeführt, keine falschen Rücksichten genommen, wie ich sie immer nahm, nicht in den Eisschränken der Ironie das Gefühl der Überlegenheit frisch erhalten, wie ich es immer tat. Hat sie diesen Bruder wirklich gehabt? Lebt er? Gibt es ihn?«

Er zog Kreise mit seinem Bierglas, starrte auf die rot-weiß karierte Tischdecke, hob den Kopf nur ein wenig.

»Sag doch: gibt es ihn wirklich? Er war doch dein Freund; ich habe ihn einmal gesehen; ich stand am Schlafzimmerfenster und sah ihn über den Hof auf dein Zimmer gehen; ich habe ihn nie vergessen, oft an ihn gedacht, obwohl ich ihn kaum zehn oder zwanzig Sekunden lang gesehen haben kann; ich hatte Angst vor ihm, wie vor einem dunklen Engel. Gibt es ihn wirklich?«

»Ja.«

»Er lebt?«

»Ja. Angst hast du vor ihm?«

»Ja. Vor dir auch. Wußtest du es nicht? Ich will nicht wissen, welche Botschaft Edith dir gab; nur: hast du sie ausgeführt?«

»Ja.«

»Gut. Du bist erstaunt, daß ich Angst vor dir hatte – ein wenig noch habe. Ich lachte über eure kindlichen Konspirationen, aber das Lachen blieb mir im Halse stecken, als ich las, daß sie den Jungen getötet hatten; er hätte Ediths Bruder sein können, aber später wußte ich, daß es fast noch human gewesen war, einen Jungen zu töten, der immerhin eine Bombe geworfen und die Füße eines Turnlehrers versengt hatte; der Junge, der deine Zettelchen in unseren Briefkasten warf, der Pole, der gegen den Turnlehrer seine Hand hob – ein unangebrachtes Wimpernzucken, Haarwuchs und Nasenform genügten, und nicht einmal das brauchten sie mehr: nur den Geburtsschein des Vaters oder der Großmutter; ich hatte mich jahrelang von meinem Lachen ernährt, aber diese Nahrung fiel aus, kein Nachschub mehr, Robert, und ich öffnete den Eisschrank, ließ die Ironie sauer werden und schüttete sie weg wie einen ekligen Rest von etwas, das einmal wertvoll gewesen sein mochte; ich hatte geglaubt, deine Mutter zu lieben und zu verstehen – aber jetzt erst verstand ich sie und liebte sie, verstand auch euch und liebte euch; später erst begriff ich es ganz; ich war obenauf, als der Krieg zu Ende war, wurde Baubeauftragter für den ganzen Bezirk; Frieden, dachte ich, es ist vorbei, neues Leben – als sich eines Tages der englische Kommandant sozusagen bei mir entschuldigte, daß sie die Honoriuskirche bombardiert und die Kreuzigungsgruppe aus dem zwölften Jahrhundert zerstört hatten; er entschuldigte sich nicht wegen Edith, nur wegen einer Kreuzigungsgruppe aus dem zwölften Jahrhundert; sorry; ich lachte zum ersten Mal wieder seit zehn Jahren, aber es war kein gutes Lachen, Robert – und ich legte mein Amt nieder; Baubeauftragter? Wozu? wo ich doch sämtliche Kreuzigungsgruppen aus sämtlichen Jahrhunderten darum gegeben hätte, Ediths Lächeln noch einmal zu sehen, ihre Hand auf meinem Arm zu spüren; was bedeuteten mir die Bilder des Königs gegen das wirkliche Lächeln seiner Botin? Und für den Jungen, der deine Zettelchen brachte – ich habe ihn nie zu Gesicht bekommen, nie seinen Namen erfahren – hätte ich Sankt Severin hergegeben und gewußt, daß es ein lächerlicher Preis gewesen wäre, wie wenn man einem Lebensretter eine Medaille gibt; hast du Ediths Lächeln je wieder gesehen, oder das Lächeln des Tischlerlehrlings? Nur einen Abglanz davon? Robert! Robert!«

Er ließ das Bierglas los, legte die Arme auf den Tisch.

»Hast du es je gesehen?« fragte er murmelnd unter seinen Armen heraus.

»Ich habe es gesehen«, sagte Robert, »auf dem Gesicht eines Hotelboys, der Hugo heißt – ich werde ihn dir zeigen.«

»Ich werde diesem Jungen den Gutshof schenken, den Heinrich nicht wollte; schreib mir seinen Namen und seine Adresse auf den Bierdeckel; auf Bierdeckeln werden die wichtigsten Botschaften überbracht; und sag mir Bescheid, wenn du etwas von Ediths Bruder hörst. Lebt er?«

»Ja. Hast du immer noch Angst vor ihm?«

»Ja. Das Schreckliche an ihm war, daß er nichts Rührendes hatte; als ich ihn über den Hof gehen sah, wußte ich, daß er stark war, und daß er alles, was er tat, nicht aus Gründen tat, die für andere Menschen gelten konnten: daß er arm war oder reich, häßlich oder schön; daß seine Mutter ihn geschlagen oder *nicht* geschlagen hatte; lauter Gründe, aus denen irgendeiner irgend etwas tut: entweder Kirchen baut oder Frauen mordet, ein guter Lehrer wird oder ein schlechter Organist; bei ihm wußte ich: keiner dieser Gründe würde irgend etwas erklären; damals war die Zeit, in der ich noch lachen konnte, aber bei ihm fand ich keinen Spalt, wo ich mein Lachen hätte ansetzen können; das machte mir Angst, als wäre ein dunkler Engel über unseren Hof gegangen, ein Gerichtsvollzieher Gottes, der dich pfändete; er hat es getan, hat dich gepfändet; er hatte nichts Rührendes; selbst als ich hörte, daß sie ihn geschlagen hatten und umbringen wollten, war ich nicht gerührt ...«

»Herr Rat, ich habe Sie jetzt erst erkannt; ich freue mich, Sie wohl zu sehen; es müssen Jahre her sein, daß Sie zuletzt hier waren.«

»Ach, Mull, Sie sind's? Lebt Ihre Mutter noch?«

»Nein, Herr Rat, wir haben sie unter die Erde bringen müssen. Es war ein riesiges Begräbnis. Sie hat ein volles Leben gehabt: sieben Kinder und sechsunddreißig Enkel, elf Urenkel; ein volles Leben. Tun die Herren mir die Ehre an, auf das Wohl meiner verstorbenen Mutter zu trinken?«

»Mit Freuden, lieber Mull – sie war eine großartige Frau.«

Der Alte stand auf, auch Robert erhob sich, während der Wirt zur Theke ging, die Biergläser vollaufen ließ; die Bahnhofsuhr zeigte erst zehn nach vier; zwei Bauern warteten an der Theke, schoben gelangweilt mit Senf beschmierte Frikadellen in ihre Münder, tranken mit wohligem Seufzen ihr Bier; mit rotem Gesicht, feuchten Augen kam der Wirt an den Tisch zurück, stellte die Biergläser vom Tablett auf den Tisch, nahm seins in die Hand.

»Auf das Wohl Ihrer Mutter, Mull«, sagte der alte Fähmel.

Sie hoben ihre Gläser, tranken einander zu, setzten die Gläser ab.

»Wissen Sie eigentlich«, sagte der Alte, »daß Ihre Mutter mir vor fünfzig Jahren Kredit gab, wenn ich durstig und hungrig von Kisslingen herüberkam; damals wurde die Bahnstrecke repariert und es machte mir noch nichts aus, vier Kilometer zu laufen; auf Ihr Wohl, Mull, und das Ihrer Mutter. Dies ist mein Sohn, Sie kennen ihn noch nicht?«

»Fähmel – angenehm.«

»Mull – angenehm.«

»*Sie* kennt hier jedes Kind, Herr Rat, jedermann weiß, daß Sie unsere Abtei gebaut haben, und manche Großmutter weiß noch Geschichten von Ihnen zu erzählen; wie Sie ganze Wagenladungen Bier für die Maurer bestellten und beim Richtfest ein Solo getanzt haben. Diesen Schluck auf Ihr Wohl, Herr Rat.«

Sie tranken im Stehen die Gläser aus; Robert, mit dem leeren Glas in der Hand, starrte dem Wirt nach, der zur Theke zurückging, die leeren Teller des Pärchens in die Durchreiche schob, dann mit dem jungen Mann abrechnete. Sein Vater zog ihn am Rock.

»Komm«, sagte der Alte, »setz dich doch, wir haben noch zehn Minuten Zeit. Das sind prächtige Leute, die haben das Herz auf dem rechten Fleck.«

»Und du hast keine Angst vor ihnen, nicht wahr, Vater?«

Der Alte blickte seinen Sohn voll an; sein schmales, noch glattes Gesicht lächelte nicht.

»Diese Leute waren es«, sagte Robert, »die Hugo quälten – vielleicht war auch einer von ihnen Ferdis Henker!«

»Während du weg warst und wir auf Nachricht von dir warteten, hatte ich Angst vor jedem Menschen – aber vor Mull Angst haben? Jetzt? Hast *du* Angst vor ihm?«

»Ich frage mich bei jedem Menschen, ob ich ihm ausgeliefert sein möchte, und es gibt nicht viele, bei denen ich sagen würde: ja.«

»Und Ediths Bruder warst du ausgeliefert?«

»Nein. Wir bewohnten in Holland ein Zimmer gemeinsam, teilten alles, was wir hatten, spielten den halben Tag Billard, studierten die andere Hälfte des Tages; er Deutsch, ich Mathematik; ich war ihm nicht ausgeliefert, würde mich ihm aber jederzeit ausliefern – auch dir, Vater.« – Robert nahm die Zigarette aus dem Mund. – »Ich würde dir gern zu deinem achtzigsten Geburtstag etwas schenken, Vater – dir beweisen, nun, vielleicht weißt du, was ich dir beweisen möchte?«

»Ich weiß es«, sagte der Alte, legte die Hand auf den Arm seines Sohnes, »du brauchst es nicht auszusprechen.«

Ein paar Reuetränen würde ich dir gern schenken, aber ich kann sie nicht erzwingen, ich blicke immer noch auf den Turm von Sankt Severin wie auf eine Beute, die mir entgangen ist; schade, daß es dein Jugendwerk sein mußte, das große Los, das erste große Spiel; und gut gebaut, solides Mauerwerk, statisch vorzüglich; zwei Lastwagen voll Sprengstoff mußte ich anfordern und ging rund, zeichnete mit Kreide meine Formeln und Zeichen an die Wände, an die

Säulen, an Gewölbestützen, zeichnete sie an das große Abendmahlsbild, zwischen Sankt Johannes und Sankt Peters Fuß; ich kannte die Abtei so gut; du hattest es mir als Kind, als Junge, als Jüngling so oft erklärt – ich zeichnete meine Zeichen an die Wand, während der Abt, der als einziger dort geblieben war, neben mir herrannte, an meine Vernunft appellierte, an meine Religion; zum Glück war's ein neuer Abt, der mich nicht kannte. Er appellierte an mein Gewissen, vergebens; er kannte mich nicht als Forellen essenden Wochenendbesucher, als naturreinen Honig essenden, Butter aufs Landbrot schmierenden Sohn des Baumeisters, und während er mich anblickte, als wäre ich wahnsinnig, flüsterte ich es ihm zu: *Es zittern die morschen Knochen*; neunundzwanzig war ich, genauso alt wie du, als du die Abtei gebaut hast, und lauerte schon auf die Beute, die sich hinten am Horizont grau und schlank abzeichnete: Sankt Severin; aber ich wurde gefangengenommen, und der junge Mann verhörte mich, hier im Bahnhof von Denklingen, drüben am Tisch, der jetzt leer ist.

»Woran denkst du«, fragte der Alte.

»An Sankt Anton, ich bin so lange nicht dort gewesen.«

»Freust du dich?«

»Ich freue mich auf Joseph, ich habe ihn so lange nicht gesehen.«

»Ich bin ein wenig stolz auf ihn«, sagte der Alte, »er ist so frei und frisch und wird einmal ein tüchtiger Architekt werden; ein bißchen zu streng mit den Handwerkern, zu ungeduldig, aber ich erwarte von einem Zweiundzwanzigjährigen nicht Geduld – nun steht er unter Termindruck; die Mönche würden so gern die Adventsliturgie schon in der neuen Kirche singen; natürlich werden wir alle zur Einweihung eingeladen.«

»Ist der Abt noch da?«

»Welcher?«

»Gregor.«

»Nein, er ist siebenundvierzig gestorben; er hat's nicht verwinden können, daß die Abtei zerstört wurde.«

»Und du, hast du es verwinden können?«

»Als ich die Nachricht bekam, daß sie zerstört war, hat es mich sehr getroffen, aber als ich dann hinfuhr und die Trümmer sah, und die Mönche aufgeregt waren und eine Kommission gründen wollten, um den Schuldigen herauszufinden, habe ich abgeraten; ich wollte keine Rache für ein Bauwerk, und ich hatte Angst, sie würden den Schuldigen finden, und er würde sich bei mir entschuldigen; das Sorry des Engländers klang mir noch zu schrecklich im

Ohr; und schließlich kann man Gebäude wieder aufbauen. Ja, Robert, ich hab's verwunden. Du wirst es nicht glauben, aber ich habe an den Gebäuden, die ich entworfen, deren Bau ich geleitet habe, nie gehangen; auf dem Papier gefielen sie mir, ich war mit einer gewissen Leidenschaft am Werk, aber ich war nie ein Künstler, verstehst du, wußte auch, daß ich keiner war; ich hatte ja meine Pläne noch, als sie mir den Wiederaufbau antrugen; für deinen Jungen ist es eine großartige Gelegenheit, sich praktisch zu üben, Koordinierung zu lernen und seine Ungeduld ein wenig zu verschleißen – müssen wir nicht zum Zug?«

»Noch vier Minuten, Vater. Wir könnten schon auf den Bahnsteig hinausgehen.«

Robert stand auf, winkte zur Theke hin, griff nach seiner Brieftasche, aber der Wirt kam hinter der Theke hervor, ging an Robert vorüber, legte dem Alten lächelnd die Hand auf die Schulter und sagte: »Nein, nein, Herr Rat – Sie sind meine Gäste gewesen, das lasse ich mir nicht nehmen, um das Andenken meiner Mutter willen.«

Es war noch warm draußen; die weißen Rauchfahnen des Zuges waren schon über Dodringen zu sehen.

»Hast du Fahrkarten?« fragte der Alte.

»Ja«, sagte Robert, er blickte dem Zug entgegen, der über die Steigung hinter Dodringen wie aus dem hellblauen Himmel heraus auf sie zukam; schwarz, alt und rührend war der Zug; der Bahnhofsvorsteher trat aus dem Dienstraum, mit seinem Wochenendlächeln auf dem Gesicht.

»Hierher, Vater, hierher«, rief Ruth; ihre grüne Mütze, ihre winkenden Arme, der rosarote Flaum ihres Pullovers; sie hielt ihrem Großvater die Hände entgegen, half ihm auf die Plattform hinauf, umarmte ihn, schob ihn vorsichtig in die offene Abteiltür, zog ihren Vater hoch, küßte ihn auf die Wange.

»Ich freue mich schrecklich«, sagte sie, »wirklich schrecklich auf Sankt Anton und auf heute abend.«

Der Bahnhofsvorsteher pfiff und winkte dem Zug zur Abfahrt.

HANS WERNER RICHTER
Linus Fleck oder Der Verlust der Würde

VI

Die ersten zehn Nummern des ›Korkenziehers‹ waren ohne sonderlichen Erfolg erschienen. Die Zeitschrift, so sagte Waschbottel, würde mehr von oben als von unten beachtet, man müsse jedoch an die Massen heran, aber Linus hörte nur mit halbem Ohr zu. Er hatte sich in seinem neuen Beruf eingearbeitet, verstand jetzt etwas von Druck und Papier, überließ es aber immer noch Waschbottel, die Leitartikel und Glossen unter seinem Namen zu schreiben, Linus Fleck wurde jetzt häufig zitiert, sowohl in neuaufgetauchten Magazinen wie in Tageszeitungen, und nicht ohne Stolz bemerkte er das hier und da erteilte Lob.

»Der frische Wind«, so hatte gerade gestern eine nicht unwichtige Tageszeitung geschrieben, »den der jugendliche Linus Fleck in die neuere deutsche Publizistik hineinträgt, läßt hoffen, daß eine Generation heranwächst, die sich ihrer Verantwortung bewußt ist. Hier wird nicht nur geschrieben, hier wird auch gehämmert.«

Das mit dem Hämmern gefiel Linus besonders gut. Er las den Ausschnitt immer wieder und wollte gerade Waschbottel ein Lob erteilen, als dieser sich erhob und zu einer längeren Rede ansetzte. Gräfin Ritzmühl hörte ihm mit halboffenem Mund zu, demütig, bewundernd und kritisch zugleich, und Linus senkte ärgerlich den Kopf. Waschbottel aber ließ sich nicht beirren. Mit kreisenden Ohren gab er einen kurzen Abriß über das Wesen der Demokratie in Athen, dessen Marktplatz der Mutterboden einer jeden Demokratie gewesen sei, ganz gleich ob sie sich amerikanisch, englisch oder französisch nenne, teilte Seitenhiebe auf das cäsarische Rom aus und kam, mit einem grotesken Sprung, auf die Gegenwart und die Notwendigkeit der Kritik auch unter dem Diktat einer Militärregierung zu sprechen.

Linus verstand nicht alles, was Waschbottel sagte, doch Waschbottel hatte schon öfter von dem »Neuen Kurs«, wie er es nannte, gesprochen, mit dem man die deutsche Jugend überrennen, begeistern und zu treuen Anhängern des ›Korkenziehers‹ machen könnte. Er, Linus, erwartete heute abend Lina Knass, die ihn zum fünftenmal besuchte, um sich mit Lebensmitteln auszustatten, und dieser Besuch beschäftigte ihn. Verlegen und abwesend hob er den Kopf und sah Waschbottel an. Dieser legte gerade, ohne sich zu unterbrechen, seine linke Hand auf den Kopf der neben ihm sitzenden Gräfin, als wäre sie die Göttin der Freiheit, was diese zu einem gespreizten Kichern veranlaßte, und erklärte, einem Standbild ähnlich:

»Der ›Korkenzieher‹, mein lieber Linus, muß zur Fanfare der neuen Zeit werden. Dazu ist es notwendig, daß wir das Wesen der Demokratie erkennen, analysieren, und ihr das liefern, was sie zu ihrer Existenz nötig hat, nämlich eine scharfe, vorurteilslose Kritik. Ich stehe nicht an zu behaupten, daß eine Militärregierung immer eine Militärregierung bleibt, auch die amerikanische. Sie diktiert, statt zu erziehen. Wir aber müssen, Urdemokraten die wir sind, der Militärregierung sagen, was sie falsch macht. Ich werde unter Linus Fleck einen Leitartikel mit der Überschrift ›Quarantäne und Umerziehung‹ schreiben, der eine Sensation hervorrufen wird. Gräfin, beginnen Sie. Der Kolonialstatus ist schuld an allen Verbrechen der neueren menschlichen Geschichte.« Dann verbesserte er sich, drehte den Satz herum, schliff ihn, wie er es nannte, mit der Zunge durch und legte dann die rechte Hand auf den Kopf der Gräfin.

»Sehr gut«, murmelte Linus und erhob sich. Schließlich war es gleichgültig, was Waschbottel schrieb. So und so würde es nur zu seinem Ruhm dienen. Täglich wurde er mit Briefen aus allen Teilen des besetzten Deutschland bedacht. Nicht nur Major Howard las den ›Korkenzieher‹ mit großem Interesse und äußerte immer wieder seine Anerkennung, sondern auch der Engel von Fontainebleau hatte ihm in einem kurzen und sonst sehr kühlen Brief mitgeteilt, wie sehr sie diese Artikel schätze und ihn dafür loben müsse, wenn auch Waschbottels geniale Handschrift unverkennbar darin enthalten sei. (...)

Vierzehn Tage später wurde Linus zu Major Howard gerufen. Lina Knass wohnte noch immer in dem Redaktionszimmer, warf abends ihre Matratzen auf den Fußboden und legte sie morgens wieder zusammen, telefonierte täglich mit Leutnant Mimos und putzte, wusch und bügelte alles, was es in der Wohnung der Gräfin Ritzmühl zu putzen und zu waschen gab. Selbst der Morgenrock der Gräfin war ihr nicht entgangen, was diese mit einem würdigen Neigen ihres Kopfes hinnahm, Waschbottel aber zu dem Ausruf veranlaßte: »Sauberkeit ist die Tugend der Sieger«, worauf die Gräfin den Morgenrock auszog und verächtlich in die Ecke warf, zur Empörung von Lina und zum Mißfallen von Linus, der die Gräfin nur ungern in ihren Unterkleidern sah. Er hatte sich, zum Erstaunen von Waschbottel, seit jener Nacht mit Lina verändert, schloß, wie alle bemerkten, jeden Abend die Tür seines Zimmers sorgfältig hinter sich ab und gab sich reserviert und ganz als Herausgeber und Chef des ›Korkenziehers‹.

So betrat er das große, saalartige Zimmer des Majors Howard, seines Beinahe-Stiefvaters, blieb erhobenen Hauptes an der Tür stehen und verbeugte sich erst, als der Major ihn mit einer weltmännischen Geste dazu aufforderte.

»Nimm Platz, Linus, wir haben mit dir ein ernstes Wort zu reden. Wie kommst du dazu, einen Artikel zu schreiben, der jeden, aber auch jeden Anstand vermissen läßt? Was hat dich veranlaßt, deine Feder gegen uns zu erheben, gegen uns, eure Befreier?«

Linus erschrak. Noch nie hatte er den Major so aufgeregt gesehen. Alles an ihm, seine Eleganz, seine Gelassenheit, seine Eitelkeit und seine weltmännische Arroganz, alles schien untergegangen zu sein in einer hochroten Erregung, die sich gegen ihn, Linus, wandte, der von nichts eine Ahnung hatte. Der Major stand mitten auf dem riesigen Teppich, seine überaus hellen Augen sprühten Linus an, und seine Worte schossen zischend und platzpatronenartig in den Raum. In seinem Rücken saß Leutnant Mimos mit einem verigelten Gesicht, als hätte der Hase ihn überlistet und er selbst die nutzlosen Rennen laufen müssen.

»Aber Herr Major, oh, Sir«, stotterte Linus und spürte zugleich das Jucken an der linken Hinterbacke mit einer Heftigkeit einsetzen, wie er es lange nicht empfunden hatte. Devot verbeugte er sich, suchte nach einer Entschuldigung, trat einen Schritt zurück, als wollte er die Flucht ergreifen, wußte aber immer noch nicht, was er verbrochen hatte.

»Das ist Nihilismus, was du treibst, reiner Nihilismus«, sagte der Major und nahm Leutnant Mimos die letzte Nummer des ›Korkenziehers‹ aus der Hand.

»Was heißt das: Quarantäne und Umerziehung? Befindest du dich vielleicht in Quarantäne? Und meinst du, wir wüßten nicht sehr genau, wie dieses deutsche Volk umerzogen und entmilitarisiert werden muß? Dazu brauchen wir deine Ratschläge nicht. Wer hat dir nur diesen aufsässigen Floh ins Ohr gesetzt?«

»Ich weiß nicht, Sir«, stotterte Linus, dem jetzt einfiel, daß dies der sogenannte neue Kurs von Waschbottel war, für den er jetzt hier vor Major Howard zu büßen hatte. Aber er wußte nicht einmal genau, was in dem letzten Leitartikel stand, er hatte ihn nur überflogen, ahnte zwar die Zusammenhänge, verstand sie aber nicht ganz.

Major Howard schlug mit der flachen Hand auf die letzte Nummer des ›Korkenziehers‹, wobei ihm Leutnant Mimos mit ständigem Kopfnicken sekundierte.

»So, du weißt es nicht. Dann werde ich dir einmal vorlesen, was du geschrieben hast. Nimm nur diesen Satz: Das deutsche Volk lebt zur Zeit in dem Zustand eines Kolonialvolkes, das zur Demokratie erzogen werden soll. Jede demokratische Erziehung aber setzt die Freiheit der Meinungsbildung und der Kritik voraus. Wo diese von dem zu Erziehenden verweigert wird, bleibt zwischen Erziehung und Quarantäne nur die Quarantäne übrig. Was willst du damit sagen? Heißt das, daß wir, die amerikanische Militärregierung, keine Demokraten sind?«

Linus stand noch immer an der Tür, jetzt hochrot bis zu seiner niedrigen Stirn hinauf, stotterte etwas von allgemeiner Meinungsfreiheit und von der Notwendigkeit der Kritik und verwünschte innerlich Waschbottel, der ihn in diese Situation gebracht hatte. Vergeblich suchte er nach einem Ausweg, doch plötzlich fiel ihm ein, was Waschbottel über die Demokratie in Athen gesagt hatte. Etwas vom Mutterkuchen war darin gewesen, der Marktplatz Athens als Mutterkuchen sämtlicher nachfolgenden Demokratien, und bevor Major Howard in seiner Erregung fortfahren konnte, verbeugte er sich erneut und sagte:

»Oh, Sir, aber schon in der Demokratie in Athen, dem Mutterkuchen aller Demokratien, auch der amerikanischen, gab es ...«

Er kam nicht weiter. Bei dem Wort »Mutterkuchen« riß der Major seine farblosen Augen fast bis zu den Brauen auf, starrte Linus an, als hätte dieser den Verstand verloren, öffnete zweimal wortlos den Mund und unterbrach ihn dann so heftig, daß Linus erneut devot und geschlagen in sich zusammenfiel.

»Nihilismus, mein Lieber, nichts als Nihilismus. Wir sind hier nicht in Athen, sondern in dem besiegten Hitler-Deutschland. Hier gelten jetzt unsere Gesetze. Und was Demokratie ist, das wissen wir besser als ihr. Zum Teufel mit deinem Mutterkuchen! Und was sind das für Pseudonyme Dattelohr, Trottelohr, Ohrenbottel? Jedes Wort, das unter diesem Namen erscheint, ist reine Ironie. Und jetzt kannst du gehen. Falls aber ein solcher Artikel noch einmal erscheint, werden wir dir jede Unterstützung entziehen und vielleicht auch zu schärferen Maßnahmen greifen.«

Mit einer weitausholenden Bewegung schloß der Major seine Zurechtweisung ab, warf den ›Korkenzieher‹ verächtlich auf den Tisch und ließ Linus stehen, als wäre er gar nicht im Zimmer. Linus verbeugte sich noch einmal, diesmal zu Leutnant Mimos hin, stammelte etwas von »Nichtwiedervorkommen« und von »Fehlern, die passieren können, sich aber nicht wiederholen würden«, drückte verlegen die Türklinke hinter sich herunter und ging rückwärts hinaus. Mit bitteren Verwünschungen gegen Waschbottel kam er, eine halbe Stunde später, so erregt in der Redaktion an, daß Lina Knass, die ihm die Tür öffnete, erschrocken ausrief: »Was ist passiert, mein Goldjunge«, und die Gräfin in ein Schütteln ihres Kopfes verfiel, das einem Veitstanz ähnlich sah. Waschbottel saß an seinem Tisch und schrieb an seinem zwölften Leitartikel, erhob sich jedoch sofort, als Linus das Zimmer betrat.

»Waschbottel«, schrie Linus, wobei er die letzte Nummer des ›Korkenziehers‹ aus einem Regal riß, sie auf den Tisch warf und mit der flachen Hand auf den Leitartikel schlug: »Waschbottel, das ist Nihilismus, reiner Nihilismus!«

»Wie? Was ist das?« fragte Waschbottel, dessen Ohren langsam aus ihrem Schlaf erwachten, zuerst nach hinten klappten und dann wieder nach vorn und allmählich wie zwei riesige Schaufelräder zu rotieren begannen.

»Nihilismus«, schrie Linus und schlug erneut mit der flachen Hand auf den Leitartikel.

»Hat das Major Howard gesagt?«

»Nicht nur er, sondern auch ich. Erst jetzt habe ich mich unterrichtet. Das, Waschbottel, ist Nihilismus, reinster Nihilismus. Und was sind das für Pseudonyme – Dattelohr, Bottelohr, Trottelohr, jedes Wort ist reine Ironie.«

»Ironie ist das Salz der Demokratie«, sagte Waschbottel, trat einen Schritt von seinem Tisch zurück, ließ die Ohren kreisen, als stände sein Kopf unter Volldampf, und setzte zu einer Rede an, bei der Linus nicht mehr zu Wort kam. Er begann mit Bakunin, sprach über das Wesen des Nihilismus, streifte kurz Max Stirner und kam ohne Übergang zur Gegenwart, warf die Russen und Amerikaner in einen Topf, nannte sie beide »Positivisten« und endete mit dem fast pastoral ausgesprochenen Satz:

»Nihilismus aber, mein Lieber, ist etwas ganz anderes. Der Positivist empfindet alles als Nihilismus, was Kritik an seiner Position bedeutet. Oh, diese Kleinkrämer im Garten der Fortschrittsgläubigkeit!«

Mit diesem verzweifelten Ausruf setzte er sich wieder an seinen Tisch, warf dem nunmehr völlig zusammengebrochenen Linus einen mitleidigen Blick zu, zerriß seinen neuen Leitartikel und ließ die

Fetzen unter den Tisch fallen. Dann klatschte er in die Hände und rief:

»Gräfin, Gräfin, zum Diktat!«

GERHARD ZWERENZ
Die Liebe der toten Männer

Am Vormittag des 17. Juni wurde Martin in die Verwaltung gebracht. Sagrin, der Gefängnisleiter, ein phlegmatischer Kretin, saß hinter dem Schreibtisch. Martin stand in der Mitte des Zimmers. Der Wachtmeister, der ihn geholt hatte, hüstelte. Endlich bewegte sich Sagrin. Er hob den Blick und starrte Martin aus umflorten Augen an.

»Name?«

»Martin Striem.«

»Hm.«

Sagrin schob langsam, unendlich langsam einen Haufen Papiere zur Seite. Er hob die Brust und stieß einen Rülpser aus, der auch ein Seufzer sein konnte.

»Bürgermeister wirst du nicht wieder«, sagte er schwerfällig, wobei er jedes Wort für sich sprach. Seine Zunge war wie ein großer Hammer, und sie schmiedete Wort für Wort, während seine Augen auf Martin ruhten, als müßte der Hammer danach auch ihn zurechtschmieden.

Sagrin wandte sich an den Wachtmeister. »Lies ihm den Beschluß vor!«

Der Wachtmeister ergriff das Papier und begann mit haspelnder, stockender Stimme einen Regierungsbeschluß über Strafaussetzung, Amnestie und Gesetzesänderung vorzulesen. Sagrin schloß dabei unwillig die Augen, seine fetten Finger lagen reglos wie glänzende Würste auf der Schreibtischplatte.

Schräg hinter Sagrin, an der verstaubten, fliegendreckverschmutzten Wand hing ein Kalender. Die 17 starrte Martin an, daß er in seinem Gedächtnis zu suchen begann. Der 17. Juni – überlegte er, was war mit dem 17. Juni? Irgend etwas war mit diesem Datum.

Der Stein flog durch das Fenster und traf Sagrin überm Ohr. Es war, als stürzte ein Berg ein, so kippte Sagrin nach der Seite. Er mußte sofort bewußtlos gewesen sein. Er lag seitlich auf dem Boden, der Stuhl klemmte noch an seinem Gesäß. Sagrin hatte im Fallen die Hand an die getroffene Stelle gelegt, und so sah es aus, als läge er schlafend auf der Seite, die Hand unterm Ohr. Langsam, dabei aber von einer erstaunlichen Gleichmäßigkeit, sickerte unter Sagrins Hand und Kopf das Blut hervor, eine kleine, zuerst nur unscheinbare Lache, die anschwoll, als bliese sie jemand auf. Martin vermeinte das dünne Geräusch zu hören, mit dem das Blut aus dem Fleischberg sprudelte. Das Geräusch wuchs an, und schon unterschied man einzelne Rufe und Schreie, dazwischen drohendes Gemurmel. Während der Wachtmeister und einige andere, die herbeigestürzt waren, sich um Sagrin kümmerten, trat Martin ans Fenster. Der Hof lag gerade noch in seinem Blickfeld. Dort standen sie.

Zuerst sah er nur ihre Gestalten. Es waren nicht viele. Zwanzig vielleicht oder dreißig, aber sie standen mit einer gefahrdrohenden, finsteren Entschlossenheit in der stillen, geduckten Fläche des Hofes. Es war, als müßte allein schon ihre Anwesenheit jeden Widerstand davonfegen. Dabei standen sie ganz still da unten, wie Ausrufezeichen, vom Aufruhr in seiner stumm schreienden Schrift gesetzt, Ausrufezeichen in den Sekunden der Stille, die dem Sturm vorausgeht.

In die gebannte Unbeweglichkeit hinein klangen die erstaunten kindlichen Worte Sagrins:

»Was – ist denn geschehen –?«

›Er ist gar nicht tot‹, dachte Martin verwundert, nein, wie sonderbar, er war völlig überzeugt gewesen, der Stein müsse Sagrin getötet haben. Sagrin aber war nicht tot. Sagrin lebte. Sagrin sprach. Er sprach zwar nicht wie vorher, als er noch unverletzt war, seine Zunge schien kein schwerer Hammer mehr zu sein, viel eher ein kleines, unbedeutendes und leichtes, erstauntes Hämmerchen; doch es war kein Zweifel möglich, Sagrin sprach, Sagrin lebte; man hievte ihn mit vieler Mühe hoch, brachte Verbandszeug herbei, umwickelte seinen massigen Schädel mit weißem Mull, tupfte und wischte an ihm herum und tat ganz, als müßte der Aufstand sterben, wenn nur Sagrin lebte.

Martin blickte in den Hof hinunter. Jetzt konnte er Gesichter erkennen. Für einen Augenblick war ihm, als sähe er in den Hof der Flußburg. Die Zeit, dieses unerquickliche, unverständliche Tier, hatte sich zurückgewandt. Martin, um zwanzig Jahre jünger, stand in seinem Zimmer in der Flußburg und starrte hinunter in den Hof und sah die Gesichter, die er so genau kannte und liebte, und die er manchmal so sehr haßte, daß er am liebsten in sie hineingeschlagen hätte; die Gesichter, die noch jede Regierung und jede Macht bisher hatten erzittern lassen.

Martin erkannte unter denen, die das Gefängnis bedrohten, manchen aus der Flußburg. Und plötzlich, ganz plötzlich wußte er, daß sie das Gefängnis stürmen würden. Er sah auch andere Gesichter, fremde Gesichter, solche, die er noch nie gesehen hatte oder die er gesehen und sofort wieder vergessen hatte, unwichtige, blasse, in ihrem halben Trotz noch verlegene Gesichter, er sah den Gedanken der Flucht schon hinter ihren dünnen Stirnen bohren, und er wußte, sie würden fliehen, wären nicht die aus der Flußburg zwischen ihnen, die mit den finsteren Blicken und den bitteren Erfahrungen.

Als er so hinter der zersplitterten Fensterscheibe stand und durch die Gitterstäbe hinunter in die aufgebrochene Stadt sah, fühlte er plötzlich einen Stolz in sich, den er wie heißen Atem ausatmete und den, so glaubte er jedenfalls, auch die beiden hinter ihm spüren mußten. Er war stolz auf die Häßlichkeit und Armut dieser Erde, auf die Krüppel, die Aussätzigen und Ausgesetzten, die Ruhelosen, Besitzlosen, Heimatlosen, die Geschlagenen, Gepeitschten, Gehetzten, Gefesselten; er war stolz auf sie und sah ihre Schmerzen wie Ornamente einer Verheißung. Das Wort ›Osteria‹ kam ihm in den Sinn, er hatte es kürzlich irgendwo gelesen. Er wußte nicht genau, was es bedeutete, denn er sprach nicht italienisch; er meinte, es sei eine Hafenkneipe, und da er wußte, daß Italien ein armes Land war, stellte er sich vor, in der Osteria lebten die Ärmsten der Armen, die Häßlichsten der Häßlichen und Ruhelosesten der Ruhelosen; und er fühlte mit einem freudigen Schauer, wie er sich selbst in der Osteria befand. Er stand unter dem abgerissensten Volk der Welt und trank Rotwein, der die Nacht zuvor gestohlen worden war, und zahlte mit Geld, das er die Nacht zuvor gestohlen hatte. Und er verachtete jene, die keinen gestohlenen Rotwein tranken und kein gestohlenes Geld besaßen.

Er spie aus, und als der Speichel gegen das Fenster schlug, wußte er, daß er noch immer im Gefängnis war. ›Ich bin in Deutschland‹, dachte er, ›Italien ist fern und die Osteria ist fern, und in der Stadt draußen streift jetzt der Aufruhr durch die Straßen wie ein hungriger Hund.‹

Für einen kurzen Moment dachte er an die westliche Hälfte Deutschlands, wo sie auch heute arbeiten und leben würden wie jeden anderen Tag, wo sie sich kleideten wie jeden anderen Tag, wo sie diesen Tag aus den Kalendern reißen würden wie noch jedes andere Datum.

Er wandte sich zurück ins Zimmer. Sagrin, den fleischigen Kopf unter das strenge Weiß enganliegender Mullbinden gestopft, stand am Schreibtisch und starrte vor sich nieder. Seine unförmigen, dikken Hände waren zu Fäusten geballt, und wieder mußte Martin an große Schmiedehämmer denken. Sagrins Hände waren dick und fleischig, aber jetzt, da er sie ballte, gerannen sie zu eckiger Form.

»Das Präsidium verständigen!« befahl Sagrin, und seine Stimme klang, wohl durch die Verwundung, seltsam und wie aus weiter Ferne. Seine umflorten, trägen Augen ruhten auf Martin, der noch immer am Fenster lehnte.

»Die Leitungen sind unterbrochen!« meldete eine erregte Stimme.

»Alle Leitungen?« fragte Sagrin.

»Alle, wir haben keine Verbindung nach außen.«

Jetzt hörte man ein wildes Schießen, das gar nicht weit sein konnte.

»Ach, so ist das«, sagte Sagrin. Plötzlich ging in dem trägen Kretin eine Verwandlung vor. Er begann am ganzen Körper zu zittern, er schüttelte sich, die Schleier und das dunkle, schwimmende Grau seiner Augen zerrissen, er hob die Hände wie Hämmer und ließ sie zurücksausen, daß es durch die Zellengebäude hallte. Mit einer geschwinden Elastizität, die Martin dem bisher so bewegungsarmen Fleischberg nie zugetraut hätte, trat er ans Fenster und starrte hinunter auf die drohende Menge, die inzwischen angewachsen war.

»So ist das also!« knurrte Sagrin; dann drehte er sich um, und der Mann, der jetzt seine Befehle erteilte, erinnerte mit keiner Faser mehr an den Kretin.

Das Wachpersonal wurde eingeteilt. Maschinenpistolen funkelten, Magazine schnappten ein; die Leute eilten auf ihre Posten. Sagrin blieb allein im Zimmer. Erst jetzt schien er sich Martins wieder zu erinnern. Sagrin verzog das Gesicht. Martin erkannte das Lächeln nicht gleich. Erst als Sagrin schon mit ihm sprach, verstand er, daß Sagrin freundlich sein wollte. Sein Gesicht, halb von Verbänden bedeckt und zugleich von ihnen schief gedrückt, schwebte seltsam unwirklich im Raum. Martin konnte kaum verstehen, daß dies noch der gleiche Sagrin war, der vorhin am Schreibtisch gesessen und in den Papieren gekramt hatte.

»Bürgermeister«, sagte Sagrin, »vielleicht ist es doch nicht ganz vorbei mit dem Bürgermeister. Ich habe Anweisung, dich freizulassen. Du siehst selbst – höhere Gewalt verhinderte es. Was willst du tun?«

»Weiß ich nicht.«

»In die Zelle zurück?«

Martin sah Sagrin in die klaren, lauernden Augen. Was wollte der alte Fuchs?

»Du bist noch in der Partei«, sagte Sagrin, »bis jetzt ist nichts entschieden. Du siehst, hier kann es hart hergehen. Viel Leute hab ich nicht. Wie ist's?«

»Was soll ich tun?«

»Im zweiten Stock, nach der Straße zu, das Fenster über dem Anbau. Laß keinen rein.«

Martin ging zur Tür.

»Da«, sagte Sagrin. In seiner von Kraft und Energie federnden Hand glänzte eine Maschinenpistole. Martin zögerte. Es kostete ihn Anstrengung, seine Überraschung zu verbergen.

»Nimm nur«, sagte Sagrin, »solche wie du, auf die kann man sich schon verlassen.«

Uwe Johnson
Mutmassungen über Jakob

Sie kamen am Sonntagnachmittag zurück von ihrem Besuch im Flüchtlingslager. Der Wagen war mit einem Rundfunkgerät versehen, sie erfuhren die Niederschlagung des ungarischen Aufstands zur üblichen Zeit der Nachrichten. Da hatten sie die Autobahn eben verlassen und waren in das dichtgepackte Gedränge der Einfallstrassen geraten, auf denen die Autos von den Ausflügen zurückkehrten. Vor der ersten grösseren Kreuzung wurden sie eingekeilt und mussten lange Zeit warten. Gesine beschimpfte die reglosen glänzenden Autokästen vor und neben ihnen mit den sorgfältigsten Ausdrücken; sie sprach nicht laut, sie hing vorgebeugt über dem Lenkrad und starrte hinaus in den dünnen grauen Regen und horchte schrägen Kopfes auf die Stimme des Nachrichtensprechers, der inzwischen die neuesten Vermutungen über die bevorstehende Landung der britischen und französischen Truppen in Ägypten bekanntgab. »Sie werden landen«, sagte sie böse. Jakob sah nicht auf. Er zuckte die Achseln. Gesine hatte angesagt dass sie dann nicht mehr für das Hauptquartier arbeiten werde. Sie achtete nicht mehr auf die Strasse. Ihr Kopf lag jetzt ganz seitlich auf der rechten Hand über dem Rad, sie sah besorgt und bekümmert nur was sie dachte. Jakob berührte ihren Ellbogen. Sie konnten ausscheren. An der Kreuzung liefen schon die Leute zusammen, weil sie zu schnell angefahren war und vor einem entgegenkommenden Wagen an der Ecke kaum hatte zum Stillstand kommen können; der Aufschrei der Gummireifen auf dem Asphalt war das volkstümliche Signal für einen Unfall. Aber sie waren schon weiter, und als sie am Montag in den Spätnachrichten hörten dass die Engländer und Franzosen zuverlässig in Ägypten gelandet waren, sagte Gesine leise auflachend: »Wie er bremste, und ich bremste ... wir stutzten wie zwei fremde Tiere unverhofft vor einander ...«. Jakob sagte: »Du musst nicht jähzornig sein, hörst du?« Ihr Kopf lag neben ihm auf der Kante der Couch auf beiden Händen seitlich und blieb so, während sie die Augen aufschlug und ihr Blick schräg hochkam zu ihm. Sie betrachtete ihn ernsthaft verständig mit vorgeschobenen Lippen. Jakob schüttelte den Kopf. Er lächelte. Sie wandte ihren Blick ab und streckte sich aus unter der Decke. »Du weisst schon« murmelte sie. Es war undeutlich, und sie schien schon zu schlafen. Jakob betrachtete ihre verwühlten Haare über der hochgekehrten verschlafenen Schulter, er lachte leise und zärtlich auf. Nach einer Weile stand er auf und schaltete die Lampe aus und setzte sich zurück in den Sessel und blieb da ungefähr zwei Stunden lang in dem grauen nächtlichen Strassenlicht. Ihre Atemzüge gingen regelmässig, der Widerschein der Leuchtreklame flackerte blitzweise auf ihrem Gesicht; sie schlief als sei niemand bei ihr.

Als er aufgestanden war und am offenen Fenster stand in der nassen aschigen Luft, hörte er sie sich rühren. »Jakob!« sagte ihre Stimme aus dem Schlaf. Er wandte sich hastig um. Als er bei ihr war, schien sie schon wach. »Was war es« fragte er. Sie rückte zur Seite und zog die Decke an sich, so dass er sich neben sie setzen sollte. »Ich habe geträumt ich finde den Ausgang nicht« sagte sie. »In Cresspahls Haus, die Tür nicht?« fragte Jakob. Sie schüttelte den Kopf, das war als könne sie sich nicht rühren. »Hier« sagte sie. Jakob griff um ihre Schultern und richtete sie auf und sagte: »Das Graue, links, weisst du was links ist? das ist die Tür, dann kommt der Flur, und im Treppenhaus leuchtet es rot unter dem Lichtschalter, damit du ihn findest«. Inzwischen hatte sie sich aufgesetzt, sie hielt seine Hand fest, die er zur Lampe ausstrecken wollte. Sie legte sich zurück. Ihre Augen waren offen. »Wo bist du gewesen« fragte sie. So hatten sie sich früher nach ihren Gedanken gefragt. »Meine Liebe« sagte Jakob: »auf den Rehbergen, Drachen steigen lassen, und du warst auch mit«. Es war aber die Wahrheit, und nun erinnerten ihre offenen Augen in dem undeutlichen Licht ihn an das

Drachensteigen auf den Rehbergen. Sie war vierzehn, eine Woche lang hatte sie in Cresspahls Werkstatt gearbeitet an dem Drachen, den sie nun tanzen liess an dem riesigen zerschrundeten Himmel über ihnen. Er war sehr hoch, ein schräges Blauviereck mit einem gelben Schwanz. Wenn Sonne aufkam, leuchtete der ganze Himmel wegen des Drachens, und ihre Augen wurden unruhig: die Wolkengebirge erschienen dann ganz weiss, kunstreich waren die Grate gebaut mit ihren Rändern, sie waren räumlich, betretbar.

»Bleib hier« sagte sie.

»Komm mit« sagte er. Er war in ihren Ton geraten und hatte sie wiederholt; indessen hatte er sie nicht verspotten wollen.

Was ich hätte sagen können war ich möchte auf die Wolken.

Sie liess sich das Mitfahren zum Bahnhof nicht ausreden. Sie stand müde und verloren vor dem Zug; sie hob den Kopf erst, als er anfuhr mit einem leisen gleitenden tiefen Ruck und sie mitriss in den Schreck. Jakob sah sie nicht winken. Sie stand reglos und sah ihm nach, sie wurde immer schmaler mit der Entfernung, er hätte sie schliesslich in beide Hände nehmen können, als der Zug die erleuchtete Halle verlassen hatte und durch die ersten Weichen zu klirren begann, und dann war sie ganz zurückgeblieben und nicht mehr zu sehen.

Die Berichte liefen wieder zusammen bei Herrn Rohlfs, der an der Elbe sass in seinem einstweiligen Dienstzimmer und die Nächte zubrachte mit vorbereitenden Niederschriften zum Auftrag Taube auf dem Dach. Er war aber eigentlich gekommen um Jakobs Rückkehr nicht länger als nötig zu versäumen, und manchmal fuhr er selbst an den Personenbahnhof zu den Ankunftszeiten der Interzonenzüge und stand an der Sperre und suchte Jakob zwischen den ankommenden Reisenden, obwohl er eine reichliche Anzahl von Beobachtern auf den Beinen hielt, die ihm die Meldung ohnehin unverzüglich hinterbracht hätten. »Diese Warterei ist nicht auszuhalten« sagte Hänschen einmal. Er hatte damit ausdrücken wollen dass sie damit ja mindestens drei Tage zu früh angefangen hatten.

Gegen Morgen, als Jakob schon dicht an der Elbe war (gegen Morgen war der Zug leer geworden, in seinem Abteil sass nur noch ein junges Mädchen ihm gegenüber, das fror und vor lauter Übernächtigkeit das schwere Novemberlicht und den stillen Regen und die hastigen harten Geräusche der Fahrt nicht mehr begriff, man sollte solche Kinder nicht allein auf Reisen schicken durch die Nacht, und nachdem Jakob sie eine Weile angesehen hatte, dachte er an die Schokolade, die er im Speisewagen gekauft hatte um sein letztes Westgeld loszuwerden vor der Kontrolle, und er nahm sie aus der Jackentasche und knickte sie in der Umhüllung und riss dann das Papier auf und legte schweigend die Schokolade auf den Fenstertisch und nahm sich ein Stück, da nahm sie sich auch eins, und noch während er das bittere Zeug zerkaute, zog er den Mantel wieder über sich und schlief weiter. Kurz vor dem Aussteigen kam der Schaffner und rührte ihn an der Schulter, weil es ein Kollege war, sie nickten sich zu beim Aussteigen und sie sagten Mahlzeit) kam über Fernschreiber die Nachricht dass Dr. Blach nicht aufzufinden sei und wahrscheinlich von der polizeilichen Durchsuchung der Redaktion erfahren habe, denn die zuständigen Organe hatten sein Zimmer vorgefunden in einem Zustand, der auf eine übereilte Abreise hindeutete. Wenn Herr Rohlfs ehrlich sein sollte, so hatte er nicht sofort vermutet dass Jonas eben um diese Zeit in einem Schnellzug aus der anderen Richtung angefahren kam zu ihm, wo doch wahrlich nicht der Westsektor von Berlin anfing; als es ihm dann zur Kenntnis gebracht wurde, passte es recht augenfällig zu der Vermutung hinsichtlich der nicht auffindbaren Kopie des Essays (obwohl da immer noch nur anzunehmen war dass er ihn bei Jakob oder Cresspahl untergebracht hatte. Allerdings war es weit bis Jerichow). Und Jonas richtete sich ungeduldig auf, als sein Zug die Fahrt mitten auf der Strecke verlangsamt hatte und stehenblieb; er stieg über die Beine der schlafenden Mitreisenden hinweg auf den Gang und begann zu rauchen und berechnete auch die ungefähre zeitliche Entfernung bis zur Elbe zu dem Turm, in dem nach seiner Meinung Jakob (oder einer von ihnen) sass und den Halt des Zuges angewiesen hatte. Was denkt er sich eigentlich.

Aber Jakob war noch nicht im Dienst. Von der Wirtin haben wir die Uhrzeit. Sie hat ihn ankommen hören, er war sehr leise, aber sie ist immer schon lange wach, bevor der Wecker klingelt, sie wartet darauf (sagt sie), sie hat also gehört dass er in der Küche zugange war, hat sich wohl umgezogen, denn als sie in die Küche kam, sah sie ihn am Tisch stehen in der Uniform, sie hat noch gesagt er sieht so müde aus, was er darauf geantwortet hat weiss sie nicht mehr. Alles andere und eben die Uhrzeit sehr genau, weil es ja die Zeit des Aufstehens war, und als Jakob das Fenster aufmachte und sie den Regen hörten in dem stillen tiefen Hohlkasten des Hofs, sprangen gegenüber immer mehr Fensterkreuze hell aus der Dunkelheit. Dann ging er weg wie stets zum Bus, sie weiss nicht ob er sich Brote gemacht hat für den Dienst (er hatte ja auch noch Schokolade in der Tasche). Und der Herr, der ungefähr eine Stunde später gekommen ist und gefragt hat nach Herrn Abs, den würde sie wiedererkennen. Das war ein junger Mann, der hatte so kurze Haare, aber wiedererkennen würde sie ihn an den Augen, er hat sich noch entschuldigt für die Störung.

Denn Jonas hatte nur die Adresse von Jakob, überhaupt hatte er gemeint dass Jöche in der selben Stadt wohnte, wie er sich das vorstellt mit der Wohnraumlage, Jöche wohnt in Jerichow. Als Jonas in der Telefonzelle vor dem Haus die Nummer wählte, die Jakob ihm gegeben hatte, konnte er sich zwar bis zu Peter Zahn durchfragen, aber in der Schichtleitung der Dl wusste niemand etwas von Jakob, brauchen könnten wir ihn ja, der ist auf Urlaub. Wie lange wissen wir nicht, wir geben das Gespräch zurück an das Reichsbahnamt, verlangen Sie die Kollegin Kaderabteilung. Die war nicht am Apparat, und wenn ihm nicht die Ähnlichkeit ihres Namens mit dem Sabines aufgefallen wäre, so hätte er kaum weiter gefragt. Man sagte ihm Sabine habe in einem Krankenhaus zu tun. Er liess sich die Strassenbahnverbindung erklären, aber weil er sich einmal irrte beim Umsteigen, kam er sehr viel später an als sie, und von der Abteilung Aufnahme schickten sie ihn erst noch in die Chirurgie über den grauen nassen Hof, man hatte ihn aber vorher gefragt ob er auch von der Reichsbahn sei. Er musste warten auf dem Flur. Sie war noch ziemlich bleich, als sie kam, aber wieder ruhig. Sind dann zusammen weggegangen, und Herr Rohlfs erfuhr nur von den Schwestern dass sie einige Mühe mit ihr gehabt hatten. War ja fürchterlich aufgeregt. Sie haben sie immer wieder nach den Angehörigen gefragt, nach den Verwandten, und sie wusste ja niemanden, Cresspahl war ihr nicht eingefallen. Darauf hat Jonas sie gebracht, sie haben Cresspahl ein Telegramm geschickt, er kam schon am frühen Nachmittag an. Und Sabine hat auch die Nachricht für die Zeitungen formuliert, natürlich hätte das jemand anders machen können, aber daran haben sie wohl nicht gedacht in der Überraschung, und schliesslich hätte keiner es besser sagen können: dass in den frühen Morgenstunden ein Angestellter der Deutschen Reichsbahn beim Überqueren der Gleise, auf dem Wege zum Dienst, in der Absicht, einer entgegenkommenden Lokomotive auszuweichen

– Was ist das eigentlich für eine Geschichte mit Sabine.

– Ja. Das ist auch eine. Aber darum haben wir uns nicht kümmern können.

auf dem Nebengleis von einer anderen erfasst wurde. Sofort eingeleitete Rettungsversuche hatten keinen Erfolg (der Tod trat ein während der Operation). Eine Schuldfrage kann kaum erhoben werden, da der Verunglückte das Gelände aus jahrelanger Erfahrung kannte und für beide Fahrten die Strecken freigegeben waren. Ein Beobachten der Strecke war schlecht möglich wegen des dichten Nebels, der ja fast undurchdringlich ist in dieser Jahreszeit.

Und er ist immer über die Gleise gegangen.

Manfred Peter Hein

Gobelin

Merlin, grüngepanzerter Schrei,
den Zauber von Steinen hütet das Blut
im Gatter des Wäldchens,

wo Hirsch und Hindin auf immer
getraut sind
am Granatbaum: rubinen und kühl.

Herbstzeitlosen, die zarte
Zuflucht des Sterbens, im wehenden
Banner Merlins.

*

Dein Atem umhegt
den Schatten der Vögel.
Schneebeeren tauchen ins Gras.

Jürgen Rausch
In der Marsch

I

Auf schmalem Graben
fährt ein Boot.
Sein Segel wärmt
das Abendrot.
Der Schiffer aber,
der es führt,
hockt schwarz am Steuer,
sinnt und friert.

II

Auf den abgemähten Weiden
liegt die Sonne spät und rot.
Ein paar Fäden glänzen seiden,
ein paar Vögel fliegen – scheiden,
und ein Tropfen fällt sich tot.
Auf den Stämmen bleicht das Licht.
Schatten weht mir ins Gesicht.

III

Leidend atmet der Wind.
Allein!
Nur die Tiere sind
im Frein
und rühren sich nicht.
Alles kauert und schweigt.
Der Himmel zeigt
kein Licht.

RUDOLF HARTUNG
Ohr der Morgenröte

Du hörst mich hörst mich nicht
Ohr der Morgenröte das meinen Namen empfangen soll
nach soviel Nacht durchfurcht von Schiffen
die an fremden Ufern landen und nicht zurückkehren
oder zerschellen auf unbekanntem Meer
salzdurchtränktes Treibgut an meinen Tag gespült

Planken Fetzen von Wörtern Geräte Schreie

Ohr der Morgenröte du hörst mich
hörst mich nicht wenn im Tumult dieses Scheiterns
mein ungetaufter Leib
die graue Dämmerung der See durchirrt
wartend auf die Auferstehung seines Namens
in deinem Ohr Morgenröte nach soviel Nacht.

KARL ALFRED WOLKEN
Unterm halben Mond

Halbmünzenmond, halber
von Sternen umkreister
alternder Mond
über dem Leib
der lebendigen Leiche:
Kuppen aus Marmor,
versteintes Gesicht.

Aber die Schänder,
die Finger im Schatten,
erheitert, zerkratzen
mit Dornen
den Leib

und zum Himmel gewandt
die erwachenden Statuen
schütten Fontänen
Scham über uns.

Günter Seuren
Rehe

Ich sah Rehe auf erlesenen Bahnhöfen,
von unbekannten Jägern ins Mark getroffen.
Ich sah sie pendeln im Winterkleid
auf den Rädern ihres Tods.
Sie überhörten mit halb geschlossenen Lidern
auf den Planken leichter Packwagen
die Signale. – Schwarze Pupillen und Pfiffe
auf die Böschung erschöpfter Netzhaut geworfen.

Noch einmal der große Bruder
herschreitend, Blumen im Lidspalt.
Wie hell war der Sommer,
wie hell das Gestirn im Keilflug.
Sonnen flogen von Wimper zu Wimper.

Nicht mehr wahrgenommene Hunde
verbellten den Blick.

Ich sah Rehe den Weg in die Städte nehmen,
umwölkt von Häherschrei.
Rehe für ›Mirador‹ und ›Europäischer Hof‹.

Die aromatischen Häuser würden gerne
den Geschmack des eben vergossenen Traums servieren.
Aber die Köche lernen es nie.

Rehe springen in schwarzen Schnee.
Andere werden die Schonzeit erreichen.

Helmut Mader
Spätere Landschaft

Einer wird gejagt, auf den niemand Jagd macht,
aber, wenn keiner gejagt wird,
ist die Gegend voll Jägern.

Wohin soll der gehen,
der müde wird, solches Treiben durchschauend?
Schüsse ohne Ziel und Verfolgte,
von einem was weiß ich
Schwarz unterm Nagel bedroht –

Hier, wo die Sonne Sand streut,
angeblich Regen empfängt,
das Land unbewohnt ist,
von Schiffen durchpflügt,
aber sie finden nichts von den alten Menschen
als zerstörte Augen.
Also auch bei ihnen,
eh wir sie vertrieben – das

Wohin soll der Müde gehn?

Jagt ihn zurück ins Leben
oder tötet ihn endlich ganz.

WOLFGANG MAIER
Auswärts

I

meine Geliebte erwartet mich im Harz
Sommer oder Herbst gleichwie lagert sich
die Mitte des Sternenhimmels ich weiß nicht wie
auf ihren Knien eine Achse im Harz
zwei Augen bestellen zwei Zimmer erwartet
hundert Hände hundert Bruchstücke
aus Körperteilen und Talgen Gewichten
die bildhübsch sind und tummeln sich im Harz
ich weiß nicht wie
so hole tief Luft so atme tief durch oh
es ist eine Achse im Harz ein Sternenhimmel zer-
brochen in Farben die wimmeln aber die Mücken ab
Gewichte stürzen aus Luft im Durchatmen ach du
hole tief Luft atme tief durch ich will nicht
Zeugen haben beim Atmen auch sonst nicht wie man sagt
es soll ein Rosa sein in Häuserwänden bevor ich fuhr
es soll ein Rosa sein in Häuserwänden bevor ich fuhr

ich blieb ich wartete ein Eisensteg ich fuhr
ich ruhe tief im Sturz und du
oktober sagt der Rosenkranz ist eine sanfte Uhr

II

oktober sagt der Rosenkranz ist eine sanfte Uhr
ich blieb ich wartete ein Eisensteg ich fuhr
ein Rosa in den Häuserwänden bevor ich fuhr
ich zahle bar ich sage ein Märchen wird Wahrheit
mein brauner Anzug ist schick ich tänzele mit einem Koffer
ich sage hier und dort ich zahle bar
oktober her ist eine sanfte Uhr
ich jage hin und her ist eine sanfte Uhr
ich zahle bar und trage meinen Koffer brav
meine Geliebte erwartet mich im Harz
Sommer oder Herbst gleichmütig den Oktober
beherrschen Straßenfluchten die mein Koffer streift
blinzelt hinter sich ich bin arm arm
zahle bar arm bar arm
eine Bahnfahrt in den Harz kostet und zurück
ich blieb ich wartete ein Eisensteg ich fuhr
ich zahle bar und fahre in den Harz und du
ich ruhe tief im Sturz und du
oktober sagt der Rosenkranz ist eine sanfte Uhr

ILSE AICHINGER
Die trüben Stunden nutzend

Laß das Gelichter
auf den Feldern rasten,
im Dunst, der aufsteigt,
denn nichts leuchtet dir.
Die Grottenbahnen auf den Hügeln
sind jetzt geschlossen,
die Rüben lange aus der Erde,
die Kinder fort.
Die Blumenflechter sind die letzten,
die noch blieben,
sie brennen Öl,
mit ihnen läßt sich reden.

Jüngste Nacht

Denn was sollte ans Licht kommen
als die Schneestreifen,
Schwerter am Rande der Kindheit
und gegen den Wald
die Äste der Apfelbäume,
die der Mond schwarz wusch,
die Hühner,
die gezählt sind?

Gebirgsrand

Denn was täte ich,
wenn die Jäger nicht wären, meine Träume,
die am Morgen
auf der Rückseite der Gebirge
niedersteigen, im Schatten.

INGRID BACHÉR
Schöner Vogel Quetzal

II

Bevor man die Kreuze auf die Cuchumatanes gesetzt hatte, bevor sie gestorben waren, die drei Indianer, erfroren unter dem Schatten mächtiger Agaven, die blau vom kalten Mondlicht waren, hatten sie beieinander gesessen, der Alte, der Freund und der Sohn. Der Alte hatte dem Jungen die Geschichte vom Quetzal erzählt.

Die Nacht, in der die Geschichte des Vogels von Guatemala erzählt wurde, war ohne Grün und ohne Gold, ohne purpurne Spitzen und ohne den schwelgerisch heißen Atem des Urwaldes, aus dem mit schlanken Federn der Vogel aufstößt.

Die Nacht, in der die Indianer erfroren, breitete sich steinern und erbarmungslos aus, das Geröll unter den Füßen der Männer hauchte Kälte wider, als der Alte vom Baumdschungel sprach und vom Schrei des Vogels.

Der Freund schlief schon ein, während der Alte noch immer sprach und mit einem Stock in den Sand die Figur des Quetzals zeichnete: den zierlichen Kopf, bedeckt von runden Federhaaren, die ähnlich einer Haube oder einer Krone in lieblicher Variation einem aufrecht stehenden Halbkranz glichen, dann die Schwanzfedern, welche die Länge des Körpers wiederholend, ihn fortsetzten und königlich machten, einsam und absonderlich fast.

Der Alte sprach von dem Vogel, während dem Jungen schon die Kälte mit dem Schlaf in den Körper kroch. Der Alte sprach von den Priestern, die jene Federn zum Schmuck gehabt hatten, wenn sie die Leiber der zum Opfer Herbeigeführten mit Blau bestrichen und das Herz herausrissen, um es den Göttern darzubringen. Und er sprach von dem Vogel, in dessen prächtige Gestalt sich die Freiheit geflüchtet hatte. Und während der Alte die Augen schloß und in sich hineinsann, redete er schwerfälliger und breitete müder vor dem Jungen die Geschichte aus, die so oder auch anders gewesen sein konnte und von der mit Gewißheit nur der Schluß feststeht: der Vogel läßt sich nicht fangen, und gerät er doch einmal in Gefangenschaft, hackt er sich selbst die Brust auf, um zu sterben, wenn das Herz durch eigenen Zwang nicht sogleich aufgehört hat zu schlagen.

Der Alte wußte noch die Geschichte und wollte sie dem Jungen weitergeben. Er glaubte, dessen Leben beginne erst. Und so erzählte er, wie die Freiheit vom Land vertrieben wurde und ins Meer flüchtete, und wie die Menschen hungerten nach etwas, das sie nicht kannten. Die Sehnsucht packte sie, und nichts konnte sie befriedigen, nicht Maiskolben und nicht das frische Fleisch der Hühner, nicht die Lust aneinander, nicht der Anblick des Sohns und nicht der Schnaps, denn der Wind wehte vom Meer und seine Unruhe mischte sich in alles. Er erhob sich, riß die Kämme der Wellen hoch, stürzte sich gegen das Land, brach steiniges Ufer ab und schwemmte es fort. Er streichelte unermüdlich die Äste der Bäume, bis sie hart und knorrig wurden, striegelte die Blätter heraus und fuhr über die Dächer. Er überfiel die Menschen, warf sich gegen sie und schlug ihnen ins Gesicht mit der schnellen Peitsche seines Atems. Die Feinde der Freiheit beschlossen daraufhin den Wind zu fangen, damit endlich Ruhe sei und keine Botschaft mehr komme von der Vertriebenen im Meer. Sie bauten einen künstlichen Baum mit neun Ästen, und in sie verfing sich der Wind und kam nicht mehr frei. Drei Tage und Nächte kämpfte er und verstrickte sich immer hoffnungsloser in das tückische Geäst. Dann hielt er ermattet still.

Aus dem Meer aber stiegen Vögel, grünschillernd, bedeckt mit den Federn der Federschlange, die uralt ist und am Grunde des

Wassers ruht. Sie zerfetzten mit ihren harten Schnäbeln die künstlichen Fesseln, zerstörten den Baum und befreiten den Wind, so daß er sich wieder erheben konnte, über die Ebene strich und hemmungslos Felsbrocken auf den Abhängen der Berge zu Lawinen vor sich hertrieb. Immer schneller und schneller, dröhnendes, launisches Unwetter, das die Menschen aufschreckte und unruhig machte, während die Vögel, schönfiedrige Quetzals, in den Urwäldern nisteten.

»Hast du nie einen gefangen«, fragte der Junge, der aus seinem Schlaf noch einmal zurückgefunden hatte.

»Wie sollte ich«, sagte der Alte, »verstehst du nicht? Ihn lebendig zu besitzen ist unmöglich.«

»Doch hast du ihn gesehen?«

»Nein. Aber ich weiß, er ist ein schöner Vogel.«

»Und man muß nicht sterben, wenn man ihn fängt?« fragte der Sohn.

»Nein. Er stirbt selber.«

Die Müdigkeit ging in Schlaf über, und der Tod warf seinen frostigen Mantel.

Herumstreifende, armselige Coyoten, ihre mageren Gerippe mit dem fleckigen Fell geschüttelt vom eisigen Wind, fanden auf ihrer rastlosen Suche gegen Morgen die drei Indianer, welche erfroren waren in der Nacht auf den Höhen der Cuchumatanes. Später setzte man auf das Indianergrab Kreuze. Windzerfetzter Papierschmuck hängt fremd, gleich ermatteten rosa Blättern an toten, gewinkelten Ästen.

OTTO F. WALTER
Der Stumme

Die erste Nacht

Nicht einmal, daß ein Neuer ankommen würde, wußte man. Man wußte es noch nicht einmal an jenem Tag selber, an jenem Donnerstagvormittag; keiner wußte davon, außer vielleicht Kahlmann; Kahlmann hatte vor ein paar Tagen irgend so eine Meldung gesehen, aber er hatte sie wahrscheinlich schon wieder vergessen, und keiner jedenfalls wußte, was mit dem Neuen los war und wo er herkam.

Gleich nach dem Start, noch während der Neue sich von der Rückwand der Ladebrücke weg nach vorn bewegte, hatte er im Wind seinen Hut verloren. Er hatte sich umgedreht und ihm nachgeschaut. Dann war er weiter nach vorn gegangen, und dort hatte er diese ganze lange Zeit über dann fast unbeweglich gesessen, auf einem zusammengerollten Seil, hinter der Lenkerkabine im Windschatten; vielleicht hatte er dort geschlafen oder er hatte die Gegend angeschaut, das Band der frisch geteerten Straßenfläche, das verwischt und glänzend unter der Rückwand der Ladebrücke hervor stetig davonfloß und erst viel weiter unten zu fließen aufhörte und wirklich ruhig wurde und fest; den Wald rechts und links, braunrotgescheckte Buchen und Eichen und wenig Ahorn, und ab und zu Tannen und Fichten und mit der Zeit immer mehr Tannen, und Kiefern, alle im Sturm; später die Partien, die nicht mehr geteert, nur erst geschottert waren, und immer weiter Wald und darüberhin die rasch nordostwärts fahrenden Wolken, und noch später dann, als der Mann vorn in der Kabine in den Ersten ging, nur noch die langen Kehren und die langen gestreckten Züge aus nacktem Steinbett und immer noch Wald, – gesessen und geschaut und gewartet und sich gewundert, wie weit diese Fahrt wohl noch ging.

Irgendwann hatte der Wagen dann angehalten. Der Neue hatte gehört, wie der Mann im Führersitz sich aus dem Fenster beugte und zu ihm nach hinten rief, er solle sein Gepäck mitnehmen. Die Baracke! schrie er und zeigte zwischen die Stämme hinab. Der Neue kletterte hinunter. Der Sturmwind keuchte jetzt in der Luft, er jagte seinen traurigen Sprühregen über diesen neuen Mann und über den Frontlenker und die Baracke, die da rechts neben der Rampe in den Bäumen stand, und irgendwo knatterte eine Fahne, jedenfalls ein festes Stück Tuch. Der Neue schaute zu dem Mann im Wagenfenster hinauf. Der machte ihm mit der Hand ein Zeichen, nur ruhig hinabzugehen. Er verstand. Langsam setzte er sich mit seinem Rucksack in der einen und mit dem kleinen, schnurumwikkelten Koffer in der anderen Hand in Bewegung, ein sehr junger Mann, fast ein Junge noch, siebzehn, höchstens siebzehn Jahre konnte er alt sein, über die drei Stufen die Rampenböschung hinunter und auf die Baracke zu, blieb stehen, schaute wieder zu dem Mann im Fenster hinauf, – ja, ja, nickte der, und jetzt ging er hinein. Da war der Vorraum. Hier war's ziemlich dunkel. Er wartete ein wenig, bis seine Augen sich an die Dunkelheit gewöhnt hatten. Draußen wartete der Mann mit dem Frontlenker. Er stellte das

Gepäck unter das kleine Fenster, und eben als er sich wieder aufrichtete und sich umdrehen wollte, um wieder hinauszugehen, sah er das Motorrad. Das heißt, er sah dahinten die Sackleinenstücke und wie darunter ein leicht abgedrehter Pneu hervorschaute. Es war ein ziemlich großes Stück Reifen, und ein paar Speichen glänzten kühl im Dämmer dahinter.

Er blieb stehen. Er hätte später keinesfalls zu sagen gewußt, – davon, daß er stumm war, abgesehen – wie er dazu kam, da stehen zu bleiben und das Pneustück und die Speichen anzublicken, er wußte wohl auch nicht, wie lange er stehen blieb und was dabei in seinem Kopf, seinem ein wenig zu großen Kopf, von dem die Ohren rot abstanden, vorging, aber wie oder was auch immer, er bewegte sich erst nach einer recht langen Weile näher, blieb wieder stehen, er sah, wie die groben Umrisse der Lenkstange und des Sattels unter den leeren Jutesäcken sich abzeichneten, und dann zog er langsam den einen dieser Säcke weg.

Die NSU, dachte er. Das ist die NSU, die er hatte. Noch ein Stück Decke nahm er weg. Das ist sie, dachte er, er dachte es langsam und noch ohne dabei heiß zu werden oder schon zu zittern, er spürte höchstens, wie in seiner Kehle sich etwas verengte und spürte dann, wie hier für ihn etwas ungeheuer Wichtiges zu passieren begann und wie eine wahnsinnige Angst und vielleicht sogar auch eine wahnsinnige Hoffnung von diesem Motorrad her auf ihn überzusetzen im Begriffe waren: – verdammich, dachte er weiter und wußte, daß er das nicht hätte denken dürfen, und er dachte es dennoch, weil er kein anderes Wort wußte, das ihm Mut und Festigkeit hätte geben können: verdammich, dachte er, mehrere Male langsam hintereinander in seinem ein wenig zu großen Kopf mit den so komisch weit abstehenden Ohren, dachte es und konnte gar nicht glauben, daß er hier die Spur fand. Es war die Spur, die es, wie er wußte, zwar todsicher stets irgendwo gegeben hatte und die er, wie ihm jetzt einfiel, gesucht hatte, vielleicht schon immer, von jenem Anfang an, den er da drin trug. Er ging noch einen Schritt näher. Als er dann noch ein Stück des groben Sacktuches fortnahm, sah er auch den breiten Tank und den schwarzen Sattel dahinter, und hinter dem Sattel rechts und links die zwei hohen Kofferkisten, und auf dem Tank selber die schrägen Buchstaben: NSU. Es kam ihm nicht in den Sinn, daß das möglicherweise nichts weiter als eine sehr ähnliche Maschine war, vielleicht nur eben eine Maschine aus derselben alten Serie; mit seinem sicheren Gefühl für die Dinge aus jener früheren Zeit erkannte er das Motorrad wieder, das er früher immer gesehen und auf dessen Soziussitz er immer gesessen hatte, und es trug noch, das sah er jetzt auch, die gleiche Nummer und noch denselben faustgroßen Fleck, wo die Farbe abgesplittert war, am vorderen Schutzblech unter der Lampe, rechts.

Willst du eigentlich schon übernachten, schrie der Mann draußen.

Man hörte den Wind, wie er auf dem Dach umhertrampelte. Schnell, wenigstens so schnell, wie er es konnte, deckte er die Säcke wieder drüber. Die Bremskabel sind neu, dachte er, und die Ölleitung hat er auch ersetzen müssen in all diesen Jahren, und neue Griffe für das Handgas hat er seither gekauft, aber sonst. Er ging hinaus.

Tür zu, brüllte der Mann.

Da ging er zurück und schloß die Tür zu. Jetzt fahren wir dort hinauf, ging es ihm durch den Kopf, als er die Rampenböschung wieder hinanstieg. Man konnte die Baustelle von hier aus sehen, und für einen Augenblick war das Tackern der Motoren zu hören. Die Preßluftbohrer. Er stieg wieder über die Rückwand ein, er setzte sich wieder auf das zusammengerollte Seil, und der Wagen fuhr langsam weiter, und man spürte das Zittern der Kabinenwand im Rücken.

Er ist da oben. Ich werde ihn jetzt gleich sehen, dachte er. Er war zwar nicht sicher, daß er ihn erkennen würde, und noch während er an ihn dachte, kam die alte Angst in ihm hoch, sie stieg aus dem Brustkasten herauf und heiß bis in den Hals, bis in die Kehle, bis auf die Lippen, und die Lippen begannen sich zu bewegen, lautlos und doch so, als könne er mit einem Mal nun wieder vor sich hinflüstern, er spürte, wie sie brannten, weil sie nicht flüstern, nur stumm sich bewegen konnten, so wie seine Zunge sich jetzt zu regen begann: Angst war plötzlich in ihm, und alle Kühnheit, all die Tapferkeit, die er sich durch alle die Jahre auf diesen Augenblick hin zusammengespart hatte, war nicht mehr da, nur das Gefühl, das alte Gefühl der Furcht vor diesem Mann da oben füllte ihn in allen Gliedern aus. Ja, er war fortgegangen aus dem Haus des Onkels, aus der Garage, die der Onkel hatte, er war alles zu Fuß zurückgegangen nach Jammers, und nur Benni hatte wahrscheinlich gewußt, wo er hinging, und Benni hatte geschwiegen. Er hatte gewußt, daß er ihn einmal finden würde, er war bei der Frau gewesen, bei der Frau mit der pfefferfarbenen Haut, und sie hatte gesagt: Irgend auf so einer Baustelle wird er wohl sein ... Einmal war er kurz da, frage nach ihm, nein, such ihn, du wirst ihn schon finden. Ein Mann geht doch nicht verloren, und sie hatte leise gelacht. Da war er wieder gegangen, und als er ihn nirgends sah, begann er wenigstens auf eine NSU zu achten, vor den Wirtshäusern und in den Hinterhöfen jenseits des Flusses in Jammers drunten, in der Umgebung der Baustellen und auf den Parkplätzen der Fabriken. Nachts war er wach geworden, weil er verschwommen dieses Gesicht sah, und er hatte sich gegen den Schlaf gewehrt, denn er wollte wach sein, er wollte nicht schlafen, wenn die betrunkene Stimme an der Tür draußen laut würde, er wollte keine Gelegenheit verschlafen und er wollte wach sein und immer bereit.

Er hatte sich alles ausgedacht. Wie er vor ihn hintreten würde und ihn auf irgend eine Weise fragen und vielleicht sogar ihm drohen, er, ein damals elfjähriger oder vierzehnjähriger Junge, einer, der zwar jetzt stumm, aber keineswegs ängstlich, zwar damals klein war, aber keinesfalls nicht tapfer wäre, und nun saß er da und wußte, daß der Augenblick, auf den er so sehr lange gewartet hatte, nicht mehr aufzuhalten war, weil der Frontlenker auf die Baustelle einfuhr, rechts tauchten die Schienen einer Rollbahn auf und die Bretter dazwischen, die Motoren tackerten auf, da gab's einen Raupentrax, und Männer, die er nicht anzuschauen wagte, und der Frontlenker hielt.

Er wartete. Er hörte, wie die Männer Tag, Samuel, sagten, und er dachte in seinem Kopf, daß der Mann, der ihn heraufgebracht hatte, Samuel hieß. Die Männer kamen heran. Der Mann mit dem Namen Samuel war durch den Lärm des Windes zu hören, er gab Briefe aus und die Zeitung. Die Rückwand rasselte hinunter. Aussteigen, rief jemand. Da ging er hinunter. Samuel stand neben ihm; er legte die hohle Hand an den Mund und schrie: Kahlmann! Da kam auch Kahlmann nach hinten; wenigstens nahm der Stumme an, dieser große Mann sei Kahlmann, der jetzt auf sie beide zutrat und fragte: Warum hat er keinen Hut auf.

Samuel gab Kahlmann das zusammengefaltete Stück Papier. Es war das Stück Papier, das, wie der Neue sich erinnerte, der Mann im Büro der Bauleitung gestern abend beschrieben hatte. Er wollte nicht um sich schauen, und so heftete er seinen Blick fest darauf. Ob *er* wohl schon da steht, davorn bei der Gruppe dieser Männer, die neben der Kabine des Frontlenkers standen und rauchten. Er schaute nicht auf. Er sah, wie das Stück Papier vom Sprühregen naß wurde in Kahlmanns Hand und wie es heftig im Wind flatterte, als

Kahlmann es ausbreitete und zu lesen begann. Der Neue wußte, was darauf geschrieben stand. Es stand alles das drauf, was der Mann im Baubüro von ihm hatte wissen wollen. Einen Moment lang sah er diesen Mann wieder vor sich, wie er manchmal Fragen stellte beim Aufschauen und wie er dann wieder in schnellen Buchstaben mit der Maschine schrieb, was er selber ihm in seinem Ausweis zu lesen gab: Ferro, Lothar, 17. 2. 1941, Hilfsarbeiter, ledig, Jammers [Solothurn]. Sprachgehemmt. 68.– pro Woche. Dann hatte der Mann seine Hose angeschaut, den zerrissenen Pullover, die alte, durchgescheuerte Jacke, die er von Paul her noch hatte. Wir haben da noch so Überkleider, hatte er gesagt. Das war dieser braune Anzug, ein alter Monteuranzug, den er, Loth, jetzt trug und der ihm nur wenig zu groß war, und auch den Hut hatte er ihm zuletzt gegeben, aber der war schon fort.

Kahlmann hatte fertig gelesen. Er steckte das Papierstück ein. Man sah, daß er jetzt glaubte, alles zu wissen. Aber er wußte nicht alles. Nicht einmal das Wichtigste wußte er und nicht, wie es kam, daß man nicht sprechen konnte. Nicht, warum Loth hier heraufgekommen war, mit dieser wilden und wenig begründeten Hoffnung, daß alles anders würde. Oder nicht, warum er plötzlich diese Angst wieder spürte, als er mit Kahlmann jetzt nach vorn ging, dem mächtigen Leib des Frontlenkers entlang nach vorn, – Angst vielleicht nur, weil alles hier so fremd war und weil er wußte, daß er dem Mann begegnen würde, dem Vater, oder Angst nur einfach, weil dort unten irgendwo diese Fahne oder was das war wild in der Luft knatterte, oder weil die Bäume da zornige Ungetüme waren, riesengroß aufgerichtete Tiere, und sie schlugen schwer mit ihren zottigen Pranken in das Wolkennetz hinauf; – Angst, weil davorn diese fremde Baustelle war: eine in die breit ausgeholzte Waldschneise hineingelegte, hineingefressene Straßenbaustelle, an ihrer Frontseite von Sprengschutt überlagert, von aufgerissenen Wurzelstöcken, von Schotterzeug und von diesen mächtigen, gelblichen Kalksteinbrocken, die so unbeweglich, so schwer aussahen und so, als wollten sie keinesfalls die Dinge, von denen sie vielleicht wußten, preisgeben, – oder Angst vor dem Gelächter in den Gesichtern dieser Männer, auf die man mit Kahlmann jetzt zuging, Gelächter, weil sie gewiß von Stummheit nichts wußten und es nicht verstehen würden, daß er höchstens ein rauhes Lallgeräusch mit der Zunge erzeugen konnte. Er schaute nicht auf.

Er sah den lehmigen Boden, die kleinen Tümpel, in die der Regen feine Ringe legte, die Rinnsale, die sich durch die Erdkrumen fraßen. Und plötzlich sah er die Schuhe, schwere, schmutzbedeckte Nagelschuhe, vier, fünf, sieben Paare oder noch mehr in unregelmäßigem Halbkreis; die Krempen der schwarzen und braunen Hosenbeine sah er, sie waren dreckverspritzt bis zu den Knien, grob geflickt und nicht geflickt, und dann Hände, Kittel, breite Schultern, und in diesem kurzen Augenblick spürte er, hier stand der, den er kannte, unter diesen Männern, der vierte von unten. Und plötzlich wußte er wieder haarscharf, wie sein Gesicht, noch ehe er es anschaute, aussah. Seit Jahren hatte er es fast vergessen, und diese ganze Zeit über hatte er vergeblich versucht, es sich vorzustellen: den großen Schädel auf dem breiten Hals. Die rote Haut, die schwarzen Poren im Gesicht. Die Säcke unter den Augen, diese braunen, wässerigen Augen mit ihren Brauen darüber, die schwarz und in Büscheln abstanden, sie und die breite Nase und den Mund mit seinen schweren Lippen, – alles hatte er eine Sekunde lang deutlich vor sich, und zwar so, wie es damals, in jener Nacht im Flur zu Hause gewesen war: genau so schrecklich und mit der laut fluchenden Stimme darüber, die durch den alten, nur spärlich erleuchteten Flur fortging, und sogar das Gesicht der Mutter, von Entsetzen geöffnet, tauchte dahinter auf, tauchte herauf – aber da waren dann schon ihre Stimmen da, die sagten Tag zu ihm, und die Hände, die er zur Begrüßung schüttelte, eine rasch nach der anderen, ohne aufzusehen, und er wußte nicht mehr, was in seinem Kopf vorging, er hatte jetzt alle diese Gesichter vor sich, die Gesichter der Männer, in die er aufschauen mußte. Eins nach dem anderen zogen sie rasch vor seinen Augen vorbei, und auch das eine Gesicht war darunter, das Gesicht des Mannes, der damals sein Vater gewesen war und es vielleicht sogar heute noch immer war; er streifte es mit den Augen und ging rasch weiter zum nächsten. In seinem Kopf setzte langsam das Denken wieder ein – er kennt mich nicht, er nicht, wie viele Jahre, er weiß vielleicht nicht mal, daß ich stumm bin, er nicht, – er dachte es unaufhörlich und langsam weiter, schon als die Männer, die nicht lachten, sich wieder abwendeten und wieder zusammen redeten; er dachte es, als einer ihm auf den Oberarm schlug und etwas sagte und ihn dabei ansah; er nickte, weil er ihn nicht verstand, und dachte es gleichwohl weiter und hörte nicht, was er sagte, und daß Kahlmann im Wind herüberrief: Ferro, bei dir kann er aushelfen, – nein, er hörte nicht einmal, daß Kahlmann sich zu ihm umdrehte und näherkam und sagte: Beim Sprengtrupp, bei

Ferro. Er dachte es, er blieb immer noch an seinem Platz stehen, dachte es und schaute den Männern nach, wie sie zu ihren Plätzen zurückgingen. Und dann dachte er mit einemmal noch etwas dazu: er sieht ganz anders aus. Er ist alt. Die Stoppeln im Gesicht. Graue Stoppeln. Furchen im Gesicht. Er ist klein. Viel kleiner, als ich gedacht habe. Er sieht anders aus. Er ist alt.

Da sah er, wie der Vater sich dort vorne nach ihm umdrehte und ihm winkte mitzukommen. Neben ihm sagte Kahlmann laut zu Samuel: Er heißt gleich wie der alte Ferro. Warum nicht, sagte Samuel, Loth hörte es und er sah, wie Samuel aufs Trittbrett stieg, einstieg und die Tür der Kabine zuschlug. Als er den Kopf wieder drehte, winkte der Vater wieder, oder noch immer. Und jetzt hörte Loth, und er war von diesem Sprühregen schon bis auf die Haut herein naß, wie Samuel über ihm aus dem Kabinenfenster nach vorne rief: Nicht taub, Ferro. Stumm.

Rainer Brambach
Altersheim

Als Gärtner im Ruhestand lebend,
kenne ich noch immer
den Fahrplan aller acht Winde.
Meine Prognosen
wann das Regengewölk eintreffen wird,
sind verläßlich.

Außer der Gicht und dem unstillbaren Gelüst
nach einem Glas Schnaps
plagt mich nichts. Meine Freunde sind tot
und die Feinde verschollen.

Diese Welt, die ich nicht mehr verstehe,
besucht mich in Gestalt einer Zeitung
jede Woche einmal
und mehrmals täglich
schwirrt eine Schar von Spatzen ans Fenster.

Für erwiesenes Vertrauen habe ich sie
zu Buchfinken erhoben.

Alfred Andersch
Der Tod in London

da geht ein mann
durch die halfmoon-street
im nebel erlischt er
der nimmt dir den namen

er hatte 'nen hut auf

da lehnt ein mann
vor hug humphreys pub
an der steinwand der nacht
der nimmt dir den namen

er kaute ein streichholz

da hockt ein mann
am tisch vor dem ale
in der bitteren schenke
der nimmt dir den namen

er zahlte ging hinaus

der nimmt dir den namen
er las den observer
sein auge war weiß

Reiner Kunze
Rudern zwei

Rudern zwei
ein Boot,
der eine
kundig der Sterne,
der andre
kundig der Stürme,
wird der eine
führn durch die Sterne,
wird der andre
führn durch die Stürme,
und am Ende, ganz am Ende
wird das Meer in der Erinnerung
blau sein.

Ein Gezwitscher vor dem Fenster

Ein Gezwitscher vor dem Fenster,
als stiegen
alle Vögel der Welt in den Himmel.

Ein Punkt im Blauen,
ein schwarzer zitternder Stern,
plötzlich sich teilend –
zwei Schwalben,
schweifend ins Licht,
streifend mit den Flügeln sich,
zwei Schwalben,
zueinandereilend –
ein schwarzer zitternder Stern,
ein Punkt im Blauen.

Ein Gezwitscher vor dem Fenster,
als stiegen
alle Vögel der Welt in den Himmel.

PETER RÜHMKORF
Lied der Benn-Epigonen

Die schönsten Verse der Menschen
– nun finden Sie schon einen Reim! –
sind die Gottfried Bennschen:
Hirn, lernäischer Leim –
Selbst in der Sowjetzone
Rosen, Rinde und Stamm.
Gleite, Epigone,
ins süße Benn-Engramm.

Wenn es einst der Sänger
mit dem Cro-Magnon trieb,
heute ist er Verdränger
mittels Lustprinzip.
Wieder in Schattenreichen
den Moiren unter den Rock;
nicht mehr mit Rattenscheichen
zum völkischen Doppelbock.

Tränen und Flieder-Möven –
Die Muschel zu, das Tor!
Schwer aus dem Achtersteven
spielt sich die Tiefe vor.
Philosophia per anum,
in die Reseden zum Schluß –:
So gefällt dein Arcanum
Restauratoribus.

Selbstporträt 1958

Prächtig, nichts verstanden zu haben und doch
sein Nasenloch voll Sterblichkeit zu genießen –:
der wackere Sohn des Moments,
jetzo schlendernd unter viel Feinden und wenig Brüdern,
durch Schaden schlau geworden und
dem Boden gründlich mißtrauend, von dem er sich
geschaffen wähnt ...
trottet er, bar jeden höheren Zieles,
kantapper – kantapper,
ein asthenischer Wolf ins Orangenlicht.

Wie schnell einem die Tage vergehn,
wenn man nicht im Gefängnis sitzt.

Sommers und herbstens und immer wieder:
unermeßlich ist das Glück, dessen jener bedarf,
ABER:
reißt er sich heut seinen Braten im pfirsichfarbenen
Schlüpfer,
– höh! wie der Himmel ihm bis unters Haar schwappt! –
wenn er sich wieder erhebt,
der Vortreffliche,
sein Fell sich glättend, seine verstauchten Strukturen,
wenn aus sirupner Umarmung er sich nachdenklich löst,
magst du ihn fragen, ob er
dir stürzen helfe, was nach oben gelangt ist.

Das Hohelied des Ungehorsams –
gebellt oder verkündet –
aber von keinem bisher so prägnant
als von ihm.

Ihn zu bestimmen ist nicht eben leicht
im Kreise der Thierheit.
Nicht, daß nicht innerlich alles beim Alten wäre,
ei! er kaut noch immer das überkommene Nichts, daran
schon sein Vater mahlte,
und nichts Neueres als Nichts fiel ihm bei –
Hüte dich aber, deine rechte Hand ins Feuer zu legen
für seine linke:
manchmal, morgens, hinter der rrrrradikal unentschlossenen
Zeitung,
den plausiblen Porridge löffelnd und die vordergründige
Frischmilch,
knüllt er sich mit Bedacht
(und dies ist durchaus in der Ordnung)
eine original-Thälmannfaust:
Druschba!

Zu wahr, um schön zu sein:
auch der Feingeist muß fressen.

Um dann wieder,
seiner Klasse natürlicher Sohn,
leicht, bei gedrosselter Sonne, nach oben zu reisen:
er Spezialist – panimaju? – er züchtet
Angorawolken im Kopf, einen schaumigen Zauber;
im Tau, im Licht, mit garnichts kommt er gefahren,
aber lässig und leerer Hand einen Gruß dem Hack des
Jahrhunderts
in den gähnenden Himmel gewinkt, grohoß,
der das blaue,
das unendlich erstaunte Maul nicht mehr zukriegt.

Im Vollbesitz seiner Zweifel

Nicht zu predigen, habe ich mich an diesem Holztisch
niedergelassen,
nicht, mir den Hals nach dem Höheren zu verdrehen,
sondern mir schmecken zu lassen dies:
Matjes mit Speckstibbel, Bohnen, Kartoffeln, Einssechzig;
Aal in Gelee, Kartoffelpürree, gemischten Salat,
Zweiachtzig;

Kalbszüngerl mit Kraut, Zwomark;
Beefsteak à la Meyer, Erbsenundwurzeln, Zwozwanzig;
Rührei – Blumenkohl, Einemarkdreißigpfennige;
Fliederbeersuppe: Jawoll!
Wenn die Sonne, die Löwin, sich Glut aus der Mähne
schüttelt,
und der Inhaber meines Mittagstisches die Markisen
herunterläßt,
mache ich's mir bequem hinter der Zeitschrift für
Armeirre:
Ei!
es hat sich wieder allerhand Rühmenswertes angesammelt
in unserer Erzdiözese.

»Mahlzeit« –
Eine Marienerscheinung mehr oder weniger macht noch
keinen Himmel,
aber imganzen gewaltig ist der Elan meines
unaufgeklärten Jahrhunderts,
das noch den Kot der assyrischen Großkönige abtastet nach
Kohlenstoff vierzehn,
das
den Herren der Heerscharen preist in der Unsicherheits-
Relation,
das
schon mit goldenen Bombern an seinem Untergang webt –
da sollte ich konkurrieren?
drei-mal-vier Zeilen »Norddeutsche-reimlos«?
Oh, ich habe mein Maß und mein Bett und verbleibe
meiner Geranien Poet
und der Sänger meiner Gebrechen!

Der du auch einmal kamst, Bellarmin, dein gewaltiges Herz
unter Fünftausend zu brocken,
rück Stuhl und Leib zurecht, du findest
dich durch Schwerkraft genügend belegt, du spürst,
wie sich dein Auge machtvoll ins Endliche kehrt:
– Oh Lust am Greifbaren! –
wenn aller Anspruch abfällt, und eines doppeltgebrannten
Sommers
Trank dir verheißend zum Munde geht …

Ich sehe:
Ich sehe ein großes Motiv:
Ich sehe dich:
im Vollbesitz seiner Zweifel froh,
eine vergnügte Zunge gegen das Schweinsfleisch gezückt
(die soviel Unsägliches pflügte) –
Aber auch dies ist wohl unter Brüdern
seine Erschütterung wert.

Hymne

Völlig im Einklang mit diesem Satze Hamanns,
daß der purpurne Mantel des Genius
nur den blutigen Buckel ebendesselben verdecke,
(sehr fein beobachtet!)
justiere ich meinen Hintern auf dem Hocker von
Riemerschmidt:
Ja!
in meiner Branche ist Glut und Finsternis durchaus der
Umgang!

Zwischen Geburt und Beil halte ich mich
meinem Zeitalter zur Verfügung.
Ein klarer Kopf hat sich auf meinen Schultern konstituiert,
voll süßen Grimms
auf die hierorts gehandelten Sitten:
wie es speckgeknebelten Halses von Freiheit quäkt:
kein Stroh zu gemein, kein Arm unerschwinglich,
und dem man das Licht noch vorkaut, er mietet
den Streifen Abendlandes vor meiner Türe.

Der unter solchen Umständen zu singen anhebt,
was bleibt ihm zu preisen?
was wäre, he-denn, eines erhobenen Kopfes noch wert?
Trainiert und geflügelt
nahet der Gauner im Glück:
eine schöne Gesellschaft möchte sich maßnehmen lassen,
zwischen Hacke und Schnauze: Erhabenheit!
Dahinter den Mond, wenn ihm Tran,
Tran, hell wie Tau, aus zerlassener Locke träuft;

schöneres Bild eines Hochkommens, handkoloriert –
gemach!
gemach Señores,
euch laß ich den Tiger tanzen!

Aber nun:
die ihre Schwäche nicht adelt,
halten um Lieder an;
brav unter ihre Dächer geduckt,
wie sie die Peitsche zu unansehnlichen Brüdern gekämmt hat:
Kumpel!
mach uns ein Lied!
der du als eins unter andern
hungriges Hündlein bist,
mit den Lüsten der Hündlein
u-hund
dem trauten Wauwau eines allen gemeinsamen Grund-
gesanges –
Ihr Jecke, das ist, was einem in Deutschland das Hirn an die
Decke treibt:
rührt euer Klinkerherz andres als Schuß und Schlag,
oder:
wo ich euch aufspiel, legt ihr da mit Axt an?

Deutschland[1] – Deutschland[2]
hier wird mir kein Bruder geworfen;
hier steht die Luft, wie die Torheit stolz auf der Stelle tritt.
Zwar
mit Forsythia führt sich auch diesmal wieder der Lenz ein, mit
Rosenbändern,
aber Träne auf heißen Stein ist des Wackeren Jammer!
Ach, wodenn träfen sich Zweie im stillen Anschaun des Monds,
gleich
in Erörterung der kernwaffenfreien Zone?
Woooooo,
liebende Freunde und reflektierende,
drängte hoffnungsvoller nach vorn die Verfeinerung?
Daß des Edlen »Avanti« mächtig aufkläre unter Irdischen,

1 BRD; 2 DDR.

ihrer Schwalben Geleit, gütlichem Sommer zu –
Oh Ihr Gefährten,
unsichtbare noch, aber im Dunkel schon ausgespart,
aus dem Schlamm des Vaterlandes erhebt euch!
Die Unmuts-Zunge rührt,
froh der Anfechtung und *eines* Zornes voll.
Daß ein künftig Geschlecht euch anständig spreche.
Größe von eurer Größe zu nennen weiß
und Nein von Eurem Nein.

Franz Mon
artikulationen

anschaulichkeit als höchste qualität von einem text zu fordern, gehört zu den nicht aussterbenden gedankenlosigkeiten. gewiß, die sprache bringt auch das bild fertig, doch nur in harter bewußtheit, einen augenblick lang, und unweigerlich wie der stein des Sisyphus rollt die unscheinbare beweglichkeit des gesprochenen, der artikulationsspannen und -gefälle darunter hinweg und den eigenen rinnen nach. babbeln und kritzeln sind äußerungen tastender organvorgänge, unter dem visionablen, unter der haut: nicht ins beliebige, wenn auch oft genug ins leere tastend. das monotone aufgedröselte gebabbel kann somnambul sicher die artikulationsschwelle finden, wo sich eine geste erregend ereignet. im grunde schafft man es nur von unten, aus der untertreibung, die dichte, prägnante folge von lauten in- und auseinanderzuwinden, die als spur unvergeßlich bleibt und wiederholbar, also »sprache« ist, weil sie gestisch verläuft.

unmittelbar an der artikulationsschwelle, wahrnehmbar im genauen, kauenden bewegen der sprechorgane, liegt die schicht von »kernworten«, die diesseits der bildhaftigkeit schon uns unter die haut gehen. erotisches und vorerotisch elementares ist darin konkret, wörter sind reizgestalten einer wirklichkeit, die wir oft nur mit ihrer hilfe zu erreichen vermögen, erschreckend, heiter, wüst oder wie sonst auch, – nicht »innen«, nicht außen sondern der geträumten vergleichbar aus körperlichkeit und einbildung zugleich erstellt und darum unüberbietbar real, der geträumten ungleich jedoch uns frei verfügbar. aus den konkreten formen der vokabelabläufe, der artikulationsgebärden stellt sich welt als unsere eigenwelt her. sprechen unmittelbar an der artikulationsachse ist tanz der lippen, zunge, zähne; artikuliert, also prägnante bewegung; vokabeln die grundfiguren des tanzes, führen zwar die bedeutungen, beziehungen, bildschatten mit, doch in einen bewegungscharakter verschliffen, der seine richtungen aus sich selbst gewinnt.

sprechen, das sich zur poesie umkehrt, ist ein versuch, des selbstverständlichsten, das unter den komplizierten und aufreibenden arbeiten der sprache vergessen wurde, habhaft zu werden. poesie geht darin nicht auf, aber sie fahndet danach, sie braucht die primitive materiale erfahrung. sie kann dem elementaren gar nicht ausweichen, denn früher als das sprechen übten die lippen, zunge, zähne die tätigkeiten des einverleibens, des zerstörens, des liebens, der lust. sie sind von diesen erfahrungen besetzt, wenn sie sich zum sprechen bilden; unvermeidlich werden sich die sprechgesten mit den charakteren jener tätigkeiten mischen, kreuzen, sich daran unterrichten und steigern. sie werden feinere versuche des zerreißens machen; sie nehmen dazu die flüchtigste speise, die luft, quetschen, stoßen, saugen sie, um die elementare gestik zu erforschen, von der die welt voll ist. wir sind hier hund, schwein, stier und hahn; wir mischen uns in ihre charaktere, wenn die sprache es mit ihnen zu tun hat, zerreißen die bekannten erscheinungen und stoßen auf elastisches, finsteres, leuchtend durchlässiges gewebe, schwellungen, tönende dehnungen, rasselnde skelettformen, tiere, die es sonst nirgends gibt.

aber

ist aber ein pfahl ist aber
der stein der da war
                    der sprang nicht
der sprang im rock in der höh
schrie am licht
               war zuerst
ein mann der knab über wassers haut
geprellt nur fünfmal
                    aber so flach
                         so leicht gelernt
so leicht zu vergessen unter der haut

aus was du wirst

rakon tsiste himil kokard reche chrest sukzess arb
hakon tris umir kott ädre rest kukt abe
acre dress umsens gorf eder kest schuga
kran drett rums gror dree kir sus
krakä dreis rirn grett erd rich
kras erk ir egs rnd re
kars ese rir rd r
hare ids urnd hn
arr drie odt runn
tror unds
tar usd
drustar

Ruth Rehmann
Illusionen

Aufbruch

Das neue Verwaltungsgebäude des Wellis-Konzerns hat die Form einer hochgestellten Streichholzschachtel, breit von vorn, schmal von der Seite, in der Mitte von der Verglasung des Treppenhauses gespalten, hinter der sich die entblößten Geländer in ausladenden Serpentinen aufwärts schrauben. Figuren steigen und sinken in der bläulichen Flüssigkeit der Neonbeleuchtung, deutlich sichtbar und doch entrückt in ein Reich mit eigenem Licht, eigener Atmosphäre, gleichförmigem Klima und ewiger Windstille. Während die Straßenpassanten im Herbstwind die Mäntel enger um die fröstelnden Glieder ziehen, tragen die Damen im Inneren dünne Nylonblusen, die ihre blassen Arme freigeben, der Wechsel der Jahreszeiten betrifft sie nicht, kein Hauch bewegt ihr in gefälligen Ornamenten erstarrtes Haar. Waagerecht verlaufende Bänder aus Glas bezeichnen jedes der dreiundzwanzig Stockwerke. Die Fenster können bei Bedarf einzeln oder reihenweise durch Hebeldruck gekippt werden. In den unteren Reihen spiegeln sich je nach dem Neigungsgrad Straßenverkehr oder Fassadenausschnitte der gegenüberliegenden Geschäftshäuser. In den Scheiben der oberen Stockwerke spiegeln sich Himmel, Wolkentreiben, Flugzeuge, kurvende Taubenschwärme und Nacht. Zwischen den Stockwerken ziehen sich die Fäden der Gesimse, streichholzdünn, erdrückt von der Übermacht des Glases, strukturell unwesentlich. Das Erdgeschoß ist mit einer Haut aus imitiertem Marmor gegen Einblick abgedeckt. Einige Meter ins Innere des Baues zurückgezogen öffnet sich das Portal, dessen waagerechtes Gesims links und rechts von je einer zum Zeichen abstrahierten menschlichen Gestalt in Form eines Ypsilon getragen wird. Nachts schließt ein Stahlgitter den Toreingang gegen die Straße ab, das durch einen Druck auf den Knopf im Glaswürfel der Portiersloge ein- und ausgefahren wird.

Zur Pflege der ungeheuren Glasfläche hat die Firma mehrere Kolonnen von Fensterputzern verpflichtet, die in regelmäßigen Zeitabständen die Seile ihrer Sicherungsgurte an ins Gesims betonierten Haken befestigen und mit abgestemmten Füßen von Fenster zu Fenster turnen, um Flecken, Streifen und Trübungen in Rekordgeschwindigkeit zu entfernen. Ein betriebseigener Fensterputzer, der zwar in den Papieren der Personalkartei als Bürobote geführt wird, aber die meiste Zeit schwebend, kletternd und balancierend außerhalb der Fassade verbringt, verdankt seine Anstellung der Laune eines Direktors, der ihn im Sommer als besondere Attraktion seiner Gartenparties vom Zirkus entlieh und nun versucht, ihn durch ein festes Monatssalär seßhaft zu machen. Bisher ist er ein Fremdkörper geblieben, eine Art Maskotte, Schrecken und Entzücken leicht-erregbarer Bürodamen, die in schrille Schreie ausbrechen, wenn er unerwartet jenseits der Scheibe erscheint und mit übertriebener Geste den Strohhut lüftet, der dem nüchternen Blau seines Overalls einen Akzent liederlicher Extravaganz aufsetzt. Obwohl er nicht ernst genommen wird, macht er sich auf seine Weise unentbehrlich, repariert Sonnenrollos und blockierte Kippvorrichtungen, angelt in halsbrecherischen Stellungen nach verflogenen Papieren, birgt die Leichen verirrter Vögel, entfernt Taubenschmutz und Regenstreifen und streut im Vorübergehen eine Narrensaat von Grinsen, Pfeifen, Grimassen und Zurufen in das pochende Getriebe der Büros. Wenn man ihm Gelegenheit gibt, zeigt er eine Neigung zu Übertreibungen und bizarren Reden, die ahnen läßt, daß auch der Zirkus nicht die erste Station in seinem sicherlich bewegten Leben war. Aber davon weiß man weiter nichts. Er jedoch kennt sie alle, besser als die Personalkartei sie kennt, besser als sie einander kennen, denn er als einziger hat die Möglichkeit, von außen in die Guckkästen der Büros hineinzuschauen und Dinge zu sehen, die sonst keiner sieht.

Über dem dreiundzwanzigsten Stockwerk ist das Gebäude glatt abgeschnitten wie ein Laib Brot und bietet die gepanzerte Schnittfläche dem Himmel an, der die Bäuche seiner Wolken darüber schleift und seinen Regen an die Unfruchtbarkeit des Eisenbetons verschwendet. Die in diesem Haus Beschäftigten wissen nichts von Ausdehnung und Beschaffenheit, von Atmosphäre und Klima des Daches, das in seiner Entrücktheit weder der Erde noch dem Himmel angehört – erkaltete Sternlandschaft, von Vögeln gemieden, umspült von Radiowellen, Wolken, Winden und Blitzen. Nur der Narr im Strohhut kennt sich hier aus, der in der Mittagspause mit hochgestellten Beinen auf der äußersten Ecke hockt, unbeweglich wie ein Wasserspeier und wie diese von niemandem wahrgenommen, außer von dem, der alles von oben sieht und auch durch das Dach in die dunklen Schächte blickt, in denen Paternoster ihm hoffnungsvoll entgegensteigen, auf der Kuppe zögernd verweilen, als wollten sie weiter steigend Dach und Kreislauf durchbrechen, und die doch nach einem polternd beschriebenen Halbkreis wieder hinab müssen von Stock zu Stock, blaues Licht und schwarze Wand im Wechsel, Füße herein und hinaus, bis in die Nacht des Kellers, wo die Ölheizungsrohre surren und Berge abgelegter Akten im Staub versinken.

Still sind die Korridore. Das Rollen der Aktenwagen, das Tappen geschäftiger Füße verschlucken dunkelgrüne Beläge, die den Sohlen moosig nachgeben und keine Spur bewahren. Ein Silberstreifen von Türklinken zieht sich an den heitergetönten Wänden entlang, dahinter schnurren die Schreibmaschinen. Einzelne Anschläge sind nicht zu unterscheiden, ihre rasche Folge, tausendfach wiederholt aus tausend Arbeitszellen, versetzt Innen- und Außenwände in eine gelinde Vibration auf der verfließenden Zwischenstufe zwischen Geräusch und Bewegung: der Motor des Hauses, um acht Uhr früh angeschaltet, um achtzehn Uhr abgestellt mit geringen Unregelmäßigkeiten um die Mittagszeit, wenn die Belegschaft schichtweise in die Kantine steigt, ein dezenter, reibungslos laufender, gut abgedämpfter Motor, betrieben von den zarten, rot gekuppelten Fingern der Stenotypistinnen: gekrümmte, gepolsterte Hämmerchen, die sanft auf Tasten niederfallen und von ihnen mit einer kleinen gefederten Mulde ebenso sanft empfangen werden. Das auch im Innern spürbare Bestreben, Wände zu sparen oder sie durch Glas zu ersetzen, verleiht der Gesamtheit der Zellen und Arbeitsräume eine kristallische Durchsichtigkeit. Schwärme gut bezahlter Stenotypistinnen sind in den luftigen Sälen der Schreibmaschinenpools zusammengefaßt, und auch die kleineren Büros haben Glaswände oder mindestens verglaste Luken in der Mitte der Wand, die zum Durchreichen von Akten dienen und jede Form der Übersicht und Arbeitskoordination erleichtern. Ausgenommen von dieser Durchsichtigkeit sind die Büros der Chefs und ihre Vorzimmer, Königinnenzellen, in denen das Gehirn der Firma hinter schalldicht isolierten Wänden und schweren Vorhängen tickt und unaufhörlich seine Impulse durch Drähte und Mikrophone bis in die entferntesten Winkel des Gebäudes sendet.

Schüchterne Versuche einer Begrenzung der gläsernen Bereiche: Fotos von Freunden oder Katzen, Mittelmeeransichten, Blattpflanzen und Kakteen finden keine Wand, an die sie sich klammern, keinen Hintergrund, vor dem sie sich abheben können und stehen im Leeren, vor nichts und hinter nichts. Es widerstehen allein die Sofakissen der alten Angestellten in der sicheren Position zwischen Hintern und Stuhl, mit denen diese Stützen der Firma ihre angestammten Plätze gegen Übergriffe verteidigen, es widerstehen die in Rollschränken verschlossenen Kannen, Neskaffeebüchsen, Zuckerdosen, Sammeltassen und Milchkonserven: Zeugen stiller Vorrechte, die durch eine jahrzehntelange aufopfernde Tätigkeit und durch den Betriebseinsatz der ganzen ungeteilten Person erworben sind, und die diejenigen nicht in Anspruch nehmen können, die nicht ein Dienstjubiläum gefeiert haben, die nicht die Privatkorrespondenz eines Chefs führen, die nicht den Zusammenbruch des Hauses unter Bomben überdauert haben. Wenn eine gewisse Linie der Selbstaufgabe überschritten ist, duldet die Firma auf Widerruf kleine Menschlichkeiten, wenn sie im Rahmen bleiben, denn sie dienen auf unerforschliche Weise dem Betriebsklima, diesem empfindlich schwankenden Faktor, der bei keiner Berechnung und Planung übersehen werden darf. Die korrekt und unauffällig gekleideten Damen, leicht zu verwechseln, tatsächlich auswechselbar, aber in ihren Funktionen unersetzlich, bilden die alte Garde jungfräulicher Vestalinnen, die berufen sind, die heilige Glut des Betriebsklimas zu hüten, zu schüren, zu dämpfen, kurz, sie genau auf der Normaltemperatur zu halten, die den Funktionen des ungeheuren Apparates zuträglich ist.

Zu ihnen gehört Frau Schramm, Vorsteherin und Älteste des von vier Personen besetzten Büros EA-39, dreizehnter Stock, einundzwanzigste Tür links, das siebzehnte und achtzehnte Fenster von der rechten Kante des Gebäudes aus: Scheiben, die der Fensterputzer mit ungewöhnlicher Hingabe behandelt, als gäbe es dahinter etwas Besonderes zu sehen, obwohl sich sicherlich hinter tausend Scheiben über, unter und neben dieser ähnliche, wenn nicht gleiche Personen befinden, die ebenso der Sympathie und Anteilnahme Außenstehender bedürfen. Die beiden Schreibtische des Raumes stehen mit geringem Abstand hintereinander, die linke Schmalseite dem Fenster zugewandt, von dem sie durch einen engen Gang getrennt sind. Am hinteren Schreibtisch regiert Frau Schramm, dreiundsechzig Jahre alt, Chefsekretärin und Vertrauensperson, graues Haar, graues Kostüm, weiße Bluse, drahtig, aufrecht, kompetent und heiter. Zwischen den beiden Schreibtischen, direkt unter Frau Schramms Augen, aber ihr den Rücken zuwendend, sitzt Paul Westermann, dreißig Jahre, älter aussehend, fremdsprachlicher Korrespondent und Übersetzer auf Probe, kurzsichtig, hellhäutig, leicht errötend, magenschwach. Ein niedriges, mit Nachschlagwerken und Lexika bestücktes Regal, das die beiden Schreibtische lückenlos verbindet, schließt seine Stellung gegen das Fenster ab, so daß die Illusion eines dreiseitig gedeckten Raumes entsteht, über dessen hüfthohe Schranke er mit gebeugtem Oberkörper nur geringfügig hinausragt. In seinem und Frau Schramms Blickfeld, aber vom Fenster abgerückt, denn die rote Dame verträgt kein grelles Licht, steht, mit der Breitseite gegen die gläserne Querwand gerichtet, der Schreibmaschinentisch der Carmen Viol, Alter nicht zu ermitteln, Stenotypistin mit fremdsprachlichen Kenntnissen, wechselnde Haarfarbe, gegenwärtig tizianrot, wechselnder Typ, gegenwärtig tragisch-melancholisch, nervös, zu Ausbrüchen neigend, von ausgesuchter Eleganz und verblühender Schönheit. Sie kehrt dem Büro den Rücken zu und hat vor sich – da der Raum nebenan für Besucher bestimmt und meistens leer ist – nur ihr gespiegeltes Antlitz. Dicht am Fenster, im Rücken der Frau Schramm, steht der Schreibmaschinentisch von Therese Pfeiffer, neunzehn Jahre, Schreibkraft auf Probe, zartgliedrig, langbeinig, schlafäugig, rotblond.

So hat der Fensterputzer sie an diesem letzten Samstag im September vor sich: jeden an seinem Platz, Figuren in einem stillgesetzten Spiel, deutlich, übersichtlich, von Licht umflutet, hinter Glas. Aber sobald er verweilt und näher zusieht, entfernen sie sich, ohne den Platz zu verlassen, verschwimmen, zerstreuen sich in eine Vielzahl huschender Bilder, Schatten und Reflexe: vier Personen, jede von drei anderen Personen und von sich selbst gesehen, gespiegelt, gebrochen, verfälscht, aus Beziehungen gelöst, anders bezogen, zerlegt und unter Hinzufügung fremder Elemente neu zusammengefügt, flatternd in einem Netz von Blicken, die sich in komplizierten Winkeln überschneiden, vernebelt vom Dunst unausgesprochener Träume und Wünsche, die als schattenhafte Trübungen über das Glas gleiten, und so gründlich könnte kein Fensterputzer Fenster putzen, daß es ihm gelänge, auch diese Trübungen zu entfernen. Er wirft das Leder über die Schulter, blickt auf die elektrische Uhr über der Tür und tippt im Vorübergehen an den Rand seines Hutes. Elf Uhr fünfzehn. Mit einem breiten Lächeln angelt er dreimal Lächeln aus dem Trüben – gnädig und herablassend, Carmen Viol, eine Königin, ihr Volk begrüßend; stirnrunzelnd Frau Schramm, neidvoll Westermann. Nur Therese lächelt nicht. Ihr dämmriger Blick, dicht vor ihm aufgetan, ist nicht zu fangen. Flüchtiger Fisch, Schatten eines Vogels. Er winkt ihr zu vom Fensterrand und versucht, aus dem wäßrigen Geflimmer ihrer Oberfläche eine Person zu heben, eine Bestimmte, Begrenzte, Unverwechselbare, aber so tief er auch greift, es fehlt an Dichte, an Widerstand, an Gewicht, an Substanz – flüssig, formlos, durchsichtig – Therese. »Ob ich mich in sie verliebt habe?« fragt er den alten Mann, den er jeden Abend beim Dämmerschoppen in der Kneipe gegenüber trifft. »Ich weiß, warum die Männer sich in Therese verlieben. Sie bilden sich ein, sie könnten was aus ihr machen, irgendeine bestimmte Figur, die sie sich in den Kopf gesetzt haben. Es liegt so nahe, denn sie ist nachgiebig und leicht zu haben, aber Wasser behält keine Form, Wasser läuft zwischen den Fingern fort und tut was es will.« Der alte Mann, ein entlassener Bankangestellter, der sich einsam fühlt, blinzelt gestört über den blasigen Bierschaum und sagt: »Therese? Kenn ich nicht. Interessiert mich auch nicht. Unsereiner …«, er schiebt sich auf dem Ellenbogen über die Tischplatte, als wollte er dem Fensterputzer die gebeugte, müde, vom Leben zerrupfte Gestalt eines alten Mannes ohne Beruf und Familie, mit magerem Hals, nacktem Schädel und schlecht gebundener Krawatte dichter vor Augen halten, »unsereiner braucht was Solides, Älteres, Verläßliches, so was wie die Frau Schramm«, und damit hat er auf Umwegen den Anschluß an das Thema seines nicht zu unterbrechenden Monologes gefunden, zu dem die Überlegungen des Fensterputzers nur eine stimulierende Begleitmusik abgeben. Unsereiner braucht …

FRIEDRICH DÜRRENMATT
Frank der Fünfte
Oper einer Privatbank

IX. Die Freiheit ist schön

Im Bankhaus Frank findet an einem langen Tisch eine nächtliche Sitzung statt.

FRANK V Mitarbeiter. Ich sehe mit innerer Bewegung, wie wenige wir geworden sind. Als ich vor vierzig Jahren die Bank meiner Väter übernahm, standen mir über hundert Angestellte zur Verfügung. Nun sind es noch sechs. Gar grausam hat der Tod gewütet, gar manchen treuen Mitarbeiter haben wir verloren, noch vor wenigen Tagen erst den guten alten Kassierer Häberlin, Friede seiner Asche. Doch, Freunde, wir haben uns in dieser nächtlichen Stunde nicht versammelt, unsere lieben Toten zu beklagen, nein, wir haben uns vielmehr den harten Notwendigkeiten zuzuwenden, die das Leben mit sich bringt. Wir haben vor mehreren Wochen beschlossen, unsere Bank zu liquidieren, um endlich die Früchte unserer harten Bemühungen zu ernten. *Alle trommeln Beifall.* Wir haben zu diesem Zwecke meine Beerdigung vorgetäuscht und sollten in wenigen Tagen ans Begräbnis meiner lieben Frau schreiten, doch müssen wir dieses Unternehmen leider aufschieben. Etwas Unerwartetes ist eingetroffen, die Liquidierung unserer Bank ist mit einem Schlag in Frage gestellt. Die Direktion hat einen Brief erhalten. Ein Unbekannter weiß alles über uns. Ein Unbekannter droht uns der Polizei zu übergeben, wenn wir ihm nicht in einer Woche zwanzig Millionen zahlen.

Totenstille.

KAPPELER Da muß ich aber kichern!

SCHMALZ Der soll seine Wunder erleben!

EGLI Aus dem machen wir Hackfleisch!

FRANK V Freunde. Es bleibt uns vorerst nichts anderes übrig, als abzuwarten. Wir wissen nicht, wer der Erpresser ist, wir wissen nicht, wie er sich die Kenntnisse über unsere Geschäftsmethoden verschaffen konnte, wir wissen nicht, ob er ein Fremder ist, oder – auch das ist leider möglich – einer unter uns, wir wissen nur, daß der Kampf unbarmherzig sein wird. Ich erteile nun unserem Prokuristen das Wort. Er wird kurz die wirtschaftliche Lage erörtern. Unser langjähriger treuer Mitarbeiter, der unermüdlich unsere falsche Buchhaltung in Ordnung hält: Emil Böckmann.

Böckmann erhebt sich.

BÖCKMANN Mitarbeiter, Freunde. Zwanzig Millionen werden von uns verlangt. Sind wir in der Lage, diese Summe zu zahlen, falls es zum Schlimmsten kommt, denn auch mit dem Siege des Erpressers müssen wir leider rechnen? Ich will nun nicht von den Schulden reden, die noch aus der Zeit Frank des Vierten, ja, Frank des Dritten stammen, die ja schon längst die Fünfhundertmillionen-Grenze überschritten haben; wen hätte deren Mätressenwirtschaft nicht schon ruiniert! Nein, wir müssen vielmehr unsere Aufmerksamkeit auf die Reserve richten. Freunde, Mitarbeiter. Unsere Reserve sollte vierzig Millionen betragen, sollte, heute weist sie knapp fünf Millionen auf. Den Grund wißt ihr alle. Jeder von uns hat sich heimlich einen Tresorschlüssel angeschafft und die gemeinsame Kasse geplündert. In Ordnung. Das Geld ist hin. Doch fehlt es nun entscheidend zu den zwanzig Millionen. Seien wir ehrlich. Nicht alles wurde verjubelt, ein jeder hat sich seinen Teil auf die Seite geschafft. Es gibt deshalb nur eine Lösung. Wir müssen unsere Ersparnisse abliefern.

KAPPELER Ich habe nichts auf der Seite.

SCHMALZ Was verdienen wir schon, das ist doch lächerlich.

FRANK V Ich übergebe nun meiner lieben Gattin das Wort. Unsere tapfere Mitkämpferin, Frau Direktor Ottilie Frank.

Ottilie steht auf, mit einem Notizbüchlein.

OTTILIE Freunde. Ich habe unsere Ersparnisse notiert. Frank und ich legten fünf Millionen bei den vereinigten Banken an, teils auf Sparheften, teils als Obligationen, Böckmann zwei bei der Staats- und Egli dreieinhalb Millionen bei der Regionalbank, ebenfalls hat auf dieser Bank Frieda Fürst fünfhunderttausend liegen. Kappeler brachte seine Million bei der Bankunion unter, dazu weitere vierhunderttausend bei der Handels AG, Schmalz achthunderttausend bei der Pecunia, und Neukomms zweihunderttausend, die er uns gestern aus der Pensionskasse stahl, befinden sich noch im Koffer unter seinem Bett. Das Geld ist in fünf Tagen abzuliefern.

FRANK V Ebenso die Nachschlüssel.

KAPPELER Abliefern?

SCHMALZ Was ich mir vom Mund absparte?

FRIEDA FÜRST Was ich so sauer verdiente?

PÄULI Die zweihunderttausend soll ich hergeben? Ich? Was tat ich nicht alles für euch, ihr Ehrenmänner.

Als Miß Stähli
Aus New Delhi
Ihre Konten heben wollte
War nur ich es, der sich trollte
Und sie unters Auto rollte
Sie ging in die Ewigkeit
Ihr mußtet nicht blechen
doch ich: Schlaflosigkeit

FRIEDA FÜRST Schlaflosigkeit!

Alle brechen in ein Gelächter aus.

BÖCKMANN Was ist das schon.

OTTILIE So. Unter Schlaflosigkeit leidet das Bürschchen. Ich will dir mal erzählen, was ich geleistet und gelitten habe.

Als Lord Leicester
Aus Manchester
Seine Erbschaft einst verlangte
Und das ganze Bankhaus bangte
Weil das Bargeld uns nicht langte
Macht den Hund ich selber stumm
Ihr wurdet gerettet
doch ich: Morphium

ALLE

Die Freiheit ist schön, ach, das wissen wir alle
Doch willst du sie greifen, vergeht sie im Nu
Denn wer am Speck sitzt, sitzt in der Falle
Und willst du hinaus, klappt die Falle zu

KAPPELER

Als Niels Magen
Kopenhagen
Die Bilanz bezweifelt hatte
Packte ich ihn nicht in Watte
Schickte Gift der alten Ratte
Mit dem Zweifeln war es Schluß
Ihr wurdet erlöst so
doch ich: Darmverschluß

EGLI Darmverschluß! Darmverschluß! Ein Vermögen gäb ich her, wenn ich nur einen Darmverschluß hätte.

Als Herr Glauser
Der Schaffhauser

Ständerat sein Geld vermißte
Stopft' ich ihn in eine Kiste
Die ich in die Limmat hißte
Und die Lage war erstarkt
Ihr kamet davon noch
doch ich: Herzinfarkt

SCHMALZ Kommen Sie mir doch nicht immer mit Ihrem Herzinfarkt, Herr Egli. Ich an Ihrer Stelle –

FRIEDA FÜRST Herr Gaston Schmalz. Richard reibt sich auf, weiß Gott, er tut seine Pflicht und ich – ich will dir mal was erzählen, mein Süßer, hör mal genau zu.

Hans von Pahlen
Aus Westfalen
Roch, daß ich mit euch verbunden
Hat mich an das Bett gebunden
Brauchte mich zu allen Stunden
Grausam war der böse Bock
Ich wurde geschändet
doch dann: Elektroschock

KAPPELER Jetzt fängt auch noch die Hure an zu jammern.

EGLI Herr Theo Kappeler.

SCHMALZ Elektroschock, das bißchen Elektroschock, das ist doch Mumpitz!

Als ich gestern
Mit zwei Schwestern
In das nahe Wäldchen steure
Seh mich noch, wie ich jetzt feure
Auf die Leichen Schwefelsäure
Ringsherum da war es Lenz
Ihr Geld war für euch nur
doch ich: Impotenz

EGLI Schweig doch, Schmalz, das interessiert wirklich keinen Menschen.

SCHMALZ Aber mich interessiert es, Herr Personalchef.

BÖCKMANN Diese Jugend ist doch einfach ohne Würde.

OTTILIE Ruhe! – Ist das eine Sitzung? Auf die Plätze!

ALLE

Die Freiheit ist schön, ach, das wissen wir alle
Doch willst du sie greifen, vergeht sie im Nu

Denn wer am Speck sitzt, sitzt in der Falle
Und willst du hinaus, klappt die Falle zu

BÖCKMANN

Als aus Olten
Herbert Molten
Buchexperte kam gefahren
Mußt ich schicken, grau von Haaren
In die Hölle diesen Narren
Gnade meiner Tat. Gott gebs
Bald find ich den Richter
denn ich habe Krebs

FRANK V Genug jetzt! Schämt ihr euch nicht? Das sind doch Lappalien.

All die Klagen
All die Plagen
Nichts sind sie vor meinem Leiden
Meinen Goethe muß ich meiden
Und von Mörike gar scheiden
Bin vom Bankgeschäft vereist
Ihr leidet am Leib nur
doch ich am Geist

Die Freiheit ist schön, ach, das wissen wir alle
Doch willst du sie greifen, vergeht sie im Nu
Denn wer am Speck sitzt, sitzt in der Falle
Und willst du hinaus, klappt die Falle zu

ALLE

Die Freiheit ist schön, ach, das wissen wir alle
Doch willst du sie greifen, vergeht sie im Nu
Denn wer am Speck sitzt, sitzt in der Falle
Und willst du hinaus, klappt die Falle zu

EGLI Herrschaften! Ich finde eure Haltung ja hundserbärmlich. Da werdet ihr mit Freunde und Mitarbeiter angeredet – na ja, das ist die Sache der hohen Direktion – aber ich, als euer Personalchef, mache da nicht mit. Ihr seid Schurken und habt rein schon aus beruflichen Gründen Schurken zu bleiben, und so will ich denn mit euch in einer ganz anderen Sprache reden.

Er zieht zwei Revolver hervor.

EGLI In fünf Tagen kommt mir jeder mit den Moneten anmarschiert, verstanden? Und daneben wird wieder einmal hart gearbeitet, ihr seid ja in der letzten Zeit von einer Harmlosigkeit als wären wir der reinste Wohltätigkeitsverein! Auch mit unseren Ersparnissen fehlen mehr als sieben Millionen. Die müssen rein und wenn wir die ganze City auszuplündern haben. Also los! Pflichtbewußtsein, ihr Gauner! Kameradschaftsgeist, ihr Halunken! Verantwortungsgefühl, ihr Mörder! Oder ich knalle euch über den Haufen!

Frieda Fürst springt auf.

FRIEDA FÜRST Richard! Ich gebe mein Geld nicht her!

Egli läßt die Pistolen fassungslos sinken.

EGLI Frieda!

FRIEDA FÜRST Schon seit Jahren heißt es, man wolle mit der Bank Schluß machen, und immer kommt etwas dazwischen. Und jetzt diese Erpressung! Wer sagt uns denn überhaupt, daß dies stimmt?

FRANK V Aber Fräulein Frieda!

BÖCKMANN Der Brief des Erpressers ist schließlich eine Tatsache.

FRIEDA FÜRST Dieser Brief kann gerade so gut von der Direktion abgeschickt worden sein, um uns weiterhin vor den Karren zu spannen. Das Personal mag handeln wie es will. Ich gebe mich dazu nicht her, ich habe all die Phrasen satt, meine fünfhunderttausend bleiben, wo sie sind: Auf der Regionalbank.

Schweigen. Alle schauen Frank den Fünften an, der endlich, wenn auch äußerst zaghaft, reagiert.

FRANK V Ottilie, rede du.

Ottilie erhebt sich majestätisch.

OTTILIE Fräulein Frieda Fürst. Sie wollen uns also im Stich lassen, ja, Sie werfen uns sogar Betrug vor. Reden wir ehrlich miteinander. Ich will jetzt Ihre himmeltraurige innere Einstellung übersehen und nur von Ihrer beruflichen Fähigkeit reden: Die läßt enorm zu wünschen übrig, Fräulein Frieda Fürst, ich erwähne nur den Fall Schlumpf. Statt fünftausend, brachten Sie uns dreitausend, mit der erstaunlichen Begründung, der Betreffende habe eine kranke Mutter zu unterhalten und spüre überhaupt das Nachlassen der Konjunktur. Weiter: Vom Teigwarenfabrikanten letzthin heimsten Sie gar nur zweitausend ein und gaben zur Antwort, seine Lungen seien angegriffen. Ich bringe nur diese zwei Beispiele, Fräulein Frieda Fürst. So geht das nicht weiter, Ihre Sentimentalitäten ruinieren uns.

FRIEDA FÜRST Frau Ottilie Frank. Ich bin zweiundzwanzig Jahre –

OTTILIE Ich weiß, Fräulein Frieda Fürst. Zweiundzwanzig Jahre üben Sie in unserem Geschäft Ihr Metier aus. Doch würde ich mich an Ihrer Stelle nicht damit brüsten. Es tut mir leid, wir müssen eine jüngere Kraft suchen, die Annonce ist schon aufgegeben.

FRIEDA FÜRST Frau Frank, ich weiß, was eine Entlassung in dieser Bank bedeutet. Sie wollen mich umbringen lassen, wie man alle umbrachte, die man nicht mehr brauchen konnte. Frau Frank, ich bin keine Frau wie Sie, ich bin keine Dame. Was ich tat, tat ich aus Liebe. Ich will einmal Richard Egli heiraten. Sie werfen mir mein Alter vor, Frau Frank. Es stimmt, ich bin vierzig, aber darum lasse ich mir keine Stunde mehr von Ihnen rauben, denn ich will noch Kinder bekommen, Frau Frank, mit meinem Richard eine Familie gründen. Sie glauben, mit mir wie mit anderen verfahren zu können. Sie täuschen sich gewaltig, Frau Frank. Sie kennen nichts anderes als Ihr Geschäft und Ihr Geld. Aber nun sollen Sie die Macht der Liebe erfahren, Richard wird mich beschützen, Frau Frank. Ich pfeife auf Ihre Drohung!

Schweigen.

OTTILIE Gottfried, hebe die Sitzung auf.

FRANK V Meine Herren, die Sitzung ist beendet.

Er geht an Ottiliens Arm hinaus, die andern folgen und nur Frieda Fürst und Richard Egli bleiben zurück.

FRIEDA FÜRST Das hab ich ihr aber gegeben. Ganz bleich ist sie geworden und nur so hinausgetaumelt.

EGLI Ich weiß nicht, Frieda –

FRIEDA FÜRST Richard. Wir müssen fliehen. Noch in dieser Stunde. Wir müssen aus dieser Stadt, aus diesem Lande, irgendwohin, wir haben ja Geld.

EGLI Schau, Frieda –

FRIEDA FÜRST Wir lieben uns, Richard. Ich bin in Gefahr, wenn ich nicht fliehe. Sie werden mich in ihrem gräßlichen Keller ermorden.

EGLI Das bildest du dir doch nur ein, Frieda.

FRIEDA FÜRST Alle haben sie ermordet.

EGLI Ich kann die Bank doch jetzt unmöglich im Stich lassen, Frieda, das mußt du einsehen, das Geschäft macht wirklich eine schwere Stunde durch, Herrgottnocheinmal.

Frieda starrt ihn an.

FRIEDA FÜRST Richard, du stellst dich auf die Seite der Bank.

EGLI Frieda, du mußt verstehen –

FRIEDA FÜRST Du willst nicht mit mir fliehen?

EGLI Frieda, du weißt, ich darf mich unter keinen Umständen aufregen. Ich bitte dich, machs mir nicht schwer.

Frieda wagt kaum zu atmen.

FRIEDA FÜRST Was soll ich dir nicht schwer machen, Richard?

EGLI Du weißt genau, was ich meine, Frieda. Siehst du, jetzt muß ich schon wieder tropfen.

Er nimmt ein Stück Zucker, tropft.

FRIEDA FÜRST Ich verstehe.

EGLI Es muß eben sein, Frieda.

FRIEDA FÜRST Verzeih, daß ich dich aufgeregt habe.

EGLI Es fällt mir schwer, Frieda. Wirklich.

FRIEDA FÜRST Im Keller?

EGLI Wie immer.

FRIEDA FÜRST Gleich?

EGLI Bald.

Sie setzen sich wieder, der leere, lange Tisch zwischen ihnen.

FRIEDA FÜRST Kalt ist es auf einmal.

EGLI Der Morgen ist gekommen.

FRIEDA FÜRST Hier hast du mein Sparheft.

EGLI Ich danke dir.

FRIEDA FÜRST Ich will mich nur noch schminken.

Sie schminkt sich. Schließt das Täschchen.

FRIEDA FÜRST Wie sieht denn unser Häuschen aus in Maibrugg, mitten in den Obstbäumen?

EGLI Einstöckig. Mit grünen Fensterläden und roten Balken.

FRIEDA FÜRST Die Buben kann ich dir jetzt auch nicht mehr gebären.

EGLI Es ist vielleicht besser so. Bei meiner angegriffenen Gesundheit.

FRIEDA FÜRST Und ich glaube, ich hätte es auch nicht mehr geschafft. Ich bin eben doch zu alt.

Wir wollten sein Bräutigam und Braut in dieser Welt
Uns treu sein all die Jahr
Von Wölfen umstellt uns umklammern in jeder Gefahr

EGLI

Doch wurden wir selber zu Wölfen von Wölfen umstellt

FRIEDA FÜRST

Wir wollten sein Bräutigam und Braut in dieser Welt
Es ging kaum ein halbes Jahr

Egli
Da gab ich dich her für die Bank, du dich hin für das Geld
Frieda Fürst
Mein Bett, doch für dich nur bereit, war für Fremde bestellt
Beide
Wir wollten sein Bräutigam und Braut in dieser Welt
Uns treu sein immerdar

Frieda Fürst O. K. Gehn wir in den Keller.

Martin Gregor-Dellin
Der Nullpunkt

5

Am Tage vor dem Versuch verbreiteten die Nachrichtenstationen in ihrem Mittagsdienst folgende drei Meldungen, die in keinem Zusammenhang zu stehen schienen: Bei der Konferenz zur Einstellung der Atomexperimente waren überraschend gewisse Fortschritte erzielt worden. – Beobachter verzeichneten eine neue Reihe sowjetischer Kernwaffenversuche nördlich des Polarkreises. – Der Physiker Rosenbaum hatte der Presse seine angekündigte Erklärung übergeben.

Diese Erklärung wurde im Wortlaut veröffentlicht. In ihr schrieb der Physiker: »Was ist aus uns geworden? Wir Wissenschaftler sind bezahlte Angestellte, die man nur solange duldet, wie man sie braucht. Die Ergebnisse unserer Forschung gehören uns nicht mehr. Wir haben den Mächten vertraut, von denen wir glaubten, daß sie für die Geschicke der Völker verantwortlich seien, und haben nicht bemerkt, daß wir uns aufgaben, als wir unsre eigene Verantwortung anderen übertrugen, die sie nicht zu übernehmen vermögen. Die Erben Newtons, Plancks und Einsteins haben die Prinzipien der Wissenschaft verraten: den ihr innewohnenden Menschheitsgedanken, der die Welt von Äonen zu Äonen weiterbewegt und sich keiner Doktrin und keiner Ideologie unterwirft; das Selbstbewußtsein und die freie Offenbarung aller Ergebnisse, wofür Giordano Bruno gestorben ist und Galilei litt. Wie haben wir gearbeitet? Verlogen, geheimbündlerisch – aber ohne ein Orden zu sein, der seine Gesetze bewahrt –, im Dienst politischer Zweckmäßigkeiten. Die Wahrheiten, von denen wir wissen, werden von uns selbst so geschickt in Worte gekleidet, daß sie niemand mehr als Wahrheit erkennt. Einem meiner Kollegen wurde von einem Reporter die Frage vorgelegt: ›Gibt es einen Zusammenhang zwischen den gegenwärtigen Experimenten mit nuklearen Waffen und gewissen Wettererscheinungen?‹ Darauf hat dieser Wissenschaftler geantwortet: ›Diese Frage muß mit Nein beantwortet werden, *denn bisher hat es noch keiner behauptet.*‹ Ein solches Denken ist eines Wissenschaftlers unwürdig, und ich erkläre heute öffentlich, daß ich diesen Weg nicht mehr mitgehen werde. Ich werde es in Zukunft nicht mehr hinnehmen, wenn verschwiegen wird, daß im Juni nach wenigen Wochen Aufenthalt Tausende von Zugvögeln, Dohlen, Lerchen, Stare, Stieglitze, Hänflinge, Schweden plötzlich wieder verlassen. Ich halte es für eine Lüge, daß die Verseuchung der Atmosphäre unter dem Gefahrenpunkt liegt. Diese Lüge ist um so schamloser, als sie mit einer einfachen Rechnung über die Verteilung radioaktiver Abfälle in der Luft belegt wird. Jeder halbwegs Einsichtige gibt zu, daß die Verteilung nicht gleichmäßig stattfindet, sondern daß gewisse Räume ganz freibleiben, während sich an anderen Stellen Abfallstoffe in konzentrierter Form erhalten, wofür der endgültige Beweis allerdings erst eines Tages durch den Schaden erbracht werden kann. Weil auf diesen Schaden mit kalter Lässigkeit gewartet wird, werde ich keinem unserer Fachberichte mehr glauben, und ich will jeden, der mich selbst noch für glaubwürdig hält, in diesem Mißtrauen bestärken. Um mir diese Chance zu wahren, bin ich zurückgetreten.«

Jonas hörte diese Erklärung mit großer Ruhe an und fragte sich, ob er selbst noch glaubwürdig war. Er vermochte nicht, in einem einzigen Augenblick und auf einmal alle die Widersprüche seines Lebens zu durchschauen. Was ihn getrieben, was ihn bewegt hatte die vielen Jahre – er wußte es nicht zu sagen, denn es bestand aus einer Menge von Motiven und Ursachen, die keine klare Linie ergaben. Nur ein Roman hatte vielleicht eine klare Linie, aber das war falsch, es entsprach nie ganz der Wahrheit. Was war zum Beispiel jetzt mit ihm los? Er war geschlagen, er fürchtete sich. Und zugleich hielt er im geheimen seine eigenen Berechnungen gegen die Rosenbaums und war gespannt, wer recht behalten würde. In Rosenbaums Erklärung fand er nichts über den neuen Versuch – und dieser lächerlich bedeutungslose Umstand vermochte ihn zu trösten und zu beruhigen. Es war eine große Verwirrung in ihm. Jonas war in der Lage, sich nach Rosenbaums harten, strafenden Worten eine Kugel durch den Kopf zu jagen – und er war andrerseits fähig,

Esthers Worte zu wiederholen: Vielleicht ist er unter die Vogelanbeter gegangen.

(...)

8

Das Bild des Mannes mit der Stoppuhr trägt gewisse menschliche Züge; wir porträtieren ihn von links unten, so daß wir ihm ein wenig unter den Helm sehen, den olivgrünen, dünnwandigen Preßstoffhelm, unter die Gehirnschale, die sich über einer Masse wölbt, weiß und breiig, geeignet, Kant zu verstehen und die Theorie des Mehrwertes, Harmonielehre oder aber die banale Anweisung, durch Ansagen von Sekunden – jetzt

EINE MINUTE

vor Null denken wir daran – die Alleszerstörung, des Planeten Zerstäubung, Verdampfung auszulösen; ein Gehirn, sagten wir, geeignet, in Bildern zu denken und Gleichnissen, wir wissen sonst nichts weiter von seinem Gehirn, als daß es unerforschte Zonen enthält, ähnlich den weißen Flächen der Landkarte, und gelegentlich veranstaltet er das Blitzspiel eines Traumes, aber es ist nicht mehr feststellbar, wenn Pika-don, der Pilz aus Feuer, sich über eine Stadt stülpt, vielleicht auch schon, wenn diese Minute, diese Minute zu Ende ist –

FÜNFZIG

– und die weißen Zonen ihn und uns alle getäuscht haben: der nukleare Aufstand war dort vielleicht nicht vorgedacht, des Versuches schamlose Zuckung verselbständigt sich, gischtet auf den kochenden Kämmen der Weltmeere, frißt die bewaldeten, fruchttragenden, besiedelten Zonen (Grenzen sind jetzt hinfällig), Sodom und Nagasaki von Pol zu Pol, Sonnenlicht schwärzt hin, während überall noch immer Frauen mit Bedenken Gemüse wählen, Männer um Paragraphen streiten; die Welle kehrt dann auch Blasen treibend zurück zum Gesicht jenes Mannes mit der Stoppuhr: dieser hier heißt George E. Kabell. (Man muß sich ihn merken, obwohl es nichts besagt.) Sein Vater war Antiquitätenhändler in Taunton, Massachusetts, heiratete eine (sagt man) liebe treusorgende Hausfrau und wurde endlich mit diesem prächtigen Sohne George beschenkt, Georgie, dessen Bild uns jetzt bekannt wird, einprägsam bekannt: er lehnt an jener Reling genannten Brüstung des Vermessungsschiffes, und unter ihm die Wasser – jetzt und auch weiterhin, wie man anzunehmen gewohnt ist, klar, kühl, fischereich und belebt – die Wasser des Meeres, das schon Homer umspülte, Echnaton und Kung-fu-tse, dieses Meer, in das Kabell starrt, durch das Dreieck seiner aufgestützten Unterarme starrt, in dessen Scheitelpunkt die Stoppuhr ruht – jetzt noch

Vierzig

Sekunden zeigend. Er hat sehr kleine Augen im Gesicht, dieser Kabell, kühle Augen, meerblaue Augen; er hat ebenso kleine Ohren, mit denen er seine eigene Stimme, seinen eigenen Atem hört, wie er auch schon den Vater gehört hat, rechnen gehört hat, der seine Geschäfte tätigte, kleine Geschäfte, grundanständige Käufe und Verkäufe, und von seinem Vater hat er, Georgie, diese Leidenschaft zur Präzision, er ist überall schnell vorwärtsgekommen, er ist zuverlässig, er wird keine Sekunde versäumen, auf seinem Zifferblatt keine Sekunde –

Dreissig

– von all den schnell vorwärtszuckenden Sekunden: wohin? Ach, frage nicht; er ist angesehen unter seinesgleichen, man hat ihn für höhere Aufgaben auserwählt. Ja, und sein Fischmund ist sehr schmal, geizig, aber gutmütig-naiv (man erkennt das sogar auf den Bildern der Wochenschau, wenn wir sie noch zu sehen bekommen), und genau bis dahin, bis zum Fischmund, reicht der Schatten seines Helmes – das Sonnenlicht ist südlich grell –, nur ein Stück tiefer ist noch einmal sein Kehlkopf schwarz verschattet, dieser Kehlkopf, der sich deutlich beim Sprechen bewegt –

Zwanzig

– und alle Aufmerksamkeit gilt jetzt diesem Kehlkopf, dem elektrisch und drahtlos weitergegebenen Schwingen seiner Stimmbänder, dieser Stimme, die schon von Kindheit an denselben weichen, singenden Tonfall hat. Georgies Kindheit spielte sich zwischen den Porzellanen und Figuren der Antiquitätenhandlung ab, und er war fünfzehn Jahre alt –

Fünfzehn

– als er die Nachbildung einer Figur von Leonardo umstieß und kopflos machte, kopflos wie seinen Vater, dessen Bilanz immer mehr dem Nullpunkt zustrebte, aber der hat das nicht mehr erlebt,

Friede seiner Asche (Asche, ja, er ist verbrannt worden, verbrannt worden), er kam bei einem Flugzeugunglück ums Leben, als er in den Südstaaten historisch wertvolle Gewehre aus den Sezessionskriegen aufkaufen wollte – dabei kam er ums Leben, es war nicht mehr viel zu sehen von ihm, zehn Jahre ist es her –

ZEHN

– und damals war George schon längst aus Kriegsgefangenschaft zurück, er hat manchmal Erinnerungen an eine Baracke, in der er Barackenführer war (in Deutschland, bei Bad Sulza, unterhalb vom Bahndamm), und hat er eigentlich auch Träume? Sagt, hat er denn Träume, richtige Träume? Wir sprechen nicht weiter davon, daß er selbst Traum ist, Wunschtraum vom glücklichen Zusammenleben für ein schönhüftiges Mädchen in New Orleans (das er vielleicht mit ausgelöscht, wie die Pyramiden, Delhi und Eisenach), sagen wir also: das Bild des Mannes mit der Stoppuhr trägt gewisse menschliche Züge, sein Mund spricht

FÜNF

mit Gelassenheit aus, er hat den Geschmack von Spiegelei auf der Zunge, er muß jetzt schnell an geröstete Haferflocken denken, er sollte an etwas anderes denken, aber wir sehen nicht einmal seine Hand zittern, nein, seine Hand zittert nicht, er sollte doch die Möglichkeit bedenken – *nichts*, vergeblich, vielleicht für immer verloren Whitman und Tolstoi, und auch Leonardos unversehrtes Original: alles vergeblich, nie gewesen, umsonst? Alles beendet? Zu Ende?

VIER

– so wenig noch Zeit, und: Seltsam, im Nebel zu wandern, auch das, verweile doch, du bist so schön, ich lasse dich nicht, du segnest mich denn – auf eine Karte gesetzt die Summe von Tausendundeine Nacht, Bach und Penthesilea –

DREI

– *o Haupt voll Blut und Wunden* – und der Daumen des Mannes mit der Stoppuhr – habe nun, ach! Philosophie – knickt langsam ein, und unter ihm werden zermalmt werden Baum und Blume, Haus, Hof und Feld, Tisch und Tier, des Menschen Antlitz, und sein Jauchzet, frohlocket! in einem Röcheln ersticken, denn vielleicht, vielleicht, ach –

Zwei

auch Shaw, Thomas Mann und Einstein umsonst von Erkenntnis gequält; auch Schweitzer, Gandhi, Rolland umsonst der Güte verschworen; auch Wolfe, Saroyan und Brecht umsonst der Menschen Bruder gewesen – o du Jahrhundert, sie alle dir geboren, o du furchtbares triumphales größtes Jahrhundert (und ihr seid gewarnt)

Eins

auch Johanna auf dem Scheiterhaufen, Jakob und Joseph auf dem Scheiterhaufen, Giordano noch einmal verbrannt, Münzer noch einmal verurteilt, noch einmal Hannibal ante portas, kein Glasperlenspiel mehr und kein: Aber ich glaube, wir werden gefunden werden – denn deine Hand zuckt – *aus tiefer Not schrei ich zu dir* – du hörst den Ruf nicht – so ihr aber die Sonnenkraft äffet – der Daumen biegt sich der Handfläche zu, der Uhrzeiger rückt mit letztem Zucken – *vor deinen Thron tret ich hiermit* – auf volle Umdrehung, unter dem Kehlkopf springt der Schatten weg in die Ewigkeit:

Sekunde Null!

Ernst Jünger
An der Zeitmauer

88

Zum ersten Male ist eine Untergangsstimmung in materieller Hinsicht dem Menschenwerk verknüpft. Der Weltuntergang erscheint möglich als unmittelbare Folge menschlicher Arbeit, menschlichen Tuns. Das ist bei den Katastrophen, von denen die Genesis berichtet, der Sintflut, dem Untergang von Sodom, der babylonischen Zerstreuung, nicht der Fall. Dort ist Gericht.

Der Bau von Babel wird verlassen, aber der Turm stürzt nicht ein. »Sie mußten aufhören, die Stadt zu bauen.« Die Hybris wird in ihrer Potenz getroffen, in ihrer Absicht, und es erscheint unnötig, daß sie an ihren materiellen Konsequenzen scheitert, etwa durch Verplanung oder Konstruktionsfehler. Offenbar wird sie bereits in der Vereinigung der Völker und in der Weltsprache erkannt; sie widersprechen dem Schöpfungsplan (Sirach 33, 16).

Demgegenüber trägt die moderne Untergangsstimmung eindimensionale Züge; sie wird mit einem menschlichen Handeln verknüpft, dem das Mit- und Gegenspiel fehlt. Die Therapie kann daher, auch wo Moralisches erwogen wird, nicht durchgreifen. Ein Moralismus ohne archimedischen Punkt, das heißt, ohne transzendentalen Ansatz, kann nur um sich selbst kreisen: im Menschlichen und Allzumenschlichen. So hört man heute selbst Denker sagen: »Wenn das und das nicht wäre, würde alles in Ordnung sein.« Vermutlich würden aber, wenn das und das nicht wäre, die Dinge sich noch fürchterlicher darstellen – ganz abgesehen davon, daß, wenn ein Schreckensbild verraucht ist, sich sogleich ein neues an seine Stelle schiebt.

Solche und ähnliche Thesen speisen sich aus der Gleichsetzung von Vernunft und Moral. Die Welt ist von Vernünftigen erfüllt, die sich gegenseitig ihre Unvernunft vorwerfen. Die Dinge nehmen trotzdem ihren Gang, und zwar offensichtlich einen ganz anderen, als alle beabsichtigen. Wer ihn beobachtet, ist näher an den Quellen, als wenn er den Parteien zuhört, gleichviel ob sie die Lage in ihren Fraktionen oder in pleno abhandeln.

Daß die Dinge unprogrammäßig verlaufen und daß nach Programmen höchstens laviert wird, ist weniger betrüblich, als gemeinhin angenommen wird. Die grauenvollste Aussicht ist die der Technokratie, einer kontrollierten Herrschaft, die durch verstümmelte und verstümmelnde Geister ausgeübt wird.

89

Ein Weltuntergang ohne transzendentale, metaphysische Aspekte und ohne das mächtige Licht, das von dort kommt und die Furcht vernichtet – das ist ein trauriges Bild. Es entstammt einer Zeit des Schwundes, einer bereits verkümmerten Phantasie.

Wir kommen daher weiter, wenn wir, anstatt uns mit einer Ausmalung der Schrecken zu beschäftigen, die Gegenüberstellung mit ihnen als eine notwendige Station unseres Weges auffassen. Hier ist der Einzelne nicht mehr hilflos, nicht mehr eine schwache Stimme inmitten der Millionen, sondern Herr über große Entscheidungen, falls er sich seiner Freiheit bewußt wird, die ihn unabhängig von der Geschichte, ja von den Dingen und ihrer Fessel macht. Hier hat er die Welt in der Hand.

In dieser Hinsicht führt Herder weiter als Hegel; die Weltgeschichte dient bei ihm der menschlichen Erziehung: sie ist ein pädagogischer Kurs. Daß Untergangsvisionen auftauchen, ist sowohl ein Warnungszeichen als auch ein Vorzeichen großer Verwandlungen, für die es sich zu rüsten und auch zu läutern gilt. Bereits wenn diese Schicht erreicht ist, kann die Welt nicht mehr »untergehen«.

Es ist oft bemerkt worden, daß der Einzelne an sich vernünftiger ist als dort, wo er als kollektives Teilchen in Rechnung steht. Daher muß er auch an sich und in sich ansetzen. Es gibt Probleme, die extensiv unlösbar scheinen, aber intensiv lösbar sind, indem der Einzelne mit ihnen »fertig wird«. Das ist im besonderen dort der Fall, wo der Untergang unvermeidlich scheint. Der Einzelne kann sich von ihm nicht ausschließen, doch kann er aus der bloßen Zahl und ihrer Statistik austreten in Bereiche, in denen ein anderes Gesetz regiert.

Diese Aufgabe wird dem Menschen gestellt und ist ihm von jeher gestellt worden. Mit dem Abscheiden jedes Einzelnen vollzieht sich ein Weltuntergang; die Welt als seine Vorstellung erlischt. Sie bleibt sein Eigentum. Es fragt sich, wie er sich mit dem Untergang abfindet, etwa beim Ausbruch einer tödlichen Krankheit oder in der Nacht vor seiner Hinrichtung. Das Alleinsein mit der eigenen Endlichkeit gehört zu den großen Begegnungen. Weder Götter noch Tiere haben an ihr teil.

90

Der Einwand liegt nahe, daß sich so die Teilnahme privatisiert. Er ist zu billig, da im Triumph des Einzelnen sich eine Macht befreit, die unermeßlich ist, Freiheit im tiefsten Sinne, die jeder Ziffer trotzt. Da ist der Ölberg, ist die Zelle des Sokrates. Sie sind immer ganz nah.

Am Maß und an der Art, in der ein Geist sich auf die Panik einläßt, erkennt man seinen Rang. Das ist eine Notiz, die nicht nur ethisch und metaphysisch, sondern auch in der Praxis gilt, auch in der Zeit. Bei jeder Katastrophe, etwa bei einem Theaterbrande oder einem Schiffsuntergang, kann das Auftreten eines Einzelnen, der den Kopf behält, nicht nur das eigene Unversehrtbleiben zur Folge haben, sondern auch das aller anderen. Es ist gut, wenn dieser Einzelne der Theaterdirektor oder der Schiffskapitän ist, aber es ist nicht notwendig. Es ist ja nicht die schärfere Einsicht in die technischen Zusammenhänge, die aus einem solchen Geist spricht, sondern es ist das Unversehrbare in ihm. Auch dort, wo das Entkommen ausgeschlossen ist, beim einsamen Kentern in der Arktis, wird ein solcher Chef dafür sorgen, daß sich die Dinge menschlich und nicht nach dem Muster der tierischen Panik oder der Kannibalenhorde vollziehen.

Während wir praktisch bemüht sein müssen, die Katastrophe auszuschließen, müssen wir theoretisch mit ihrer Wahrscheinlichkeit rechnen, sogar mit ihrer Unabwendbarkeit. Alles ist ja vergänglich in der vergänglichen Welt. Der Kranke ruft Ärzte, nimmt Medizin, und er tut gut daran. Ebenso gut tut er daran, mit seinem Tode zu rechnen und sich für die große Reise zu rüsten, gleichviel ob er meint, daß sie ein Ziel habe oder nicht. Er ordnet, bevor er es segnet, das Zeitliche. Erst wenn er diese Begegnung mit dem Vergänglichen und der Furcht, die dort haust, vollzogen hat, ist er Herr der Krankheit, wohin sie auch führt.

Daß Krankheiten sinnlos seien, ist ein Vorurteil. Krankheiten sind Prüfungen.

91

Wir sind nicht ohne Maßstäbe. Wenn sie die Nacht in den Verliesen des Zirkus geschmachtet hatten, waren ihre Kräfte verzehrt. Schrecken waren vorausgegangen, Verfolgungen, Festnahmen, Verhöre, Folterungen, Schändungen. Während der Nacht hatten die Bestien an den Gittern gerüttelt; ihre Unruhe, ihr Heulen schnitt tief in die Wahrnehmung ein. Fürchterlicher noch war das Stimmengewirr, mit dem seit dem Frühlicht die Menge die Ränge zu füllen begann. Es war heiter, erwartungsvoll. Man stritt sich um die Plätze; Ausrufer priesen Erfrischungen an. Spät kamen die Notabeln, die Ritter und Senatoren, zuletzt der Cäsar selbst. Die anders dachten und fühlten, waren in ungeheurer Überzahl.

Dann wurden die Gitter aufgezogen; man stieß die Handvoll Menschen in die Arena hinaus. Die Sonne blendete. Doch war sie schwächer als das innere Licht. So stürzen Imperien, ändert sich die Welt.

92

Das Bild des Weltunterganges, der in die Hand des Menschen gelegt ist und von seiner Entscheidung abhängt, ist ein Novum – selbst in dem Fall, daß diese Möglichkeit nur der Vorstellung angehört. Die Welt als brennbares Haus, als große Scheuer, die Menschen als Kinder mit Streichhölzern darin – auch das gehört zum Austritt aus dem historischen Raum, zu seinen Indizien.

Früher war diese Dimension der Gottheit vorbehalten; es war ein Feuer, das von oben und nicht von unten kam. Zebaoth überlegt immer wieder, ob er die Menschen nicht mit Stumpf und Stiel ausrotten soll, und er hat Gründe dazu. Es ist sinnvoll, daß der Mensch, indem er die Gottheit angreift, Titan wird – ja diese Absetzung mußte notwendig seiner neuen Machtbefugnis vorausgehen. Eine andere Frage bleibt es, welche Mächte ihm dabei behilflich sind.

Verglichen mit den in der Genesis geschilderten Katastrophen gab es bei uns nur Warnungen. Vorläufig erscheint das Menschengeschlecht eher durch Übervölkerung als durch Ausrottung bedroht. Aber hier wie dort werden die statistischen Voraussagen fallieren; es handelt sich nicht um Vorgänge, denen mit Zahlen beizukommen ist.

Je beschränkter, je mehr durch die bloße Ziffer geblendet ein Geist ist, desto sinnloser muß die Katastrophe ihm vorkommen. Die Katastrophe hat aber ihren Platz und ihre Aufgabe in der Welt. Sie ist nicht nur ein Zeichen dafür, daß die Ordnung gestört ist, sondern auch dafür, daß sie sich wiederherstellen will. Wir dürfen annehmen, daß es immer einen Ort gibt, von dem aus gesehen sie im Plan liegt, selbst wenn es sich um Ausbrüche in einer unvorstellbaren Größenordnung handelt, einer Supernova etwa.

Die alten Theologen hatten für diese Lenkung ein Gewissen, daher hatte auch die Furcht ihren Ort und konnte nicht überhandnehmen. Auch sind die Bilder, mit denen sie die Größe des Alls zum Ausdruck bringen, überzeugender als die Lichtjahrentfernungen. Keine Astronomie reicht an den ersten Gesang des ›Messias‹ hinan.

Hier füllen nur Sonnen den Umkreis,
Und, gleich einer Hülle, gewebt aus Strahlen des Urlichts,
Zieht sich ihr Glanz um den Himmel herum. Kein dämmernder Erdkreis
Naht sich des Himmels verderbendem Blick. Entfliehend und ferne
Geht die bewölkte Natur vorüber. Da eilen die Erden
Klein, unmerkbar dahin, wie unter des Wanderers Fuße
Niedriger Staub, von Gewürme bewohnt, aufwallet und hinsinkt.
Um den Himmel herum sind tausend eröffnete Wege,
Lange, nicht auszusehende Wege, umgeben von Sonnen.

Als Beispiel einer großen dichterischen Vision des Weltalls, in die bereits Ziffern und Maße eindringen, sei Edgar Allan Poes ›Heureka‹ genannt.

93

Der Weltuntergang ist kein Problem. Er würde auch die Probleme auslöschen. Die Weltuntergangsstimmung dagegen, die Furcht vor der kosmischen Katastrophe, bietet dem Nachdenken Angriffsflächen dar. Sie ist ein Zeichen dafür, daß wir eine Station erreicht haben, an der das Schicksal der Erde als solches in Frage steht. Daher betrifft die Entwicklung nicht nur jeden Menschen, der den Planeten bewohnt, sondern zugleich auch die belebte und die unbelebte Natur. Entsprechend muß es Anzeichen geben, die nicht nur aus der Menschengeschichte, sondern auch aus der Erdgeschichte ablesbar sind.

Hinsichtlich des Schicksals des Menschen speziell, als eines staatenbildenden Geschöpfes, eines politischen Wesens, sind verschiedene Prognosen möglich, darunter folgende:

1. Es kommt zu großen Zerstörungen. Die Maschine wird zerschlagen oder gerät ins Stocken, sei es durch Kriege oder auf andere Art. Es fehlt an Mitteln, vielleicht auch an der Neigung, sie wieder aufzubauen. Der Schleier der Maja hat sich bewegt. Stark verminderte Populationen mit neuen Ideen und andersartiger Ökonomie erscheinen als nachsintflutliches Geschlecht. Sie sind kräftiger, naturhafter, denn die Ausmerzung hat gerade jene Gebiete betroffen, die der homo faber in seinen schärfsten Ausprägungen besiedelte. Er hat sich, wie es sich in der Naturgeschichte oftmals wiederholte, durch hypertrophe Bewaffnung ad absurdum geführt. Diese Aussicht ist am unwahrscheinlichsten.

2. Welteinheit wird durch Verträge konstituiert, sei es durch friedliche Vereinbarung, sei es unter Zwang oder durch beide zugleich. Das setzt ein oberstes Gremium voraus. Es könnte erreicht werden:

a) Durch Rationalisierung in Form von Zusammenlegung: Die Staaten verzichten auf Teile ihrer Souveränität. Sie werden zugunsten der Gesellschaft, der societas humana, abgebaut. Die Armeen werden zu Polizeikräften, die Großkampfmittel zum Weltregal. Sie liegen, ähnlich wie das Gold, im Depot, ohne de facto zu erscheinen, und garantieren die Ordnung existentiell. Die Konkurrenz erlischt sowohl auf dem Gebiete des Krieges als auch auf dem der Ökonomie. Formen und Mittel werden perfekt, die Staatspläne durch Erd- und kosmische Pläne ersetzt.

b) Durch einen dritten Weltkrieg ohne umfassende Folgen, wie sie oben erwähnt wurden. Eine Macht bleibt im Besitze der Souveränität und der entsprechenden Ausstattung. Sie gibt nach Ermessen Teile davon ab. Sie müßte Staat bleiben. Im Ersten Weltkrieg wurden die Monarchien ausgeschieden, im Zweiten die Nationalstaaten, im dritten bliebe einer der kontinentalen Großräume intakt. Die so gewonnene Ordnung wäre schwächer als die durch Evolution erreichte, das Risiko enorm.

c) Durch Überanstrengung. Gesteigerte Rotation und innere Schwächung wirken derart zusammen, daß Teile der Maschinerie verschleißen oder in die Luft fliegen. Pressionen, Unterdrückung, Propaganda, Rüstungsaufwand auf Kosten der Lebenshaltung, Drohung, Panik, Unruhen erledigen einen oder mehrere Partner auf kaltem Wege und lassen sie aus der Konkurrenz ausscheiden. Die großen Parolen büßen an Zugkraft ein. Es kommt zu einer mehr oder minder nachdrücklichen pénétration pacifique. Im Grunde hat man ja dasselbe gewollt. Der Sog wirkt von vorne, vom zukünftigen Ergebnis her. Dort liegt die Einheit des Vorganges, nicht in der Verständigung. Nicht die klügste Ideologie ist die beste, sondern jene, die am leichtesten der Erdströmung folgt, mit ihr harmoniert.

d) Durch Positionsgewinn. Hier nähert sich der Krieg, wie das Schachspiel, den reinen Intelligenzakten. Der Feldherr erkennt die strategische Überlegenheit an und zieht die Konsequenzen, wie in gewissen Händeln der Renaissance. Die besten Aufstellungen sind tangential, flankierend – prinzipiell gesehen: aus dem System fallend. Sie liegen außerhalb des umkämpften Objekts.

94

Nicht nur hat jedes Licht seinen Schatten, sondern jeder Schatten hat auch sein Licht. Wir leben in einer Zeit großer Spannungen, aber gemeinsamer Tendenz. Diese Spannungen haben zwar ihre Geschichte, erklären sich aber nicht durch die Geschichte allein, gleichviel ob man sie in ihrer geistigen, politischen oder technischen Entwicklung zurückverfolgt.

Daß etwa Raumfahrt in der Spanne praktisch wird, in der sich der Planet mit einer neuen, einheitlichen Garnitur und ihrer Formensprache ausstattet, gehört nicht nur zu den weltgeschichtlichen, sondern darüber hinaus zu den erdgeschichtlichen Überraschungen. Es ist ein Zeichen der Aufladung. Daher greift die Tatsache, obwohl politisch von hoher Bedeutung, über die Staatengeschichte und ihre Probleme hinaus. Sie betrifft den Menschen an sich als den zur Zeit mächtigsten Sohn der Erde, und nicht ihn allein.

Es hat seine Logik, daß hier weder Mühen noch Milliarden gespart werden. Der Wettlauf wird auf größte Entfernungen und um geringsten Zeitgewinn geführt. Die Raumfahrt ist eines der Indizien dafür, daß der Arbeiter in den Herrenstand getreten ist. Sie gehört zu seinen Vergnügungen, wie früher Krieg und Architektur zu denen der Könige.

Die Faszination des Mannes auf der Straße, ja der Kinder, nach den geglückten, die Depression nach den mißglückten Abschüssen, die Art, in der das heroisiert, moralisiert und kritisiert wird – das alles ist außerordentlich, vor allem in Bereichen, in denen gleichzeitig soviel Furcht regiert. Es treten Momente auf, die sonst nur auf der Jagd zu beobachten sind. Wenn kultivierte Geister das als primitiv empfinden, so ist das richtig, bleibt aber ein Stockwerksurteil: auch die Jagd ist primitiv.

Man muß den Anteil sehen, der hier gefordert, und die Lust, mit der er gespendet wird. Das läßt sich nur in großen Zusammenhängen würdigen. Hier wird die Technik auch elegant, verliert den Gigantencharakter der Anfänge; ihre mathematischen, logischen, aber auch ihre spielerischen Elemente treten sichtbar hervor. Der Scharfsinn richtet sich auf die Bewegung kleiner, ja winziger Objekte durch den schwere- und schattenlosen Raum. Daß sie dort mühelos und schweigend die vorausbestimmte Bahn verfolgen, ist ein Sinnbild möglicher Entwicklung überhaupt: die ungeheure Anstrengung mündet in ein leichteres und freieres Prinzip. Ergreifend bleibt es, den Wetteifer von Hundertmillionenvölkern sich summieren, kristallisieren zu sehen in Gebilden, die mit den Händen zu umspannen sind. Daß das trotz allem rationalen Aufwand mit Leidenschaft erfaßt wird, steigert die Bedeutung; der Anblick auf der Straße tanzenden Massen kündet andere Bastillestürme an.

Bertolt Brecht
Gleichermaßen gefährlich und nützlich

Gleichermaßen gefährlich und nützlich ist auch das Machen
Einleuchtender Bilder. Da wird der Kosmos gebildet.
Nebeneinander liegen, einander bedingend, die Dinge.
Vielerlei dient dazu, ein Alles ahnbar zu machen.
Der nachschaffende Geist genießt die Genüsse des Schaffens.
Alles scheint ihm geordnet, da *er* es geordnet. So manches
Was nicht hineinpaßt, läßt er heraußen und nennt es »das Wenige«.
Oder es wird die Geschichte gebildet. Vor aller Augen
Lösen die Situationen einander ab. Nur wenige immer
Wiederkehrende Grundgesetze regeln die Vorgänge.
Solche Bilder sind nützlich, solange sie nützen. Nicht länger.
Nur im Kampf mit andern Bildern, nicht mehr so nutzbaren
Aber einstmals auch nützlichen, bringen sie Nutzen.
Kämpfend nämlich mit neuen Lagen, niemals erfahrenen
Kämpfen die Menschen zugleich mit den alten Bildern und machen
Neue Bilder, das nunmehr möglich Gewordene
Auszuzeichnen, das Unhaltbare verschwunden
Schon beseitigt zu zeigen. In großen Modellen
Zeigen sie so sich selbst das schwer vorstellbare Neue
Schon funktionierend. Da nun diese neuen Modelle
Meist aus den alten gemacht, den vorhandenen gebildet
Werden, scheinen die falsch, doch sie sind's nicht. Sie wurden's.

Albrecht Fabri
Drei Etüden

Ludens praeludens

Artig ist, über Art, wurzelverwandt mit *ars,* Kunst.
Kunst seinerseits geht auf dieselbe Wurzel zurück wie kühn.
Wörtlich ist der Virtuose der Tugendhafte.
Die Negation von *ars* ergibt *iners,* faul.
Von einem, der quallig schreibt, heißt es im Französischen: *Il écrit lâchement.*
Offenbar also gibt es das gar nicht, das bloß Ästhetische!

C'est bien rithmé, donc tu as raison, sagt eine der Personen eines mittelalterlichen Mysterienspiels. Analog, wenn wir, eine Sache als unvernünftig zu bezeichnen, sie ungereimt nennen.

Dito, wenn davon die Rede ist, daß etwas stimmt beziehungsweise nicht stimmt.

Gute Leute, aber schlechte Musikanten: was heißt hier gute Leute?

Das Wort beim Wort genommen, ist rechtschaffen allein das Vollkommene. Überhaupt nur das Vollkommene, so will die Sprache, *ist* etwas.

Das Unvollkommene, verfügt sie, ist *nichts.*

Offenbar also ein Widersinn, nämlich ganz und gar nichts bloß Ästhetisches, das bloß Ästhetische!

Wenn nur das stimmt, was stimmt, muß zum Beispiel die Antwort auf die Frage: »Wie ist Erkenntnis möglich?« »Am Leitfaden von Rhythmus und Assonanz!« heißen.

Die Antwort auf die Pilatusfrage hieße dann: Ein Formproblem.

Oder: Mach Musik, Sokrates! (Die Aufforderung gleichsam, das Wort als Gong, Trommel, Banjo zu benutzen.)

Mit Ausnahme der Kochbuchwahrheit – Genre: Uran 238, mit Neutronen mittlerer Geschwindigkeit beschossen, verwandelt sich in Plutonium – gibt es Wahrheit nur als Resultat von Stil. Das heißt kompositionelle, Architekten-, man könnte auch sagen: Troubadourwahrheit ...

Faktum und Poem: dasselbe Wort.

Damit (endlich einmal) nicht mehr darüber gesprochen zu werden braucht

KATZEN MALEN NICHT: sie haben's nicht nötig, sich von jener Zerrissenheit zu heilen, die den Künstler erst außerhalb seiner – IM WERK – zu sich kommen läßt (er selber = keineswegs schon er selber). Die Definition des Künstlers dementsprechend: DER SICH VORENTHALTENE ... Er existiert nicht natürlich, sondern artifiziell. – A propos, existieren Heilige natürlich? – Seit Urvater Adam in jener bekannten Szene zum Ich promovierte, gibt es überhaupt keine Möglichkeit mehr, natürlich zu existieren: das Wesen des Ich ist Exzentrizität: DER KÜNSTLER SIND WIR ALLE. Phädras Wahrheit erscheint nicht in Phädras Seufzern, sondern in Racines Alexandrinern. – NB. Der einzige Grund für die Notwendigkeit von Gedichten, den ich sehe. Im Gedicht schweigt, was im Seufzer redet;

das heißt, der Inhalt des Gedichtes ist sein Tonfall; man könnte auch sagen: DIE FREIHEIT VOM INHALT – Motto: Wenn ihr nicht werdet wie die Katzen … (Nämlich: ganz Figur, ganz äußerlich … vollkommene Wesen haben keine Seele. SEELE = UNVOLLKOMMENE ARTIKULATION; sie ausdrücken demnach = sie zum Verschwinden bringen. Einen Inhalt ausdrücken heißt immer, ihn zum Verschwinden bringen): DAS KUNSTWERK MACHT DEN SÜNDENFALL RÜCKGÄNGIG. Unsere Kondition, auf die Ungleichung angewiesen zu sein, nicht eschatologisch, als Erlösungs-, sondern artistisch, als Formbedürftigkeit interpretierend, realisiert es den reinen, das heißt den Menschen ohne Tiefe und Innenleben. Tatsächlich also (wie Novalis es einmal ausgedrückt hat): KUNST ALS DIE PROGRESSIVE ANTHROPOLOGIE. – Mich in etwas verwandeln, das mich übertrifft: eine Handvoll Worte zum Beispiel, die einen vollkommenen Satz bilden … Kriterium: er sagt, was er sagt, das heißt, er sagt nichts: er schweigt … Und erlöse uns vom Geschwätz, oder: GEDICHTE SIND DOCH BESSERE MENSCHEN.

Geschichte als die Ausnahme der Geschichte

Manchmal, das heißt: es kommt vor – nicht oft: oft kommt überhaupt nichts vor; vorkommen und selten vorkommen sind Synonyme. Das Alltägliche zum Beispiel kommt nicht vor – was unter anderm heißt, daß der Phönix mehr Chancen hat vorzukommen als der Spatz: Vorkommen ist eine Kategorie der Seele, und die Seele ist ein Snob. Sie will sich entsetzen; dem Schein nach recht unschuldig drückt sich das in der Frage »Was gibt es Neues?« aus. – Neues: also Ungeheuerliches! (Solange nichts Neues vorkommt, kommt nichts vor. Das heißt, vorkommt das Unerhörte: der Skandal.) Die Seele stottert. Da sie nur zählt, was sie zerstört, kann sie tatsächlich nicht bis zwei zählen – weshalb in der Arithmetik der Seele hundert Elefanten weniger sind als einer. – 100 sozusagen nicht 100 x 1, sondern 100 x Nichts = 1. – Der Plural spart den Singular aus. – Das Problem der Wiederholung: Derselbe Skandal ist entweder nicht derselbe oder kein Skandal. – Et cetera; und Et cetera heißt: wird langweilig.

ERNST BLOCH
Das Prinzip Hoffnung

43
Nicht im reinen mit sich

Fahr, wohin du willst.
Spruch

Von früh auf will man zu sich. Aber wir wissen nicht, wer wir sind. Nur daß keiner ist, was er sein möchte oder könnte, scheint klar. Von daher der gemeine Neid, nämlich auf diejenigen, die zu haben, ja zu sein scheinen, was einem zukommt. Von daher aber auch die Lust, Neues zu beginnen, das mit uns selbst anfängt. Stets wurde versucht, uns gemäß zu leben.

Das steckt in uns, was man werden könnte. Meldet sich als die Unruhe, nicht hinreichend bestimmt zu sein. Jugend ist diesem Gefühl nur seine sichtbarste, nicht seine einzige Erscheinung. Das Mädchen ist darin, das sich für den Besten schmückt, den es nicht kennt. Der Jüngling ist darin, der sich dazu gehalten fühlt, dieser Beste zu sein, Großes zu vollbringen; er weiß nur noch nicht, auf welchem Gebiet. Der Mensch liegt sich in diesem Zustand auf der Zunge, er weiß nur noch nicht, wie er schmeckt. Alles bisher Gewordene wirkt als Hemmung, bestenfalls als vorläufige Hülle, so fällt sie ab. Das Innen sucht in Gang zu kommen, sucht die Handlung, die es echt und auswendig gestaltet. Jugend aber plaudert nur aus, was überall gilt, wo ein Mensch noch nicht erledigt ist. Auch der gewachsene Mann, wenn anders er nicht dürftig oder ungeschlacht ist, wird sein Leben oft runden, nie schließen; er will das weder, noch ist er dazu imstande. Gewünscht wird, das Unsere, das man dunkel ist und meint, auch herauszubringen und zu haben. Dies Geschäft wird einsam versucht oder zu zweit oder in der Gruppe, gewollt ist jederzeit ein Leben, das von unseren Neigungen und Kräften nicht abgetrieben ist. Dergleichen ist vag, weil den meisten nicht einmal ihre Neigungen vertraut sind, und dann vor allem, weil keiner mit sich ins reine kommen kann, wenn alle Verhältnisse unter Menschen unreinlich sind. Aber was zu suchen, was zu fliehen ist, wird hier dennoch gefragt, im Kreis der eigenen Haltung. Der Mensch tritt hervor, wie er sich wirksam möchte, und daß er sich meist erst so möchte, ermöglicht zugleich, daß ihm andere einreden können, wie er sich möchte. Er ist überall weit davon entfernt, in Form zu sein. Aus seiner Haut aber kann jeder heraus, denn keiner trägt sie bereits.

Ludwig Marcuse
Bewunderung und Abscheu
Über Ernst Bloch

Wer die phantasie-armen und verbreiteten Bilderchen vom Philosophen, vom Denker, vom Weisen zu Hilfe zöge, um sich eine Vorstellung von ihm zu machen, käme zu nichts. Eher ähnelt dieser Mann gewissen legendären rabbinischen Schlauköpfen, die wußten, was sie wollten, und definitiv wollten, was sie wußten – und in märchenhaften Geschichten und Geschichtchen, in raffinierten Thesen, in Witzen voll Fußangeln und verspielten Wendungen, die sehr exakt und voll unausgewickelter Einsichten waren, ihre Sache vorwärtstrieben.

Ernst Bloch ist unter anderem auch der bedeutendste Spaßmacher des Wanderzirkus Diamat geworden: wendig, ulkig, dogmatisch, anarchistisch, eine barocke Wortfontäne. Lukács ist eine respektable Fabrikmarke; seit Jahrzehnten steht fest, was hier geleistet wird und was nicht. Bloch ist eine one-man-show, ein Marxismus mit keinem Vorgänger und keinem Nachfolger; ein Marxismus auf eigene Faust. Jene Romantiker, die außerdem noch Kobolz schossen, sprachen so ähnlich wie er.

1900 und *1934*

Damals in Sanary, 1934, als ich ihn kennenlernte, wurde er gerade fünfzig, aber man durfte es nicht wissen. Er hatte recht. Vielleicht hätte man das Purzelbaumschlagen des intellektuellsten Lausbuben nicht so sehr genossen, wenn man den Sprühregen von ausgekochten Bonmots einem Herrn in reiferen Jahren hätte zuschreiben müssen. Er brach aus jeder korrekten Debatte aus und rhapsodierte einige Seiten der ›Phänomenologie‹, als sei sie eine lockere Arie, zu welcher der Sänger allerdings auch sehr sentimentale Beziehungen habe. Er sprach wie gedruckt, aber nicht papieren; der Druck war nicht drückend, sondern berückend. Der Marxismus wurde in seinem Dialekt ein talmudisch-bänkelsängerisches Klären. Er hatte damals so viel Humor wie Brecht Sarkasmus.

Wenn er die Schlagworte der Partei, zu der er gehörte, aussprach, wandelten sie sich in Anschauung und Einsicht und verloren nichts an Militanz. Das Wort »Kulturerbe« hatte schon damals seine letzten Züge hinter sich. Da sagte Bloch: »Gewiß muß die Tante tot sein, die man beerben will; doch vorher schon kann man sich sehr genau im Zimmer umsehn.« So nahm er oft und erfolgreich Wiederbelebungsversuche am verstorbenen Parteigelabber vor.

Damals hatte er sich gerade im Zimmer der kapitalistischen Erbtante sehr genau umgesehen: die Bilder an ihrer Wand studiert, die zwischen vierundzwanzig und dreiunddreißig gemalt worden waren; auch die Romane, Theaterstücke und philosophischen Bücher, im besonderen den »Professor für Angst und Sorge«. Der Marxismus störte den Marxisten Bloch nicht allzusehr; was ihm unbequem war, schob er just als »vulgärmarxistisch« beiseite – das ist auf diesem Gebiete seit langem die Art, wie man zwei Augen zudrückt. Ohne viel Umstände warf er den hegelschsten Hegel über Bord und hinterher noch Kernstücke des Kommunistischen Manifests; er sagte von der Geschichte, sie sei »kein einlinig vorschreitendes Wesen, worin der Kapitalismus etwa, als letzte Stufe, alle früheren aufgehoben hätte« – obwohl gerade das zum idealistisch-marxistischen Grundbestand gehörte. Ein Vierteljahrhundert, bevor der Leipziger Professor Ernst Bloch in Ungnade fiel, hatte der ganz Unprofessorale schon geschrieben: die Ideologie einer Zeit enthält »außer der Verschleierung von Klassenherrschaft einen unzweifelhaften Überschuß«; ihn pflegten bürgerliche Denker seit je »Das Ewige im Menschen« zu nennen. Blochs philosophische Bilanz wies damals mehr amerikanischen Pluralismus auf als russischen Mono-Methodismus, den Eigensinn der hegelschen Materialisten.

Er hatte dann Propaganda gemacht, zur Zeit der russischen Prozesse – wie nur irgendeiner, der von der Pike auf sich hochgedient hatte. Er hat auch viel später noch, am Ende eines kenntnisreichen und brillanten Essays, ›Über den Weisen‹ (einem Vorabdruck), in geradezu überwilhelminischer Devotion Stalin versichert: erst *er* runde die Geschichte des Weisen ab, weil erst *er* das letzte noch fehlende Element nachgeliefert habe – die Parteilichkeit (im Buch nicht mehr gedruckt!). Ernst Bloch, der bessere Tage gesehen hatte, nannte Platons *Republik* demagogisch ein »militär-klerikales Kirchenreich«, »die Utopie einer herrschenden Klasse«.

Aber im Sommer 1934, am kleinen Hafen von Sanary, sprachen wir mehr über Hitler als über Stalin, die Volksfront rückte das »Links« sehr weit nach rechts und machte aus ihm so etwas wie eine Bruderschaft aller Guten. Bloch stand am Gartentor meines provençalischen Häuschens, um mich zum Spaziergang abzuholen; und schnippte mir, noch ehe ich bei ihm war, etwas zu, was aus Hegel und Wilhelm Busch und einem jüdischen Witz gewoben war, lachte enorm robust, auch warf er sich ausladend in der Gegend herum, nicht ganz ohne Fachworte auszustoßen. In seinem Mund waren sie so munter und wohlgemut und locker wie die kleinen Spritzer in der Badebucht.

Wie überstand dann der enthusiastische Stalinist den Schreck, der ihm von Stalins Nachfolgern eingejagt wurde, als man mitteilte: die Kapitalisten hatten recht gehabt in ihrer Beschreibung der Prozesse und ihres berühmten Henkers? Einer seiner engsten Freunde beschrieb mir, wie der Siebzigjährige zusammenbrach. Der Propagandist Bloch hatte sich einst selbst indoktriniert – und war nun von der Doktrin im Stich gelassen. So übertönte er seinen Schmerz mit dem alten Schlachtruf: Gegen den Kapitalismus! Gegen wen noch ... durfte er nicht sagen. Er pflanzte das Panier der »Hoffnung« auf, wie man es so gern an Gräbern tut. Es blieb ihm außer dieser fragwürdigen »Hoffnung« (die immer da war, wo der Glaube starb) nur noch die Melodie, in der er sich seit dem ›Geist der Utopie‹ eingekapselt hatte; es blieb ihm eine Unabhängigkeit, die manche Sklaverei überlebte: seine Weise, zu singen. Mit sechsundsiebzig gibt es kein Exil, in das er gern ginge ... Damals aber war er fünfzig und ein philosophischer Salonlöwe, abgesehen davon, daß es in Sanary weder Salons noch Löwen gab – und Bloch war doch keiner? Er hatte die königliche Mähne, aber nicht die tödlichen Tatzen. Schien mir.

Zu bewundern

›Das Prinzip Hoffnung‹, das er vier Jahre später begann, von 1938 bis 1947 in Amerika niederschrieb (nicht in der Sowjetunion), 1953 durchsah und dann noch einmal 1959, kurz vor Erscheinen, wurde das Werk seines Lebens. Es nahm seine früheren Arbeiten wörtlich oder dem Ergebnis nach auf und verhält sich zu ihnen, wie sich eine Stadt zu einigen charakteristischen Gebäuden verhält, die sie antizipierten, bevor sie hineingenommen wurden.

›Das Prinzip Hoffnung‹ ist vor allem der vierzig Jahre alte ›Geist der Utopie‹ – und viel mehr und viel weniger: eine Bereicherung und eine Befleckung; das Thema des alten Buches ist vertieft, verbreitert, zu Tode gehetzt – und in das Prokrustesbett hineinvergewaltigt, das es 1918 noch nicht gab, aber dann von Blochs Landesvater Stalin konstruiert wurde. Es ist in diesem neuen Werk viel mehr Stalin als Marx. Aber sprechen wir zunächst von den Wundern dieser beiden umfangreichen Bände.

Zu bewundern ist der lange Atem dieses Mannes. Er sprang im letzten halben Jahrhundert nicht von Thema zu Thema; er hielt einen einzigen Willen durch: die Sichtbarmachung der Funktion des utopisch-antizipierenden Bewußtseins im Leben der Menschen und ihrer Werke, in der ganzen Fülle seiner Bekundungen. Es gibt viele Geschichten der Utopie. Aber Bloch rühmt sich mit Recht, als erster eine »Enzyklopädie der Hoffnungen« gegeben zu haben.

Und mehr. Ein grundlegendes Kapitel untersucht (nach »Verabschiedung des geschlossen-statischen Seins-Begriffs«) die »Erwartungseffekte«. Es zergliedert die recht ignorierte Kategorie der Möglichkeit, den Begriff »Zukunft«, »Das Neue«, mit einer bewunderungswürdigen Schärfe, die nur stumpf wird, wo Interessen ihn hindern einzudringen. Sie hinderten ihn zum Beispiel, die eminent progressive Rolle Freuds zuzugeben. Aber sehr aufklärend ist der kritische Satz: »Es gibt noch keine Psychologie ... der Dämmerung nach vorwärts.«

Zu bewundern ist (innerhalb der hartnäckigen roten Ideologie) manch kleiner Ausfall aus der marxistischen Konvention in die Wahrheit: zum Beispiel, daß »die deutsche Romantik – was gegenüber einer veralteten abstrakten Unterschätzung ihrer nicht oft genug betont werden kann – auch progressiven Charakter« hatte. Solche todesmutigen Urteile kann nur schätzen, wer weiß, daß (um ein Beispiel zu geben) das Verhältnis von Heine zu Börne im Marxismus seit hundert Jahren für alle Zeiten festgelegt ist – infolge von Marx' Stellungnahme, die ja nun in diesem Leben nicht mehr revidiert werden kann.

Zu bewundern ist die Fülle kulturgeschichtlichen Materials, das in diese »Enzyklopädie« eingegangen ist; sie schildert viel mehr als die bekanntesten Staats- und Sozial-Utopien und fügt außerdem noch Interpretationen medizinischer, technischer, architektonischer und geographischer Paradiese an. Ja, er entdeckte eine »Hoffnungs-Landschaft«, die viel weiter ist als die Utopias sie zeigen: die gemalten, tönenden, poetischen und philosophisch-abstrakten Erwartungen.

Zu bewundern ist sein lebenslanges Halten zum Schlachtruf »Die Hoffnung ersäuft die Angst«. Mit ihm läuft er durch die Jahre und durch die Werke, vor dem Tode stutzt er etwas – aber da pfeift er sich dann das Lied von der klassenlosen Gesellschaft und macht gute Miene ohne Rücksicht auf das Spiel. Er ist – neben dem »Professor für Angst und Sorge« – der Professor für »Ich fürcht' mich nicht«.

Zu bewundern ist schließlich dieser sehr persönliche Stil: die kleinen, munter hüpfenden Weisheiten zu Beginn der Kapitel – ein Stimmen der Instrumente vor Beginn des Stücks; die bekanntesten Sprichwörter sind hier außer Rand und Band, so belustigt jongliert er mit ihnen; mit der Fachsprache wagt er manch Tänzchen über Stock und Stein; das Zusammenquirlen von Fest-Zitaten, Kalauern und Rowdy-Jargon wandelt sich ins Abstrakte – und noch dem Abstraktesten schenkt er ein Gesicht. So lobt er den Marxismus: es werde »dem Überholen, Überschlagen, Überfliegen Blei in die Schuhe gegossen, indem das Wirkliche erfahrungsgemäß selber einen schweren Gang hat und selten aus Flügeln besteht«. Als philosophischer Schriftsteller ist Bloch ein echter (wenn auch unverschämt verschämter) Jünger Friedrich Nietzsches.

Ich bin ein alter Bewunderer Ernst Blochs – und ein neuer. Vielleicht, daß ich gerade deshalb dies Buch hasse wie kein anderes dieser Jahre. Es ist die verschandeltste Schönheit, die gefälschteste Einsicht, die seit langem gedruckt worden ist.

Es ist nichts Ungewöhnliches, wenn ein Werk die Schatten seiner Helligkeiten hat. Ernst Bloch ist üppig im Illustrieren und Ausschütten von Worten; es geht nicht mager bei ihm zu. Und oft wird dann die Fülle Verfettung; der Leser geht unter in der Flut von Material und Sätzen. Bloch wiederholt sich, zitiert sich (bisweilen sogar innerhalb des Buchs), kommt von bekannten und unbekannten Texten nicht los, vergißt, worauf er aus ist – aus Freude an irgendeinem Referat. Der Leser wird vollgestopft mit Lese-Früchten. Die lockeren, schmalen Präludien der Anfänge werden Manie, mehr keck als wahr (»Der Arme steht krumm, nicht viele werden noch täglich einmal satt«) und sind dann stilistisch eher entwaffnend als einleuchtend: »So steht es der roten Farbe nirgends an, freiwillig schüchtern zu sein ...« Aber diese Schönheitsfehler sind immer noch Fehler einer Schönheit; fielen nicht ins Gewicht, wenn es um diese beiden Bände nicht schlimmer bestellt wäre.

Nein!

Es sind aber diese 1600 vollgepackten Seiten – trotz vielen köstlichen Inseln – entstellt von einer Funktionärs-Philosophie und Funktionärs-Sprache, ordinärer nicht vorzustellen. Das wird von westlichen Intellektuellen weg-halluziniert mit Hilfe des Trostes: daß dieser Bloch ein im Osten verfolgter Oppositioneller ist. Denn wer erinnert sich noch an den alten Hymniker Stalins, der hier kaum noch erwähnt wird? Was hat der Zensor Bloch gestrichen? Und wer fragt: weshalb ist der Professor nicht mehr persona grata in Leipzig? Bestimmt nicht, weil er nicht anti-amerikanisch genug ist! Bestimmt nicht, weil er nicht genug die Trommel rührt für die Sowjetunion! Vielleicht nur, weil sein Kultusminister zu ungebildet ist, um dies lesen zu können. Vielleicht nur, weil diese kleine stattliche Nachgeburt der philosophischen Zeitschrift ›Logos‹ 1913 (Blochs wahres vornehmes Kultur-Erbe) nicht gerade die richtige Nahrung ist im Lande der Diktatur der Diktatoren des Proletariats. Vielleicht auch, weil man im Imperium der Mond-Raketen andere Sorgen hat als die klassenlose Gesellschaft, dieser Schnittpunkt aller Parallelen in der Unendlichkeit. Ja, was soll man in Pankow mit dieser L'Utopie pour l'Utopie? Den größten Teil des Elfenbeinturms nehmen heute Aktivisten à la Bloch ein.

Aber auch wenn sie ihn nicht mögen, er ist Blut von ihrem Blut – im blutigsten Sinne des Wortes. Er ist ein wackerer Verhetzer wie nur irgendeiner unter ihnen. Das Höhnische, Hämische seiner schlimmsten Genossen kommt hier an hundert Stellen zum Vorschein, inmitten von irgendwelchen phänomenologischen Untersuchungen. Da wechselt dann das Vokabular. Unentbehrliche Worte: Hepp Hepp »Kapitalismus« (meist mit dem feinen Vornamen »Monopol«- geschildert, so wie ihn der Student Bloch in der Darstellung Friedrich Engels' kennengelernt hatte); Hepp Hepp »Bourgeoisie« (meist mit dem feinen Vornamen »Spät«-); und vor allem Hepp Hepp »Auftrag« (mit dem feinen Vornamen »im reaktionären«). Der Untertan Stalins konnte sich ein anderes Produzieren als »im Auftrag« gar nicht vorstellen. Der große Denker und Gestalter Ernst Bloch wird zum kleinsten nachplappernden Beamten. An einer der saftigsten Stellen stinkt sein Häufchen besonders; dort wo der deutsch-jüdisch-sowjetische Propagandist verkündet: »daß der Staat Israel, durch die Flucht vor dem Faschismus bevölkert, selber ein faschistischer geworden ist«; daß »Israel sogar der – nicht einmal gut gehaltene – Köter des amerikanischen Imperialismus in Vorderasien ist«; daß dies ganze Land höchst überflüssig ist – denn: »ubi Lenin, ibi Jerusalem«.

Blochs Schema ist so ärmlich, wie es schon immer war: der Teufel hat hier den Namen »niedergehende Klasse« oder »Faschismus« oder »Ausbeuter« oder »Amerika«; der Erlöser aber hat den Namen »Sozialismus« oder »Vor-Schein« oder »reellster Realismus« oder »Sowjet-Union«. Wo er statt Faschismus Amerika sagt, sieht es dann so aus: Ruinen, »die die amerikanischen Terrorangriffe hinterlassen haben«. Oder: »Der Film ist durch Amerika die geschändetste Kunstart geworden.« Oder, über den Jazz: »Solch amerikanische Bewegung erschüttert die westlichen Länder, nicht als Tanz, sondern als Erbrechen.« Auf der anderen Seite, der Licht-Seite, strahlt Stalins Rußland im Glanz des Ballets und der Volkstänze, die »besonders in Rußland erhalten« sind.

Im selben, tief philosophischen Sinne verdunkelt er auch die Geschichte. Den großen produzierenden Bourgeois, zu denen er lieb sein möchte, schenkt er großmütig das Prädikat: neben dem Klassen-Auftrag auch etwas Utopie. Bis zum Ende des achtzehnten Jahrhunderts ist er nicht sehr streng; da schildert er selbst die Verlustierungen der herrschenden Klassen noch mit Behagen. Von 1800 ab ist alles verrottet – inklusive Kierkegaard, Schopenhauer, Nietzsche und Freud ... aber da ist auch das Rettende nah: Marx und Stalin. Der, sein Leitstern während der Niederschrift des Buchs, ist nun allerdings in der Versenkung verschwunden – wie das rote Gesetz es befahl. Aber seine Schöpfung steht nach wie vor im utopischen Neon-Licht.

Es sind nicht etwa nur aufgesetzte Stellen, an denen Bloch mitspielt im großen Religionskrieg der Zeit: zwischen der Pest und dem Heil. Seine Verteufelungen und Verklärungen gehen bis in die subtilsten Deutungen. Sokrates muß partout ein Vorläufer des Utopien-Bloch sein; so hantiert denn sein Urenkel an dem uralten, schlichten und nicht zutreffenden Aufklärer-Satz: daß Einsicht und Güte dasselbe ist ... so lange herum, bis er die Marke »Utopie« vorweist. Und bei Anaximander, auch einem Vorläufer des »Prinzip Hoffnung«, bringt es der rote Nachfahr fertig, das »Apeiron« (das Unendliche, Unbestimmte) so lange zu bearbeiten, bis es eine freundliche Erwartung wird. Blochs Buch ist unzuverlässig, durch und durch. Es ist eine Kulturgeschichte für höhere rote Töchter – die sie allerdings kaum verstehen können; denn Bloch hat einmal bessere Tage gesehen.

Viele schnelle Stempel, die er austeilt, entbehren sowohl der Wahrheit als des Witzes; manche sind sehr verklausuliert, manche tragen ihre Schande an der Stirn: wenn er D.H. Lawrence »einen sentimentalen Penis-Dichter« nennt, Kierkegaard einen »eitelstrengen Christologen«, wenn er Jaspers zum »Epigonentum des profaschistischen Nihilismus« wirft, wenn er vom »Schandpragmatismus der Nazi« redet, so schändlich Nationalsozialismus und Pragmatismus verbindend, den er auch noch (unselbständig wie oft) an den roten Mann bringt mit der Unwahrheit: »Wie scheinhaft wurde auch hier eine Wahrheit um ihrer selbst abgelehnt und nicht gesagt, daß es wegen einer Lüge um des Geschäfts willen geschieht.« Bloch war sehr oft auf dem Weg, ein roter Rosenberg zu werden; nur seine bessere Herkunft ließ es nicht recht zu. Abgesehen davon, daß sein Werk eine glänzende »Enzyklopädie der Hoffnungen« ist, ist es auch noch eine Enzyklopädie der hoffnungslosesten Perversionen ... obwohl der Autor die ganze Geschichte der Weisheit von Thales an am kleinen Finger hat.

Seine nützlichsten Wahrheiten aber sind versteckt in seinen Apologien für das sowjetische Vaterland. Da heißt es, auf Seite 198: »Die oberste Abwandlung des höchsten Guts in der politisch-sozialen Sphäre ist die klassenlose Gesellschaft; folglich stehen Ideale wie Freiheit, auch Gleichheit zu diesem Zweck im Mittelverhältnis und erlangen ihren Wertinhalt (ihren im Fall Freiheit besonders vieldeutig gewesenen) vom politisch-sozialen höchsten Gut her. Dergestalt, daß es nicht bloß die Mittelideale inhaltlich bestimmt, sondern je nach Erfordernis des obersten Zweckinhalts auch variiert, gegebenenfalls die Abweichungen temporär rechtfertigt.« Ins Schlichte übertragen: im Paradies Stalins und seiner Nachfolger herrscht »temporär« Unfreiheit und Ungleichheit. »Temporär« – das ist doch nur die Lebenszeit der Lebenden.

Menschenfeindlich ist jeder Mann, jede Politik, jede Religion, jede Philosophie, die bereit ist, die Lebenden zu ignorieren – um irgendeiner Zukunft willen.

Bloch macht alle philosophischen Anstrengungen, die Kategorie »Gegenwart« wegzueskamotieren. Drei Erstreckungen der Zeit werden auf eine einzige reduziert; denn die Vergangenheit ist natürlich nichts als »reaktionär«, soweit sie nicht »Vor-Schein« der Utopie (also einer fernen Zukunft) ist. Dies Buch mit dem wärmenden Namen »Hoffnung« ist eiskalt.

Begleit-Musik zum Kalten Krieg

Und nirgends weniger menschlich als in den Abschnitten über die hilfreichste aller menschlichen Aktivitäten, die Medizin: »Wäre das ausgebeutete Leben etwas wert, dem so viele zurückgegeben werden, und holte nicht ein Krieg in Tagen auf, was in Jahren an Sterben versäumt wurde, dann könnte der Arzt seit hundert Jahren halb zufrieden sein.« Er darf ganz zufrieden sein; denn er bringt jede Stunde Hilfe ... ganz ohne den Berechtigungs-Schein des »Vor-Scheins«, dafür aber wirklich reell. Während der »reellste Realismus« nichts bringt als den »Vor-Schein« des Kriegs.

Also wird entwertet, von der Zukunft her. Auch die große Kunst wird mit »Vor-Schein«-Gutscheinen bedacht – oder als »groß« nicht anerkannt. Machen wir die Probe aufs Exempel. Da Bloch sich als großer Liebhaber eines der Zukunft verschworenen Goethe auftut, möchte ich ein Goethe-Beispiel hersetzen. »Über allen Gipfeln ist Ruh« schildert auch die Zukunft; aber gerade eine, die Bloch ablehnt: weil sie nicht mit »Zuversicht« erwartet wird. Dieses »Warte nur balde« ist bestimmt kein utopischer »Vor-Schein« – justament das Gegenteil; ergo: muß dem Gedicht das Prädikat »groß« aberkannt werden. Man male sich die Geschichte der Künste unter diesem »Prinzip Hoffnung« aus.

Wo aber im neunzehnten Jahrhundert echte »Zukunft« philosophisch gesichtet wurde: bei Nietzsche, bei Bergson, bei William James ... wird sie von Bloch fanatisch bekämpft. William James' »Es gibt Neues unter der Sonne« meinte, was unter »neu« immer verstanden wird: Überraschung, Nicht-einmal-Geahntes. Bloch aber ist eingeschworen auf den Hegel-Marxschen Fahrplan zur absoluten Freiheit, zur klassenlosen Gesellschaft – und versucht vergeblich, sich freizustrampeln.

Nichts aber spricht mehr gegen den Prediger Ernst Bloch, als daß er bei seiner letzten Revision des Werks, 1959, nachdem ihm durch die Entgötterung Stalins der Star gestochen war, nicht den Mut aufbrachte, sein Manuskript zu revidieren; ich meine nicht zu zensurieren. Es heißt bei ihm: »Keinen Blick auf sich werfen, das ist etwas.« Hätte er aber einen Blick auf sich geworfen, dann hätte er fragen müssen: weshalb werfe ich keinen Blick auf mich und glorifiziere das auch noch? Hätte er sich aber angeblickt, dann hätte er vielleicht doch einiges erfahren über die Funktion des Utopisten im Stalin-Reich.

Darf man ihm zujubeln, weil niemand vorher den Klassenkampf-Marsch so virtuos geblasen hat? Die Philosophie »Hoffnung« ist die Begleit-Musik zum Kalten Krieg, bengalisch beleuchtet von einem der gelerntesten Feuerwerker.

ELIAS CANETTI
Masse und Macht

Der Befehl: Flucht und Stachel

›Befehl ist Befehl‹: der Charakter des Endgültigen und Indiskutablen, der dem Befehl anhaftet, mag auch bewirkt haben, daß man über ihn so wenig nachgedacht hat. Man nimmt ihn hin als etwas, das immer so da war, er erscheint so natürlich wie unentbehrlich. Von klein auf ist man an Befehle gewöhnt, aus ihnen besteht zum guten Teil, was man Erziehung nennt; auch das ganze erwachsene Leben ist von ihnen durchsetzt, ob es nun um die Sphären der Arbeit, des Kampfes oder des Glaubens geht. Man hat sich kaum gefragt, was denn ein Befehl eigentlich ist; ob er wirklich so einfach ist, wie er erscheint; ob er der Raschheit und Glätte zum Trotz, mit der er das Erwartete bewirkt, nicht andere, tiefere, vielleicht sogar feindliche Spuren im Menschen zurückläßt, der ihm gehorcht.

Der Befehl ist älter als die Sprache, sonst könnten ihn Hunde nicht verstehen. Das Dressieren von Tieren beruht eben darauf, daß sie, ohne eine Sprache zu kennen, begreifen lernen, was man von ihnen will. In kurzen, sehr deutlichen Befehlen, die sich prinzipiell in nichts von denen an Menschen unterscheiden, wird ihnen der Wille des Dompteurs kundgegeben. Sie befolgen ihn, wie sie sich auch an Verbote halten. Man hat also alles Recht, nach sehr alten Wurzeln für den Befehl zu suchen; zumindest ist es klar, daß es ihn in irgendwelcher Form auch außerhalb der menschlichen Gesellschaft gibt.

Die älteste Wirkungsform des Befehls ist die *Flucht*. Sie wird dem Tier von einem Stärkeren, einem Geschöpf *außer* ihm, diktiert. Die Flucht ist nur scheinbar spontan; immer hat die Gefahr eine Gestalt; und ohne diese zu vermuten, wird kein Tier fliehen. Der Befehl zur Flucht ist so stark und direkt wie der Blick.

Von Anfang an gehört zum Wesen der Flucht die Verschiedenartigkeit der beiden Geschöpfe, die auf diese Weise miteinander in Beziehung treten. Das eine gibt nur kund, daß es das andere fressen will; daher der tödliche Ernst der Flucht. Der ›Befehl‹ zwingt das schwächere Tier zur Bewegung, gleichgültig, ob es dann wirklich verfolgt wird oder nicht. Auf die Stärke der Drohung allein kommt es an: des Blickes, der Stimme, der schreckhaften Gestalt.

Der Befehl leitet sich also vom *Fluchtbefehl* her: er spielt sich in seiner ursprünglichsten Form zwischen zwei Tieren verschiedener

Gattung ab, von denen das eine das andere bedroht. Die große Machtverschiedenheit dieser beiden, die Tatsache, daß das eine – man möchte sagen – gewohnt ist, dem anderen als Beute zu dienen, die Unerschütterlichkeit dieses Verhältnisses, das wie von jeher etabliert erscheint, alles das zusammen gibt dem Vorgang etwas Absolutes und Unwiderrufliches. Die Flucht ist die einzige und letzte Instanz, an die gegen dieses Todesurteil appelliert werden kann. Das Brüllen eines Löwen, der auf Raub ausgeht, ist wirklich ein Todesurteil: es ist der *eine* Laut seiner Sprache, den alle seine Opfer verstehen; und es mag diese Drohung das einzige sein, das ihnen, den untereinander so sehr Verschiedenen, gemeinsam ist. Der älteste Befehl – und einer, der viel früher erteilt worden ist, als es Menschen gibt – ist ein Todesurteil und zwingt das Opfer zur Flucht. Man wird gut tun, daran zu denken, wenn vom Befehl unter Menschen die Rede ist. Das Todesurteil und seine erbarmungslose Furchtbarkeit schimmert unter jedem Befehle durch. Das System der Befehle unter den Menschen ist so angelegt, daß man dem Tode für gewöhnlich entkommt; aber der Schrecken vor ihm, die Drohung, ist immer darin enthalten; und die Aufrechterhaltung und Vollstreckung von wirklichen Todesurteilen halten den Schrecken vor jedem Befehl, vor Befehlen überhaupt wach.

Vergessen wir aber nun für einen Augenblick, was wir über den Ursprung des Befehls gefunden haben, und sehen wir ihn unvoreingenommen an, als wäre er zum erstenmal Gegenstand der Betrachtung.

Das erste, was am Befehl auffällt, ist, daß er eine Handlung auslöst. Ein ausgestreckter Finger, der in eine Richtung zeigt, kann die Wirkung eines Befehls haben: Alle Augen, die des Fingers gewahr werden, drehen sich in dieselbe Richtung. Es sieht so aus, als ob die ausgelöste Handlung, deren Richtung bestimmt ist, alles ist, worauf es dem Befehl ankäme. Die Ausbreitung in einer Richtung ist besonders wichtig; ihre Umkehrung ist so unstatthaft wie ihre Änderung.

Zum Befehl gehört es, daß er keinen Widerspruch erlaubt. Er darf nicht diskutiert, nicht erklärt oder angezweifelt werden. Er ist knapp und klar, denn er muß auf der Stelle verstanden werden. Eine Verzögerung in der Aufnahme beeinträchtigt seine Kraft. Mit jeder Wiederholung des Befehls, die nicht von seiner Ausführung gefolgt ist, verliert er etwas von seinem Leben; nach einiger Zeit liegt er dann erschöpft und ohnmächtig am Boden, und es ist besser, ihn unter solchen Umständen nicht mehr zu beleben. Denn die Handlung, die der Befehl auslöst, ist an ihren Augenblick gebunden. Sie kann auch für später festgelegt sein, aber *bestimmt* muß sie sein, sei es ausgesprochen, sei es durch die Natur des Befehls klar gegeben.

Die Handlung, die unter Befehl ausgeführt ist, ist von allen anderen Handlungen verschieden. Sie wird als etwas *Fremdes* empfunden; die Erinnerung an sie hat etwas Streifendes. Etwas, das nicht zu einem gehört, weht wie ein fremder Wind rasch an einem vorüber. Die Eile in der Ausführung, die ein Befehl verlangt, mag zu der Fremdheit, mit der man sich an sie erinnert, beitragen; doch reicht dies zur Erklärung allein nicht aus. Es ist wichtig für den Befehl, daß er von *außen* kommt. Allein wäre man nicht auf ihn verfallen. Er gehört zu den Elementen des Lebens, die *auferlegt* sind; niemand entwickelt sie in sich selbst. Selbst dort, wo einsame Menschen mit einer ungeheuerlichen Häufung von Befehlen plötzlich hervortreten und einen neuen Glauben zu begründen, einen alten zu erneuern versuchen, wird der Schein einer fremden, auferlegten Last immer streng gewahrt. Sie werden nie im eigenen Namen sprechen. Was sie von den anderen verlangen, ist ihnen aufgetragen worden; und so sehr sie in manchem lügen mögen, in diesem einen Punkt sind sie immer ehrlich; sie glauben, daß sie *geschickt* sind.

Der Ursprung des Befehls, der ein Fremdes ist, muß aber auch als *Stärkeres* anerkannt sein. Man gehorcht, weil man nicht mit Aussicht auf Erfolg kämpfen könnte; wer siegen würde, befiehlt. Die Macht des Befehls muß unangezweifelt sein; hat sie nachgelassen, so muß sie bereit sein, sich durch Kämpfen wieder zu bewähren. Meist bleibt sie auf lange hin anerkannt. Es ist erstaunlich, wie selten neue Entscheidungen gefordert werden; die Wirkungen der alten halten vor. Siegreiche Kämpfe leben in Befehlen weiter; in jedem befolgten Befehl wird ein alter Sieg erneuert.

Äußerlich besehen, wächst die Macht des Befehlenden unaufhörlich. Der kleinste Befehl fügt etwas hinzu. Nicht nur wird er gewöhnlich so gegeben, daß er dem nützlich ist, der sich seiner bedient: es ist auch in der Natur des Befehles selbst, in der Anerkennung, die er findet, im Raum, den er durcheilt, in seiner schneidenden Pünktlichkeit – es ist in alledem etwas, das der Macht Sicherheit und Wachstum ihres Bereiches verbürgt. Die Macht sendet Befehle aus wie eine Wolke von magischen Pfeilen: die Opfer, die davon getroffen werden, bringen sich selber dem Mächtigen dar, von den Pfeilen gerufen, berührt und geführt.

Doch die Einfachheit und Einheit des Befehls, die auf den ersten Blick absolut und unbezweifelbar erscheint, ist genauer besehen eine scheinbare. Der Befehl läßt sich zerlegen. Es ist notwendig, ihn zu zerlegen, da man ihn sonst nie wirklich begreifen lernt.

Jeder Befehl besteht aus einem *Antrieb* und einem *Stachel*. Der Antrieb zwingt den Empfänger zur Ausführung, und zwar so, wie es dem Inhalt des Befehls gemäß ist. Der Stachel bleibt in dem zurück, der den Befehl ausführt. Wenn Befehle normal funktionieren, so wie man es von ihnen erwartet, ist vom Stachel nichts zu sehen. Er ist geheim, man vermutet ihn nicht; vielleicht äußert er sich, kaum bemerkt, in einem leisen Widerstand, bevor dem Befehle gehorcht wird.

Aber der Stachel senkt sich tief in den Menschen, der einen Befehl ausgeführt hat, und bleibt dort unverändert liegen. Es gibt unter allen seelischen Gebilden nichts, das weniger veränderlich wäre. Der Inhalt des Befehls bleibt im Stachel erhalten; seine Kraft, seine Tragweite, seine Begrenzung, alles ist für immer vorgebildet worden, in dem Augenblick, da der Befehl erteilt wird. Es kann Jahre und Jahrzehnte dauern, bis jener versenkte und gespeicherte Teil des Befehls, im kleinen sein genaues Ebenbild, wieder zum Vorschein kommt. Aber es ist wichtig zu wissen, daß kein Befehl je verlorengeht; nie ist es mit seiner Ausführung wirklich um ihn geschehen, er wird für immer gespeichert.

Die Befehlsempfänger, denen am gründlichsten mitgespielt wird, sind Kinder. Daß sie unter der Last von Befehlen nicht zusammenbrechen, daß sie das Treiben ihrer Erzieher überleben, erscheint wie ein Wunder. Daß sie es alles, nicht weniger grausam als jene, später an ihre eigenen Kinder weitergeben, ist so natürlich wie Beißen und Sprechen. Aber was einen immer überraschen wird, ist die Unverletztheit, mit der sich Befehle aus der frühesten Kindheit erhalten haben: sie sind zur Stelle, sobald die nächste Generation ihre Opfer vorschickt. An keinem Befehl ist ein Jota anders geworden; sie könnten vor einer Stunde erteilt worden sein, und doch ist es in Wirklichkeit zwanzig, dreißig oder noch mehr Jahre her. Die Kraft, mit der das Kind Befehle empfängt, die Zähigkeit und Treue, mit der es sie bewahrt, ist nicht ein individuelles Verdienst. Intelligenz oder besondere Begabung haben damit nichts zu schaffen. Jedes, auch das gewöhnlichste Kind, verliert und vergibt keinen der Befehle, mit denen es mißhandelt wurde.

Eher verwandelt sich das Aussehen eines Menschen, das, woran ihn die anderen erkennen, die Haltung des Kopfes, der Ausdruck des Mundes, die Art seines Blickes, als die Gestalt des Befehls, der als Stachel in ihm zurückgeblieben ist und unveränderlich gespeichert wurde. Unverändert wird er wieder ausgestoßen, aber die Gelegenheit dazu muß da sein; die neue Situation, in der er sich ablöst, muß der alten, in der er empfangen wurde, zum Verwechseln ähnlich sein. Das Wiederherstellen solcher frühen Situationen, aber in *Umkehrung*, ist eine der großen Quellen seelischer Energie im Leben des Menschen. Der ›Ansporn‹, wie man so sagt, dies oder jenes zu erreichen, ist der tiefste Drang, an Befehlen loszuwerden, was man einmal empfangen hat.

Nur der *ausgeführte* Befehl läßt seinen Stachel in dem, der ihn befolgt hat, haften. Wer Befehlen ausweicht, der muß sie auch nicht speichern. Der ›freie‹ Mensch ist nur der, der es verstanden hat, Befehlen auszuweichen, und nicht jener, der sich erst nachträglich von ihnen befreit. Aber wer am längsten zu dieser Befreiung braucht oder es überhaupt nicht vermag, der zweifellos ist der Unfreieste.

Kein unbefangener Mensch empfindet es als Unfreiheit, seinen eigenen Trieben zu folgen. Selbst dort, wo sie am stärksten werden und ihre Befriedigung zu den gefährlichsten Verwicklungen führt, wird der Betroffene das Gefühl haben, daß er aus sich heraus handelt. Wohl aber wendet sich jeder in sich gegen den Befehl, der ihm von außen zugesandt worden ist und den er ausführen mußte: da spricht jeder von Druck und behält sich ein Recht auf Umkehrung oder Rebellion vor.

(...)

Befehlsstachel und Disziplin

Die Disziplin macht das Wesen der Armee aus. Aber es ist zweierlei Disziplin, eine offene und eine geheime. Die offene Disziplin ist die des Befehls: es ist gezeigt worden, wie die Einengung der Befehlsquelle zur Bildung eines höchst merkwürdigen Geschöpfes führt, mehr stereometrische Figur als Geschöpf, des Soldaten. Was ihn vor allem kennzeichnet, ist, daß er immer im Zustand der Befehlserwartung lebt. Dieser Zustand prägt sich aus in Haltung und Gestalt; der Soldat, der aus ihm heraustritt, ist nicht im Dienst und trägt seine Uniform nur zum Schein. Die Verfassung des Soldaten ist jedem erkennbar, sie könnte nicht öffentlicher sein.

Aber diese manifeste Disziplin ist nicht alles. Es gibt daneben eine, von der er nicht spricht und die sich auch gar nicht zeigen soll, eine geheime. Manchen stumpferen Typen mag sie nur selten zum Bewußtsein kommen. Doch in den meisten Soldaten, besonders unserer Zeit, ist sie auf ihre verborgene Weise immer wach. Es ist die Disziplin der *Beförderung.*

Man mag es befremdlich finden, daß etwas so allgemein Vertrautes wie die Beförderung als geheim bezeichnet wird. Aber die Beförderung ist nur der öffentliche Ausdruck für etwas Tieferes, das schon darum geheim bleibt, weil es in der Art seiner Funktion von den wenigsten begriffen wird. Die Beförderung ist der Ausdruck für das verborgene Wirken der *Befehlsstacheln.*

Es ist klar, daß diese Stacheln sich im Soldaten auf eine geradezu ungeheuerliche Weise ansammeln müssen. Alles, was er tut, geschieht auf Befehl; er tut nichts anderes, er soll nichts anderes tun; genau das ist es, was die offene Disziplin von ihm verlangt. Seine spontanen eigenen Regungen sind unterdrückt. Er schluckt und schluckt Befehle, und wie immer ihm dabei zumute ist, er darf ihrer nie müde werden. Für jeden Befehl, den er ausführt – und er führt sie alle aus –, bleibt ein Stachel in ihm zurück.

Ihre Anreicherung in ihm ist ein Prozeß, der rapid fortschreitet. Dient er als einfacher Soldat, auf der niedrigsten Stufe der militärischen Hierarchie, so ist ihm jede Gelegenheit versagt, seine Stacheln loszuwerden, denn er selber kann keine Befehle erteilen. Er kann immer nur tun, was ihm geheißen wird. Er gehorcht und wird im Gehorchen immer starrer.

Eine Änderung dieses Zustandes, der etwas Gewaltsames hat, ist nur möglich durch eine Beförderung. Sobald er befördert ist, hat er selbst zu befehlen, und indem er es tut, beginnt er sich eines Teils seiner Stacheln zu entledigen. Seine Situation hat sich – wenn auch auf sehr eingeschränkte Weise – ins Gegenteil verkehrt. Er muß Dinge verlangen, die einmal von ihm selbst verlangt worden sind. Das Modell der Situation ist genau dasselbe geblieben, geändert hat sich nur seine eigene Position darin. Seine Stacheln kommen nun als Befehle zum Vorschein. Was früher sein unmittelbarer Vorgesetzter ihm zu befehlen pflegte, das befiehlt er nun selber. Es ist nicht seiner Laune überlassen, sich seiner Stacheln zu entledigen, aber er wird in die Situation versetzt, die genau die richtige dafür ist: er muß befehlen. Jede Stellung ist dieselbe geblieben, jedes Wort ist genau das gleiche. Man steht vor ihm in der gleichen Haltung, in der er früher selber dastand. Man hört von ihm genau die gleiche Formel, die er selber hörte, im gleichen Ton, mit derselben Energie geladen. Die Identität der Situation hat etwas Unheimliches; es ist, als wäre sie für die Bedürfnisse seiner Befehlsstacheln erfunden worden. Was ihn damals traf, damit trifft er nun endlich andere.

Aber während er nun so weit ist, daß seine alten Befehlsstacheln zur Sprache kommen, während von ihm sozusagen verlangt wird, daß sie sprechen, empfängt er weiterhin Befehle von oben. Der Vorgang wird jetzt zu einem doppelten: indes er die alten loswird, sammeln sich neue Stacheln in ihm an. Sie sind nun etwas leichter erträglich als früher, denn der Prozeß der Beförderung, der begonnen hat, verleiht ihnen Flügel: die bewährte Hoffnung, daß man sie loswerden wird.

Faßt man diesen Vorgang zusammen, so läßt sich folgendes von ihm sagen: die offene Disziplin der Armee drückt sich aus in der aktuellen Erteilung von Befehlen, die geheime Disziplin besteht in der Verwertung von gespeicherten Befehlsstacheln.

(...)

Die Auflösung des Stachels

Der Stachel entsteht *während* der Ausführung des Befehls. Er löst sich von diesem ab und prägt sich in der genauen Gestalt des Befehls dem Ausführenden ein. Er ist klein, verborgen und unbekannt; seine wesentlichste Eigenschaft, von der nun schon oft die Rede war, ist seine absolute Unveränderlichkeit. Er bleibt isoliert vom Rest des Menschen, ein Fremdkörper in seinem Fleische. So tief er in diesem eingesunken sein mag, so verkapselt die Existenz ist, die er dann führt, er bleibt seinem Inhaber immer lästig. Er hängt auf geheimnisvolle Weise in ihm drin, in einer Art von Fremde gefangen.

Er selber will weg, aber er kommt schwer los. Es ist nicht möglich, ihn auf irgendeine Weise loszuwerden. Die Kraft, mit der er sich befreit, muß jener, mit der er beim Eindringen empfangen wurde, gleich sein. Aus einem reduzierten muß er wieder zu einem vollen Befehl werden. Zur Erlangung dieser Kraft bedarf es einer Umkehrung der Situation, wie sie ursprünglich war: ihre genaue Wiederherstellung ist unerläßlich. Es ist, als habe der Stachel seine eigene Erinnerung in sich und als bestünde er aus einem einzigen Vorgang; als lauere er Monate, Jahre, Jahrzehnte darauf, bis die alte Situation da ist, bis er sie erkennt. Er muß sie erkennen, da er nur aus ihr besteht, sie ist das einzige, das er erkennen kann. Plötzlich ist alles wieder genau, wie es damals war, doch die Rollen sind vollkommen vertauscht. In diesem Augenblick ergreift er die Gelegenheit und schnellt mit aller Kraft auf sein Opfer los: Die Umkehrung hat endlich stattgefunden.

Dieser Fall, den man den reinen nennen möchte, ist aber nicht der einzige, der möglich ist. Ein Befehl kann oft wiederholt werden, vom selben Urheber an dasselbe Opfer, so daß gleichartige Stacheln sich immer wieder bilden. Diese identischen Stacheln bleiben nicht isoliert, sie müssen sich untereinander verbinden. Das neue Gebilde wächst zusehends an und kann vom Inhaber nicht mehr vergessen werden. Es ist immer auffallend, immer schwer, es ragt sozusagen ganz über Wasser.

Es kann aber auch *derselbe* Befehl von *verschiedenen* Urhebern erteilt und wiederholt werden. Geschieht das sehr oft und in einer unerbittlichen Folge, so verliert der Stachel seine reine Gestalt und entwickelt sich, man kann es kaum anders nennen, zu einem lebensgefährlichen Monstrum. Er nimmt enorme Proportionen an und wird zum Hauptgehalt seines Besitzers. Immer seiner eingedenk, trägt er ihn mit sich herum und versucht ihn bei jeder Gelegenheit loszuwerden. Unzählige Situationen kommen ihm dann wie die ursprüngliche vor, und sie scheinen ihm zur Umkehrung geeignet. Sie sind es aber nicht, denn durch Wiederholung und Überkreuzung ist alles ungenau geworden, er hat den Schlüssel zur originalen Situation verloren. *Eine* Erinnerung hat sich über die andere gelegt, wie ein Stachel an den anderen. Seine Last ist in ihre Bestandteile nicht mehr aufzulösen. Was immer er versucht, es bleibt alles wie zuvor, allein kann er sich von seiner Last nie mehr befreien.

Der Nachdruck liegt hier auf ›allein‹. Denn es gibt eine Befreiung von allen Stacheln, auch den monströsesten – diese Befreiung ist in der Masse. Von der *Umkehrungsmasse* war wiederholt die Rede. Es war nicht möglich, ihr eigentliches Wesen klarzumachen, bevor die Wirkungsweise des Befehls ergründet war.

Die Umkehrungsmasse bildet sich aus vielen zur gemeinsamen Befreiung von Befehlsstacheln, denen sie als einzelne hoffnungslos ausgeliefert sind. Eine große Zahl von Menschen schließt sich zusammen und wendet sich gegen eine Gruppe von anderen, in denen sie die Urheber aller Befehle sehen, an welchen sie seit langem getragen haben. Sind es etwa Soldaten, so tritt jeder Offizier für die ein, unter deren Befehl sie wirklich standen. Sind es Arbeiter, so kann es jeder Unternehmer sein, an Stelle derer, für die sie wirklich gearbeitet haben. Klassen und Kasten werden in solchen Augenblicken wahr, sie führen sich so auf, als ob sie aus Gleichen bestünden. Die untere Klasse, die sich erhoben hat, formt sich zu einer überall zusammenhängenden Masse, die obere, die gefährdet ist, von einer Überzahl umstellt, bildet eine Reihe von angstvollen und auf Flucht bedachten Meuten.

In denen, die nun zur Masse gehören, findet jeder einzelne Stachel, komplex und nach vielen verschiedenen Gelegenheiten zusammengeschossen, eine Reihe möglicher Ursprünge zugleich vor. Die Angegriffenen stehen da vor ihnen, einzeln oder eng aneinandergedrückt, und sie scheinen sehr wohl zu wissen, warum sie solche Furcht empfinden. Sie müssen nicht die wirklichen Urheber dieses oder jenes Stachels sein, aber ob sie es sind oder nicht, sie stehen dafür und werden allen Ernstes als solche behandelt. Die Umkehrung, die sich hier gegen viele zugleich richtet, zersetzt auch den schwersten Stachel.

Im konzentriertesten Falle dieser Art, wenn es gegen ein einziges Oberhaupt, einen König etwa, geht, ist, was die Masse empfindet, von größter Klarheit. Die letzte Quelle *aller* Befehle war der König, seine Würdenträger und der Adel um ihn waren an ihrer Weiterleitung und Durchführung beteiligt. Die einzelnen, aus denen die aufständische Masse besteht, waren während langer Jahre durch Drohung in Distanz und durch Verbote in Gehorsam gehalten worden. In einer Art von rückläufiger Bewegung heben sie nun die Distanzen auf: sie dringen in den Palast, der ihnen verboten war, ein. Sie betrachten sich, was er enthält, Räume, Insassen, Mobiliar, aus nächster Nähe. Die Flucht, in die sie der königliche Befehl früher schlug, kehrt sich um zu intimer Vertrautheit. Läßt er aus Furcht diese Annäherung geschehen, so mag es vorläufig damit sein Bewenden haben; aber nicht für lange. Der generelle Prozeß einer Befreiung von Stacheln, der einmal eingesetzt hat, geht unaufhaltsam weiter. Man muß bedenken, wie viel geschehen ist, um Menschen in Gehorsam zu halten, und was sich während langer Jahre an Stacheln in ihnen angesammelt hat.

Die eigentliche Bedrohung der Untertanen, die unaufhörlich über ihren Häupten hing, war die durch den Tod. In Hinrichtungen wurde sie von Zeit zu Zeit erneuert und ihr Ernst unmißverständlich bewiesen. Auf eine einzige Weise ist diese Bedrohung ganz gutzumachen: Der König, der köpfen ließ, wird selbst geköpft. Damit ist der oberste, der umfassendste Stachel, der scheinbar alle übrigen in sich begreift, aus denen entfernt, die ihn zusammen zu tragen hatten.

Nicht immer ist der Sinn der Umkehrung so deutlich zu fassen, und nicht immer führt sie sich selbst in solcher Vollkommenheit auf die Spitze. Wenn der Aufstand mißlingt und die Menschen ihre eigentlichen Stacheln nicht wirklich losgeworden sind, so behalten sie doch die Erinnerung an die Zeit, in der sie Masse waren. Während dieses Zustandes wenigstens waren sie von Stacheln frei, und sie werden immer mit Sehnsucht seiner gedenken.

MANÈS SPERBER
Über die Linke

Ein Gerücht erhält sich hartnäckig am Leben. Verloren im Nebel einer heillosen Verwirrung, erschöpft von fruchtlosem Bemühen soll die Linke seit gestern oder vorgestern zu bestehen aufgehört haben. Und jene, die dieses Gerücht verbreiten, fügen hinzu, daß die Begriffe ›links‹ und ›rechts‹ nun jedes Sinnes entbehren.

Es ist fast ebenso lächerlich wie traurig, den eigenen Tod bestreiten und die allzu eiligen Totengräber um einen Aufschub bitten zu müssen. Doch steht fest, daß wir noch leben und deutlich zu unterscheiden vermögen, was unser ist und was nicht. Gewiß ist die Linke von fragwürdigen Siegen und unverstandenen Niederlagen bedroht. Doch selbst wenn sie bereits verurteilt wäre, könnte sie nur durch Selbstmord enden. Und unser sind viele, die daran keinen Gefallen finden und die von jener tröstlichen Bitterkeit nichts wissen wollen, die sich von apokalyptischen Bildern und wollüstiger Hoffnungslosigkeit nährt.

Jede Generation hegt die trügerische Vorstellung, daß sich alles zu ihrer Zeit entscheiden kann und muß; unsere Generation meinte, triftige Gründe für diesen Glauben zu haben, weshalb sie handelte, als hätte sich diese jahrtausendealte Illusion mit einem Mal in eine fundamentale Wahrheit verwandelt. Man kann zwar ohne Gewißheiten leben, doch kann man ohne sie weder große Unternehmungen beginnen noch bestehende fortführen.

Zu allen Zeiten hat die Linke den Kampf gegen das Absolute geführt, gegen jene sublime Maskierung einer magischen – religiösen oder philosophischen – Verneinung. Die Stellung der Linken ließ sich damit als Negation einer Negation definieren. Sie wurde spruchreif, ihr Gehalt positiv dank jenen, die für sie litten und starben. Die Denkmäler, die an ihre Siege erinnern, waren Gräber und ihre Fahnen Leichentücher, die mit dem eigenen, nicht mit fremdem Blut getränkt waren.

Im Sommer 1914, zu jener Stunde, als sich in den europäischen Hauptstädten eine Fröhlichkeit verbreitete, als würde für das Fest der universellen Verbrüderung die ungeheuere Tafel des endgültigen Versöhnungsmahls aller Menschen gedeckt – Dantons Traum –, zu jener Stunde erlitt die Linke die größte Niederlage ihrer Geschichte, von der sie sich niemals mehr erholt hat. Genau wie die Liebe, so verschlingt auch ein Sieg seine eigenen Ursachen; eine Niederlage aber erhält die ihren am Leben. Man kann sich von ihnen nur lösen, indem man sich selbst verwandelt, indem man sich befreit von dem, was verdiente, besiegt zu werden.

Im Jahre 1914 hat sich die Linke, das heißt sowohl die Arbeiterklasse und ihre Organisationen als auch die Intellektuellen, mit der Macht identifiziert. Sie hat eine Sache zu der ihren gemacht, die ihr unter verschiedenen Maskierungen erschienen ist, und es waren ebenso verschleierte Ziele, für die zehn Millionen Europäer ihr Leben opferten – Unschuldige, die andere Unschuldige töteten.

Es gab Ideologen, die diesen Krieg zum Krieg der Linken erklärten, denn die Deutschen marschierten ja gegen den Zaren. Und hatte nicht Marx nach dem Sieg Preußens über Louis Bonaparte von diesem Land verlangt, mit Rußland, dem Gendarmen Europas, abzurechnen? Hatte nicht sogar der alte August Bebel versprochen, die Muskete zu nehmen, um am Krieg gegen die Unterdrücker von Sankt Petersburg teilzunehmen? Die Alliierten marschierten gegen Deutschland und das Reich der Habsburger. War es nicht notwendig, den preußischen Militarismus zu liquidieren und die von Franz-Joseph unterdrückten Völker zu befreien? Nach diesem, zweifellos dem allerletzten Krieg würde die Demokratie in der Welt gesiegt haben; dies war es, was die endlich »positiv« gewordene Linke proklamierte.

Doch eine versöhnte Linke ist ein unauflöslicher Widerspruch. Wir wußten dies, wir, die wir damals noch sehr jung waren, und wir wandten uns dem Kommunismus zu, weil die Namen von Rosa Luxemburg, Lenin, Trotzki, Bucharin, Liebknecht, Rühle den Mut und die Ehre der Linken bedeuteten. Wir wußten, daß es nur wenige gegeben hatte, die gegen den Strom geschwommen waren. Und jene Welt, die langsam aus dem Blutbad erstand, erschien uns verworfen. Wir wollten ihr nicht angehören, und wir wollten an ihren Siegen nicht teilhaben. Aus diesem Grunde ließen wir uns so voreilig davon überzeugen, daß die Kapitulation der Linken im Jahre 1914 dem Verrat zuzuschreiben sei, dessen sich die Führer der Arbeiterbewegung schuldig gemacht hätten.

Da wir diese Erklärung zu der unsrigen machten, geriet die neue Linke, die nach der russischen Revolution am Ende des Krieges geschaffen wurde, auf Irrwege und verstrickte sich in zahllose unglückliche Abenteuer. Und eines der gefährlichsten bestand in der Entstellung grundlegender Prinzipien, in der Korruption der Geister und im Verschwinden des historischen Materialismus, an dessen Stelle eine polizistische Geschichtsauffassung trat.

Das Schicksal der Linken in diesem Jahrhundert wird sich in dem Kampf entscheiden, den sie gegen jene neue Rechte zu führen hat; gleichzeitig muß sie sich gegen die alte Rechte verteidigen, doch diese versteckt sich wenigstens nicht hinter Fahnen, die sie einer ermordeten Revolution gestohlen hat. Um sich nicht über den Feind zu täuschen, ist es zuerst nötig, sich selber zu erkennen.

ERICH FRIED
Ein Soldat und ein Mädchen

Es muß nun erklärt werden, daß die Erfüllung eines letzten Wunsches nicht etwa ein wirkliches verbrieftes Recht der Verurteilten ist, sondern ein ungewisser alter Brauch, lebendig erhalten vielleicht nur von der Verlegenheit derer, die mit den Armensündern zu tun haben. Denn das ist immer eine üble Aufgabe, ganz gleich, aus welchen Gründen ein Todesurteil gefällt worden ist. Angesichts des Todeskandidaten stellt man plötzlich fest, daß man ein schlechtes Gewissen hat. Das Urteil mag höchst gerecht gewesen sein, aber mit einem Mal gilt das alles nicht, und man ist mitverantwortlich. Entweder, weil man zum Tode des Verurteilten beiträgt, oder, weil man nichts dagegen unternimmt, oder auch nur, weil man in der Nähe ist. Es geht auch gar nicht um Recht oder Unrecht. Ob Menschen ein Recht haben, die Todesstrafe zu verhängen, ist freilich höchst fraglich. Aber der Verurteilte hat oft, wenn nicht den Tod, so doch sicher schwere Strafe verdient, außerdem könnten die Leute um ihn her zu seiner Rettung auch beim besten Willen kaum etwas unternehmen. Und doch bleibt das Schuldgefühl wach, so stark, daß alle Gegengründe wie schlechte Ausreden zu wirken beginnen, durch die man sich nur immer tiefer in seine Schuld verstrickt.

In unserer Zeit, in der so viel von Schuld ganzer Gruppen geredet wird, ist dieses eindeutige Gefühl vielleicht eines der greifbarsten Beispiele für ein Bewußtsein solcher Schuld. Und, wie niemals bei einer wirklichen Gruppenschuld, so liegt auch hier kein juristisch nachweisbares Verschulden vor; nichts, worauf sich Gesetze oder klare Moralregeln gründen ließen; aber gerade deshalb ist es quälend und unheimlich. Wer wirklich glaubt, daß er den Kriegsgefangenen, an denen er vor Jahren einmal zufällig vorbeikam, seine Zigaretten nur aus Mitleid oder gar aus politischer Überzeugung gegeben hat, und nicht aus ganz unlogischem schlechtem Gewissen, der wird diese Überlegungen nicht verstehen. Ja, es bleibt nicht einmal bei der Schuld von Menschen: ein ganzes Gebäude, sogar eine ganze Gegend kann vom Geruch der Schuld ergriffen werden. Die gleichen Desinfektionsmittel verbreiten eine andere Atmosphäre in einem Gefängnis als in einem Krankenhaus. Der Karbolduft in einem Gefängnis hat mehr als Ungeziefer und Krankheitskeime zu bekämpfen, und die Wärter brauchen ihn nötiger als die Gefangenen.

Die Alten haben ihre Opfertiere mit auserlesenen Kräutern gefüttert: das geschah nicht nur, um den Göttern das Beste darzubringen, allerdings auch nicht aus Tierliebe in unserem Sinn, aber nicht alle Opfer waren von Anfang an Tieropfer. Von dort bis zur Henkersmahlzeit ist es nicht mehr weit. Dies ist nur eine der Wurzeln des Wunschrechtes der Verurteilten, und wenn es auch kein verbrieftes Recht ist, so ist es doch seltener gebrochen worden als die meisten verbrieften Rechte.

Außerdem aber unterbricht nichts im Leben, nicht einmal der Eintritt in ein Kloster, den Menschen so deutlich wie sein Todesurteil. Das weiß man, und so verwandelt sich das, was als Strafvollzug gedacht war, unversehens in ein Schauspiel. Nicht in die barbarische Volksbelustigung öffentlicher Hinrichtungen, obwohl auch darin etwas davon enthalten war, sondern in das große *memento mori* schlechthin. Angesichts des allgemeinmenschlichen Sterbenmüssens wird die Begründung des einmal gefällten Todesurteils rasch unwichtig. Wichtig ist nur mehr, daß man vor einem lebenden Menschen steht, dessen Todesstunde – zum Unterschied von seinen Mitmenschen – schon genau angegeben werden kann.

Unterhaltungsstücke beziehen ihre Spannung aus der Ungewißheit des Ausganges. Der Ausgang einer Schicksalstragödie aber steht von Anfang an fest, ihre Spannung ist die Spannung zwischen dem Ende und dem Leben, das sich folgerichtig und unabwendbar auf dieses Ende zubewegt. Jeder Verurteilte ist unser Sündenbock, jeder Verurteilte spielt uns das Sterbenmüssen vor. Das Gewähren des letzten Wunsches ist nur unser Eintrittsgeld, das wir überlebenden Zuschauer am Aufgang zur Tribüne bezahlen.

Eine Kontinuität des Lebens, die auch noch in den Stunden und Tagen zwischen Urteil und Vollzug stärker ist als der eigene, an den Fingern und Gitterstäben abzählbare Tod, ist fast unmenschlich. Fanatiker, die sich als Helden ihrer Sache fühlen, genießen zuweilen etwas wie Fühllosigkeit gegen das Sterbenmüssen. Aber nur deshalb, weil sie im Grunde auch kein eigenes Leben gefühlt haben. Ein Mensch, der sein eigenes Leben gelebt hat, wird in ganz anderer Stimmung zum Tode geführt. Jesus hatte sein Gethsemane, Verzagen und Stärkung (und trotz der Stärkung zuletzt sein *Eli, eli, lama asabthani),* aber nicht Gleichmut. Deshalb ist es ein sehr zweifelhafter Ruhm, wenn man dem Sokrates nachsagt, er sei auch noch mit dem Schierlingstrunk in der Hand nur ganz nebenbei – gewissermaßen unter vielen anderen Eigenschaften – ein zum Tode Verurteilter gewesen.

DIETER NOLL
Die Abenteuer des Werner Holt

9

Holt kletterte die steile Uferböschung hoch. Er war in einem solchen Maß demoralisiert, daß er sich am liebsten in einer Schneewehe verkrochen hätte. Er wankte den ersten ländlichen Häusern der Stadt entgegen und schob im Laufen ein paar Täfelchen der koffeinversetzten Schokolade in den Mund. Die lähmende Erschöpfung ließ ihn das Kommende wie im Halbschlaf erleben: ein Auffangkommando, ein Haufen heruntergekommener Gestalten, Volkssturm, halbinvalide Reservisten, schlecht bewaffnet ... in einem Gehöft Sammeln zum Gegenstoß! Ein Leutnant voran, durch Gärten, durch winklige Gassen, dann die breite Straße hoch zur Brücke ... Schlachtflieger, Splitterbomben, Motorengedröhn und Bordwaffenfeuer ... Tote, überall Tote ... der Leutnant bewegungslos im Schnee ... Wolzows Stimme: »Zurück!« Ein Haus am Straßenrand ... Wieder Wolzows Gebrüll: »Sie greifen an!« Von der Brücke her, locker geordnet, in Schneemänteln, stürmende Infanterie ...

Holt kniete keuchend hinter dem Fensterloch eines niedrigen, erdgeschossigen Hauses. Wie durch einen Schleier sah er Wolzow ein neues Magazin in die Maschinenpistole einsetzen. »Zurück!« Flucht durch Gärten ... Wieder in einem Haus festgekrampft ... Ein Dutzend zermürbter Gestalten, führerlos, waffenlos, ist das die

Truppe? Und nun das Heulen der Granaten, berstende Einschläge, fern vom rechten Oderufer her Abschüsse von Feldgeschützen ... Schlachtflieger, dröhnende Motoren, das Hämmern der Bordkanonen, Flucht von Haus zu Haus, hinwerfen, auf und hinwerfen, Christian, gib mir ein Magazin, nur noch Einzelfeuer, schieß doch! Da! ... Und wieder Wolzow: »Zurück!«

Im Keller eines Hauses an dem kleinen Marktplatz kam Holt zu sich. Die angreifende Infanterie ließ sie zur Besinnung kommen, stieß nicht weiter vor. »Jetzt setzen die erst einmal Truppen über, Panzer, Artillerie«, sagte Wolzow. »Prima Brückenkopf«, meinte Vetter. Ein Donnerschlag ließ den Keller erbeben, das Dach rasselte auf die Straße. Schlachtflieger strichen über die Ruinen. Wolzow schickte Vetter ins Ungewisse.

Nach einer Stunde keuchte Vetter mit einer Kiste Pistolenmunition in den Keller. Im Halbdunkel saßen Volkssturmmänner bewegungslos an den Wänden, stumpf, wie tot, unfähig zur Flucht. Wolzow fuhr sie hart an, ließ sie Magazine füllen. Ab und zu schlugen aus den gegenüberliegenden Häusern Schüsse gegen die Ziegelwände.

»Was ist draußen los, Christian?«

Vetter setzte die Feldflasche ab. »Das solln sibirische Schützen sein, die uns angreifen, Russen aus Sibirien, mit einer besonderen Nahkampfausbildung, solche Sturmspezialisten! Hier ist fast alles getürmt. Aber in Strehlen ... Gibt's das? Da soll heut nacht eine Division losgeschickt worden sein, mit Panzern, wir sollen aushalten, bis sie kommen.«

»Die müßten längst hier sein«, sagte Wolzow.

Aus den gegenüberliegenden Häusern schlug heftiges Feuer.

Holt hockte apathisch in einer Ecke. Er dachte an Gomulka. Wolzow brüllte: »Raus!« Auf den Markt rollten die ersten Panzer. Sprenggranaten krachten in die Keller. Flammen, einstürzende Häuser. Klirrende Panzerketten überall. Panik. Regellose Flucht.

Eine kleine, beschädigte Holzbrücke, davor ein schreiender Menschenhaufen, in den die Panzer hineinstießen. »Nach links!« kreischte Wolzow. Breit und offen eine Straße, brennende Häuser, Holt wußte nicht, was er tat, er handelte willenlos, aber sein Blick nahm alles auf: Wieder, in weißen Schneemänteln, dicht hinter ihnen, die stürmende Infanterie. Panzer folgten nach, überholten sie feuernd. Rechts das Gelände einer brennenden Gasanstalt, Wolzow floh voran, Vetter wie ein Schatten an seiner Seite ... Hinter verschneiten Kokshaufen eine leichte Pak, zwei ältere Artillerieoffiziere knieten dabei, die Pak feuerte, der erste Panzer walzte Kanone und Bedienung in den Koks ... Hinwerfen! Hinter einer umgestürzten Kipplore rang Holt nach Luft, ließ den Panzer vorüberrollen, schoß auf die nachfolgende Infanterie. Flucht. Ein Bretterzaun! Verzweifelter Sprung. Er fiel samt den Planken auf die Straße. Brennende Villen. Panzer vor ihm, links, überall ... Eine Tankstelle, aus der fauchend ein Riesenfeuer schlug. »Schneller!« Wolzow war neben ihm, Vetter folgte. Eine Parkanlage, in der Sprenggranaten krepierten. Große zugefrorene Teiche, splitterndes Eis unter den Stiefeln. Endlich ... der Bahndamm!

Hier hielt die Garnisonstruppe eine Feldstellung. Wolzow, Holt und Vetter krallten sich am Bahndamm fest. Hundert Meter rechts lag der Bahnhof, dahinter, am Bahnübergang, rollten die Panzer ungehindert über die Gleise, gewannen die Chaussee und jagten weiter. Fern, in Holts Rücken, wurden sie von ein paar Feldgeschützen empfangen. Das Duell der Geschütze schwoll bei sinkendem Abend zu einer mächtigen Kanonade an.

Holt lag keuchend und tödlich erschöpft im Schnee. Es dämmerte. Die Infanterie in den Schneemänteln stürmte den Bahndamm. Nahkampf. Und wieder Flucht: das Eis eines kleinen Flusses barst. Flucht durch eine tief verschneite Ebene, baumlose Weite, nur kahles Weidengebüsch, bis weit nach Westen. Hinter ihnen verstummte das Schießen.

Sie wankten zurück. Ein Haufen müder Soldaten scharte sich um Wolzow, geschlagene, zerlumpte Gestalten. Der Frost wurde noch grimmiger. Schneesturm setzte ein.

Sie erreichten ein Dorf.

Hier gab es einen Gefechtsstand, gab es Offiziere, Truppen, Pak und Feldgeschütze, Depots mit Munition. Vetter brachte eine warme Feldküchenverpflegung. Holt saß im Schnee. Vetter reichte ihm ein Kochgeschirr mit Erbsen.

»Der Russe!« Geschrei, Schüsse, im Dorf beginnende Panik. Nichts geschah, Wolzow fluchte: »Die sehn Gespenster!«

Weit vor dem Dorf im Weidengebüsch bezogen sie Stellung. Noch einmal flammte das Gefecht auf. Die Schützen in den Schneemänteln rückten in der Dunkelheit vor und nahmen das Niederungsgelände in Besitz. Einen Kilometer vor dem Dorf wurde eine improvisierte Hauptkampflinie gehalten. Fern klirrten Panzer durch die Nacht. Die Hauptkampflinie war nichts als ein paar eilig ausgehobene Schützenlöcher hinter kahlen Weiden, von den Resten ausgebluteter Alarmeinheiten besetzt. Holt grub sich ein. Neben ihm schanzten Wolzow und Vetter. Sie verbanden ihre Schützenlöcher zu einem Grabenstück und hockten nun eng beieinander. Seit Stunden sprach Holt das erste Wort. »Gib mir Feuer, Christian!« Der Funke des Feuerzeugs sprang auf. Die kleine Flamme brannte ruhig hinter der hohlen Hand.

»Da sind wir aber mitten in den dicksten Matsch geraten«, sagte Vetter.

Holt starrte ins Dunkel. Nicht klagen! Ich könnte auch irgendwo mit Bauchschuß liegen. Mit abgewalzten Beinen. Als Treibeis in der Oder. Nicht klagen! Ich hab's nicht anders gewollt.

Wolzow erhob sich und schlug die Arme um den Körper. »Komm, Werner ... ins Dorf! Vielleicht klappt's mit Papieren.« Auf dem Weg redete er vor sich hin: »Die bringen jetzt Panzer rüber, immer mehr Panzer, Ari, Granatwerfer. Morgen setzen sie Schlachtflieger ein.« Sie stapften durch den Schnee.

Im Dorf vor dem Gefechtsstand hielten Lastwagen. Dort stand ein bulliger Kerl im Dunkeln, sein weißer Tarnmantel leuchtete. »Der Burgkert! Herr Oberfeld!«

»Ach! Lebt ihr auch noch?« Der Oberfeldwebel war nüchtern. »Mich haben sie nach Brieg geschickt. Dort sollte unsere Elfte liegen.« Er spuckte aus. »Scheiße lag dort!« Ein paar Offiziere verschwanden im Haus. »Das Bataillon will türmen«, sagte Burgkert. »Sie laden schon ihre Privatvorräte auf.«

»Was gibt's Neues an der Oderfront?« fragte Wolzow. »Niemand weiß Bescheid.«

Der Oberfeldwebel war mürrisch und böse. »Frag nicht so dämlich! Hilf mir lieber, ich such Leute. Wir greifen an!«

»Angreifen?« rief Holt entsetzt. »Aber das ist ...« – »Der Führer soll's persönlich angeordnet haben, daß der Brückenkopf heute nacht zu zerschlagen ist.«

Eine Schar Offiziere trat ins Freie. Ein Hauptmann, mit dem spitzen Kinn eines Greises unter eingefallenen Kiefern sagte zu Burgkert: »Sie kämmen das Dorf durch! Da steckt alles voll Drükkeberger!« Er verschwand. Burgkert sagte wütend: »Affenarsch! Ein verramschter Kapitän von einem Fliegerhorst. Keine Ahnung! So was will rumkommandieren!«

Er rührte sich nicht vom Fleck. Ordonnanzen trugen Gepäck auf den LKW. Kaum waren die beiden Soldaten wieder im Haus, da sprang Burgkert zum Wagen, zerrte eine kleine Kiste herab und lief damit weg. Wolzow schüttelte den Kopf. »Das nenn ich marodieren!« Burgkert stand abseits und stopfte sich eine Flasche Kognak in die wattierte Jacke. »Holt, Sie tragen die Kiste in Ihr Loch! Gut aufpassen, daß keine Flasche verlorengeht. Wird alles noch gebraucht. Wolzow, Sie kommen mit, Leute suchen!«

Die verwilderten Soldatenhaufen wurden zu einem »Sturmbataillon« zusammengefaßt und in den Löchern und Gräben vor dem Dorf bereitgestellt. Gegen drei Uhr morgens begann in ihrem Rücken die Feldartillerie zu feuern. Als Antwort fiel ein Hagel von Granaten ins Dorf. Häuser und Ställe und Scheunen barsten. Die Munitionsdepots gingen in die Luft, die Feldartillerie verstummte. Das Dorf brannte.

Holt saß in seinem Loch, die Zeltbahn über den Kopf gezogen. Wolzow schob ein MG zu ihm hin. Burgkert sah auf die Uhr. Er war aufgeräumt, sein Baß grollte wieder tief und mächtig. »Wir sind erste Welle«, sagte er. »Holt, mit dem MG schön sauber nachziehn.« Er reichte Holt die Kognakflasche, packte sechs Schnapsflaschen in Decke und Zeltbahn, schnallte das Paket mit Riemen fest und befestigte es auf dem Rücken. »Fertig!« Er sah wieder auf die Uhr und hob die Leuchtpistole. Eine grüne Leuchtkugel stieg in die Nacht. Fahles, geisterhaftes Licht.

Trunkenheit breitete sich wie Nebel über Holts Sinne aus. Er kletterte aus dem Graben und lief schwerfällig durch den tiefen Schnee. Vereinzelte Schüsse. Warum ... feuern die nicht? »Weiter!« Das war Burgkert. Hurra, wer schreit da Hurra? Dort ... der Graben! »Stellung!« Hinwerfen! Vor ihm Gebrüll, Schüsse, Detonationen von Handgranaten. Rote Leuchtkugeln, was soll das? Holt lief. Vetter keuchte neben ihm, sie warfen sich zu Wolzow in den Graben. »Die Stellung war so gut wie leer!« rief Wolzow. »Weiter!« schrie Burgkert. Holt lag hinter dem MG. Leuchtkugeln! Eine jählings hochschlagende Welle von Feuer und Geschrei fegte über ihn hinweg.

Aus der Tiefe der Nacht, aus der weiten Flußniederung, prallte der Gegenstoß stürmender Infanterie auf den vorspülenden Angriff. Sturmtrupps, das Bajonett gefällt, im Laufen aus Maschinenpistolen feuernd, tauchten aus dem Dunkel und zertrümmerten, zerrieben die Angreifenden, fegten über ihren Graben hinweg und weiter nach Westen, warfen sich auf die zweite Angriffswelle, brachen ins Dorf zwischen die brennenden Häuser, stießen auf die letzten zusammengewürfelten Haufen, und es gab kein »Sturmbataillon« mehr, gab keine Reserven mehr, und die Reste der Alarmkompanien flohen regellos nach hinten. Weit im Rücken der ehemaligen Front blieben ein paar Überlebende zurück, in Löchern, zwischen Büschen, nach allen Seiten Front.

Holt lag im Graben, neben ihm ein erdfarbener Leichnam. Der Stoß war über Holt hinweggegangen wie ein grauenvoller Spuk. Schatten und Schemen waren im Licht der Leuchtkugel vor ihm aufgetaucht, die Maschinengewehrgarbe peitschte ins Leere, die Schattengestalten sprangen über ihn hinweg, ein Bajonett fuhr zu ihm herab, die Kugel der erhobenen Parabellum warf einen schweren Körper auf Holt. Der nach hinten flüchtende Wolzow fiel in das Loch, riß das MG hoch und zerrte schließlich den Leichnam zur Seite. Auch Vetter und Burgkert kehrten zurück. Wolzow keuchte: »Wie die Teufel ... Wie die leibhaftigen Teufel!« Burgkert schrie: »Nicht liegenbleiben! Zurück!«

Versprengte schlossen sich an, Männer mit flackernden Augen, und an dem brennenden Dorf vorbei flüchteten sie nach Westen, bis ihnen Feuer entgegenschlug. »Durch!« brüllte Burgkert. »Durch! Hurra!« Die Schützen in den Schneemänteln waren dabei, sich einzugraben, warfen die Spaten weg und griffen zur MP. Handgemenge. Urrä und Hurra in einem. Schmetternde Detonationen von Handgranaten, splitternde Kolben, Mündungsfeuer. Holt stolperte, fiel aufs Knie. Die Maschinenpistole verschaffte ihm Luft. Vor ihm war Dunkel. Flucht!

Dann endloses Wandern über die Ebene, über der milchigweiß ein eiskalter Morgen empordämmerte. Holt taumelte durch den Schnee. Es gab keine Gedanken mehr, nur noch furchtbare Bilder, Entsetzen, das sich in die Seele hineinfraß für immer.

Sie rasteten an einem Wäldchen bizarr geformter, kahler Weidenstrünke. Alle Feldflaschen waren voll Schnaps. Trink, sauf, das hilft! Das gibt die Moral zurück.

Jetzt fielen wieder Worte. »Junge!« stöhnte Burgkert. »Drei Trupps auf einen halben Kilometer, aber die hält keiner auf!« Wolzow trank.

Holt malte mit dem Löffelstiel Striche in den Schnee. Burgkerts Worte spülten Gedanken aus der Erschöpfung hoch.

Und wir? dachte er.

Wir werden geschlagen. Wir sind gut ausgebildet und bewaffnet, der Burgkert hat Kampferfahrung wie keiner, wir kämpfen verzweifelt. Aber wir werden geschlagen, gejagt, überrannt. Warum?

Ich bin wie gelähmt. Ist es das Bewußtsein des ... Unrechts? Ist es, weil wir wissen: Alles war falsch?

Und sie?

Versetz dich einmal in so einen hinein ... Das hatte Gomulka gesagt, irgendwann ... Versetz dich in so einen, dem die SS die ganze Familie erschlagen hat ... Und: Sie haben nicht angefangen! ... Er dachte, die erstarrenden Beine in den Schnee gestreckt: Wir sind mit sieggewohnten Truppen über sie hergefallen und haben an der Wolga gestanden und im Kaukasus, und keiner von uns hätte mehr einen Groschen für diese Armee gegeben. Aber sie sind aufgestanden und haben uns geschlagen, immer wieder geschlagen, und haben uns vor sich her getrieben, dreitausend Kilometer weit, und sind immer stärker geworden, immer stärker, und jetzt sind sie über die Oder.

Und da wird keiner dabeisein, der denkt wie ich: Alles umsonst. Der heimlich weiß: Das darf nicht sein, daß so was siegt. Der sich sagen muß: Alles war falsch.

Ob es das ist, was sie unüberwindlich macht?

Stumm saßen sie beieinander.

Sie marschierten weiter. Endlich ein größeres Dorf, wieder Auffangkommandos, SS-Leute, ein Rottenführer: »Warum verlaßt ihr die Linie?« – »Jungchen, es gibt keine Linie mehr! Nur noch Russen, bildschöne Kerle! Warte nur, bis sie kommen!« Burgkert schob den Rottenführer zur Seite. Vetter rief: »Aus Frankreich kommen die, so was!« Ein Hauptmann, zitternd vor Nervosität: »11. Panzerdivision? Hier gibt's keine Panzer, in Breslau gibt's Panzer, aber keine Besatzungen! Was treiben Sie sich hier herum? Sie bekommen Papiere nach Strehlen!«

Ein klappriger Lastwagen rumpelte in Richtung Westen durch den Schnee. Auf der Straße zogen ihnen Truppen entgegen, Alarmkompanien, eine Batterie Nebelwerfer, Pak, auch ein paar Selbstfahrlafetten, Troßkolonnen. Hinter ihnen grollte schweres Artilleriefeuer.

In Strehlen machte man Anstalten, sie mit einer Alarmkompanie wieder nach vorn zu schicken. »Drücken wollen Sie sich! Zurück an die Front!« Burgkert erfand faustdicke Lügen: Funker mit Sonderausbildung, Festung Breslau, Armeekommando! Sie erhielten Marschpapiere nach Breslau.

In Strehlen staute sich ein Menschenstrom, mit Stäben, Truppen, Troß, Arbeitsdienstabteilungen und Kriegsgefangenenkommandos. Als der Kanonendonner im Osten anschwoll, griff Panik um sich. Alle halben Stunden kämmten Feldgendarmen die Lokale durch.

Holt sank in einem Café auf einen Stuhl. Der Transport nach Breslau ging erst am Abend. Es war warm und stickig. Wolzow schimpfte auf das Heißgetränk. Burgkert goß die Limonade unter den Tisch und füllte das Glas mit dem Schnaps, den er unbeschädigt durch den Angriff geschleppt hatte. Er trank rasch eine ganze Flasche leer. Dann schlief er ein.

»Mit Burgkert im Panzer«, sagte Wolzow, »das wär nicht übel. Aber nur, wenn er genug Schnaps hat. Der ist überhaupt nur noch unter Alkohol lebensfähig.« Er haschte nach einem vorbeigehenden Zivilisten und entriß ihm eine Zeitung. Er faltete das Blatt auseinander. »Von heute! Aus dem Führerhauptquartier ... ›Zwischen Kosel und Breslau wurden zahlreiche Übersetzversuche des Feindes vereitelt ...‹« Vereitelt ist gut, dachte Holt. Wolzow rauchte. »Werner, hör zu! ›Wie fällt die Entscheidung im Osten?‹« – »Wahrscheinlich kommen nun bald die neuen Waffen«, rief Vetter. Wolzow las. Vetter hörte mit offenem Munde zu. »... ›Pflicht darin sieht, ohne Rücksicht auf die eigene Person in mühsamer Kleinarbeit einen bolschewistischen Panzer und Infanteristen nach dem anderen auszuschalten ...‹« Auszuschalten? Es war erst gestern gewesen: Sepp und der Gefreite ... die Panzersperre ... Wolzow und seine »überlegene Taktik« ... nicht dran denken! »Hier heißt es, der Russe hätte alles eingesetzt, was er noch besitzt, und wenn es uns gelingt ...« Wolzow las: »... ›was er jetzt eingesetzt hat zu zerschlagen, dann ist er fast wehrlos und muß alles, was er raubte, wieder herausgeben.‹« – »*Fast* wehrlos ist gut!« sagte Vetter. »Wer das schreibt, der will uns doch glatt veralbern!«

»Was war eigentlich gestern an der Panzersperre los?« fragte Holt.

»Ich hab doch gedacht«, antwortete Wolzow unwirsch, »die Überraschung wird so groß sein, daß die sich nicht zu helfen wissen!«

»Junge«, sagte der Oberfeldwebel plötzlich, mit dröhnendem Baß, und er blinzelte schlaftrunken mit den geschwollenen Lidern. »Den Trick mit der Panzersperre kennen die doch! Die kennen doch alle Tricks, die's gibt. Ich bin ein ausgewichster Panzermann, aber die sind doch keine halbe Nase weniger schlau!« Er goß sich den Aluminiumbecher voll Schnaps. »Panzerfaust ist Krampf, Junge, ›dem besten Soldaten die besten Waffen‹ ...« Er trank den

Becher leer und sank in den Stuhl zurück. »Was sind wir beschissen worden!« Er schloß die Augen.

Wolzow kniff ein Auge zusammen. Der Oberfeldwebel sagte stoßweise, halb bewußtlos vor Trunkenheit: »Wir warn drei ... auf sechs Morgen ... in Pommern ... Alles in Kartoffeln aufgefressen, und dann ... auf dem Gut, für Deputat ... Der Baron war Major. Einmal war Sauhatz ... Ist ihm der Jagdwagen abgehauen, vier Wallache ... Ich hab sie am Halfter geschnappt ...« Er sprach mit schwerer Zunge: »Sagt der Baron: ›Name? Von hier?‹ Ich sag: ›Ihr Nachbar ... Drei Brüder, sechs Morgen.‹ Volk ohne Raum ... Der Major: ›Hol dir Land. Im Osten gibt's Land!‹« Der Kopf des Oberfeldwebels sank auf die Brust. »Hab's nie mehr vergessen. Hab gedacht: Wirst Berufssoldat. Schaffst dir'n Hof.« Er knallte plötzlich den Becher auf den Tisch: »Eingießen, Rekrut!« Wolzow grinste und füllte den Becher abermals. Burgkert trank, mit geschlossenen Augen, der Schnaps troff über Kinn, Hals und Uniform. Wie gelähmt wischte der Arm über den Mund, fiel schwer herab. Ein Röcheln: »Sonst nichts ... Immer nur für ... einen Hof ... gekämpft ...«

»Randvoll!« sagte Wolzow. »Stockblau, der Mann!«

Vetter sagte: »Da hat er sich aber auf die Schippe nehmen lassen, von wegen ›Land im Osten‹! Jetzt wird er sich richtig verarscht vorkommen!«

Der bullige Mann war haltlos zusammengesunken und schnarchte mit offenem Mund. Der wird nie mehr hinter dem Pflug gehn, dachte Holt. Der sät und melkt und erntet nicht mehr. Der kann bloß noch saufen und dreinschlagen. Der lebt gar nicht mehr richtig. Der ist fertig. Eines Tages werden wir alle so fertig sein, besoffen, verkommen, betrogen.

Und sterbensmüde dachte er: Wär doch alles vorbei!

Holt schlief auf seinem Stuhl und erwachte erst am späten Nachmittag. Dämmerung lag in dem Raum. Alle Tische waren leer. Hinter der Theke spülte niemand mehr Gläser. Alles getürmt! Auch die anderen erwachten. Burgkert schickte Vetter in die Stadt. »Nachsehen, wo der LKW bleibt!« Sie aßen. »Hier lag früher mal eine Husaren-Garnison«, erzählte Wolzow. »In der Nähe, in Woiselwitz, hat der Baron Warkotsch den alten Fritzen ...« – »Bist du blöd?« fragte Burgkert. »Bist du auch schon übergeschnappt?« Holt aß Ölsardinen. »Tja«, sagte Wolzow und brannte sich eine Zigarette an, »wird Zeit, daß was geschieht! Ich will noch Offizier werden!« Vetter krähte an der Tür: »Meine Herren! Der Wagen!« Holt kletterte unter die Plane, dann saß er zusammengesunken an der Rückwand. Er fand keinen Schlaf.

Josef W. Janker
Zwischen zwei Feuern

11

Richter war klein von Gestalt. Sein Körper, von leichtem Mißwuchs gezeichnet, ruhte auf kräftigen, fast gedrungenen Beinen. In den Schultern, eingesunken, saß sein unförmiger Kopf. Jochbogen und Stirne schimpansenhaft ausgeprägt, der Haaransatz spärlich, die Haut körnig und rauh. Hinter merkwürdig flachen und aus ausdruckslosen Augen ein gelbes, kränkliches Feuer. In den Bewegungen nervöse Unrast, ein ständiges Gespanntsein, eine mühsam verhaltene Angst. Aber Angst wovor?

Mit jungen Jahren sich selbst überlassen, von Gleichaltrigen gemieden, herzlosem Gespött und übler Nachrede ausgesetzt, begann er früh den lichtscheuen Wandel eines Außenseiters. Dumpf, illusionslos, in seinen Haß vergraben, zwiespältigen Gefühls, trieb er durch das Brackwasser schmutziger Hinterhöfe, nistete unerkannt in schwer auffindbaren Verstecken, sondierte Ursache und Stärke seines frühen Kummers, spann ein gefährliches Garn, entdeckte schließlich seine Hände, in allerlei kleinen Künsten geübt, wurde ein Dieb.

Sein Vater, ein Händler überkommenen Stils, verwitwet, kränklich, durch jahrzehntelanges Feilschen korrumpiert, hatte in späten Jahren ein Geschäft eröffnet und ihn zum Erbhalter seines bescheidenen Wohlstands eingesetzt. Mit Fünfzehn gab er ihn zu einem Lehrherrn. Richter vertauschte die Gassen und Winkel mit der muffigen Enge eines Speichers, lernte dort die Gepflogenheiten seines neuen Standes kennen. Doch da machte ein Vorfall absonderlicher Art der Lehrzeit ein Ende. Richter sah sich mit Schimpf und Schande davongejagt. Zu seinem Vater zurückgekehrt, laborierte er erfolglos an einer häßlichen Wunde, die er sich, wie sein Lehrherr schrieb, bei einer selbstverschuldeten und empörenden Balgerei zugezogen habe. Nebenbei half er seinem Vater im Geschäft und versah dessen Bücher. Der fand, daß sein Sohn nun zur Genüge gelernt habe, und übertrug ihm schon mit Siebzehn den elterlichen Betrieb.

Als er den Mantel des Junior-Chefs mit dem Uniformrock eines Soldaten vertauschte – er hatte nicht darum ersucht, diesen Tausch vollziehen zu dürfen –, war er neunzehn und nicht viel darüber. Er machte der Fahne, unter der er diente, wenig Ehre. Er fand es langweilig und verdrießlich stillzustehen; die disziplinierte Freundlichkeit der Gefreiten ödete ihn an. Nicht lange, und er sah, daß es auch hier gedeckte Winkel gab, entlegene Nester, dem Zugriff so gut wie verborgen, Überfälliges.

Kopitz war ein schlanker, anfälliger, mit merkwürdigen Vorstellungen behafteter Mensch. Er hatte ein weiches, nicht unschönes Gesicht, große, etwas hervorquellende Augen und ein bemerkenswert unterentwickeltes, muskelloses Kinn mit abfallenden Partien. Um seine Stirn geisterte mitunter ein Zug tragischer Verlorenheit. Das brachte ihm früh den Beinamen »Der Seher« ein. Zweifellos eignete ihm eine gewisse Hellsichtigkeit. Er sah mehr als andere, deren leichter, ablenkbarer Sinn die Dinge nur streifte. Nicht selten litt er unter heftigen Depressionen. Tagträume suchten ihn heim. Es konnte geschehen, daß er mitten in der Arbeit innehielt und starr auf etwas hinsah, so daß seine Kameraden sich bedeutungsvoll anstießen und zu kichern begannen. Possnitzer, als einer der wenigen in der Antike bewandert, benützte solche Augenblicke immer liebendgern zu kleinen Demonstrationen seiner Belesenheit. Kommt her, meine Brüder! rief er mit der Gebärde eines großen Mimen. Hier spricht das Delphische Orakel! Pythia weissagt unserem Freunde die Zukunft! Und mit veränderter, dröhnender Stimme: He, Kuhauge, kannst du uns verraten, wie lange wir dieses Schweinsgesicht noch ertragen müssen? Er wies dabei auf Richter, der merklich in sich zusammenfiel, unter dem Gelächter der schadenfrohen Meute ängstlich beiseitekroch.

Vielleicht war es ihr gemeinsames Schicksal, ausgestoßen zu sein, was die beiden schon in der ersten Frontnacht zusammenführte. Obwohl Kopitz den Kleinen verabscheute und sich vor ihm ekelte, machte er sich zu seinem Fürsprecher. Er nahm ihn zu sich, als ihn die Gruppe von sich stieß, und begab sich mit ihm zusammen auf die erste Wache. Es war Nacht. Die gegnerischen Späher lagen in Steinwurfnähe. Aber Kopitz und Richter wußten kaum, wo sie sich befanden. Ratlos hockten sie da, und sie maßen sich mit ängstlicher Verbitterung, mit Augen, in die das Mondlicht fiel.

Zunächst waren es nur die Zehen und Fingerspitzen, die die Kälte taub und fühllos machte. Dann aber spürten sie mit einer Art läppischer Furcht, wie sie in ihnen hochklomm, die Atemwege blokkierte und den ganzen Körper ergriff. Ein kaltes, teuflisches Fieber breitete sich in ihnen aus. Merkwürdig, sie hatten nie zuvor etwas Ähnliches verspürt. Die Kälte peinigte sie; ließ sie die Arme im Takt um die Schulter schlagen. Schließlich trieb es sie fast gewaltsam auf die Beine.

Kopitz duldete Richter nicht lange in seiner Nähe. Er, der bereits zu bereuen begann, daß er den Duckmäuser zu sich genommen, komplimentierte ihn unter dem Vorwand militärischer Notwendigkeit aus seinem Kampfstand hinaus. Da er aber nichts oder nur wenig von militärischen Dingen verstand, wurde er rasch unsicher, ja, er verhaspelte sich sogar, wurde rot und begann, um seine Unsicherheit zu überspielen, wütend zu schaufeln. Sooft er den Spaten hochschwang, erschien das Blatt über dem Rand der Böschung, schmal umflossen von einer stäubenden Aureole. Aber das ungleiche Paar sah nichts davon. Der Abgesang ihres Ärgers verdüsterte sie.

Richter, der wußte, aus welchem Stoff solche Überlegungen gesponnen werden, hielt sich schweigend an die Weisung seines Gefährten. Er war gewohnt, daß man ihn mied und auf Abstand hielt. Ihn abzusondern, entsprang nicht gebotener Vorsicht, nicht militärischer Notwendigkeit. Hochmut und Dünkel haben schon immer die dauerhaftesten Zäune errichtet! So war ihm wenigstens ein Platz zugewiesen. Die Gitterstäbe machten es ihm leicht, die Zähne zu zeigen. Nur die langen, unverstellten Fluchten und Gänge irritierten ihn. Es gab da zu viel an freier Wildbahn und Auslauf, zu viel an vorgetäuschter Sicherheit. Der Sinn war zu deutlich auf Sprung und Zugriff gerichtet. Die Echos verrieten zu viel von den Standlauten der Häscher. Auch die Wände waren nicht verschwiegen genug.

Richter, sonst nicht ungeübt in der Handhabung von Schaufel und Spaten, hieb ungeschickt auf die Barriere ein. Verbissen kämpfte er mit der Masse des Schnees; aber vergeblich, immer wieder rieselte das firnweiße Pulver die Böschung herab, auf ihn zu, unterwanderte das Spatenblatt, überschwemmte die mühsam ausgehobene Mulde. Die Furcht, vor einem übermächtigen Gegner zu stehen, von ihm genarrt zu werden, ließ ihn in der Bewegung innehalten, lähmte sein Denken. Der Arm, der den Spaten hob, sank kraftlos herab.

Gleichzeitig überfiel ihn ein wütender Hunger. Der halbe Kanten Brot wog schwer. Er war hart und körnig wie ein Kiesel, und als er ihn lustlos und gierig hinunterschlang, fühlte er seine Kälte bis hinab in den Magen. Die Bestie aber griff knurrend zu. Noch lange glomm in ihren Augen ein schwefelgelbes, gefährliches Licht.

Die erste Begegnung zwischen den beiden fand in Wjasma statt. Nach langer, ermüdender Bahnfahrt waren sie aus dem überfüllten Zug geklettert. Da die Quartiere in der Stadt fast ausnahmslos belegt schienen, wies man sie kurzerhand in ein Gefängnis ein. Unmittelbar darauf war Kopitz in einem Seitenbau auf Richter gestoßen, wie dieser auf Zehenspitzen um eine Ecke bog. Er hatte ihn angerufen, einer belanglosen Sache wegen. Im Korridor brannte Licht. Nichts Außergewöhnliches. Nur die gedämpften Schnarchlaute und das unverfängliche Rascheln von Stroh. Richter aber war stehengeblieben und hatte sich umgedreht: die gespannte Miene der Abwehr und Furcht. Ohne ein Wort stürzte er davon. Das Echo seiner Schritte verfing sich und wollte nicht mehr enden. Aber dann wurde es jäh überschwemmt. Die Nachhut ihres Bataillons kam die Treppe heraufgestürmt.

Über diesen Erinnerungen schlief Kopitz beinahe ein. Aber gerade als er umzusinken drohte, kam die Ablösung heran. Kopitz wurde zum Essenholen kommandiert, Richter wanderte in das Biwak zurück. Dort angekommen, schlug er sich in seine Decken ein, zog die Mütze über die Ohren und begann traumlos, von langen Seufzern unterbrochen, zu schlafen. Seine Gepäckstücke waren säuberlich um ihn aufgeschichtet. Hinter dem Wall aus Leder, Segeltuch und Bakelit rollten die Brecher seines geräuschvollen Schlafs.

Die randvollen Gefäße schwappten zu Beginn noch ein wenig über. Der Weg, von kümmerlichem Knieholz markiert, glich auf weiten Strecken mehr einer Fährte als einem Weg. Er unterschied sich kaum von der konturlosen Strenge dieser Ebene, und sie stapften einsilbig dahin, von ihren Vordermännern durch nichts geschieden als durch die kompakte Düsternis ihrer schwankenden Schatten.

Als der erste Feuerschlag über sie hereinbrach, hatte Kopitz die gespenstische Vision eines Karpfen-Massakers vor Augen: im malachitgrünen Grundwasser der Angst japsende Fischmäuler, aufgerissen zu riesigen Schlünden des Entsetzens. Mehrere Trichter, waschschüsselgroß und mit verbrannten Rändern, säumten an Stelle des Knieholzes den gewundenen Weg. Einer, wie leblos am Boden liegend, stöhnte leise vor sich hin. Sein argloses Gesicht war über und über mit Blut beschmiert. Sein Mund schien geborsten.

Im Schnee verstreut lagen mehrere Kochgeschirre. Reis quoll daraus hervor. In den Boden sickerte eine dickliche Brühe.

Als Kopitz mit den Essenholern im Biwak eintraf, zeigte sich, daß die Wirkung des Feuers doch größer war als man angenommen hatte. Die Kochgeschirre trugen häßliche Beulen. Teils waren sie ausgelaufen, teils bis obenan mit Schnee gefüllt. Und schon stürzte sich alles auf die Gefäße. Am schnellsten waren solche, die Beute zu machen hofften: Glücksritter von Graden und Geprellte. Der Getroffene aber lag in seinem verharschten Blut. Sein Puls schlug schwach: ein ermatteter Schwimmer hinter Geflecht und Schuppen.

Dieses Erlebnis prägte sich Kopitz lebhaft ein. Von dem Gedanken an den Tod und die Hinfälligkeit alles Irdischen erfüllt, beschloß er, Richter künftighin nicht mehr zu kränken, den Widerwillen gegen ihn zu unterdrücken, sich ihm brüderlich zu nähern, ihm mutigen Beistand zu leisten und seine Wege fortan zu überwachen.

In den darauffolgenden Tagen fiel es ihm nicht schwer, seinen Vorsatz zu bekräftigen, da er Richter so gut wie nicht zu Gesicht bekam. Aber eines Morgens stieß er unerwartet und unter Voraussetzungen, die er nicht zu billigen vermochte, mit ihm zusammen. Die Gruppe lag in ihrem provisorischen Unterstand und schlief. Es war dunkel. Nur zuweilen, wenn sich die Zeltbahn unter einem Luftzug anhob, fiel durch die Öffnung das erste verschwommene Frühlicht. Dann gewahrte er die Umrisse seiner Kameraden, wie sie mit schlaffen, an die Brust gewinkelten Armen dalagen und träumten. Halb schon im Dämmer, streifte er die Fäustlinge ab, verschränkte die Arme in seinem Nacken und begann vor sich hinzugrübeln. Die Müdigkeit verdichtete sich mehr und mehr zu einer fast spürbaren Beklemmung. Rasselnd zogen die Schläfer ihren Atem ein.

Plötzlich bemerkte Kopitz neben sich eine fremde Hand, die suchend umherglitt. Kein Zweifel – er träumte nicht – die Hand kroch beflissen weiter. Sie war wie der züngelnde Kopf einer Natter; die zudringlichen Finger hinterließen auf der Decke ein eigenartig schleppendes Geräusch. Kopitz gewahrte, wie mit geschickter Vorsicht ein Riemen gelöst, ein Deckel abgehoben und etwas Knisterndes, Glattes behutsam beiseitegeschoben wurde. Aber er traf keinerlei Anstalten, den Dieb in seiner Arbeit zu stören, blieb mit angehaltenem Atem auf seinem Platze liegen. Ein anderer griff für ihn ein: Hartwick, der gleichfalls wachgelegen hatte. Mit einer schnellen Bewegung faßte er die Hand.

Fortner, der unruhig geschlafen hatte, schreckte von seinem Lager auf und hielt in eigensinniger Verwirrung Hartwick fest. Für Sekunden löste sich der Griff. Richter kam hoch und stürzte ins Freie. Fast zur gleichen Zeit blitzten in der Niederung die Geschütze auf. Es war, als hätte die Bewegung genügt, den überhöhten Katafalk der Nacht zum Einsturz zu bringen, als hätte der Wutschrei des Ertappten die Stille durchstoßen. Die Dunkelheit barst in einem grandiosen Feuerschlag.

Ernst Meister

Ein Lärm

Ein Lärm, aus
Schatten gemacht,
und die Schlegel der Trommel
mischen den Mohn, der
tanzt auf dem Fell,
und es ist das Kommando:
Stirb, schlafe!

Und mit Wirbeln des dumpfen und
splitternden
Lärms,
Mohntons, Trommeltons
von Stöcken, von des Tiers
geärgerter Seele:
Erscheine, Schlaf!

Schatten

Du, mein Schatten, du
Niemand von mir,
kennst du den Häscher
ohne Gestalt, sich verbergend
im Strahle des Springbrunns?

Wenn, Schatten, du
Schatten von
Rosen pflücktest, wer
drohte dir?
Jener im
Strahle des Springbrunns?

CHRISTA REINIG
Am Geländer

gesetzt den fall ich tät es eben
und plötzlich da mein leben fällt
begegnet mir ein zweites leben
und wirft mich wieder in die welt

vielleicht ist gar kein toter tot
und bleibt ein arbeiter und esser
und schindet sich ums totenbrot
und meint wer atmet hat es besser

vielleicht will totsein tapferkeit
und heute kann mich nichts bewegen
die hände frei von allem streit
um einen bauch von brei zu legen.

Wo ist Mutter

sie hat dich geliebt, sie hat dich geboren
dann hast du sie aus den augen verloren

und gestern war sonntag, da hat es geregnet
da bist du ihr unvermutet begegnet

du kamst aus dem klub nach der arbeit zu schauen
sie kroch übers feld mit den anderen frauen

sie wollte sich ohne erlaubnis erheben
da hast du ihr eins vor den kopf gegeben

du hast ihr abends beim essenfassen
die brotration wegstreichen lassen

und einmal hast du von schnapsdunst geblendet
dich auf sie geworfen und hast sie geschändet

du hast sie, damit deine listen stimmen
an den bunker geliefert zum kohle trimmen

und fragst du nach ihr, so will ich es sagen
sie wurde an dir vorbeigetragen

sie sagte, du wolltest sie nicht verwunden
du hast sie gesucht und nirgends gefunden.

Ausweg

das was zu schreiben ist mit klarer schrift zu schreiben
dann löcher hauchen in gefrorne fensterscheiben

dann bücher und papiere in ein schubfach schließen
dann eine katze füttern eine blume gießen

und ganz tief drin sein – und zum türgriff fassen:
zieh deinen mantel an du sollst das haus verlassen.

JOHANNES BOBROWSKI
Gedächtnis für einen Flußfischer

Immer
mit Flügeln der Elstern
dein weißes Gesicht
in den Wälderschatten geschrieben.
Der mit dem Grundfisch zankt,
laut, der Uferwind fragt:
Wer stellt mir das Netz?

Keiner. Der vogelfarbne
Stichling schwimmt durch die Maschen,

baut ein Nest für die Brut,
über dem Hechtmaul der Tiefe
eine Laterne,
leicht.

Und wer teert meinen Boden,
sagt der Kahn, wer redet
mir zu? Die Katze
streicht um den Pfahl
und ruft ihren Barsch.

Ja, wir vergessen dich schon.
Doch der Wind noch gedenkt.
Und der alte Hecht
ist ohne Glauben. Am Hang
schreit der Kater lange:
Der Himmel stürzt ein!

Lettische Lieder

Mein Vater der Habicht.
Großvater der Wolf.
Und der Ältervater der räubrische Fisch im Meer.

Ich, unbärtig, ein Narr,
an den Zäunen taumelnd,
mit schwarzen Händen
würgend ein Lamm um das Frühlicht. Ich,

der die Tiere schlug
statt des weißen
Herrn, ich folg auf zerspülten
Wegen dem Rasselzug,

durch der Zigeunerweiber
Blicke geh ich. Dann
am baltischen Ufer treff ich den Uexküll, den Herrn.
Er geht unterm Mond.

Ihm redet die Finsternis nach.

Der Habicht

»Schwinge,
Vogelschwinge,
Bogen im Rauch, Licht –
stürz aus dem Schlaf,
Pfeil, über den Strom
weh, ein Regenstrich flieg
im Ufergeleucht.«

Wasserdunst, weiß,
der das Gefieder
dunkelt. Wind,
der mich rauh macht. Stürme
die Ebenen hin. Mürb vom Kraut,
Abend, Wassergesträuch.

»Unter dem Zug der Lüfte
draußen traumlos fährt er
starren Auges, der Töter
fährt mit dem Wind.«

Ach, emporgetragen
über den Baum
Dämmerung, hoch im Licht,
die rauschende Stille – noch immer
Licht, Meer, Wogengesang, die Segel
über dem Grund, auf der Algen
Schatten, ich fahr durch das Licht –

fahr mit dem Sturm
höher, er jagt mit der Geißel,
Nachtsturm, das Schneidmesser
Glück in den Zähnen.

ILSE LANGNER
Die Zyklopen

Es war nicht der erste Atomreaktor, den H.M. durchstiefelte, aber dieser war das Bereich seines Sohnes. Sie standen auf der Ostwest-Achse, vor ihnen lagen in strenger Ausrichtung die Institute und Laboratorien. Sinnvolle Ordnung, planmäßiger Aufbau; gerade Straßen, langgestreckte Gebäude. Nichts war Zufall, nicht wie in den Malpert vertrauten Industriebetrieben ein langsames Anwachsen, allmähliches Modernisieren. Das war funkelneu für neue Zwecke errichtet. Es imponierte und befremdete ihn. Immer wieder hob er lauschend den Kopf. Er lauschte auf die Stille ringsum. Die ungeheure Energieentwicklung vollzog sich geräuschlos. In seinen Betrieben dröhnte und donnerte es. Bis ins Direktionsgebäude hinein vernahm man das Vibrieren und Brausen der Maschinen. Hier herrschte der hinterhältige Frieden einer Nervenklinik.

Das Schweigen, das Malpert irritierte, wirkte auf René wohltuend. Im Dahinschreiten verschwand für ihn das Aufgebaute: Werkstätten, Dokumentation, Hauptverwaltung und die Institute für Radiochemie, Strahlenschutz, Strahlenbiologie und als wichtigstes sein Laboratorium für Festkörper-Physik und Reaktorwerkstoffe, in dem die Wunderlegierung gefunden und erprobt werden sollte. Er sah das Terrain vor sich, wie es vor drei Jahren ausgedörrt und steinig dagelegen hatte, spürte wieder Ohnmacht und Mut, die übernommene Aufgabe durchzuführen, den Boden für den Reaktor vorzubereiten, mit Wasserversorgung, Beseitigung der Abwässer, Stromerzeugung – Fachgebiete, in die er sich selbst erst hineinfinden mußte. Nüchtern gestand er sich ein, daß er eine gute Arbeit geleistet hatte. 1,4 km in der Nordsüd-Achse, 1 km in der Ostwest-Achse. Im Mittelpunkt der Reaktor. Drei Zonen: ›Heiße Zone‹ mit dem Reaktor-Kern, Wärmeaustauscher, Isotopen-Labor; südlich die ›Warme Zone‹ mit Forschungsinstituten zur Verarbeitung der schwächer aktiven Materialien; ›Kalte Zone‹ mit Werkstätten, technischen Lagergebäuden, Verwaltung. Er faßte nicht, daß er es vollbracht hatte. Er – das bedeutete den Zusammenschluß ausgezeichneter Ingenieure, Chemiker und Wissenschaftler. Die bedeutenden Spezialisten gewonnen zu haben, betrachtete er als seinen erstaunlichsten Erfolg.

Doch nun, da das Werk gelungen, der Reaktor probeweise angelaufen war, befriedigte es ihn nicht mehr. ›Ich habe am äußeren Ende angefangen. Einen Reaktor hingesetzt wie eine Runkelrübe und kümmere mich nicht um den Ursprung. Ich muß noch einmal zurück, an den Anfang zurück. Jeder geschickte Manager kann so einen Aufbau organisieren. Aber jetzt werde ich mich hier eingraben, und niemand und nichts soll mich herausholen.‹ René war unzufrieden und gereizt.

Die drei gingen auf einem breiten Asphaltweg dahin, an dessen Ende sich der Reaktor erhob. Die Professorin spürte, was in dem jungen Kollegen vorging. Er konnte stolz sein –, daß er unbefriedigt aussah, zeigte ihr, wie gering für ihn das bisher Geleistete im Vergleich zu seinen Zielen war.

Das Riesenei wanderte heran, funkelnd, gewaltig, stumm. Schritt um Schritt.

›Eine Handvoll Vernichtung und ein Monstrum von Bau zum Schutz‹, es waltete eine Diskrepanz, die Malpert unziemlich erschien. ›Krieg und Frieden in einem Behälter nicht größer als eine anständige Bombe!‹ Ihm war unbehaglich zumute. ›Ich bin nur einer der Initiatoren des neuen Fetisch, René ist ein Initiierter.‹ Daß er in seinen Gedanken Fremdwörter benutzte, bewies ihm deutlich, wie fremd er sich in dieser Umgebung fühlte.

Beim Dahinschreiten, dem Aufeinanderzukommen von Mensch und Koloß, teilte sich ihnen eine eigentümlich andächtige Stimmung mit und ließ sie für Minuten den praktischen Zweck ihres Besuches vergessen. Nicht anders mußte den Hohenpriestern in Babylon zumute gewesen sein, wenn sie sich auf der Tempelstraße ihrem Heiligtum näherten.

Das menschliche Verlangen, das Unerforschte zu verehren, befiel sie angesichts des von ihnen selbst erbauten Forschungswerkes, und die Frage bewegte sie, ob sie berechtigt seien, in unaufhaltsamem Vorwärtsdrängen dem göttlichen Unbekannten wie einem weltumspannenden Opferwesen Geheimnis nach Geheimnis herauszureißen, um vom Göttlichen Kraft zu gewinnen.

Malpert empfand am intensivsten das Ungehörige der Wissensgier. Er genierte sich beinahe vor diesem Ungetüm, mit dem weder sein Leben, noch seine Kenntnisse, noch sein Herkommen etwas gemein hatte. Kopfgeburt seines Sohnes. Sein Enkel! Er grinste mühsam. ›Hirnverbrannt so etwas!‹ Ihm paßte hier alles nicht. Und der Sohn schritt dahin, leicht und angeregt.

Die Professorin wiederum hatte eine Begegnung, die nichts mit dieser betondichten, weißgrauen Umgebung zu tun hatte. Ihr erschienen die furchtbaren Frauen vom Felsen und blickten sie warnend an. Thérèse trug das Kind, das sie ›Atom‹ nannte, und führte

Gustave an der Hand. Giulietta aber war wie ausgehöhlt und schwankte. Mercedes wehrte ab: ›Sie sind ja gar nicht hier. Es sind nur Spiegelbilder, Reflexionen aus der Vergangenheit. – Wenn sie mir auch noch in meinem Institut begegnen, schlage ich ihnen die Tür vor der Nase zu!‹ – Malpert nahm ihren Arm in einer freundschaftlichen Gebärde, aber der große Mann, der sonst so sicher dahinschritt, hing schwer an ihr. Die Füße trugen ihn nicht, er zog sie nach sich, als wäre der Asphalt weich von Hitze.

Die Spanierin erschrak: ›Ein schwerkranker, alter Mann ist er. Seine Krankheit geht mit uns. Thérèse und Giulietta sind gekommen, um mir anzuzeigen: Du gehst mit einem Sterbenden. Daheim hätte ich es sofort verstanden, daheim in Avila. Hier bin ich taub und blind geworden.‹

René führte Malpert in das Physikalische Institut, um ihm wenigstens das Wichtigste zu zeigen. Niemand beachtete den berühmten H.M., niemand kannte ihn. Professoren und Assistenten, die René ihm vorstellte, waren höflich, doch offensichtlich in ihrer Arbeit gestört. Obgleich es nicht anders zu erwarten war, erbitterte es Malpert. In den Automobilfabriken, in den Flugzeughallen grüßte ihn jeder Arbeiter. Er hörte die Stimme seines Sohnes, aber er begriff nichts. Formeln, Zahlen und Vokabeln für Eingeweihte. Für ihn, der das Ganze ins Dasein gerufen hatte: hunderttausend Arbeiter, Mammutwerke, Niederlassungen in den Hauptstädten der Welt, blieben es Rätsel. Er war kein Spezialist. Spezialist war sein Sohn. Plötzlich schien Malpert dieses alles nicht mehr so großartig. In der Allmacht leuchtete nicht nur ein Stern, sondern tausend Sterne, Millionen – die Allmacht blieb immer größer. – Wieder der Schwindel – sein Gehirn schwang wie in einer Schaukel hin und her. Señora del Castillos stützte ihn. Er merkte es nicht einmal.

René hatte den Arbeitsprozeß erklärt und Fragen beantwortet. Je mühsamer Malpert sich aufrecht hielt, desto stärker entfaltete sich der Sohn. Er war hier daheim. Unter seinesgleichen. Keine Bedrükkung, keine Seelenqualen. Sache, die sachlich geordnet wurde. Alles klappte. Der Hochmut des Noch-Mehr-Erreichen-Wollens war von ihm gefallen. Er war zufrieden. Das freute den Vater, und er fühlte sich nicht mehr so verloren. Verwundert horchte er auf, René hatte gelacht und einem der jungen Männer eine scherzhafte Antwort gegeben. Malpert erinnerte sich an das Lachen Renés, als er ihm das Flugzeug geschenkt hatte. Und wie gut sie sich verstanden hatten –

Sie gingen zum Reaktorgebäude hinüber, kamen durch einen kurzen Gang zur ersten Schleuse. Hinter einer luftdicht schließenden Stahltür saß in einem kleinen Raum eine weißgekleidete freundliche Laborantin. Die Novizin verbeugte sich ehrerbietig. Die drei mußten weiße Anzüge überziehen, Schuhe mit Bleisohlen und bekamen Geigerzähler wie Füllfederhalter in die Taschen gesteckt, dazu eine strahlenempfindliche Filmplakette. Der Professorin und René war die weiße Tracht Gewohnheit. Malpert machte einen Witz von feuerfesten Schneemännern, der gezwungen und töricht klang. »Es ist also schon in Betrieb«, bemerkte er. Die Vorsichtsmaßnahmen waren ihm unangenehm.

Die Professorin bemerkte: »Disziplin ist Voraussetzung für jeden, der hier arbeitet.«

»Die Regeln sind raffiniert ausgedacht wie in einem Orden.« René empfand Genugtuung.

»In solchen weißen Zwangsjacken kann man nicht denken!« Malpert begehrte auf. »Freiheit und Phantasie sind die Hauptbedingungen für schöpferische Arbeit.«

Die Professorin und René gestanden sich: ›Keine Freiheit und keine Phantasie – für Atomexperten galt: Selbstbeherrschung und Beherrschung der Materie. Die Phantasie ist aus dem Kopf in die Sache entrückt worden. *Wir* sind sachlicher als die Sache.‹

Ehe ihnen die zweite Tür zu den ›Heißen Laboratorien‹ geöffnet wurde, erläuterte René: »Wenn Alarm gegeben wird, kommen wir nicht mehr so leicht heraus. Lieber die Wenigen opfern als alle. Die ›Heißen Laboratorien‹ sind genau so gefährlich wie der Reaktor selbst. Hier werden die radioaktiven Substanzen verarbeitet, die Versuche gemacht und der Versand an andere Institute und an Krankenhäuser in bleiwandigen Gefäßen vorbereitet.« Er sprach absichtlich allgemein verständlich.

Der Vater hörte nicht zu.

René demonstrierte ihm hinter Glas die Greifwerkzeuge zum Hantieren mit radioaktiven Stoffen. Sie hatten etwas grausig Einfaches. Sah man von der Dicke der Wandung, der Gefahrenabdichtung, den Hebeln, Schaltern ab, blieb die agierende, künstliche Hand. Die Technik als pervertierte Natur bediente sich des in Jahrmillionen entwickelten Organes als Vorbild, nannte es stolz »Erfindung«, »Technischer Fortschritt«.

Gerade wollte Malpert eine beißende Bemerkung machen, als ihm mit jähem Erschrecken die Roboter-Greifer wie Prothesen seines Sohnes erschienen, die mitten in das Unberechenbare faßten und sogleich verstümmelt, zerstört sein würden. Heftig packte er Renés Arm. »Genug – genug!«

Und da dieser ihn erstaunt anblickte: »Es funktioniert ausgezeichnet.«

»Du siehst, wie sicher wir arbeiten.«

»Hinter dickem Spezialbeton!«

René nahm es als Tadel, gab stirnrunzelnd zurück: »Wir werden mit den Versuchen beginnen, sobald er voll läuft.«

»Versuche –« Malpert sah ihn verständnislos an.

René stutzte:

»Unsere Metallegierung! Leicht und sicher. Keine vorsintflutlichen Klötze mehr – wenn es uns glückt.«

»Das wäre – das wäre allerdings grandios«, murmelte der alte Mann. Ihm wurde heiß, er hatte tatsächlich vergessen, daß sein Reaktor als Spezialforschung ein neues Abschirmmittel entwickeln sollte. Er mußte sich zusammennehmen, damit die anderen nicht merkten, wie es in ihm aussah! Besser, er ging schweigend neben René her. Die Hülle hielt noch stand. Dabei stieg ihm die Hitze beängstigend in den Kopf. Er rang nach Luft. ›Befand er sich über der Erde? Oder unter der Erde?‹ – Die Professorin beobachtete ihn mit wachsender Besorgnis.

Im Kontrollraum mit den Schalttafeln: Auf- und Niederzucken von Zeigern, Aufflimmern von rotem Licht; die menschlichen Sinne: Augen, Ohren, Tastvermögen, in zitternde Instrumente verwandelt, eingesperrt hinter Glas, senden Botschaft über unsichtbare Vorgänge, winken dem Menschen. Blinzeln ihm zu: ›Alles in Ordnung. – Gib acht! – Gefahr!!‹ Wirkt irrsinnig kompliziert. Verdächtig. Zentrale vom Geheimdienst. Nicht das Verbrechen, sondern Atome, Neutronen, Elektronen, Strahlen werden beobachtet – glatte, glatte Wände, glatte, glatte Decke und glatter Boden. Die Kontrollorgane hinter Metall, Beton und Glas. – Wir gehören nicht hierher, oder man müßte uns erst kantig zurechtschneiden, wir haben noch Wülste, Rundungen, auch die beiden, die hier sitzen in ihren weißen Kitteln.

»Die Wände sind so glatt, damit sich kein Stäubchen ansetzen kann –«

»Staub gehört zum Leben –«

»Nicht ins ›Heiße Labor‹.« ›René hätte den Vater nicht mitbringen sollen. Ungefüge stand er da, machte merkwürdige Bewegungen mit den Händen, als wäre er ein Taucher, und der Schnorchel hätte versagt.‹

H.M. fühlte sich überflüssig. *Vor-atomar.*

›Ich stehe im Gehirn des Reaktors, wozu brauche ich noch den eigenen Kopf? – Mir sind schon die Schaltanlagen der Elektrizitätswerke unheimlich, so still und menschenleer. Aber das ist mir vertraut. Werde ich mich je an diese neue kontrollierte Gefahr gewöhnen? Ich bin nicht mehr der Alte – ich werde alt!‹

Er drängte: »Führ mich endlich zum Reaktor, zum Core.«

Sie betraten den hohen Innenraum. ›Wie er dastand, der glatte Klotz, uneinnehmbar mit den Schießscharten darin. Wenn er herausschoß – Vorsicht! Attention! Die Schießscharten waren dichtgemacht. Feuerfest, kugelsicher, atomsicher. Rüstungen gehörten hierher, Menschen in Rüstungen, nicht in weißen Anzügen. Und diese Lautlosigkeit – warum sprachen die Menschen nicht auf der Brücke, auf der hohen Brücke, die rundherum lief, von wo aus der ›Vorgang gesteuert‹ wurde. Kommandobrücke. Der Kapitän am Fernrohr, der 1. Offizier, sie waren auch nicht unterhaltsam. Sagten nur ab und zu ein Wort. Aber diese hier schwiegen einfach. Standen ungezwungen auf den Laufstegen und der Balustrade, manche aufgestützt, schauten über die Reling.‹

»Der Reaktorraum steht unter geringem Unterdruck, um das Austreten strahlenverseuchter Luft zu verhindern.« Renés Stimme. Die weißen Männer auf der Brücke verständigten sich mit ihm durch Zeichen – oder sprachen sie?

René führte ihn vor die Versuchskanäle. »Durch diese Öffnungen werden für Versuche Substanzen zwecks Bestrahlung in die Kanäle eingeschoben. Bei diesen Experimenten können wir den Betriebszustand des Reaktors verändern.«

Alles vollzog sich geheim, geschützt, wirkte grenzenlos. Mußte aber in Grenzen gehalten werden, durfte nicht sein Geschwisterchen anstoßen: »Du, wir laufen mal ins Freie –« Ein einziges solches kleines Du, eine nicht-kontrollierte Unart des Atoms genügte – eins rempelte das andere an, spielfreudig, ihrer Natur folgend – und sie würden lostoben, die ganze Erde mittoben – hineinspringen ins Weltall, bis sie gegen Strahlengürtel stießen und bumstot umfielen.

»Die Bändigung ist das Wichtigste« – sagte Malpert zu René.

»Gewiß, die Kontrolle.«

›Eigentlich ist das gemein, etwas zu befreien, nur um es zu kontrollieren, aber ihm war es recht. Sollten sie, – es blieb bei der Höhle, der ewigen Mutterhöhle. Das eingepuppte Geheimnis.‹

René reichte dem Vater zur schnelleren Orientierung eine Tafel mit den Daten des Reaktors. Ihm fiel nicht auf, daß die Hand des

Vaters zitterte. »Wir werden im Laufe des Jahres etwa 3 Gramm frei verwertbare Neutronen produzieren. Außerdem etwa 6 kg Plutonium und eine geringe Menge Uran 233 in dem Brennstoffelement.« Malpert nickte nur.

Die weißen Gestalten stiegen von der Brücke herab.

H.M. blieb unbeteiligt, blickte auf die Daten des Reaktors. Aber erkennen konnte er nichts.

Die Professorin begrüßte Nielsen und seine Assistenten und wechselte ein paar fachliche Bemerkungen mit ihnen. Doch ihre Aufmerksamkeit galt dem großen, schweren Mann, der jetzt mit der linken Hand über die Tabelle tastete, als wäre er blind und die Buchstaben plastisch.

Sie führte Malpert zur Seite; hilflos ließ er es geschehen. ›Wer ist diese helle Gestalt?‹ überlegte er. ›Ich kenne sie. Er hatte einmal in China eine Elfenbeinfigur gesehen, der war sie ähnlich. Die Göttin der Barmherzigkeit. – Grausame Folterung der versagenden Kräfte. Auf- und Abfunkeln im Gehirn. Verstehen und sich in luciden Augenblicken seines Wissens bedienen können, aber nicht sicher sein, ob nicht der nächste Augenblick Verdunklung bringen würde. Und nach den Momenten des Aussetzens wiederum Helligkeit –‹ Er blickte auf. Erkennend reichte er seinem Sohn die Tabelle: »Ausgezeichnet!«

René war durch die Interesselosigkeit seines Vaters enttäuscht.

Plötzlich befiel Malpert Angst: »Wenn hier etwas passiert, welche Hilfe gibt es dann?« Und da René ihn peinlich überrascht ansah, wiederholte er eindringlich: »Wenn die Uranstäbe überkritisch werden –«

Die weißen Kittel umstanden sie schweigend. »Du meinst, das ›Heiße Labor‹ ist der glühende Ofen von heute und es würde sich kein Jüngling finden, der im Falle der Gefahr einsteigt? – Ernsthaft, Vater, kein Grund zur Beunruhigung. Bei jedem Reaktor gibt es eine Rettungsmannschaft, die im Turnus wechselt. Alles ist organisiert. Jede Sekunde ist festgesetzt, denn hier geht's um Sekunden. Dem Zufall ist nichts überlassen.«

Malpert wäre gern überzeugt gewesen, aber die Sicherheitsmaßnahmen ließen ihn skeptisch. Das Berechenbare hatte immer eine brüchige Stelle, durch die das Unberechenbare einschlüpfen konnte.

René sprach unpersönlich und hastig weiter: »Der Aluminium-Tank ist von einem Neutronenreflektor und einer Strahlungs-Abschirmung umgeben. Die Abschirmung hält den Hauptteil der aus dem Inneren des Reaktors austretenden Neutronen- und Gamma-Strahlen ab und wird dadurch erwärmt. Sie besteht aus einer 7 mm starken Schicht Boral, in der die thermischen Neutronen absorbiert werden. Eine wassergekühlte Schicht von 15 mm Eisen, 60 mm Blei und 35 mm Stahl ..... 1/1000 der Toleranzdosis ..... auch in vertikaler Richtung die Strahlen ..... möglichst wenig freie Volumina .....«

Malpert konnte nicht folgen. Er fragte sich nur, ob die Mitarbeiter seines Sohnes in der Sekunde der Gefahr Disziplin genug für die Rettung beweisen würden? In seinem umdämmerten Gehirn stieg das Bild des Jünglings im Feuerofen auf mit den Zügen Renés. Sein Sohn würde Mut und den Willen zum Opfer besitzen. Davor mußte *er* ihn retten. *Der* Turnus war an ihm!

René hatte aufgehört zu dozieren. Er blickte zu der Professorin, ob sie das Verhalten seines Vaters auch merkwürdig fände. Warum fuhr er sich nur immerfort über die Augen und über die Stirn?

René nannte die besonderen Aufgaben der einzelnen Herren. Malpert blickte von einem Gesicht ins andere. Es schien ihm, als sähen sie sich alle ähnlich. Einer dem andern. Große, Dünne, Untersetzte, Breitschultrige, Bebrillte, Alte und Junge. Von allen ging die gleiche sanfte Abwehr aus. Das in ihrem Wissen wie hinter einem Vorhang Geborgensein. Sie glichen einer heiter-ernsten Gemeinschaft, die von der gleichen Aufgabe, ein unbekanntes Wesen zu verehren, zusammengeschlossen war. Auf ihren Zügen lag eine Besonnenheit, die jede nicht zu ihnen gehörende menschliche Kraft ausschied. ›Das also sind die Menschen von morgen – sie verständigen sich in der Kralsprache neuer Wissensbünde. Sie können nicht mehr anschaulich denken. Sie leben in Formeln und Gleichungen; selbst wenn sie zu mir in einem Gleichnis sprächen, würden ihre Überlegungen unerklärbar sein. Daher sind sie gefährlich. Menschliche Probleme, Politik, Leben oder Sterben: bleiben für sie bildlos. Wenn die Menschheit und die Erde verschwände, ihre Welt wäre nicht zerstört – nur sie selbst.

Auch auf Renés Zügen zeichnete sich eine beinahe jenseitige Sicherheit.

»Wo ist dein Reich?« fragte H.M. und blickte sich um. ›In einer metallenen Kuppel, auf dem Kontrollstand, am Greiferarm?‹

»Überall – wo es notwendig ist.«

Sie verabschiedeten sich und gingen wortlos die gleichen Wege zurück. Die freundliche Laborantin in der Schleuse nahm ihnen die Filmplakette und die Geigerzähler ab. Sie legten die weißen Schutzanzüge ab, die sofort in Kleiderlifts gehängt wurden, der Spuk verschwand. Zur Sicherheit wurden sie auf einen Apparat gestellt, der anzeigte, ob sie an den Schuhsohlen oder an den Händen radioaktive Spuren trügen. Für die Hände gab es eine Art Schrank, in den sie die Hände hineinsteckten und der von dem Fräulein scherzhaft »Automatische Nagelschneid-Maschine« genannt wurde.

Die drei standen wieder auf dem Asphaltweg, nun das strahlende Atom-Ei im Rücken. Malpert sah sich noch einmal um. Die Professorin wurde von einer Assistentin in ihr Institut geholt. Sie trennten sich. H.M. beugte sich zu der zarten Gestalt hinab und wollte ihr danken, aber sie nickte ihm zu, und er schwieg.

Seit er das Reaktorgebäude verlassen hatte, fühlte sich Malpert wieder frisch. Er sagte mit der alten Bestimmtheit: »Ich hätte dich noch gern gesprochen.« Die seltsame Strömung, die er während des Besuches gespürt hatte, war gewichen. Er hatte dem Sohn Entscheidendes mitzuteilen. Auch René wollte die Stunde nutzen. Auch er hatte seinem Vater eine Mitteilung von Bedeutung zu machen. Er führte ihn in das Verwaltungsgebäude.

ARNO SCHMIDT
Kaff auch Mare Crisium

Das vorliegende Buch spielt – wie u.a. aus der Stelle S. 13, Z. 5 v.u. überzeugend dargetan wurde – in seinen entscheidenden Partien im Jahre 1980 auf dem Monde. Die eingestreuten irdischen Szenen sind, nach Angabe des Verfassers, dem bayerischen Volxleben entnommen; da er jedoch weder das Land kennt, noch den Dialekt seiner Bewohner, auch Bergländer notorisch nicht ausstehen kann, und vor allem eine Lokalisierung unmöglich machen wollte, wurden die beobachteten Ereignisse und Gestalten zur Tarnung in ein Gebiet nördlich der unteren Weser verlegt, westlich der Linie Scheeßel=Groß Sittensen=Hollenbeck=Kutenholz=Himmelpforten=Assel. –

Infolgedessen wird, auf Antrag des Autors, wie folgt verfügt:

a) Wer in diesem Buch › Ähnlichkeiten mit Personen und Ortschaften ‹ aufzuspüren versucht, wird mit Gefängnis, nicht unter 18 Monaten, bestraft.

b) Wer › Beleidigungen, Lästerungen, o.ä. ‹ hineinzukonstruieren unternimmt, wird des Landes verwiesen.

c) Wer nach › Handlung ‹ und › tieferem Sinn ‹ schnüffeln, oder gar ein › Kunstwerk ‹ darin zu erblicken versuchen sollte, wird erschossen.

BARGFELD, den 10. März 1960
das INDIVIDUUMSSCHUTZAMT
(gez.: D. Martin Ochs)

(...)

» *Dukuckamma – : iss das nie* der › Buchbinder Balder ‹ von gestern Aabmd ? «. – : Jawohl ; er war es. Und noch ganz in seiner Rolle dazu ; (beziehunxweise *schon wieder ;* heut Abmd ginx ja nochmah los) ; hatte die Daum'm in die Hosenträger=obm eingehakt ; und musterte uns, erhaben=dicken Blix, wie wir da so, IN THE DAYS OF THE COMET, in unseren Sünndn dahin rolltn. (Und sie wollte zwar erst noch in Tiefsinn machen, a la › War das *gestern* Abmd ? ‹. : » Da siehsDuma, wie auf'm Lande die Zeit vergeht, Hertha. « – » Vielleicht, weil's Alles neu iss. « schtellte sie die schlaue Vermutunk auf. (› Vielleicht ‹ war gut.) / Aber bemerkenswert immer wieder, was sie, Malerin plus Schofföse, so sah : ihr entging platterdinx *nichts* ! –

Also sah sie auch, wie über ihren glühenden Pfahlzäunen ungerührt die Oberkörper der Bäuerinnen hand=tiertn. (» Ich hab ma Ein' gekannt : wenn der Licht gebraucht hätte, der hätt' die nächste Fichte angezündet. – : Daß manche Blum'sortn sich zu schließn, wenn Bauern vorbei gehen, ist Dir bekannt, ja ? «. – Bei Geistlichen, Militärs & Juristn auch ? Das weiß ich nich. Möglich wärs.). / In den Weidenweiten kleine sandfarbene Norweegerfeerde ? : » Ja ; die probiern Die=hier aus. Dürftn sich auch beschtimmt eignen. & einbürgern. « / Ältliche Radler, die ihren Weg, junge Mohpettler, die einander verfolgten. / Der hölzern=schpitze Glocknturm neben der Kirche ?. : » Hör uff mit Kamm=paniehle=Du ; sag › Kennzeichen der Ost=Haide ‹. « / Und dann lag auch dieser Ort hinter uns : ab=biegn, genau nach Ostn : und hinein

in den Sonnen=Aufgang ! – (Da ginx natürlich wüst zu, wie uff'ner Schweednplatte ; bei Wolkens=oben : Eine schwang den grauen Mantel, gans Große Dame aus Luft ; in Gewändern aus Luft. *Die* schacherte mit Scharlach. Die Alte=Graue schminkte sich; (und es zerlief ihr gleich : das iss Dir recht !). Hier lag 1 Gekrümmter in seinem Blut : die rote Sonne lief ihm hintn raus : –

(aber sie machte gleich wieder ihr hippokratisches Gesicht ; und ich verwandelte die › Schlacht von Waddekath ‹ geschickt in eine Senn=tänz ; wie sie sie so …

» *Name aus Karlmay : die schöne Häuptlinx=Tochter* › Wih=Sih=Sih=Soh ‹. « : » Und das heeßt uff Deutsch ? «, wollte sie gleich wissen. – : » Mmmm : Uppsa=Roka, mein Kind ; für › She=has=the =biggest=in=the=county ‹ :verschtehen Wir=Uns ? « : » Sag erstammal Deine › Senntenns ‹ ; dann alles weitere. «

: » *Früh BAUT die Sonne* einen roten Schteeg – : abmz zieht sie ihn wieder EIN. « (› Warm sind nun Mäntl, wie Mäntl wohl sint ‹ – sie war tatsächlich damit zufriedn ! (Freilich ; uff'm Kallender=hintn schteht ooch nischt Tiefsinnijeres.).).

(Und endlos=gerade, unabsehbar=leer, das dünne Teerband voraus. / Sie wandte den Kopf nicht ; fragte auch nich direckt. Schprach nur, nachdenklich –

: » WAS kam grade in Sicht ? – Wie hieß das ? Wo se landn .....

..... » *Achso, nein : keine 10 Meiln=mehr ! « (Waren wir hoch :* jetz sah ich endlich ma die berühmte › Brücke ‹ zwischen den Kapps LAVINIUM und OLIVIUM. / Und weiter, weck übern YERKES.)

(da sie ebm bremmsDe)

..... *und schoß derart schräk nach untn ;* daß ich mich unwillkürlich auf dem hartn Sitz nebm ihm verschteifte : so mußte höchstns Dillert auf Iceland noch durch die Flack=Lohen geschtoßen sein ! : » No fear : der Bodn des PICARD iss 800 Yards tief in die Fläche des MARE CRISIUM eingesenkt : wir schtoßen ledicklich zwischen 2 Berk=Zähnen hindurch. – « (Aber › durch=schtoßn ‹ also doch !)

(Der Morgen schtieg in Schichtn von Dammf empor. Die nackte dürre Birkenriesinn zitterte verschämt. – : » Kunst=Schtück : wenn *Du* Een' ansiehst … «. Und besah die bebende Baum=Schwester noch simmpaatischer .....

..... *während ich indessen, möglichst identisch=kühn,* vorn über meine schönbeschuhten Füße nach unten schpähte. (Tja, wenn da wirklich 1 Brown=hilled auf Ein'n geharrt hätte, oder sonst was WAClijes ! – So gab der Bube nur ein paar harte Rucke ; (garanntiert aus Absicht ; damit ich im Kongreß=dann die hohen Anforderungn, die solch Rum=Gegondle schtelle, rühm'm, und ewwentuell ne Sonderzuteilunk proponieren sollte, was ? : aber eher wirsDú seekrank, Lot=se, als ich ! (Das Korndbief freilich kam mir hoch ; war aber von Magensaft noch nicht so schtark zersetzt, als daß es nicht gewissermaßen noch einmal geschmeckt hätte : Dank=Loze ! Von mier=aus nochma.) .....

» *Abgeschmacktes Suppjeckt* – « *wisperte* es zu meiner Linken. Und, geschteigerter : » Manchmal könnt'Eem glatt schlecht weerdn bei Dir, Karlle ! – «. Und hielt am Weegrannt an ; mit Trän'n in den – (wie sagt Trakl in jedem zweitn Gedicht ?) – › runden Augen ‹. / : » Sint es *richtije*, Hertha ? « : » Es *sint* richtije. « ; sie, dummf ; (und schon *so* dummf, wie sie sonst mit der Schtimme gar nich runter konnte ; also doch wohl echt. – Sie trocknete sie, als moderne Frau, mit einem Temm=Po Taschntuch. Und schteckte das Handtäschchen dann wieder in die Wagentasche, vorn an der Tür.) / Und atmete hoch – beziehunxweise › tief ‹ ; es ergiebt immer denselben nicht=wogenden Busen – und ihr gelang 1 › Grundsatzfrage ‹ : *»Iss es denn nie schonn schlimm genuck*, wenn Ei'm so was passiert ? – Es kommt vor, mehrfach=im=Leebm, zugegeebm. : Aber *muß* der Künstler denn sowas=derart schilldern ? ! – «. (Und schüttelte verzweifelt den Kopf : Dank=Dir für den › Künstler ‹, mein Lieb ; wenn ich Einer wär', würd'ich mich henngn ! Bei › Dichter ‹ wird mir regelmäßich schlecht : wie ehrlich=arbeitsam ist dagegen › Schrift=Schteller ‹. Man müßte *noch* weiter gehen, und ganz rüstich=derbe Ausdrücke für den fleißijen Literaturwerker einführen : › Wort=Metz ‹ oderso ; (Anna=log zu › Schtein=Metz ‹). / Aber erst ma das=hier erleedijn ...)

: » Liebehertha. – : a !) – « (und dies war der linke *Daum'*) : » Sind *wir* schuld an dem biologischen Irrsinn dieser Welt ? Darüber ham wir ja wohl schon mehrfach gewortwexelt. « / » Bee !) ...« (Der schüttelt die Flaum') : » BrauchsDu das bewußte=Wissn dessen, wie's in der Welt aussieht, nicht zu ihrer Bewältijunk ? Sollte man nicht – auf solche ja immerhin noch=schonende Weise ! – erfahren müssen, : *Was* Ein'n im Leben so Alles erwartn kann ; und wie das dann gegebenenfalls *riecht* ? Ich fürchte, Du schtehst manchma immer noch vor Monaazbindn, Klos & männlichstn Gliedern ; und heulst & erschtarrst & erzeuxt Dir n Schock=uff=eewich : *da* gieptz gans andere Dinge noch=Du ! – Man *möchte* manchma drüber unsinnich werdn ; das brauchsDe *mier=wahrlich=nich* zu sagn ; das › iss drinn ‹. «

» Neenee, Hertha : wenn dergleichen Informazjohn noch reelatief humorich – also behutsam – geschieht : Du da kannsDe ausgeschprochn *dankbar* sein ! – : Es giebt, verlaß Dich drauf, noch Zee=Eee=und=Dee ; aber .....

..... *ich huschte erstma flink* die 10 Schritte im Freien ; (idiotischerweise die Hand vor die Helmscheibe gedrückt ; als müßte ich mir den Munt zu haltn – solche Blößn dürfte man sich vor Denen=hier gar nich geebm !). Zwängte mich, seitlich, durch die superklug=schmalen Türen ; und rinn in die *hausgroße Kunst=Schtoff=Glocke, (die für die Außntrupps* gleichzeitich Heim, Schtütz=Punkt, Ersatzteillager, Luftreserwoahr, war. (Und vermutlich noch Diewerses mehr : *leicht* hatten es diese Abteilungn tatsächlich=nich !) –

» Also Mister Hamp=den ... « ; (der Schtützpunkt=Kommandannt informierte mich kurz) : »... ä=diebeidn Vermessunx=Abteilungn befindn sich zur Zeit etwa=ä : 30 Meiln von=hier. Also marschmäßich keine 6 ; in anderthalb Schtundn sind Sie mühelos da. Sie schlagn am bestn'n klein'n Bogen nach Süden ... – : Ja, lehn Se's an de Wand=da, Miller ... « (1 Unter=Kommandannt hatte Schtaap=Taschenlammpe, und 1 endlos=lange Schpring=Schtange gebracht. Für die Bleisohlen krickte ich hier welche aus Cork, › Zur Erhöhunk der Geschwindichkeit ‹.) / Er hatte sich indessen leicht vorgebeukt. – Leiser ; und undurchdringlich=vertraulich, (eigntlich unangenehm !) : » ä=Falls Sie : einen klein'n Boogn nach *Nordn* machtn – « ; (sein, aufreizend langer, Bleischtift – naja, die kricktn immer noch ne gewisse Zuteilunk=hier – beschrieb allerdinx genau die verkehrte Richtung ; kann vorkomm') : » – *falls* Sie also die Trupps=ä *verfehlen* ? Und=ä=mnä ein gewisses Schtück in diese › Verdünnte Zone ‹ eindringn *solltn* ... « ; (er hoop forensich die Hand ......

(» Die Linke demnach. – : in der › Rechtn ‹ hatte er ja woll'n Bleischtift ? ....

..... *die › Linke ‹ war es übrijens)* : » *Irren* ist ja menschlich. – Und *jede* der Zirrzellen, *auch die kleinste : ja=gerade=die ! ; : kann* wichtich sein ! – Ja dann müßtn Sie halt den klein'n Weg=zurück zum zweitn Mahle machn. – «. / (Und nickte mir aufmunternd zu. – Ich, nachdenklich, zurück : also Kleinstkrater mit Zentralberk gesucht ; da ewwentuell boll=schewiesiert ?). / » – › an sich ‹ natürlich verbootn. – Tz=GOtt, n kleiner Um=Weeg – « ; (Er, nochmal ; und *so* lässich=dringlich – : Wir sind ja *Alle* Kommödijanntn ! –

(2 schweere Nicke. 1 zuschtimmendes Reiben. (Auf den linkn Oberschenkel. Und ich sukzedierte, mich, verworfen, etwas im Sitz zu lüftn – : » Noch*ma*=Hertha ! – Du würzd schtaun' …

….. *ja, der Süt=Teil'ss ja immer* von gans=merkwürdijen Nebeln betroffm. « (*Der*=hier lauschte meiner Eysenhard=Aneckdote, die ich zwanglos zum 2. Mal anbringen konnte, wesentlich intressierter. Nickte wohlthuend ; (die Unterlippe wuux ihm, während meines Rehferraz, erschtaunlich weit vor). : » 's durchaus … « (hier wurde der Munt gans schpitz ; er legte ihn schräger, und wiegte selbstgefällijer) » … doch ; das kann=ö – eine echte Wahrnehmunk gewesn sein. Schtelln S'ich vor : ein Meteorschwarm flüügt den Schtaup=Schpiegel des Mare hoch ! ? : ! – « (er warf ganze Hände voll ruckartich in die verdünnte Luft ; sehr überzeugend. Breitete dann die Schultern weit, und zuckte die daran befindlichen Axeln :. (Wie gesagt : die geborenen Scharr= Lattane …).).

» Übrijens unterschätzen Sie die Ausmaße unseres MARE CRISIUM=hier nicht : s'ss immerhin so groß wie Missouri ; 330 mal 250 Meiln. – Aber Sie habm ja schtändich Schprechfunkferbinndunk. ä=Die 3 Welln habm Sie doch ? : GLASS=TOWN, Uns=hier, und Meßtrupp ? – : 'tüür'ch. « –

Und schon im Raum=Antzuck draußen : den Alpen= Schtock zum Ap=Schprunk einschtoßn …? –

(sie drückte unwillkürlich auf den Anlasser, so nahm sie's mit : das nennt man dann Willensfreiheit ! …

….. *(Halt nochma. Er wollt noch* was. – Und am Brustschalter die Welle einschtelln …?… : Ah ; hier kwasselde's : » … sought the danger. : › seek=sought= sought ‹. – Grámotny ? – « : Mensch, das war'n die

Russn ! (Und machten Amerikanisch=Unterricht : » Gdjä wü ßkrüwallissj : Where have You been hidden ? – : Gdjä :... «. / Aber ich mußte mich konzentrieren ; ich vergaß gans den Heinie=hier. Er war schon besorgt geworden, und fummelte mir am Bauche rumm. – Knipps : Knipps – : Ah, da bisDu ...)
: » *Die Schtaubschicht* – : ist nirgnz tiefer als 10 bis 20 Zoll. Allnfalls ma 30 ; aber das'ss schon selltn. – Also : Gutn Weeg. – «. (Und hob die Handscheibe, a la › Abfahrn ‹ !).
Und los ginx ; das Lagekärtchen in der Schtullpe, auf dem linkn Handgelenk .....

(*und los ginx ; sie trat* automatisch auf alle richtijn Knöppe. / Und wir rolltn wieder 1 Endlein. / Bliep Uns gleich wieder schtehen, und schrie : » Du, haß'De's Fern=Rohr bei der Hant ? ! – « (Und da griff ich doch schaafsmäßich an mir herum – verflucht=nee –) : » Vergessen, Hertha. « : » Nu komm' glei lauter Rehe ; poß uff. « (sie ; resigniert. › Reh=seek=neared ‹ : Bloß rasch ins Mare die Schöne entführt ! .....

Peter Weiss

Der Schatten des Körpers des Kutschers

Wie stets bei der Annäherung des Wagens, von fern durch das Hornsignal des Kutschers angekündigt, begaben sich die Gäste, außer dem Doktor, der an der Schwelle der Küchentür stehen blieb, vor das Haus und sammelten sich am Wegrand, um dort, zusammen mit der Haushälterin und dem Hausknecht, die beide, wie auch sonst immer beim Erscheinen des Wagens, ihre Arbeit, gleich welcher Art, verlassen und sich mitten auf den Weg begeben hatten, den Wagen zu erwarten. In der dichter werdenden Dunkelheit schob sich das Pferd, nicht galoppierend, und nicht im Trab, sondern gemächlich trottend, und dahinter der schwankende Wagen mit der Silhouette des Kutschers hoch oben auf dem Bock, zu uns heran, und die Geschwindigkeit oder Langsamkeit der Fahrt stand im genauen Verhältnis zur Verdichtung der Dunkelheit, so daß der Wagen, wäre er stehen geblieben, von der Dunkelheit verschluckt worden wäre, doch da er sich fortbewegte, stets den Grad der verstärkten Dunkelheit mit dem Grad der Annäherung aufwog, aber auch, eben durch die sich verstärkende Dunkelheit, stets die gleiche

Undeutlichkeit behielt, so daß er, als er endlich dicht vor uns war, nur an Größe gewonnen hatte und sonst, ebenso nebelhaft schwelend wie die ganze Zeit vorher, in der tiefen Dämmerung ruhte. Der Augenblick in dem der Fuhrmann die Zügel straffte und mit trommelndem Zungenlaut das Pferd zum Halten mahnte liegt drei Tage und drei Nächte zurück, drei Tage und drei Nächte in denen ich, einer umfassenden Gleichgültigkeit wegen nicht vermochte, meine Aufzeichnungen weiter zu führen, und auch jetzt kann ich nur mit Mühe, bereit, sie jeden Augenblick abzubrechen und für immer aufzugeben, die Beschreibung der Ankunft des Wagens, und des darauf Folgenden, fortsetzen. Nach dem drei Tage und drei Nächte zurückliegenden Anhalten des Pferdes begab sich der Kutscher vom Bock herab, drückte der Haushälterin zur Begrüßung die Hand, winkte dem Hausknecht zur Begrüßung mit der Hand zu, und nickte uns übrigen, außer dem Doktor, den er nicht an der Haustür gewahrte, zur Begrüßung zu. Er war in einen weiten, ledernen Mantel gekleidet und auf dem Kopf trug er einen breitrandigen Filzhut, in dessen Band ein paar scheckige Rebhuhnfedern steckten. Seine Beine, in blanken Stiefeln aus braunem Leder, wiegten sich beim Gehen in den Kniekehlen. Das Horn hatte er an einem Riemen über die Schulter hängen. Der Vater und die Mutter öffneten die Tür zur Kutsche, beugten sich tief in die Kutsche hinein, wandten sich wieder ab und gingen kopfschüttelnd in das Haus zurück. Auch der Hausknecht blickte in die Kutsche; er streckte die Arme tief hinein und zog einen Sack hervor der, der äußeren Form nach, mit Kohlen gefüllt war; er hätte auch mit Kartoffeln gefüllt sein können, doch diese Möglichkeit kam kaum in Betracht, da ein eigener Kartoffelacker zur Hauswirtschaft gehörte und aus diesem Grund keine Bestellungen von Kartoffeln aus der Stadt nötig waren. In die Kniebeuge gehend, drückte der Hausknecht seinen Rücken gegen den Sack, hob seine Hände über die Schultern, senkte sie hinter die Schultern herab, packte den Sack, straffte die Beine, beugte sich, den Sack auf dem Rücken festhaltend, vor und ging auf die Küchentreppe zu, an der Küchentreppe vorbei und auf die Kellertreppe zu, die Kellertreppe hinab zur Kellertür die er mit dem Fuß aufstieß. Auch der Kutscher griff in das Innere des Wagens und zog einen Sack heraus, drehte seinen Rücken dem Sack zu, beugte die Kniee ein, zog den Sack mit hochgeschwungenen Armen auf den Rücken, straffte die lederknirschenden Beine und trug, vorgelehnt, den Sack, dem Hausknecht nach, in den Keller. Der Hausknecht hatte das Licht im Keller angezündet und breit und schwarz begab sich der Kutscher in den Lichtschacht des Kellerganges. Das Geräusch das beim Entladen des Sackes in der Tiefe des Kellers entstand gab meiner Vermutung, daß der Sack Kohlen enthalte, recht. Auch beim Entladen des Sackes des Kutschers entstand das selbe Geräusch, außerdem konnte ich mich, da ich dem Kutscher folgte, mit meinen Augen davon überzeugen, daß es Kohlen waren die staubend aus den Säcken in den Holzverschlag neben der Heizung stürzten. Der Hausknecht wandte sich, den leeren Sack zusammenfaltend, der Kellertür zu, ging auf die Kellertür zu und zur Tür hinaus, die Treppe empor und über den Hof, an der Küchentreppe vorbei, und der Kutscher, auch er den Sack zusammenlegend, folgte dem Hausknecht; von draußen waren Stimmen und Schritte zu hören die andeuteten, daß sich die Haushälterin und die Gäste in das Haus zurückbegaben. Der Hausknecht tauchte wieder auf, mit einem gefüllten Sack auf dem Rücken, einem Sack den er über dem Holzverschlag entlud, den er leer und zusammengefaltet zurücktrug, wobei ihm der Kutscher, auch wieder einen neuen Sack auf dem Rücken tragend, begegnete, einen neuen, gefüllten Sack, den er, ebenso wie der Hausknecht, entleerte, zusammenfaltete und zurücktrug, wobei er dem Hausknecht, der wieder einen gefüllten Sack auf dem Rücken trug, begegnete, einen gefüllten Sack der entleert, zusammengefaltet und davongetragen wurde, wobei der Kutscher wieder auftauchte, einen Sack auf dem Rücken, einen Sack dessen Inhalt sich auf den Kohlehaufen im Verschlag ergoß, der zusammengefaltet und wieder davongetragen wurde, ebenso wie der Sack des Hausknechts mit dem dieser nun wieder auftauchte, und wie der nächste Sack des Kutschers und der nächste Sack des Hausknechts und alle folgenden Säcke über die ich die Rechnung verlor. Was ich, angesichts der großen Zahl der Säcke und des Umfangs des entstandenen Kohlehaufens, nicht begriff, war, wie alle die mit Kohlen angefüllten Säcke in der allem Anscheine nach nicht einmal vollbeladenen Kutsche Platz gefunden hatten, und dies wurde mir, nachdem ich einige Male zwischen der Kutsche und dem Kohlehaufen im Keller hin und hergegangen war, um die Raummenge zu vergleichen, nur noch unverständlicher. Hatten denn auch noch auf dem Dach der Kutsche die Säcke aufgetürmt gelegen; der Kutscher, den ich danach fragte, verneinte es; und was sollte er für einen Grund haben, mich anzulügen; auch wäre es mir sicher bei der Ankunft des Wagens aufgefallen, und, mit einer Last von Säcken hinter sich, hätte sich die Silhouette des Kutschers nicht mit der gleichen Deutlichkeit über dem Wagen abzeichnen können wie sie es bei der Annäherung des Wagens getan hatte. Bei der Mahlzeit die der Kutscher auf dem freien Platz zu meiner Linken einnahm, fragte ich ihn noch einmal, finden Sie nicht, Kutscher, daß der im Keller entstandene Haufen von Kohlen um ein Vielfaches größer ist als der Innenraum der Kutsche, und wie erklären Sie sich das; worauf er, ohne von seinem hoch mit Kartoffeln und Bohnen beladenen Löffel aufzublicken, antwortete, nur eine Täuschung. Unbefriedigt von seiner Antwort wandte ich mich an den Hausknecht und fragte ihn, ist Ihnen, Hausknecht, nicht auch aufgefallen, daß die Kohlenmenge im Keller eine größere ist als sie im Innern des Wagens hätte Platz finden können; was dieser, Kartoffeln und Bohnen im Munde zerkauend, folgendermaßen beantwortete, in Säcken dichter, im Haufen loser, kein Wunder. Doch auch dies genügte mir, selbst wenn sowohl die Worte des Kutschers wie auch die Worte des Hausknechts einiges enthielten das der Wahrheit entsprechen mochte, nicht als Erklärung; und auch heute, drei Tage und drei Nächte später, habe ich noch keine Erklärung gefunden für den unverhältnismäßig großen Unterschied zwischen der Raumgröße die die Kohlen im Wagen zur Verfügung hatten und der Raumgröße in der sie sich im Keller ausbreiteten. Schwer gegen die Müdigkeit und gegen den Wunsch, den Bleistift niederzulegen und diese Aufzeichnungen aufzugeben, ankämpfend, denke ich an den vor drei Tagen und drei Nächten liegenden Abend zurück, und setze mit der Beschreibung dieses Zurückdenkens fort, und die vierte Nacht beginnt schon, nachdem die Abendmahlzeit abgeschlossen ist und ich mich von den in der Diele versammelten Gästen zurückgezogen habe, sich anzubahnen, die vierte Nacht nach dem Abend an dem der Kutscher, nachdem wir uns von der Geselligkeit in der Diele in unsere Zimmer begeben hatten, der Haushälterin, die die Kaffeebecher in die Küche trug und ins Abwaschbecken stellte, in die Küche folgte und dort mit ihr, was ich, mich aus dem Fenster lehnend und die Nachtluft einsaugend, an den durch das Küchenfenster auf den Hof fallenden Schatten sah, blieb. Die Schatten wurden, wie ich berechnete, von der Lichtquelle der in der Mitte der Küche befindlichen herabziehbaren Lampe geworfen, und in Anbetracht der Lage der Schatten mußte die Lampe, wahrscheinlich zur Erhellung des Fußbodens, den die Haushälterin zu putzen gedachte, ungefähr bis zur Brusthöhe herabgezogen worden sein; so sah ich deutlich über dem Schatten des Fensterbrettes den Schatten der Kaffeekanne hervorragen, und seitwärts, etwa vom Platz aus an dem die Haushälterin bei den

Mahlzeiten zu sitzen pflegt, beugte sich der Schatten der Haushälterin mit vorgestrecktem Arm über den Tisch und ergriff den Schatten der Kaffeekanne. Nun legte sich der Schatten des Kutschers, niedrig aus der Tiefe der Küche hervortretend, und über den Schatten der Tischkante, der in gleicher Höhe mit dem Schatten des Fensterbrettes lag, hinauswachsend, neben den Schatten der Haushälterin; der Schatten seiner Arme streckte sich in den Schatten des Arms der Haushälterin hinein, auch der Schatten des anderen Arms der Haushälterin schob sich in den zu einem Klumpen anschwellenden Schatten der Arme, worauf sich die Schattenmasse des Körpers der Haushälterin der Schattenmasse des Körpers des Kutschers näherte und mit ihr zusammenschmolz. Aus dem unförmig zusammengeballten, dichten Gefüge der Körperschatten ragte nur der Schatten der hochgehobenen Hand der Haushälterin, in der sie die Kaffeekanne trug, hervor. Der Schatten der Kaffeekanne schaukelte hin und her, auch der Schatten der Körper schwankte hin und her, und zuweilen zeichneten sich die Schatten der Köpfe, dicht im Profil ineinander verklebt, über dem Klumpen der Leiber ab. Der Schatten der Kaffeekanne löste sich, nach einer heftigen Seitwärtsbewegung der Körper, vom Schatten der Hand, und fiel herab; einige Sekunden lang lösten sich die Schatten der Körper voneinander, der Körper der Haushälterin zeigte sich mit der vorgewölbten Linie der Brüste, zurückgeneigt über den Tisch, und der Schatten des Kutschers öffnete sich, hoch aufgerichtet, fuchtelnd und wie mit Flügeln schlagend, die Masse des Schattens des Mantels von sich abwerfend. Nachdem der Mantelschatten über den Körperschatten des Kutschers hinabgeflattert war warf sich der Körperschatten des Kutschers wieder nach vorn, und der Schatten des Körpers der Haushälterin stieß sich ihm entgegen, dabei griffen die Schatten der Arme der Haushälterin in den Schatten des Körpers des Kutschers hinein, über ihn hinaus, um ihn herum, und die Schatten der Arme des Kutschers bohrten sich in den Schatten des Körpers der Haushälterin hinein und um ihn herum. Mit zerrenden, ruckhaften Bewegungen drehten und wandten sich die Schatten der Leiber weiter der Mitte des Schattens der Fensterkante und Tischkante zu; die Schatten der Beine der rückwärts über dem Tisch liegenden Haushälterin ragten mit gebeugten Knieen über den vorkriechenden Schatten des Kutschers auf, und der Schatten des auf den Knieen liegenden Kutschers hob sich über den Schatten des Bauches der Haushälterin. Die Schatten der Hände des Kutschers drängten sich in den Schatten des Rockes der Haushälterin ein, der Schatten des Rockes glitt zurück und der Schatten des Unterleibes des Kutschers wühlte sich in den Schatten der entblößten Schenkel der Haushälterin ein. Der Schatten des einen Armes des Kutschers war in den Schatten seines Unterleibes hineingebogen und zog daraus einen stangenartigen Schatten hervor, der, der Form und Lage nach, seinem Geschlechtswerkzeug entsprach; diesen aufragenden Schatten stieß er, nachdem die Schatten der Beine der Haushälterin sich hoch über den Schatten der Schultern des Kutschers gelegt hatten, in den schweren, prallen Schatten des Unterleibes der Haushälterin hinein. Der Schatten des Unterleibes des Kutschers hob und senkte sich, in immer schneller werdendem Rhythmus, über dem mittanzenden Schatten des Körpers der Haushälterin, während die Schatten der Köpfe des Kutschers und der Haushälterin in den Profillinien ineinander verbissen waren. Schließlich bog sich der Schatten des Körpers der Haushälterin hoch auf, und der Schatten des Leibes des Kutschers warf sich mit gesammelter Gewalt in den Schatten des Leibes der Haushälterin hinein, worauf die Schatten der beiden Leiber, ineinander vergehend, niederbrachen und ausgestreckt auf dem Schatten des Tisches liegen blieben, von tiefen Atemzügen gehoben und gesenkt. Nach einer Weile richtete sich der Schatten des Kutschers vom Schatten der Haushälterin auf, und auch der Schatten der Haushälterin richtete sich auf, und an den weiteren Bewegungen der Schatten sah ich, daß sowohl der Kutscher wie auch die Haushälterin den Tisch verließen und sich in die Tiefe der Küche hineinbegaben, wo mir ihr Vorhaben verborgen blieb. Kurze Zeit nachdem sie vom Tisch aufgestanden waren hörte ich wie die Küchentür geöffnet wurde, und dann sah ich den Kutscher und die Haushälterin die Küchentreppe hinab und über den Hof auf den Wagen zu gehen. Der Wagen war in der Dunkelheit nicht zu erkennen, nur den Geräuschen nach konnte ich darauf schließen, daß der Kutscher den Wagen und das Pferd zur Rückfahrt rüstete, und bald begannen auch die Deichsel, das Zaumzeug und die Räder zu knarren, und die Schritte des Pferdes stampften auf dem Weg und entfernten sich immer mehr, wie auch das Knarren und Quietschen und Klappern des Wagens, bis es ganz in der nächtlichen Stille verging. Auch dieses, daß das Pferd, nach dem langen Weg den es den größten Teil des Tages mit der Last von Kohlen zurückgelegt hatte, noch in der auf diesen Tag folgenden Nacht den gleichen Weg noch einmal bewältigen sollte, gab mir zu denken, so daß ich in dieser, drei Tage und bald vier Nächte hinter mir liegenden Nacht, nicht zum Schlafen kam.

Gabriele Wohmann
Ein ganz uraltes Vorhaben

– Es gibt keinen plausiblen Grund dafür, pflegte später Bert zu sagen, als das Ereignis in aller Munde war. Man kann es sich keinesfalls irgendwie logisch erklären. Dabei dachte er mit leisem Groll an seinen jahrelangen Kampf gegen Millas weibliche Unlogik: was hätte er von ihr anderes erwarten können als den nackten Ausbruch dieser Krankheit – denn so mußte man wohl Millas Unvermögen bezeichnen, ihre Gedanken und Handlungen in einer sauberen ungebrochenen Folge aneinanderzureihen.

– Es besteht kein ursächlicher Zusammenhang zwischen dem einen und dem andern, sagte er zum Kommissar.

In der Tat gab es vorübergehend einen Kriminalkommissar in der Angelegenheit, obwohl eigentlich nichts dafür sprach, daß es sich um ein Verbrechen handelte. Viel Schnüffelei und Rätselraten und verständnisloses Unbehagen, und kein Ergebnis.

– Lassen Sie uns nochmals von vorne anfangen, sagte der Kommissar. Sie sagten, daß Ihre Frau die Schneiderin, diese Frau Fertigan, an diesem Tag nicht erwartet hatte ...

Dann war es aber nur Frau Fertigan, die hinter der Haustür im grauen Licht des Gewittermorgens stand. Leider. Wer auch sonst? Leider.

– Ah, ich habs ganz vergessen, daß heut Ihr Tag ist, rief Milla.

– Ja, wenns nicht passen sollte? Die blasse Stirn, in die das schieferfarbene Haar tief wuchs, furchte sich bescheiden.

– Aber doch doch, natürlich! Milla ergriff die Henkel der beuligen Nähtasche. Herein, herein! Sie lachte, ihre Stimme hastete dahin, laut, unbestimmt. Also los! Sie schob Frau Fertigan an den Schultern in die Garderobe, half ihr mit scheuer Vorsicht aus dem Mantel. Natürlich paßts mir, rief sie. Sie sah zu, wie Frau Fertigan behutsam die dicken schiefergrauen Massen rechts und links vom Scheitel betupfte, drückte, nach der Mitte zu leicht hochschob. Mein Mann würde mir das nie verzeihen, wenn ich Sie wegschicken würde. Sie wissen ja.

– Hat er wieder was kaputtgemacht? fragte Frau Fertigan; ihr winziger Mund versuchte zu lächeln.

– Na und wie! Manschetten durchgewetzt, und Hemdkragen sind unmodern geworden, und dann müssen endlich Knopflöcher in die neuen Umschlagleintücher.

– Ja ja ja, machte Frau Fertigan; sie runzelte ihre kurze Stirn, so daß der Scheitel hinunterrutschte und zwischen Haar und Brauen nur noch zwei enge weiße Wülste blieben.

– Zu einer auf jeden Fall deplazierten und übereifrigen Herzlichkeit pflegte die Fertigan meine Frau zu inspirieren, sagte Bert zum Kommissar. Ich habe sie oft zurechtgewiesen, ich meine, in aller Liebe, denn mir schien sich in dieser übertriebenen Freundlichkeit doch nur ein Schuldbewußtsein zu manifestieren, und so war es auch, ein Schuldbewußtsein, das, wie wir jetzt leider einsehn mußten, viel zu weit ging, neurotisch war.

Der Kommissar hörte auf, mit der Bleistiftspitze schwarze Pünktchen in sein Notizbuch zu hacken.

– Die Schneiderin empfand Sympathie für Ihre Frau?

– Ja natürlich, rief Bert, Sympathie, ja, schon – aber trotz allem, mir schien sie nicht der entgegengebrachten zu entsprechen, ich will sagen, solche Leute, einfache Leute, sind oft sehr hellhörig, sondieren das Falsche vom Echten ... zum Beispiel glaubte ich hin und wieder so etwas wie einen Schimmer von Geringschätzung und Mißtrauen in den Augen der Fertigan zu erkennen ...

– Zumindest, sagte der Kommissar, er blickte auf und schnell wieder zurück auf das gepünktelte Blatt im Notizbuch, steht wohl fest, daß sich am Anfang noch nichts Ungewöhnliches bemerkbar gemacht haben konnte, denn sonst ... Er schwieg verlegen, räusperte sich, setzte den Bleistift in Bewegung.

– Und nachmittags hat sie ja dann den Besuch erwartet, sagte Bert, die beiden Salms, Freunde, mit denen wir früher mal intimer waren, er war mein Kollege bei Stuffing & Co.

– Sie haben sogar Glück heut, sagte Milla, es kommt nämlich Besuch, und ich hab viel Kuchen im Haus.

– O, sagte Frau Fertigan, heut ist man ja nicht mehr so hinter den Sachen her, Kuchen und so, man hat einfach nicht mehr den Hunger.

– Jaja, rief Milla, wirklich, das stimmt, ich mach mir sowieso gar nicht viel draus. O, da sehn Sie nur: der böse Bert, was hat er alles wieder kaputtgemacht!

Die beiden Salms kamen früher als erwartet.

– Mit dem Wagen, weißt du, läßt sich das nie so festlegen, sagte Fritzi.

– Ein toller Wagen, sagte Milla.

Oben am Fenster Frau Fertigans Profil, fast konkav, wie ein trüber Halbmond, über die Arbeit gekippt in einem mahnenden Eifer.

– Kommt schnell rein, sagte Milla, es ist so ein komisches schwüles Wetter.

– Das Wetter muß natürlich, wenigstens für Fall eins, meines Erachtens aber auch für Fall zwei in Betracht gezogen werden, sagte einer der Sachverständigen.

– Wir haben ein wahnsinniges Gewitter hinter uns, rief Fritzi; sie strich die eingeschwitzten Stoffwammen ihres giftblauen Rocks glatt.

Peter war fertig mit wichtigtuerischem Hin und Her vor dem Auto; er streckte Milla sein derbes Handgelenk hin, ließ die schmutzigen Finger baumeln: zur Begrüßung muß man sich anfassen.

– Man kann doch wohl Fall zwei nicht aus Fall eins resultieren lassen, sagte jemand. War die Zuneigung der beiden Frauen derart, ich meine, daß …

Scham und Scheu und Angst, Ersticken im Sommernachmittag, der das Schreckliche schließlich ins Haus gedrängt hatte, der das Haus polsterte, fett, dunkel.

– Es muß doch scheußlich gewesen sein, sagte jemand, sagten alle.

Jetzt im Kontrast zu Fritzis bunter Maske sah Frau Fertigan besonders grämlich fahl aus. Mit dem hochgetürmten Kuchenteller, den Milla zwischen die Flicken und Scheren und Nadelkissen schob, schien nichts sich zu bessern – wer hat denn heut noch so viel Hunger – das Verkehrte blieb verkehrt; im Nähzimmer war es schwüler als drüben, auf der andern Seite der Diele, von woher Peters pedantisches Lachen und das Gesumm und Schlurren und Schleifen von Fritzis Tanz herüberdrangen; das Radio war viel zu laut.

– Na, hoffentlich schmeckts!

– O ja.

Milla starrte ins Gewirr der Näharbeit. Ein stummer beleidigter Tumult. Drei renovierte Hemden lagen überm Diwan. Nichts als Gnade, kein Grund, sich zu schämen. Wir könnten alles auch neu kaufen, die zerscheuerten Sachen wegwerfen. Gnade zu sechsfünfzig, und einen Strauß der gerade fälligen Blumen und ein Glas Eingemachtes oder eine abgelegte Strickjacke.

– Hundertemal habe ich gepredigt, den ganzen Näherinnenrummel abzublasen, sagte Bert. Und zwar aus reiner Großzügigkeit für

Milla, aus Mitleid mit ihr, weil diese Tage sie immer so anstrengten. Warum, weiß ich nicht. Habs nie begreifen können. Ich persönlich bin der Auffassung, daß allein Sparsamkeit den Menschen weiterbringt. Ich wars auch, der Frau Fertigan engagierte. Ich kann Verschwenderei nicht ausstehn. Aber dann gab ich eben nach. Wenn dirs so viel ausmacht, lassen wir sie einfach nicht mehr kommen, sagte ich.

– Wenn Sie den Kuchen gegessen haben, gehn Sie aber weg, sagte Milla. Der böse Bert hat ja schon drei neue Hemden. Sie lachte, wartete.

– O, danke! Die schiefrige Haut spielte nicht mehr mit. In der Küche, als sie den zweiten Kaffee aufbrühte, dachte Milla: es geht zu Ende. Ich habe es überlistet. Sie richtete mit vergnügten hastigen Fingern ein kleines Wurstpaket für Frau Fertigan.

– Ich leg Ihnen ein Päckchen auf die Kommode nebens Geld, rief sie über die Diele. Keine Antwort. Sie blieb einen Augenblick stehen, wieder erschreckt, beklommen: diese störrische Bescheidenheit. Ich komm sofort wieder, rief sie Fritzi und Peter zu und ging zurück über die Diele, öffnete die Nähzimmertür einen Spalt, lächelte hinein.

– Unmöglich kann sie es gewußt haben, während wir noch da waren, beharrte Fritzi. Ich kanns einfach nicht glauben. Sie war so natürlich.

– Und doch war das eine ausgemachte Schockreaktion, sagte einer der Sachverständigen. Aus welchem Grund sollte sie sonst …

– Sie muß den Schlag gehört haben. Wenn eine Frau von der Größe der Fertigan vom Stuhl fällt, muß man das hören, trotz Radio.

– Aber wie kann jemand so herzlos sein, so kalt …

– Und ausgerechnet Milla!

Milla trat ganz ein, lehnte die Tür gegen den Rahmen. Sie starrte auf den Boden. Das war fast schamlos: Frau Fertigan im entstellenden Pathos des Todes auf ihrem Nähzimmerfußboden, wie ein Stoffetzen, den man aufkehrt; zu ihren Lebzeiten hatte sie stets so viel Wert auf Distanz gelegt. Der Kuchenteller stand auf der Nähmaschine, von einem Stück fehlte etwa ein Drittel. Ein schwerer Stoffgeruch hing im Zimmer: Klagegeruch. Sie drehte sich um. Vorsichtig schob sie sich aus der Tür, drückte sie sanft ins Schloß. Weiter Weg über die Diele bis ins Wohnzimmer.

– Na endlich, rief Fritzi; ihre Tanzschritte hatten etwas Gelangweiltes. Nun sag mal: für wen willst du dich entscheiden, für die Schneiderin oder für uns, he?

– Für euch, für euch natürlich, rief Milla.

– Wir müssen bald fahren, sagte Peter, schlürfte Kaffee, schnickte Asche; und Fritzi schleifte immer noch hin und her, auf, ab.

– Ach nein, rief Milla, kommt nicht in Frage. Ihr müßt doch Bert auch noch sehn.

– Leider leider wird sich das heut nicht mehr machen lassen, sagte Peter. Dein Kuchen war übrigens vorzüglich.

– Ja, findest dus auch, rief Milla, nur hab ich ihn leider nicht selbst gebacken. Sie lachte laut, gackernd.

– Doch, sie war richtig heiter, ausgesprochen heiter, lustig, sagte Fritzi zum Kommissar.

– Ach wer hat denn heut überhaupt noch so viel Hunger nach all dem Süßen, sagte Fritzi.

Milla ging hinter den beiden über die Diele.

– Sollen wir deiner komischen Frau Soundso auf Wiedersehn sagen? flüsterte Fritzi.

– Ach Unsinn. Milla riß ihnen die Haustür auf.

– Das bringt diese Leute nur in Verlegenheit, sagte Peter.

Milla lief auf das Auto zu.

– Wirklich ein netter Wagen, rief sie mit eiliger Stimme. Da fällt mir ein, könntet Ihr so lieb sein und mich ein Stück mitnehmen? Ich hab nichts, rein gar nichts fürs Abendessen, und das gäbe ein schönes Theater mit Bert.

– Keiner hätte ja schließlich so was ahnen können, sagten die beiden Salms; das wurde zu einer Art Redewendung bei ihnen. Wir ließen sie natürlich mitfahren, bis zur Ecke Pappelstraße.

Bert pflegte ihnen von Grund auf recht zu geben. Diese ganze Angelegenheit hatte ihm die beiden Salms wieder viel nähergebracht.

– Es ist nicht zu verstehn, so oder so, dozierte er. Gut: der Tod von Frau Fertigan war verblüffend, schrecklich plötzlich, aber schließlich eine physische Sache, das Herz war schwach, die ganze Frau war fertig, am Ende. Sie hatte immer was Ungesundes, dies nebenbei. Aber Milla. Munter wie ein Fisch im Wasser. Es ist nicht zu verstehn. Ich bin nach wie vor geneigt, es nicht in ursächlichen Zusammenhang mit dem Tod der Fertigan zu setzen.

– Jaja, rief Fritzi, das ist ja meine Theorie, Gott wie war sie vergnügt, später viel vergnügter eigentlich als vorher, so frisch bei diesem widerlichen schwülen Wetter.

– Allerdings war sie seit jeher ein exemplarischer Fall von Unlogik, sagte Bert.

– Doch doch, rief Fritzi durch die Autoscheibe, es war wahnsinnig nett, und tausend Grüße an deine schlechtere Hälfte. Sie schob die Rockrillen über dem eingeschlauchten giftblauen Bauch hoch.

– Kommt bald wieder, schrie Milla dem fahrenden Auto nach. Sie bog in die Paulusstraße ein. Rasche kurze Schritte. Es war nicht kühler geworden. Das Gewitter klumpte sich grau über den Dächern. Sie fing an zu laufen. Kleine harte heiße Kinderhindernisse im Weg; die fensteräugigen Vorstadthäuschen gafften ihr nach. Die nassen Kleckse, die sie vom Morgen an – diesiger Morgen mit Frau Fertigan in der Tür – in den Achselhöhlen gespürt hatte, breiteten sich aus; sie fühlte, wie der Schweiß kühl und klebrig aus ihrem Körper drängte. Schweiß Tränen Regen. Regen. Regen und Weglaufen, nichts als Gnade. Weglaufen: ein ganz uraltes Vorhaben.

Im Kronenweg, hinter dem letzten Haus, fing sie an zu rennen, dem Wald entgegen, zu rennen.

Wolfgang Hildesheimer
Herrn Walsers Raben. Hörspiel

Adrian Darf ich einschenken?

Tante Danke.

Adrian *schenkt ein.* Ja, das ist ja alles sehr interessant, liebe Tante. Onkel Fabian erscheint mir in einem neuen Licht! Jedenfalls kannte ich ihn so nicht. – Und nun nehme ich an, möchtest du mit mir über die Erneuerung deiner Rente sprechen, nicht wahr? Übrigens: Wozu hast du eigentlich dein Fräulein Tochter ins Spiel gebracht?

Tante Mein lieber Adrian! Du bist heute ein Mann von achtundzwanzig ...

Adrian *bietet an.* Senf?

Tante *irritiert.* Wie bitte?

Adrian Nimmst du Senf?

Tante *sehr irritiert.* Du bringst einen wirklich völlig durcheinander.

Adrian Englischen oder französischen?

TANTE *immer irritierter.* Englischen oder französischen was?
ADRIAN Senf!
TANTE Ich nehme keinen Senf!
ADRIAN Und ich bin nicht achtundzwanzig, sondern leider schon achtunddreißig.
TANTE Du irrst!
ADRIAN Du vergißt, daß Männer, im Gegensatz zu Frauen, jedes Jahr um ein Jahr älter werden.
TANTE Vielleicht hatte ich das vergessen. Wie dem auch sei: Du bist ein Mann in den besten Jahren.
ADRIAN *nach einem Schluck Wein, gelassen ausholend.* Wenn du Zeit hast, möchte ich dir gern meine Theorie über die besten Jahres eines Mannes erläutern.
TANTE Ich habe k e i n e Zeit!
ADRIAN *unbeirrt.* Die besten Jahre – so finde ich immer – sind eine äußerst frivole Erfindung solcher Herren, die ich als Augenzwinkerer, als Schulterklopfer, Knopflochnelkenträger oder Schürzenjäger bezeichnen möchte …
TANTE Adrian, ich ersuche dich!
ADRIAN … obgleich es sich bei den letzteren eigentlich mehr um Nerzjäger handelt. In Wirklichkeit, liebe Tante, sind die »besten Jahre« die kritischen. Zeit zu einer kleinen Zwischenbilanz, die bis zu einem gewissen Grad bereits die endgültige Bilanz bestimmt. Und diese wird – vor allem in meinem Fall – nicht ganz einfach sein!
TANTE Nein, wahrhaftig nicht!
ADRIAN Und eben deshalb habe ich beschlossen, meine Jahre a l l e i n zu verbringen. *Trinkt.* Entschuldige! Dein Glas ist leer. Darf ich einschenken?
TANTE *sehr irritiert.* Ja – nein – du bringst mich völlig aus dem Konzept.
ADRIAN Ah – da bist du nicht die einzige, liebe Tante Cosima! Schon früher habe ich immer alle Leute aus dem Konzept gebracht.
TANTE Genug jetzt. Adrian, ich …
ADRIAN Da ist zum Beispiel meine Haushälterin, Frau Borgward, – übrigens eine Seele von einem Menschen –, obgleich natürlich der Körper in diesem Fall auch ziemlich schwer ins Gewicht fällt. Wie sollte sie es, so frage ich dich, bei mir aushalten, wenn ich sie nicht schon vor langer Zeit ein für allemal und endgültig aus dem Konzept gebracht hätte?! Frage sie nach einem Konzept, und du

wirst sehen: sie hat keines. – Das Gute an ihr ist übrigens, daß sie nicht aus der Ruhe zu bringen ist! *Etwas näher und mit einem winzigen Unterton der Drohung.* Auch dir, liebe Tante, würde ich im Guten raten, dich von mir nicht aus der Ruhe bringen zu lassen!!

TANTE *irritiert und erstaunt.* Was soll das heißen?

ADRIAN *trinkt.* So, und nun trink von diesem köstlichen Chateau neuf und du wirst dich wieder fassen! Ist er nicht hervorragend?

TANTE *trinkt.* Er ist sehr ...

ADRIAN Ich habe vor kurzem das Weingut gekauft.

TANTE *faßt sich langsam wieder.* So, so? Das muß ziemlich viel gekostet haben.

ADRIAN Allerdings. Aber du mußt zugeben, daß es sich lohnt.

TANTE *wieder gefaßt.* Zur Sache! *Trinkt einen Schluck.* Adrian, du bist ein M ö r d e r!

ADRIAN Ein was??

TANTE Ein M ö r d e r!!

ADRIAN *freundlich vorwurfsvoll.* Aber liebe Tante Cosima, was sind das für harte Worte!

TANTE *wieder erregter.* Du bist der schamloseste Massenmörder dieses Jahrhunderts ...

ADRIAN Du bringst mich wirklich in Verlegenheit!

TANTE ... und des letzten!

ADRIAN Also, da muß ich dich doch wohl an Doktor Crippen erinnern, liebe Tante.

TANTE An w e n?

ADRIAN An Doktor Crippen, einen ehrsamen Arzt zu London, am Ende des vorigen Jahrhunderts. Fünfmal war er verheiratet, hatte daneben sechs Geliebte und hat alle vierzehn umgebracht, und zwar auf durchaus ungewöhnliche Weise. Soll ich dir erzählen, wie ...?

TANTE N e i n! Im Augenblick sind wir bei dir!

ADRIAN Zum Beispiel tat er das Gift immer in Pfefferminztee, so daß ...

TANTE Nicht nur hast du deinen armen, unglücklichen Onkel Fabian ...

ADRIAN Gott sei Dank war er weder arm noch unglücklich. Weißt du, mir fiel ja ein Stein vom Herzen, als du mir erzähltest, wie rabenschwarz er ...

FRAU BORGWARD *tritt ein.* Darf ich den Nachtisch servieren?

TANTE *sofort.* Nein, ich esse hier nichts mehr!

Adrian *heiter.* Bitte, Frau Borgward! – Denken Sie: Meiner Tante gefällt es hier so gut, daß sie am liebsten g a n z hierbleiben möchte.

Frau Borgward Wirklich, gnädige Frau? Ja, es ist schön hier. Und so still!

Adrian Und es kommt fast nie jemand, nicht wahr, Frau Borgward?

Frau Borgward Selten. Allerdings ist soeben ein Herr gekommen. Er will Sie abholen, gnädige Frau!

Tante Gott sei Dank!

Adrian *erstaunt.* Ach, du wirst abgeholt?

Tante *mit leichtem Triumph.* Ja, lieber Adrian, ich werde abgeholt.

Frau Borgward Ich habe ihm eine Tasse Kaffee angeboten, aber er trinkt ihn nicht, sondern steht draußen und füttert die Raben!

Adrian *erstaunt.* So?

Tante Sagen Sie ihm, er soll hereinkommen. Er soll sich in das Nebenzimmer setzen, bis ich ihn rufe.

Frau Borgward Sehr gern, gnädige Frau. *Schritte, sich entfernend, Tür.*

Adrian Du willst ihn rufen?

Tante Wenn ich ihn brauche.

Adrian Und wer ist der Herr?

Tante Er heißt Mönkeberg.

Adrian Der Name bedeutet mir nichts.

Tante Mir bedeutet er Sicherheit.

Adrian Vor was?

Tante Vor dir. D u hast Fabian umgebracht sowie deine Onkel Robert und Jasper und deine Tanten Gertrude, Winifred und Patricia.

Adrian Wie du sie alle auswendig weißt!

Tante Ich bin die einzig Überlebende.

Adrian Väterlicherseits. Mütterlicherseits habe ich noch einiges. Und außerdem hast du Nikolaus vergessen. Ich nehme an, er lebt noch.

Tante Von ihm spreche ich nicht.

Adrian Schade. Ich wüßte gern mehr über ihn.

Tante Du verstehst immer wieder abzulenken.

Adrian Ich verstehe sogar einiges mehr! Aber zurück zur Sache, Tante Cosima: Du willst also k e i n e Rente haben?

Tante Nein. Du wirst Iris heiraten.

Adrian Wen?

TANTE Iris, meine Tochter!

ADRIAN Siehst du, die hatte ich inzwischen schon wieder vergessen. Du möchtest also deine einzige Tochter einem Massenmörder zur Frau geben?

TANTE *triumphierend.* Ah! Du gibst es also zu?

ADRIAN *unbeirrt.* Ich gebe n i c h t s zu. Ich habe nur einen Augenblick lang versucht, mir d e i n Bild des Sachverhalts zu vergegenwärtigen. Ich wollte mich gewissermaßen in dich einleben.

TANTE Du wirst sie zur Frau nehmen, ihr die Hälfte deines Besitzes überschreiben sowie deine Stahlpapiere und die Schiffswerftaktien.

ADRIAN Habe ich abgestoßen!

TANTE Und ihr ein eigenes Bankkonto errichten.

ADRIAN So?

TANTE Ja.

ADRIAN *behäbig.* Weißt du, wenn ich bedenke, wie schlecht du mit deiner Tochter stehst, dann erscheint mir deine Besorgnis um ihre Zukunft als geradezu rührend.

TANTE Ich will dir nicht verhehlen, daß ich von ihr für die Erledigung dieser Angelegenheit eine großzügige Provision beanspruchen und erhalten werde!

ADRIAN Ach so. – Nun, deine Ehrlichkeit gerät dir zur Ehre. Ich bin nicht sicher, ob sie nicht das e i n z i g e ist, was dir zur Ehre gerät. Dennoch: So verlockend dein Angebot auch sein mag – ich kann es leider nicht annehmen. Ich habe dir schon zu erklären versucht, warum ich lieber allein bleibe. Zudem fürchte ich, Frau Borgward würde mir kündigen, wenn eine andere Frau ins Haus käme.

TANTE *wütend.* Was kümmert mich Frau Borgward!

ADRIAN Dich vielleicht nichts, aber mich.

TANTE Und wer spricht davon, daß du Iris zu dir ins Haus nehmen sollst? Sie würde sich ohnehin nicht wohlfühlen bei dir und deinen Raben. Sie wäre ihres Lebens nicht sicher. I c h betreibe die Sache nur der Form wegen. Eine Schenkung sähe in der Öffentlichkeit sehr seltsam aus.

ADRIAN Ich fürchte, du wirst dir die ganze Angelegenheit aus dem Kopf schlagen müssen. Ich bin gern bereit, dir und deiner Tochter eine kleine Rente auszusetzen, von der ihr beide leben könnt, o h n e allerdings große Sprünge zu machen, so zwischen Spitzengardinen und ererbtem Porzellan, und sonntags zum Braten einen Gast. Ich würde euch sogar raten, einen Beruf zu ergreifen. Du mußt nämlich bedenken, daß ich bereits siebenundsechzig entfernte hinterbliebene Verwandte unterstütze, unter denen übrigens auch die unmündigen Kinder des verschollenen Nikolaus sind!

Tante Nikolaus hatte keine Kinder.

Adrian Daran siehst du, wie ich ausgenützt werde.

Tante Das ist mir gleichgültig. Ich verlange hiermit von dir, daß du …

Frau Borgward *tritt ein.* Nehmen Sie den Kaffee hier oder draußen auf der Terrasse?

Tante *wütend.* Ich will keinen Kaffee!

Adrian Draußen auf der Terrasse, liebe Frau Borgward. Meine Tante möchte ein wenig die milde Herbstluft genießen, bevor sie zur nüchternen Existenz des Stadtmenschen zurückkehrt, nicht wahr, Tante Cosima?

Tante Ist Herr Mönkeberg im Nebenzimmer?

Frau Borgward Ja, gnädige Frau.

Adrian Dann sagen Sie ihm doch bitte, er möchte sich in den Wintergarten setzen, da ist er näher bei uns, im Falle daß meine Tante ihn braucht.

Frau Borgward Sehr gern, Herr Walser. *Ab.*

6

Terrasse im Freien. Ab und zu ländliche Geräusche, dazwischen immer ein wenig Gekrächze von Raben.

Adrian Ein schöner Tag! – Ist es nicht herrlich hier draußen?

Tante *inzwischen sehr gereizt.* Adrian, ich …

Adrian Oder stören dich die Raben?

Tante Adrian, ich habe nicht viel Zeit. Ich ersuche dich …

Adrian *vergnügt, holt wieder aus.* Nicht viel Zeit? Glaube mir, Tante Cosima: Das ist ein großer Fehler. Nimm dir an mir ein Beispiel! Ich habe immer Zeit. Erst neulich habe ich vier volle Tage damit zugebracht, die Fotoalben meines verstorbenen Großvaters zu ordnen.

Tante Du kannst es dir leisten, ich nicht!

Adrian *breit.* Es ist wirklich erstaunlich, was dabei zutage trat. Stell dir vor: Der Postminister in einer der ersten Badehosen beim Rosenzüchten in seinem Garten …

Tante *wird immer wütender.* Adrian, du bringst mich an den Rand …

ADRIAN Sarah Bernhardt im Alter von vierundsiebzig Jahren in der Rolle des Hamlet im Rollstuhl …

TANTE Genug!

ADRIAN Richard Wagner und König Ludwig II. in Schloß Linderhof als Tristan und Isolde. Und Onkel Nikolaus als Säugling nackt auf einem Tigerfell. Vielleicht hättest du Lust, mit mir die Sammlung einmal durchzugehen?

TANTE *sehr wütend.* Solltest du nicht innerhalb der nächsten fünf Minuten auf meinen Plan eingehen, und zwar bedingungslos, so übergebe ich dich der Polizei.

ADRIAN Davon würde ich an deiner Stelle absehen. Davon hast du nichts, noch nicht einmal eine kleine Rente.

TANTE Dafür aber die große Genugtuung, daß du aufgehängt wirst.

ADRIAN Heutzutage wird man guillotiniert …

TANTE Darauf soll es mir nicht ankommen.

ADRIAN … außer in einigen amerikanischen Staaten. In Louisiana zum Beispiel wird man …

TANTE Jahrelang habe ich dich beobachten lassen.

ADRIAN Von der Polizei?

TANTE Natürlich nicht. Privat. Aber ich habe Zeugen.

ADRIAN Du hast also gewissermaßen meine Morde für deine persönlichen Zwecke gesammelt.

TANTE Du gibst sie also d o c h zu?

ADRIAN Keineswegs. Ich bin dabei, deine Mentalität zu ergründen und sie mit der anderer Familienmitglieder zu vergleichen. Und siehe da! Sie ist die gleiche. Nikolaus ausgenommen, dessen Mentalität ich nicht kenne.

TANTE Und das bedeutet, daß du auch mich ermorden willst!

ADRIAN Wie langweilig du bist, Tante! Wie oft muß ich dir denn noch sagen, daß ich niemanden ermordet habe!

TANTE Wie kommt es dann, daß deine Tante Winifred von einer Odenwaldwanderung mit dir nicht zurückgekehrt ist?

ADRIAN Sie i s t zurückgekehrt, nur habt ihr sie alle nicht mehr erkannt.

TANTE *im Zug, hat nicht zugehört.* Kannst du mir erklären, wie es kommt, daß dein Onkel Jasper eine Schachpartie mit dir nicht überlebt hat?

ADRIAN Er h a t sie überlebt. – Übrigens war er ein miserabler Spieler. Denk dir: Schon bei der Eröffnung mit dem Damenbauer …

TANTE Laß mich gefälligst mit dem Damenbauer in Ruhe! Er ist jedenfalls nicht heimgekommen.

ADRIAN Er ist davongeflogen, kam allerdings dann wieder …

TANTE Was soll das heißen?

ADRIAN *breit und vergnügt, ruhig.* Liebe Tante Cosima: Wo gemordet wird, da gibt es bekanntlich Leichen. Kannst du m i r vielleicht erklären, wie es kommt, daß man weder die Leiche von Tante Winifred noch die von Onkel Jasper gefunden hat, noch die Leichen der anderen Familienmitglieder, deren Mord du mir in die Schuhe schieben möchtest?!

TANTE Gott mag wissen, was du mit ihnen getan hast …

ADRIAN *quasi zu sich.* Er weiß es.

TANTE Ich nehme an, du hast sie verscharrt.

ADRIAN Nimm es mir nicht übel, liebe Tante, aber ich finde dich im höchsten Grade geschmacklos.

TANTE *erregt.* Geschmacklos, das ist der Gipfel …

ADRIAN *unberirrt.* Noch nicht einmal Doktor Crippen hat die Leichen verscharrt. Er hat sie sorgfältig …

TANTE *immer erregter.* Geschmacklos! Ein mehrfacher Mörder wirft m i r vor …

FRAU BORGWARD *tritt ein, sehr freundlich.* Der Kaffee!

TANTE *enragiert.* Ich w i l l keinen …

ADRIAN *ruhig und freundlich.* Vielen Dank, Frau Borgward. Denken Sie, meine Tante ist so hingerissen von …

TANTE *von nun an immer erregt.* Ist Herr Mönkeberg im Wintergarten?

FRAU BORGWARD Ja, gnädige Frau. Er sitzt mit dem Ohr an der Wand. Man kann jedes Wort verstehen.

TANTE Das ist gut.

ADRIAN Siehst du, du brauchst keine Angst zu haben. Nimmst du einen Cognac zum Kaffee?

TANTE Nein!

ADRIAN Ah, du nimmst lieber einen Kirsch!

TANTE Ich will nichts.

ADRIAN Den Cognac und zwei Gläser, Frau Borgward, bitte.

FRAU BORGWARD Sehr gern, Herr Walser. *Ab.*

ADRIAN Es ist nämlich echter Napoleon-Brandy, den Onkel Fabian noch …

TANTE Ich w i l l kein …

ADRIAN *ernst.* Tante Cosima, ich möchte dir d r i n g e n d s t raten, einen Cognac zum Kaffee zu nehmen. Wer i s t übrigens dieser Herr Mönkeberg?

TANTE Mein Leibwächter und Zeuge.

ADRIAN So?

Man hört Gekrächze von Raben jetzt in kurzen Abständen.

TANTE Deshalb rate ich dir hiermit zum letzten Mal …

ADRIAN *gemütlich, im Plauderton.* Ist es dir nicht auch schon aufgefallen, liebe Tante Cosima, so im Laufe deiner Erfahrungen, daß das einzige, was die Anmaßung eines guten Rates entschuldigt, die Tatsache ist, daß er niemals angenommen wird?

TANTE Adrian, ich sage dir: In einer Stunde oder noch früher sitzt du hinter Schloß und Riegel!

ADRIAN Tante Cosima! Ich schlage vor, du nimmst die kleine Rente an, verkaufst deine Tochter an einen Würdigeren, und wir bleiben Freunde.

Rabengekrächze lauter.

TANTE *immer erregter.* Du Mörder! F a m i l i e n m ö r d e r!

ADRIAN *mit ruhigem Bedauern.* Ich fürchte wirklich, du treibst mich zum Äußersten. Dabei würde ich es dir gern ersparen! Hörst du die Raben?

TANTE Sie sind unüberhörbar. Bald versteht man sein eigenes Wort nicht mehr.

ADRIAN Und siehst du sie? Dort?

TANTE Man kann sie nicht übersehen! Sie machen den ganzen Himmel schwarz.

ADRIAN Richtig. Und siehst du: Ich brauche nur ein Wort zu sagen, ein ganz kleines, einsilbiges, ich flüstere es nur, ja, denke es nur, und d u b i s t e i n e r v o n i h n e n!

TANTE *flüstert vor Erregung.* Adrian, bist du etwa w a h n s i n n i g?

ADRIAN *ruhig.* Nicht aufregen, Tante Cosima, nicht aufregen. Wenn du ruhig bleibst, kannst du dich retten, das sage ich in d e i n e m Interesse. Das Wort wirkt nur, wenn ich das Opfer in Erregung versetzt habe!!

TANTE – – –

ADRIAN Ich gebe zu: Ich mache es meinem Gegenüber schwer, Ruhe zu wahren. Dennoch …

TANTE *versucht, zur Vernunft zurückzukehren.* Halt mich nicht zum Narren, Adrian!

ADRIAN Genau das haben auch Patricia und Winifred und Jasper gesagt. Robert lachte und fragte: »Bist du etwa ein Zauberer?« Es waren seine letzten Worte. Jetzt krächzt er nur noch.
Rabengekrächze.
Siehst du? Vielleicht ist er das? Tu mir daher den Gefallen, liebe

Tante, und glaub mir. Ich will dich ja gar nicht in einen Raben ver …

TANTE *mühsam.* Mach dich nicht lächerlich, Adrian!

ADRIAN Das wiederum waren die letzten Worte meines unglücklichen Onkel Fabian, als ich ihn in einem Anfall von Ärger in einen Raben verwandelte. Und Gott sei Dank tut es mir ab heute nicht mehr leid, da ich weiß, daß er ein Schurke war. Aber sofort nach der Tat habe ich es bedauert. *Breit erzählend.* Ich wußte nicht, daß er mir Besitz und Vermögen als Alleinerben hinterlassen würde. Es war wirklich sehr großzügig von ihm, findest du nicht? – Dennoch hätte ich ihn gern zurückverwandelt. Aber leider, leider hatte ich in kindlichem Übermut meinen unvergessenen Lehrer in Erregung gebracht und in einen Raben verwandelt, bevor er mir die Rückverwandlungsformel beibringen konnte. Und nun ist wohl der einzige, der sie weiß, Onkel Nikolaus; aber der ist verschollen.

TANTE *mühsam, schwer atmend.* Adrian! Ich …

ADRIAN Bitte, laß mich weitererzählen! Wie gesagt, um Onkel Fabian tat es mir leid. Schließlich hat man seinen Wohltätern gegenüber gewisse Verpflichtungen – aber darüber magst du anders denken. Was aber die anderen betrifft, Patricia, Jasper, Robert und Winifred, und wie sie alle heißen, ihnen geschieht es recht. Sie kamen alle mit der gleichen Absicht, nämlich mich zu erpressen. Wie du! Zuerst kam Onkel Robert. Er sagte, ich hätte Onkel Fabian ermordet und verlangte eine beträchtliche Summe Schweigegeld. Erst als ich sie verweigerte, drohte er mit der Polizei. Was blieb mir anderes übrig, als ihn zu verwandeln? Dann kam Tante Winifred, die Beweise zu haben glaubte, daß ich zwei Morde begangen hätte, und ihre Forderungen waren dementsprechend höher. Und so mußte ich auch sie verwandeln, und so ging es weiter. Und nun kommst du als letzte – natürlich außer Onkel Nikolaus – und du stellst unerfüllbare Forderungen. Unerfüllbar, denn – wie ich dir schon sagte – unterstütze ich die Hinterbliebenen meiner Opfer. Und zwar einzig und allein aus Familiengefühl; denn du wirst mir zugeben, daß von Verpflichtung hier kaum die Rede sein kann.

TANTE *mühsam.* Bist du endlich fertig?

ADRIAN Fertig? Laß mich nachdenken! – Ja, ich glaube, ich habe alles gesagt. Und nun bitte ich dich …

TANTE *erregt.* Gehst du auf meine Vorschläge ein oder nicht?

Rabengekrächze ziemlich laut.

ADRIAN *näher am Mikrophon.* Tante Cosima, du hörst, wie die

Raben dich warnen! Auch ich möchte dich zum letzten Mal warnen! *Näher.* Hörst du?!

TANTE *ruft in großer Erregung.* Hilfe!! Herr Mönkeberg! H i l f e!

Adrian murmelt nahe am Mikrophon ein unverständliches Wort. Tür öffnet sich, im selben Augenblick Gekrächz eines einzelnen Raben sehr nah, dann einen Augenblick völlige, wohltuende Stille.

JÜRGEN BECKER

material 1

wi-nd still?
      e ein geschwür sticht der himmel
und glänz-t   und flirr-t.
                                        n   ende
               ende(s)   u   vögel
                                    aluminium   regen
                                                schlitzt   die
still e   luft.
      raucht die heide, heiser z(w)isch-t gras.
                                                               en Z eichen
                                                                 z E igen
                                                                 s I ch
                                                              dor T : wo
wi-e ein geschwür sticht der himmel.
    nd still!

material 2

hier sinnen gelähmte vögel

schrei
      b
        rennend
wi(e)der die stumme alpmauer
                                                (tragend
rüste ich den rücken)auf-
                                          brechend
den lippenschlitz

schlag

schlaff, lahmen die zungen, hier, der vögel

FERDINAND KRIWET
montage

namen aus daten und briefumschlägen
erhoffen verborgen
in autobahnen und städteschildern
wird hier kein sommer mehr sein
werde nie sterben
von deinen händen
nur traum in tasten
in schattenspielen
vertan die stunden gemeinsam
aus namen von orten straßen eiscafés
schwemmen und plätzen
du weißt den mythos aus briefen
aus ferngesprächen
aus schweigen
lügen verschwiegen
doch wird die stunde
spuren von masken und würfel
verlieren
verstummen die zeichen
telefonversprechen
wenn die worte weiterhin austauschbar reden

slang

stumm vom gehen im raum verharren in händen innen
verharren stumm im raum stumm auf der lauer in händen
bewegt mein satz im innen sich auf der lauer vom
gehen stumm auf händen mein satz bewegt sich im fallen
innen ohne hände innen in händen gehen stumm
fallen gehen im fallen verharren im raum mein satz
auf der lauer im fallen mein satz vom gehen stumm
auf der lauer im fallen mein satz vom gehen stumm

Eugen Gomringer
Konstellationen

regt sich
rötet sich
bewegt sich

berührt
verspürt
ergreift

wird bewegt
wird berührt
begreift

sieht
sichtet
spricht

<pre>
                                        o
                                        bo
                                        blow
                                        blow blow
                                        blow blow blow
                                        blow blow
                                        blow
                                        bo
          o   o
          go   so
          grow   show
          grow grow   show show
          grow grow grow o show show show
          grow grow   show show
          grow   show
          go   so
          o   o
         lo
       flow
  flow flow
flow flow flow
  flow flow
       flow
         lo
          o
</pre>

CARLFRIEDRICH CLAUS
6 Phasen von 52

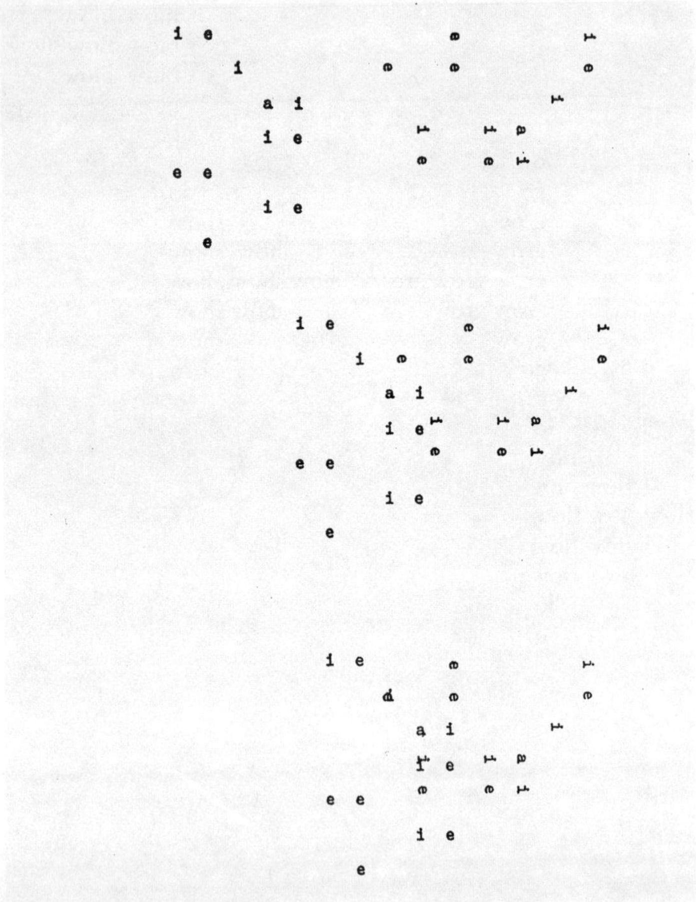

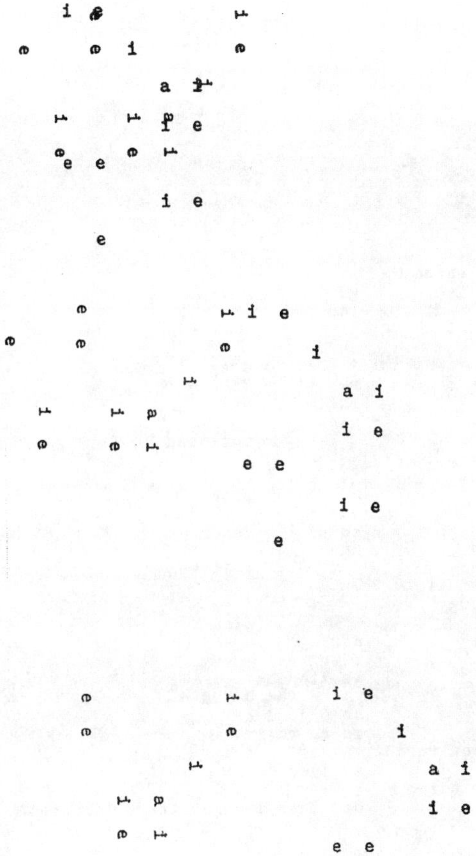

CLAUS BREMER

```
eeeee
                       eeeee
             eu i uu
                       i u u iu
drf          d rr      d rr
sschf
                       ft
                       w
tt tt
l
ch
drf          ch        df
ss ss ss
             gf
             tch
t t t
             ch dw
                       drsg
             ru        fi
             rufi
             sseu
                       rufisseu
der ufi
sseu
                       glch
             eutti
             euss      fuudr
             euss
                       gwltisch
der ufi
sseug
                       wdch
             dru
             fieu      eussg
             weuttedcht
                       d d d d
             de d de d de
             ru ru ru ru
ruieu ruieu            drsg
             eu i eu u
der ufieu
             der fuss des gewitters leuchtet
```

Franz Mon

to

du

to(to)r

dud

tor s

duds

tors(ors

dis tud

torster

di diss tud

stors ters

di diss tut tus

stoss ters tears

dis ist tuts tu dus

stosstes tess (tir

dies dir tut tus du dir

stiess test terz ders

diss tir tut tus durs dirrt

siest stiess derrs t erz errst

dirrs tat dirs tus ders tast errst

si stiss ders erz errst stens)stett stet

BAZON BROCK
an meine großväter die chinesisch sprachen

```
das ist                                                          erfolg
      neue sinn und bettbezüge   schöne glatte bewunderte beine
              denn er sollte sein ein hemd in händen
              derer  die nackt gehen  hinter brillen


das  tier
das+ auge   zu pferde und wasser last des schweigens durch verschließen
das  haar
                                         denn das töpferische irrt im haus
                                             das fangende in der bauchhöle
                                                     das regnende im fluß
                                                   das abtrünnige im ohrt
                                                     das harfende im auto
                                            das brillehaltende an der wand
                                     i.
das schöpferische  wirkt  im haupt
                  kämpft  im zeichen des nordwestens
                 eswirkt  im haupt
                   wirkt  im pferd
                          im drachen
                          im
ist  der  angedeutete himmel
ist  run  d
ist  der  fürst          mächtig in den backenknochen zu sein bringt u
ist  der  vater          nheil er wandelt einsam und kommt in den rege
ist  der  nephrit
ist  das  metall         n an den oberschenkeln ist keine haut und das
ist  die  kälte          gehen fällt schwer ein mageres schwein hat di
ist  das  eis
ist  das  tiefrote       e anlage herumzutoben zeichnet im horizont da
ist  ein  al t es pferd  s bild des durchbruchs man dringt empor in di
ist  ein  gu t es pferd  e leeren städte inmitten der erde wächst das-
     ein  mageres pferd  holz es ist kein         grundzu bedenken da
          wil d es pferd
ist  das  baumobst
     das  erkennen      der großen anfänge
          erkennt durch das leichte
                        das öffnen der pforte
ist  gel  b und maßvoll daß hier der schatten licht auf1/regt

                                     ii.
das empfangende wirkt in der baumhöle

                                    fördernd durch die
                             beharrlichkeit einer stute
                             sechs auf zweitem platz
                             gerade
                             rechtwinklig
                           groß
                   zugebundener sack
                                   kein lob
                                       gelbes untergewand bringt halbes heil
```

die schönheit ißt inwendig
die höhe ahmt den himmel nach
das schließen der pforte
ist weich seine art
d
d
d

ist die übereinstimmung mit den grenzen
still doch eckig
diese beiden tätigkeiten entsprechen dem frühling

hier liegen die ursachen nicht zwischen morgen und abend eines tages
der weg der erde ist es kein fertiges werk zü zeigen sondern alles s
tellvertretend zu ende bringen zu lassen wenn aber himmel und erde s
ich schließen so zieht sich der tüchtige mann ins dunkel zurück zuge
bundener sack die striche und bilder bewegen sich im innern heil und
unheil offenbaren sich im äußern werk und wirkungsfeld offenbaren si
ch in den veränderungen

iii.

das erregende wirkt im fuß
in den fesseln
ist dunkelgelb den dreijährigen
ist das ausbreiten
ist die straße
der älteste sohn
ist entschieden und heftig
unter den pferden sind es
die mit den weißen hinterbeinen
die mit dem stern auf der stirn
unter den nutzpflanzen sind es
die hülsen früchte

treten hervor im zeichen des erregenden
das erregende steht
im osten das vergehende zu zählen
beruht auf der vorwärtsbewegung das kommende zu
wissen auf der rückläufigen

iiii.

das sanfte wirkt in den schenkeln
ist das holz
ist das weiße
ist das lange
ist der geruch
ist das unentschiedene
ist die richtschnur
ist die älteste tochter

unter den menschen meint es
die grauhaarigen
die mit der breiten stirn
bedeutet es
die mit viel weiß im auge
die dem gewinn nahe stehen
das sanfte steht im südosten

iiiii.

das abgründige wirkt im ohr
ist das wasser
ist das geradebiegen und
ist der bogen und
das krummbiegen
das rad unter den menschen vielleicht
die mit ohrenschmerzen
unter den pferden bedeutet es die
die den kopf hängen lassen
die dünne hufe haben
die stolpernden
ist das durchbringen
ist der mond das wasser fließt ununterbrochen und frißt sein
ziel
das abgründige steht im genauen norden
iiiiii.
das haftende wirkt im auge
ist die mittlere tochter die sonne
unter
unter den menschen bedeutet es zeichen der abgeschnit
die mit dem großen bauch zunge tenen
panzer und helden
trockenheit
schildkröte
krabbe
schnecke
iiiiiii. die muschel

das stillehalten wirkt in der hand
ist der nebenweg
bedeutet die steine
ja türen und öffnungen
früchte und samen
eunuchen und wächter
bedeutet die finger an der rechten hand
ist der hund
ist die ratte
die arten der schwarzschnäbel
das stillehalten ist das zeichen des nordostens
wo anfang und ende begraben liegen
iiiiiiii.
das heitere wirkt im mund
ist der see
ist die jüngste tochter
mund und zunge
verderben und zerbrechen
bedeutet abfallen und aufspringen unter den erdarten
es die harten und salzigen
es die lippenschmalen
es die kniefalten
ist die nebenfrau
ist das schaf
das heitere sucht sich zum dritten male

ist oben offen
ist der mittherbst und er bekommt eine tochter
darum ist die art der scharfgarbe rund und geistig die art der zeic

chen ist rechtwinklig und weise der sinn der sechs linien ist wande
lnd um auskunft zu geben die unter dem himmel hängenden bilder auch

Konrad Bayer und Gerhard Rühm
der fliegende holländer
ein stück für hubert aratym

1. fase
man muß recht viel essen, ehe man abfährt.
wir haben heute einen schönen tag.
wollen sie sich nicht dieses sessels bedienen, mein fräulein?
wir werden eine ruhige see haben.
ich sitze nicht gerne so nahe an der maschine; es ist zu heiß auf der einen seite und zu kalt auf der andern.
das schiff fängt an zu schaukeln.
die rasiermesser schneiden nicht mehr, eins davon ist schartig.
viel eben nicht, denn mein herr nachbar ist etwas wohlbeleibt.
wir werden doch nicht etwa schlechtes wetter bekommen?
es scheint fast so; der himmel färbt sich grau und die möwen fliegen tief.
setzen sie sich lieber in die mitte.
die wellen fangen an, über bord zu schlagen.
wo ist meine hutschachtel und mein regenschirm?
ich leide an kurzem atem.
zwölf stunden, wenn es so fort geht.
stecke eine nadel in meinen hals.
die finger sind mir etwas erstarrt.
die luft kühlt sich merklich ab.
kämme mich –, etwas behutsam; ich will keine locken.
aber dann muß ein fenster offen bleiben.
sind sie, mein herr, ein freund von großen gärten?
hier ist ein trinkgeld.
stecke eine nadel in meinen hals.
der wind erhebt sich; es ist möglich, daß er die wolken zerteilt.
im gegenteil, er scheint sie über unseren häuptern aufzutürmen.
das gewitter ist schon ganz nahe.
welch ein schlag!
mein geschirr steht ihnen zu befehl.
kann ich galignani's messenger haben?
bedaure, der wird eben gelesen.
der wind hat sich nach abend gedreht, auch zeigt sich eine bedenkliche wand am horizont.

das schiff schwankt bedeutend.
ich will keine locken.
gute sänger, schöne sängerinnen.
schnür mich jetzt ein.
die uhr liegt auf dem nipptische.
die segel werden eingezogen.
die finger sind mir etwas erstarrt.
wir haben vollmond; der wird den himmel wieder aufhellen
wir sind ganz in der nähe.
jetzt sind wir im durchschnitt.
wir werden einen schönen abend haben.

2. fase
es ist nicht erlaubt, mit dem steuermann zu sprechen.
kämme mich, – etwas behutsam; ich will keine locken.
im gegenteil, er scheint sich über unseren häuptern aufzutürmen.
ich will keine locken.
ich will keine locken.
sehr gut, wenn der wind bleibt.
kämme mich, – etwas behutsam.
die segel werden eingezogen.
der himmel färbt sich grau und die möwen fliegen tief.
es ist nicht erlaubt, mit dem steuermann zu sprechen.
ich will keine locken.
stecke eine nadel in meinen hals.
ich will keine locken.
sind sie, mein herr, kein freund von großen gärten?
ist nicht nötig.
ich will keine locken.
ich will keine locken.
der wind erhebt sich; es ist möglich, daß er die wolken zerteilt.
die rasiermesser schneiden nicht mehr, eins davon ist schartig.
schnür mich jetzt ein.
das gewitter ist schon ganz nahe.
kämme mich, – etwas behutsam.
kämme mich, – etwas behutsam.
der wind hat sich nach abend gedreht, auch zeigt sich eine
bedenkliche wand am horizont.
wo ist meine hutschachtel und mein regenschirm?
wo ist meine hutschachtel und mein regenschirm?

ich finde meine mandelseife nicht!
wir haben vollmond; der wird den himmel wieder aufhellen.
es fehlt niemand.
aber dann muß ein fenster offen bleiben.
kämme mich, – etwas behutsam.
ist nicht nötig.
wir haben vollmond; der wird den himmel wieder aufhellen.
kämme mich, – etwas behutsam.
die finger sind mir etwas erstarrt.
wir werden doch nicht etwa schlechtes wetter bekommen?

3. fase
gute sänger, schöne sängerinnen.
kämme mich, – etwas behutsam.
kämme mich, – etwas behutsam.
die luft kühlt sich merklich ab.
ich will keine locken.
die rasiermesser schneiden nicht mehr, eins davon ist schartig.
schnür mich jetzt ein.
ist nicht nötig.
kämme mich, – etwas behutsam.
ist nicht nötig.
zwölf stunden, wenn es so fort geht.
ich finde meine mandelseife nicht.
der himmel färbt sich grau.
ich will keine locken.
ich will keine locken.
die möwen fliegen tief.
aber dann muß ein fenster offen bleiben.
ist nicht nötig.
die wellen schlagen über bord.
kämme mich, – etwas behutsam.
ich nehme nicht abschied.
die wellen schlagen mir ins gesicht.
kämme mich, – etwas behutsam.
kämme mich, – etwas behutsam.
stecke eine nadel in meinen hals.
es ist nicht erlaubt, mit dem steuermann zu sprechen.
kämme mich, – etwas behutsam; ich will keine locken.
der wind erhebt sich; es ist möglich, daß er die wolken zerteilt.

ist nicht nötig.
schnür mich jetzt ein.
der wind erhebt sich; es ist möglich, daß er die wolken zerteilt.
ich will keine locken.
ich will keine locken.
o weh, dort liegt der herr mit dem beefsteak.

DITER ROT

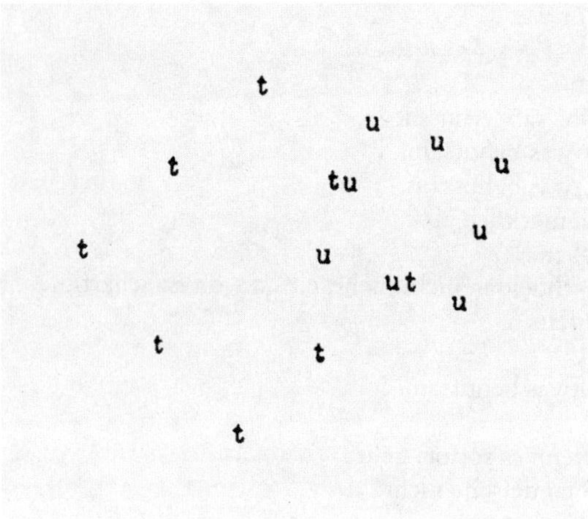

JOSEF REDING
Produktions-Korrekturen

Uckers raffte die Papierbogen auf der grünen Schreibplatte mit einem Ruck zusammen. »Nein«, sagte er. »Nein und abermals nein! Ich will meinen Betrieb sauberhalten, wenigstens diesmal. Wir sind mehrfach haarscharf am Rande des Ruins entlanggeschlittert, und zwei Jahre habe ich wegen der 8,8-Geschütze, die wir gebaut haben, in den alliierten Gefängnissen gehockt.«

»Aber Herr Direktor, die Alliierten, jetzt *unsere* Alliierten drängen uns den Lizenzbau der Raketenleitwerke diesmal geradezu auf. Wir sind nach jeder Seite hin abgesichert!« sagte der Produktionschef.

»Nach *jeder*?« fragte Uckers. »Es gibt vier Himmelsrichtungen, meine Herren, und aus einer weht ein scharfer Wind, scharf wie Gendarmenmist, wenn Ihnen das ein Begriff ist!« Der Produktionschef lächelte nach innen. Immer, wenn Uckers sein Vokabular zur Straße hin erweiterte, war er mit sich nicht im klaren, versuchte er, sich selbst zu überschreien. Wäre doch gelacht, wenn ein alter Hase wie Uckers hier nicht zugriff. Nach den Leitwerken kamen todsicher die Geschoßhülsen, dann die Geschütze und ganze Abschußrampen und zwei, drei Jahre später auch die Sprengköpfe, und zwar die mit dem richtigen Pfeffer darin. Kein honoriger Geschäftsmann sollte sich das durch die Finger flutschen lassen, keiner, auch Uckers nicht.

Uckers setzte wieder an: »Wir haben doch Grund, zufrieden zu sein, meine Herren«, sagte er mit einem Unterton von paternaler Zurechtweisung. »Die Herstellung von Leichtmetallprothesen ist eine humanitäre Angelegenheit. Ich bin Ihnen heute noch dankbar, Dr. Remmersberg, daß Sie die Umstellung unserer Produktion während meiner – meiner damals notwendig gewordenen Absenz von der Geschäftsführung in diese Bahnen gelenkt haben.« Uckers spendete dem Angeredeten ein leichtes Verneigen des Kopfes. »Seit jener Zäsur steigt unsere Bilanzkurve ständig.«

»Aber sie wird flacher, Herr Direktor«, warf der Produktionschef ein.

»Sie steigt«, sagte Uckers mit mühsam unterdrücktem Unwillen.

»Noch!« sagte der Produktionschef.

»Wir können doch nicht einen achtprozentigen Gewinnsprung in diesem Jahr als Katastrophe hinstellen«, lächelte Uckers fade. »Anno 32 wären wir bis unter die Decke gesprungen, wenn wir auch nur ein Drittel von dieser Spanne auf der Habenseite hätten fixieren können.«

»1932 ist genau tausend und achtundzwanzig Jahre her«, sagte der Produktionschef. »Was uns damals recht war, ist heute sehr billig.«

»Na ja«, sagte Uckers. »Die Konjunktur ist nicht permanent. Wir werden uns alle mal umstellen müssen.«

»Eben«, grinste der Produktionschef, und Uckers merkte, daß er sich aus seinen eigenen Worten ein Netz geknüpft hatte. Der Direktor wollte aufstehen, da sprach sein Sohn:

»Es ist die harte Wahrheit, Vater. Wir hängen hintennach, wenn wir nicht zupacken. Die Konkurrenz hier in der Stadt leckt sich die Finger nach den Lizenzen, und vielleicht bekommt sie sogar dieser hereingeschneite Franzose, dieser Ramieux. Das Terrain gewinnen wir durch noch so zähe Arbeit nicht zurück.«

Die Gruppe der alten Herren blickte mit ernster Zufriedenheit auf den Juniorchef. Uckers duckte sich ein wenig und sah seinen Sohn scharf an. »Das sagst ausgerechnet du, der du seit Sewastopol ein Stück Silberplatte im Schädel hast?«

»Was hat das in diesem Zusammenhang für eine Bedeutung?« fragte der junge Mensch zurück.

Die Männer nickten.

Ermutigt fuhr der Juniorchef fort: »Zudem handelt es sich zunächst nur um leichtere, nuancierte Produktions-Korrekturen. Die Umstellung von Leichtmetall-Prothesen auf Raketenleitwerke kann in Wochen bewältigt werden.«

»Und in einem Jahrzehnt können wir wieder Leichtmetallprothesen en masse herstellen, dank unserer Produktions-Korrekturen, wie du sie nennst!« sagte Uckers trocken.

»Ich finde deinen Zynismus deplaciert«, konterte der Sohn.

»Falls wir dann noch jemals etwas bauen dürfen. Mensch, Junge, nimm doch Vernunft an! Wir zimmern uns den eigenen Galgen. Meinst du, ich wollte binnen kurzem wieder vor einem Kriegsverbrecher-Gericht stehen?«

Der Sohn lehnte sich behaglich zurück. Er strahlte in jungenhafter Unschuld, als er sagte: »Du nicht mehr, Vater. Jetzt bin ich dran.«

Stefan Heym
Ein sehr guter zweiter Mann

»Robert!«

Der Mann, der unter dem Ventilator saß, wandte sich träge um. Dann erkannte er mich. »Mein Gott!« Er sprang auf. »Wie in aller Welt kommst du denn hierher?« Über die offene Veranda hinweg wies er auf die staubigen Palmen, die dastanden wie die abgekämpften Letzten eines verlorenen Bataillons. Aus dem Lautsprecher, der an einem weißgetünchten Pfosten hing, klangen in monotonem Wechsel monotone Sätze, zuerst in unserer Sprache, dann in der Sprache des Landes.

»Ich bin hergekommen, um über die Sache hier zu schreiben«, sagte ich. »Das ist doch einen Artikel wert – besonders für unsere Blätter zu Hause –, daß wir diese Brücke gebaut haben. Immerhin ist unser Projekt den besten Entwürfen der westlichen Konkurrenz vorgezogen worden. Aber wem erzähl' ich das – schließlich bist du der Mann, der die Brücke gebaut hat ...«

»Der Mann, der die Brücke gebaut hat«, sagte Robert, »steht jetzt dort und hält eine Rede.«

»Oh!« sagte ich.

»Whisky und Soda?« Robert setzte sich wieder hin und schob Flaschen und Glas über den Tisch. Das stetige Schwirren des Ventilators, der unter der Decke angebracht war, hielt die spärlichen Haare auf seinem sonnengebräunten Schädel in leiser Bewegung. Robert war älter geworden. Hagerer und älter, mit einem sehnigen Hals und müden, rotumränderten Augen. Vielleicht trank er zuviel.

»Und was ist das für ein Mann?« fragte ich.

»Er heißt Kriwitzky«, sagte er.

»Hoffentlich versteht er von der Technik mehr als vom Reden«, sagte ich.

»Willst du damit sagen, daß du noch nie von Kriwitzky gehört hast?« erkundigte sich Robert. »Was bist du für ein Journalist! Er hat den großen Viadukt über die Lungfo-Schlucht gebaut und den Damm, der Nord- und Süd-Machabar verbindet, und die Hängebrücke über den Blauen Mvani – du müßtest doch etwas gelesen haben von der Berühmtheit, die unser großer Ingenieur erlangt hat, und von dem großen Ansehen, das er unserer Republik eingebracht hat?«

Er trank.

Ich erinnerte mich dunkel; da hatte in den Zeitungen und Zeitschriften einiges gestanden über diese Brücken, die gleichzeitig auch Brücken waren von unserer sozialistischen Republik zu den vom Kolonialismus befreiten Ländern, und daß wir nicht bloß technische Kenntnisse exportierten, sondern auch Freundschaft zwischen den Völkern. Nur dachte ich immer ...

»Ich dachte immer, der Lungfo-Viadukt wäre deine Arbeit, Robert!« meinte ich. »Hast du mir das nicht selber gesagt, als wir uns das letztemal trafen?«

»Das war vor vier Jahren!« erklärte er. »Inzwischen bin ich eines Besseren belehrt worden.«

Ich goß meinen Whisky in einem Zug herunter. Mein Buschhemd, so dünn es war, kam mir vor wie eine mittelalterliche Rüstung. Dem Ventilator schien es schwerzufallen, die dicke, heiße Luft zu durchschneiden. Kriwitzkys Stimme klang auf uns herab, voller Würde und Schmelz.

»Bei uns hieß er immer die Maus.«

»Wer?« fragte ich, erstaunt über sein scheinbares Abschweifen vom Thema.

»Kriwitzky«, sagte Robert. »Er hat so ein Mausegesicht, alles läuft spitz auf die Nase zu; aber selbst der Nase fehlt Charakter. Und wenn er schon ankam mit seinen gezierten Schrittchen ... Nein, damals schwang er noch keine Reden. Und wenn er etwas sagte, leitete er es immer mit dem gleichen Satz ein: Natürlich kann ich mich irren, ich bin ja nur der einfache Sohn eines einfachen Arbeiters ...«

»Robert!« wandte ich ein. »Übertreibst du nicht ein bißchen? Oder macht das die Hitze? ...«

Er lachte freudlos. »Geh und schreib deinen Artikel«, sagte er. »Sammle seine Weisheiten und serviere sie – der Leser ist Kummer gewöhnt. Ich kenne Kriwitzkys Rede schon. Du hast noch mindestens fünfzehn Minuten vor dir, mit Übersetzung sogar dreißig, das dürfte dich hinreichend beschäftigen, und ich habe meine Ruhe.«

Ich goß mir noch ein Glas ein, ein Drittel Whisky, zwei Drittel Soda, und setzte mich in meinem Stuhl zurecht. Es gibt dort unten diese Stühle mit langen Armlehnen, auf denen man die Füße ausstrecken kann; mit einem Drink daneben ist das in neun von zwölf Monaten die einzige erträgliche Stellung in diesem Lande.

»Also erzähl, Robert« sagte ich. »Ich bin bereits bei meinem Artikel.«

Er schaute mich über den Rand seines Glases hinweg an. »Wirklich? Man wird dir die Geschichte nicht drucken; sie ist weder schön noch genügend positiv, noch regt sie zur Vollbringung von Heldentaten sozialistischer Arbeit an.«

»Du bist Ingenieur für Stahlbau und ich für menschliche Seelen«, sagte ich. »Mach dir daher um mein Fach keine so großen Sorgen. Ich werde das Positive aus der Sache schon herausholen.«

»Na schön«, sagte er, rieb sich die Augen und knöpfte sein Hemd auf. »Angefangen hat es mit der Verwechslung an der Lungfo-Schlucht. Irgendeiner in unserer Kaderabteilung hatte entschieden, daß Kriwitzky mitkommen müsse. Vielleicht wollte ihn jemand für ein Weilchen los sein, oder jemand hatte ein schlechtes Gewissen, weil der einfache Sohn des einfachen Arbeiters niemals irgendwohin kam, oder vielleicht ...«

»Aber du bist doch auch ein Arbeiterkind!«

»Ich habe als Schweißer angefangen«, sagte Robert ungeduldig. »Soll ich damit Reklame machen?«

Ich verscheuchte ein paar müde Fliegen, die sich auf meinem Knöchel ausruhen wollten. Ich kannte den Weg, den Robert gegangen war, die schwere körperliche Arbeit am Tage, die durchstudierten Nächte, dazwischen die Jahre im Gefängnis, während Hitler Europa einkassierte ...

»Ich hatte nichts für und nichts gegen diesen Mann«, fuhr er fort. »Ich empfand höchstens eine Art Mitleid mit ihm – diesem Mäuschentyp, der versuchte, jemand zu sein, und dabei genau wußte, daß er für die Arbeit nicht zu gebrauchen war, und sich dennoch ständig bemüßigt fühlte, eine Meinung zu äußern, und weder Russisch noch Englisch, noch eine der asiatischen Sprachen kannte, und überhaupt verratzt und verraten war ... Sooft ich eine freie Minute hatte, übersetzte ich für ihn oder zeigte ihm die Sehenswürdigkeiten oder versuchte ihm einen Begriff zu geben von dem Land, in dem er sich befand, und dem Volk, mit dem er arbeiten sollte. Bis er mir einmal erklärte, daß er als Marxist nicht viel von einem Lande gesehen zu haben brauchte, um zu wissen, was dort los sei. Auch danach zog ich ihn immer noch hinzu, wenn wir mit den einheimischen Ingenieuren verhandelten oder mit den Behörden oder den Arbeitern und ihren Organisationen. Du weißt ja, wie das ist, du weißt, wie die Menschen hier auf Europäer reagieren – sogar auf Europäer aus dem sozialistischen Teil Europas –, und wir zwei waren die einzigen Vertreter unserer Republik. Ich wollte die Leute hier nicht merken lassen, daß einer von den zweien, die zu ihnen geschickt wurden, ein Versager war.«

Er schwieg einen Augenblick. Die Stimme aus dem Lautsprecher, die das Nebengeräusch zu seiner Erzählung geliefert hatte, wurde deutlicher. Sie sprach über unsere sozialistische Republik und über dieses vom Kolonialismus befreite Land, die beide durch diese Brücke verbunden wurden, und daß wir nicht bloß technische Kenntnisse exportierten, sondern auch Freundschaft zwischen den Völkern ...

»Als der Lungfo-Viadukt fertig war«, sprach Robert mit geschlossenen Augen weiter, »gab es eine kleine Feier – das Übliche, Reden und Fahnen und ein paar Trinksprüche, und dann wurde ein Band durchschnitten, bevor der erste Zug mit wehenden Flaggen über die Brücke polterte. Wie Weintrauben hingen die Menschen an der Lokomotive! Es war schon großartig, die Lokomotive mit dem roten Stern am Bug! Es war großartig, weil das die erste Lokomotive war, die je die Schlucht überquerte, ganz hoch oben – wie einer von diesen winzigen Käfern auf einem Grashalm, die man auf chinesischen Aquarellen sieht – und weil sie ein neues Land erschloß für ich weiß nicht wie viele Millionen Menschen …«

Der Hals der Flasche klirrte hart gegen Roberts Glas; seine Hand zitterte beim Eingießen.

»Nimm es nicht so schwer«, sagte ich.

»Es packt einen eben manchmal«, meinte er, ließ aber offen, was ihn packte.

»Kann man diesen Krach nicht abstellen?« fragte ich.

Er zuckte die Achseln und fuhr fort: »Ich mußte damals eine Rede halten. Ich versuchte zu sagen, was ich empfand. Ich bin kein besonders guter Redner; ich sehe etwas, ich spüre es bis in die Fingerspitzen, aber ich habe Hemmungen und kann es nicht in die richtigen Worte fassen. Doch damals waren meine Hemmungen wie weggeblasen. Ich dachte an die vielen Menschen, die gemeinsam gearbeitet hatten, an die vielen tausend Bauern, die geschippt und gehackt und mit ihren Karren den Dreck abgefahren hatten, an die Arbeiter, die in schwindelnder Höhe gehangen hatten, nietend und schweißend, in eisigen Stürmen, in der schlimmsten Hitze, in Nächten, in denen man keinen Hund hinausjagen würde. Und ich glaube, ich habe das einigermaßen zum Ausdruck gebracht, denn nachher kamen ein paar von diesen Bauern und ein paar von den Arbeitern und umarmten mich, als wäre ich ihr Bruder. Und dann, ein paar Tage später, zeigte mir jemand einen Artikel in der Zeitung der nächsten Bezirksstadt und übersetzte mir, daß der weltberühmte Ingenieur B. R. Kriwitzky, den die Arbeiter unserer sozialistischen Bruderrepublik zu uns gesandt hatten und so weiter und so fort, bei der Einweihung des Lungfo-Viadukts, zu dessen Bau er so viel beigetragen hatte und so weiter und so fort, äußerst bewegende Worte fand und erklärte, daß – und so weiter und so fort.«

Ich lachte.

»Ich habe damals auch gelacht«, sagte Robert. »Was kommt es darauf schon an, habe ich mir gedacht. Irgendein Lokalreporter, der weder den einen noch den anderen von uns kennt, hat sich im Baubüro erkundigt und unsere Namen verwechselt, und so ist Kriwitzky endlich in die Zeitung gekommen, wenn sie auch in Buchstaben gedruckt war, die er nicht entziffern konnte, und in einer Stadt erschien, die kaum mehr war als eine Ansammlung von Lehmhütten. Ich gab ihm sogar ein Exemplar der Zeitung als Andenken, und er hat es mit vielem Dank eingesteckt.«

»Hat er denn das Witzige der Sache nicht begriffen?«

Robert überlegte einen Augenblick. »Vielleicht«, meinte er schließlich. »Aber wenn auch, auf wessen Kosten ging der Witz? Jedenfalls glaube ich nicht, daß er Sinn für Humor besitzt. Sonst hätte das, was nachher kam, nie geschehen können.«

»Was kam nachher?«

»Diese verfluchte Zeitungsnachricht hat uns verfolgt, den ganzen Weg von der Lungfo-Schlucht bis nach Hause ins Hauptbüro. Als wir in der Hauptstadt jenes Landes eintrafen, war die Geschichte schon bis dorthin gedrungen und begrüßte mich auf der ersten Seite der englischsprachigen Zeitung, die dort erschien. In Moskau mußten wir das Flugzeug wechseln. Ich hatte gerade genug Zeit, die Abendzeitung zu kaufen – zweite Seite, dritte Spalte: *Brücke von Rekordlänge und Rekordhöhe in Rekordzeit errichtet – Einweihung durch den bekannten Ingenieur B. R. Kriwitzky.* Und als das Flugzeug den Boden unserer kleinen Republik berührte, warteten die Photographen schon auf Kriwitzky, und die Leute von der Wochenschau filmten ihn, wie er die Laufbrücke heruntertrippelte und von sechs kleinen Mädchen in Pionierkleidung mit einem Strauß rosa Rosen begrüßt wurde. Vielleicht hast du's sogar zu Hause im Kino gesehen.«

Ich stand auf. Sobald ich außer Reichweite des Ventilators kam, umhüllte mich die erbarmungslose Hitze. Ich ging trotzdem weiter, aus dem Zimmer über die Veranda, aus dem Schatten in die Sonne, bis zu dem weißgetünchten Pfosten. Mit einem Daumendruck ließ ich die große Klinge meines Taschenmessers herausspringen und zerschnitt das Kabel.

Die gesegnete Stille, die dann folgte, wurde durch das Lachen hinter mir, wo Robert saß, zerrissen. Ich ging zu ihm zurück. Ich hob meine Füße wieder auf die Armlehnen meines Stuhls und unterbrach sein Lachen mit einer ärgerlichen Handbewegung und fragte: »Und er? Was hat er eigentlich zu der ganzen Komödie gesagt?«

»Er? Er hat sich gesträubt, mit genau dem richtigen Aufwand an Bescheidenheit – es wäre zu viel Auszeichnung für ihn, und ich müßte die Hälfte seiner Rosen bekommen, und schließlich mußten die Pressephotographen ein Bild von uns beiden aufnehmen, von ihm und von mir, umgeben von den sechs kleinen Mädchen ...«

»Rührend«, sagte ich.

»Rührend«, bestätigte Robert.

»Aber bei deiner Firma hätten sie doch Bescheid wissen müssen«, sagte ich. »Sie wußten doch, wen sie geschickt hatten, und sie kannten die Fähigkeiten von euch beiden!«

»Gott, ja«, sagte er. »Natürlich wußten sie. Aber das Komische an den Menschen ist, daß die meisten sich ihres eigenen Urteils nicht ganz sicher sind. Ich erkannte das an der Art, wie sie mich in der Kaderabteilung ausfragten. Sie haben es niemals ausgesprochen, aber ich konnte es förmlich riechen: Vielleicht war doch etwas dran an der Geschichte, die von der Lungfo-Schlucht gekommen war und die die bedeutendsten Zeitungen unserer Republik gebracht hatten. Vielleicht hatte ich mal Pech gehabt bei der Arbeit oder die Übersicht verloren, oder ich war einfach krank geworden, und Kriwitzky hatte die Leitung übernommen. Deswegen war er ja hingeschickt worden, um sie im Notfall übernehmen zu können, das stimmte doch? Und konnte man einen Bericht, der in unseren wichtigsten Zeitungen erschienen war, einfach so außer acht lassen? Schon hatte jemand von der Regierung angerufen und angedeutet, daß im Hinblick auf die Bedeutung des Lungfo-Projektes für die Freundschaft zwischen unserer Republik und den Brudervölkern der anderen sozialistischen Staaten sowie den vom Kolonialismus befreiten Menschen der unterentwickelten Länder Ingenieur Kriwitzky beim nächsten Staatsfeiertag durchaus für eine ehrenvolle Erwähnung, wenn nicht gar für einen mit Prämie verbundenen Orden in Frage kommen könnte.«

»Nein!« sagte ich.

»Nein«, sagte er, »er hat es nicht bekommen. Damals jedenfalls nicht.«

Die Fliegen waren wieder da. In diesem Teil der Welt veranstalten die Fliegen ganze Völkerwanderungen, und wo der Stammeshäuptling hinfliegt, fliegen sie alle hin, und wo er sich niederläßt, lassen sich alle nieder und trotzen jeder Gegenmaßnahme. Die Fliegen saßen wieder auf meinem Knöchel.

»Du mußt sie marinieren«, schlug Robert vor. »Versuch's mit Whisky.«

Ich griff nach der Flasche, füllte mein Glas und schlug mit meinem Notizbuch auf die Fliegen ein. »Ich werde mich lieber selber marinieren«, sagte ich. Der Einband meines Notizbuchs war mit toten Fliegen beklebt. Der Häuptling der Fliegen führte sein Gefolge auf den Lampenschirm, zwecks Umdisponierung der Truppe.

»Warum hast du geschwiegen und kein Wort gesagt?« fragte ich.

»Warum?« Robert runzelte die Stirn. »Wahrscheinlich, weil es zu peinlich gewesen wäre.«

»Peinlich! Auch noch! Der Tag, wo wir uns Empfindsamkeit und andere edle Gefühle leisten können, wird kommen; wir arbeiten darauf hin, aber es wird noch ein paar Jahre dauern.«

»Nun«, sagte er, »versetze dich in meine Lage! Auf der einen Seite stehe ich, ein Fachmann von Renommee, bekannt, geschätzt wegen einiger sehr großer Projekte, und schlage Lärm wegen einer Sache, die letzten Endes nichts weiter ist als ein Druckfehler. Und auf der anderen Seite Kriwitzky, das Mäuschen, der einfache Sohn eines einfachen Arbeiters, und er hat seine erste Chance bekommen, sich draußen zu bewähren, und ich erdrücke ihn. Ich sage, er hat überhaupt nichts beigetragen zu dem Viadukt über die Lungfo-Schlucht, alles habe ich selber geleistet, einschließlich der Abschlußrede. Wie hört sich das an? Gut oder schlecht?«

»Schlecht«, sagte ich.

»Na also«, fuhr er fort. »Dazu kommt, daß sie ihn immer übersehen haben, weil er so klein ist und so mäuschenhaft und gehemmt. Aber andere, so fürchten sie, haben ihn nicht übersehen – ein Reporter in dem fremden Land dort an der Lungfo-Schlucht, dann Dutzende von Redakteuren, und jetzt sogar jemand vom Ministerium. Womöglich haben sie einen Fehler gemacht? Sie sind unsicher. Ihr Gewissen macht ihnen zu schaffen. Ein Wort von mir gegen ihn, und sie würden noch entdecken, daß sie schon immer gewußt haben, wer der größte Ingenieur der Republik ist, und daß Leute wie ich sich verschworen haben, Kriwitzky nicht hochkommen zu lassen.«

»Ich verstehe«, sagte ich.

»Aber gewiß verstehst du«, sagte Robert, trank, wischte sich mit dem Handrücken den Mund und dann die Stirn. »Aber gewiß verstehst du – und er verstand auch. Er spielte seine Karten richtig aus. Er bezwang sich, obgleich er fast platzte im Bewußtsein seiner neuen Persönlichkeit. Er trippelte immer noch herum und leitete seine abgedroschenen Bemerkungen in der üblichen Weise ein, aber seine Bemerkungen wurden häufiger und ihr Ton autoritativer, und bei den Konferenzen in unserm Büro saß er manchmal mit großartiger Geste da, den Arm über die Rückenlehne des Stuhls gehakt.«

Robert drapierte sich in seinem Stuhl und zauberte allein durch seine gewundene Haltung eine perfekte Mischung von Eitelkeit und falscher Bescheidenheit hin. Eine Sekunde später schlug er auf die Fliegen ein, die sich auf seinem verschwitzten Nacken niedergelassen hatten, und der widerliche Eindruck war verschwunden.

»Dann kam der Machabar-Damm«, sagte er, »und die Frage, wer dort hingehen und die Verantwortung für den Bau übernehmen sollte. Bist du mal über den Damm gefahren?«

Ich schüttelte den Kopf. »Aber ich habe gelesen, daß es eine sehr schwierige Arbeit war.«

»Leicht war es nicht«, sagte er. Die Fliegen hatten sich davongemacht, und er war wieder ruhig geworden und trank in kleinen Schlucken. »Nicht etwa, daß die Bucht von Machabar besonders tief wäre; aber sie hat praktisch überhaupt keinen Grund. Was man auch hineinkippt, wird vom Schlamm aufgesaugt. Unheimlich! Und ein Teil des Damms mußte als Drehbrücke gebaut werden, damit die Schiffe vorbeikommen.«

»Also hat man dich geschickt?«

Er nickte.

»Zusammen mit Kriwitzky?«

Er nickte wieder.

»Und du hast dir das gefallen lassen?«

Er trank. Er wollte das Glas von neuem füllen, aber die Flasche war leer, und er warf sie durch die Tür. Sie fiel auf die Veranda und rollte die Treppen hinunter.

»Wir hören wohl besser mit dem Trinken auf«, sagte ich.

»Du begreifst nicht«, sagte er. »Du begreifst überhaupt nicht, worum es geht. Es gibt in der ganzen Welt vielleicht ein halbes Dutzend Männer, die den Damm hätten bauen können, und nur ein einziger davon ist Bürger unserer Republik ...«

»Um so eher hättest du deine Bedingungen durchsetzen können!« warf ich ein.

Er winkte ab. »Sie luden mich zu einer kleinen Besprechung mit dem Leiter der Kaderabteilung ein«, sagte er, »in der Gegenwart von noch ein paar anderen hohen Tieren. Sie beglückwünschten mich zu dem großen Projekt, das sie mir anvertrauten, und erzählten mir, was für eine Aufgabe und von welch politischer Wichtigkeit es wäre, und daß sie sicher seien, ich würde es so glänzend schaffen wie immer, und daß sie sich schrecklich freuten, das gleiche Kollektiv hinschicken zu können, das bei der Lungfo-Schlucht so harmonisch zusammengearbeitet hätte ... Da unterbrach ich sie.«

Er schwieg einen Augenblick. Er kicherte in sich hinein. Seine Augen suchten den Whisky, fanden keinen, wurden ärgerlich.

»Aber warum denn nur? fragten sie mich. Was hätte ich gegen Kriwitzky einzuwenden? Der Mann fände nur Anerkennung für mich; er liefe herum und erzählte jedem, was für ein großartiger

Ingenieur ich wäre und wie ich die Arbeiter begeistert hätte und daß er überzeugt sei, ohne mich wäre man heute noch bei dem Versuch, die Lungfo-Schlucht zu überbrücken – und ob ich mich nicht ein wenig zu subjektiv verhalte in bezug auf einen unglückseligen Irrtum eines fernen Zeitungsreporters ...«

Er bemerkte mein Grinsen.

»Keine Sorge!« sagte er. »Ich habe ihnen die Meinung gesagt. Ich habe ihnen gesagt, sie sollten Kriwitzky Pissoirs bauen lassen, aber für den Damm tauge er nicht. Ich sagte ihnen, sie sollten ihn zum Nordpol schicken, aber nicht an die Bucht von Machabar. Ich sagte ihnen ...«

»Und sie?«

»Sie lächelten. Sie klopften mir auf den Rücken. Warum ich bloß so störrisch wäre, sagten sie. Und ob ich wirklich mich und mein eigenes Urteil über das des Kollektivs stellen wollte? Das Kollektiv sei der Meinung, daß Kriwitzky und ich, selbst bei einigen persönlichen Gegensätzen, großartig zusammenarbeiteten, und wenn Kriwitzky vielleicht auch nicht der allerbeste sei, so müsse man doch bedenken, daß er nur der einfache Sohn eines einfachen Arbeiters wäre, und objektiv betrachtet, wäre es doch eigentlich meine Pflicht, ihm bei seiner Weiterentwicklung zu helfen ...«

Er brach ab. »Ich bin völlig ausgedörrt von dem vielen Gerede«, sagte er. »Ich muß noch etwas zu trinken haben.«

»Trink Limonade«, sagte ich. »Oder Tee.«

Er schüttelte sich. »Du kennst das doch«, sagte er. »Wenn sie eine Weile auf dir herumgeritten sind, wirst du langsam weich. Du fängst selbst an zu glauben, daß du die Dinge vielleicht doch nicht richtig siehst und daß du dich möglicherweise doch geirrt haben könntest und daß du deine persönlichen Zuneigungen und Abneigungen nicht mit dir durchgehen lassen darfst und daß größere Dinge auf dem Spiel stehen als die Frage, ob Kriwitzky mit an die Machabar-Bucht kommt oder nicht ... Aber ich bestand darauf, daß absolut und hundertprozentig klargemacht würde, wer der Chef ist; und sie sagten, selbstverständlich, und wenn das meine ganze Sorge wäre, dann sollte ich es schleunigst vergessen ...«

Er stand auf. Er faltete eine Zeitung der vorigen Woche zusammen und begann damit auf die Fliegen einzuschlagen, wild, unsystematisch, aber mit großer Wirkung. Endlich fiel er atemlos auf seinen Stuhl zurück.

»Nach unserer Ankunft in der Bucht von Machabar«, sagte er, »stellte ich fest, daß jedem von uns beiden genau die gleiche Stellung gegeben worden war.«

»Das war zu erwarten«, sagte ich. »Ich bin ein großer Freund der kollektiven Arbeit und des kollektiven Denkens, aber wenn jemand das Kollektiv als Knüppel über deinem Haupt benutzt, dann ist gewöhnlich etwas faul an der Sache. Warum hast du nicht auf der Stelle kehrtgemacht? Warum bist du nicht nach Hause geflogen und hast ihnen erklärt, sie sollen Kriwitzky den Damm bauen lassen?«

»Das meinst du doch nicht im Ernst?« sagte er. »Ich bin Ingenieur!«

»Ich verstehe!« sagte ich. Ich blickte ihn an, seinen dürren Hals, seine müden Augen, die eingesunkenen Wangen, und ich erinnerte mich, wie er vor wenigen Jahren noch ausgesehen hatte, straff und stämmig. Und ich wußte, daß er einen Teil seiner selbst hingegeben hatte an die Stahlträger, die sich über die Lungfo-Schlucht schwingen, und an den Beton des Machabar-Damms und an die Kabel, die die Brücke über den Blauen Mvani halten, und an alles, was er mitgeholfen hatte zu bauen, damit die Welt wohnlicher werde. »Ich verstehe«, sagte ich noch einmal.

»Ich hatte in der Machabar-Bucht nicht viel Zeit, mich um Kriwitzky zu kümmern«, begann er wieder. »Ich steckte bis über beide Ohren in der Arbeit. Jede Stunde war ein anderes Problem zu lösen, und der Damm wuchs und mit ihm die Menschen, die daran arbeiteten. Ich begegnete Kriwitzky nur gelegentlich. Er hatte ein Motorboot für sich organisiert und ein verkrachtes, versoffenes Subjekt als Dolmetscher gefunden, und überall dort, wo er Leute bei der Arbeit fand, erschien er mit seinem Boot und sah zu, Arme in die Hüfte gestemmt und seinem schwankenden Adjutanten zuweilen bedeutsam zunickend. Manchmal richteten die Leute über diesen Kerl eine Frage an ihn, und Kriwitzky gab dann eine jener Antworten, die alles bedeuten konnten und die durch die Übersetzung noch unverständlicher wurden. Es war sehr eindrucksvoll, und das Verwaltungspersonal begann zu ihm aufzublicken. Ein Mann, der nichts anderes zu tun hatte, als in einem Boot herumzufahren und anderen Leuten bei der Arbeit zuzusehen, mußte ein wahrer Chef sein. Die örtlichen Beamten fingen an, sich an ihn zu wenden, und bald lud er sie ein zu Rundfahrten durch den Bau und erklärte ihnen den Fortschritt der Arbeit entsprechend seinen begrenzten Fähigkeiten und den begrenzten

Möglichkeiten seines Übersetzers. Eines Tages hörte jemand zufällig, wie er einem beturbanten, juwelenbehängten Ehrengast, der mich bemerkt hatte und Näheres wissen wollte, erklärte: Ach der ..., das ist auch ein Ingenieur, – ein sehr guter zweiter Mann ... Ich erfuhr das erst ein paar Tage darauf, und irgendwie kam ich nicht dazu, Kriwitzky zur Rede zu stellen, und der Mann, der mir das berichtet hatte, war inzwischen fort, so daß nichts übrigblieb als unbewiesene Worte, und womöglich hätte Kriwitzky alles abgestritten oder auf seinen betrunkenen Dolmetscher geschoben ...«

»Und nach der Fertigstellung des Dammes«, fragte ich, »wer hielt da die Rede?«

Robert senkte den Kopf. »Wir beide.« Wenn es je einen Augenblick gegeben hat, wo ich mich für ihn schämte, dann jetzt. »Ich sprach am Anfang der Feier und er am Ende.«

Ich griff in die hintere Hosentasche und stellte das flache Fläschchen vor ihn hin, das ich für Notfälle stets bei mir habe.

»Danke«, sagte er.

»Bitte«, sagte ich. Und dann: »Also habt ihr beide gesprochen. Aber in den Zeitungen zu Hause, nehme ich an, wurde nur sein Name erwähnt und deiner nicht. Stimmt's?«

»Ja.«

»Und was geschah dann?«

»Gar nichts. Wir kamen zu Hause an, und das Blaue-Mvani-Projekt wartete schon auf uns.«

»Uns?«

Robert entkorkte meine Flasche. »Diesmal versuchten sie nicht mehr, schonend zu sein. Sie sagten, Kriwitzky hätte bewiesen, daß er eine Chance verdiente. Sie hätten eine Menge Berichte von den örtlichen Behörden in der Machabar-Bucht bekommen, und die waren allesamt des Lobes voll über Kriwitzkys Arbeit. Sie beabsichtigten, Kriwitzky zum Chef des Projekts am Blauen Mvani zu machen, und verlangten von mir, daß ich mitgehe, um die praktische Seite der Arbeit zu leiten, während Kriwitzky sich sozusagen der Gesamtleitung des Projektes widmen sollte.«

»Ein ziemliches Stück!« sagte ich.

Er schnupperte an meiner Flasche. Der Geruch schien ihn zu befriedigen. »Hol's der Teufel!« sagte er. »Da fiel mir doch diese Bemerkung Kriwitzkys wieder ein, und ich fragte sie, ihr meint also, ich wäre ein sehr guter zweiter Mann.«

Ich lachte.

»Sie blickten einander an«, sagte er, »und dann blickten sie Kriwitzky an, und dann sagten sie, na ja, so ungefähr. In diesem Augenblick hakte sich Kriwitzky von seinem Stuhl los und trippelte zu mir herüber und sagte, das käme für ihn gar nicht in Frage. Für ihn gäbe es keinen ersten und keinen zweiten Mann, es gäbe nur das Kollektiv, und entweder gingen wir beide zum Blauen Mvani, oder er bliebe auch hier. Es war eine herrliche Szene.«

»Er muß eine höllische Angst vor dem Blauen-Mvani-Projekt gehabt haben«, sagte ich.

»Eine herrliche Szene!« wiederholte Robert. Er goß etwas von dem Inhalt meiner Flasche in sein Glas und lauschte dem Blub-Blub. »Der Leiter der Kaderabteilung kam hinter seinem Schreibtisch hervor und ergriff meine Hand und legte sie in Kriwitzkys Hand und sagte, wir sollten uns die Hände schütteln, und wies darauf hin, um wieviel großzügiger Kriwitzkys Verhalten wäre als meines damals vor unserer Abreise zum Machabar-Damm und daß Kriwitzky uns allen ein praktisches Beispiel unserer neuen Ethik gegeben hätte und daß jeder von uns daraus lernen sollte.«

»Warum hast du nicht einfach Schluß gemacht?« sagte ich.

Robert trank. Er goß meinen Whisky in einem Zug herunter, ohne Soda. »Weil ich wußte, wie wichtig dieses Blaue-Mvani-Projekt war«, sagte er, »für das Land dort und für unseres. Und weil ich ein verantwortungsbewußter Bürger einer sozialistischen Republik bin«, fügte er hinzu.

Er verfiel in Schweigen. Der Häuptling der Fliegen hatte beschlossen, seine Truppen zurückzuziehen, und nur noch die Flügel des Ventilators und die leicht schwankenden Kronen der Palmen bewegten sich. Dann kamen Stimmen, eine davon in unserer Sprache. Die Einweihungsfeierlichkeiten schienen beendet zu sein.

Draußen verabschiedeten sich Leute mit viel Lärm voneinander, dunkelhäutige und solche mit hellerer Gesichtsfarbe. Nur ein einziger Mann kam näher. Er trippelte die Stufen herauf, betrat die Veranda und dann den Raum. Er sah mich und zögerte.

»Dies«, sagte Robert, »ist Ingenieur Kriwitzky.« Und auf mich zeigend, erklärte er Kriwitzky, daß ich gekommen sei, um über die Eröffnung der neuen Brücke und über die Einweihungsfeier zu schreiben.

»Aber ich habe Sie draußen doch gar nicht gesehen«, sagte Kriwitzky zu mir, mit einem leicht argwöhnischen Unterton und einem vorsichtigen Blick auf Robert.

»Ein guter Journalist«, erwiderte ich, »kann sich sein Material überall besorgen.« Ich sah ihn mir an. Die Leute, die ihn die Maus getauft hatten, hatten gar nicht unrecht, aber seither war die Maus fett geworden, aufgeschwemmt durch die Körner des Erfolges und den Speck der Selbstzufriedenheit. »Also Sie haben diese Brücke gebaut, Herr Kriwitzky?« erkundigte ich mich gleichgültig.

Wieder warf Kriwitzky einen Blick auf Robert. Seine Unsicherheit war offensichtlich.

»Nun, Sie sind doch der Chefingenieur«, fragte ich weiter, »nicht wahr?«

»Bin ich, ja ...«

»Also haben Sie die Brücke gebaut!«

»Ja«, sagte er, »sozusagen ... Sie wissen ja ..., es sind doch immer die Arbeiter ... Ich selbst bin nur der Sohn eines einfachen Arbeiters ...«

»Wenn also Sie es sind, der die Brücke gebaut hat«, fragte ich, »was denken Sie, wird sie halten?«

»Halten?«

Kriwitzkys Gesicht zog sich zur Nase hin zusammen und schien zu etwas Verschrecktem, Häßlichem einzuschrumpfen. »Halten?« sagte er, verwirrt und beleidigt. »Was meinen Sie damit?«

»Nun«, wandte ich mich an Robert. »Was glaubst du? Wird diese Brücke nicht einstürzen?«

Robert hob sein Glas. Ein Finger breit Whisky war noch drin. Ein langsames Lächeln breitete sich über die Falten seines Gesichts.

»Wie kann die Brücke halten«, beharrte ich, »wenn *er* sie gebaut hat?«

»Mach dir da keine Sorgen!« sagte Robert. »Die Brücke stürzt nicht ein!« Er trank und schmetterte das Glas gegen den Türpfosten, als wollte er diesen statt der Brücke taufen. Er schaute Kriwitzky an, der sich geduckt hatte. Er lachte. »Die Brücke wird stehen«, sagte er, »weil sie von Menschen gebaut wurde, von unseren Arbeitern und von den Menschen hier – und weil ich ein sehr guter zweiter Mann ...«

Seine Stimme erhob sich –

»... und weil ich Kommunist bin!«

Ernst Glaeser
Glanz und Elend der Deutschen

Pfantler saß hinter seinem Schreibtisch in dem Haus in der Webergasse. Der rote Sandsteinbau, in dem sich früher die Kassen- und Büroräume der Reichsbank befunden hatten, war bis in den zweiten Stock ausgebrannt. Pfantler hatte das Grundstück und das schwergetroffene Haus von der Regierung für einen Pappenstiel erworben. Er hatte es provisorisch herrichten lassen, aber jetzt, in den neuen Zeiten, ging das nicht mehr, obwohl man Neonlicht hatte anbringen lassen, und im Souterrain, wo die Redaktion saß, und im Keller, wo das Archiv in besonders abgedichteten Schränken aufbewahrt wurde, war auf die Dauer die Luft nicht mehr zu ertragen. Sie roch, leicht süßlich und staubig, nach den Pilzen der Verwesung, deren Knollen überall im Garten standen; Heinzelmännchen des Todes nannte man sie; und der Hausmeister mußte sie jede Woche mit der Mähmaschine absicheln, so wie einst die Toten, die tief unter der Erde lagen und aus deren Saft die schwarzen Kapuzen der Pilze hochwucherten, der Sense des Krieges zum Opfer gefallen waren. In der Zeit nach dem Krieg hatte man das gar nicht so bemerkt. Das Leben war ein Provisorium, man war froh, daß die Dinge wieder anliefen; man hatte sich an das Unbehauste, an das Höhlendasein gewöhnt; die Hauptsache waren die neuen Maschinen gewesen, alles andere stand vorläufig zurück, im Rhythmus der Maschinen lag die Zukunft, und alle bis zum kleinsten Lehrling hatten gespart, damit die Maschinen aufgestellt werden konnten; es waren eine Rotation, eine Offset für Vierfarbendruck und einige Frankenthaler Schnellpressen. Sie kamen sich alle in der Druckerei vor wie Pioniere, und als die Maschinen in der provisorischen Druckhalle hinter dem schwerzerstörten Haus montiert waren und nachdem Pfantler mit den Redakteuren des ›Start‹ und dem Betriebsrat an den neuen grauglänzenden Aufbauten vorübergegangen war, hatte er unten in der Kantine seine Rede mit den Worten geschlossen: »Es mag merkwürdig klingen. Aber manchmal ist es gut, einen Krieg zu verlieren.«

Pfantler sah ungeduldig auf die Uhr. Seit einer halben Stunde wartete er auf Dr. Stemmle, den Direktor von Grün & Donnerstag, der größten Baufirma des Landes. Auf der schweren Velourdecke, die Pfantlers Schreibtisch etwas Feierliches, ja Richterliches verlieh, standen ein fünfarmiger Leuchter, von einer Nymphe aus Bronze getragen, und ein elfenbeinfarbenes Telefon, neben dem eine in

Saffianleder gebundene Mappe lag. Sonst war der Tisch peinlich leer, wie der eines Diktators.

Eine halbe Stunde Verspätung, dachte Pfantler, das ist für einen Schwaben allerhand – oder sollte er sich doch mit Bartholdy und Simmern getroffen haben und mit ihnen im Ratskeller essen?

Der Haß, den Pfantler gegen Simmern empfand, war nicht der aktive Haß des Verlassenen, wie bei Imhof. Es war der Haß, der der Furcht entspringt. Er fürchtete, daß Simmern ihn erkenne. Obwohl er sich immer jovial gab und selbstbewußt auftrat, lauerte seit Simmerns Anwesenheit in Dreimünster die Angst in ihm wie eine große graue Kröte.

Pfantler war nach dem Ausbruch des Krieges gegen die Sowjetunion kurze Zeit Leiter des Soldatensenders Minsk gewesen; er hatte dort nicht nur Schallplatten spielen lassen, sondern auch die Propagandavorträge in russischer Sprache mit Hilfe zweier russischer Emigranten eingerichtet. Im Soldatenheim hatte er Riva, seine spätere Frau, kennengelernt, eine Tänzerin aus einer norddeutschen Provinzstadt. Sie fesselte die Landser durch eindeutige Bewegungen ihres schlangenhaften Körpers, die sie allerdings nur Offizieren zugute kommen ließ. Sie war inzwischen durch den Einfluß ihres Vaters an das Ballett des Theaters in X. engagiert worden. Dort spielte sie jedoch keine große Rolle, außer im Bett des Direktors.

Damals war Pfantler Simmern begegnet, der sich einen Monat in Minsk aufhielt. Simmern hatte als Architekt den Auftrag festzustellen, welche Gebäude der niedergebrannten Stadt für Wehrmacht und Verwaltung wieder ausgebaut werden könnten.

Es war die Zeit der ersten Judenverfolgungen. Man hatte die weißruthenischen Juden in zwei Gettos zusammengepfercht, in Witebsk und Minsk. Dort hockten sie, die den einmarschierenden deutschen Truppen mit Brot und Salz ahnungslos entgegengekommen waren, in Ruinenhöhlen, sangen leise uralte Melodien vor sich hin, Tag und Nacht, und wenn einer schlief, sang der andere weiter.

Pfantler, der ein ausgezeichneter Fotograf war, hatte für sich die Erlaubnis erwirkt, das Getto betreten zu dürfen und dort »Porträtstudien« zu machen. Er fotografierte diese alten, vom schleichenden Hunger ausgemergelten Gesichter, die Greise mit ihren eingefallenen Augen, die ihre Kinder umschlingenden knienden Frauen und die rothaarigen Männer, und er tat es mit großem Geschick. Er gab ihnen Kommißbrot und für die Kinder Zitronenbonbons.

Die Bilder gingen über die Kompanie an die innerdeutsche Presse. Die Mehrzahl erschien im ›Völkischen Beobachter‹ mit unflätigen Kommentaren.

Gezeichnet waren sie nicht mit Pfantlers Namen, sondern mit »PK-Bild«.

Dies alles mußte Simmern bekannt sein, denn Pfantler hatte auf einem Kameradschaftsabend, an dem auch Simmern anwesend war, mit seinen Bildern geprahlt. Ob Simmern sich dessen erinnerte und ob er überhaupt Pfantler wiedererkannt hatte, wußte dieser nicht. »Die Uniform macht gleich«, tröstete er sich oft in unruhigen Minuten, »sie verwischt die Gesichter.« Aber dennoch, immer wieder, wenn er Simmern sah oder nur seinen Namen hörte, kam dieses Unbehagen in ihm auf, das ihn magenkrank machte.

Pfantler war es auch, der im Gebäude der Universitätsbibliothek, die die Zerstörung der Stadt überstanden hatte, die bibliophile Sammlung des polnischen Fürsten Radziwill entdeckte, die die Sowjets nach ihrem Einmarsch in Ostpolen nach Minsk überführt hatten. Es waren zierliche, in rotes, blaues und grünes Leder flexibel gebundene Bändchen, alle Stücke, die die ›Comédie Française‹ seit ihrer Gründung bis zur Jahrhundertwende aufgeführt hatte. Pfantler hatte in seinem Übereifer, sich wichtig zu machen, diese Entdeckung sofort dem »Kunststab Rosenberg« gemeldet, der die Bücher kassierte und sie in einem neutralen Land verauktionieren ließ, um neue Devisen für die Kriegsführung zu bekommen.

Auch das mußte Simmern wissen. Aber eines wußte er nicht. Er wußte nicht, das es Pfantler mit Hilfe eines Scharführers vom SD-Mitte, der in Minsk eingetroffen war und den Befehl hatte, mit der Liquidierung der Juden zu beginnen, gelungen war, drei von diesen Exekutionen in unauffälligem Abstand beizuwohnen und sie zu fotografieren. Diese Filme hatte Pfantler mit größter Vorsicht verborgen gehalten und sie erst dann, als er die Peripetie des Krieges herannahen spürte, dem britischen Geheimdienst in die Hände gespielt.

Die Kompanie lag damals in Frankreich, in Versailles, und es war Pfantler, der mit einem Kurier der deutschen Botschaft befreundet war, gelungen, die Filme nach Madrid zu schaffen, von wo sie durch Mittelsleute nach England weitergeleitet wurden.

Außer seiner provozierten Verhaftung verdankte Pfantler diesem Umstand das Alibi, das er benötigte.

Dennoch mußte Simmern aus Dreimünster weg. Man mußte ihm ein Bein nach dem andern stellen, bis er von selber ging. Seine Anwesenheit war trotz der Alibis eine ständige Quelle der Nervosität für Pfantler.

Pfantler drückte die halb angerauchte Zigarette in dem Onyx-Aschenbecher aus, der auf einem Dreifuß neben ihm stand. Er hatte sich diese Geste bei den amerikanischen Dienststellen abgesehen. Er fand sie sehr lässig und souverän. Dann griff er zur Ledermappe, die neben dem Telefon lag.

Vier neue Reportage-Themen, die er sich selbst ausgedacht hatte, waren auf dem gehämmerten Papier fein säuberlich aufgezeichnet, mit einem kleinen Kommentar in Stichworten und mit dem Ergebnis der Besprechungen in der Redaktionskonferenz.

Die neuen Titel hatten bei den Redakteuren des ›Start‹ helle Begeisterung ausgelöst. Wie Pfantler das immer wieder verstand, unter der Maske des Anti-Faschismus Gefühle anzusprechen und im Abonnement zu pflegen, die ein verborgenes Leben in den Seelen der Leser führten … Der Effekt dieser raffiniert durchdachten Fortsetzungsserien war enorm. Sie sprachen in ihrer Sentimentalität und schnoddrigen Keßheit nicht nur den Geschmack des kleinen Mannes von der Straße an, sondern auch das nebulose Denken der akademischen Halbgebildeten.

Pfantler blickte auf die Titel der nächsten Reportagen, die er in Auftrag geben wollte.

I. *Weißt du noch, Kamerad …* – Ein Bericht von dem Schicksalsgang einer großen Armee (mit authentischen Bildern).

Dafür kommt nur Wankelmut in Frage, sagte sich Pfantler. Er war zwar als Sachbearbeiter während des Krieges beim OKW-WPR uk. gestellt. Als Volkssturmmann hat er sich, als die Russen kamen, in einer Schilfhütte am Wannsee versteckt und kam dann fast nackt, nur mit einem Ledenschurz bekleidet, Psalmen singend aus seinem Versteck heraus. Die Russen ließen ihn laufen, die älteren Offiziere unter ihnen kannten von Sibirien her solche Eremiten, harmlose Schwätzer, die die Apokalypse auswendig deklamierten … Wankelmut ist der richtige Mann. Pfantler lutschte an seinem schwervergoldeten Füller, den er aus Schweden mitgebracht hatte. Ja, Wankelmut ist *the best fellow.* Er versteht sich auf den nationalsentimentalen Bibber …

Er malte ein großes rotes W auf das Blatt.

Pfantler las weiter.

II. *Die Adlerherzen.* – Opferflug einer Jugend.

Das ist also der Komplex Luftwaffe … Wen könnte man da nehmen … ? Den Rudel? Geht nicht. Reichspartei … Den Galland? Ist zu teuer … Ach nein, meinen früheren Chef, den Oberstleutnant aus der Oberpfalz … hatte alle PK-Berichte in seinem Archiv … fleißiger Mann … War früher Volksschullehrer. 1935 reaktiviert. Nein, geht nicht, säuft zuviel … Halt, ich weiß, ich frag' diesen Filmschauspieler, der im Ersten Weltkrieg Flieger war …

III. *Unter fernen Meeren.* – Untertitel?

»Die grauen Wölfe« … geht nicht, ein Nazititel, schade. Wer hat denn über so was immer so gut geschrieben … Objektiv … Männlich, und doch blumig … Jetzt weiß ich's, war früher bei Ullstein. *Benissimo …*

IV. *Ein Kind für den Führer.*

Irgendein Arzt soll das Material haben … Wohnt in Hamburg … Recherchieren …

Und dann schrieb Pfantler neben die Titel in seiner kleinen säuberlichen Handschrift:

a) Frontsoldatentum und Kameradschaft. Eine betrogene Generation.

b) Kühner Flug durch den Äther. Ritterlicher Kampf mit dem fairen Gegner. Melancholie und Todesahnung abends im Kasino des Fliegerhorsts.

c) Verschworene Gemeinschaft unter fernen Meeren. Torpedos und Schifferklavier: Swantje … Swantje … Schweigender Untergang und stolzer Tod.

d) Glaube an die Züchtung einer Elite. Eros der Auswahl gegen den Sexus der Masse. Himmler als Reichszuhälter. Junge Adlige in den Treibhäusern der Züchtung. Blutfrische Leutnants aus Arbeiter- und Bauernfamilien als Okulierer alter Stammbäume … Tragödie zweier Herzen, die sich wahrhaft lieben … Nach geglückter Befruchtung Eingriff des Staates. Sie: Munitionsfabrik, dann Flakhelferin. Er: Fronteinsatz – über Malta abgeschossen. Dann muß der Vater der jungen Adligen noch in den Putsch vom 20. Juli verwickelt sein … Standortältester von Stralsund … gehenkt … Fleischerhaken. Sie trifft im Bayrischen Wald, wohin sie evakuiert wurde, auf einen Juden, der sich seit Jahren in einer Holzfällerhütte verbarg und von einer katholischen Bäuerin wegen ihres Seelenheils heimlich versorgt wurde … Große Liebe … 1945 suchen sie mit Hilfe eines amerikanischen Transportoffiziers und eines Delegierten der UNRRA ihr Kind … es heißt Roswitha. Sie finden es in einem Heim im Harz … ein Mädchen mit dunklen, verträumten Augen. Jude heiratet Adlige … Wandern beide mit Roswitha nach Israel aus … Jude als Ingenieur im Elektrizitätswerk … Adlige im

Orangenhain ... Jaffa ...

So hatte sich's Pfantler provisorisch aufnotiert. »Das gibt vier Knü ...«, sagte er gerade vor sich hin, als die platinblonde Chefsekretärin Eurydice, ihr Vater war Oberstudiendirektor am Dreimünster Gymnasium und lehrte dort in den Oberklassen Griechisch, das Büro betrat und mit ihrer vornehmen, halblauten Stimme, die sorgfältig gepuderte Nase ein wenig nach oben gerümpft, verkündete: »Ein Herr Doktor Stemmle.«

Siegfried Lenz
Ein Freund der Regierung

Zu einem Wochenende luden sie Journalisten ein, um ihnen an Ort und Stelle zu zeigen, wie viele Freunde die Regierung hatte. Sie wollten uns beweisen, daß alles, was über das unruhige Gebiet geschrieben wurde, nicht zutraf: die Folterungen nicht, die Armut und vor allem nicht das wütende Verlangen nach Unabhängigkeit. So luden sie uns sehr höflich ein, und ein sehr höflicher, tadellos gekleideter Beamter empfing uns hinter der Oper und führte uns zum Regierungsbus. Es war ein neuer Bus; ein Geruch von Lack und Leder umfing uns, leise Radiomusik, und als der Bus anfuhr, nahm der Beamte ein Mikrofon aus der Halterung, kratzte mit dem Fingernagel über den silbernen Verkleidungsdraht und hieß uns noch einmal mit sanfter Stimme willkommen. Bescheiden nannte er seinen Namen – »ich heiße Garek«, sagte er –; dann wies er uns auf die Schönheiten der Hauptstadt hin, nannte Namen und Anzahl der Parks, erklärte uns die Bauweise der Mustersiedlung, die auf einem kalkigen Hügel lag, blendend unter dem frühen Licht.

Hinter der Hauptstadt gabelte sich die Straße; wir verloren die Nähe des Meers und fuhren ins Land hinein, vorbei an steinübersäten Feldern, an braunen Hängen; wir fuhren zu einer Schlucht und auf dem Grunde der Schlucht bis zur Brücke, die über ein ausgetrocknetes Flußbett führte. Auf der Brücke stand ein junger Soldat, der mit einer Art lässiger Zärtlichkeit eine handliche Maschinenpistole trug und uns fröhlich zuwinkte, als wir an ihm vorbei über die Brücke fuhren. Auch im ausgetrockneten Flußbett, zwischen den weißgewaschenen Kieseln, standen zwei junge Soldaten, und Garek sagte, daß wir durch ein sehr beliebtes Übungsgebiet führen.

Serpentinen hinauf, über eine heiße Ebene, und durch die geöffneten Seitenfenster drang feiner Kalkstaub ein, brannte in den

Augen; Kalkgeschmack lag auf den Lippen. Wir zogen die Jacketts aus. Nur Garek behielt sein Jackett an; er hielt immer noch das Mikrofon in der Hand und erläuterte mit sanfter Stimme die Kultivierungspläne, die sie in der Regierung für dieses tote Land ausgearbeitet hatten. Ich sah, daß mein Nebenmann die Augen geschlossen, den Kopf zurückgelegt hatte; seine Lippen waren trokken und kalkblaß, die Adern der Hände, die auf dem vernickelten Metallgriff lagen, traten bläulich hervor. Ich wollte ihn in die Seite stoßen, denn mitunter traf uns ein Blick aus dem Rückspiegel, Gareks melancholischer Blick, doch während ich es noch überlegte, stand Garek auf, kam lächelnd über den schmalen Gang nach hinten und verteilte Strohhalme und eiskalte Getränke in gewachsten Papptüten.

Gegen Mittag fuhren wir durch ein Dorf; die Fenster waren mit Kistenholz vernagelt, die schäbigen Zäune aus trockenem Astwerk löcherig, vom Wind der Ebene auseinandergedrückt. Auf den flachen Dächern hing keine Wäsche zum Trocknen. Der Brunnen war abgedeckt; kein Hundegebell verfolgte uns, und nirgendwo erschien ein Gesicht. Der Bus fuhr mit unverminderter Geschwindigkeit vorbei, eine graue Fahne von Kalkstaub hinter sich herziehend, grau wie eine Fahne der Resignation.

Wieder kam Garek über den schmalen Gang nach hinten, verteilte Sandwiches, ermunterte uns höflich und versprach, daß es nicht mehr allzu lange dauern würde, bis wir unser Ziel erreicht hätten. Das Land wurde hügelig, rostrot; es war jetzt von großen Steinen bedeckt, zwischen denen kleine farblose Büsche wuchsen. Die Straße senkte sich, wir fuhren durch einen tunnelartigen Einschnitt. Die Halbrundungen der Sprenglöcher warfen schräge Schatten auf die zerrissenen Felswände. Eine harte Glut schlug in das Innere des Busses. Und dann öffnete sich die Straße, und wir sahen das von einem Fluß zerschnittene Tal und das Dorf neben dem Fluß.

Garek gab uns ein Zeichen, Ankündigung und Aufforderung; wir zogen die Jacketts an, und der Bus fuhr langsamer und hielt auf einem lehmig verkrusteten Platz, vor einer sauber gekalkten Hütte. Der Kalk blendete so stark, daß beim Aussteigen die Augen schmerzten. Wir traten in den Schatten des Busses, wir schnippten die Zigaretten fort. Wir blickten aus zusammengekniffenen Augen auf die Hütte und warteten auf Garek, der in ihr verschwunden war.

Es dauerte einige Minuten, bis er zurückkam, aber er kam zurück, und er brachte einen Mann mit, den keiner von uns je zuvor gesehen hatte.

»Das ist Bela Bonzo«, sagte Garek und wies auf den Mann; »Herr Bonzo war gerade bei einer Hausarbeit, doch er ist bereit, Ihnen auf alle Fragen zu antworten.«

Wir blickten freimütig auf Bonzo, der unsere Blicke ertrug, indem er sein Gesicht leicht senkte. Er hatte ein altes Gesicht, staubgrau; scharfe, schwärzliche Falten liefen über seinen Nacken; seine Oberlippe war geschwollen. Bonzo, der gerade bei einer Hausarbeit überrascht worden war, war sauber gekämmt, und die verkrusteten Blutspuren an seinem alten, mageren Hals zeugten von einer heftigen und sorgfältigen Rasur. Er trug ein frisches Baumwollhemd, Baumwollhosen, die zu kurz waren und kaum bis zu den Knöcheln reichten; seine Füße steckten in neuen, gelblichen Rohlederstiefeln, wie Rekruten sie bei der Ausbildung tragen.

Wir begrüßten Bela Bonzo, jeder von uns gab ihm die Hand, dann nickte er und führte uns in sein Haus. Er lud uns ein voranzugehen, wir traten in eine kühle Diele, in der uns eine alte Frau erwartete; ihr Gesicht war nicht zu erkennen, nur ihr Kopftuch leuchtete in dem dämmrigen Licht. Die Alte bot uns faustgroße, fremde Früchte an, die Früchte hatten ein saftiges Fleisch, das rötlich schimmerte, so daß ich am Anfang das Gefühl hatte, in eine frische Wunde zu beißen.

Wir gingen wieder auf den lehmigen Platz hinaus. Neben dem Bus standen jetzt barfüßige Kinder; sie beobachteten Bonzo mit unerträglicher Aufmerksamkeit, und dabei rührten sie sich nicht und sprachen nicht miteinander. Nie trafen ihre Blicke einen von uns. Bonzo schmunzelte in rätselhafter Zufriedenheit.

»Haben Sie keine Kinder?« fragte Pottgießer.

Es war die erste Frage, und Bonzo sagte schmunzelnd:

»Doch, doch, ich hatte einen Sohn. Wir versuchen gerade, ihn zu vergessen. Er hat sich gegen die Regierung aufgelehnt. Er war faul, hat nie etwas getaugt, und um etwas zu werden, ging er zu den Saboteuren, die überall für Unruhe sorgen. Sie kämpfen gegen die Regierung, weil sie glauben, es besser machen zu können.« Bonzo sagte es entschieden, mit leiser Eindringlichkeit; während er sprach, sah ich, daß ihm die Schneidezähne fehlten.

»Vielleicht würden sie es besser machen«, sagte Pottgießer. Garek lächelte vergnügt, als er diese Frage hörte, und Bonzo sagte:

»Alle Regierungen gleichen sich darin, daß man sie ertragen muß, die einen leichter, die andern schwerer. Diese Regierung kennen wir, von der anderen kennen wir nur die Versprechungen.«

Die Kinder tauschten einen langen Blick.

»Immerhin ist das größte Versprechen die Unabhängigkeit«, sagte Bleiguth.

»Die Unabhängigkeit kann man nicht essen«, sagte Bonzo schmunzelnd. »Was nützt uns die Unabhängigkeit, wenn das Land verarmt. Diese Regierung aber hat unsern Export gesichert. Sie hat dafür gesorgt, daß Straßen, Krankenhäuser und Schulen gebaut wurden. Sie hat das Land kultiviert und wird es noch mehr kultivieren. Außerdem hat sie uns das Wahlrecht gegeben.«

Eine Bewegung ging durch die Kinder, sie faßten sich bei den Händen und traten unwillkürlich einen Schritt vor. Bonzo senkte das Gesicht, schmunzelte in seiner rätselhaften Zufriedenheit, und als er das Gesicht wieder hob, suchte er mit seinem Blick Garek, der bescheiden hinter uns stand.

»Schließlich«, sagte Bonzo, ohne gefragt worden zu sein, »gehört zur Unabhängigkeit auch eine gewisse Reife. Wahrscheinlich könnten wir gar nichts anfangen mit der Unabhängigkeit. Auch für Völker gibt es ein Alter, in dem sie mündig werden: wir haben dieses Alter noch nicht erreicht. Und ich bin ein Freund dieser Regierung, weil sie uns in unserer Unmündigkeit nicht im Stich läßt. Ich bin ihr dankbar dafür, wenn Sie es genau wissen wollen.«

Garek entfernte sich zum Bus, Bonzo beobachtete ihn aufmerksam, wartete, bis die schwere Bustür zufiel und wir allein dastanden auf dem trockenen, lehmigen Platz. Wir waren unter uns, und Finke vom Rundfunk wandte sich mit einer schnellen Frage an Bonzo: »Wie ist es wirklich? Rasch, wir sind allein.« Bonzo schluckte, sah Finke mit einem Ausdruck von Verwunderung und Befremden an und sagte langsam: »Ich habe Ihre Frage nicht verstanden.«

»Jetzt können wir offen sprechen«, sagte Finke hastig.

»Offen sprechen«, wiederholte Bonzo bedächtig und schmunzelte breit, so daß seine Zahnlücken sichtbar wurden.

»Was ich gesagt habe, ist offen genug: wir sind Freunde dieser Regierung, meine Frau und ich; denn alles, was wir sind und erreicht haben, haben wir mit ihrer Hilfe erreicht. Dafür sind wir ihr dankbar. Sie wissen, wie selten es vorkommt, daß man einer Regierung für irgendwas dankbar sein kann – wir sind dankbar. Und auch mein Nachbar ist dankbar, ebenso wie die Kinder dort und jedes Wesen im Dorf. Klopfen Sie an jede Tür, Sie werden überall erfahren, wie dankbar wir der Regierung sind.«

Plötzlich trat Gum, ein junger, blasser Journalist, auf Bonzo zu und flüsterte: »Ich habe zuverlässige Nachricht, daß Ihr Sohn gefangen und in einem Gefängnis der Hauptstadt gefoltert wurde. Was sagen Sie dazu?«

Bonzo schloß die Augen, Kalkstaub lag auf seinen Lidern; schmunzelnd antwortete er: »Ich habe keinen Sohn, und darum kann er nicht gefoltert worden sein. Wir sind Freunde der Regierung, hören Sie? Ich bin ein Freund der Regierung.«

Er zündete sich eine selbstgedrehte, krumme Zigarette an, inhalierte heftig und sah zur Bustür hinüber, die jetzt geöffnet wurde. Garek kam zurück und erkundigte sich nach dem Stand des Gesprächs. Bonzo wippte, indem er die Füße von den Hacken über die Zehenballen abrollen ließ. Er sah aufrichtig erleichtert aus, als Garek wieder zu uns trat, und er beantwortete unsere weiteren Fragen scherzhaft und ausführlich, wobei er die Luft mitunter zischend durch die vorderen Zahnlücken entweichen ließ.

Als ein Mann mit einer Sense vorüberging, rief Bonzo ihn an; der Mann kam mit schleppendem Schritt heran, nahm die Sense von der Schulter und hörte aus Bonzos Mund die Fragen, die wir zunächst ihm gestellt hatten. Der Mann schüttelte unwillig den Kopf; er war ein leidenschaftlicher Freund der Regierung, und jedes seiner Bekenntnisse quittierte Bonzo mit stillem Triumph. Schließlich reichten sich die Männer in unserer Gegenwart die Hand, wie um ihre gemeinsame Verbundenheit mit der Regierung zu besiegeln.

Auch wir verabschiedeten uns, jeder von uns gab Bonzo die Hand – ich zuletzt; doch als ich seine rauhe, aufgesprungene Hand nahm, spürte ich eine Papierkugel zwischen unseren Handflächen. Ich zog sie langsam, mit gekrümmten Fingern ab, ging zurück und schob die Papierkugel in die Tasche. Bela Bonzo stand da und rauchte in schnellen, kurzen Stößen; er rief seine Frau heraus, und sie, Bonzo und der Mann mit der Sense beobachteten den abfahrenden Bus, während die Kinder einen mit Steinen und jenen farblosen kleinen Büschen bedeckten Hügel hinaufstiegen.

Wir fuhren nicht denselben Weg zurück, sondern überquerten die heiße Ebene, bis wir auf einen Eisenbahndamm stießen, neben dem ein Weg aus Sand und Schotter lief. Während dieser Fahrt hielt ich eine Hand in der Tasche, und in der Hand die kleine Papierkugel, die einen so harten Kern hatte, daß die Fingernägel nicht hineinschneiden konnten, sosehr ich auch drückte. Ich wagte nicht, die Papierkugel herauszunehmen, denn von Zeit zu Zeit erreichte uns Gareks melancholischer Blick aus dem Rückspiegel. Ein schreckhafter Schatten flitzte über uns hinweg und über das tote Land; dann erst hörten wir das Propellergeräusch und sahen das Flugzeug, das niedrig über den Eisenbahndamm flog in Richtung zur Hauptstadt, kehrtmachte am Horizont, wieder über uns hinwegbrauste und uns nicht mehr allein ließ.

Ich dachte an Bela Bonzo, hielt die Papierkugel mit dem harten Kern in der Hand, und ich fühlte, wie die Innenfläche meiner Hand feucht wurde. Ein Gegenstand erschien am Ende des Bahndamms und kam näher, und jetzt erkannten wir, daß es ein Schienenauto war, auf dem junge Soldaten saßen. Sie winkten freundlich mit ihren Maschinenpistolen zu uns herüber. Vorsichtig zog ich die Papierkugel heraus, sah sie jedoch nicht an, sondern schob sie schnell in die kleine Uhrtasche, die einzige Tasche, die ich zuknöpfen konnte. Und wieder dachte ich an Bela Bonzo, den Freund der Regierung: noch einmal sah ich seine gelblichen Rohlederstiefel, die träumerische Zufriedenheit seines Gesichts und die schwarzen Zahnlücken, wenn er zu sprechen begann. Niemand von uns zweifelte daran, daß wir in ihm einen aufrichtigen Freund der Regierung getroffen hatten.

Am Meer entlang fuhren wir in die Hauptstadt zurück; der Wind brachte das ziehende Kußgeräusch des Wassers herüber, das gegen die unterspülten Felsen schlug. An der Oper stiegen wir aus, höflich verabschiedet von Garek. Allein ging ich ins Hotel zurück, fuhr mit dem Lift in mein Zimmer hinauf, und auf der Toilette öffnete ich die Papierkugel, die der Freund der Regierung mir heimlich anvertraut hatte: sie war unbeschrieben, kein Zeichen, kein Wort, doch eingewickelt lag im Papier ein von bräunlichen Nikotinspuren bezogener Schneidezahn. Es war ein menschlicher, angesplitterter Zahn, und ich wußte, wem er gehört hatte.

CHRISTIAN GEISSLER
Anfrage

Das Physikalische Institut der Universität, an welchem Köhler seine Dissertation endlich fertigzustellen sich vorgesetzt hatte, lag hinter vergitterten, hohen, doppeltverglasten Fenstern im Seitenflügel eines Hauses, das nach den schönen, prächtigen Maßen seiner Fassade gewiß einst zu einem freundlichen Zweck erbaut worden war. Es lag, umstanden von altem Ahorn, Kastanien und Buchen, am Nordrand der Stadt, dort wo vor Zeiten nur der sich ein Haus bauen ließ, der Wagen und Pferde besaß, um bequem die Stadt erreichen zu können, die Börse, den Arzt, den Geflügelmarkt, die

Bibliothek, das Theater. Das Haus schien in der mutigen Absicht erbaut worden zu sein, in der Welt einen festen Platz zu umreißen, großzügig einen Raum zu schaffen, in dem keiner so leicht sich am anderen stößt, den gute Vernunft nach drinnen und draußen hin sichert und ehrt, und der einladen soll, Feste zu feiern, viele Kinder zu zeugen und nachzudenken, um zu begreifen. Vor achtzig Jahren etwa hatte man noch den Mut, solches zu planen, doch achtzig Jahre sind eine lange Zeit. Soweit inzwischen an Hand von spärlichen Nachrichten bekannt geworden, war es dem Bauherrn des Haues, auch seiner Frau, einer schönen Frau, vom Schicksal, wie sie es nannten, gütig vergönnt gewesen, rechtzeitig sanft zu entschlafen. Kinder und Kindeskinder hingegen wurden vergast, hierfür gibt es Beweise. Ein Rest konnte fliehen, starb aber draußen dann namenlos vor der Zeit, ohne Hoffnung, ohne Tränen, verbannt gegen innen und außen, jahrtausendealt. Oder es überlebt einer. Wen von uns kümmert das.

Indessen hatte das Haus nicht leer gestanden. Hausherr wurde über den Zeitraum von kaum vier Jahren ein uniformierter Mann, der, bevor er angesichts seiner fünf blonden Kinder und seiner tüchtigen, damals bereits mehrfach gekörten Frau das Herdfeuer segnete, alles Nötige unternahm, um das Haus gründlich vom Dach bis hinunter zum Keller desinfizieren zu lassen, denn er hatte schon vor Jahrzehnten, als Junge daheim, in der Schule und später im Freikorps sagen hören:

Der Jude stinkt, und was stinkt, das ist giftig.

Gewiß, es hätte nahegelegen für ihn wie für andere, doch einmal ruhig darüber nachzudenken, ob denn dem wirklich so sei. Doch wer gern fühlt, wem das Vaterland *heilig* und die *Fahne mehr als der Tod* ist, der, ja, weiß Gott, der ist namenlos munter, der fürchtet Gedanken wie Wanzenbiß, denn *Gefühl ist* nun einmal *alles* und *Name ist Schall und Rauch.* So verkürzt sich gefällig das eine, bläht und dehnt sich das andere, bis am Ende alles einen recht guten Sitz hat, und das Nachdenken nicht besser und schlechter gerät als für gewöhnlich das Zahnbein bei zu viel Weißbrot und Schokolade, es verklebt, riecht, wird brüchig und schließlich ersetzt durch eine Prothese, die jedem paßt.

Das Haus also wurde desinfiziert, das Herdfeuer loderte altdeutsch, tags gab man harte Befehle, abends erklang nicht selten ein Stückchen Kammermusik, und die Restbestände eigenen Denkens krochen narkotisiert in die äußersten Winkel, geschwächt von wilden Wünschen und lastenden Ängsten, paralysiert von abergläubischer Hoffnung, von Haß und zuletzt von Ekel, denn *die Stimme des Blutes* klingt süßlich. Was tut's?

Meine Ehre heißt Treue.

Das sollen übrigens die letzten Worte des neuen Hausherrn gewesen sein, versuchsweise die letzten, bevor er nach der Pistole griff. Doch warf er die Pistole dann draußen heimlich und leise in einen tiefen tiefen Teich, Stunden vor Eintritt der *Okkupation,* die *Befreiung* zu nennen *vaterlandslose Gesellen* im Lande sich schamloserweise nicht scheuten, verließ Weib und Kind und wurde später Drogist unter neuem Namen. Von der Frau und den Kindern fehlt jede Spur. Man wird aber annehmen dürfen, daß sie heute mit Hilfe von auskömmlichen Renten in die Lage versetzt sind, sich in Ehren zu halten.

Die Zeit deckt viele Sünden zu, sagt man, *die Zeit:* das ist Arbeit, Erfolg und wieder ganzjährig blühende Kulturen; das ist alltags abends hinter der Zeitung und sonntags morgens unter der Kanzel wieder *Weltgefahr Nr. 1,* wieder wie einst die große Legitimation, in vertrauter Richtung gedankenlos heftig zu hassen, männlich, *Mann in der Zeit, der Landser erzählt, im Auftrag der deutschen Bischöfe.* Die Zeit: das ist hinter allem die Weigerung, sich zu erinnern, und die Scham, sich zu schämen.

Die Zeit deckt viele Sünden zu, hofft man an allen Orten und zitiert ohne Zögern und ohne Scheu den Heiligen Petrus – falsch.

Pit hieß der amerikanische Offizier, der es sich in den ersten kalten Jahren zur Aufgabe machte, im Hause unter den Buchen Bücher und Zeitschriften seines Landes kostenlos anzubieten und ebenso freundliche Vorträge über den Vorzug der Demokratie. Und er hatte Erfolg. Es kamen etliche junge Leute und hörten ihm aufmerksam zu, und alte Leute kamen und schliefen ein Stündchen, denn das Haus war geheizt.

In den Jahren danach, in den Jahren des Aufbaus, als für das schöne Haus sich in keinem Lande ein Erbe mehr finden wollte, da gab man es, nach einem von der Öffentlichkeit kaum beachteten Ratschluß des jüdischen Komitees, in die Verwaltung der Universität, wohl in der Hoffnung, es möchte dem Nachwuchs auf eine gute, verzeihliche Weise dienen. Und das tat es denn auch. Von den beiden weit auseinandergezogenen Flügeln des Hauses ging der eine zu Händen des Leiters des Physikalischen Institutes, der andere blieb unter der Obhut eines jungen Dozenten für Psychiatrie, der, ehrgeizig genug, den Plan gefaßt hatte, für seine Forschungen einen zentralen Beobachtungsplatz zu schaffen, ein zeitnahes Vorhaben, welches ihn am Anfang auch zu der Hoffnung veranlaßt hatte, das Haus in Gänze sich aneignen zu können, jedoch ohne Erfolg. Die physikalische Forschung hatte ihr Recht gefordert.

Immerhin waren vorsorglich die erst kürzlich montierten Fenstergitter nicht wieder entfernt worden.

Klaus Köhler hatte sich an die Gitter gewöhnt und gelächelt. Er hatte wie an jedem Morgen so auch heute pünktlich gegen neun Uhr die hellen hohen Spiegel passiert, die unten im Haupthaus rechts und links einen Teil der Wände bedeckten. Die Frage, wen dieses Glas in den vergangenen Zeiten alles gespiegelt hatte, ohne fleckig zu werden, war nur eine der vielen Fragen, die sich die Insassen dieses Hauses hätten zur Beantwortung immer von neuem stellen können, zumal unten im Garten tagsüber ein Gärtner beschäftigt war, der die Geschichte des Judenhauses gut kannte. Aber es läßt sich Fragen ja aus dem Wege gehen, und von den jungen Physikkandidaten waren die einen vielleicht gefühlvoll genug, sich ganz von der Vorstellung tragen zu lassen, daß, wer Physik treibt, einst am Bau der Zukunft angenehm reichlichen Anteil haben wird; andere mochten, nicht eben nüchtern, aber freundlich und fleißig sich bei dem Gedanken trösten, dermaleinst für die zu erhoffenden Leistungen, gleichgültig zu welchem Ziel, reichlich bezahlt zu werden; wiederum gab es welche, die ein Hobby hatten, wie man es heute politischerseits gern empfiehlt, um abzulenken: eine Geige, ein Auto, ein Mädchen, einen Bibelkreis, oder den Wunsch, Diskussionen zu leiten, Marionetten zu basteln oder die Kunst der Azteken nebenher zu studieren; freundliche junge Menschen, klug, verläßlich, gelegentlich seltsam verletzlich und fast in jedem Fall, heute wie einst, ganz und gar innerlich.

Schließlich gab es noch die, deren Gruppe Klaus Köhler nach einer langen gemeinsamen Zeit eben erst zu meiden anfing.

Seit er durch einen Zufall von der genauen Kenntnis des Gärtners gehört hatte, gelang ihm das Lächeln nicht mehr so sicher wie sonst, und es kam vor, daß er an seinen Vater dachte; dachte, wenn er das Haus betrat: an das gelbe Plakat, an die Uniform, an das Abendgebet, die männlichen Lieder, die rote Fahne im grünen Garten an Feiertagen. Was an Erinnerung bisher immer nur angeschwemmt worden war, wälzend, formlos und salzig wie Meerwasser über ein geborstenes Schiff, das stand jetzt hart gebaut um ihn her, in Wände gesetzt, Keller und Dach, Treppen, Eingang und Ausgang – ein Haus, das Judenhaus. Man konnte fluchen und fliehen, man konnte lächeln, aber das Haus stand da, würde stehen bleiben, hier auf der Erde: hier hatten Juden gewohnt.

Der Gärtner versorgt den Garten – wer das Haus?

Ihn fror. Er ging langsam über Stufen hinauf ins Institut, er zog sich zurück in den Tag, in den weißen Kittel, in die Kalendernotizen, die Telefonanrufe, die sich so angenehm einfach beantworten ließen; in die Kurven, Tabellen und Apparate, in den denkbaren Auftrag, bei dem es auf *Sinn* nicht ankam, sondern auf Kenntnis und Distanz.

Als gegen zehn Uhr dreißig die Sekretärin den Kaffee brachte, freute er sich und malte kleine Gesichter in das beschlagene Glas des Fensters. Draußen schien weiß die Sonne und taute den letzten Schnee.

»Am besten, Sie trinken den Kaffee, solange er heiß ist«, sagte das Mädchen so wie sonst auch. Sie tranken den Kaffee gewöhnlich zusammen und redeten dabei über dies und nichts.

Köhler sah gleichgültig weiter nach draußen und sagte: »Beschlagenes Glas ist eine Versuchung für mich, drauf zu malen, kennen Sie das?«

»Ich wollte Sie etwas fragen.«

Er wandte sich um, kam an den Tisch.

»Wußten Sie, daß hier früher Juden gewohnt haben?«

»Der Gärtner unten hat mir davon erzählt. Verschleppt, verhungert, et cetera.«

»Ist das sicher?«

»Vergast.«

»Glauben Sie das?«

»Es gibt Bilder und Bücher.«

»Schreiben kann man viel.«

»Könnte man. Ist aber kein Geschäft.«

»Ich denke immer: was die alles reden«, sagte das Mädchen vorsichtig.

»Reden viele? Ich kenne kaum einen.«

»Die Juden, meine ich.«

»Kennen Sie Juden?«

»Nein.«

»Haben Sie noch eine Zigarette?«

Sie rauchten, links an der Schalttafel tickte ein roter Zeiger, Pulsschlag hinter Glas, millimetergenau, empfindlich und spitz.

»Wie die wohl ausgesehen haben«, sagte das Mädchen.

Köhler hob die Brauen: »Wie Teufel? Glauben Sie?«

»Nein, nicht die Juden – ich meine die, die es getan haben.«

»Die meine ich auch!«

»Wie Teufel?« wiederholte das Mädchen nachdenklich.

»Nicht wie Teufel«, sagte er und zeigte ihr eine Fotografie.

Sie sah sie sich aufmerksam an: »Wer ist das?«

»Mein Vater. Ich denke, man kann das sehen.«

»Jetzt, wo Sie's sagen ...«

»So haben sie ausgesehen, die es getan haben. So wie mein Vater, und wie Ihrer, wenn Sie erlauben.«

»Mein Vater war nicht bei der SS, wissen Sie«, sagte das Mädchen mit einer Art von beschämtem Respekt.

»Mein Vater war Kaufmann, wissen Sie«, sagte Klaus Köhler, wiederholte absichtlich den kleinen, vertraulichen Beisatz und beobachtete das Mädchen aus einem Winkel hinter der Brille, ohne sich zu bewegen, »katholischer Bankkaufmann, Vorsitzender von irgendeiner katholischen Unternehmervereinigung, Gesinnung, Kreuz und Kredit, erinnern Sie sich?«

»Ich bin nicht katholisch.«

»Aber Ihr Herr Vater ist sicherlich trotzdem ein guter und freundlicher Mensch, nicht wahr?«

»Warum lächeln Sie, wenn Sie das sagen«, antwortete das Mädchen und sah unruhig über den Tisch hin, »möchten Sie noch eine zweite Tasse?«

Sie sahen zu, wie sich das Pulver schäumend im kochenden Wasser löste. Köhler genoß den heißen, kräftigen Duft. Das Mädchen nahm den Gedanken noch einmal auf:

»Wenn ich jetzt die Treppe hinuntergehe, muß ich daran denken, wie es war, als man sie hier verhaftet hat.«

»Unter der Aufsicht von Buchhaltern bekommen Verbrechen den Stil, den wir lieben: Ordnung und Präzision. Da vertraut man gern.«

»Und keiner hat gewußt, wie es wirklich war«, fügte sie rasch hinzu.

Köhler stand auf, ging hinüber zur Tafel und zeichnete aus zwei gegeneinandergestellten Dreiecken einen großen Stern. Dann wandte er sich zurück ins Zimmer und fragte freundlich: »Kennen Sie das?«

Das Mädchen sah ihn verständnislos an. Er fragte sie:

»Wo war Ihr Herr Vater am 9. November 1938, nachts?«

»Wie ›nachts‹? Was war damals nachts?«

»Meiner hat geschlafen. Er wollte frisch sein für seine Arbeit am nächsten Tag. Er schlief, und während er schlief, hat man zwei Häuser weiter ohne gesetzlichen oder sonst irgendeinen öffentlichen Einspruch einen Juden erschlagen.«

»Warum?«

»Warum schläft man! – Sind die Testbogen vom Labor gekommen?«

»Noch nicht.«

»Ich kann mich gut erinnern: tags darauf war bei uns ein kleines Familienfest, Hochzeitstag meiner Eltern. Es war wie in jedem Jahr: mittags Ananas, nachmittags Kuchen, abends für jeden ein Ei und zum Abschluß bei einer Kerze ein Stück aus dem Andachtsbuch.«

»Kannte Ihr Vater den Juden von nebenan?«

»Er mochte ihn nicht.«

»Was war mit ihm?«

»Er war Jude.«

»Aber man braucht ihn deshalb ja nicht gleich totzuschlagen.«

»Sie meinen, es sollte, im Anfang mindestens, mildere Strafen geben? Machen wir ein Fenster auf.«

Das Mädchen setzte langsam die beiden Tassen ineinander, nahm die Kanne, die Kaffeedose, den Tauchsieder und sagte: »Vielleicht habe ich etwas nicht richtig gesagt. Aber ich meine, daß man damals nichts machen konnte.«

»Wer sagt das?«

»Mein Vater.«

»Meiner auch!«

Er sah sie angestrengt an, lächelte plötzlich, nahm den Mantel und sagte:

»Das Leben ist komisch. Rein in die Gaskammer, Klappe zu, Jude tot. So was vergißt sich doch!«

Sie gingen schweigend den Flur hinunter; vielleicht, um einen besseren Schluß zu finden, sagte das Mädchen:

»Manchmal sind Sie seltsam.«

»Ich geh' Zigaretten holen«, erwiderte er, »vielleicht sind Sie so gut und bringen mir gelegentlich die Aufstellung der Werte, die gestern gemessen wurden.«

»Die Werte waren falsch. Wir hatten eine Fehlerquelle und messen heute noch einmal.«

»Messen Sie. Und sagen Sie bitte Steinhoff, er soll mich anrufen, wenn er Lust hat.«

MARTIN WALSER
Halbzeit

6
Verärgert, als wäre mir ein Geschäft daneben gegangen, stapfte ich die Parlerstraße hinauf. Lissa ging an den kugeligen Schatten der Lindenbäume entlang. Immer auf der Grenze. Mit einer Schulter in der Sonne, mit der anderen im Schatten. Schwitzte natürlich, weil sie fast rennen mußte, um alle die Kurven auszugehen. Wenn der Schatten auf ein Auto fiel, ging sie ganz auf die Straße hinaus, um das Auto herum, als habe sie ein Gelübde abgelegt, nie in ihrem Leben den Schatten einer Linde im Juni zu durchqueren. Ihr Gesicht war auf die Schattengrenze am Boden konzentriert wie die Schnauze des Bluthundes auf die Spur. Wenn die Sinnlosigkeit mit den Jahren nur andere Formen annähme? Wichtig war es ihr auch mit ihrem Gerenne. Wenn ich sie zwänge, neben mir quer durch den Schatten zu gehen, würde sie heulen, das Gesicht verzerren und mir wieder einmal den Kernsatz ihrer bisherigen Lebenserfahrung ins Gesicht schleudern: nie darf man, was man will. Das konnte ich zurückgeben: geh' mit einer Tochter durch die Straßen, und auf allen Schildern steht: für Väter verboten. In Lissas Alter hatte ich schon keinen Vater mehr, dem ich was verbieten, der mir was verbieten konnte, das besorgte der Onkel und Erzieher von Beruf, Studienrat Dr. Gallus Kristlein, der aus mir etwas machen wollte, worauf man stolz sein konnte. Eigenartig, einen Vater zu haben, der nicht älter wird, weil er schon tot ist. Den eigenen Vater allmählich einholen. Älter werden als er. Der Vater, jünger als Du, bleibt zurück, unfertig, ein bißchen lächerlich wie alle jüngeren Männer. Sein Leben nur noch eine Erzählung, die seine Frau unzählige Male wiederholt und dabei immer mehr abschleift, abnutzt, eine Abnutzung, die wie beim Kieselstein am Strand zu einer Stilisierung führte, die ich annehmen mußte, obwohl ich spürte, daß dieses Leben mehr enthalten haben muß als die traurig-schöne Fabel, die im Munde meiner Mutter immer mehr zu einer von keinem Orchester mehr begleiteten Melodie wurde, ohne Harmonien, spannungslos melancholisch wie ein Englisch Horn-Solo. Der Großvater wurde ein Bilderbuchgroßvater, der zweispännig zum Bahnhof fuhr mit seinem schnellen Landauer, obwohl doch für den leichten Wagen auch ein Pferd genügt hätte. Mit langsamen Schritten, wie ein Priester dem Hochaltar entgegengeht, war er immer auf die Waggons zugegangen. Die Dorfbewohner hinter ihm, eine träge Bauern-

masse, die ehrfürchtig dem Mann zuschaute, der einer der ihren gewesen war und jetzt doch Waggons aus dem Ausland bezog. Mit ernstem Gesicht tappte der Großvater dann um die Waggons herum. Die Zuschauer mußten das für eine für das Gelingen dieses Geschäfts unabdingbare Verrichtung gehalten haben. Als sie die Hoffnung schon aufgegeben haben mochten, daß die Waggons an diesem Tag noch geöffnet werden könnten, da endlich trat der Großvater auf eine der plombierten Türen zu, hob eine Hand hinauf, machte alle Erwartungen noch einmal zunichte, indem er sich ganz ruhig umwandte, die rechte Hand über die Augen hob, als suche er in der Menge der von der Morgensonne bestrahlten Bauerngesichter das Gesicht eines Freundes, als könne er es nicht über sich bringen, die Türen schon zu öffnen, wenn er jetzt entdecke, daß dieser Freund noch fehle, ließ die Hand wieder fallen, bemerkte mit wohlwollendem, aber auch ein bißchen verächtlichem Lächeln noch den Zollbeamten, der sich mit dicken Bündeln Papiers stets eng hinter ihn drängte, um allen zu beweisen, daß er ganz zu meinem Großvater, nicht aber zum Dorf gehöre, schließlich langte er wieder hinauf und zerbrach ruhig, aber mit viel Kraft, die Plombe mit bloßen Händen und warf sie wie absichtslos hinter sich, obwohl er wahrscheinlich wußte, wie sehnlich die Schulbuben auf das Stückchen Blei warteten. Und so von Waggon zu Waggon. Dann erst die Öffnung der Türen. Aber zuvor drehte sich der Großvater noch einmal um. Genoß die glühenden gierigen Blicke der Bauern. Und als sei es immerhin möglich, daß das arme Volk jetzt die Waggons mit Gewalt zu plündern beabsichtige, fuhr er plötzlich scharf mit der Rechten durch die Luft, sofort stießen seine Knechte mit ihren Karren rücksichtslos durch die Menge hindurch und begannen auszuladen und alles heim in die Speicher zu fahren. Der Alte stand dabei und sah allem zu. Erst am Abend setzte er sich wieder auf seinen Rennwagen und ließ heimgaloppieren. Mein Vater war mit einem hellgrünen Fordlastwagen zum Bahnhof gefahren, und dieser Lastwagen, ein sehr frühes Modell, mußte oft angeschoben werden. Mitunter schlug er meinem Vater, der ihn ankurbeln wollte, mit der zurückspringenden Kurbel so heftig auf die Hand, daß mein Vater aufschrie und sich zuerst die Hand verbinden lassen mußte, bevor weitergearbeitet werden konnte. Die Zoll- und Bahnbeamten wurden ihm gegenüber frech, zogen ihn an der Schulter herum und wiesen auf mangelhafte Angaben, auf tarifliche Unstimmigkeiten und Strafgebühren hin, obwohl doch mein Vater, im Gegensatz zum Großvater, die Sprachen der

Länder, mit denen er Handel trieb, ausgezeichnet beherrschte, da er in jenen Ländern die Kaufmannslehre hinter sich gebracht hatte, in Genua, in London, in Marseille und in Brüssel. Und welch ein Schüler soll mein Vater gewesen sein! Die Lehrer waren an den Tagen nach Klassenarbeiten oft geradewegs von der Tür auf ihn zugekommen, die von ihm beschriebenen Bogen steil in den Händen. Mit ernsten und feierlich-feuchten Augen hatten sie ihm diese überreicht und gesagt, daß sie verzichtet hätten, ihm eine Note zu geben, da er alle anderen so weit übertreffe, daß innerhalb des gebräuchlichen Notensystems einfach kein Platz sei für solche Leistungen. Sogar ich bekam noch Wareneingangsbücher und Bilanzen zu sehen, leuchtend von seiner großen runden Schrift, mit den überschwenglichen, aber immer ganz klaren Variationen des gebräuchlichen Alphabets. Und trotzdem kamen Datteln aus Marseille, wenn er Sardinen bestellt hatte, und die Zigarren aus Lausanne waren feucht und blieben liegen. Wenn meine Mutter den rasanten Niedergang des Geschäftes unter den Händen meines Vaters schilderte, dann führte sie immer seine glänzenden Schulzeugnisse und seine herrliche Handschrift an, um mir zu beweisen, wie unverständlich, wie rätselhaft die dann folgende Pleite gewesen sei. Ja, seine Handschrift ist sein wahres Denkmal geworden. Wenn in Ramsegg in der Restauration, in der Krone oder auf dem Kirchplatz jemand etwas Gutes über meinen Vater sagen wollte, wenn bei Kristleinschen Familienversammlungen einer alles aufzählte, was die Kristleins auf dieser Welt geleistet haben, dann war immer die Handschrift meines Vaters dabei. Jede Zeile war ein in strenger Kiellinie segelndes Geschwader, dicht am Wind fahrend, in schönster Lage, die jedes Boot der Übermacht des Windes abtrotzte; die großen Buchstaben und die mit Oberlängen waren die bis zum Zerreißen geschwellten Segel dieser Flotten, gerade noch gehalten von den scharfen Kielen der Unterlängen. Geschrieben wurden die Briefe meines Vaters für Empfänger, die nur mit der linken Hand nach einem Brief greifen. Einen Brief, der von ihm kam, so mag mein Vater befürchtet haben, werden die Empfänger noch unachtsamer aufreißen als sie es sonst schon tun. Dabei zerstören sie das Schriftbild zum ersten Mal. Dann werfen sie auf einem Weg, der ihnen viel wichtiger ist als der Absender dieses Briefes, einen einzigen Blick auf die Zeilen, die sie stirnrunzelnd und rasch am Gesicht vorbeischwenken. Gerade dagegen glaubte sich mein Vater mit seiner Schrift gewappnet. Wenn nicht jeder Buchstabe das Auge des Lesenden in den nächsten Buchstaben hineinreißt, so scheint er gefürchtet zu haben, muß der Empfänger diesen Brief und den nächsten und alle folgenden von sich werfen und das Geschreibsel mit kleinen, aber schnell zustoßenden Absätzen auf dem Boden zertrampeln. Aber so deutlich und mitreißend auch seine Zeilen vorwärtsdrängten, so hoch diese Schrift auch heute noch im Ansehen der Ramsegger steht, zu seinen Lebzeiten hat sie ihm, wie manche andere Kunst ihrem Künstler, recht wenig eingetragen, da auch schon die frühen Jahrzehnte dieses Jahrhunderts, zumindest außerhalb von Ramsegg, das Schönschreiben keineswegs mehr so hoch bewerteten wie das einmal früher, aber eben vielleicht doch sehr viel früher, der Fall gewesen sein mag. So mußte mein Vater bald, wenn er nicht in den Dienst einer Konkurrenzfirma treten wollte, als Angestellter seines Bruders Arthur arbeiten. Dieser Arthur hatte, obwohl er seine Schulbildung nicht mit der meines Vaters vergleichen durfte, vom Großvater alle Vollmachten bekommen. Er war ein gelernter Zimmermann und fühlte sich im Umgang mit feinen Importwaren nicht wohl, deshalb liquidierte er im günstigsten Augenblick den Handel mit Datteln, Zigarren, Sardinen und stellte, weil er das aus dem Efeff verstand, auf Holzhandel und Holzverarbeitung um. Das aber habe mein Vater nicht ertragen, er sei ausgetreten, um Reisender zu werden.

Am Samstagabend kam er heim und berechnete die Provisionen, die die Woche eingebracht hatte. Und wenn die Mutter fragte, ob man bald wieder ein eigenes Geschäft eröffne, sagte er: warum denn? nichts Schöneres als Uhren zu verkaufen, die einem nicht gehören. Kein Risiko, sagte er. Verkauft man, so ist gut verdient, verkauft man nicht, so ist nichts verloren. So sei es auch bei den Speisefetten und Schmiermitteln. Zum Teil verderbliche Ware, und trotzdem kein Risiko. Die Mutter sagte, sie habe keinen Reisenden zum Mann haben wollen. Er sei Kommissionär, sagte mein Vater und schaute der Mutter mit hochgerecktem Kinn in die Augen.

Dann erzählte er von den Geschäften der vergangenen Woche. Er stützte dabei seine Ellbogen auf den Tisch und lehnte die schmalen weißen Hände mit den Fingerspitzen zu einem steilen Dach zusammen. Trotz allem sei es nicht ganz einfach, das nötige Geld zu verdienen, trotz der angesehenen Firma, trotz der ausgezeichneten Artikel, die er vertrete, trotz der Beredsamkeit, die man ihm ganz gewiß nicht abstreiten könne, trotz des guten Auftretens, an dem es bei ihm am wenigsten fehle, verglichen mit der Flegelhaftigkeit anderer Vertreter, trotz all dieser Vorzüge, die er für sich buchen könne – er sagte immer *buchen,* als sei das bares Geld, was er eben aufgezählt hatte –, trotzdem müsse er oft stundenlang herumrennen, bis er einen Auftrag notieren könne. An vielen Häusern klopfe er erst gar nicht an, weil er das gleich sehe, wo gar keine Aussichten seien, ein Geschäft zu machen. Das sei wohl einer seiner größten Vorzüge, daß er einen Blick für Häuser habe, in denen kein Geschäft zu machen sei. Dadurch bewahre er sich vor mancher Enttäuschung. Leider seien das viele Häuser, die auf den ersten Blick verrieten, daß es gar keinen Sinn habe, in sie einzudringen. Ein Dorf von gut hundertzwanzig Häusern schrumpfte unter seinem erfahrenen Blick schon gleich auf zwanzig bis fünfundzwanzig Häuser zusammen. Von diesen aber sei etwa die Hälfte ein glattes Geschäft, jawohl ein glattes Geschäft. In diesen zehn, zwölf Häusern wohnten Leute, die sich erst gar nicht mit ihm unterhielten, die ließen ihn eintreten, nickten mit dem Kopf und er notierte den Auftrag. Man wisse nicht, ob diese Leute eine Gegenwehr von Anfang an für hoffnungslos hielten, oder ob sie aus anderen Gründen nicht mit einem Vertreter sprechen wollten. Es seien zwar immer nur kleine Aufträge, die man in solchen Häusern notiere. Übrigens seien das Häuser, die meistens eine ausgetretene Sandsteintreppe hätten. Ohne Geländer. Und Flurwände, von denen die Farbe abgehe. Violett. Wahrscheinlich das beim Baumspritzen übriggebliebene Kupfervitriol. In den großen Häusern mit schmiedeeisernen Treppengeländern und mißtrauischen Hofhunden, die einen von der Straße bis zum Tisch schnuppernd eskortierten und dann wie Wachtposten neben einem stehen blieben, in diesen Häusern höre man ihn oft lange an, beruhige ihm zuliebe immer wieder den Hund, der einfach nicht zuhören könne, warte, ohne die Nase zu rümpfen, bis er von selbst aufgehört habe zu sprechen, sei auch dann noch ein paar Sekunden still. Er selbst senke dann seinen Kopf in den Musterkoffer, als überzeuge er sich selbst noch einmal davon, daß er nicht zuviel gesagt habe, als er seine Ware gelobt hatte. Auch dazu lasse man ihm unendlich lange Zeit, und wenn er dann wieder aufschaue, weil in dem kleinen Koffer einfach nichts mehr zu überprüfen sei, bescheide man ihm sehr höflich, man sei von allem, was er gesagt habe, vollkommen überzeugt, er möge doch ein anderes Mal wiederkommen.

Ein solches Haus sieht mich nie wieder, sagte mein Vater dann, glättete sein Gesicht mit seinen beiden langen Händen, indem er zwei-, dreimal von den Augen an abwärts darüber hinstrich. Dann nehme man den Musterkoffer und mache sich auf ins nächste Dorf. Und das sei eigentlich das Schönste bei diesem Beruf. Denn, um es ehrlich zu sagen, man hasse das ganze Dorf, das man gerade von Tür zu Tür durchschnüffelt habe. Sei endlich die letzte Tür hinter einem zugefallen, oder die vorletzte, oder noch nicht einmal die, denn meistens halte man das gar nicht durch, daß man alle Türen, die man aufs Korn genommen habe, auch wirklich öffne, dafür gebe es nun einmal auf der Welt keine Kraft, ja dann breche man also plötzlich aus dem Dorf aus wie ein Gefangener aus dem Zuchthaus, renne die Dorfstraße noch vollends hinab, lasse die Kinder und die Köter hinter sich herjohlen und die dummen Weiber dazu, denn dieses Dorf, das schwöre man sich während dieses Laufes hoch und heilig und atemlos, dieses Dorf sieht einen nie wieder, und wenn die Bewohner nach Uhren und Speisefett die Hände ringen sollten, in dieses Dorf nie wieder. So renne und renne man bis zum letzten Haus und noch zehn Meter weiter, und dann sei es kein Wunder, daß man in die Wiese falle vor Erschöpfung. Ob da nun gerade Heu, Schnee, Mist oder Äpfel lägen, sei in diesem Augenblick völlig gleichgültig. Am besten allerdings sei es schon, wenn Schnee die Wiese decke oder Mist, dann erlaube nämlich jeder Bauer, daß man liegen bleibe, bis man sich erholt habe, bis man den Musterkoffer wieder in die schmerzenden Finger nehme und gewissermaßen fröhlich den Angriff auf das nächste Dorf beginne. Wunderbar der Weg. Man überlegt, was man aus den eben gemachten Erfahrungen lernen müsse, sagt sich aber gleich, daß da gar nichts zu lernen sei, weil ein solches Dorf doch sicher kein zweites Mal auf dieser Erde anzutreffen sei. Also ein ganz neuer Anfang. Schon das Rot der Dächer scheint diesmal viel freundlicher herüber. Dieses Dorf bringt Glück, ruft man, streicht sich die Haare aus der Stirn, schwenkt den Musterkoffer durch die Luft wie Kinder am letzten Schultag die Ranzen, verfällt in einen Trab und rennt schließlich so schnell, daß man atemlos durch die erste Haustür tritt. Aber dann kann es passieren, daß man nicht mehr zu Ende spricht, so nervös sei man jetzt diesen regungslosen Zuhörern gegenüber geworden. Man erinnerte sich an die höflichen Zuhörer früherer Dörfer, unterbricht plötzlich mitten in einem groß angelegten Satz, weil man – vielleicht diesmal zu unrecht – ein böses Ende voraussieht, packt den Musterkoffer und die Wettermütze, schreit den verdutzten Leuten einen Gruß ins Gesicht und wirft die Türe hinter sich zu. Eine Stunde später bereut man alles und kehrt mit lächerlichen Entschuldigungen zurück. Notiert zwar keinen Auftrag, läßt sich aber demütigen.

Undsoweiter – undsoweiter.

So beschränkt die Legende von meines Vaters Erdendasein ist, so endlos wird sie von meiner Mutter wiedergegeben. Es muß schon eine schlimme Zeit für Vertreter gewesen sein, damals Ende der Zwanzigerjahre. Der Unterschied zu den Hausierern war wohl nicht immer sehr groß; fahrendes Volk, Hafnersleute, Bettler und Zigeuner klopften täglich an die gleichen Türen, verwünschten den Bauern das Vieh, fesselten Hirtenbuben an die Bäume und molken die Kühe leer, und wenn die Bauern noch voller Wut gegen die Vagierenden waren, kam auch noch ein Reisender daher. Allerdings muß mein Vater ein besonders unfähiger und schwärmerischer Handelsmann gewesen sein. Zu Fuß von Dorf zu Dorf, Jubel auf dem Weg, falsche schöne Ideen im Kopf, eine Art Wandervogel mit dem Musterkoffer. Er war ein guter Schüler gewesen, und wie alle guten Schüler einer deutschen Schule, glaubte er wahrscheinlich, es müsse immer so weiter gehen. Und wenn es dann nicht so weitergeht, sind die guten Schüler erstaunt. Auf einmal bleiben die herrlichen Zensuren aus, auf einmal genügt es nicht mehr, sein Sprüchlein herzusagen, da muß doch Betrug im Spiele sein. Natürlich ist es nicht die Schule, die betrog, sondern die Welt. Ungerechtigkeit, Schwindel, schreien die guten Schüler, und schließlich beißen sie verbittert an der Brotrinde herum, die ihnen ein ehemals so schlechter Mitschüler reicht. Zuhause im Familienkreis und unter ihresgleichen erzählen sie für den Rest ihres Lebens, daß ihr jetziger Brotgeber den Akkusativ mit Infinitiv nie begriffen habe, daß er, nach der Winkelsumme des Dreiecks befragt, gesagt habe, dreihundertsechzig Grad, ha ha ha, und *Vergnügen* habe er in einem Aufsatz mit f geschrieben, ha ha ha ha, und sowas beschäftige heute siebenunddreißig Menschen. Auch mein Vater war so ein verbitterter Gymnasiast geworden, der außer seiner Schule nie mehr etwas zu einem guten Ende gebracht hat, nicht einmal sein Leben, das er mit achtunddreißig sozusagen freiwillig beendete. Einmal hat er sein Handelsglück auch in der Stadt versucht, wohl in der Annahme, daß hier seine guten Manieren auf mehr Verständnis treffen würden. Er hat darüber sogar Aufzeichnungen gemacht, in ein Schulheft, in seiner so berühmten Handschrift, aber auch das ist leider nur ein kurzes Fragment geblieben, wie alles bei ihm, sogar sein Leben.

Günter Grass
Gleisdreieck

Die Putzfraun ziehen von Ost nach West.
Nein Mann, bleib hier, was willst du drüben;
komm rüber Mann, was willst du hier.

Gleisdreieck, wo mit heißer Drüse
die Spinne, die die Gleise legt,
sich Wohnung nahm und Gleise legt.

In Brücken geht sie nahtlos über
und schlägt sich selber Nieten nach,
wenn, was ins Netz geht, Nieten lockert.

Wir fahren oft und zeigen Freunden,
hier liegt Gleisdreieck, steigen aus
und zählen mit den Fingern Gleise.

Die Weichen locken, Putzfraun ziehn,
das Schlußlicht meint mich, doch die Spinne
fängt Fliegen und läßt Putzfraun ziehn.

Wir starren gläubig in die Drüse
und lesen, was die Drüse schreibt:
Gleisdreieck, Sie verlassen sogleich

Gleisdreieck und den Westsektor.

Hans Magnus Enzensberger
gedicht für die gedichte nicht lesen

wer ruft mit abgerissenem mund
aus der nebelkammer? wer schwimmt,
einen gummiring um den hals,
durch diese kochende lache
aus bockbier und blut?
er ist es,
für den ich dies in den staub ritze,
er, der es nicht entziffert.

wer ist ganz begraben von zeitungen
und von mist? wer hat uran im urin?
wer ist in den zähen geifer
der gremien eingenäht? wer
ist beschissen von blei?
siehe,
er ists, im genick die antenne,
der sprachlose fresser mit dem räudigen hirn.

was sind das für unbegreifliche ohren,
von wüstem zuckerguß triefend,
die sich in kurszettel wickeln
und in den registraturen stapeln
zu tauben mürrischen bündeln?
geneigte,
ohren verstörter verräter, zu denen
rede ich kalt wie die nacht und beharrlich.

Editorische Notiz

Als Vorlage für die Textwiedergabe dienten, wenn irgend möglich, die Fassungen der Erstdrucke (deshalb konnte ich auch einige wenige mir wichtige Texte vor 1945 verstorbener Autorinnen und Autoren aufnehmen, die nach 1945 aus Nachlässen publiziert wurden).

Im Anhang sind der Erstdruck und die abweichend verwendete Vorlage verzeichnet. Zuerst in Zeitschriften gedruckte Gedichte wurden in der Regel nach dem Erstdruck wiedergegeben. Dort, wo Gedichte als Repräsentanten eines Gedichtbandes anzusehen sind, wurde dieser Gedichtband als Vorlage herangezogen. Wenn Autoren auf dem Abdruck späterer Fassungen bestanden, wird dies in den Nachweisen vermerkt.

Es wurden möglichst nur abgeschlossene Texte (Gedichte, Erzählungen usw.) gedruckt. Aus umfangreicheren Texten (Romanen, Dramen, Hörspielen usw.) wurden in sich geschlossene Sinneinheiten aufgenommen. Auslassungen zu Beginn und am Ende eines Textes wurden nicht gekennzeichnet. Auslassungen im Text sind durch (...) markiert. Leerzeilen vor und nach dem Auslassungszeichen bedeuten, daß nicht nur Absätze, sondern ganze Kapitel ausgelassen wurden. Vom Herausgeber eingesetzte Haupt- und Gedicht-Titel sind kursiv.

Offensichtliche Druckfehler wurden stillschweigend korrigiert. Hervorhebungen, in den Vorlagen gesperrt und kursiv, erscheinen hier kursiv. Wo die Vorlage einer typographischen Konvention folgend für das scharfe s »ss« bietet, wurde stillschweigend in »ß« korrigiert. In den Kolumnentiteln stehen Jahreszahl und Autorennamen. Eine Ausnahme bilden hier nur die Titel von Anthologien, die in ihrer Gesamtheit vorgestellt werden.

Als ich die Arbeit an dieser Anthologie 1982 begann, haben mir Ingrid Laurien und Angelika Machinek, später hat Michael Töteberg bei der Besorgung von Texten und bibliographischer Gewißheit geholfen. Jan Strümpel hat für den Druck die Nachweise hergestellt und überprüft. Dafür danke ich ihnen.

Schließlich danke ich den Lizenzgebern, daß sie diese Dokumentation möglich gemacht haben – und dem Deutschen Taschenbuch Verlag dafür, daß er dieses umfängliche Unternehmen an die Öffentlichkeit bringt.

H. L. A.

Nachweise 1957 – 1960

Bei einigen Texten waren die Rechteinhaber nicht zu ermitteln. Da diese Texte für die Anthologie unerläßlich waren, sind sie dennoch aufgenommen worden. Wir bitten dafür um Verständnis. Rechteinhaber solcher Texte mögen sich bitte beim Verlag melden.

AICHINGER, ILSE (* 1921)
- »Die Auktion«. Erstveröffentlichung: »Zu keiner Stunde. Szenen und Dialoge«. Frankfurt/M. (Fischer) 1957. S. 52-57. © 1957 by S. Fischer Verlag, Frankfurt/M. *Seite 113*
- »Die trüben Stunden nutzend«; »Jüngste Nacht«; »Gebirgsrand«. Erstveröffentlichung: »Neue Rundschau«. 1959. H. 4. S. 632, 635. © 1978 by S. Fischer Verlag, Frankfurt/M. *Seite 381/382*

ANDERSCH, ALFRED (1914-1980)
- »Sansibar oder der letzte Grund. Roman«. Erstveröffentlichung: Olten, Freiburg i.Br. (Walter) 1957. S. 32-47. © 1970 by Diogenes Verlag, Zürich. *Seite 67*
- »Phasen«. Erstveröffentlichung: »Geister und Leute. Zehn Geschichten«. Olten, Freiburg i.Br. (Walter) 1958. S. 197-205. © 1974 by Diogenes Verlag, Zürich. *Seite 189*
- »Der Tod in London«. Erstveröffentlichung: »Merkur«. 1959. H. 10. S. 919. © by Diogenes Verlag, Zürich. *Seite 392*

APITZ, BRUNO (1900-1979)
»Nackt unter Wölfen. Roman«. Erstveröffentlichung: Halle (Mitteldeutscher Verlag) 1958. S. 415-432. © by Mitteldeutscher Verlag, Halle, Leipzig. *Seite 194*

ARENDT, ERICH (1903-1984)
»Ode VIII«; »Elegie I«. Erstveröffentlichung: »Flug-Oden«. Leipzig (Insel) 1959. S. 77-80, 31-35. © by Insel Verlag, Frankfurt/M. *Seite 292/294*

ARP, HANS (1887-1966)
»Auf verschleierten Schaukeln. 1955«. Erstveröffentlichung: »Worte mit und ohne Anker«. Wiesbaden (Limes) 1957. S. 95-99. © 1974 by Arche Verlag, Zürich und Limes Verlag, München. *Seite 104*

ARTMANN, HANS CARL (* 1921)
»blauboad 1«; »blauboad 2«; »noch ana sindflud«. Erstveröffent-

lichung: »med ana schwoazzn dintn. gedichta r aus bradnsee«. Salzburg (Otto Müller) 1958. S. 17, 18, 69. © by Otto Müller Verlag, Salzburg. *Seite 267/269*

ATABAY, CYRUS (* 1929)
»Ikarus«. Erstveröffentlichung: Hans Bender (Hg.): »Junge Lyrik 1958. Eine Auslese«. München (Hanser) 1958. S. 5. © by Verlag Eremiten-Presse, Düsseldorf. *Seite 265*

BACHÉR, INGRID (* 1930)
»Schöner Vogel Quetzal. Roman«. Erstveröffentlichung: Wiesbaden (Insel) 1959. S. 28-31. © by Insel Verlag, Frankfurt/M. *Seite 382*

BACHMANN, INGEBORG (1926-1973)
– »Der gute Gott von Manhattan. Hörspiel«. Erstsendung: BR/NDR und (eigene Regie) SWF, 29.5.1958. Erstveröffentlichung: München (Piper) 1958. S. 141-150. © 1978 by R. Piper Verlag, München. *Seite 227*
– »Die Wahrheit ist dem Menschen zumutbar. Rede zur Verleihung des Hörspielpreises der Kriegsblinden«. Erstveröffentlichung: »Der Kriegsblinde«, Bielefeld. Nr. 8. 15.4.1959. Hier aus: Dies.: »Werke«. Bd. 4: »Essays, Reden, Vermischte Schriften, Anhang«. Hg. von Christine Koschel, Inge von Weidenbaum und Clemens Münster. München, Zürich (Piper) 1978. S. 275-277. © 1978 by R. Piper Verlag, München. *Seite 342*

BAYER, KONRAD (1932-1964) / RÜHM, GERHARD (* 1930)
»der fliegende holländer. ein stück für hubert aratym«. Erstveröffentlichung: »movens. Dokumente und Analysen zur Dichtung, bildenden Kunst, Musik, Architektur«. In Zusammenarbeit mit Walter Höllerer und Manfred de la Motte hg. von Franz Mon. Wiesbaden (Limes) 1960. S. 60-62. © by Gerhard Rühm und Traudl Bayer. – Konrad (1960 noch: Conrad) Bayers und Gerhard Rühms Text ist in endgültig überarbeiteter Form erschienen in: »Die Wiener Gruppe«. Hg. von Gerhard Rühm. Reinbek (Rowohlt) 1967. S. 224-226. *Seite 519*

BECHER, ULRICH (1910-1990)
»Kurz nach 4. Roman«. Erstveröffentlichung: Hamburg (Rowohlt) 1957. S. 56-63. © by Benziger Verlag, Solothurn. *Seite 19*

BECKER, JÜRGEN (* 1932)
»material 1«; »material 2«. Erstveröffentlichung: Hans Bender (Hg.): »Junge Lyrik 1960. Eine Auslese«. München (Hanser) 1960. S. 54-55. © by Suhrkamp Verlag, Frankfurt/M. *Seite 508*

Bender, Hans (* 1919)

– »Gemeinsam«. Erstveröffentlichung: »Lyrische Biographie«. Wuppertal (Werkkunstschule) 1957. unpag. © by Hans Bender. *Seite 157*

– »Wunschkost. Roman«. Erstveröffentlichung: München (Hanser) 1959. S. 133-143. © 1959 by Carl Hanser Verlag, München, Wien. – Auf Wunsch des Autors wurde die Schreibweise von Eigennamen korrigiert. *Seite 329*

Bernhard, Thomas (1931-1989)

»Meine Verzweiflung kommt um Mitternacht«; »Unter dem Baum und unter dem Fluß bist du mir fremd«. Erstveröffentlichung: »Unter dem Eisen des Mondes«. Köln (Kiepenheuer & Witsch) 1958. Hier aus: Ders.: »Gesammelte Gedichte«. Hg. von Volker Bohn. Frankfurt/M. (Suhrkamp) 1991. S. 161, 162. © by Suhrkamp Verlag, Frankfurt/M. *Seite 264/265*

Bienek, Horst (1930-1990)

– »Der Toten Gebet ist kein Gebet«. Erstveröffentlichung: Hans Bender (Hg.): »Junge Lyrik 1957. Eine Auslese«. München (Hanser) 1957. S. 25. © 1957 by Carl Hanser Verlag, München, Wien. *Seite 156*

– »Traumbuch eines Gefangenen. Prosa und Gedichte«. Erstveröffentlichung: München (Hanser) 1957. S. 7-15. © 1957 by Carl Hanser Verlag, München, Wien. *Seite 150*

– »Der Verurteilte«. Erstveröffentlichung: »Nachtstücke«. München (Hanser) 1959. S. 17-25. © 1959 by Carl Hanser Verlag, München, Wien. *Seite 336*

Bloch, Ernst (1885-1977)

»Das Prinzip Hoffnung«. Bd. 3. Erstveröffentlichung: Berlin (Aufbau) 1959. S. 11-12. (Auch: Frankfurt/M. (Suhrkamp) 1959). © by Suhrkamp Verlag, Frankfurt/M. *Seite 431*

Bobrowski, Johannes (1917-1965)

– »Die sarmatische Ebene«. Erstveröffentlichung: »Sinn und Form«. 1957. H. 4. S. 757-758. © by Buchverlag Union, Berlin. *Seite 164*

– »Gedächtnis für einen Flußfischer«; »Lettische Lieder«; »Der Habicht«. Erstveröffentlichung: »Merkur«. 1960. H. 10. S. 943, 945, 946. © by Buchverlag Union, Berlin. *Seite 470 -472*

Böll, Heinrich (1917-1985)

– »Irisches Tagebuch«. Erstveröffentlichung: Köln, Berlin (Kiepenheuer & Witsch) 1957. S. 145-148. © 1977, 1987 by Verlag Kiepenheuer & Witsch, Köln. *Seite 39*

– »Billard um halb zehn«. Erstveröffentlichung: Köln, Berlin (Kiepenheuer & Witsch) 1959. S. 168-186. © 1977, 1987 by Verlag Kiepenheuer & Witsch, Köln. *Seite 347*

BRAMBACH, RAINER (1917-1983)

»Altersheim«. Erstveröffentlichung: »Akzente«. 1959. H. 1. S. 51. © 1989 by Diogenes Verlag, Zürich. *Seite 391*

BRECHT, BERTOLT (1898-1956)

– »Der Radwechsel«; »Lob des Zweifels«. Erstveröffentlichung: »Der Radwechsel«: »Sinn und Form«. 1957. H. 1/2/3. (2. Sonderheft Bertolt Brecht). S. 340; »Lob des Zweifels«: »Akzente«. 1957. H. 2. S. 113. © by Suhrkamp Verlag, Frankfurt/M. *Seite 165/166*

– »Der aufhaltsame Aufstieg des Arturo Ui«. Uraufführung: Württembergisches Staatstheater Stuttgart, 10.11.1958. Regie: Peter Palitzsch / Manfred Wekwerth. Erstveröffentlichung: »Sinn und Form«. 1957. H. 1/2/3. (2. Sonderheft Bertolt Brecht). S. 93-99. © by Suhrkamp Verlag, Frankfurt/M. *Seite 61*

– »Gleichermaßen gefährlich und nützlich«. Erstveröffentlichung: »Sinn und Form«. 1959. H. 5/6. S. 645. © by Suhrkamp Verlag, Frankfurt/M. *Seite 428*

BREMER, CLAUS (* 1924)

»eeeee«. Erstveröffentlichung: »movens. Dokumente und Analysen zur Dichtung, bildenden Kunst, Musik, Architektur«. In Zusammenarbeit mit Walter Höllerer und Manfred de la Motte hg. von Franz Mon. Wiesbaden (Limes) 1960. S. 24. © by Claus Bremer. *Seite 514*

BROCK, BAZON (* 1936)

»an meine großväter die chinesisch sprachen«. Erstveröffentlichung: »movens. Dokumente und Analysen zur Dichtung, bildenden Kunst, Musik, Architektur«. In Zusammenarbeit mit Walter Höllerer und Manfred de la Motte hg. von Franz Mon. Wiesbaden (Limes) 1960. S. 28-30. © by Bazon Brock. *Seite 516*

CANETTI, ELIAS (1905-1994)

»Masse und Macht«. Erstveröffentlichung: Hamburg (Claassen) 1960. S. 347-351, 361-362, 376-378. © by Claassen Verlag, Hildesheim. *Seite 441*

CELAN, PAUL (1920-1970)

– »Ansprache anläßlich der Entgegennahme des Literaturpreises der Freien Hansestadt Bremen«. Erstveröffentlichung: »Neue Rundschau«. 1958. H. 1. S. 117-118. © by Suhrkamp Verlag, Frankfurt/M. *Seite 260*

– »Stimmen, ins Grün«; »Sprachgitter«. Erstveröffentlichung: »Sprachgitter«. Frankfurt/M. (Fischer) 1959. S. 7-9, 28. © 1959 by S. Fischer Verlag, Frankfurt/M. *Seite 344/346*

CLAUS, CARLFRIEDRICH (* 1930)

»6 Phasen von 52«. Erstveröffentlichung: »movens. Dokumente und Analysen zur Dichtung, bildenden Kunst, Musik, Architektur«. In Zusammenarbeit mit Walter Höllerer und Manfred de la Motte hg. von Franz Mon. Wiesbaden (Limes) 1960. S. 22-23. © by Carlfriedrich Claus. *Seite 512/513*

DOMIN, HILDE (* 1912)

– »Herbstzeitlosen«; »Wo steht unser Mandelbaum«. Erstveröffentlichung: »Neue Rundschau«. 1957. H. 3. S. 460, 461. © 1987 by S. Fischer Verlag, Frankfurt/M. *Seite 159/160*

– »Ziehende Landschaft«; »Nur eine Rose als Stütze«. Erstveröffentlichung: »Nur eine Rose als Stütze«. Frankfurt/M. (Fischer) 1959. S. 9, 55. © 1987 by S. Fischer Verlag, Frankfurt/M. *Seite 291*

DÜRRENMATT, FRIEDRICH (1921-1990)

»Frank der Fünfte. Oper einer Privatbank«. Uraufführung: Schauspielhaus Zürich, 10.3.1959. Regie: Oskar Wälterlin. Erstveröffentlichung: Zürich (Arche) 1960. S. 49-58. © 1980 by Diogenes Verlag, Zürich. *Seite 407*

EISENREICH, HERBERT (1925-1986)

»Am Ziel«. Erstveröffentlichung: »Böse schöne Welt. Erzählungen«. Stuttgart (Scherz & Goverts) 1957. S. 99-105. © by Christine Fritsch. *Seite 29*

ENZENSBERGER, HANS MAGNUS (* 1929)

– »befragung zur mitternacht«; »tod eines dichters (für rainer m. gerhardt)«; »geburtsanzeige«; »ins lesebuch für die oberstufe«; »verteidigung der wölfe gegen die lämmer«. Erstveröffentlichung: »verteidigung der wölfe«. Frankfurt/M. (Suhrkamp) 1957. S. 45, 56, 65-66, 85, 90-91. © by Suhrkamp Verlag, Frankfurt/M. *Seite 166-169*

– »gedicht für die gedichte nicht lesen«. Erstveröffentlichung: »landessprache«. Frankfurt/M. (Suhrkamp) 1960. S. 33. © by Suhrkamp Verlag, Frankfurt/M. *Seite 563*

FABRI, ALBRECHT (* 1911)

»Drei Etüden«. Erstveröffentlichung: »Variationen. Essays«. Wiesbaden (Limes) 1959. S. 96-98. © by Albrecht Fabri. *Seite 428*

FRIED, ERICH (1921-1988)
– »Rückkehr«; »Die Maßnahmen«. Erstveröffentlichung: »Gedichte«. Hamburg (Claassen) 1958. S. 17, 76. © by Claassen Verlag, Hildesheim. *Seite 274/275*
– »Ein Soldat und ein Mädchen. Roman«. Erstveröffentlichung: Hamburg (Claassen) 1960. S. 22-25. © by Claassen Verlag, Hildesheim. *Seite 452*

FRISCH, MAX (1911-1991)
»Homo faber. Ein Bericht«. Erstveröffentlichung: Frankfurt/M. (Suhrkamp) 1957. S. 31-41. © by Suhrkamp Verlag, Frankfurt/M. *Seite 41*

FRITZ, WALTER HELMUT (* 1929)
»An diesem Tag«; »Es geschieht alles erst jetzt«; »Geh weiter«. Erstveröffentlichung: »Bild + Zeichen«. Hamburg (Claassen) 1958. S. 9, 26, 36. © 1958, 1979 by Hoffmann und Campe Verlag, Hamburg. *Seite 273/274*

FUCHS, GÜNTER BRUNO (1928-1977)
– »Nach der Haussuchung«; »Legitimation«. Erstveröffentlichung: »Nach der Haussuchung. Gedichte und Holzschnitte«. Stierstadt/Ts. (Eremiten-Presse) 1957. Hier aus: »Das Lesebuch des Günter Bruno Fuchs«. München (Hanser) 1970. S. 24, 25. © 1970 by Carl Hanser Verlag, München, Wien. *Seite 112*
– »Untergang«. Erstveröffentlichung: Hans Bender (Hg.): »Junge Lyrik 1958. Eine Auslese«. München (Hanser) 1958. S. 28. © 1958 by Carl Hanser Verlag, München, Wien. *Seite 266*

FÜHMANN, FRANZ (1922-1984)
»Das Gottesgericht«. Erstveröffentlichung: Christa Wolf (Hg.): »In diesen Jahren. Ausgewählte deutsche Prosa«. Leipzig (Philipp Reclam jun.) 1957. S. 185-213. © 1977 by Hinstorff Verlag, Rostock. *Seite 86*

FÜRNBERG, LOUIS (1909-1957) / KUBA (KURT BARTHEL) (1914-1967)
Aus: »Weltliche Hymne«. Erstveröffentlichung: Berlin (Dietz) 1958. S. 271-274. © by Aufbau-Verlag, Berlin. *Seite 275*

GAISER, GERD (1908-1976)
»Schlußball. Aus den schönen Tagen der Stadt Neu-Spuhl. Roman«. Erstveröffentlichung: München (Hanser) 1958. S. 103-109. © 1958 by Carl Hanser Verlag, München, Wien. *Seite 245*

GEISSLER (GEISSLER), CHRISTIAN (* 1928)
»Anfrage«. Erstveröffentlichung: Hamburg (Claassen) 1960. S. 21-28. © by Rotbuch Verlag, Hamburg. *Seite 548*

GLAESER, ERNST (1902-1963)
»Glanz und Elend der Deutschen. Roman«. Erstveröffentlichung: Wien, München, Basel (Desch) 1960. S. 138-145. © by Mathilde Glaeser. *Seite 538*

GOMRINGER, EUGEN (* 1925)
Konstellationen: »regt sich«; »blow grow show flow«. Erstveröffentlichung: »33 konstellationen«. St. Gallen (Tschudy) 1960. unpag. © by Eugen Gomringer. *Seite 510/511*

GRASS, GÜNTER (* 1927)
- »Die Grippe. Ein Spiel in einem Akt«. Erstveröffentlichung: »Neue Deutsche Hefte«. 1957. H. 33. S. 35-44. (frühe Fassung v. »Onkel, Onkel«). © 1993 by Steidl Verlag, Göttingen. *Seite 118*
- »Kinderlied«. Erstveröffentlichung: »Akzente«. 1958. H. 5. S. 388. © 1994 by Steidl Verlag, Göttingen. *Seite 171*
- »Die Blechtrommel. Roman«. Erstveröffentlichung: Neuwied, Berlin (Luchterhand) 1959. S. 229-240. © 1993 by Steidl Verlag, Göttingen. *Seite 319*
- »Gleisdreieck«. Erstveröffentlichung: »Gleisdreieck«. Neuwied, Berlin (Luchterhand) 1960. S. 11. © 1994 by Steidl Verlag, Göttingen. *Seite 562*

GREGOR, MANFRED (* 1929)
»Die Brücke. Roman«. Erstveröffentlichung: München (Desch) 1958. S. 35-58. © by Manfred Gregor. *Seite 204*

GREGOR-DELLIN, MARTIN (1926-1988)
»Der Nullpunkt. Roman«. Erstveröffentlichung: Wien, München, Basel (Desch) 1959. S. 398-401, 418-423. © by Annemarie Gregor-Dellin. *Seite 415*

HÄRTLING, PETER (* 1933)
- »weil tage«; »eine barke grün«; »wandlung«. Erstveröffentlichung: »Unter den Brunnen. Neue Gedichte«. Esslingen (Bechtle) 1958. S. 11, 24-25, 37. © 1989 by Luchterhand Literaturverlag, München. *Seite 271/272*
- »Im Schein des Kometen. Roman«. Erstveröffentlichung: Stuttgart (Goverts) 1959. S. 74-82. © 1993 by Luchterhand Literaturverlag, München. *Seite 304*

HARTUNG, HUGO (1902-1972)
»Wir Wunderkinder. Der dennoch heitere Roman unseres Lebens«. Erstveröffentlichung: Düsseldorf (Droste) 1957. Hier aus: Ders.: »Gesamtausgabe in 8 Bänden«. Bd. 4: »Wir Wunderkinder. Wir Meisegeiers«. München (Schneekluth) 1982. *S. 232-238.* *Seite 13*

HARTUNG, RUDOLF (1914-1985)
»Ohr der Morgenröte«. Erstveröffentlichung: »Neue Deutsche Hefte«. 1959. H. 56. S. 1064. © by Elli Hartung. *Seite 378*

HECKMANN, HERBERT (* 1930)
»Abwechslung in einem Haus«. Erstveröffentlichung: »Das Portrait. Erzählungen«. Frankfurt/M. (Fischer) 1958. S. 37-39. © by Herbert Heckmann. *Seite 258*

HEIN, MANFRED PETER (* 1931)
»Gobelin«. Erstveröffentlichung: »Neue Deutsche Hefte«. 1959. H. 57. S. 14. © by Manfred Peter Hein. *Seite 376*

HEISSENBÜTTEL, HELMUT (* 1921)
»Der Wassermaler«. Erstveröffentlichung: »Texte und Zeichen«. 1957. H. 6. S. 626-627. © by Verlag Klett-Cotta, Stuttgart. *Seite 130*

HEYM, STEFAN (* 1913)
»Ein sehr guter zweiter Mann«. Erstveröffentlichung: »Schatten und Licht«. Leipzig (Paul List) 1960. S. 207-224. © by C. Bertelsmann Verlag, München. *Seite 524*

HILDESHEIMER, WOLFGANG (1916-1991)
– »Pastorale oder Die Zeit für Kakao. Ein Spiel in einem Akt«. Uraufführung: Münchner Kammerspiele, 14.11.1958. Regie: August Everding. Erstveröffentlichung: »Spiele, in denen es dunkel wird«. Pfullingen (Neske) 1958. S. 36-41. © by Suhrkamp Verlag, Frankfurt/M. *Seite 253*
– »Herrn Walsers Raben. Hörspiel«. Erstsendung: BR/NDR, 8.3.1960. Erstveröffentlichung: Hamburg (Hans Bredow Institut) 1960. S. 19-28. © by Suhrkamp Verlag, Frankfurt/M. *Seite 498*

HUCHEL, PETER (1903-1981)
»Münze aus Bir el Abbas«; »Die Spindel«. Erstveröffentlichung: »Sinn und Form«. 1959. H. 2. S. 219-221. © 1963 by S. Fischer Verlag, Frankfurt/M. *Seite 296/298*

JANDL, ERNST (* 1925)
»Das Sprechgedicht«; »schtzngrmm«; »boooooooooooooooooooooo«; »wo bleibb da«. Erstveröffentlichung: »neue wege«. 1957. H. 123. Hier aus: Ders.: »Gesammelte Werke«. Darmstadt, Neuwied (Luchterhand) 1985. Bd. 3: »Stücke und Prosa«. S. 444; Bd. 1: »Gedichte 1«. S. 125, 174, 237. © by Luchterhand Literaturverlag, München. *Seite 128 – 130*

JANKER, JOSEF W. (* 1922)
»Zwischen zwei Feuern. Roman«. Erstveröffentlichung: Köln,

Berlin (Kiepenheuer & Witsch) 1960. S. 43-50. © by Robert Gessler Verlag, Friedrichshafen. *Seite 463*

Jaspers, Karl (1883-1969)

»Die Atombombe und die Zukunft des Menschen. Ein Radiovortrag«. Erstveröffentlichung: München (Piper) 1957. S. 7-11, 20-24. © 1958 by R. Piper Verlag, München. *Seite 54*

Johnson, Uwe (1934-1984)

»Mutmassungen über Jakob. Roman«. Erstveröffentlichung: Frankfurt/M. (Suhrkamp) 1959. S. 293-300. © by Suhrkamp Verlag, Frankfurt/M. *Seite 371*

Jünger, Ernst (* 1895)

– »Gläserne Bienen«. Erstveröffentlichung: Stuttgart (Klett) 1957. Laut ausdrücklicher Anordnung des Autors an den Verlag durfte hier nur gedruckt werden nach: »Sämtliche Werke«. Bd. 15. Stuttgart (Klett-Cotta) 1978. S. 503-510. © by Verlag Klett-Cotta, Stuttgart. – Die Unterschiede zur Fassung der Erstausgabe sind, vor allem gegen Ende des hier abgedruckten Textes, erheblich. *Seite 47*

– »An der Zeitmauer«. Erstveröffentlichung: Stuttgart (Klett) 1959. Laut ausdrücklicher Anordnung des Autors an den Verlag durfte hier nur gedruckt werden nach: »Sämtliche Werke«. Bd. 8. Stuttgart (Klett-Cotta) 1981. S. 527-535. © by Verlag Klett-Cotta, Stuttgart. – Der ursprüngliche Text von 1959 in den hier zitierten Passagen wurde vor allem stilistisch bearbeitet. *Seite 420*

Kaschnitz, Marie Luise (1901-1974)

»Obertöne«. Erstveröffentlichung: »Neue Gedichte«. Hamburg (Claassen) 1957. S. 53. © by Claassen Verlag, Hildesheim. *Seite 161*

Kesten, Hermann (* 1900)

»Dichter im Café«. Erstveröffentlichung: Wien, München, Basel (Desch) 1959. S. 7-15. © by Hermann Kesten. *Seite 282*

Koeppen, Wolfgang (* 1906)

»Nach Rußland und anderswohin. Empfindsame Reisen«. Erstveröffentlichung: Stuttgart (Goverts) 1958. S. 149-155. © by Suhrkamp Verlag, Frankfurt/M. *Seite 278*

Kriwet, Ferdinand (* 1942)

»montage«; »slang«. Erstveröffentlichung: Hans Bender (Hg.): »Junge Lyrik 1960. Eine Auslese«. München (Hanser) 1960. S. 56-57. © 1960 by Carl Hanser Verlag, München, Wien. *Seite 509*

KROLOW, KARL (* 1915)
»Das Schweigen«; »Der Baum«; »Spätsommer«. Erstveröffentlichung: »Fremde Körper. Neue Gedichte«. Berlin, Frankfurt/M. (Suhrkamp) 1959. S. 17, 23, 27. © by Suhrkamp Verlag, Frankfurt/M. *Seite 289/290*

KUBA s. Fürnberg, Louis.

KUNZE, REINER (* 1933)
»Rudern zwei«; »Ein Gezwitscher vor dem Fenster«. Erstveröffentlichung: »Vögel über dem Tau. Liebesgedichte und Lieder«. Halle/Saale (Mitteldeutscher Verlag) 1959. S. 40, 41. © »Rudern zwei« 1984 by S. Fischer Verlag, Frankfurt/M.; © »Ein Gezwitscher vor dem Fenster« by Reiner Kunze. *Seite 393/394*

LANGNER, ILSE (1899-1987)
»Die Zyklopen. Roman«. Erstveröffentlichung: Hamburg (Wegner) 1960. S. 451-461. © by Bergstadtverlag, Sigmaringen. *Seite 473*

LAVANT, CHRISTINE (1915-1973)
»Neunzig Monde den Tod entlang!«; »Wind weht vorbei, der Mond schaut fort«. Erstveröffentlichung: »Merkur«. 1957. H. 5. S. 443-445. © by Otto Müller Verlag, Salzburg. *Seite 157/158*

LENZ, HERMANN (* 1913)
»Die Muse«. Erstveröffentlichung: »Akzente«. 1957. H. 1. S. 66-73. © by Hermann Lenz. *Seite 138*

LENZ, SIEGFRIED (* 1926)
– »Der Mann im Strom«. Erstveröffentlichung: Hamburg (Hoffmann und Campe) 1957. S. 7-18. © 1957 by Hoffmann und Campe Verlag, Hamburg. *Seite 33*
– »Der große Wildenberg«. Erstveröffentlichung: »Jäger des Spotts. Geschichten aus dieser Zeit«. Hamburg (Hoffmann und Campe) 1958. S. 109-115. © 1958 by Hoffmann und Campe Verlag, Hamburg. *Seite 249*
– »Ein Freund der Regierung«. Erstveröffentlichung: »Das Feuerschiff. Erzählungen«. Hamburg (Hoffmann und Campe) 1960. S. 155-163. © 1960 by Hoffmann und Campe Verlag, Hamburg. *Seite 543*

MADER, HELMUT (1932-1977)
»Spätere Landschaft«. Erstveröffentlichung: »Akzente«. 1959. H. 6. S. 543. © by Heide Breuer. *Seite 379*

MAIER, WOLFGANG (* 1934)
»Auswärts«. Erstveröffentlichung: »Akzente«. 1959. H. 6. S. 548-549. *Seite 380*

MARCUSE, LUDWIG (1894-1971)
»Bewunderung und Abscheu. *Über Ernst Bloch*«. Erstveröffentlichung: »Stuttgarter Zeitung«, 12.3.1960. Hier aus: Ludwig Marcuse: »Essays Porträts Polemiken aus vier Jahrzehnten«. Herausgegeben und eingeleitet von Harold von Hofe. Zürich (Diogenes) 1988. (= detebe 21675). S. 285-296. © 1979 by Diogenes Verlag, Zürich. *Seite 432*

MECKEL, CHRISTOPH (* 1935)
– »Als ich nach Hause kam«. Erstveröffentlichung: Hans Bender (Hg.): »Junge Lyrik 1957. Eine Auslese«. München (Hanser) 1957. S. 44. © 1957 by Carl Hanser Verlag, München, Wien. *Seite 113*
– »Mein Rabe«; »Schlechte Zeiten«. Erstveröffentlichung: »Hotel für Schlafwandler. Gedichte«. Stierstadt/Ts. (Eremiten-Presse) 1958. unpag. © by Verlag Eremiten-Presse, Düsseldorf. *Seite 270*

MEISTER, ERNST (1911-1979)
– »Fermate«. Erstveröffentlichung: »Fermate«. Stierstadt/Ts. (Eremiten-Presse) 1957. S. 31. © by Rimbaud Verlag, Aachen. *Seite 162*
– »Rissiges Eden«. Erstveröffentlichung: »Pythiusa«. Stierstadt/Ts. (Eremiten-Presse) 1958. S. 26. © by Rimbaud Verlag, Aachen. *Seite 261*
– »Ein Lärm«; »Schatten«. Erstveröffentlichung: »Die Formel und die Stätte. Gedichte«. Wiesbaden (Limes) 1960. S. 22, 46. © by Rimbaud Verlag, Aachen. *Seite 468*

MON, FRANZ (* 1926)
– »artikulationen«; »aber«; »aus was du wirst«. Erstveröffentlichung: »artikulationen«. Pfullingen (Neske) 1959. S. 31-32, 12, 29. © by Franz Mon. *Seite 399-401*
– »to«. Erstveröffentlichung: »movens. Dokumente und Analysen zur Dichtung, bildenden Kunst, Musik, Architektur«. In Zusammenarbeit mit Walter Höllerer und Manfred de la Motte hg. von Franz Mon. Wiesbaden (Limes) 1960. S. 25. © by Franz Mon. *Seite 515*

MÜLLER, HEINER (* 1929)
»Klettwitzer Bericht 1958. Eine Hörfolge«. Erstveröffentlichung: »Junge Kunst«. 1958. H. 8. S. 2-8. © by Heiner Müller. *Seite 234*

NOLL, DIETER (* 1927)
»Die Abenteuer des Werner Holt. Roman«. Berlin (Aufbau) 1960. S. 467-477. © 1994 by Aufbau Taschenbuch Verlag, Berlin. *Seite 454*

PIONTEK, HEINZ (* 1925)
»Höhe«; »Windsbraut«; »Mit dreißig Jahren«; »Die Verstreuten; »Die Tochter des Schmieds«; »Schlittenromanze«. Erstveröffentlichung: »Wassermarken. Gedichte«. Esslingen (Bechtle) 1957. S. 52, 43, 50, 36, 30, 32. © by Heinz Piontek. *Seite 108-110 und 162/163*

POETHEN, JOHANNES (* 1928)
Aus: »Stille im trockenen Dorn. Neue Gedichte«. Erstveröffentlichung: Esslingen (Bechtle) 1958. S. 33-37. © 1958 by Bechtle Verlag in der F.A. Herbig Verlagsbuchhdlg., München. *Seite 262*

RAUSCH, JÜRGEN (* 1910)
»In der Marsch«. Erstveröffentlichung: »Neue Deutsche Hefte«. 1959. H. 55. S. 971. © by Dr. Jürgen Rausch. *Seite 377*

REDING, JOSEF (* 1929)
»Produktions-Korrekturen«. Erstveröffentlichung: »allein in babylon. geschichten«. Recklinghausen (Paulus) 1960. S. 37-39. © 1983 by Georg Bitter Verlag, Recklinghausen. *Seite 522*

REGLER, GUSTAV (1898-1963)
»Das Ohr des Malchus. Eine Lebensgeschichte«. Erstveröffentlichung: Köln, Berlin (Kiepenheuer & Witsch) 1958. S. 183-196. © 1958 by Verlag Kiepenheuer & Witsch, Köln. *Seite 171*

REHMANN, RUTH (* 1922)
»Illusionen. Roman«. Erstveröffentlichung: Frankfurt/M. (Suhrkamp) 1959. S. 9-18. © by Ruth Rehmann. *Seite 401*

REINIG, CHRISTA (* 1926)
»Am Geländer«; »Wo ist Mutter«; »Ausweg«. Erstveröffentlichung: »Die Steine von Finisterre. Gedichte«. Stierstadt/Ts. (Eremiten-Presse) 1960. S. 9, 19, 34. © by Verlag Eremiten-Presse, Düsseldorf. *Seite 469/470*

RICHTER, HANS WERNER (1908-1993)
»Linus Fleck oder Der Verlust der Würde. Roman«. Erstveröffentlichung: Wien, München, Basel (Desch) 1959. S. 136-138, 147-152. © by Toni Richter. *Seite 362*

ROEHLER, KLAUS (* 1929)
»Der Held«. Erstveröffentlichung: »Die Würde der Nacht. Sieben Erzählungen«. München (Piper) 1958. S. 12-21. © 1958 by R. Piper Verlag, München. *Seite 217*

ROT, DITER (DIETER ROTH) (* 1930)
(Ohne Titel). Erstveröffentlichung: »movens. Dokumente und Analysen zur Dichtung, bildenden Kunst, Musik, Architektur«. In Zusammenarbeit mit Walter Höllerer und Manfred de la Motte hg. von Franz Mon. Wiesbaden (Limes) 1960. S. 112. *Seite 522*

RÜHM, GERHARD s. Bayer, Konrad.

RÜHMKORF, PETER (* 1929)
– »Dies in meinem Besitze«; »Wo die Götter die Daumen drehen«. Erstveröffentlichung: Hans Bender (Hg.): »Junge Lyrik 1958. Eine Auslese«. München (Hanser) 1958. S. 38, 41. © by Peter Rühmkorf. *Seite 266/267*
– »Lied der Benn-Epigonen«; »Selbstporträt 1958«; »Im Vollbesitz seiner Zweifel«; »Hymne«. Erstveröffentlichung: »Irdisches Vergnügen in g. Fünfzig Gedichte«. Hamburg (Rowohlt) 1959. S. 60, 23-24, 27-28, 51-52. © 1976 by Rowohlt Verlag, Reinbek. *Seite 393-399*

SACHS, NELLY (1891-1970)
– »Wer weiß, wo die Sterne stehn«; »Haar, mein Haar«. Erstveröffentlichung: »Und niemand weiß weiter. Gedichte«. Hamburg, München (Ellermann) 1957. S. 21, 38. © by Suhrkamp Verlag, Frankfurt/M. *Seite 80/81*
– »Wer zuletzt«. Erstveröffentlichung: »Flucht und Verwandlung. Gedichte«. Stuttgart (Deutsche Verlags-Anstalt) 1959. S. 7. © by Suhrkamp Verlag, Frankfurt/M. *Seite 329*

SCHALLÜCK, PAUL (1922-1976)
»Engelbert Reineke. Roman«. Erstveröffentlichung: Frankfurt/M., Hamburg (Fischer) 1959. (= Fischer Bücherei 275). S. 140-147. © by Else Keller. *Seite 311*

SCHMIDT, ARNO (1914-1979)
– »Die Gelehrtenrepublik. Kurzroman aus den Roßbreiten«. Erstveröffentlichung: Karlsruhe (Stahlberg) 1957. S. 7-8, 132-138. © 1957 by Stahlberg Verlag, Karlsruhe. Abdruck mit Genehmigung des S. Fischer Verlags, Frankfurt/M. *Seite 132*
– »Kaff auch Mare Crisium«. Erstveröffentlichung: Karlsruhe (Stahlberg) 1960. S. 7, 203-209. © 1960 by Stahlberg Verlag, Karlsruhe. Abdruck mit Genehmigung des S. Fischer Verlags, Frankfurt/M. *Seite 481*

SCHNABEL, ERNST (1913-1986)
»Anne Frank. Spur eines Kindes. Ein Bericht«. Erstveröffentlichung: Frankfurt/M., Hamburg (Fischer) 1958. (= Fischer-

Bücherei 199). S. 24-29. © by Corinna Schnabel im Auftrag der Schnabel-Erben. *Seite 222*

SCHNURRE, WOLFDIETRICH (1920-1989)

– »Eine Rechnung, die nicht aufgeht«. Erstveröffentlichung: »Akzente«. 1957. H. 6. S. 569-575. © by Marina Schnurre. *Seite 144*

– »Und Richard lebt auch nicht mehr«. Aus: »Als Vaters Bart noch rot war. Ein Roman in Geschichten«. Erstveröffentlichung: Zürich (Arche) 1958. S. 194-200. © by Marina Schnurre. *Seite 185*

SCHOLTIS, AUGUST (1901-1969)

»Ein Herr aus Bolatitz. Lebenserinnerungen«. Erstveröffentlichung: München (List) 1959. S. 317-322. *Seite 299*

SEUREN, GÜNTER (* 1932)

»Rehe«. Erstveröffentlichung: »Akzente«. 1959. H. 3. S. 266. © by Günter Seuren. *Seite 379*

SPERBER, MANÈS (1905-1984)

»*Über die Linke*«. Aus: »Positionen. Ein Essay über die Linke«. Erstveröffentlichung: »Die Achillesferse. Essays«. Köln (Kiepenheuer & Witsch) 1960. S. 21-22. (Erstfassung: »Le Talon d'Achille«, 1953). © by Jennifer Sperber. *Seite 450*

STOMPS, V[ICTOR] O[TTO] (1897-1970)

»Fabel vom Maximus, Maximin, Minimax, Minimus«. Erstveröffentlichung: »Akzente«. 1958. H. 5. S. 430-431. © by Goswin Stomps. *Seite 256*

STRITTMATTER, ERWIN (1912-1994)

»Der Wundertäter. Roman«. Erstveröffentlichung: Berlin (Aufbau) 1957. S. 505-510. © by Eva Strittmatter. *Seite 82*

SYLVANUS, ERWIN (1917-1985)

»Korczak und die Kinder. Ein Stück«. Uraufführung: Vereinigte Städtische Bühnen Krefeld und Mönchen-Gladbach, 1.11.1957. Regie: Hans-Dieter Schwarze. Erstveröffentlichung: St. Gallen (Tschudy) 1959. S. 42-47. © by Tschudy-Verlag, St. Gallen. *Seite 76*

VRING, GEORG VON DER (1889-1968)

»Das Entzücken«; »Mondalter«. Erstveröffentlichung: »Neue Deutsche Hefte«. 1957. H. 35. S. 202, 203. © by Rita Späth-Schneider. *Seite 160/161*

WALSER, MARTIN (* 1927)

– »Ehen in Philippsburg. Roman«. Erstveröffentlichung: Frankfurt/M. (Suhrkamp) 1957. S. 137-144. © by Suhrkamp Verlag, Frankfurt/M. *Seite 24*

– »Halbzeit. Roman«. Erstveröffentlichung: Frankfurt/M. (Suhrkamp) 1960. S. 69-79. © by Suhrkamp Verlag, Frankfurt/M. *Seite 555*

WALTER, OTTO F. (1928-1994)
»Der Stumme. Roman«. Erstveröffentlichung: München (Kösel) 1959. S. 9-19. © 1983 by Rowohlt Verlag, Reinbek. *Seite 384*

WEISS, PETER (1916-1982)
»Der Schatten des Körpers des Kutschers«. Erstveröffentlichung: Frankfurt/M. (Suhrkamp) 1960. S. 70-77. © by Suhrkamp Verlag, Frankfurt/M. *Seite 487*

WOHMANN, GABRIELE (* 1932)
»Ein ganz uraltes Vorhaben«. Erstveröffentlichung: »Sieg über die Dämmerung. Erzählungen«. München (Piper) 1960. S. 89-97. © 1960 by R. Piper Verlag, München. *Seite 493*

WOLKEN, KARL ALFRED (* 1929)
»Unterm halben Mond«. Erstveröffentlichung: »Neue Deutsche Hefte«. 1959. H. 58. S. 115. *Seite 378*

ZWERENZ, GERHARD (* 1925)
»Die Liebe der toten Männer. Roman«. Erstveröffentlichung: Köln (Kiepenheuer & Witsch) 1959. S. 85-91. © by Gerhard Zwerenz. *Seite 367*